EMMANUEL ROBERT-ESPALIEU

Emmanuel Robert-Espalieu est un dramaturge dont les œuvres sont régulièrement jouées en France mais aussi à l'étranger, notamment en Allemagne et en Autriche. Tout comme dans son théâtre, le drame historique tient une place importante dans ses romans : les complots et la politique sous l'Ancien Régime, le Paris sombre du XVIIIe siècle, l'impact de la révolution industrielle sur la société ou encore le veuvage pendant la Grande Guerre sont quelques-uns des thèmes privilégiés de l'auteur. Son premier roman, *Fleur de sang*, a paru chez Michel Lafon en 2021. *Monsieur de Paris* a paru en 2023 chez le même éditeur.

MONSIEUR DE PARIS

ÉGALEMENT CHEZ POCKET

Fleur de sang
Monsieur de Paris

EMMANUEL ROBERT-ESPALIEU

MONSIEUR DE PARIS

Michel LAFON

ISBN : 978-2-266-33980-3
Dépôt légal : avril 2024

À ma sœur et à ma nièce

« Prêter serment, c'est mettre son âme en péril. Ne faites jamais un serment à moins d'être capables de mourir plutôt que de vous parjurer. »

KEN FOLLETT, *Les Piliers de la terre*

Prologue

Devant les étals, les boutiques des fripiers ou les théâtres improvisés, les hommes et les femmes en essaims babillaient en une cacophonie sourde et lancinante comme dans un mauvais rêve. Les camelots alpaguaient le chaland, et des femmes, qui n'avaient plus rien des Vénus vulgivagues, étalaient leur chair en parade ordurière, attisant ainsi l'envie de l'ouvrier comme du bourgeois, tandis que les filous profitaient de l'atmosphère polissonne pour pousser à l'indécence des jeunes filles imprudentes venues sans parents. L'enfant forçait son chemin coûte que coûte dans la foule des géants qui s'agglutinaient déjà sur le boulevard ce jour de foire Saint-Laurent. Partout les corps odorants se frottaient, lui obstruant le passage. Il avançait le plus vite qu'il pouvait, mais une pierre lui plombait le ventre, et des larmes de sang lui noyaient la vue. Il ne devait pas s'arrêter, il ne le pouvait pas. Derrière lui, les cris injurieux le blessaient comme des flèches. Sa gorge commençait à le brûler et l'air lui manquait.

« Bourreau ! »

Dans sa course, le petit fuyard apeuré manqua de trébucher sur une créature humaine hirsute qui vantait la chair de ces rats morts d'une voix à l'eau-de-vie, quand il aperçut de larges tréteaux assez hauts pour s'y cacher.

« Fils de bourreau ! »

Là, terré et haletant, le corps en boule, le petit animal tâchait de calmer la peur qui le consumait, guettant l'arrivée imminente de ceux qui le traquaient inlassablement depuis qu'il avait été démasqué. Au-dessus de lui sur la scène, des comédiens jouaient un duel au son d'un tambour sur lequel il essayait de caler son cœur. Partout des tambourins se mélangeaient aux rires des badauds massés juste devant, alors que plus loin il percevait une comptine braillée à la mandoline qui lui rappelait celle que sa mère lui chantait. Un souvenir apaisant mais fugace, puisque déchiré aussitôt par la douleur qui résonnait toujours, cinglante, en vagues successives sur son front, là où la caillasse lui avait entaillé la chair juste avant qu'il ne se décide à fuir.

« Coupeur de têtes ! »

Ils avaient commencé par lui jeter de la boue tout en le raillant, l'insultant et l'humiliant devant les passants, témoins amusés. Puis très vite ils lui avaient craché dessus, lui se protégeant de ses bras alors que les sanglots lui secouaient déjà la poitrine. Et comme il les avait suppliés ! De toute son âme il avait imploré leur pitié. Eux. Ces amis qu'il connaissait si bien depuis toujours et avec lesquels il avait partagé les bancs de la petite école de la paroisse Saint-Gervais. Riquet « la fouine », le plus malin de tous, fils de cordonnier et déjà apprenti, avec qui il allait au catéchisme et parfois aux vêpres. Magnieu « sans-tifs », le roi du calcul primaire et compère au palet hier encore sur le port au blé juste à côté. Gautier « la bidoche », le fils du vitrier, garçon rond et un peu rustre qui peinait toujours à disposer ses doigts boudinés sur la plume qu'il fallait encore lui tailler, mais hardi quand il s'agissait d'éclater des potées d'eau aux pieds des promeneurs nombreux les jours chômés. Dussol « l'édenté », Perrin « le hoqueteux », Carrier « la renifle ». Chat perché, balles, volants, bâtonnets, quilles, cerfs-volants, le moindre pavé devenait leur terrain de jeu, le moindre recoin du quartier leur monde, un escalier, une ruelle, une allée, ou près du puits d'une cour. Et Blandine, la seule fille de la bande, qui comblait ses copains du regrat qu'elle soustrayait à ses parents, eux-mêmes domestiques, avant qu'ils ne le revendent à prix d'or à des sans-le-sou du côté des Halles. Blandine, et le souvenir de ses petites cuisses chair ivoire qui se dévoilèrent un jour sous sa robe maculée relevée par l'effort d'une course essoufflée. Là, tous deux, cachés derrière les portes d'une arrière-boutique, surveillaient la grisette souillée qui les cherchait en hurlant à la garde. Il n'avait pas pu quitter des yeux son petit corps haletant mouillé de sueur.

Blandine, qui avait ri elle aussi. Plus fort que les autres peut-être, le pointant du doigt comme on montre une curiosité de foire.

Toujours recroquevillé sous l'estrade, les genoux sous le menton, il entendait la meute se rapprocher pour le battre, certainement armée de cailloux ou de bouts de bois. Piégé par le mur de la rue étroite dans laquelle il était acculé, il avait été pris d'une envie soudaine de vomir. L'effroi lui tordait le bide. Mais aussi la puanteur des immondices qu'ils lui avaient jetées au visage et qui crottaient ses cheveux et ses vêtements. Alors il avait détalé, mû par un élan de survie mais surtout par sa frayeur face à une situation qu'il ne comprenait pas. Ou plutôt si. Il ne la comprenait que trop bien. Il l'avait même crainte, cette situation, pendant toutes ces années. Mais il avait tout fait pour l'oublier. Se mentant à lui-même comme il l'avait fait à ses amis. On lui avait appris à mentir. À feindre sa vie, sa famille et l'adresse de sa maison, jusqu'à son propre nom. Un stratagème au quotidien pour se protéger d'une éventualité, d'une possibilité. Une certitude. Puisque cela devait arriver un jour. Il s'y était préparé à tel point qu'il avait fini par l'oublier tout à fait pour pouvoir vivre une vie d'enfant

« normal » aux yeux de tous. Car c'était tout ce qui comptait.

« Bourreau ! Fils de bourreau ! Coupeur de têtes ! »

Là, tapi sous le plancher, il ferma un instant les yeux pour s'isoler de la vie foisonnante qui continuait de battre son plein tout autour de lui, inconsciente du drame que lui vivait à ce moment-là. Un silence blanc ponctué par le battement de son cœur qu'il essayait de dompter, s'efforçant de nier encore un peu la réalité. Un dernier mensonge à lui-même. Quelques secondes volées à la fatalité qui se rappelait à lui par le goût du sang qui se frayait déjà un chemin sinueux de son front meurtri jusqu'à la commissure de ses lèvres.

Alors, le monde se figea. Les corps à l'arrêt et sa respiration en suspens. Doucement, il s'extirpa de sa planque et se redressa. Le petit homme qu'il devenait s'enfonça dans la foule qui ne le regardait pas. Hors de lui, hors du temps. Il marchait sur la route qui le menait chez lui, apaisé parmi les corps immobiles. À chaque pas, il grandissait un peu plus. Ses vêtements devenaient trop petits et ça tirait sur les coutures. Le tissu se déchirait par endroits comme une peau qui tomberait en lambeaux. La mue s'opérait, et la vie qu'il avait vécue s'estompait dans son souvenir. Il avançait, et les coups et les injures ne lui importaient plus puisqu'il ne les entendait plus. Comme peu lui importaient les regards de ses amis d'hier qui restèrent sans voix à sa vue, ne le reconnaissant plus vraiment.

Puisque celui qu'il était jusqu'alors était mort.

Quand il passa le seuil de la maison du pilori, sa mère comprit la situation dans l'instant. Sans dire un mot, elle le déshabilla, le lava, et le soigna.

Il était temps pour Henri d'appréhender la vie à laquelle il était condamné.

I

Cette nuit-là, la Seine d'encre filait en douceur devant le port aux Pierres, enlaçant silencieusement l'île des Cygnes en aval. Dans la pénombre, l'archipel avait les allures d'une grosse bête tapie dont l'épine dorsale apparaissait à fleur d'eau, immobile. Une terre sans vie puisque inhabitée, les briseurs de nefs qui y travaillaient la journée à mettre en pièces les navires d'un seul voyage n'y revenaient pas avant la fin de matinée, mais aussi un cimetière pour celles et ceux tombés à l'eau en amont, la plupart simples noyés, certains suicidés, ou encore d'autres assassinés pour un mouchoir ou quelques pièces. Autant de dépouilles échouées qui faisaient la réputation lugubre de l'endroit. Amarrées à la berge, des embarcations de transport, certaines lourdement chargées, semblaient assoupies à côté des coches et des batelets qui se laissaient bercer par le vent léger. Sur le quai, les silhouettes des gros blocs de pierre disposés en jeux de dominos géants se dessinaient en contre-jour de la lune gibbeuse, attendant d'être emportés vers les chantiers du Paris qui s'étendaient déjà du côté de la Courtine ou du Porcheron au nord, des faubourgs Saint-Michel ou Saint-Marcel au sud. Ou sur l'autre rive juste en face, là où des hôtels particuliers tout neufs venaient d'éclore du côté du Gros Caillou, sur la route des Invalides.

Vêtus de noir et le visage charbonné, les trois hommes se confondaient avec l'ombre portée du cube de granit derrière lequel ils s'étaient cachés. L'un d'entre eux se retournait de temps en temps pour jeter un œil vers la rivière, marquant une impatience qu'il peinait visiblement à contenir. Un autre luttait contre le sommeil qui le prenait malgré l'inconfort de la situation, alternant des bribes de phrases avec des silences courts. Sa tête opinait alors par petits à-coups secs, alors que sa bouche mollement bâillante sur le côté laissait pendre un filet de salive noirâtre sur son menton en escalier.

— Et boum ! cria-t-il soudainement, sortant à nouveau du roupillon auquel il s'était laissé aller quelques instants.

— Mais tais-toi donc ! lui souffla celui qui surveillait après lui avoir filé un coup de coude.

— La Couronne de France au roi d'Espagne ! continua le premier, malgré le coup reçu, avec un accent espagnol prononcé.

— Tu vas nous faire repérer, crevard ! Et tu pues encore l'eau-de-vie ! Tu pouvais pas te retenir, non ? Surtout ce soir !

— Il est autant le petit-fils du vieux Louis que le Grand Dauphin, insista son camarade, faisant fi de l'avertissement. C'est lequel déjà ? Je me souviens jamais.

— Le duc de Berry, répondit le troisième homme, qui ne quittait pas les étoiles des yeux.

Derrière la couche grenée de son masque de charbon, ses traits tirés sur le côté laissaient deviner un visage hilare et ses yeux grands ouverts comme deux billes bien rondes fixaient les astres. Le bras tendu vers le ciel, il s'amusait à dessiner d'un doigt le contour d'un nuage qui passait par là, s'étalant d'une forme nonchalante dans les ténèbres. Amusé par son petit jeu, il sortit discrètement de sa poche un mouchoir et l'ouvrit. À l'intérieur, des petites boules nacrées apparurent dans la lumière blafarde. Toujours à l'insu de ses compagnons, il en prit une et la porta à sa bouche.

— Ah bon ? C'est pas le duc de Bourgogne ?
— Non. Il vient de mourir.
— Tant mieux ! rebondit l'autre. Un de moins ! Et bientôt ce sera gagné ! Et Philippe sera sur le trône !
— Arrête avec ton raffut ! le tança encore le plus autoritaire. Tu en sais des choses, dis donc, l'élégant, continua-t-il à l'endroit de celui qui semblait toujours rêvasser malgré la situation.
— C'est pas compliqué, continuait l'Espagnol. Un peu de poudre, et boum !!!
— Ta gueule, Juan !... Écoutez !

Des voix en échos lointains semblaient provenir d'en face.

— Le guet ! souffla-t-il alors qu'il se redressait doucement pour regarder dans la direction de la rivière.

Ça y est, ils passent le pont des Cygnes. Envoie le signal ! ordonna-t-il au prénommé Juan, qui tombait déjà du menton, prêt à se rendormir.

Un hululement retentit dans la nuit, et la barque chargée de paille sèche à la dérive quelques toises plus bas sur la rivière s'embrasa aussitôt. Les cris d'alarme ne se firent pas attendre. Le guet repassa le pont et se précipita sur l'île, alors que le bateau des gardes qui stationnait jusqu'alors un peu plus haut se dirigeait vers le falot déjà grandiose, laissant derrière lui la Patache, le fameux bateau d'octroi. Le bâtiment amarré en travers du cours au sud de la ville qui prélevait les taxes aux mariniers était désormais sans protection.

— On y va ! ordonna alors celui qui apparaissait comme le chef.

La petite embarcation progressait sans bruit, alors que plus bas l'agitation battait son plein, la garde continuant de suivre le leurre enflammé qui glissait doucement toujours plus en aval. Sur le bateau officiel laissé sans surveillance, deux soldats s'étaient plantés à la proue pour mieux observer le brasier flottant au loin. Ils n'entendirent pas les hommes qui avaient embarqué en silence par la balustrade sur le côté et qui s'étaient dirigés vers eux à pas de loup, jusqu'à ce qu'un rire attire leur attention. À peine se retournaient-ils qu'ils étaient dûment assommés et bâillonnés.

— T'as pas pu t'en empêcher, hein, l'élégant ! grogna le chef de la bande non sans une pointe d'ironie, alors qu'ils finissaient d'attacher l'un à l'autre les deux corps inanimés. Qu'est-ce qui te prend de rire comme ça ? Tu veux nous faire repérer ou quoi ? T'en as repris, c'est ça ?

Depuis l'accostage, celui qui se faisait appeler l'élégant n'avait pas cessé de sourire. Contrairement à ses deux acolytes, il était plus calme, ses gestes étaient plus lents et appliqués. Comme s'il n'était pas en train de commettre un vol, comme si le guet ne pouvait pas surgir d'un moment à l'autre. Comme si leur vie n'était pas en danger. Les voleurs d'impôt étaient pourtant condamnés à la pendaison après avoir eu les mains tranchées. Mais non, rien ne lui semblait vraiment important à ce moment précis. Ce n'était pas tant l'argent qui les attendait sagement dans la cabine juste derrière qui l'intéressait que l'émulation que provoquait ce genre de situations. Ce qui le stimulait à ce moment-là, c'était d'aller au-delà de lui-même, de se retrouver dans la peau d'un autre, l'espace d'une autre vie, aussi courte soit-elle. S'oublier et se sentir libre de tout lien, de toute contrainte, quitte à se brûler les ailes.

— T'en as repris, c'est ça ? insistait celui qui contenait mal sa colère.

— « Quand la nuit revêt son manteau pourpre sombre… » se mit à réciter l'élégant.

— Quoi ? Qu'est-ce que tu dis ? s'étonna son complice, un peu ahuri.

— « Dans les yeux clos de la muse danse la pénombre… » continua l'autre, soufflant chaque mot vers la nuit en douceur comme pour ne pas les abîmer. « Souviens-toi de la rosée sur les champs nus bleus… »

— Mais qu'est-ce que tu fais là, bon Dieu ?

— « Comme une mer irisée par le reflet des cieux / Le vent chassé par les ailes frêles des moulins sourds / Pousse au loin les nuages… » hésita alors l'élégant sans prêter attention à la colère qui montait chez son compagnon.

— Tu fais le malin, c'est ça ? Tu fais le poète ?

— « Pousse au loin les nuages… » répéta l'autre, cherchant la fin de son vers.

— Attends de voir si tu feras le poète longtemps quand on sera pris au collet, s'énerva le chef alors qu'il finissait de lier les prisonniers.

— « Pousse au loin les nuages et chante notre amour… » ! s'écria soudain le poète. Je l'ai !

— Mais tais-toi donc ! Mais qu'est ce qui m'a pris de t'embarquer avec nous ici ? Mets-la en sourdine, lui fit le meneur en regardant tout autour pour s'assurer qu'ils n'avaient pas été repérés.

— Et alors ? répondit doucement l'élégant. Qu'est-ce que ça changerait, au fond ?

— Ce que ça changerait ? Non, mais t'entends ça, Juan ? fit le voleur à l'autre larron dont le sourire forcé trahissait un malaise inquiet. Ce que ça changerait ? C'est qu'on pourrait se faire prendre à cause de toi, crétin ! Voilà ce que ça changerait !

— Ton argent est là, prends-le. Puisque c'est tout ce qui t'intéresse, pas vrai ?

— Et qu'est-ce qui t'intéresse, toi, hein ? Je me le demande bien, tiens !… fit alors le chef d'un ton suspicieux, s'avançant vers lui. C'est vrai, quoi. Tu débarques on ne sait pas d'où. Tu fais ton petit trafic de zizanie, là. Et quoi déjà ? Hein ? C'était quoi déjà que tu l'as vu trafiquer l'autre jour ? demanda-t-il à l'autre comparse qui se tenait désormais bien à l'écart.

— De la corde de pendu, chef… balbutia Juan.

— C'est ça ! De la corde de pendu ! C'est quand même bizarre ça comme trafic, je trouve. De la corde de pendu ! De quoi porter malheur, non ? Et puis ça se trouve pas sous le sabot d'un cheval, de la corde de pendu.

— J'ai mes relations, lui fit l'élégant, l'air goguenard.

— Tu sais quoi ? reprit le chef, toujours plus près de son complice d'un soir qui continuait de fixer le ciel, son sourire affiché. Moi, je me demande ce que tu fais vraiment là, l'élégant. Vers chez nous. Dans notre coin, quoi.

— Des affaires, répondit posément l'élégant.

— Des « affaires » ! T'entends ça, Juan ? Môssieur fait des « affaires » ! Moi, je sais pourquoi tu traînes sur les quais, reprit le meneur, son visage assez proche pour que son haleine fétide frappe le visage du rêveur. Je l'ai repéré, ton petit jeu, si tu veux savoir. Je ne t'aime pas, l'élégant ! conclut-il alors en portant la main à sa ceinture, à laquelle une lame était rangée.

— Chef !… osa Juan, qui regardait vers la rivière, l'arrêtant net dans son élan. Ils reviennent !…

Au loin, la lueur du leurre n'était plus qu'une poussière de braise sur le point de s'éteindre. Un peu plus près d'eux, on pouvait distinguer dans la masse ondulante de la rivière la silhouette sombre du canot des gardes qui revenaient à leur poste.

— L'argent, vite ! ordonna le chef aussitôt, reprenant soudainement le cours de l'affaire. Toi, tu arrêtes de faire le malin ou t'y passes ! fit-il à l'élégant. Mais on en reparlera. Au boulot !

Aussitôt dans leur barque avec le butin, les voleurs dérivèrent vers la berge d'en face, alors qu'un peu plus loin les soldats s'arrimaient déjà à la Patache pour y grimper. L'alerte ne tarda pas à retentir dans l'obscurité. Une rumeur confuse qui se perdait dans le lointain alors que la petite bande longeait déjà l'autre versant de l'île des Cygnes, là où les trains de bois entassés des navires démontés formaient des murs protecteurs pour ceux qui cherchaient à se cacher.

II

Ordonnances, règlements municipaux et de police, avis d'exécution, résultat de la Loterie royale, mercuriale des prix, annonces de victoires, appel à la fête de la joute à la rivière et programme des théâtres, le mur de la maison qu'occupait le commissaire de quartier semblait bâti en pierres de papier. À peine l'afficheur officiel arborant fièrement sa médaille de cuivre descendait-il de son échelle, pot de colle et pinceau à la main, que le nouveau prix du pain placardé fuitait. De toutes les artères adjacentes on commençait déjà à accourir vers la rue du Jour. Le porteur d'eau, intrigué par l'évocation de la nouvelle que la couturière affolée venait de lui faire alors qu'il lui montait le seau, se précipitait toutes affaires cessantes, attirant derrière lui un groupe de garçons perruquiers irrités à leur tour. Du portefaix à la fripière sur le pavé, du rémouleur à la bouquetière ou à la marchande de pommes, de la racoleuse suivie de son bourgeois tout juste satisfait et à peine refroqué aux compagnons en tablier, en passant par le gagne-denier, hommes, femmes, enfants, vieillards, soldats et mendiants, tous se drainaient les uns les autres pour se précipiter en fourmilière sur la petite place qui devenait le théâtre de curiosités inquiètes. Hommes au tricorne noir ou feutre gris et redingote débrodée, femmes en bonnet, fichu, coiffe ou cornette et tablier en toile fruste, journaliers au teint basané par le soleil des champs, froc sale sur leurs corps maigres, tous étaient fagotés de fripes plus ou moins usées, raccommodées, entachées. Même les quelques-uns aux étoffes plus riches, laquais dédaigneux en livrée pompeuse ou rares visiteurs en brocart ou robe et escarpins malgré la fange, se confondaient dans la saleté générale. Corps robuste pour certains, d'autres estropiés, la plupart difformes, mutilés par le travail, fragilisés par les maladies qu'on attrape dans le brouillard ou par le mauvais air… le spectacle des Parisiens s'offrait à celui qui venait d'ailleurs en un tableau effectué à la pointe d'un pinceau rond en touches crayeuses, verdâtres, crasseuses, noirâtres, ponctuées de-ci de-là de masques de céruse. Visages sans harmonie aux traits grossièrement creusés au couteau dans l'argile écailleuse pour les plus pauvres, ou dans la cire adipeuse pour les plus chanceux, ou plus malins. Tous différents, mais semblables dans leur incrédulité, se serrant, s'amassant, se confondant, sédiment de chair, de tissus et de hardes. La créature chimérique sirupeuse de crasse se formait, entravant les rues de mur à mur. Une armée de chair encore docile et résignée puisque se rappelant la volonté de Dieu, mais dont l'humeur pouvait vriller pour chanceler à n'importe quel moment. Car si le peuple oubliait promptement les malheurs de la veille et faisait fi de ses souffrances par nécessité, s'il ne se vengeait par habitude que par de bons mots ou discrètement dans le secret de sa maison, il était aussi affamé et exsangue, et on l'avait déjà vu capable de cette opiniâtreté qui menait à la révolte et au sang. Une seule injonction, un seul cri, un seul coup, un seul regard même, et la rumeur enflait. Car le Parisien babillait. Son caquet était aussi inconstant que ses idées, détournées à chaque personne qu'il croisait, chaque opinion qu'il entendait et qu'il faisait sienne pour en changer une rencontre plus tard, dans une volubilité de langues en autant de patois que d'origines puisque la plupart venaient d'ailleurs. Les humeurs étaient fragiles, versatiles. Sous l'escalier dans la cour d'un immeuble, on passait du badinage à la violence la plus soudaine en un rien de temps. Là-bas dans la taverne, les rires devenaient des injures, les tapes amicales des coups de poing et de bâton, les baisers des tirages de cheveux. Jusqu'à l'arrivée de la garde. Un babillage qui inquiétait jusqu'à Versailles et qu'on surveillait au mieux. Si les grenouilles – ceux de la haute aimaient qualifier le petit peuple de la capitale ainsi – rassuraient les princes par leurs acclamations lors de leurs apparitions en ville ou sur le chemin de Sainte-Geneviève, elles effrayaient aussi la cour quand elles faisaient gronder la rumeur.

Comme chaque fois, le jour de l'annonce du prix du pain était un jour particulier, source de tensions, et de revendications. À la fenêtre de son bureau, François Espinasse, le commissaire du quartier des Halles, regardait la marée humaine monter et se bousculer par endroits. Il connaissait la majorité d'entre eux malgré leur nombre. Il était l'œil du magistrat, mais il incarnait aussi et surtout une autorité de terrain absolue. Chaque jour, celui que le peuple surnommait « le bon père » recevait et écoutait, tutoyant la plupart, les appelant par leur prénom et parfois leur sobriquet, pour le dépôt d'une plainte, un avis ou une dénonciation, ou pour quémander une aide. On le croisait dans la rue, souvent seul, accompagné des soldats de la garde ou du guet quand la situation l'exigeait, dressant les procès-verbaux, distribuant les ordonnances, surveillant les lieux de débauche, faisant assigner et emprisonner les criminels. Mais c'est chez les gens que l'officier passait la majorité de son temps. Dans les appartements du bourgeois comme dans les garnis les plus lugubres sous des combles obscurs, il arbitrait les disputes de couples avant qu'elles ne dégénèrent en coups, l'homme en colère et sa femme hystérique et en pleurs étalant sans pudeur leurs affaires les plus intimes, parfois devant des enfants effrayés. Il intervenait dans les querelles de voisinage, entre les commerçants et les clients, ou encore dans les ateliers où la cabale, ces fameuses révoltes des ouvriers contre leurs patrons qui tournaient souvent à la bagarre ces derniers temps, grondait souvent. Faire cesser la rumeur à sa source avant qu'elle ne contamine l'immeuble, la rue, le quartier, tel était l'impératif, mais toujours avec le souci d'aider. Et c'était ce qui faisait de lui l'homme apprécié qu'il était. Quitte à se mettre en porte-à-faux vis-à-vis de son supérieur, le lieutenant général de police Dusquesnes, qui lui demandait toujours plus de résultats, c'est-à-dire d'enfermements, et auquel il faisait un rapport chaque dimanche avant que celui-ci n'aille porter les bruits du peuple au roi lui-même le mardi.

La tâche du commissaire pouvait être considérée comme ingrate, enserré qu'il était entre les réprimandes de son lieutenant et un peuple qui avait faim, mais Espinasse, lui, se sentait à sa place. « Le bon père » considérait les gens dont il avait la charge comme ses enfants, capricieux à raison, parfois en colère, mais souvent de bon caractère et généreux malgré la misère de beaucoup. Des personnes dont il ne cherchait d'ailleurs pas à se distinguer outre mesure, comme beaucoup d'autres officiers de justice qui aimaient souligner leur statut par des tissus vaniteux débordant de jabots et de dentelles. Lui portait son costume toujours sobre et propre en tissu moelleux pourpre pour l'aisance des mouvements, veste sur justaucorps cintré qui s'évasait aux genoux, et manches étroites aux revers très larges, le tout soulignant sa silhouette qu'il avait déjà allongée. Seule frivolité, la cravate aux pans souples qui prenait son cou, et qui lui faisait le port élégant mais jamais affecté.

— Vous avez appelé le guet ? demanda-t-il à son second, toujours à son observation par la fenêtre.
— Il arrive, il faisait son tour à la Halle au bled, lui répondit un petit homme à la face de rongeur.
— Il ne faudrait pas qu'il traîne, continua le commissaire, songeur. Bientôt la garde sur place ne suffira plus.

Le commissaire avait l'œil exercé. Depuis un moment, il suivait particulièrement des yeux un homme haillonneux qui portait une hotte haute sur son dos, et qui avançait dans le tohu-bohu général sans que personne le remarque. Il aurait fait pitié à celui ou à celle qui l'aurait aperçu. Mais sa fonction faisait de lui celui qu'on ne voit pas, celui qu'on ne sent pas. Couvert d'un chapeau à bord large et mou, le corps raide, mais cassé en son milieu, vêtu d'une veste rapiécée maculée et d'une culotte évasée tenue par une simple cordelette, le personnage ébauché à l'aquarelle brunâtre se fondait dans les murs défraîchis comme un insecte qui changerait de couleur selon l'environnement. Il avançait sans bruit, traînant le pas et avec une telle lenteur qu'il en paraissait presque immobile en contraste avec l'agitation tout autour. Puis il s'arrêta pour se poser sur une borne, une de ces pierres hautes plantées au coin des bâtiments pour éviter que les voitures n'abîment les façades par un virage trop serré, et il s'adossa au mur. Il ne bougeait plus, posé là comme une statue qu'on aurait sculptée sur place, les yeux rivés sur le sol poussiéreux à ses pieds. L'air fatigué et les yeux cachés derrière des replis de rides en ondes, il ne semblait ni voir ni entendre le monde foisonnant tout autour de lui. Cette foule qui le frôlait par le mouvement, le cognait d'un genou ou d'un coude, sans pour autant y faire attention. Comme s'il n'était pas là, comme s'il n'existait pas. Pas plus que n'existaient les mains qui sortirent alors doucement de la hotte que le curieux personnage avait toujours sur son dos. Deux petites mains, puis des bras et enfin une tête ébouriffée d'enfant, qui plaqua immédiatement une affiche sur le mur et l'enduisit de colle, avant de disparaître aussitôt dans sa cache d'osier. Doucement alors, et toujours sans un mot, l'homme se redressa et reprit son chemin, se faufilant dans la foule amassée pour disparaître tout à fait, laissant derrière lui à hauteur d'yeux son placard qui recouvrait presque entièrement l'annonce d'un charlatan garantissant la guérison de tous les maux.

Un placard parmi tant d'autres, cauchemar des commissaires dont les exempts arpentaient chaque jour toute la ville pour en nettoyer les murs. Car les écrits sauvages des libellistes et des colporteurs clandestins se répandaient comme de la moisissure quand la température de la rue montait.

— Regardez, là ! s'écria le boucher de la place, qui venait d'apercevoir le papier fraîchement affiché sur le mur dont le plâtre avait totalement disparu par endroits sous la couche épaisse des carrés collés les uns sur les autres.

— Qui sait lire ? s'écria-t-on dans la foule qui s'échauffait encore sur le prix du pain mollet.

— Un autre là-bas ! cria une femme un peu plus loin, indiquant de la main un placard similaire sur un autre mur.

— Hé, le limonadier ! Toi, tu sais lire, non ? demanda-t-on à un dadais au physique de héron dont le visage grenelé trahissait la petite vérole.

— Compter ! rétorqua celui-ci. Et encore pas plus loin que dix, continua-t-il en montrant ses mains les doigts bien écartés comme pour se rassurer du nombre.

— Moi, je peux les voyelles, pas les consonnes, se proposa un petit vieillard chenu dont le crâne palot faisait penser à un radis gâté.

— On a volé la Patache ! s'écria enfin un jeune homme plutôt bien de sa personne qui portait l'habit d'étudiant.

La réaction ne se fit pas attendre. Oublié le prix du pain, repoussés les autres colleurs de placards qui affichaient à leur tour d'autres nouvelles souvent infondées, satirisant pour la plupart le pouvoir pour attirer les badauds et exciter la rumeur. La garde que le commissaire de quartier avait fait placer au préalable ne suffisait décidément plus à contenir la foule qui se détournait déjà comme un seul homme vers le lecteur juché sur une caisse pour mieux lire et être entendu.

On avait volé l'argent d'octroi sur la Patache au sud de la ville il y avait déjà quelques jours, et les autorités avaient tu l'affaire.

— Pourquoi ils n'en ont pas parlé dans la gazette ? demanda l'un.

— Ils vont nous faire payer ! s'exclama un autre. C'est de l'argent perdu qu'ils vont vouloir rattraper, c'est sûr !

On acquiesçait. On s'interrogeait. Qui avait bien pu faire un coup pareil ? La Patache était un bateau très bien gardé, tout comme la Gourdine qui frappait la monnaie sous le Pont-Royal et qui avait aussi été la proie de malandrins à plusieurs reprises.

— Parce qu'ils ne sont pas fiers, par Dieu ! ironisait un autre alors que la garde resserrait les rangs tout autour de la place, épaulée par des troupes supplémentaires. Faudrait pas que ça donne des idées à d'autres !

Achetée à une de ces femmes de soldat qui revendaient des vieilles nippes sous les colonnades du Louvre ou aux piliers des Halles pour survivre, la veste était plus que décatie et d'un bleu désormais oublié, sur un justaucorps cintré rouge pavot toujours hâbleur malgré le temps. Les ornements brodés en torsades dorées s'effilaient aux poches et au col, la plupart des boutons autrefois étincelants manquaient à l'appel, et quelques dentelles tristes pleuraient aux manches évasées un passé révolu. Le reste des habits sans condition, une culotte en lin brunâtre courte sur des bas salis, finissait de dépeindre un personnage original qui n'avait pas hésité à grimper sur la croix qui se dressait face au porche Saint-Eustache, au croisement des rues du Jour et Coquillière. Perché là-haut, ignorant les regards réprobateurs de certains et plein d'envie d'autres, le perroquet avait un point de vue imprenable sur les événements en cours.

Henri aimait observer les gens, leur mouvement, leur bruit, leurs attentions codées par leurs gestes et la musicalité de leur voix. Il traînait tout le temps dans son quartier, son monde, « son Paris », celui entre Saint-Eustache et les quais du côté du Grand Châtelet. Il connaissait la moindre ruelle, la moindre impasse dans cette cité où tout le monde vivait avec tout le monde, circulant en masse et en tous sens entre des immeubles jusqu'à six étages qui ornaient les rues et obstruaient l'horizon. Il aimait ce contraste où les hôtels particuliers magnifiques étaient séparés des bâtisses les plus lugubres par de simples venelles souvent sombres, aux pavés souillés par la marée de boue mélangée aux excréments des humains et des bêtes. Il se complaisait de tous ses sens dans cette luxure furieuse d'odeurs et de sons, comme aux alentours de la Grande Boucherie, où les bêtes agonisaient chaque jour en gémissements plaintifs et douloureux, alors que les bras de l'équarrisseur fouillaient leurs boyaux et que les flots fumants de sang se répandaient dans la rigole centrale des rues comme des entrailles. Le danger pouvait y survenir à n'importe quel moment et de n'importe où. Dans l'air, si confiné et puant que certains défaillaient. Sur les pavés de la chaussée, si glissants que le passant pressé risquait à tout moment de se rompre le cou. Du ciel, chute d'immondices et potées de pisse jetées des fenêtres, tuiles qui se détachaient, ou morceaux de toit qui cédaient. Mais peu importait, hommes et femmes, animaux, tous circulaient comme de la sève, une urgence, une nécessité, une condition pour survivre. Chacun pour soi. Mais les uns avec les autres. Car ici, point d'intimité. Les murs poreux et les portes toujours ouvertes laissaient passer les vies comme autant de courants d'air. Les immeubles communiquaient les uns avec les autres en dédales d'arrière-cours enserrées, des carrées réparties en étages reliés par des escaliers, comme les veines d'un même organisme, vivant, palpitant. Là, des parents exposent leurs ébats à leur progéniture par la proximité dans leur foyer, tandis que rots et pets du voisinage résonnent et empestent. Plus loin on ronfle, et là-bas une gueulante éclate. Dans la cour juste en bas, des enfants jouent au palet, alors qu'un domestique agace la jeune épinglière du troisième dans le local sous l'escalier. De l'autre côté au premier, une chapelière et une vendeuse d'huîtres se gourmandent, le verbe bien haut, pour une histoire de mouchoirs volés, attirant aussitôt l'attention du voisinage. Les beuglements et les cris atteignent la rue. On se retourne dans la cour d'à côté, on s'arrête de carder, d'aiguiller, de discuter, de marcher, on réagit promptement au grabuge et on se précipite, la plupart pour regarder, certains pour éviter l'accident, la faute irréparable, si fréquente. La voisine du charbonnier rapplique pour séparer les deux femmes qui s'agrippent déjà par le bonnet et se tirent les cheveux, alors qu'on prévient la garde qui ramènera l'ordre par son autorité qui s'impose aussitôt. Et la nouvelle se répandra dans le quartier, dans les estaminets, dans les boutiques et les ateliers, l'histoire sera réécrite chaque fois qu'elle sera racontée, souvent mimée, puisque tout le monde ne parle pas la même langue dans ce Babel où les patois picards, bretons et aquitains se mélangent. Ici, pas besoin de noms aux rues, on reconnaît le quartier par la musique des langues parlées. Dans le vrombissement sourd de la foule, un vitrier annonce son passage de sa voix éraillée, tandis qu'une vendeuse d'oublies, ces petits gâteaux si prisés qu'on grignote en marchant, peine à se faire entendre. Plus loin, un porteur d'eau tape les murs de ses seaux pour annoncer son passage. Tous usent de stratagèmes expertisés par l'expérience pour sortir du lot et être remarqués. Surtout quand il s'agit d'aliments qu'il faut vendre au plus vite avant qu'ils ne se gâtent. Ça crie et ça hurle, ça chante, mais aussi ça chuchote et ça complote, ça se heurte et ça s'embrasse. Paris est un marasme musical et charnel où l'on badine comme on y meurt, les corps se confondant les uns avec les autres par le jeu de la vie, du hasard, de la haine ou de l'amour, quand ils ne sont pas abîmés ou détruits, écrasés par les voitures qui circulent à toute vitesse, ou surinés par un aigrefin pour quelques pièces. Sans oublier les maladies qui guettent, partout dans la pourriture sur le sol ou sur les murs, dans l'air qu'on respire ou dans la nourriture qu'on avale, ou par l'entremise d'une marcheuse épicée prise à la sauvette dans un garni.

Henri aimait cette vie-là, si fragile, avec ses habitudes, ses rites, mais son incongruité aussi. Il se plantait souvent au coin d'une rue ou sur le Pont-Neuf, s'asseyait à la table d'une auberge ou en hauteur sur un parvis, un peu à l'écart pour avoir une meilleure vision d'ensemble, ou au contraire bien au milieu du flux, en bas du pavé. Et il regardait, il ressentait, il se saoulait des autres, des corps qui se frôlent et qui se bousculent, il s'enivrait des piaillements des Parisiens qui courent, des grenouilles qui coassent. Et on le regardait aussi, certains intrigués au point de s'écarter quand ils le croisaient. Son accoutrement certainement, il était toujours vêtu de sa veste, le port un peu gauche, comme ces comédiens qui traînaient du côté du Palais-Royal, mais aussi son attitude. Ses gestes, que d'aucuns auraient qualifiés de maniérés, voire précieux, contrastaient bizarrement avec le négligé de sa mise, trahissant une certaine façon d'être en société qui avait été forgée par l'éducation. Sa silhouette désinvolte presque dégingandée et son port de tête de côté donnaient l'impression qu'il accordait une attention particulière à toute chose. Comme un enfant qui s'arrêterait devant une personne dont les traits ou le comportement lui paraîtraient étranges. Mais derrière cette touche de curiosité innocente qui pointait dans ses yeux verts, il y avait aussi l'empreinte d'une mélancolie. S'il baissait le regard quand l'autre le perçait à jour, le voile de tristesse qui recouvrait son rire ou son hilarité souvent affichée le trahissait tout autant. Même quand il parlait, son élocution soignée et ses mots choisis avaient le son de l'amertume. Alors il fuyait. D'une galipette il fabriquait la dérision qui cassait la prise qu'on aurait pu avoir sur lui, il tournait le monde à son avantage par une érudition qui surprenait, usant de bons mots et se plaisant à la rime, le tout souligné de son sourire si naïf et désarmant.

— Hé ! Henri ! le héla soudainement un petit bonhomme à la bouille ronde avec un épi roux planté sur le haut du front. Qu'est-ce tu fais là-haut ?

— Et toi, P'tit Rouquin ? lui répondit aussi sec Henri. T'as pas des dames à décrotter tantôt, tête de potiron ?

— Tu penses ! Fait sec ! se lamenta le petit Savoyard. Dis, se reprit-il aussitôt, comme s'il se souvenait d'un coup de la mission qu'on lui avait confiée, faut que tu rentres au pilori. On t'attend là-bas.

— Ah bon ? répondit Henri, visiblement contrarié. On t'a dit pourquoi ?

— Non. Juste que tu rentres.

III

La rue Traînée longeait l'église Saint-Eustache par le côté, puis la pointe du même nom, et déjà les Halles se présentaient, grande place en triangle qui pointait vers le cimetière des Innocents. À cette heure avancée de la matinée, les milliers de paysans venus en pleine nuit étaient déjà repartis après avoir laissé sur les étals leurs provisions de légumes, fleurs et fruits, et non sans s'être réchauffés le ventre d'un café au lait servi pour deux sous par les femmes aux fontaines en fer-blanc sur le dos. Déjà les mareyeurs se frottaient aux poissonniers et les coquetiers paradaient, leurs œufs en pyramides sans qu'un seul se casse, au-dessus de la mer encore fumante des carcasses découpées la nuit même, et juste à côté des monceaux de pains apportés par les boulangers de Gonesse, se réchauffant à cette heure à l'eau-de-vie aiguisée au poivre long dans les tavernes du coin. Par les rues de la Cossonnerie et des Prêcheurs, les merlans saupoudrés de la tête aux pieds se précipitaient fer à toupet d'une main et perruque d'une autre vers la rue Saint-Denis, où les plaideurs en rabat et robe s'apprêtaient avant d'aller au Châtelet ou au Palais de justice, croisant les limonadiers en veste, qui allaient porter les bavaroises dans les chambres garnies, et les commis de bureau habillés et frisés encore ensommeillés. Les joueurs nocturnes sortaient discrètement des tripots de la rue de la Truanderie juste à côté, et se dispersaient comme des blattes, frôlant le libertin chancelant et tête basse, rompu de fatigue, éveillé quelques instants plus tôt en sursaut par le bruit du marteau du forgeron, alors que son corps se mélangeait encore à ses partenaires de partie fine. On affluait de tous les côtés sur la grande place des Halles, panier au bras ou sac à l'épaule, ou encore main dans les poches pour ceux sans le sou venus glaner les restes. On piaillait, on haranguait, mais surtout on aboyait, on hurlait, on vantait sa viande et on déclamait les bienfaits de ses herbes. Dans les friperies sous les piliers des Halles tout autour, on saisissait le passant par le bras pour l'attirer dans la boutique, les coups de canne en retour n'étaient pas rares, alors que les coupe-bourses commençaient leur besogne l'air de rien. Le mouvement se créait naturellement autour de la bâtisse la plus incongrue qui soit plantée au beau milieu de la place la plus courue de la ville ce jour-là. La maison du pilori.

La maison du bourreau était une étrange bâtisse qui se dressait au-dessus de la foule vers la lumière. Ornée d'un clocher qui abritait lui-même le carcan, un système rotatif pour mieux exposer les condamnés, elle était composée de quatre corps. L'un d'entre eux était fermé par une tour campanile, à la base de laquelle s'ouvrait une échoppe recouverte d'un auvent de lattes de bois. À chaque coin du bâtiment, des niches désormais vides creusées dans la pierre de craie et décorées de chapeaux gothiques en entrelacs complexes détonnaient avec l'allure plutôt austère de l'ensemble. Une grande fontaine en mausolée dorique se dressait à côté, et les échoppes disposées tout autour finissaient d'attirer les chalands, qui ne semblaient visiblement pas effrayés ni par l'endroit malgré sa fonction lugubre ni par l'identité de son habitant. Bien au contraire, le bâtiment faisait partie du décor de la vie de tous, comme une chose qui allait de soi. On s'y adossait pour se reposer, on circulait à ses abords en baratinant ou en marchandant.

* * *

Henri ferma la porte doucement, mais la clenche résonna en échos de tonnerre dans son crâne. La tête lui tournait, et il s'arrêta un instant pour ne pas perdre l'équilibre. Il n'aurait peut-être pas dû en prendre. La grande salle était vide et ça sentait la cire d'abeille. Dans sa vision incertaine, la longue table épaisse et striée qui coupait la pièce en deux dans toute sa longueur semblait se tordre sur elle-même, pour se remettre tout à fait en place. Les tabourets larges qui étaient sagement rangés tout autour disparaissaient par moments complètement en dessous pour réapparaître aussitôt. À chaque extrémité, les gros fauteuils aux bras usinés en nattes sombres lui paraissaient en colère, comme s'ils étaient prêts à se jeter sur lui. Henri se sentit défaillir et s'appuya d'une main sur le mur de pierre. Il lui sembla un instant que l'imposant buffet vaisselier qui occupait la plus grande partie du mur sur le côté jusqu'aux poutres du plafond tanguait légèrement, se balançant d'avant en arrière. S'il s'en approchait, il serait certainement écrasé, pensa-t-il alors de son esprit troublé. Non, il n'aurait définitivement pas dû en prendre. Mais la tentation avait été trop grande sur le chemin jusqu'ici. Parce que l'angoisse trop forte, trop soudaine. On l'avait fait demander, et il ne savait pas encore à quoi s'attendre. L'angoisse. Toujours la même, celle qui s'insinue par les veines, lui brûlant la tête et irradiant son corps jusqu'à ce qu'il la sue par tous les pores. Alors il n'avait pas pu s'en empêcher. Il connaît bien les tabagies blotties sous les arcades du cimetière des Innocents. Il en avait eu besoin. Pour se calmer. Il n'y avait que ça qui fonctionnait. Ça et la rue. Même les pinçons d'eaux-de-vie camphrées n'avaient plus d'effets sur ses peurs, tout en lui altérant quand même la raison. Alors il s'était arrêté dans l'établissement où il avait ses habitudes. Celui avec une arrière-salle qui se transformait en tripot la nuit venue. Et il en avait pris. Un peu. Juste ce qu'il fallait. Juste ce qu'il pouvait aussi se payer avec ce qu'il avait. Et il avait repris sa route jusqu'ici, l'air à nouveau guilleret, attirant le regard réprobateur des uns ou effrayant un peu les autres. Mais il ne s'en était guère soucié. Et quand bien même on aurait appelé la garde, peu lui aurait importé. Puisqu'il volait.

Une respiration profonde, encore. Un temps, juste pour lui. Dans cette maison. La seule qu'il connaissait car il n'était encore qu'un nourrisson quand sa mère et lui avaient débarqué ici, chez son oncle, une quinzaine d'années auparavant. Il se sentait mieux. Oui, tout allait bien. Il regardait tout autour et chaque chose était bien à sa place comme toujours, immobile, et ça le rassurait à nouveau. Aucun son ne provenait de l'office, derrière la porte de l'autre côté de la salle, le territoire exclusif de Rose, la vieille intendante, magicienne de la cuisine et reine des gougères, mais avant tout pour lui une grand-mère aimante depuis toujours. Là, ses poêlons et sa marmite en cuivre lustrée sur le manteau de l'âtre endormi qui ouvrait une bouche béante sur le mur de l'entrée. À l'intérieur, le chaudron déjà placé sur la crémaillère pour midi. Ici, sur le côté, disposés en ordre sur la tablette, les ustensiles de bois poli et quelques pots prêts à l'emploi qu'elle utilisait chaque jour pour préparer les repas et servir. Il respirait un peu mieux. Juste devant, des fleurs séchées étaient harmonieusement disposées dans un vase d'étain à l'éclat mat sur la maie dans laquelle il savait qu'un jambon de bonne taille finissait de saler pour l'hiver prochain. Puisque c'était lui qui avait égorgé la bête l'automne dernier. C'était le vieux Jacques, le mari de Rose, qui lui avait appris à tuer les bêtes, quand il était encore petit. Le valet de son oncle, toujours en activité malgré son âge, qui lui racontait tant d'histoires fantastiques rapportées de Nouvelle-France, assis avec lui là-haut dans le clocher, parfois avec un ou deux suppliciés qui eux aussi écoutaient. La Nouvelle-France, ce territoire inconnu habité par des sauvages et qui, aux dires de certains, mènerait jusqu'à la Chine plus loin vers l'ouest. Une terre qui le faisait rêver, où son propre père qu'il n'avait pas connu se serait battu pour le roi quand il était officier.

L'atmosphère posée mais rigoureuse de l'endroit, adoucie par la lumière que filtraient les voilages aux fenêtres encadrées de tentures de laine et les tapisseries aux murs, seules frivolités aux tons verts des bergames à motifs à fleurs et ramages jaunes et bleu vif, le ramenait à ces doux souvenirs de son enfance. Son regard s'arrêta alors sur la porte qui se devinait juste derrière l'épais buffet, et qui ouvrait sur l'échoppe et l'atelier de sa mère. À cette heure, la boutique était certainement fermée. Il savait où se trouvaient les morceaux de corde de pendu. L'occasion d'en subtiliser quelques-uns pour faire son petit commerce était trop belle.

— Où étais-tu ? fit une voix douce, dont le timbre trahissait un calme feint, arrêtant aussitôt le jeune homme.

Clément était un homme discret. De corps – il était de taille moyenne et d'une carrure dans la norme – mais aussi de caractère. Calme et mesuré. Henri ne se souvenait pas avoir jamais vu son oncle en colère ; l'homme dans la force de l'âge parlait d'une voix posée avec des mots choisis. Les traits de son visage se dessinaient en arrondis, donnant le sentiment d'une attention douce et d'une vraie empathie à l'endroit des autres. Toujours, il portait des vêtements de belle facture. On le reconnaissait à son pourpoint, de préférence dans les tons verts, qu'il portait large et court sur une chemise fermée avec cravate de dentelle à longs pans, le tout sur un rhingrave garni à la taille de quelques rubans de couleurs moirées. Sa toilette soignée, l'usage de l'eau était de règle dans la maison, confirmait ce sentiment d'élégance qui rassurait ceux qui étaient amenés à le fréquenter. Lors d'un dîner ou autour d'un verre, à la sortie de la messe qu'il ne ratait jamais car l'homme était très pieux, ou dans les environs des Halles. Ou encore vers le quartier de la Nouvelle-France où il s'était installé depuis peu dans une magnifique demeure rue d'Enfer, ne revenant à la maison du pilori que pour ses « affaires » et parfois pour les repas. En revanche, l'homme devenait frugal en paroles quand il travaillait. D'ailleurs personne, même celles ou ceux qui le connaissaient, ne l'aurait abordé à ce moment-là. Car Clément, cet homme à l'allure bienveillante et affable qui continuait de fixer Henri, n'était autre que Monsieur de Paris, le bourreau de la capitale, l'exécuteur le plus connu du royaume. Un homme respectable et respecté, et ce même si la canne dont il faisait usage pour se déplacer depuis quelque temps lui fragilisait l'allure. Sa vue s'altérait de jour en jour, et bien que prétendant le contraire, il ne devinait plus que le contour des choses et devait désormais se faire suppléer pour les exécutions.

— Mon oncle ?... balbutia enfin Henri en retour. Je... J'étais du côté de Saint-Eustache. On a affiché le prix du pain, continua-t-il maladroitement alors que ses mains malaxant le vide trahissaient son embarras et surtout son état.

Clément n'était pas dupe et Henri le savait. Toujours avec cette quiétude parfois déconcertante, il n'y voyait plus guère, mais lisait en son neveu comme dans un livre ouvert. Henri devait reprendre la main. Il savait qu'on l'avait certainement cherché ces derniers jours, que sa mère s'était rongé les sangs. Il savait qu'on avait eu forcément besoin de lui et qu'il n'avait pas répondu à l'appel. Il avait disparu sans laisser de mots, comme à son habitude lorsqu'il ressentait le besoin de s'évader d'ici, de fuir sa condition.

— Tu étais passé où ? reprit son oncle, toujours calme. Ça ne fait quand même pas trois jours que tu attends l'annonce du prix du pain ?

— Non !… se défendit Henri. Non, bien sûr. J'avais des choses à faire. Des gens à voir…

Les jumeaux arrivèrent à point nommé pour créer la diversion qu'Henri espérait tant. Les deux aides du bourreau, des hommes fidèles et besogneux, ne se quittaient jamais. Seuls leurs yeux marquaient une différence physique troublante pour qui les regardait. L'un les avait vairons, et l'autre louchait légèrement. D'où leurs surnoms qui étaient devenus leurs noms par habitude, et qui leur allaient très bien. Vairon et Louché faisaient toujours tout ensemble. Les choses les plus simples du quotidien comme dormir – ils logeaient tous deux dans un des petits garnis attachés à la charge du bourreau –, se laver ou manger, se promener dans le quartier les pas toujours calés l'un sur l'autre. Quand ils parlaient, l'un commençait une phrase et l'autre la finissait. Même une démangeaison chez l'un en déclenchait immanquablement une chez l'autre. Un binôme troublant, voire inquiétant, pour quiconque croisait les deux hommes silencieux dans la rue, ou lorsque leurs silhouettes se dessinaient, identiques, là-haut sur l'échafaud, lors d'une exécution publique.

— Le corps du pendu, maître… commença l'un.

— … est dans l'appentis des suppliciés, termina l'autre.

— C'est très bien, leur répondit Clément.

— Salut, Henri ! fit Vairon tandis que Louché lui adressait un signe de la main.

— Salut, les gars, leur répondit Henri avec un sourire gêné.

— Laissez-nous, coupa Clément avec son autorité toujours calme.

Les deux aides s'exécutèrent sans broncher pour disparaître par la petite porte en contrebas qui donnait sur la cour exiguë derrière le clocher. Après un temps, Clément s'approcha d'Henri, qui n'avait pas bougé d'un pouce depuis qu'il avait été surpris.

— J'ai retrouvé les outils sales la dernière fois, reprit-il, toujours paisible. Et je n'ai pas vu la liste des consommables.

— Je sais, mon oncle. Je…

— Tais-toi, le coupa Clément. Regarde-moi, lui ordonna-t-il alors sans détour, lui haussant le menton de la main.

Les yeux vitreux du bourreau plongeaient dans ceux d'Henri. Il savait. Il ne pouvait pas ne pas savoir. Sans y voir clair, l'exécuteur avait l'habitude de ressentir l'émotion de celles et ceux qui se trouvaient au bord du gouffre. Il disait même qu'il pouvait deviner leur âme dans l'abîme de leur regard, qu'il les entendait hurler dans leur souffle. Henri se sentait à nu, désemparé. Mais il sentait aussi la colère monter, avec cette envie de se révolter, de ne pas accepter.

— Tu feras la tournée de nettoyage de la place et des rues alentour cette nuit, continua Clément après lui avoir lâché le menton et s'en retournant déjà vers la sortie. Tu récupéreras les peaux des bêtes que tu ramasseras, et demain tu accompagneras Jacques à la tannerie du Gros Didier.

— Oui, mon oncle, peina Henri à articuler en retour.

— Et s'il y a des corps, tu prendras le tombereau et tu les entreposeras, continua le bourreau. Je ferai appel à la faculté.

— Très bien.

Clément se retourna une dernière fois dans la direction de son neveu. Il aurait voulu trouver les mots justes, ceux dont il aurait pu espérer qu'ils aient le pouvoir de remettre les choses à leur place. Henri, lui, ne bougeait toujours pas. Il n'osait pas regarder son oncle, fixant le bouquet de fleurs séchées dans le contre-jour tamisé. Mais le claquement léger et sec de la porte qu'on refermait calmement le rassura et le sortit de sa torpeur. Il était seul. Il se remit à respirer.

Il se dirigea vers la porte qui donnait sur l'échoppe de sa mère et l'ouvrit, puis la rabattit tout doucement derrière lui.

IV

— Quelques gouttes de fiente d'oie dans un verre de vin blanc, radical contre la jaunisse, annonça Marguerite.

— De la fiente d'oie ? Z'êtes sûre, madame Marguerite ?… fit, incrédule, la petite vendeuse de paniers, dont le nez arrivait à peine au niveau du comptoir.

— Neuf jours ! confirma la guérisseuse avec un grand sourire. Les effets sont surprenants, vous verrez !

— Ah bah dites !… poursuivit la marchande, tournant entre ses doigts fripés la petite fiole contenant une substance sirupeuse marronnasse qui ne lui inspirait visiblement pas confiance. C'est bien parce que c'est vous… conclut-elle en mettant sa main à la poche pour y chercher des pièces.

— Non, la petite Luce, c'est pour moi.

— Vrai ?

— Soigne-le bien, ton petit Fanfan, insista Marguerite. Je suis certaine qu'on le reverra faire des bêtises dans le coin sous peu.

Il y a toujours une ou deux personnes devant le comptoir de la maison du pilori. Parfois on y fait même la queue les jours de marché. On y vient pour les onguents bien sûr, mais aussi pour le plaisir de converser un instant avec la propriétaire dont la popularité va désormais bien au-delà du quartier, voire jusqu'aux portes de la ville. Est-ce son statut de veuve et le mystère qui entoure son passé ? Elle aurait débarqué un beau jour de Bourgogne chez son cousin le bourreau, avec son nourrisson et juste quelques effets personnels, à la suite de la perte obscure de son père et de son mari. Ou est-ce lié à son caractère, son apparence et son goût ? Marguerite est de celles que l'on apprécie, que certaines envient, et qui intriguent la plupart. Elle est toujours avenante et prévenante envers ceux qui sont dans le besoin – les pauvres hères qui traînent dans les Halles à la recherche d'une miette de quignon dans la boue sont légion –, sa beauté douce et son élégance naturelle charment la plupart des hommes mais aussi beaucoup de femmes, et la force qui émane de sa personne tient à distance les mal intentionnés. Son allant, sa bonne humeur et sa conversation, toujours de bon aloi, suffisent à faire oublier sa sobriété, que des jalouses trouveraient ennuyeuse dans une période où le badinage est de mise. Car Marguerite n'est pas de celles qui se laissent aller au souci de l'apparence, comme cette nouvelle tendance de la petite bourgeoisie qui voudrait qu'on se pare d'une manière plus avantageuse que sa condition. Le maquillage outrancier, les toilettes et les bijoux de celles qui jouent les grandes dames dans les jardins des Tuileries comme à la parade, en se délectant de glaces et d'huîtres, ne l'intéressent guère. Marguerite est toujours soignée, ses cheveux de jais tirés en arrière finissant en un agréable chignon suspendu par une simple broche d'argent au-dessus de sa nuque duveteuse incurvée par son port élégant. Sa mise est sobre. Elle est le plus souvent vêtue de sa robe en laine brun foncé doublée de popeline, légère et bon marché, et surtout facile à porter, cintrée à la taille d'un ruban de soie noire ou rouille qui souligne sa silhouette sur laquelle le temps ne semble pas avoir de prise. Et si quelques rides soulignent désormais les commissures de ses lèvres quand elle sourit, celles qui raient en petites étincelles les coins de ses yeux vert irisé de jaune ne ternissent pas l'éclat de son visage ambré.

Et sa boutique est à son image, arrangée avec goût, mais sans trop de fioritures, avec des senteurs de muguet qui adoucissent les humeurs. De petite surface – quand Rose vient l'aider, les deux femmes tiennent à peine derrière le comptoir –, l'échoppe est attenante à la maison du bourreau. Derrière, juste à côté des étagères où sont exposés les divers pots d'onguents joliment étiquetés, une porte ouvre directement sur la grande salle de la maison du pilori. Deux meubles à tiroirs contiennent les différents produits que Marguerite a développés avec les années et qu'elle propose désormais à la vente : poudre de fiente de paon contre l'épilepsie, fiole de sperme de grenouille efficace contre les vomissements, sels de crapaud contre l'hydropisie ou de cloporte contre la goutte, cendre d'abeilles pour favoriser la repousse des cheveux, ou encore huile de fourmi contre la surdité, entre autres. Sans oublier les morceaux de corde et les mèches de cheveux des pendus, très prisés pour chasser la guigne. Mais aussi l'usnée, ou magistère humain, la substance verdâtre collectée à l'intérieur des crânes des têtes fraîchement décollées, avec laquelle elle fabrique toujours le fameux philtre carmin qui a fait sa réputation, et que celles et ceux qui en prennent surnomment tout simplement désormais « la Marguerite ». Un philtre mis au point par les deux hommes qu'elle a aimés le plus au monde, lui sauvant un jour la vie alors qu'elle enfantait, et qu'elle continue de prendre parfois quand ses douleurs reviennent. Une matière fragile dont les effets s'estompent une fois que l'air pénètre dans la fiole, mais qu'elle a appris, à force d'étude et de travail, à conserver en y incorporant un soupçon de millepertuis réduit avec de l'ail des ours. Marguerite laisse volontiers le comptoir à Rose pour travailler dans son atelier. De l'autre côté de l'étagère murale, une alcôve basse donne sur un endroit mystérieux que ferme une tenture. Là, elle se retrouve dans sa bulle, son monde à elle. Une forêt que le vent fait murmurer, aux arbres à la frondaison qui sculpte le ciel comme un toit protecteur. Une petite chambre sous les combles un matin d'été après l'amour, la fenêtre ouverte sur les champs dorés parsemés de moulins paresseux. Des voix chuchotées, et des bruits, des frottements, des odeurs étranges, âpres, parfois sucrées, et souvent fleuries dans son souvenir. L'odeur du sang aussi. Toujours un peu, quelques gouttes qui frappent le sol en terre battue, puis par flots soudains, les rivières pourpres se déchaînent alors sur les murs en déferlantes, avec les cris, la douleur, l'effroi, et la peine qui reste comme une tache sur la peau, dans le cœur, indélébile. Comme un mauvais rêve que l'on fait chaque nuit et avec lequel il faut vivre chaque jour. Un élément constitutif d'une vie qu'on n'aurait pas choisie, mais qu'on feint d'assumer.

Une vie que l'on trouve normale par habitude, la sienne depuis toujours.

Et il y a aussi l'amour. Surtout.

La sensation d'une main qui vient se poser sur l'épaule. Un baiser dans la nuque ou à la commissure des lèvres. Cet amour-là, évoqué dans un souffle. Une présence réconfortante, protectrice. Des fantômes d'un autre temps, d'une autre vie, qui lui tiennent compagnie avec bienveillance.

C'est ici, à la lumière de bougies disposées en appliques et d'une petite lucarne grillagée, que Marguerite confectionne ses emplâtres, son fameux philtre et ses onguents. Quelques étagères strient les murs blanchis au plâtre sur lesquelles des pots de grès ou en verre épais sont méthodiquement rangés. Au-dessus de la table de travail, où reposent un alambic et toute une gamme de récipients de cuisson en verre, des livres sont soigneusement disposés à la verticale, appuyés les uns aux autres, prêts à être consultés. Parmi eux le *Traité d'anatomie* d'André Vésale et les planches et dessins de Malpighi, tous deux hérités de son père, des ouvrages précieux et rares qu'il avait achetés alors qu'il exerçait encore à Clermont. Et surtout son fameux grimoire à la couverture de cuir épaisse et racornie par le temps et l'usage. Des pages noircies par des écritures reprises et raturées, traces du temps passé à chercher la formule qui lui sauverait la vie. Traces d'un temps révolu, mais que Marguerite a essayé de prolonger malgré tout par l'étude. Pour aider les autres bien sûr, mais aussi pour tisser un fil aussi ténu soit-il avec son passé. Pour ne pas se perdre et sombrer.

— Tes cuisses sont bleues à l'intérieur, murmura Marguerite à Margaux, alors qu'elle lui appliquait la pommade là où les coups avaient plu la nuit durant.

— C'est un gars qui a ses goûts, s'excusa presque la jeune femme, qui n'était plus qu'une ombre après plusieurs jours de marche sous les arcades du Palais-Royal. Mais il paie.

— Et ça ? demanda encore la soigneuse, éclairant de sa bougie des rougeurs qui pigmentaient déjà les hanches et le ventre de sa patiente.

— L'air, très certainement, balbutia Margaux. Ou le brouillard. Il était épais cette nuit. C'est lui, c'est sûr.

— Oui, très certainement, éluda Marguerite, qui ouvrait déjà un pot contenant une matière visqueuse verdâtre.

— Qu'est-ce que c'est ? fit la malade, dégoûtée.

— Déshabille-toi complètement.

La pauvrette à peine arrivée de son Limousin natal n'avait eu d'autre solution que de se vendre pour survivre. Comme toutes ces filles débarquées de partout dans le royaume, fuyant la misère des campagnes ou rejetées par des parents dans l'incapacité de les nourrir, attirées par l'espoir d'une vie meilleure dans une grande ville qui leur offrirait forcément une situation, elle s'était rêvée courtisane, entretenue de façon bourgeoise et coquette par un homme riche, ou actrice de la Comédie-Française ou de l'Italienne si prisées par les ducs et les marquis. Elle était finalement devenue raccrocheuse à son compte, activité plus lucrative que les petits boulots qui ne durent jamais très longtemps, amorçant ainsi sa descente vers l'enfer. Une mansarde étroite devenue trop chère, et c'est la maquerelle pour laquelle on boucane dans les cabarets et les rues, se cachant du guet la nuit et des archers de l'hôpital le jour – on ne revoit jamais les filles qu'on emmène à Sainte-Pélagie ou à Saint-Lazare –, et sans le sou pour se nourrir à la fin de la journée après avoir payé la location de son linge. Une chambre garnie partagée où on ne dort que d'un œil pour protéger le peu qu'on possède, et c'est la fange des ruelles du côté de la Grande Boucherie. Là, adossée aux murs spongieux de crasse, lascive de fatigue quand ce n'est pas de maladie, la barboteuse se vend parfois à peine consciente aux garçons bouchers, saoulée par les beuglements des bêtes qu'on égorge juste à côté.

Marguerite accueillait ces filles pour les soigner physiquement, les coups étaient fréquents, mais aussi pour les écouter, tout comme elle recevait celles et ceux qui étaient accablés de douleurs par le travail, la violence d'une vie passée à survivre, ou par les maladies invétérées pour lesquelles les traitements hasardeux et trop onéreux de la médecine officielle ne pouvaient rien. Autant de corps, des plus robustes aux plus frêles, mais toujours abîmés, parfois déformés, amputés, qui passaient entre ses mains et qui repartaient détendus, apaisés pour un temps. Et sans avoir versé un sou. En effet, tout comme son père, Marguerite ne faisait pas payer les humbles et se rattrapait sur les riches, qui constituaient désormais une clientèle régulière.

Car si les pauvres étaient chaque jour plus nombreux, et les riches plus gros, la maladie, elle, était juste dans le choix de ses victimes.

— Voilà, fit en douceur Marguerite à la jeune femme, qui se rhabillait aussitôt. Tu vas prendre ce pot et t'en appliquer chaque soir.

— Je peux pas ramener ça au garni, on va me le chiper ! réagit Margaux.

— Cache-le quelque part. Sinon reviens me voir.

À peine la jeune femme était-elle sortie que Marguerite ressentit une profonde fatigue dans tout son corps. Comme si elle avait pris en elle la souffrance de celles et ceux qui étaient passés entre ses mains dans la journée. Mais il y avait aussi la douleur. Elle ne la connaissait que trop bien. Toujours tapie quelque part en elle, attendant la moindre ouverture pour s'extirper, la plaie rouverte. Cette douleur qui la laissait en paix le plus souvent, mais qui se rappelait à elle ces derniers temps. Cette maladie qui avait failli la tuer des années auparavant comme elle avait tué sa mère, et contre laquelle elle avait désormais le remède mis au point à l'époque par son père et Charles son mari, même si son effet n'était que temporaire. La moindre contrariété, une tension, et les crampes la reprenaient. Il lui fallait vivre avec, elle n'avait pas le choix.

La fiole était soigneusement rangée dans la petite poche qu'elle avait cousue à l'intérieur de sa robe au niveau de la taille. Elle l'avait toujours sur elle, au cas où. Quelques gouttes sur sa langue et son corps s'apaisait dans l'instant. Un calme intérieur, un retour sur soi. À l'écoute de soi.

Marguerite se rassit devant la table sur laquelle elle avait laissé le grimoire ouvert sur une page en partie noircie. Une illustration par Vésale du réseau complexe des tendons musculaires qui reliaient un humérus et une omoplate semblait se mouvoir par l'effet de la lumière tremblante. Elle saisit la plume endormie dans l'encrier et reprit les quelques notes en cours, juste en dessous des lignes laissées par son père et son mari. C'était il y a des années. Des siècles. Des vies. Et tout lui semblait pourtant si proche encore aujourd'hui.

À son arrivée, Clément l'avait accueillie avec tendresse et s'était montré généreux. Certes il y avait le lien familial auquel il était particulièrement attaché, il connaissait d'ailleurs parfaitement toutes les branches de toutes les régions, et ce sur des générations. Mais c'était aussi en souvenir du père de Marguerite, chez qui il avait été envoyé alors qu'il n'avait que dix ans, pour apprendre les rudiments du métier d'exécuteur dans la perspective de reprendre la charge de Paris un jour après son propre père. C'était à Clermont, et le bourreau se faisait appeler par son patronyme, Corbeau, ce qui l'avait beaucoup impressionné à l'époque. Il installa Marguerite dans une petite chambre aménagée sous les combles de la maison du pilori. Celle-ci était confortablement meublée pour elle et son enfant, et toujours chaude avec sa petite cheminée d'appoint. Une jolie pièce cathédrale en poutres coudées soutenant un plafond aux coins arrondis qui avait donné à Marguerite l'impression d'un bateau. Un navire qui larguait les amarres chaque nuit sur une mer démontée à peine avait-elle les yeux fermés. Elle ne trouvait alors pas la force de combattre, et se laissait aller au tangage de ses souvenirs encore vivaces. Les vagues de larmes profondes et sombres se succédaient sans répit et creusaient un peu plus sa peine. La distance n'avait pas suffi à couper les ponts avec la vie qu'elle venait juste de quitter, et le passé l'assaillait chaque nuit et la hantait le jour, la ramenant à sa souffrance béante liée à la perte. Le bateau ballottait toujours plus fort de bord à bord, et Marguerite se raccrochait à son enfant, Henri, s'agrippant à son berceau ou le serrant dans ses bras comme une bouée, pour ne pas couler complètement et se laisser happer par ce vide qui l'appelait. Il lui semblait dans ces moments-là que son cœur s'étriquait, qu'il se vidait de son sang et qu'elle fanait. Alors elle se laissait aller à pleurer, intérieurement. Les larmes roulaient en elle, une houle nauséeuse ; elle cherchait désespérément de l'air, la bouche grande ouverte comme un poisson versé sur une rive après l'orage. L'apnée finissait en râles, et la vie reprenait son cours au petit matin, hoquetant. Comme la veille. Et le jour d'avant. Comme chaque jour depuis qu'elle était montée sur ce navire. C'était alors le calme, celui après la tempête, quand les nuages se retirent en enfilade au loin sur le ciel jaune rosé de l'aurore. Le silence de la mer placide, sans écume, et la brise légère, presque imperceptible, qui embrasse le naufragé et le réveille de son cauchemar. Marguerite se redressait alors malgré la douleur qui perdurait un peu partout dans son corps. La chaleur du nourrisson la rassurait et la ramenait à ce jour qui pointait et qu'il allait lui falloir vivre. Elle se levait et se portait à sa fenêtre. Là, tout en berçant son enfant, elle ressentait la ville, ce monstre géant sans limites pour qui venait d'ailleurs. Elle respirait les arômes qui tourbillonnaient et se mélangeaient pour s'élever vers le ciel où se dessinait en contre-jour la silhouette d'un nouveau monde en lignes de toitures enchevêtrées piquées de pointes de clochers et de tours. Elle inhalait l'air revigorant et se saoulait des senteurs encore savoureuses du jour naissant. Des fragrances fleuries la ramenaient alors à son jardin d'avant à Joigny, le petit havre aux parfums d'arbres fruitiers, gardé par son moulin décrépi et oblique, puis les fumées de volailles rôties ou de brioches encore chaudes lui rappelaient la vie qui continuait malgré tout, là, dehors, juste en bas. Là où les camelots occupaient déjà la place avec leurs étals fournis de marchandises, les tripières avec leurs bassins de cuivre fumants, les rôtisseurs de gibiers et de bestiaux de lait, et les garçons pâtissiers qui proposaient leurs prêts-à-manger. Quelques voix, une musique douce, puis très vite le tohu-bohu, les cris des limonadiers comme des épiciers, c'était à qui haranguerait le plus fort pour mieux se faire entendre, vendre l'eau-de-vie et les liqueurs. La grande place s'animait, mais aussi la maison, ici, derrière la porte de la chambre, où la vie se faisait déjà entendre, juste en bas de l'escalier. Comme si de rien n'était. Comme si rien ne s'était passé. Une vie qui venait à Marguerite et qu'elle accueillait avec le sourire. Pour ne pas s'appesantir sur son passé et ses douleurs. Et tâcher d'avancer.

Le jour, Marguerite s'investissait dans la maison et aidait Rose pour l'entretien et les repas. Était-ce simplement par sa présence ou sa voix douce et fragile qui lui proposait parfois un peu de lait de vache pour suppléer sa poitrine amaigrie qui ne donnait plus assez pour le petit ? La vieille cuisinière aux longs doigts effilés blanchis de farine ou rosés par la viande qu'elle venait de travailler la rassurait et calmait ses peurs. Son apparence quelque peu stricte de la petite bonne femme toujours légèrement courbée en avant

– une jupe en laine épaisse de couleur sombre, un châle noir et son bonnet en dentelle lui faisaient la silhouette d'une nonne – contrastait avec son regard empreint de douceur et son sourire qui rayonnait sans cesse. Rose était de celles qui nourrissaient par les repas qu'elle cuisinait, toujours abondants et réconfortants pour le ventre, mais aussi et surtout par sa bonté qui adoucissait le cœur et les humeurs, et toute la maison était pleine de sa présence par le frottement léger de son pas, sur les tommettes ou les marches de l'escalier, qui résonnait quelque part, et son parfum de marjolaine mariée au laurier qui flottait dans l'air. Son vieux mari Jacques n'était jamais très loin et intervenait au moindre soupir de Rose pour peu que la fatigue la surprît ou quand une tâche s'avérait trop lourde pour elle. Marguerite aimait croire qu'il se cachait dans l'ombre de sa femme. Il lui semblait qu'ils étaient reliés en permanence sans qu'ils aient besoin d'être dans la même pièce. Sculptés l'un semblable à l'autre dans la même argile par les années à vivre sans jamais se séparer. Il était son double parfait. Si le petit bonhomme s'était lui aussi un peu courbé sous l'effet du temps, ce fidèle valet du bourreau qui opérait déjà à l'époque du père de Clément restait râblé et avait les épaules encore épaisses. Avec l'âge, il s'était cantonné la plupart du temps aux tâches annexes mais nécessaires, comme le nettoyage des rues ou l'entretien du matériel. Mais avec la maladie des yeux de Monsieur de Paris, il était revenu sur l'échafaud pour l'assister avec les jumeaux, surtout pour les grandes occasions. C'est en sa compagnie que Marguerite fit ses premières sorties. C'est à son bras qu'elle avait visité le quartier des Halles, son nouveau cadre de vie qu'elle assimila jour après jour, allant même de temps en temps jusque de l'autre côté de la Seine, vers la faculté de médecine, quand il fallait livrer des dépouilles aux étudiants, laissant alors à Rose le soin de s'occuper de l'enfant. Car Rose et Jacques s'étaient pris aussi d'amour pour Henri, le considérant dès le premier jour comme leur petit-fils. Rassurée par cette protection, Marguerite s'était aventurée, seule, toujours un peu plus loin dans le Paris foisonnant qui l'impressionnait encore, là où la rue Saint-Denis finissait dans les champs, ou plus à l'est vers le grand arsenal, où le fleuve se scindait en deux autour de l'île Louviers, juste devant le port Saint-Paul, d'où les coches partaient pour remonter vers la Bourgogne en passant par Joigny.

La relation de Marguerite avec son cousin était elle aussi bienveillante. Son propre père, un homme fier de sa condition et de la charge qui était dans la famille Corbeau depuis des générations, lui avait souvent parlé de Clément. Monsieur de Paris, le bourreau le plus connu du royaume, qui faisait d'autant plus sa fierté qu'il l'avait formé lui-même. Un homme très occupé, mais qui trouvait toujours un peu de temps pour discuter avec sa cousine, ne se risquant que très rarement à évoquer le passé par délicatesse, à moins que ce ne soit elle qui l'amène à en parler. Marguerite aimait ces moments passés à converser au coin du feu, ou en marchant à ses côtés les jours de foire. Elle découvrait alors un homme surprenant qui détonnait avec sa fonction. Si certains l'évitaient quand ils le croisaient, Marguerite, qui avait gardé l'habitude du bourreau à qui on ne parle pas et qui vit hors les murs de la ville, fut surprise de constater qu'ici, dans la capitale, beaucoup le saluaient, voire s'entretenaient avec lui, et ce le plus poliment du monde. Clément était considéré car il était un bon bourreau à la réputation intacte, qualité qui ne pouvait être que hautement appréciée par quiconque pouvait passer entre ses mains un jour ou l'autre. Cultivé, il allait souvent au théâtre et affectionnait les pièces de Corneille, et il n'était pas rare de le voir lire, la plupart du temps des ouvrages qui avaient trait à la nature. Des livres qu'il conservait discrètement cachés dans une grande armoire aux portes grillagées, chose plutôt étonnante dans une période où l'ostentatoire faisait loi, et où il était de bon ton de faire montre de son savoir. Certains d'entre eux attestaient aussi du penchant de Clément pour la philosophie. L'homme pieux lui fit d'ailleurs part un soir de ses questionnements intérieurs sur sa fonction, sur la légitimité de l'acte consistant à retirer la vie à quelqu'un. Il n'était pas du genre à s'en vanter. Il apprenait pour son propre plaisir ou pour le partager avec son entourage, mais aussi pour faire son chemin en tant qu'homme et trouver sa place dans la société. La maison était à son image. Loin de l'austérité à laquelle Marguerite avait été habituée à Joigny, la maison du pilori était harmonieuse et confortable. Les meubles de style Louis XIII en noyer étaient de belle facture, les tentures aux fenêtres et les tapisseries aux murs rendaient l'atmosphère agréable et hospitalière. Les repas étaient servis dans un service de faïence à la mode de Lorraine, et on buvait dans des verres à jambe haute de Lancret. À table, il n'était pas rare d'avoir des invités, ce qui surprit encore une fois Marguerite les premiers temps. C'était l'occasion de débats sur tous les sujets, mais toujours avec le souci d'écoute et d'échange. Et si on en venait à parler d'une exécution à venir, le ton était factuel et n'altérait jamais l'humeur familiale. Seuls les valets jumeaux, qui se joignaient parfois à eux, laissaient Marguerite quelque peu perplexe. Peut-être la manière d'être de ces deux personnages étranges, et leur façon de ne rien faire ni dire l'un sans l'autre.

Marguerite reprenait pied dans cet environnement sécurisant, appréhendant toujours mieux ce quartier des Halles qui était désormais le sien et où on finit par la reconnaître et la saluer à son tour, toute cousine du bourreau qu'elle était. Mais cet état de convalescence lui pesa très vite, et elle désira participer financièrement au quotidien. C'est en sortant enfin d'un sac les livres d'anatomie et d'étude qu'elle avait emportés que l'idée lui était venue. Elle connaissait les recettes mises au point par son père et améliorées par Charles. Et Clément, investi à ses heures perdues dans cette activité comme tout exécuteur, reconnut rapidement la qualité de ses fabrications. Il lui donna aussitôt son accord pour qu'elle développe son activité. Le succès ne tarda pas, et la réputation de son « comptoir d'onguents », comme les gens appelèrent la petite échoppe qu'elle avait ouverte, attenante à la maison du bourreau, ne se fit pas attendre dans le quartier et au-delà. Le succès de la boutique l'avait rassérénée peu à peu et lui occupait l'esprit la journée. La nuit venue, elle continuait d'apprendre à naviguer, traçant sa route le mieux possible sur une mer encore souvent mouvementée, mais dont la houle moins haute permettait à ses blessures de se refermer lentement, et à la douleur de s'apaiser.

Henri grandissait, et les traits de Charles se dessinaient chaque jour un peu plus sur son visage. Un enfant qui s'avérait curieux et de bon caractère, et à qui elle avait dû apprendre, à peine avait-il su marcher, à mentir sur qui il était et où il vivait. Le temps vint où Henri fut en âge d'aller à la petite école et au catéchisme, où il se fit des amis. D'autres enfants avec lesquels il grandissait et jouait, mais toujours à l'extérieur, puisque personne ne pouvait venir chez lui. Il avait alors appris à s'inventer une famille. Un père parti en Nouvelle-France faire le commerce de peaux, et une mère qui vivrait en province. On avait confié son éducation à un oncle argenté, mais dont la santé fragile réclamait la paix la plus absolue, raison pour laquelle l'enfant ne pouvait pas inviter qui que ce soit chez lui. Une vie qu'il lui fallait romancer et parfois même improviser, quand la situation l'imposait, chose qu'Henri prenait toujours comme un jeu. Une enfance presque normale donc, du moins pendant un temps. Puisque viendrait le jour où la vérité ressortirait, implacable. Sur un malentendu, une maladresse, ou le fait d'un mauvais hasard, voire d'un cafardage. Il faudrait alors à Henri embrasser la carrière qui l'attendait. Et Marguerite savait que ce jour-là, la plupart de ses amis le rejetteraient.

— Les voilà ! hurla une voix provenant du soupirail de l'atelier qui donnait sur le pavé des Halles.

Rappelée à la réalité par les bruits et les cris extérieurs, Marguerite comprenait qu'elle s'était perdue dans ses souvenirs. La pointe de la plume qu'elle tenait toujours entre ses doigts avait séché au-dessus du papier.

Elle n'avait pas entendu la foule s'amasser dehors. Elle se souvint alors qu'une mise au pilori était prévue ce jour-là et l'inquiétude la tarauda immédiatement.

— Gare au tombereau ! entendit-elle encore pardessus le brouhaha qui vrombissait toujours plus.

* * *

La charrette progressait péniblement comme un gros cloporte parmi la fange humaine beuglante. Les roues gigantesques qui crissaient sur le pavé souillé protégeaient en partie des jets d'immondices une bande de rouleurs de campagne sommairement jugés au Châtelet et condamnés dans la foulée. La garde succincte qui encadrait le convoi n'y changeait rien, quand elle ne s'amusait pas elle aussi des humeurs et des quolibets. À travers les ouvertures de la cage en bois, comme un panier de crabes géants, les voleurs misérables, le visage mortifié, contrit et grimaçant, répondaient aux crachats de la foule par des vagissements plaintifs. À l'arrière, des enfants s'amusaient à s'accrocher en grappes au véhicule, pour lâcher prise en hurlant, pour peu qu'ils aient presque touché l'une des créatures prisonnières à l'intérieur. Et tout autour, la puanteur de l'humiliation. L'atmosphère fétide qui émane de la colère de celles et ceux, foule immense, qui se réjouissent du spectacle de ces créatures autrefois des hommes, aujourd'hui moins dignes que des animaux. Celles et ceux qui pointent du doigt et qui se gaussent, gorge béante, rictus haineux et rires à l'haleine empoisonnée. Coude à coude, corps contre corps, tous pressés, les tissus sales et les miasmes mélangés. Là, un fermier rappelle comment la langue d'un supplicié pour persiflage envers Mme de Maintenon fut nettement tranchée quelques jours plus tôt. Un peu plus loin, une mégère hommasse grossit le souvenir du cri d'une maquerelle marquée au fer rouge, quand d'autres encore accompagnent l'équipage sans y prêter plus attention, discutant entre eux, l'air de rien, du prix du vin, ou d'une comédie au théâtre. Comme à la promenade, tapant par moments la croupe de l'auxois caramel qui continuait de creuser sa ligne d'un trot paisible. Le cheval de trait du bourreau avait l'habitude de ce genre d'événement et tractait sa charge sans tension, conduit par les valets assis à l'avant de la charrette dans la même posture tranquille, leurs deux visages impassibles.

Comme à chaque exécution, Marguerite appréhendait. Elle s'attendait au pire et craignait le drame. À peine sortie de la boutique, elle le chercha, la boule au ventre. Elle fouillait des yeux la masse grouillante entourant le convoi qui se positionnait déjà devant la maison du pilori, là où la porte donnait sur l'escalier menant au clocher. Quand elle l'aperçut enfin, caché derrière le tombereau au niveau de l'ouverture. Tout comme les jumeaux, Henri portait le pourpoint rouge et la cagoule noire. Petitc tache écarlate dans la marée brunie de saleté, il se tenait là, le visage tendu vers le ciel comme s'il cherchait des yeux un peu d'air, ou une issue pour s'échapper.

Marguerite était rassurée et pouvait à nouveau respirer. Elle rejoignit Clément, qui sortait alors sous les hourras de la foule. Le bourreau déléguait désormais les exécutions mineures à ses valets, parfois sous la direction de Jacques, préférant, disait-il, se réserver pour les grandes occasions. Du moins était-ce la raison officielle. Mais la cécité qui le gagnait n'était plus un secret, et personne ne croyait plus à la légère goutte qui lui servait de prétexte à l'usage de la canne dont il ne se séparait plus. L'homme se faisait plus rare en public, et il suffisait de converser avec lui quelques instants pour comprendre la situation. Clément y voyait de moins en moins, et la dernière évaluation du médecin n'était pas encourageante. Un jour prochain, il perdrait probablement la vue complètement et il lui faudrait alors prendre une décision drastique, il n'aurait plus le choix. Mais pour l'heure encore et quand il ne pouvait pas faire autrement, notamment lorsqu'il s'agissait d'exécutions majeures, il procédait sur l'échafaud le mieux possible, épaulé par Jacques et ses aides, redoutant plus que jamais une condamnation par décollation qu'il était presque certain de rater. Le reste du temps, il mettait un point d'honneur à revêtir son fameux costume malgré tout. Il était Monsieur de Paris et il se devait d'officialiser les exécutions, même mineures, pour marquer son rôle et surtout les esprits. Vêtu de son pourpoint sang de bœuf avec les fourches patibulaires brossées en noir, sur ses hauts-de-chausses bleu roi, il imposait immédiatement le silence par sa présence.

— Qu'on les monte au pilori, déclara-t-il d'une voix posée mais autoritaire.

Les hourras de la foule reprirent instantanément, fêtant l'ordre donné par le bourreau. Les invectives fusaient à nouveau et les suppliciés se repliaient le plus qu'ils pouvaient, se pressant les uns contre les autres comme pour se protéger. Henri ne bougeait pas. La tête lui tournait. Les hurlements tout autour l'assommaient toujours plus, et l'air chaud qu'il respirait sous le tissu de sa cagoule lui brûlait les poumons. De sa main il fouilla la poche de son pantalon. Elle était vide. Il n'avait pas de boule sur lui. Et la dernière qu'il avait prise ce matin avant d'aller chercher les suppliciés ne faisait déjà plus effet. Moins forte, moins bonne, il lui faudrait changer de fournisseur. Ou peut-être en avait-il trop pris l'habitude, au point de ne plus en sentir les bienfaits comme avant ? Et comment aurait-il pu en prendre maintenant, entouré qu'il était par la masse qui le fixait ?

— Allez, Henri, lui souffla Jacques, qui l'avait rejoint. Ouvre la porte et fais-les descendre.

Henri s'exécuta, un peu hagard. Il ouvrit le portique et le tombereau dégueula son chargement de chairs crasseuses et sanguinolentes pétries de peur et de douleur, qui serait ensuite poussé sous les coups de l'assistance vers le pilori qui l'attendait tout là-haut dans le clocher. Comme chaque fois qu'ils partaient pour le Châtelet, Henri avait espéré ce moment-là. Comme une urgence. Ce moment où il serait enfin là-haut, au-dessus de la violence et de la haine, au-delà de la puanteur des âmes. Le calme retrouvé après l'enfer.

L'un derrière l'autre, les condamnés s'engouffraient, bousculés par les valets dans l'escalier en colimaçon qui grimpait vers le clocher comme un long serpent dont Henri était la tête. Chaque marche était une étape vers la libération. Toujours plus haut vers le bleu du ciel ce jour-là, ils débouchaient enfin sur la plate-forme octogonale. Huit ouvertures sculptées en ogive dans le bois, à la base desquelles était fixé un carcan à trois trous. En dessous, le mugissement humain semblait à Henri plus lointain, presque éteint. Même les suppliciés s'étaient soudainement apaisés, oubliant leur corps en feu rafraîchi par une brise de bon aloi. Leurs regards égarés balayaient l'endroit. Tout autour, les immeubles aux multiples fenêtres comme des yeux entouraient la place des Halles. L'un après l'autre, Henri écroua les suppliciés, maintenus à genoux, leur tête prise dans le bois.

Le calme était enfin revenu. Ou du moins était-ce la sensation qu'avait Henri à cet instant précis. Les deux valets étaient redescendus, et en bas la foule repue s'était certainement retirée dans les rues telle l'eau avec la marée. Comme chaque fois, Henri s'était assis au beau milieu sur le plancher. Il était apaisé, et la tête ne lui tournait plus. Tout autour de lui, les corps recroquevillés étêtés derrière leur carcan étaient disposés en pétales. Il retira sa cagoule et sentit l'air sur son visage. Puis ce besoin urgent lui prit les tripes, comme après chacune des exécutions.

Il se précipita alors dans l'escalier, dont il dévala les marches quatre à quatre. Tout en bas, une petite porte donnait directement sur l'appentis où tous les matériels étaient rangés et entretenus avec soin. Tout au fond, une autre porte ouvrait sur une petite pièce aveugle où se trouvait une fontaine en cuivre qui servait au rinçage des outils. Un endroit discret où personne ne viendrait puisqu'il était le préposé au lavage.

Après s'être enfermé, il se déshabilla complètement, plia soigneusement son costume. Il retrouva le gant de crin là où il l'avait laissé la dernière fois, et y glissa une poignée de lavande. Puis il s'aspergea le corps d'eau froide, avant de se frotter méthodiquement partout. Se nettoyer. Se laver de la douleur infligée et des cris. Effacer toute trace en dedans, comme si de rien n'était, comme s'il n'y avait pas participé.

Comme s'il n'avait pas été là.

Comme s'il était un autre.

Avant la prochaine fois.

V

Le personnage était singulier. Sa manière de se déplacer peut-être. Aucun mouvement d'air ni derrière ni autour de lui, et jamais aucune odeur sur son passage. Ou son attitude, à l'exact opposé de l'extravagance de Juan, qui s'exprimait toujours d'une voix forte et avec des gestes amples. Lui écoutait, souvent assis en tailleur et les mains posées à plat sur ses cuisses, le visage bien droit sans être altier, légèrement incliné vers son interlocuteur, attentif. Son nez aquilin et ses pommettes qu'il avait hautes soutenaient un front qui faisait légèrement saillie, enfonçant d'autant ses yeux noirs comme deux billes de plomb lustrées. Le haut de son crâne était accentué par l'absence de cheveux sur les côtés, dessinant une bande qui le parcourait par le milieu, et qui finissait en queue-de-cheval jaillissant par l'arrière jusqu'aux omoplates. Sa bouche était parfaitement dessinée, avec des commissures qui s'étiraient un peu de chaque côté et lui scellaient les lèvres, soutenues par un menton qui remontait en pointe de sabot sur sa mâchoire imberbe.

Et surtout sa peau.

Ni noire ni marron comme celle de certains esclaves ramenés d'Afrique.

Elle était rouge. Comme du cuir tanné.

La première fois qu'Henri aperçut Atedjaka c'était sur la place de Grève quelques années auparavant. Il se tenait sur l'échafaud, à côté de son oncle qu'il assistait ce jour-là, attendant le condamné qui arriverait sous peu de la prison, quand il remarqua le personnage étrange au premier rang. Le jeune homme, d'un âge probablement un peu plus mûr que le sien, détonnait parmi la foule grise avec son habit coûteux orné de fanfreluches, qui lui donnait l'air d'une poupée géante et qui jurait avec sa couleur de peau qu'on avait visiblement tenté d'atténuer de céruse, certainement de peur qu'elle n'effraie. Les sauvages étaient pourtant désormais connus depuis que le royaume s'étendait du Québec à la Louisiane, et les gravures les représentant étaient courantes. Henri lui-même en avait vu un certain nombre, notamment dans les récits d'Étienne Brûlé ou de Pierre-Esprit Radisson que lui avait lus le vieux Jacques quand il était encore enfant. Il avait alors appris que beaucoup de ces Indiens servaient la France depuis longtemps, surtout pour faciliter le commerce des peaux de castor, l'or brun, dont les chapeliers du royaume étaient friands pour leurs feutres à la mode. Il se souvenait plus particulièrement d'une histoire qui parlait des Iroquois, des créatures effrayantes qui mangeaient le cœur des autres peuples indiens, dont ils étaient pour la plupart les ennemis. Les Français comme les Anglais et les Néerlandais n'hésitaient d'ailleurs pas à user de ces antagonismes ancestraux pour se servir de ces indigènes comme des pions dans leurs perspectives de conquête.

Cependant l'apparition de l'un d'entre eux dans les rues de la capitale ou ailleurs dans le royaume restait un événement, provoquant une curiosité mêlée de peur, quand ce n'était pas de l'effroi. Certains riches, les plus argentés, allaient même jusqu'à s'offrir un de ces « sauvages » pour l'étiquette en société, et parfois pour le plaisir. C'était ce qui était arrivé à Atedjaka. Henri apprit bien plus tard que le jeune homme, fils et petit-fils de grands chefs d'une tribu qu'on appelait les Hurons, avait été envoyé en France puis acheté par un riche tisserand qui avait fait fortune aux Gobelins, pour amuser ses enfants. Et ce jour-là, le bourgeois fat et vulgaire avait tenu à amener « son Indien », qu'il tenait en laisse par précaution, puisqu'on exécutait un de ses pareils, et pas n'importe lequel.

Le spécimen, chef d'une tribu Mohawk, avait attiré la foule des grandes exécutions. On le disait cannibale, Mohawk voulait dire « mangeurs d'hommes », selon les nouvellistes soudainement spécialistes de la question alors qu'ils n'en avaient eux-mêmes jamais vu jusqu'alors. Accusé d'avoir assassiné une « robe noire », comme ces sauvages les appelaient eux-mêmes, un père jésuite de la congrégation de Saint-Sulpice dont la mission était d'évangéliser ces peuplades en Nouvelle-France, il avait été ramené en France pour y être exposé, avant d'être condamné à l'estrapade, puis laissé ainsi pendu par ses membres disloqués à la vue de tous. Il serait alors disséqué et étudié par les étudiants de médecine afin de mieux connaître cette créature que beaucoup pensaient plus proche de l'animal que de l'homme. Quand le condamné fut sorti de la charrette et apparut dans la lumière, tous firent un pas en arrière comme un seul, s'écrasant un peu plus les uns contre les autres, bouche bée ou lâchant un cri de stupéfaction, certains allant même jusqu'à la pâmoison. De sa hauteur, Henri avait observé le prisonnier qui approchait, dirigé par les valets jumeaux lui ouvrant la voie dans la foule. Et il l'avait trouvé magnifique. Tout juste vêtu d'un pagne qui couvrait son intimité, son corps avait la couleur de la terre battue, et des formes géométriques étaient dessinées sur son torse. Mais ce qui avait le plus impressionné Henri, c'était la crinière rouge sang qui coupait le haut de son crâne chauve en son milieu jusque vers l'arrière, et la moitié basse de son visage qui était peinte en bleu nuit, faisant l'illusion d'une mâchoire d'acier. Si quelques railleries surgissaient encore de-ci de-là alors qu'on lui faisait gravir les degrés de l'échafaud, elles n'étaient plus que l'expression d'une gêne face à l'inconnu qui effrayait. Car c'était bien au contraire un calme attentif qui avait régné dès lors sur la grande place, comme si tout Paris s'était retenu de respirer. Le géant à l'expression placide avait enfin accédé à la plate-forme. L'air résolu, sans peur apparente. Henri était resté éberlué. Il avait aidé au montage de la potence que l'on avait dressée pour l'occasion, un poteau très haut et large en haut duquel était fixée une structure de bois. Vairon et Louché hissèrent l'Indien jusqu'à l'étage par la longue échelle qui permettait d'accéder au sommet. Une fois en haut, dans un silence religieux, ils lui lièrent les mains et les pieds tout ensemble dans le dos, avant de le pousser dans le vide. Le craquement brutal des os comme du bois mort occasionna alors un cri dans la foule, le visage en partie caché et la mine dégoûtée. Puis le silence. Celui de l'attente. De l'observation. De la surprise liée à l'incompréhension. Le sauvage n'avait pas hurlé. Pendu au bout de sa corde, il se balançait tranquillement, son torse bombé vers le sol et ses membres étirés vers l'arrière se rejoignant en un seul point vers le haut, comme une grande araignée. Et aucune expression de douleur. Pas même un soupir. Le supplicié tanguait gentiment de gauche à droite sans sembler faire attention à la masse agglutinée tout autour figée par la scène. Calme, il attendait probablement qu'un de ces « esprits » que lui et les siens priaient, et dont on voulait les détourner par la Bible, vienne le chercher pour le ramener sur ses terres. Certains spectateurs au premier rang en furent d'abord gênés, et une rumeur de déception se fit entendre.

— Voilà bien un phénomène, bougonna le gros tisserand des Gobelins juste devant, face au silence du condamné. Vous êtes donc sans cœur ? fit-il alors à son jouet, tout en tirant sèchement sur sa laisse pour le ramener vers lui comme on met au pied un chien, et occasionnant alors des ricanements dans l'assemblée.

Leurs regards se croisèrent alors. Henri, l'apprenti bourreau, et le jeune Indien, l'esclave-jouet, tenu comme un animal de compagnie. Deux hommes aux destins particuliers qu'ils n'avaient pas choisis et qui s'étaient reconnus le temps d'une rencontre furtive et silencieuse. Jusqu'à ce que le chef Mohawk, qui flottait toujours mollement dans les airs au-dessus, émette un râle. Un gémissement sourd et guttural juste assez audible pour provoquer soudainement une explosion d'applaudissements et des cris de joie. L'homme civilisé respirait à nouveau puisque le sauvage expiait enfin, marquant ainsi leur différence de nature qui allait de soi. Toutes et tous reprenaient leur souffle, rassurés par leur supériorité, réaffirmée par la souffrance infligée. La masse se réanimait, chacun se congratulant, et les conversations reprenaient leur cours.

Henri descendit alors de l'échafaud et se dirigea vers le jeune Indien qu'il n'avait pas quitté des yeux. Le bourgeois fat, animé par une conversation, ne prêtait pas attention à sa créature, et ses enfants s'amusaient un peu plus loin à celui qui toucherait le condamné d'un jet de pierre.

— Prends, souffla Henri au jeune sauvage alors qu'il se cognait à lui, feignant d'avoir été poussé par la foule.

— Eh bien, bourreau ! réagit le tisserand d'un ton moqueur. Que fais-tu là ? Retourne sur ton perchoir !

— La foule, monsieur, s'excusa alors l'apprenti.

— Il en a estrapé un qu'il en veut déjà un autre ! se moqua le gros bourgeois en tirant sèchement sur la laisse pour ramener vers lui l'Indien qui avait caché sous sa veste la lame qu'Henri venait de lui glisser dans la main.

Quelque temps plus tard, Henri reconnut le jeune Huron dans la foule sur la place des Halles, et les deux garçons devinrent amis. Atedjaka s'était libéré de ses liens grâce à la lame donnée par Henri et avait échappé à son propriétaire. Il vivait désormais dans la rue, et y survivait mieux que la plupart des traîne-misère qui finissaient à l'hôpital. Lui ne mendiait jamais. Il chassait. Le chien errant, le chat, ou même le rat, tous les animaux devenaient des proies. Son instinct reprenait alors le dessus, il faisait appel à ses souvenirs de chasse avec son père sur ses terres de l'autre côté du monde.

— Bientôt je repartirai vers ma maison, affirma-t-il un jour, articulant chaque mot comme il avait appris à le faire à la mission de jésuites de la Jeune-Lorette, le village huron où il vivait en bordure d'une grande ville du nom de Québec.

Les deux amis se retrouvaient souvent quelque part dans le quartier, là où la foule est assez dense pour que l'on s'y noie, ou au fond d'une taverne obscure où personne ne leur prêterait attention. Si Atedjaka pouvait passer pour un portefaix ou un crocheteur, étant donné sa corpulence, son visage le trahissait pour qui s'attardait un peu à l'observer, aussi portait-il la capuche toujours relevée pour cacher son crâne si particulier et surtout sa queue-de-cheval qu'il n'aurait coupée pour tout l'or du monde. Parfois, à l'insu de Rose, qui traînait toujours dans la maison, et surtout de Marguerite, les deux garçons se retrouvaient dans la chambre d'Henri, située au bout de la maison du pilori. On pouvait y pénétrer par la fenêtre sans être vu.

— Un bateau et ho ! fit Atedjaka d'un geste vers le lointain. De l'autre côté, chez moi. Je retrouve les miens. Les Wendats.

— Les Wendats ? s'étonna Henri. C'est donc le nom de ton peuple ? Qu'est-ce que ça veut dire ?

— Ça veut dire « peuple de l'île ». La terre est la carapace d'une tortue qui flotte sur la mer. C'est ce que les anciens disaient. Moi, je le pensais aussi, fit alors amèrement le jeune Indien. Avant de venir jusqu'ici.

— Tu sais pourquoi on vous appelle les Hurons ? demanda alors Henri, essayant de couper à l'humeur triste de son ami.

— Non… fit Atedjaka, curieux.

— À cause de ta coupe de cheveux, s'amusa Henri. Comme une hure. Un sanglier, quoi.

— Mon peuple, c'est les Wendats, insista l'Indien avec calme. Pas Hurons.

— Promis, je ne prononcerai plus ce nom, tâcha de le rassurer son ami. Wendats !

— Et Attignaouantans, continua l'Amérindien.

— C'est quoi ?

— Les ours. C'est le nom de mon clan.

— Vous avez des ours vers chez toi ?

— Et des orignaux.

— Qu'est-ce que c'est ?

— Comme vos cerfs, ici. Mais plus grands. Atironta. C'était le nom de mon père. L'orignal.

— Et que veut dire le tien ?

— Atedjaka veut dire « guerrier parfait ». Mon père est mort, il était le chef de mon peuple, avant. Maintenant moi, je suis chef. Et je dois repartir faire la guerre.

— La guerre, s'étonna alors Henri. Mais contre qui ?

— C'est une longue histoire, éluda Atedjaka.

— J'aimerais partir avec toi, tu sais ? lui avoua Henri. Ma mère m'a parlé de ton pays. Mon père y est allé quand il était jeune. Et le vieux Jacques m'a souvent raconté des histoires rapportées de là-bas.

— Il est où, ton père ? demanda alors Atedjaka.

— Où est mon père ? Il est mort, répondit Henri, l'air soudainement un peu absent.

— Il est dans le monde des Esprits, alors.

— Oui. Certainement, murmura Henri. Je ne sais pas. Je ne l'ai pas connu. Tiens ! coupa-t-il, je vais te montrer quelque chose.

Henri souleva sa couche. Juste en dessous, une latte du parquet épais faisait légèrement saillie. Il la retira sans difficulté et saisit une boîte en bois de forme allongée.

— Regarde, murmura-t-il sur le ton de la confidence en ouvrant le précieux coffret. Mais c'est un secret, n'est-ce pas ? Chut !

— Chut ! répéta Atedjaka, posant le doigt sur sa bouche.

Henri défit avec précaution un pan de lin dans lequel était couchée une grande plume rouge flamboyant.

— Mon père l'avait arrachée du chapeau d'un ami de son ami, lui expliqua-t-il comme s'il racontait une histoire fantastique. Il paraît qu'elle vient d'un oiseau tropical.

— « Tropical », prononça avec difficulté Atedjaka.

— Oui, de chez toi ! Vous avez des oiseaux rouges chez toi, non ?

— Oiseaux rouges ? répéta l'Indien avant d'éclater d'un bon rire sonore comme ça lui prenait parfois.

— Chut ! le prévint à nouveau Henri de peur qu'ils ne soient entendus. Mais pourquoi tu ris ? Attends ! J'ai autre chose à te montrer, reprit-il en sortant de la boîte un mouchoir de soie. Regarde. Touche comme c'est doux.

Atedjaka confirma de la tête alors qu'il tenait du bout de ses doigts le précieux tissu, avant de souffler dessus pour le faire voler.

— Doucement, mon vieux ! C'est fragile, le prévint Henri en lui reprenant l'objet. Il a appartenu à une comtesse, tu sais ?

— Comtesse ? demanda encore Atedjaka, qui ne comprenait pas.

— Oui, comme à Versailles ! Chez le roi !

— Ah ! Versailles ! s'émerveilla alors son ami. Ho ho hooooo !

— Et ça ! continuait Henri en lui montrant deux boutons de manchette en nacre qu'il tenait dans la paume. C'était à un prince avant !

— Comme à Versailles ?

— Oui !

— Hooooo ! répéta Atedjaka comme il en avait l'habitude quand il était impressionné.

— C'est tout ce qui me reste de mon père, fit Henri, devenu soudainement pensif. Et son couteau, indiquant du regard l'arme qu'il portait toujours à sa ceinture.

— C'est une belle lame, confirma l'Indien. C'est quoi la bête, là ? demanda le Wendat en pointant du doigt la créature sculptée qui ornait le manche en nacre.

— Un griffon.

— Ho, ho, ho. Nous n'avons pas de « griffon » chez nous.

— C'est normal. Ça n'existe pas, ricana Henri. Tiens ! Et ça, ce sont des poèmes, enchaîna-t-il pour changer de sujet.

— C'est quoi, des poèmes ?

— C'est ça, souffla Henri en lui montrant un petit livre qui dormait au fond de la boîte.

— L'Art... poé-tique, lut alors Atedjaka sur le dos de l'ouvrage, syllabe après syllabe. Boi-leau.

— Tu sais aussi lire ? s'étonna Henri.

— Chut !

— Mais tu sais lire ? lui demanda encore son ami.

— Oui. J'ai appris. Avec les robes noires.

— Les robes noires ?

— Des hommes mauvais qui servent ton dieu, fit sourdement Atedjaka. Qu'est-ce que c'est ? s'étonna-t-il alors qu'un feuillet tombait du livre qu'il venait d'ouvrir.

— Un poème, justement, fit Henri, un peu amer. C'est ma mère qui me l'a donné.

— « Quand la nuit revêt son manteau pourpre sombre... » commença à réciter platement Atedjaka, qui avait ramassé la feuille de papier.

— Non mais, ce n'est pas très bon, arrête, fit Henri, gêné.

— « Dans les yeux clos de la muse danse la pénombre... » continua l'Indien, échappant à son ami qui voulait lui arracher le précieux document.

— Arrête ! lui ordonna encore Henri, essayant de reprendre le poème des mains d'Atedjaka, qui s'amusait à bondir d'un coin à l'autre de la pièce pour lui échapper.

— « Souviens-toi de la rosée sur les champs… nus » ? s'étonna alors Atedjaka. Des champs « nus » ? répéta-t-il, s'arrêtant dans sa course.

— « Souviens-toi de la rosée sur les champs nus bleus », reprit alors Henri. « Comme une mer irisée par le reflet des cieux / Le vent chassé par les ailes frêles des moulins sourds / Pousse au loin les nuages et chante notre amour… » Mon père l'avait écrit pour ma mère, conclut-il l'air de rien après un silence, comme s'il ne voulait pas donner d'importance à la chose. Ah ! au fait, coupa-t-il, j'ai ça aussi. C'est chez toi, non ? fit-il en lui tendant une petite gravure.

Un groupe de soldats, en armure et munis de hallebardes, se tenaient derrière un prêtre qui présentait la croix à un Iroquois torse nu, portant un chef garni de plumes. À ses côtés, sa tribu, femmes et enfants un peu en retrait, visiblement craintifs, et des hommes tous armés d'un fusil.

— Robe noire ! cria soudainement Atedjaka, qui contenait mal sa colère, arrachant le papier des mains d'Henri.

— Mais qu'est-ce qui te prend ? lui fit celui-ci, atterré.

— Lui ! continua-t-il, la voix sourde, montrant du doigt l'homme d'Église sur le dessin. Assassin !

— Un prêtre ? Mais comment ?

— Ma famille à moi, dans la mission, au village de Jeune-Lorette. Ma famille était avec les Français, contre les Anglais. Mon grand-père était guide dans les expéditions contre les Iroquois, avant, expliqua-t-il en indiquant du doigt l'Indien sur le dessin. Et après mon père aidait les pelletiers pour trouver l'or brun.

— L'or brun ? Qu'est-ce que c'est ?

— Les peaux de castor. Beaucoup d'argent au marché de Trois-Rivières et de Québec. Mais un coureur de bois voulait ma mère.

— Coureur de bois ? fit Henri, qui ne comprenait décidément rien.

— Oui. Elle était belle. Plus belle que les femmes ici. Alors les robes noires ont tué mon père avec la maladie ! Le coureur de bois a pris ma mère et donné ma sœur et mon frère aux Iroquois ! Et moi, vendu ici !

— Je suis désolé, murmura Henri, reprenant la gravure pour la ranger aussitôt, comme quelque chose de sale.

— Je vais repartir, continua Atedjaka, qui retrouva son calme après un temps. Trouver ma mère. Et tuer le coureur de bois ! Et la robe noire.

Quand Henri se réveilla un peu plus tard, il remarqua la fenêtre laissée entrouverte. Il n'avait ni vu ni entendu partir Atedjaka. Son dernier souvenir était l'expression sévère sur le visage de son nouvel ami après l'évocation de sa terrible histoire, et la tristesse qu'elle avait engendrée. Il se rappela aussi qu'il lui avait proposé une boule, pensant que ça le détendrait, mais Atedjaka avait refusé. Il connaissait les herbes de chez lui, il était déjà allé dans « le monde dans lequel elles transportaient », comme il disait. Il lui avait parlé d'un calumet qu'ils partageraient puisqu'ils étaient amis, comme ça se faisait chez lui. Une sorte de pipe traditionnelle que l'on se passait pour sceller une union. Henri s'était alors contenté d'un reste de laudanum et de deux de ses billes nacrées. Ou trois ? Il ne savait plus trop. Mais assez pour qu'il sombre presque aussitôt. Soudain il comprit qu'il ne voyait pas sa boîte à secrets. La panique lui serra les tripes. Pourquoi son ami lui aurait-il volé son trésor ? Sous le lit, la latte avait été remise. Sans délai, Henri la souleva et fut soulagé quand il aperçut le coffret bien rangé dessous. À l'intérieur, tout avait été soigneusement remis à sa place. La plume dans son linge, ainsi que les boutons de nacre et le mouchoir de soie. Même le poème de son père avait été soigneusement plié et glissé dans le livre.

En revanche, la gravure, elle, avait disparu.

VI

Le dîner était à midi sonnant, sauf cas exceptionnel, une exécution, une obligation officielle, ou une question de santé. Huîtres vendues à l'écaille et mises à l'étuvée, ragoût de mouton avec fèves et champignons relevés à l'ail, oignons et échalotes, ou pièce de bœuf rôtie aux lentilles et artichauts, cailles, ramiers, perdrix, poulets, pigeons, lapereaux, alouettes, farcis, bouillis, entremets, potages, pâtés en croûte, pain mollet au lait et au beurre, roquefort et saint-marcellin servis avec un petit vin d'Argenteuil ou de Montmorency qui flattait le palais, tarte aux pommes de reinette l'hiver, ou oranges à la mode du roi préalablement pelées, mais présentées recouvertes de leur pelure, ou encore prunes de Meudon et pêches de Bagnolet l'été. Rose n'avait plus besoin du *Cuisinier françois* de La Varenne, le livre dont il était alors de bon ton de s'inspirer en cuisine, pour imaginer ce qu'elle allait offrir à manger. Ce qui lui manquait désormais, c'était du temps. Ses tâches l'accaparaient de plus en plus avec l'âge, et elle n'avait parfois pas les moyens de préparer le déjeuner. Au début, Marguerite l'aidait, mais les affaires à la boutique se développaient et ses soins la rendaient encore moins disponible. Avec l'accord du maître de maison, on fit appel de temps en temps aux marchands ambulants de victuailles, charcutiers, pâtissiers ou rôtisseurs, qui se trouvaient un peu partout sur la place, ou aux garçons limonadiers. La nourriture était plutôt bonne, et variée selon les saisons. Et Ginette, la petite vendeuse d'oublies, ces petits gâteaux dont raffolait Clément, n'était jamais très loin pour clore le repas sur une note sucrée. Une dépense qu'ils pouvaient se permettre grâce aux rentrées d'argent supplémentaires que les onguents et les potions de Marguerite rapportaient. En revanche, on ne s'adressait pas aux regrattiers qui pullulaient un peu partout autour des Halles. Hors de question que l'exécuteur le plus connu du royaume mange les restes des bourgeois, même ceux des plus grandes maisons, revendus à des prix prohibitifs par des domestiques et autres valetailles rapaces.

— En se fournissant au regrat, les pauvres paient leurs œufs et leur bois plus cher que le prince de Condé, se révolta encore Marguerite, cassant le silence qui avait baigné le repas jusqu'alors.

— J'ai entendu dire qu'on vendait le sel jusqu'à treize sous à la livre, renchérit Jacques.

— Ils y versent du sable et des ordures, ajouta Rose, la mine outrée. Ils le gâtent et ils empoisonnent ! On devrait les pendre pour ça !

— Mais que mangeraient les gens sans eux ? interrogea Marguerite, qui observait son cousin silencieux.

— Et puis y a regrat… fit Louché.

— Et regrat, compléta Vairon.

— C'est sûr que les maîtres d'hôtel ont la hotte fournie de bonnes victuailles, confirma Jacques. C'était pas si mauvais, parfois…

— Moi vivante, plus jamais, coupa sa vieille femme fermement.

Clément ne répondait pas. Depuis le début du repas, il était resté muet, goûtant chaque plat sans jamais finir son assiette, ce qui n'était pas dans ses habitudes. Il était préoccupé, et la place d'Henri vide n'était pas étrangère à cet état, Marguerite en était certaine. On ne l'avait pas vu de la matinée, personne ne savait où il était.

— Et ces enfants qui disparaissent depuis peu, quelle drôle d'histoire ! les coupa Marguerite. J'en parlais encore hier au commissaire Espinasse, que j'ai croisé. Cette affaire préoccupe jusqu'à Versailles.

— Y a de quoi, vous pouvez me croire, renchérit Rose de sa voix douce ; comme à son habitude, elle avait à peine mangé. On ne touche pas aux enfants impunément. Ça va faire du grabuge.

— D'aucuns disent que ce serait pour nourrir les princes… ajouta Louché.

— … avec le sang des mômes, finit Vairon.

— Balivernes, protesta mollement Jacques. Des histoires pour faire peur, voilà tout.

Clément revenait chaque jour à la maison du pilori pour suivre ses affaires et partager le dîner avec son équipe. Un rituel auquel il tenait pour maintenir le lien, et aussi pour assurer son statut aux yeux de la population. En fin de matinée, il quittait sa magnifique demeure avec son petit parc derrière, qu'il avait fait construire et pour laquelle il avait dû s'endetter malgré sa bonne situation. Un endroit calme, loin de l'atmosphère méphitique du centre de la ville, où il espérait que Jeanne, sa femme, guérisse de ses maux.

Car Clément s'était marié.

Fille du bourreau de Pontoise, Jeanne n'avait de tendre que son prénom. Si ce n'était l'intérêt évident en termes de territoire de charge, Marguerite ne comprit pas comment son cousin avait pu succomber aux charmes de sa promise. La jeune mariée était de celles aux appas équivoques au premier coup d'œil. Sa beauté était indéniable, mais singulière, comme le feu qui attire pour se réchauffer alors qu'il s'agit d'un bûcher. Raide de fierté, sa silhouette se dessinait sans reliefs vers le haut, ce qui lui permettait de regarder le monde avec une condescendance toute naturelle. Des petites boucles en copeaux cuivrées encadraient son visage pointé de taches de rousseur autour d'yeux gris de bleu. Une frimousse qui aurait pu lui donner un air de printemps si elle ne s'empourprait sous l'effet de la chaleur et des nerfs, ce qui était fréquent, rendant dans l'instant la nouvelle maîtresse des lieux foncièrement antipathique.

Dès son installation à la maison du pilori, la jeune mariée au caractère atrabilaire s'affirma par des manières autoritaires, et considéra la cousine de son mari comme une rivale. Plus jolie et très appréciée par Clément, Marguerite s'était déjà bâti une petite notoriété grâce à son commerce et sa réputation était faite dans le quartier. Et ça, Jeanne ne le supportait pas. Quant à Henri, alors âgé à peine d'une dizaine d'années, elle le tenait pour un vaurien. Le jeune garçon tout juste retiré de l'école faisait preuve d'indocilité et était visiblement décidé à ne pas se soumettre à son autorité, lui répondant sans vergogne quand elle le gourmandait, ou fuguant du côté de la place des Innocents pour y traîner avec de la mauvaise graine. Ce qui sortait Jeanne de ses gonds. Aussi, elle déclarait lors de ses colères fréquentes que l'enfant avait sa place à la maison de force de Saint-Antoine, là où on enfermait ceux qui avaient la tête embarrassée. Marguerite choisit de prendre sur elle et de ne pas réagir aux allusions perfides qui fusaient à son endroit – quand elle daignait lui adresser la parole puisqu'elle feignait de l'ignorer la plupart du temps – ni aux punitions qu'elle infligeait parfois à l'enfant. Elle ne voulait pas blesser son cousin, qu'elle aimait profondément et à qui elle devait tout, et qui continuait de regarder sa femme comme la plus belle création sur terre malgré la consternation silencieuse générale, et se pliait à la nouvelle organisation. Tout comme Rose, dont le son des pas, traînant de plus en plus, couvrait à peine ses soupirs qui en disaient long sur son humeur, qui se dégrada encore quand Jeanne décida de prendre en main les comptes de la maison. Économe au plus haut point, celle-ci avait un œil sur toutes les dépenses, allant jusqu'à se fournir de temps en temps en regrats auprès d'un maître d'hôtel d'une très bonne maison de sa connaissance, comble de la honte pour la vieille cuisinière, qui, outrée, manquait comme par hasard d'appétit ces jours-là. Et le précepteur hors de prix qui s'occupait depuis peu de l'éducation d'Henri fit aussi les frais de sa pouillerie. À quoi bon s'échiner à gaspiller de l'argent pour un garnement qui faisait preuve de tant d'indiscipline et de mauvais caractère, et qui de surcroît ne serait un jour au mieux que le valet du bourreau ?

C'est-à-dire de son propre fils.

Car Jeanne attendait un enfant et l'annonce de sa grossesse avait été pour elle une victoire.

Or pour Marguerite, un éventuel fils du bourreau mettait à mal le projet qu'elle entretenait depuis quelque temps. En effet, les années avaient passé depuis qu'elle était arrivée à la maison du pilori, et Clément n'avait toujours pas de descendance. Avant son mariage avec Jeanne, quand il évoquait le sujet, il se désespérait de trouver une femme. Comme le voulait la tradition et l'imposaient les faits, un bourreau ne pouvait épouser qu'une fille de bourreau, et elles ne manquaient pas sur le territoire. Mais aucune de celles qu'il avait rencontrées ne l'avait encore décidé, sans compter que l'homme pragmatique qu'il était préférait aussi une alliance de charges voisines pour des questions éminemment pratiques. Avec le temps, cette possibilité s'était estompée dans des allusions teintées de regrets de l'homme devenu un peu amer, et l'idée au début irraisonnable qu'Henri puisse prétendre un jour à la charge de Paris avait pris place en secret dans l'esprit de Marguerite. Après tout, elle savait Clément assez attaché au fait qu'elle reste dans la famille. Et puis ils étaient cousins, il pourrait lui céder cette charge à un prix correct.

Henri, bourreau de Paris. Monsieur de Paris.

Quelle plus belle manière pour Marguerite d'honorer la promesse faite à son père il y a bien longtemps maintenant, condition *sine qua non* pour qu'il la laisse épouser Charles ? Que le fils qu'ils auraient un jour devienne bourreau à son tour, ou que leur fille en épouse un, permettant ainsi à la charge de rester dans la famille Corbeau. Et quelle plus belle réponse à la preuve d'amour inconditionnel d'un père pour sa fille ? Car si le vieux Corbeau, alors bourreau de Joigny, avait respecté par cette décision lourde ses sentiments à elle, il avait aussi fait preuve de courage puisqu'il prenait le risque de s'attirer les foudres du comte de Sainte-Croix, seigneur de la ville, et père de Charles. Un risque d'autant plus grand que l'apprenti bourreau s'était avéré rapidement sans talent pour l'exécution, mettant à mal la charge même.

La grossesse de Jeanne fut rapidement pénible, et l'enfant s'annonça plus tôt que prévu. Marguerite avait quitté son comptoir toutes affaires cessantes pour se rendre rue d'Enfer, où Clément venait d'installer sa femme en attendant qu'elle enfante. Aidée de son amie Agnès, une sage-femme avec qui elle s'était liée d'amitié sitôt arrivée à Paris et dont la maison de jeunes mères se trouvait à côté du Châtelet, Marguerite fit tout pour sauver le bébé, mais en vain. Une catastrophe pour Clément. Au-delà d'une descendance à nouveau compromise et probablement condamnée, l'homme pieux qu'il était profondément réalisait avec effroi que, n'ayant pas eu le temps de recevoir les saints sacrements du baptême, son fils ne pouvait être enterré en Terre sainte. Son âme serait vouée à errer sans repos dans les limbes. Heureusement, aucun témoin n'avait assisté à l'accouchement. Marguerite convainquit son cousin de la laisser emporter la petite dépouille à l'église

Saint-Jacques-de-la-Boucherie. Là-bas, dans une crypte qui abritait ce qu'on appelait en murmurant le « sanctuaire à répit », la lueur tremblante par un léger frisson expiré à propos sur la flammèche de l'unique bougie anima une ombre sur les traits du mort-né, créant ainsi une illusion de vie. Une dernière étincelle dans l'âtre avant le froid qui glaçait les corps, sous les yeux d'un prêtre dont la compassion n'avait d'égal que le poids de la bourse qu'il venait de glisser sous sa soutane. Le certificat de baptême ne consola jamais Clément de sa peine mais avait rassuré le croyant invétéré qu'il était. Et pour cela, il serait éternellement reconnaissant envers sa cousine, qui continuait de s'occuper de Jeanne. Car depuis la terrible épreuve, son corps refusait de se remettre. La jeune femme était dans un tel état de faiblesse qu'elle ne pouvait qu'à peine se tenir debout, juste le temps de quelques pas mal assurés dans sa chambre les meilleurs jours, supportée par son mari toujours plus inquiet pour elle. Clément avait fait appel aux médecins les plus réputés en la matière, mais les théories en vogue sur les humeurs ne suffisaient pas à le réconforter, et encore moins à apaiser la malade. En revanche, les potions et les massages aux onguents de Marguerite, que Jeanne avait fini par accepter, lui faisaient occasionnellement du bien. Un léger mieux, pas systématiquement au début, juste quelquefois. Un moment d'accalmie entre deux flots de douleurs qui la balayaient toujours de la tête aux pieds. Puis avec le temps, les traitements s'avérèrent de plus en plus efficaces. Pas assez cependant pour reprendre une vie normale, mais juste ce qu'il faut pour se reposer, en espérant la prochaine visite de celle qui fut son adversaire et dont elle dépendait désormais. Cantonnée dans sa belle demeure de la rue d'Enfer, qui n'avait jamais aussi bien porté son nom, la jeune femme autrefois autoritaire avait laissé le champ libre à Marguerite à la maison du pilori.

— Où est-il cette fois-ci ?

La question résonna dans la pièce. Clément l'avait posée dans un souffle, comme si elle lui avait brûlé les lèvres pendant tout le temps du repas. Sans animosité, le regard rivé sur les restes du lapereau dans son assiette, mais avec inquiétude, très certainement. Il craignait pour le jeune homme qu'Henri était devenu, avec ses accointances et ses mauvaises fréquentations qui n'étaient plus un mystère pour personne. Et pour l'avenir aussi, ici, dans la maison du pilori.

— Je ne sais pas, mon cousin, avoua Marguerite, résolue.

— Il est sûrement amoureux, coupa Rose.

— Amoureux ? s'étonna alors Clément, l'évocation de cette possibilité le sortant un peu de sa torpeur.

— Et pourquoi pas ? continua la vieille femme. C'est de son âge, non ?

— Pourquoi fugue-t-il, alors ? continua Clément.

— Parce que ce n'est certainement pas une fille de bourreau, feignit de plaisanter Marguerite, remerciant d'un sourire doux celle qu'elle considérait comme une mère.

— Il me semble bien effectivement l'avoir aperçu avec une fille, l'autre jour, osa alors Jacques, un peu maladroit.

— Tu mens mal, Jacques, rétorqua gentiment le bourreau. Et même si c'était le cas, ça ne doit pas l'empêcher de faire son travail.

— Il va revenir, ne t'inquiète pas, affirma alors Marguerite. Il a son caractère, tu le sais. Ses moments. Il est encore un peu déboussolé. Mais c'est un gentil garçon.

— Je dis ça pour lui, Marguerite. Pour son avenir.

— Je sais, répondit simplement celle-ci.

Quand Marguerite avait évoqué il y a peu la possibilité qu'Henri puisse récupérer la charge de Paris, Clément ne pouvant plus user de son droit de survivance, le bourreau avait fait la moue. S'il avait toujours eu de la tendresse pour l'enfant depuis son arrivée et avait accepté de le former dans l'éventualité qu'il lui succède un jour, il ne cachait plus aujourd'hui son appréhension. Les absences répétées de l'adolescent, sa maladresse qu'il soupçonnait volontaire pour les exécutions les plus simples comme enferrer ou marquer, sans parler de ces « états » dans lesquels il se trouvait parfois, états qui le rendaient au mieux distrait et négligent, au pire irascible et imprévisible, tout cela ne le confortait guère. S'il faisait malgré tout preuve de patience et de compréhension par amour pour Henri, il restait Monsieur de Paris. Et ce qui allait advenir de sa charge était ce qui comptait le plus. D'autant que ses problèmes de vue s'accentuaient toujours plus vite avec le temps. Il y a peu encore, il avait dû se résoudre à chaperonner une décollation pour ne pas prendre le risque de blesser inutilement le condamné. Il avait laissé faire Jacques, dont le bras était encore sûr malgré son âge. Sa condition n'était plus un secret pour personne, même Brocard, le prévôt du Châtelet, lui en avait fait la remarque, il y a encore peu. Il le savait, il ne pourrait plus exercer la charge très longtemps. Très bientôt il serait amené à prendre une décision.

— Salut, la compagnie ! fit Henri, qui entrait sans prévenir.

Sa silhouette chaloupée qui se dessinait dans la clarté et la nonchalance de ses gestes trahissaient l'abus de cette eau-de-vie camphrée falsifiée avec de la litharge qui faisait des ravages dans les tavernes ou d'autres endroits d'épouvantable réputation. Personne n'avait osé lui répondre, tous surpris d'amertume par une situation sans équivoque. Henri ferma l'huis d'un geste exagérément maniéré, et vint s'avachir à sa place. Comme à son habitude, il portait sa veste défraîchie, étiolée par endroits et négligemment ouverte. À sa ceinture apparaissait son poignard, avec la tête du griffon coiffant le manche. Sans faire de bruit, Rose s'était levée et lui apportait déjà une assiette.

— Chouette ! s'extasia Henri. Du lapereau !
— Il faut que tu manges, soupira Rose par-dessus son épaule.
— Ce n'est pas du regrat, au moins ? plaisanta alors le jeune homme.
— Henri ! intercéda sèchement Marguerite, coupant immédiatement son ricanement bête. Excuse-toi.

Personne ne disait mot. Henri regardait son assiette, son visage s'était soudainement pétrifié, seul le mouvement de sa pomme d'Adam trahissait son inconfort face à tous qui le regardaient tristement.

— Excuse-toi auprès de ton oncle, lui ordonna Marguerite.

— Je te prie de m'excuser, mon oncle, articula Henri avec peine.

— Tu prépareras la roue, reprit alors Clément comme si rien ne s'était passé. Et plusieurs cordes pour la potence, au cas où l'une romprait. Demain matin nous exécutons place de Grève. Je compte sur toi pour que tout soit prêt. D'accord ?

— Oui, mon oncle, finit par répondre Henri après un temps.

— L'auxois harnaché au tombereau pour cinq heures, continua le bourreau. Nous irons chercher le prisonnier au Petit Châtelet.

— Oui, mon oncle.

— Bien, conclut Clément après un silence pesant. Puisque tu es enfin là, nous allons pouvoir dire le bénédicité.

Tous se levèrent comme un seul et joignirent leurs mains, créant un cercle autour de la table. Le visage fermé, chacun reprenait en lui la prière que Clément récitait à haute voix, doucement.

— Bénissez-nous, Seigneur, bénissez ce repas, ceux qui l'ont préparé, et procurez du pain à ceux qui n'en ont pas. Ainsi soit-il !

— Amen, fit l'assemblée d'une seule voix.

Chacun se rassit et la fin du repas se passa en silence. Marguerite, elle, ne pouvait lâcher du regard son fils, qui mangeait ce qu'il pouvait, manquant encore d'appétit comme c'était le cas depuis quelque temps. Elle épiait le moindre signe, dans ses gestes, une tache sur ses vêtements déjà maculés, ou même un regard qui aurait pu lui permettre de comprendre où il allait et ce qu'il faisait quand il disparaissait. Clément avait à peine fini son dessert qu'il se leva, s'assurant de sa canne pour ne pas heurter le mobilier sur son passage, et refusant avec fermeté l'aide que voulut lui apporter l'un des deux valets. Silencieusement, il vint se placer devant la fenêtre côté place. La lumière qui filtrait à travers les carreaux jaunâtres peignait son visage d'or. Comme sur cette peinture des deux bourgeois hollandais accrochée au mur au-dessus de la maie. Des visages entre deux émotions, entre deux vies, posant une dernière fois avant de passer la lisière. Un mouvement suspendu dans le temps, après lequel plus rien ne serait jamais pareil.

Marguerite l'observait et distinguait, même de loin, les efforts que le bourreau faisait pour regarder la vie à l'extérieur. Ce monde qui semblait définitivement lui échapper. Et elle se sentait fragile elle aussi. Elle avait la sensation de perdre la main. Comme si ce qu'elle avait construit par le travail et l'abnégation ces dernières années allait s'effondrer à n'importe quel moment sans qu'elle puisse rien y faire.

Elle regardait son fils, qui ne mangeait plus et qui fixait le vide devant lui. Encore ailleurs. Quelque part où elle n'avait pas accès.

Et elle doutait.

Chacun se levait pour vaquer à ses occupations, et elle ne quittait pas Henri des yeux.

Elle pensait avec appréhension à la promesse faite un jour à son père.

Une promesse qui avait le goût de l'impuissance.

VII

L'homme, qui arguait la raison de la faim depuis qu'il avait été pris, ne s'était pas limité à assassiner la mère. Un meurtre comme tant d'autres dans cette ville où toutes sortes de gens migraient chaque jour, venant de partout et parfois de loin, se croisant voire se heurtant, guidés par la nécessité impétueuse de trouver du travail pour nourrir leur famille, et poussant quelques désespérés à l'acte le plus regrettable. Pour ce seul crime, il aurait été exécuté plus discrètement, au pire sur le Pont-Neuf, sinon sur la place du pilori des Halles. Mais le jeune journalier venu de sa Beauce pour travailler comme bachoteur vers le pont Marie avait aussi égorgé le nourrisson dans son berceau. Et depuis l'annonce de la nouvelle, l'histoire avait fait son chemin. Partout bruissaient autant de versions des faits que de personnes qui s'en délectaient, la mine exagérément dégoûtée et la curiosité toujours plus gourmande. Certains prétendaient que l'enfant avait été retrouvé éventré de la gorge au bas-ventre d'un seul coup de couteau. D'autres parlaient d'un nouveau-né noyé dans son propre sang durci comme de la glaise dans sa panière. La rumeur gonflait, le piaillement assourdissait, l'assassin devenait nécrophile puis anthropophage, les pamphlets circulaient dans les cafés, et les marchands de chansons chauffaient l'atmosphère des cabarets, les nouvellistes vendaient déjà leurs feuillets romancés qui seraient lus et relus longtemps encore dans les foyers. Le prévôt de justice n'avait d'autre choix que d'agir au plus vite, et la punition devait être exemplaire s'il ne voulait pas qu'on se révolte. On ne touche pas à un enfant et il le savait parfaitement, surtout avec ces histoires de vols qui sévissaient depuis quelque temps. Sitôt attrapé, le coupable fut donc condamné au rouage avant d'être exposé pendu, et l'exécution aurait lieu sur la place de Grève.

Clément n'aurait pu craindre pire circonstance. Obligé d'officier pour l'occasion, l'ordre de justice qu'il avait reçu était très clair sur ce point, le bourreau arpentait l'échafaud vêtu de son costume rouge sang et bleu roi, alors que la foule se pressait toujours plus massive. Tout autour, pas une des fenêtres qui constellaient les immeubles donnant sur la place n'était inoccupée. On se serrait parfois nombreux dans les encadrements à la recherche du meilleur point de vue. Sur le grand mur qui partait du pont Notre-Dame et qui courait le long du quai Pelletier pour scinder en deux la place jusqu'à son centre et finir en calvaire, on s'était agglutiné en un gigantesque serpent humain. Sur la grève, là où la place plonge en pente douce de gravier dans l'eau, les hommes en quête d'un travail se mélangeaient aux marchands. Des bateliers avaient amarré juste devant le port pour l'occasion, certains profitant de l'aubaine pour louer à des curieux une place sur leur embarcation afin d'assister au spectacle. Sur le côté, la maison des piliers rendait l'événement solennel, les échevins et autres officiers s'y montrant aux portes ou sur les balcons pour mieux se faire reconnaître et se distinguer de la masse. Derrière l'Hôtel de Ville, le glas de l'église Saint-Jean résonna alors et le silence se fit. Bientôt la charrette amenant le condamné allait déboucher sur la place et il allait falloir procéder.

Et Henri restait introuvable.

Il avait pourtant bien préparé le tombereau comme son oncle le lui avait demandé la veille. À l'aurore, l'auxois attendait tranquillement, attelé, devant la maison du pilori, le museau plongé dans sa poche d'avoine. À l'arrière, la croix de saint André était rangée dans la charrette, avec le pilier sur laquelle elle serait dressée une fois le rouage terminé, les deux barres de fer, et les cordes pour la potence. Mais au moment de partir, Henri n'était pas là. Heureusement, Jacques et les jumeaux suffirent pour monter la roue sur l'échafaud, et le vieux valet était encore agile sur l'échelle quand il s'agissait de fixer la corde au gibet. Une fois les préparatifs achevés, les aides allèrent chercher le condamné au Châtelet. Clément contenait mal sa colère, une colère mêlée de regret et d'inquiétude. Le jeune homme lui avait encore fait faux bond. La dernière fois, il avait refusé d'aider, devenant incontrôlable, pris d'un fou rire convulsif.

— Tout est prêt, Monsieur de Paris ? demanda Dusquesnes, le lieutenant général de police, qui avait quitté la cour pour l'occasion, toujours encadré par ses gardes.

— Vous allez m'exécuter cet assassin promptement, le coupa aussitôt Brocard, le lieutenant criminel. Mais pas trop vite sur la roue. Il faut satisfaire la colère par des cris.

— C'est entendu, messieurs, répondit laconiquement Clément.

— Il vous manque un aide, non ? s'étonna le chef de la police, faisant fi de l'intervention de l'officier de justice avec lequel il partageait la prévôté de la ville.

— Il n'est pas bien, fit le bourreau, mal à l'aise. La dysenterie.

— Ah !… Que cela ne contrarie pas la bonne marche de l'exécution, s'inquiéta encore Dusquesnes.

— Ce ne sera pas le cas.

— Tant mieux ! se rassura le lieutenant de police. Que nous puissions retrouver au plus vite la paix après cette pénible affaire.

— Et qu'on se remette au travail, rebondit le lieutenant criminel, qui cherchait visiblement à avoir le dernier mot sur son collègue de justice. Un meurtre, et les gens ne travaillent plus ! Et les caisses se vident !

Le bourreau n'écoutait plus le babillage des deux officiers. Il fixait le tombereau qui finissait de fendre la foule et arrivait déjà au niveau des bois de justice.

À peine le condamné fut-il attaché des quatre membres sur la croix par les deux valets silencieux et efficaces que Clément abattit sa barre d'un bras assuré mais imprécis.

— Plus haut, lui soufflait discrètement Jacques, qui se tenait dans son dos. Et plus à droite…

Si les bras avaient rompu sans résister, Clément dut s'y reprendre à plusieurs fois au niveau des jambes pour entendre le craquement caractéristique de l'ossature qui se brise, suivant ainsi sans vraiment le vouloir les indications données un peu plus tôt par Brocard. Les hourras de la foule satisfaite vrombissaient toujours plus fort chaque fois, certains éclatant de rire quand celui qui était alors devenu un violeur d'enfant hurlait, quand d'autres singeaient son corps qui se disloquait malgré les attaches, tout en mimant ses râles éructant des bulles sanguinolentes.

* * *

De son perchoir tout en haut de la tour du pilori, il semblait à Henri que Paris s'était vidé. Que l'ensemble de ses habitants s'étaient précipités à l'exécution du jour. En bas, les Halles étaient désertes, hormis quelques badauds éparpillés. Les marchands avaient laissé leurs étals gardés par des enfants commis qui en profitaient pour chaparder et se payer en plus de la pièce. Un groupe de capucins marchait prestement, probablement vers l'église Saint-Leu juste à côté, rue des Ours. La ville apparaissait à Henri en fresques dans chacune des alcôves du clocher, toitures striées de cheminées sur fond de ciel azur ce matin-là, un bleu qui tournait au turquoise alors qu'il faisait un tour sur lui-même, pour s'oranger et même rosir, ondoyant en douceur comme un gros ventre qui respire. Henri tournait encore une fois sur lui-même et il entendait distinctement malgré la distance les cris et les applaudissements de la foule qui lui parvenaient de la place de Grève.

Il n'y était pas allé. Il n'aurait pas pu tenir son rôle. Comme la fois d'avant, quand il avait fallu qu'il tienne à l'aide d'une pince la langue du pamphlétiste qui avait injurié monsieur. La sueur avait inondé tout son corps et la tenaille avait glissé dans sa paume. Il avait fini par lâcher l'outil, créant la stupeur sur l'échafaud, mais aussi dans la population, qui s'était réunie pour regarder. Il s'était enfui en courant. Jusqu'ici. Non, il y allait de moins en moins. Il n'acceptait plus cette voie qu'on avait tracée pour lui. Il ne voulait plus de cette histoire de famille de bourreaux, avec ce grand-père et ce père morts pour des raisons obscures qui poussèrent un jour sa mère à fuir elle aussi, alors qu'il venait à peine de naître, pour venir ici. Chez un autre bourreau. Comme une fatalité. Cette charge que tous respectaient et adulaient dans la maison du pilori. Avaient-ils le choix puisque cette fonction qu'il fallait à tout prix conserver pour ses avantages avait de toute façon sali leur nom ? Elle lui apparaissait à lui comme un fardeau. Une malédiction.

Au début il n'avait pas compris. Les pierres, les quolibets, la merde lancée à son visage par ses copains Dussol, Perrin, Carrier. Et Blandine.

« Bourreau ! » « Fils de bourreau ! » « Coupeur de têtes ! »

Pourtant il le savait, il l'avait toujours su. Déjà petit on lui avait appris à taire son nom, à user de détours pour rentrer à la maison du pilori sans être vu. Il savait pertinemment ce que faisait son oncle, qui il était. Il en était même secrètement un peu fier, tout môme qu'il était. Tout comme il était fier de sa mère qui faisait du bien aux pauvres dans l'ombre de son échoppe, et qui était aimée pour cela. Il savait aussi ce qui l'attendait. Comme on sait que quelque chose va arriver, inéluctable, mais dans un avenir assez lointain pour le percevoir hors de soi, presque improbable, repoussé par l'illusion d'une vie qu'on s'est fabriquée pour paraître normal aux yeux du monde. Un avenir de plus en plus proche avec le temps, où il devrait embrasser une voie sur laquelle il marchait déjà, mais en regardant ailleurs. Il n'était qu'un enfant. Et un enfant ne pense pas à ces choses-là. Un enfant, ça joue, ça court, ça chaparde et ça crie quand il est poursuivi. Un enfant, ça rêve, ça apprend avec ses mains, ses yeux, son corps. Un enfant, ça rit, ça renifle et ça pleure.

Il savait que tout cela n'aurait qu'un temps.

Jusqu'à la rupture.

« Bourreau ! » « Fils de bourreau ! » « Coupeur de têtes ! »

La rupture dans sa vie. Une vie d'avant qui avait laissé place à une vie de maintenant, préparatoire à celle de demain. Celle qu'il savait. Cet avenir lointain devenu soudainement le présent. Violent. On lui avait ouvert les yeux et il la voyait, la voie. Sa voie. Et la solitude qui va avec, compagne muette d'un enfant qu'on regardait désormais comme un adulte. Les matinées passées enfermé à écrire des lignes et à lire, puisqu'il ne pouvait plus aller à l'école, avec sa mère quand son échoppe lui en laissait le temps, suppléée par un précepteur pour le catéchisme. Les après-midi à apprendre les rudiments du métier qui lui était promis. Avec Jacques au début, ce vieux sage avec lequel il avait tissé un lien fort depuis tout petit. D'abord le nettoyage des rues, récupérer les animaux morts pour leur fourrure mais aussi les cadavres humains qu'on trouvait fréquemment échoués dans les rues, négligemment repoussés dans un coin ou contre un mur pour ne pas boucher le passage. Dépouilles qui seraient vendues le jour même aux étudiants de l'école de médecine. Le voyage jusqu'à la rive gauche, un des seuls moments qu'Henri appréciait alors qu'il n'avait encore qu'une dizaine d'années. Il s'asseyait à côté de Jacques à l'avant de la charrette chargée, et ils avançaient d'un pas tranquille sous le Grand Châtelet dont le passage débouchait sur le pont au Change. Un pont d'où on ne pouvait pas voir la rivière qu'il enjambait, empêché par les deux allées d'immeubles qui se pressaient les uns aux autres, tous semblables, avec leurs ateliers en rez-de-chaussée, bouchant ainsi la vue du passant. Le virage devant le palais et son horloge qu'il admirait, il y découvrait toujours un petit détail qu'il n'avait pas encore remarqué, puis direction la rue de la Juiverie qui ouvrait sur le Petit-Pont, de l'autre côté de l'île, où il pouvait admirer en amont les tours de Notre-Dame qui surgissaient par-dessus l'Hôtel-Dieu. Enfin le Petit Châtelet et la terre ferme, la destination du voyage. Plus tard on lui apprit à gérer la location aux camelots des emplacements qui appartenaient à la maison du pilori et la source de revenus non négligeable que cela représentait. Vint la préparation des outils, dans l'appentis situé dans le bâtiment adjacent à la maison, et dans lequel il passa rapidement le plus clair de ses journées. C'était son oncle lui-même qui lui donnait le cours, lui montrant chaque outil, les pinces, les couteaux, les tranchets, les pointes, lui expliquant leurs usages et de quelle manière ils devaient être manipulés. Au début Henri écoutait sans vraiment s'imaginer leur fonction propre, mais quand il commença à accompagner sur l'échafaud ou au carcan, il ne put s'empêcher d'imaginer les corps des suppliciés déchiquetés en scènes infernales et malodorantes. Il revenait des exécutions éberlué par le spectacle effarant, et saoulé par les cris des autres, celles et ceux qui venaient y assister, comme au théâtre. Il s'agissait alors de nettoyer les instruments, le sang à peine séché dans les interstices du bois, les morceaux de chair sur le métal froid, ranger les bois de justice et laver la croix de saint André. Jusqu'à ce jour où son oncle lui demanda de marquer lui-même pour la première fois. Revêtu de son costume d'aide et cagoulé, il avait fixé sidéré le corps du supplicié incurvé sur le billot, son dos arrondi comme un mollusque, un morceau de chair crasseux et poisseux, qui tanguait mollement d'un côté à l'autre au rythme de sa complainte agaçante. Juste là sur le côté, la tige de métal plongée dans le brasier attendait d'être saisie. La fleur de lys incandescente puis le grésillement comme de la viande sur la broche. L'odeur âcre qui agresse le nez et donne envie de rendre sur-le-champ. Et surtout le cri. Un hurlement qui avait semblé sortir de tous les orifices du pauvre hère, un vagissement animal qui lui avait transpercé le ventre comme une lame froide, pour finir en un râle rauque et puant. Puis le bruit sourd de la barre heurtant le plancher, que le jeune apprenti alors abasourdi venait de lâcher. Et les rires. Il ne s'était pas senti à sa place. Il avait eu peur, il avait eu honte, il n'avait pas supporté les regards de la foule dans laquelle il avait aperçu ses anciens camarades qui se moquaient de lui. Il s'était senti sale. Sa peau, ses vêtements, ses cheveux, mais aussi au-dedans de lui. Fangeux à l'intérieur de son corps, son sang noirci et ses yeux ternis au point que même le monde tout autour avait perdu ses couleurs.

Alors il prit l'habitude de se laver à chaque retour d'exécution. Frénétiquement. Dans le petit cabinet derrière l'appentis avec sa fontaine. Son exutoire, un rituel par lequel il maintenait ce lien ténu, presque illusoire, avec celui qu'il était avant. Retrouver un tant soit peu celui qu'il pensait être encore.

Le temps passait et il apprenait sans apprendre, assistant sans être vraiment là, occasionnant des accidents par maladresse, par mauvaise volonté aussi. Il se refermait et devenait taciturne. Une transformation de son caractère, pour se protéger, mais aussi physique. Un personnage. Une curiosité pour qui le croisait. Singulier par sa beauté, l'enfant, désormais un jeune homme de quinze ans, l'était aussi dans sa manière de s'accoutrer. Toujours propre, les mains soignées, il avait adopté une forme d'élégance quelque peu négligée, avec sa veste bleue et son justaucorps dont il ne changeait jamais. Une allure à la beauté que d'aucuns qualifiaient de décadente, avec cette posture si particulière, un peu dégingandée, l'air éthéré, presque vaporeux, et ses gestes déliés, comme chez certains de ces jeunes de la haute qui arpentaient les mauvais quartiers par goût du risque, tout comme lui s'y perdait de plus en plus souvent. Henri y trouvait cette proximité sale qui l'attirait, ces corps qui se frottaient et qui se haranguaient dans des langues qui ne se comprenaient pas. Il aimait cette violence inhérente à cette vie-là, à son mouvement, là où le plus vil cohabitait avec le plus beau. Il prit l'habitude de se perdre dans les redoutées tabagies du côté de la place des Innocents, où il goûtait depuis peu au laudanum de Sydenham, ce breuvage composé de vin espagnol et d'opium, aromatisé à la cannelle, au safran et aux girofles, et dont il se saoulait en arrière-salle, là où s'entassaient les joueurs de tripot crasseux et gueulards, compagnons d'un soir, d'une nuit, d'un jour entier et parfois plus. Il appréciait aussi les petits bonbons cantharidés aux vertus supposées aphrodisiaques, mais aussi et surtout la fameuse « zizanie », l'herbe aux ivrognes qui le mettait dans cet état de griserie proche du vertige qu'il recherchait éperdument, même si la nausée était souvent le prix à payer pour l'oubli que son corps et son esprit réclamaient alors. La zizanie était vendue sous forme de petites boules nacrées par des ombres qui arpentaient les charniers du cimetière, et Henri les échangeait contre des onguents, des morceaux de corde ou des mèches de cheveux de pendus qu'il volait au comptoir de sa mère, ou encore des peaux de bêtes. Un droit à payer pour la volupté sans limites dans un temps qui ne lui appartenait plus quand il en prenait une, un temps sombre et profond, un abîme dans lequel il se laissait tomber pour se remplir du vide qui l'aspirait dans sa chute. Un dérivatif devenu une addiction. Du moins était-ce l'idée qu'il s'en était faite et qu'il avait fini par accepter par facilité, ou par lâcheté, puisqu'on ne lui avait pas laissé le choix.

Mais il y avait aussi autre chose depuis peu.

Autre chose pour oublier. Et pour tenir.

Autre chose que les boules nacrées ou le vin de Sydenham.

Autre chose que les recoins obscurs des tabagies poisseuses pour se perdre.

— Tiens, lui avait murmuré Atedjaka en lui tendant une longue pipe.

Une vraie amitié s'était développée entre Henri et le jeune Wendat, et elle lui faisait du bien. Depuis quelque temps, l'Indien avait trouvé refuge dans une sorte de hutte bâtie de morceaux de bois hétéroclites sur une chaloupe abandonnée, attachée sous le pont au Change. Henri s'y rendait de temps en temps, sûr d'y trouver une écoute silencieuse qui l'apaiserait. Là-bas, il s'ouvrait, se dévoilant peu à peu comme il ne l'avait jamais fait jusqu'alors, et il écoutait aussi les histoires fantastiques que lui racontait son ami. Atedjaka lui parlait des Potawatomis, des Mohicans, des Outaouais ou encore des Tionontatis, autant de peuples aux noms incroyables qui faisaient rêver l'apprenti bourreau, la plupart vivant ensemble dans le mystérieux « Pays-d'en-Haut », autour des lacs Érié ou Huron, comme les appellent les Français, ou vers la Baie verte ou « des Puants », ce qui avait fait rire Henri. Des tribus qui se faisaient aussi la guerre parfois, mais qui se dressaient comme un seul homme quand il s'agissait de se défendre, notamment contre les terribles Iroquois. Une autre terre, un autre monde, où les hommes n'étaient qu'une entité de l'univers parmi les plantes, les animaux et les étoiles. Une idée qui plaisait à Henri parce qu'elle lui permettait de s'évader, de se sentir libre comme jamais.

— Qu'est-ce que c'est ? avait-il demandé, un peu perplexe, à la vue de l'objet qu'il prenait des deux mains avec précaution.

La longue pipe avait été fabriquée dans ce qui semblait être de la pierre rouge. De la longueur d'un bras, le fourneau était gros comme un poing. La queue d'un grand oiseau, qu'Henri n'arrivait pas à identifier, y était attachée. Un « aigle » selon Atedjaka, un grand rapace fréquent dans ces contrées. Les plumes étaient peintes de toutes les couleurs et disposées comme un éventail.

— Le calumet, lui avait expliqué l'Indien avec cérémonie. Deux hommes qui fument ensemble le calumet créent un lien et donc créent la vie. Et je veux le fumer avec toi, mon ami.

— Je suis touché, Atedjaka, l'avait remercié Henri, impressionné. Mais qu'est-ce qui brûle, là ? Ça ne sent pas bon.

— De la bouse de bœuf enflammée. Il faut du bison selon la tradition, mais vous n'en avez pas, plaisanta Atedjaka avec placidité tout en portant la pipe dans différentes directions vers le plafond, et tirant dessus à chaque pose.

— Et là ? Que fais-tu ? interrogea Henri, marquant sa perplexité devant le comportement mystérieux de son ami.

— Je présente le calumet aux six points de l'univers, répondit le Wendat, tout à son rituel. Pour parler avec les esprits. La fumée emporte les espoirs vers là-haut. Tiens, lui fit-il alors qu'il lui proposait enfin l'objet.

— C'est comme prier, alors ? demanda Henri, qui n'avait pu retenir une toux après avoir inspiré une première fois le mélange de tabac et d'écorce d'aulne finement pilée.

— Oui, acquiesça le Wendat. Et meilleur que ces boules que tu avales. Ou le mauvais alcool que tu bois.

Henri prit l'habitude de partager le calumet avec Atedjaka. Si la fumée emportait les espoirs vers le ciel, alors il fumerait autant qu'il le pourrait parce que de l'espoir, il en avait à revendre. Celui d'une autre vie, d'un autre destin, mais aussi celui de la revoir, elle.

Il avait pris l'habitude de traîner vers le pont au Change et ses maisons entassées les unes contre les autres, à l'étroit, et juste derrière le pont Notre-Dame et sa pompe. Il y avait désormais des accointances, fréquentait des malandrins avec lesquels il marchandait et buvait dans de mauvaises tavernes. Un endroit qu'on appelait la vallée de la Misère, où la fange humaine sévissait à toute heure.

Quand il la vit la première fois, les réjouissances battaient leur plein vers les quais et sur les bateaux-lavoirs. Curieux, il s'était approché pour finalement se laisser happer par l'abondance furieuse et l'humeur festive excessive. Tout comme lui, les plus pauvres se donnaient le temps de la danse et de la chanson beuglée à tue-tête l'illusion d'une opulence offerte. Et dans le tournis des lavandières vêtues des plus beaux linges pour l'occasion, elle était apparue soudain, au-dessus du chahut. Une poupée de taffetas et de dentelles, parée de fanfreluches et de lingeries, juchée sur son trône de planches porté par la foule qui la fêtait.

Elle était la plus belle des laveuses et avait été élue la reine des blanchisseuses.

— Oh, excusez-moi !… fit-elle après l'avoir bousculé d'un coup de coude qui se voulait involontaire, avec un accent d'espièglerie dans la voix et un soupçon de coquetterie maligne sur son sourire.

— C'est pas grave, lui répondit Henri, un peu interdit, reconnaissant immédiatement celle qu'il avait aperçue quelques jours plus tôt sur la berge, fêtée et portée par la foule puis dans les rues pour y être montrée au peuple.

Il lui avait bien semblé que leurs regards s'étaient croisés ce jour-là, alors que la procession passait devant lui. Ensuite il s'était dit qu'il s'agissait certainement de son imagination et avait repris son chemin, gardant de la jeune femme un joli souvenir fugace qui se dissiperait avant le soir. La reine d'un jour portait désormais une robe de travail défraîchie, et les cernes sur son visage de porcelaine témoignaient d'une journée entière passée à battre le linge.

— Je m'appelle Madeleine, continua-t-elle. Je suis lavandière. Et vous ?… demanda-t-elle encore sans ambages au jeune homme qui restait silencieux.

— Carl… lâcha Henri après un long moment à fuir son regard, et cachant mal son inconfort.

VIII

Les striures profondes dans la peau de châtaigne faisaient l'effet d'un champ aride après des semaines sans pluie. Ou le cuir de ces animaux aux formes extraordinaires ébauchés sur les gravures qui circulaient parfois, rapportées par les soldats. Ces créatures qui vivaient dans ces pays lointains où les hommes ne ressemblaient pas à des hommes. De la chair comme une cosse, une carapace éprouvée par le temps, la peine et le travail, toujours la misère, tellement épaisse que la pommade que Marguerite s'échinait à appliquer peinait à y pénétrer. Mais elle prenait son temps, malgré l'inquiétude qui la taraudait. La nouvelle fugue d'Henri lors de la dernière exécution quelques jours plus tôt, l'état second dans lequel il était réapparu, les nouveaux vols qu'elle avait constatés dans les tiroirs de la boutique, tous ces événements la préoccupaient, mais elle voulait profiter du moment présent. Car il était là, avec elle, dans son atelier, ce qui n'était pas arrivé depuis longtemps. La patiente, une bonne femme d'allure hommasse, ne semblait guère gênée par la présence du jeune homme. À peine arrivée, si pressée de recevoir les soins tellement elle souffrait, elle s'était mise d'elle-même à quatre pattes par terre, relevant sa robe épaisse et poisseuse en futaine jusqu'aux épaules, ses seins gros et molasses s'échouant par terre. Petit, Henri aimait rejoindre sa mère dans l'atelier. D'abord par jeu – elle le laissait s'amuser à faire des mélanges de sa composition sans intérêts curatifs –, puis il apprit à fabriquer ses premiers onguents, pour finalement maîtriser la plupart des recettes. Il lui arrivait même de la seconder quand l'urgence se faisait sentir, notamment l'hiver avec le froid qui agressait les corps des plus pauvres. Quand il ne l'aidait pas, il se mettait dans un coin, le dos au mur ou assis par terre, et il la regardait travailler. Comme aujourd'hui, il observait les pots proprement alignés et relisait les noms étranges sur les étiquettes qu'il connaissait pourtant par cœur. Marguerite avait le sentiment de le retrouver un peu. Un moment de paix, comme si tout allait bien, comme si son fils n'était pas devenu l'ombre de lui-même. Avec ses souvenirs qui lui revenaient aussi. Dans un autre atelier, ailleurs, bercée par l'image de son père et de Charles, l'amour de sa vie, alors que ses mains finissaient de pétrir la masse de chair docile. La grosse portefaix se releva dans un effort râlé, satisfaite de constater que ses douleurs semblaient avoir disparu, ce qu'elle exprima par un large sourire sans dents qui lui faisait la gueule d'un poisson mort, avant de disparaître par l'alcôve qu'on aurait pourtant crue trop étroite pour elle.

— Tu as encore disparu, l'autre jour, osa Marguerite après un temps, tout en rangeant le pot qu'elle venait d'utiliser.

Il ricana. Pas ouvertement, comme il le faisait parfois, ce qui avait le don de la mettre hors d'elle, elle qui ne savait pas comment se comporter avec lui dans ces moments-là. Non, il ricanait engoncé, comme s'il se retenait, un rire qui toussait par à-coups. Grotesque.

— On me vole au comptoir, continua sa mère, un peu hésitante. Des morceaux de corde. Des mèches. C'est toi ? fit-elle enfin, se retournant pour lui faire face.

— Moi ? répondit Henri, masquant son embarras d'un rire maladroit.

— Je t'ai vu avaler une de ces petites boules blanches, là, insista encore Marguerite. Qu'est-ce que c'est ? C'est ça qui te met dans ces états ? C'est pour en acheter que tu me voles ?

— N'importe quoi ! nia le jeune homme en se forçant à rire, après avoir marqué un temps pour ne pas s'emporter, toujours plus mal à l'aise.

— Henri ! Parle-moi. Dis-moi ce qui ne va pas. Ton oncle ne va pas supporter tes absences très longtemps.

— « Ce qui ne va pas ? » reprit alors l'effronté d'un ton moqueur. « Ce qui ne va pas ? » Mais tout va bien ! Pourquoi veux-tu que ça n'aille pas ? Je vais bien !

— Henri ! cria-t-elle soudainement, interrompant aussi sec le délire hystérique de son fils.

— Marguerite ? fit une voix qui provenait de l'autre côté de l'alcôve, dans la boutique. Tu es là ?

— Oui, Babet, répondit Marguerite sans lâcher des yeux le jeune homme qui s'était retourné pour ne pas l'affronter, faisant semblant de regarder les bouquins sur l'étagère face à lui. Je suis là, dans l'atelier.

Babet faisait la taille de deux en largeur, et sa bonne grosse tête joufflue couperosée plantée d'une épaisse tignasse de paille dépassait la plupart des gens. Le caractère bien trempé de cette ouvrière en tapisserie dans un atelier voisin du pilori, quand il s'agissait de défendre la place des femmes au travail et le respect des travailleurs en général, lui avait fait une réputation dans le quartier et même plus loin. On ne comptait plus les grèves et les cabales à mettre sur son compte, fédérant les ouvriers, les apprentis et même parfois les compagnons contre les maîtres qui les exploitaient ou pour une autre juste cause. Elle était devenue une personnalité, une de celles qu'on surveillait. Car s'il y avait bien une chose que la police craignait, c'étaient les mouvements de foule. Babet avait d'ailleurs été enfermée à plusieurs reprises par lettre de cachet, pour être libérée quelques jours plus tard grâce à la rumeur qui grondait aussitôt pour réclamer sa libération, soutenue par les compagnons de tous les métiers qui s'associaient alors, et même par certains patrons inquiets pour leurs outils et leurs ateliers.

— Le juré Jacquemin est dans le coin, fit Babet, essoufflée, ne cachant pas son inquiétude alors qu'elle passait sa grosse tête dans l'alcôve. Tiens ! Salut, Henri… Il a déjà visité Gauthier, l'apothicaire de la rue de la Ferronnerie, reprit-elle. Il serait de méchante humeur. Une histoire de sous qu'il refuse de lui payer. Ils en sont presque venus aux mains. M'étonnerait pas qu'il se ramène jusqu'ici.

— Il est seul ? lui demanda Marguerite, visiblement préoccupée par la nouvelle.

— J'imagine que non, se gaussa Babet. Ce n'est pas le courage qui l'étouffe. Surtout quand il vient réclamer les taxes royales.

— Très bien, je vais le recevoir s'il vient, conclut d'un ton résolu Marguerite, qui sortait déjà pour rejoindre Babet dans la boutique, laissant Henri, qui ne bougeait toujours pas.

* * *

Perruqué comme à la cour – il n'était pas rare de voir un merlan le suivre pour le repoudrer les jours de vent –, faux mollets galbés et planches pour cacher ses épaules tombantes sous sa veste taillée en buste serré, le maître apothicaire Jacquemin était un grand échassier qui avait acheté son élection au titre de juré de la communauté du métier grâce à son immense fortune faite sur le dos des naïfs qui peuplaient les beaux quartiers du faubourg Saint-Honoré. Dans la vitrine aux enluminures pompeuses de son vaste magasin établi rue de Luxembourg, derrière la place Louis-le-Grand, son « Onguent de jouvence » s'étalait par dizaines de petites fioles en verre épais soufflé à la manière baroque, bien alignées. Réputé calmer les maux et recouvrir les rides, l'emplâtre liquide à base d'argile blanchie à la céruse faisait ressembler les belles dames à ces miniatures en cire dont la nouvelle mode venait d'Autriche, et les hommes à des trépassés tout juste embaumés. Et comme si l'argent amassé grâce à la crédulité des pédants fortunés ne lui suffisait pas, Jacquemin était aussi propriétaire de plusieurs immeubles à Paris, qu'il ne s'était probablement jamais donné la peine de visiter et où il entassait ses locataires dans des garnis étroits et puants. Et quand certains tentaient de s'enfuir à la cloche de bois, il se glorifiait, à l'occasion d'un repas mondain où on l'invitait par obligation, de les faire tous poursuivre et enfermer. Soupers où il ne manquait pas non plus de vanter la dot de sa fille, plus importante que la plupart de celles données par ses hôtes aristocrates de sang. Tout comme il s'en flattait dans les ateliers de ses confrères souvent pris à la gorge, où il venait faire respecter avec brutalité le paiement de l'impôt.

Marguerite craignait les visites du juré du syndic des apothicaires. Elle savait que l'homme fat avait pour amis des échevins et la prévôté des marchands, et qu'il travaillait à faire fermer son comptoir, même s'il était officiellement celui du bourreau, et donc protégé. Mais les contestations se faisaient entendre de plus en plus fréquemment dans la profession, certains la comparant même à ces chambrelans qui travaillaient clandestinement et qui faisaient une concurrence douteuse par leur activité non autorisée. Il était certes de coutume pour un bourreau de fournir des pommades, mais en faire le commerce dans une boutique était une tout autre histoire.

— Mademoiselle Corbeau, déclama Jacquemin sur un ton grossièrement obséquieux alors qu'il se présentait devant le comptoir, c'est toujours une joie de vous voir.

— Maître Jacquemin, répondit Marguerite, placide, le plaisir n'est pas partagé.

— Maître juré Jacquemin, s'il vous plaît, la reprit immédiatement l'apothicaire.
— Je ne me souviens pas vous avoir élu.
— Je ne crois pas me souvenir que vous soyez maître pour le faire, mademoiselle.

La messe était dite et le ton, donné. Si elle tâchait de garder une contenance, Marguerite n'en menait pas large, tout comme Babet, qui se tenait à l'étroit derrière le comptoir, elle qui avait pourtant l'habitude de tenir la dragée haute aux plus coriaces. Car Jacquemin n'était pas venu seul. Outre les affidés qui le suivaient toujours pour lui prêter main-forte le cas échéant, armés de bâtons qui se devinaient sous leurs manteaux, il était affublé d'un petit bonhomme que tous les habitants des environs ne connaissaient que trop bien. L'inspecteur Noyeux était un homme ambitieux aux gestes compassés toujours tapi quelque part dans le quartier des Halles dont il avait la charge, et qui ne travaillait qu'à bien se faire voir du lieutenant général de police Dusquesnes. Pour cela, il n'hésitait pas à user de ses bonnes manières acquises par l'étude, chose rare pour quelqu'un de son milieu – on disait qu'il était le fils d'un forgeron et d'une crieuse de peaux de lapin –, mais aussi des lettres d'enfermement et des placets pour ferrer ceux qui le gênaient. Aidé de ses multiples mouches, du portefaix à la baladeuse, en passant par le porteur d'eau ou le regrattier, il possédait un réseau particulièrement étendu et structuré, et nombreux étaient ceux qui auraient voulu mettre la main sur son fameux registre dans lequel étaient répertoriés par ordre alphabétique les noms, méfaits, origines et parcours, agissements et habitudes de tous les malandrins, ou présupposés l'être selon lui, qui passaient dans son secteur, et même parfois au-delà. Si les syndics des communautés de métiers étaient pour la police un très bon moyen d'avoir l'œil sur les humeurs des ouvriers dans les ateliers, Jacquemin s'avérait le partenaire idéal pour un ambitieux comme Noyeux. Car le port de l'épée était la seule chose qui manquait au maître apothicaire pour parfaire son image, et ce n'était un secret pour personne qu'il cherchait à se faire autoriser cette faveur par tous les moyens. Noyeux connaissait du monde. On disait même qu'il travaillait en ligne directe avec le lieutenant général de police lui-même. Deux hommes prêts à tout pour leur rang et leur carrière, une alliance que Marguerite savait dangereuse pour elle et son commerce, et surtout pour son fils, que le policier trouvait louche et qu'il surveillait, aux dires de certains qui l'avaient prévenue à plusieurs occasions.

— Oh ! Je manque à mes devoirs, continua Jacquemin. Je ne vous ai pas présenté l'inspecteur Noyeux. Mais je crois que vous vous connaissez déjà, non ?

— Je vous connais certainement mieux que vous ne me connaissez, reprit d'une voix affable l'inspecteur à l'intention de Marguerite. Vous, et votre fils. Henri, je crois. C'est bien ça ?

Le sang de Marguerite se glaça dans tout son corps. Elle se sentait mal, fixée par les yeux en petites billes de plomb du policier qui ne la lâchaient pas, comme le limier sa piste. Tout était sombre chez cet homme à peine plus grand qu'un enfant. Son manteau noir sur ses hauts-de-chausses bruns, ses mains gantées de cuir jusqu'aux avant-bras, et son chef de feutre sombre lui donnaient l'allure d'un oiseau de mauvais augure, un vautour toujours perché quelque part, à l'abri des pierres, prêt à fondre sur sa proie. Et il avait suffi de l'évocation d'Henri pour que Marguerite se sente en danger, alors que Noyeux sortait de sa poche le fameux registre qui faisait sa réputation. Il était recouvert d'une couverture rouge sang. Et le nom d'Henri devait certainement s'y trouver inscrit.

— Où est-il, d'ailleurs ? continua l'inspecteur. J'aurais aimé m'entretenir avec lui de certains faits.

— Il n'est pas ici, répondit Marguerite, dévoilant un peu plus son inconfort.

— Quel dommage !... feignit de se lamenter le policier. Il n'est pas facile à trouver, ces derniers temps. Et on ne le voit que très rarement sur l'échafaud. Ce qui est étrange pour un aide de bourreau.

— Eh bien, je lui demanderai d'aller voir le commissaire Espinasse quand il reviendra. Et il répondra à ses questions, le provoqua Marguerite.

— Mais !... fit l'inspecteur, cachant mal son irritation. Le commissaire n'a rien à voir dans cette affaire.

— Ah bon ? continua Marguerite, qui sentait qu'elle avait repris la main. Vous dépendez pourtant de lui, non ?

— Mais pas du tout ! s'emporta Noyeux, soudainement rougeaud. J'en réfère directement au lieutenant de police Dusquesnes !

— Allons, allons, interféra Jacquemin. Ne nous énervons pas. Et puis nous ne sommes pas là pour ça.

— Alors pourquoi es-tu là, Jacquemin ? tonna une voix qui venait de derrière.

Comme à son habitude, Monsieur de Paris s'était approché sans faire de bruit, épaulé de ses deux valets qui le guidaient discrètement. Habillé sobrement d'un pourpoint vert marécage et de hauts-de-chausses marron, il ne se distinguait pas des passants qui allaient et venaient autour de la maison du pilori et dont certains s'étaient déjà rassemblés, attirés par l'altercation devant l'échoppe.

— Clément !... s'exclama Jacquemin, pris de court.

— Monsieur de Paris, s'il te plaît, lui répondit aussi sec celui-ci. Que fais-tu là ?

— Je venais... hésita le juré en retour.

— Je ne crois pas être assujetti à la visite royale, si ?

— Non ! Bien entendu que non !... s'excusa presque Jacquemin.

— Alors pourquoi tu viens ici, encadré de tes acolytes et épaulé d'une mouche ? fit le bourreau à l'intention de l'inspecteur qui, outré, tournait déjà les talons pour se retirer en maugréant.

— Je voulais juste vous prévenir, par politesse, répondit enfin le juré, qui n'était pas rassuré par le départ de son partenaire.

— Nous prévenir de quoi ? continua le bourreau, qui ne semblait nullement décontenancé par le juré.

— Que le syndic a émis un avis défavorable à ton commerce... balbutia Jacquemin en reculant alors que Clément s'avançait vers lui.

— Diantre !… « Un avis défavorable » ? Vraiment ? Mais dis-moi, maître juré, il ne me semble pas que je fasse partie de votre communauté de métiers, si ? ironisa encore Clément.

— Eh bien, justement ! Tu n'en fais pas partie, et l'activité de ta cousine pose un problème !

— Clément ! Attention, ils ont des bâtons ! prévint Marguerite, qui avait repéré le manège.

Les jumeaux se portèrent devant le bourreau, prêts à le défendre, alors que les sbires du juré se plaçaient déjà en cercle. Jacques se tenait devant le comptoir, armé d'une barre, paré pour en découdre si quelqu'un tentait d'y pénétrer. Tout autour, une foule plus nombreuse s'était rassemblée pour assister au spectacle.

— Mais dis-moi, Jacquemin, continua Clément, qu'est-ce que tes amis cachent sous leurs manteaux, là ?… Ce ne serait pas des bâtons, rassure-moi ?

— Des bâtons ?…

— Je croyais que le port d'armes était interdit. Mais je me trompe peut-être ? feignit-il encore de plaisanter.

Un moment de flottement. Les hommes du maître se regardaient les uns les autres, ne sachant pas quoi faire. La tension était palpable, tout pouvait basculer d'un côté comme de l'autre à n'importe quel instant.

— Sauf en ce qui me concerne, continua Clément, dévoilant la hachette fixée à sa ceinture, qui lui servait habituellement à trancher les mains des voleurs.

— Il se passe quoi, ici ? fit une voix calme et autoritaire.

La foule s'était écartée pour laisser passer le commissaire de quartier Espinasse, talonné par P'tit Rouquin.

— Commissaire ! l'accueillit Clément sans quitter de ses yeux incertains son adversaire. Vous tombez bien.
— Voilà donc un drôle d'attroupement ! Allez, circulez, tout le monde, lança avec bienveillance l'officier de l'ordre. Il n'y a plus rien à voir ici. Maître Jacquemin, reprit-il, je n'ose croire que vos amis ne portent quoi que ce soit sous leur manteau qui enfreigne la loi.
— Bien sûr que non, commissaire, répondit l'apothicaire alors qu'il ordonnait à ses hommes d'un geste discret de s'éclipser illico.
— Tant mieux ! La chose est donc réglée ?
— Oui, pour le moment, osa tout de même le maître. Mais ça ne se passera pas comme ça bien longtemps, vous pouvez me croire, conclut-il avant de partir à son tour.

La foule s'était retirée pour retourner à ses affaires, la moue un peu déçue que le spectacle prometteur ait été gâché. Après avoir salué et remercié le commissaire, Clément s'en retourna dans la maison du pilori, et Marguerite à son échoppe. Là, elle tâcha de reprendre son souffle. Quand elle rentra dans l'atelier, Henri avait déserté les lieux.

— Bonjour, Marguerite, fit le commissaire, qui se tenait devant le comptoir.

— Commissaire, lui dit-elle en souriant. Merci d'être intervenu. Sans vous…

— Remerciez plutôt Henri. C'est lui qui m'a fait prévenir par le petit Savoyard.

— Henri ?…

— Faites attention, Marguerite, continua l'officier d'un ton doux et prévenant.

— Oui, lui fit celle-ci, l'air soudainement un peu absent.

— Je ne suis jamais loin, et vous savez que vous pouvez compter sur moi. N'est-ce pas ?

— Oui, bien entendu. Et je vous en remercie, lui répondit Marguerite, cachant difficilement sa gêne.

— Belle journée à vous, Marguerite, la salua-t-il, abaissant respectueusement sa tête.

— Au revoir, commissaire.

Marguerite souriait. Le monde, son monde, celui qu'elle avait construit par le travail et la persévérance, et ce malgré la peine depuis toutes ces années, avait été sur le point de s'effondrer. Mais elle souriait.

Elle réalisait qu'elle n'était pas seule.

IX

Au début, Henri venait l'attendre après son travail sur le quai de la Ferraille. Il avait mis des jours à se décider. Depuis qu'elle l'avait abordé quelques semaines plus tôt, il n'avait cessé de penser à elle mais ne s'était pas pour autant résolu à retourner lui parler. Tout au plus l'avait-il observée de loin, mais sans jamais se manifester. Il ne savait pas comment s'y prendre ni quoi lui dire. Sa seule expérience remontait à son enfance, et les souvenirs du visage de Blandine et de ses cuisses nacrées s'étaient effacés avec les années et l'isolement. Et puis il n'oubliait pas sa situation. Quelle femme voudrait d'un homme qui fuyait une condition d'apprenti bourreau et trafiquait pour survivre en volant sa mère ? Il se sentait incapable. Impuissant. Pourtant quelque chose le poussait à agir. Il ressentait un désir profond qui le consumait de l'intérieur. Ses pensées lui étaient toutes vouées et il n'y pouvait rien. Un élan vers elle, qui lui faisait penser à l'histoire que lui avait racontée sa mère quand, petit, il lui avait demandé comment elle avait rencontré son père. Elle lui avait alors parlé d'un amour inconditionnel, une force qui les avait portés l'un vers l'autre malgré les adversités. Sans jamais en dire plus, mais bien assez pour satisfaire l'enfant qu'il était.

Alors ce matin-là, il s'était décidé à agir. Attaché à la première pile du pont au Change, le bateau-lavoir où travaillait Madeleine était relié à la berge par une simple planche. Bientôt elle l'emprunterait, suivie de ses collègues à qui elle dirait au revoir avant de prendre le chemin de son logis – il l'avait suivie jusque-là un soir sans se montrer –, un garni tout en haut d'un immeuble, rue des Mauvaises-Paroles. Mais quand il l'accosta enfin, elle chercha à fuir et il en fut quelque peu décontenancé. Visiblement apeurée, jetant des coups d'œil inquiets sur les côtés, elle coupa net toute éventualité de conversation. Il ne comprit pas sa réaction ; après tout, c'est elle qui était venue le voir en premier quelques semaines plus tôt. Il soupçonna une autorité, un père ou un frère – il n'osait pas imaginer un mari –, à laquelle elle n'aurait pas voulu alors s'exposer. Mais elle lui sourit juste avant de disparaître et la déception d'un instant fit immédiatement place à l'espoir dans le cœur du jeune homme, qui revint les jours suivants, quitte parfois à manquer une exécution. Mais peu lui importait. Il était décidé à la connaître, faisant fi chaque fois un peu plus de sa retenue du premier jour. Puis vint le jour où elle lui proposa de la rejoindre dans la rue des Déchargeurs, là où se situait l'atelier de couture pour lequel elle faisait des petits travaux en sus pour compléter son salaire. Là, ils purent se parler à loisir, noyés dans la foule qui circulait, puis au fond d'une petite taverne discrète. Elle lui avoua la raison de la distance qu'elle voulait maintenir entre eux. Madeleine ne vivait pas seule. À peine arrivée de sa Bretagne quelques années plus tôt, elle avait rencontré un certain Martin qui, lui, débarquait de Picardie en quête de travail. Une mauvaise graine réputée pour son caractère bagarreur, ses combines et trafics en tout genre. Il travaillait comme briseur de nefs du côté de l'île des Cygnes, à la sortie de la ville, en aval sur la Seine. Comme beaucoup par intérêt au départ, ils s'étaient mis en concubinage, chose interdite mais tolérée quand on le déclarait au commissaire de quartier, pour se payer un logement, aussi misérable fût-il. Et ce malgré les coups. Car l'homme s'était rapidement avéré violent en ménage. Henri comprit alors que Madeleine se trouvait sous son emprise physique. Il eut un coup de sang, promettant à la jeune femme qu'il allait s'occuper du bonhomme, mais elle le pria de ne rien en faire. Dans son intérêt à elle, et pour des raisons qu'elle ne pouvait pas lui exposer plus avant.

— Je sais que ce n'était pas honnête de ma part, admit-elle après avoir avoué sa situation. Je n'aurais pas dû venir te parler comme je l'ai fait. Mais je n'ai pas pu m'en empêcher, tu comprends ? ajouta-t-elle en lui lançant un regard en dessous comme elle avait l'habitude de le faire quand ils discutaient, avec son sourire en coin. Depuis le jour de la reine où nos regards se sont croisés, j'avais envie de te revoir.
— Nos regards s'étaient donc bien croisés… murmura alors Henri, sous le charme.

Les semaines passèrent et avec le temps elle le remercia, pour son affection et les attentions qu'il lui portait par sa main dans la sienne un bref instant à l'abri des regards, ou par un baiser sur la joue à l'ombre d'un porche. Henri acceptait la relation, préférant continuer de la voir, même en cachette comme des enfants, plutôt que de la mettre éventuellement en danger. Il serait toujours temps un jour prochain de s'occuper du cuistre. Pour le moment il avait envie de rêver avec elle, et de laisser s'épanouir les sentiments qui l'animaient. Pour plus de discrétion et de liberté, ils se donnèrent de temps en temps rendez-vous dans une guinguette rue Notre-Dame-de-Lorette, du côté du Porcheron, là où la ville prenait ses aises au-delà des faubourgs vers le nord, et où le peuple venait danser et boire. Les champs qui s'étendaient après l'unique ligne d'immeubles qui bordait la rue du Faubourg-Montmartre furent le terrain de leurs premiers jeux, elle accepta de le laisser lui souffler à l'oreille quelques mots doux. Avec le printemps, elle se laissa doucement aller au badinage, mais légèrement, éloignant l'effronté qu'il était de temps à autre, quoique jamais impoli, quand il faisait le pressant, gardant ainsi une distance physique nécessaire à sa condition de fille honnête. Les réputations se faisaient vite dans le quartier, surtout les plus mauvaises.

Un jour qu'il l'attendait comme à son habitude sur les quais, il fut devancé par un homme qu'il reconnut à son attitudc avec elle. L'air désolé, elle le pria du regard de ne pas intervenir. Mais il n'en fit rien. Contrainte, Madeleine les présenta l'un à l'autre, tâchant de ne pas se trahir par une mine trop désolée ou inquiète. Le briseur de nefs était un colosse dont la musculature avait été taillée par le travail acharné à démonter ces navires construits pour descendre une seule fois la Seine jusqu'à Paris, évitant ainsi au marchand de payer une remontée de l'embarcation vide par halage. Ses nippes sales étaient déchirées par endroits et lui faisaient l'allure d'un mendiant pour le guet qui le croiserait la nuit tombée. Ses yeux chêne sombre lui donnaient un air mauvais, accentué par ses narines dilatées comme celles d'un taureau sur le point de charger.

— Carl, tu dis ? s'étonna Martin, qui toisait de sa hauteur le nouvel ami de Madeleine tout en crachant sa chique, manquant de peu ses pieds. Jamais entendu parler de toi par ici. Et tu crèches où ?

— Un peu partout et ailleurs, répondit vaguement Henri. Il avait gardé de son enfance cette habitude de mentir avec facilité.

— Et vous vous connaissez d'où ? continua le rustre à la tête de molosse sur un ton faussement dégagé.

— Un jour qu'il débardait, se justifia Madeleine.

— Un débardeur ? Lui ? s'étonna Martin, le jaugeant de la tête aux pieds, et lui tournant autour. Tu es drôlement vêtu pour un débardeur, dis-moi, se moqua-t-il en jugeant l'épaisseur du tissu de la veste que portait toujours Henri. Et tu n'en as ni les manières ni les épaules.

— Je ne le fais qu'occasionnellement, rebondit Henri avec assurance. Pour aider quand les trains de bois sont trop longs.

— Les grenouilles ne t'ont pas encore pris les membres apparemment, fit Martin, indiquant d'un regard suspicieux les jambes d'Henri, qui ne portaient pas les marques de la terrible maladie ulcérante dont étaient atteints certains qui exerçaient cette activité.

— C'est parce que je n'étais pas dans l'eau, se justifia aussitôt Henri. J'empilais les bûches sur la berge.

— Et que fais-tu le reste du temps, l'élégant ? s'amusa Martin, sarcastique, occasionnant les rires des quelques badauds de sa connaissance qui assistaient à leur échange.

— Je trafique, répondit calmement Henri, fixant son juge droit dans les yeux.

— Tu trafiques ?… fit Martin, intéressé. Vraiment ? Il faudra que nous fassions plus connaissance alors. L'élégant !

Après cette première confrontation, les deux hommes se croisèrent d'abord de temps à autre, Henri traînant de plus en plus souvent du côté de la vallée de la Misère. S'il trafiquait un peu, vendant sous le manteau ce qu'il avait subtilisé à la boutique du pilori, c'était surtout un prétexte pour ne pas s'éloigner trop de Madeleine. Ses sentiments pour elle s'épanouissaient chaque jour un peu plus, comme son inquiétude vis-à-vis de Martin, qu'il fréquentait parfois avec d'autres, notamment Juan, un Espagnol un peu fou mais qui le faisait rire. Le briseur de nefs était dangereux, et s'il faisait preuve à son égard de gestes de camaraderie franche après quelques pinçons d'eau-de-vie, il le tenait à l'œil, et Henri le savait.

— Je suis lié à une coterie clandestine impliquée à la cour dans mon pays, lui confia un jour Juan, déjà bien aviné, alors qu'ils étaient attablés depuis un moment dans un estaminet pouilleux sur les quais. Mais chut !…

— Ne l'écoute pas, l'élégant, si tu veux un conseil, le coupa aussitôt Martin. S'il commence à te raconter son histoire, t'es pas sorti.

— C'est pas une histoire, c'est un plan ! continua l'expert en feux d'artifice, le doigt en l'air comme pour marquer l'importance de son propos. Y a des Grands d'Espagne, chez moi, qui pensent que leur roi Philippe V est le plus légitime pour succéder à Louis sur le trône de France, continua-t-il sur le ton de la confidence. C'est aussi son petit-fils, tu comprends ? fit-il à Henri, se rapprochant encore pour s'assurer de ne pas être entendu.

— Vraiment ? lui répondit Henri, amusé par l'énergumène. Et pourquoi ?

— Mais pour s'en servir comme cheval de Troie, pardi ! s'emporta alors Juan. Le roi d'Espagne devient le roi de France et les Grands s'en serviront pour rétablir l'hégémonie espagnole sur tout le continent ! Et pas l'inverse, comme le craignent les Anglais !

— Mais il me semble que la chose est prévue, non ? s'interrogea encore Henri, amusé par ce Juan qu'il ne prenait pas au sérieux. Il est un prétendant au trône.

— Si son frère est mort ! riposta l'Espagnol d'une voix sourde.

— Plus bas ! le coupa aussitôt Martin. Tu nous fatigues avec tes fariboles. Moi, j'ai quelque chose de plus concret à te proposer, l'élégant. Mais c'est un coup qui demande des tripes, si tu vois ce que je veux dire.

Le ton avait changé subitement autour de la table. La proposition que lui fit le briseur avait le goût du défi. Celui qui se faisait toujours prénommer Carl ne la refusa pas, sans pour autant s'engager plus avant. Ce qui comptait pour l'instant, c'était de maintenir sa présence dans le secteur sans qu'elle paraisse suspecte, pour pouvoir continuer à voir Madeleine, et ainsi la protéger.

* * *

L'ambiance était grisée sur la promenade des Tuileries ce jour de lundi chômé. Sur la grande allée arborée dominée par le palais et bornée des deux agréables bassins, la foule de toutes conditions affluait. Grands, couples bourgeois en goguette, ouvriers et leur famille, écoliers, soldats en permission ou de garde, et aussi les plus miséreux qui avaient réussi à passer les portiers censés contrôler les flux, les promeneurs de toutes classes côtoyaient les marquises et les duchesses qui sortaient pour l'occasion de leurs palais afin de paraître. Descendues de leurs carrosses, aidées de la main bien tournée du galant du jour, elles exposaient leurs belles mises et leurs tissus les plus riches au peuple qui venait immédiatement bourdonner en essaims tout autour, autorisant d'un regard condescendant le pouilleux édenté en hardes sales et nez en groin, ou la vieille laide bossue aux yeux vitreux ébahis, à toucher du bout de leurs doigts osseux et crasseux l'étoffe chatoyante et renifler bruyamment leur parfum capiteux. Ici, le fastueux fréquentait le vil, des corps qui n'étaient jusqu'alors pas amenés à se côtoyer se croisaient, se frôlaient, et parfois se bousculaient, cohorte incontrôlable qui créait l'encombrement tumultueux et occasionnait le désordre par endroits. Partout on se divertissait. Les massifs et les plantations étaient détériorés par des cavaliers de maison sans-gêne. Des vicieux s'y cachaient pour pratiquer l'indécence et la pédérastie. Les voix criardes des marchands de croquignoles et d'oublies excitaient les enfants amaigris par la faim, alors que des cabaretiers s'installaient à la sauvette pour profiter d'une clientèle encline à boire, excitée par la fièvre populaire qui grimpait. Sur les pelouses piétinées, les femmes qu'on appelait « de la dernière vie » à la vue de leur peau marquée s'exposaient lascivement, allongées et culottes ouvertes sur leurs antres épicés. Et partout l'odeur pestilentielle et infecte d'urine dont les angles des allées devenaient les dépôts. On se haranguait, les joueurs de pouce attisaient les paris interdits et les tricheries qui allaient avec. Jusqu'à parfois s'énerver. Certains commettaient alors le geste de trop, et c'était l'injure outrancière qui déclenchait la bagarre. Sitôt prévenu, le gardien du jardin appelait la garde, et des arrestations étaient ordonnées. Et les Tuileries se vidaient. Les équipages emportaient les belles dames parées et leurs mignons vers les beaux quartiers, et les vils repartaient vers leurs taudis comme des rats vers leurs trous, fuyant ainsi la bastonnade ou, pire, le cachot.

Madeleine ne jurait pas comparée aux dames, avec sa pelisse en taffetas prune sur un casaquin en coton à raies bleues et sa jupe en étoffe de laine crème immaculée, qu'elle avait empruntés pour l'occasion à sa patronne couturière. Elle n'avait pas à rougir de sa beauté non plus, sans avoir pour autant eu à se farder de blanc ou de rouge ni à porter la mouche, ce qui n'était ni de son goût ni de son rang, comme certaines qui la toisaient parfois au détour d'une allée. Madeleine était juste jolie, et les tissus les plus simples, mais bien entretenus, dont elle se vêtait suffisaient à faire d'elle une princesse aux yeux d'Henri, qui lui donnait le bras, l'air heureux. Lui portait toujours sa veste défraîchie sur son justaucorps passé, mais ses manières délicates et sa propreté de corps peu courante compensaient son accoutrement extravagant pour certains, mais que Madeleine trouvait original et séduisant. Elle était encore un peu décontenancée par son humeur parfois hilare et inopportune et ses éclats de joie intempestifs, mais elle était touchée par sa tendresse, et la preuve de son affection qu'il lui donna un jour en lui disant un poème qui lui avait étreint le cœur, pour le marquer à tout jamais. Du moins était-ce ce qu'elle espérait secrètement, et ce malgré sa situation trouble.

Était-ce l'ambiance de ce lundi, jour où il n'y avait pas d'exécution, ou le fait que Madeleine avait accepté de se promener ouvertement avec lui là où toute la ville se rendait les beaux jours, Henri était guilleret. Il se sentait léger, voire d'humeur polissonne, et avait envie de badiner avec sa belle. Retenant difficilement certains gestes qui trahiraient leur lien affectif, ils avaient décidé de quitter le tumulte du jardin pour rejoindre le chemin qui longeait la Seine d'un côté et le cours la Reine de l'autre, plus calme parce que moins emprunté, et qui menait au village de Chaillot en passant par le port aux Pierres. Là ils prendraient un bachot pour aller au Gros Caillou, sur l'autre rive, pour y manger des goujons arrosés d'un carafon de vin blanc musqué. Peut-être goûteraient-ils même une de ces huîtres à la mode qu'ils avaleraient d'une lampée debout, n'ayant pas les moyens de s'en offrir un panier.

— Tu devrais faire attention à tes fréquentations du côté de la Vallée, lui dit Madeleine après un moment à marcher en silence le long de la rivière.

— Mes fréquentations ?… demanda Henri, feignant de ne pas comprendre.

— Je sais ce que tu fais, continua Madeleine avec douceur. Et je sais que tu prends ces… choses qui font rire. Qui mettent dans des états.

— Ça ne me fait pas grand-chose, tu sais, se justifia Henri, mal à l'aise, presque sur le ton de l'excuse.

— Tu voudrais bien arrêter ? lui demanda-t-elle alors tout en sourire après s'être accrochée un peu plus fort à son bras. Pour moi ?

— Oui…

Henri s'était surpris à répondre dans l'instant. Comme une évidence. Les rangées d'ormes sur le côté et la fraîcheur de l'eau adoucissaient ce moment privilégié alors que les promeneurs se faisaient rares. Leurs mains ne se retenaient plus de se frôler par les hasards d'un balancement subtilement dirigé, pour se toucher enfin, leurs doigts se cherchant pour se mélanger et ne plus se lâcher. La lavandière sentait la lavande et ça faisait sourire Henri.

— Mais qui voilà, qui voilà ?… fit une voix derrière eux que Madeleine reconnut aussitôt.

Martin se tenait là, accompagné de quelques-uns de ses acolytes habituels. L'altercation était inévitable, Madeleine lâcha la main d'Henri, dans un geste de capitulation.

— Martin… soupira-t-elle sur un ton qui trahissait sa peur.

— On se promène ? coupa le colosse, ironique. Comme c'est joli. Je croyais que tu devais profiter de ton lundi pour coudre. Et tu badines avec l'élégant ?

— On ne faisait que marcher… s'excusa encore la petite blanchisseuse.

— Main dans la main ? Et habillés comme des tourtereaux ?

— Ça n'est pas tes affaires, Martin, intervint Henri d'une voix sourde.

— Pas mes affaires ? Vous entendez, les gars ? Monsieur entreprend ma femme et ça n'est pas mes affaires !

— Madeleine n'est pas ta femme, que je sache, continua l'élégant en avançant d'un pas, sa main déjà portée à son couteau.

— Dis-moi, l'élégant, tu en as pris ou pas ? Pour faire le fier comme tu le fais seul face à nous tous, tu ne dois pas être dans ton état normal ! conclut Martin dans un gros rire, suivi par ses compères.

— Retourne d'où tu viens ou tu vas en goûter, le menaça alors Henri, sortant sa lame de son fourreau après s'être porté devant Madeleine pour la protéger.

Un cri, suivi d'un choc, sec et lourd, là, juste derrière le crâne. Une douleur brûlante envahit Henri, lui faisant perdre les jambes. Il lui sembla que son corps chutait lourdement, comme s'il était fait de chiffons, pour s'effondrer sur le sol dur. Il tâchait de recouvrer ses esprits, il y mettait tous ses moyens, conscient du danger. Il ne pouvait rester ainsi, ne rien faire.

— Madeleine !... articula-t-il difficilement, la bouche encombrée de terre mélangée au sang, son nez soufflant dans la poussière.

Il essayait de voir, mais il peinait à soulever la tête. Il entendait des sons, il percevait des mouvements, là, juste à côté. On se débattait, on traînait quelque chose par terre.

Madeleine criait. Martin lui avait déjà arraché sa coiffe en dentelle, le pire affront qui soit pour une femme, exposant ainsi ses cheveux aux regards des passants qui avaient déjà accouru, attirés par le vacarme. Henri voulait se relever mais il comprit que deux mains puissantes le maintenaient par les épaules.

— Martin ! hurla-t-il de rage et de désespoir.

Il ne devait pas accepter. Il ne le pouvait pas. Puisant ce qui lui restait de forces et de volonté malgré son esprit abruti par le coup reçu, il réussit à se délivrer de la prise par un mouvement d'épaule désespéré, et s'empara dans la foulée de son couteau, qui gisait juste là dans la poussière. D'un geste brutal, il le planta dans le tibia d'une des canailles qui, revenue à la charge pour le maîtriser à nouveau, hurla de douleur, détournant l'attention de Martin, qui tirait toujours Madeleine par les cheveux et s'apprêtait à lui donner un coup de pied dans le bas-ventre. Henri se rua sur lui pour le faire tomber au sol, et les coups plurent sur l'un comme sur l'autre. Mais Henri était faible. Martin prenait déjà le dessus, lui coupant le souffle par une frappe dans les reins avant de le plaquer à terre et de lui enserrer la gorge de ses mains puissantes. Henri était coincé sous le poids du corps lourd de son adversaire. L'air commençait à lui manquer. Il lui semblait que sa trachée allait imploser et que ses yeux étaient sur le point de sortir de leur orbite, tellement la pression dans son crâne était forte et la douleur violente. Il se sentait à bout, à deux doigts de lâcher prise, de s'abandonner. Sur le côté, il distinguait le reflet scintillant de son poignard retombé sur le sol, hors de portée. Plus loin, Madeleine n'était plus qu'une forme au contour flou que des badauds aidaient à se relever.

Il se sentait partir, il ne pouvait plus résister.

Soudain son corps fut libéré du poids qui l'écrasait. Ses poumons se remplirent à nouveau d'air ; la bouche béante, la respiration haletante, il ouvrit grand ses yeux qui plongèrent dans le bleu du ciel.

— Relevez-le, fit une voix autoritaire.

Une poigne le souleva de terre par les épaules. Autour de lui, il devinait des gardes qui s'agitaient alors qu'il était maintenu debout, ses jambes ne le supportant qu'à peine.

— Les autres ! ordonna-t-on encore pas très loin. Attrapez-les !

Des bruits d'altercation, et la sensation de ses pieds qui frottaient sur le sol sableux alors qu'on le traînait.

Il clignait des yeux pour se nettoyer le regard de la poussière et de la sueur, mais il n'y voyait guère.

— Madeleine !... souffla-t-il, presque inaudible, alors qu'on le faisait grimper dans une charrette.

Mais la chaîne qui le gantait aux poignets interrompit aussitôt son ultime désir de révolte. Il dut alors se résoudre à se laisser transporter vers une destination qu'il craignait, chahuté par les cahots du tombereau qui s'ébranlait déjà, laissant derrière lui Madeleine, quelque part, blessée et certainement exposée au danger.

X

— Ils l'ont eu ! balbutia l'enfant tout échevelé et en sueur après sa course jusqu'à l'atelier. Les gardes ! Là-bas sur la berge. La prison !

— Quoi ? le reprit Marguerite, qui arrêta aussitôt l'expérience à laquelle elle travaillait. Qu'est-ce que tu racontes ? Calme-toi et reprends doucement, s'il te plaît. Qui a eu qui ?

— Henri ! reprit le Savoyard après un temps pour retrouver sa respiration. La garde, ils ont pris Henri. J'étais devant la Grande Boucherie et je l'ai vu dans la charrette qui l'emmenait au Châtelet.

— Ce n'est pas possible ! se désespéra Marguerite, le regard perdu. Tu vas prévenir le commissaire, d'accord ? rcbondit-elle immédiatement.

— Oui.

— Et tu vas tout lui raconter.

— D'accord, fit le petit garçon avant de déguerpir.

À peine P'tit Rouquin lui avait-il annoncé la nouvelle que Marguerite avait fermé son échoppe et s'était précipitée au Grand Châtelet. Ne connaissant pas les raisons de l'arrestation d'Henri, elle avait imaginé les pires histoires alors qu'elle traversait le quartier en courant. Alors qu'elle arrivait à la funeste forteresse qui se dressait de toute sa hauteur, accentuant son appréhension, un garde-chiourme lui annonça que le guichet était fermé et qu'il n'y aurait pas de visite avant le lendemain matin. Quand elle insista encore pour qu'on lui dise au moins pourquoi son fils avait été arrêté, le geôlier, qui voyait avec inquiétude sa soupe refroidir, consentit à regarder dans son registre.

— Bagarre, lâcha-t-il laconiquement, se rasseyant lourdement sur la chaise pour replonger le nez dans sa gamelle.

* * *

La femme-ange était prête à s'envoler. Vêtue d'une longue robe blanche, les deux grandes ailes dans son dos étaient déployées, et son visage était tendu vers l'astre juste au-dessus. À ses pieds, un petit berceau. L'enseigne de la maison de délivrance Sainte-Prudence se balançait doucement dans la brise du soir. Elle était située rue Pied-de-Bœuf, juste derrière la Grande Boucherie, et ses fenêtres donnaient sur le Grand Châtelet. À l'étage se trouvait l'appartement dans lequel Agnès accueillait les filles qui pouvaient se permettre d'éviter l'Hôtel-Dieu, malheureuses, amantes trahies, abandonnées, ou fugitives de la maison paternelle, pressées par le remords, le désespoir et la honte, et poussées parfois à vendre les quelques bijoux qu'elles possédaient ou pire, à l'usure, pour payer le maintien de leur dignité. Dans une des chambres cloisonnées de manière qu'aucune ne soit vue de sa voisine, elles attendaient là d'être délivrées, parfois un mois et jusqu'à six semaines. Avant de rentrer dans la société, comme si de rien n'était, laissant derrière elle un petit être qu'elles n'auraient pas vu, la plupart d'entre elles préférant détourner le regard pour ne pas marquer leur mémoire.

Agnès aimait ces filles. Certes elle gagnait son pain de la sorte. Il en coûtait douze livres par jour pour celles qui avaient de l'argent, et Agnès s'arrangeait avec les quelques autres qui n'avaient rien ou peu et qu'elle acceptait de temps en temps par charité quand elle avait de la place. Il fallait bien payer le prêtre auquel elle amenait le nouveau-né, s'il avait survécu, pour le faire baptiser, avant de l'envoyer à la maison de la Couche, rue Neuve-Notre-Dame. Là, l'enfant serait allaité par des nourrices, puis rejoindrait un peu plus tard, son précieux certificat d'extrait baptistaire dans ses langes, l'hôpital des Enfants trouvés, rue du Faubourg-Saint-Antoine, ou serait envoyé en province chez d'autres nourrices en coche d'eau par la Seine, vers le nord, en Normandie, ou le sud, dans le Gâtinais. Avant de revenir un jour, éventuellement. Pour peu que la mère ait laissé attaché au couffin un signe distinctif, une médaille, une croix de fer, un ruban cousu sur la lingette dont elle aurait gardé un morceau, une boucle à une seule oreille, ou encore un mot sur un bout de carton. Un nom, lien ténu immensément fragile, incarnant un amour qui refuse la perte pour celle qui espérait retrouver son enfant quand sa situation le lui permettrait.

Marguerite s'était prise d'amitié pour Agnès et le Grand René, son mari, lui-même porteur d'enfants.

Un couple atypique quand on les voyait ensemble. Elle, gentiment gironde, un visage poupin de petite fille aux joues potelées et rosies, sautillait souvent sur place d'excitation pour un rien, enchaînant une phrase sans finir la précédente. Lui, tout en ligne vers le haut comme un héron, avait ce sourire rassurant qui adoucit le monde, prenant toujours un temps avant de parler comme s'il choisissait ses mots, son grand bras enroulé autour du cou de sa femme pour mieux la protéger. C'est d'ailleurs le Grand René que Marguerite avait rencontré en premier. Il s'était présenté à elle pour se faire soigner le dos. Il avait beau être de constitution robuste, la grande boîte qu'il portait durant ses voyages fréquents, composée de trois casiers matelassés dans lesquels les nourrissons emmaillotés étaient placés, l'avait blessé avec le temps. Alors que la plupart des porteurs n'avaient pas cure de leur charge, peu leur importait qu'un ou deux des nourrissons meurent durant le voyage pourvu qu'ils aient été payés, le Grand René, lui, faisait des haltes régulières pour leur faire sucer un peu de lait et leur donner de l'air. Et s'il avait parfois des pertes malheureuses, elles n'étaient dues qu'à la maladie ou à une mauvaise constitution, jamais à de la maltraitance opportune de sa part. Ainsi, mari et femme s'occupaient d'enfants chacun à sa manière et pansaient leurs blessures, car, comble de malchance ou cruel destin moqueur, ils n'avaient jamais réussi à devenir parents.

Sitôt sortie du Grand Châtelet, Marguerite s'était précipitée chez Agnès. Elle ne tenait pas en place, faisait les cent pas, arpentant la pièce qui donnait sur les chambres occupées ce jour-là, essayant de garder son calme. Elle jetait sans arrêt des coups d'œil par la fenêtre, espérant l'impossible, elle essayait de comprendre ce qui avait bien pu se passer pour qu'Henri en arrive aux mains, lui qu'elle n'avait jamais vu se battre. Mais il fallait qu'elle se fasse à l'idée. Il passerait la nuit en prison, et Dieu seul sait ce qui se trouverait là-bas. La réputation sinistre de l'endroit était connue de tous.

— Il sera libéré demain matin, lui annonça le commissaire Espinasse, qui entrait précipitamment après avoir frappé assez fort pour réveiller en panique une des filles qui crut qu'on venait la chercher.

— Faites plus de bruit et elles vont toutes délivrer cette nuit ! le tança Agnès avant de retourner calmer sa patiente.

— C'est vrai ? se réjouit Marguerite, qui se retint de le prendre dans ses bras tellement elle était soulagée.

— Oui, vous avez bien fait de m'envoyer le petit Savoyard, j'ai pu intervenir à temps auprès du lieutenant criminel. Mais je lui suis redevable désormais, et je n'aime pas ça.

— Je suis désolée, commissaire.

— Ne le soyez pas, Marguerite, la rassura-t-il alors. Brocard n'a pas envie d'avoir le bourreau sur le dos, croyez-moi. Et coller son neveu au carcan serait une mauvaise publicité pour sa justice.

* * *

Une boue noire et grasse s'amassait dans la rigole centrale qui courait dans l'obscurité vers le lointain.

La pluie de fin de journée n'avait pas suffi à nettoyer les immondices qui s'étaient accumulées depuis le matin entre les pavés de la rue Saint-Denis. Le sol souillé luisait dans la nuit en écailles sous la lumière des falots, les odeurs infectes piquaient encore le nez du promeneur nocturne malgré la brise. De chaque côté des encoignures et des impasses en cul-de-sac se succédaient, alternant avec les venelles mal éclairées, autant de caches sombres d'où pouvait surgir un malandrin qui n'hésiterait pas à jouer de sa lame pour couper une bourse et chiper des vêtements, si tant est qu'il laisse la vie sauve. Les gazettes étaient riches de ces histoires sordides abondant de détails quand il s'agissait de décrire un bourgeois retrouvé le ventre ouvert rue Quincampoix pour ses dents en or ou ses bagues, ou une pauvre raccrocheuse du Palais-Royal égorgée pour quelques pièces et son mouchoir. De-ci de-là filaient les ombres de rats suivis de près par une horde de chats bedonnants, alors que le « gard-l'eau ! » crié d'un étage prévenait le passant égaré, qui avait à peine le temps de faire un pas de côté pour éviter le pot d'urine sitôt vidé par une fenêtre.

Une silhouette déboucha du côté de la rue, recroquevillée comme un bossu et recouverte d'une toile élimée. Elle hésita un instant quant à la direction à prendre, pour finalement s'engouffrer dans un immeuble sur le côté opposé, immédiatement suivie des soldats du guet à l'affût.

— Halte-là ! cria celui qui semblait être l'officier. Qui va là à cette heure ?

— Commissaire Espinasse, lui répondit l'un des deux promeneurs qui remontaient la rue vers le quartier Saint-Eustache.

— Commissaire, s'excusa le soldat. Je suis désolé. Nous étions à la poursuite d'un malandrin mendiant.

— Il est parti par là, le coupa Espinasse, lui indiquant la direction opposée à celle prise par le fugitif quelques instants plus tôt.

— Merci, commissaire, fit le soldat tout en saluant. Mes respects.

Marguerite regardait, amusée, la petite troupe repartir dans l'autre sens.

— Il n'est pas parti par là, sourit-elle.

— Les prisons sont assez pleines pour ne pas laisser le peu de place qu'il reste aux vrais criminels.

Le commissaire lui avait proposé de la raccompagner aux Halles. Les onze heures autorisées étaient passées, et les rues étaient dangereuses, surtout aux abords du cimetière des Innocents. Ils marchèrent en silence au début, écoutant l'écho de leurs pas qui rebondissait sur les murs. Espinasse savourait ce moment, à ses côtés, son parfum qu'il percevait par instants, malgré l'atmosphère nauséabonde, la sensation des tissus qui se frôlaient au hasard de la marche. Il se sentait protecteur, puissant. Un sentiment qui le troublait aussi, lui qui n'avait jamais laissé de place dans sa vie à quoi que ce soit d'autre que le devoir et le travail. Il avait bien entretenu une actrice de l'Opéra à une époque, une jolie fille coquette, ambitieuse et soignée, mais ça n'avait eu qu'un temps. Une prostituée de luxe dans une bonne maison pouvait aussi le satisfaire le temps d'une nuit, mais de plus en plus rarement. Il ne savait que trop bien la voie funeste qu'était celle de la majorité de ces filles quand leurs attraits se seraient gâtés avec le temps et l'usage. Femmes entretenues puis accrocheuses, la plupart finissaient fantômes gueulards errant dans les entrelacs des ruelles ou sur les quais. Puis un corps, autrefois célimène désormais masse inerte et livide recouverte de nippes crasseuses, retrouvé un beau matin coincé derrière une pile de bois ou rejeté par la Seine sur la grève. Les quelques fois où il avait fait appel à leurs services, il avait eu ce sentiment coupable de participer à ce système dont les rouages entraînaient leur inéluctable déchéance. Alors il s'était détaché de ce milieu, ignorant les signaux que lui envoyaient de temps en temps son corps et ses désirs, et laissait les autres commissaires de la ville faire preuve de zèle en envoyant les archers nettoyer les rues la nuit, et les pauvres filles à Sainte-Pélagie ou à la Salpêtrière. Jusqu'à ce qu'il rencontre Marguerite. Elle venait d'arriver avec son enfant, et sa beauté l'avait touché, et ce malgré des traits creusés et une fatigue visible. Il avait aussi été sensible à son intelligence et à sa perspicacité quand il s'entretenait avec elle les fois où il passait vers le pilori, ou quand il venait visiter le bourreau pour leurs affaires de justice. Il avait admiré l'abnégation et la force dont la jeune femme avait rapidement fait preuve quand, quelques mois à peine après son installation, elle avait ouvert son échoppe d'onguents, y accueillant les plus pauvres pour les soigner. Dès lors, il avait gardé un œil sur elle, facilitant certaines démarches pour l'aider, sans le lui dire, comme freiner les velléités ambitieuses du juré Jacquemin. Avec le temps, il ne lui cacha plus son penchant, toute veuve de bourreau qu'elle était, mais sans jamais pour autant oser un écart. Car il voyait bien que si elle était sensible à ses gestes et n'avait rien contre cette amitié qu'elle jugeait certainement utile, elle semblait s'être fermée à toute éventualité d'un nouvel amour.

— Je ne le contrôle plus, avoua Marguerite, rompant le silence pour la première fois depuis qu'ils avaient repris leur chemin après l'incident du guet. Henri. Il n'est plus le même. Il fait défaut à l'échafaud de plus en plus souvent, et met mon cousin dans des situations compliquées.

— Il n'a peut-être pas envie d'embrasser cette carrière, se hasarda le commissaire.

— On est bourreau de père en fils depuis des générations dans la famille, le coupa froidement Marguerite. C'est comme ça. C'est un devoir, et c'est un honneur de servir la justice. Surtout quand il s'agit de Paris, continua-t-elle, soudainement plus calme, gênée par le ton qui avait été le sien. Enfin, même si cette charge-là est celle de mon cousin, bien sûr.

Le chuintement de leurs pas sur les pavés trempés, un cri humain ou peut-être animal pas très loin, et les exhalaisons pestilentielles des charniers qui annonçaient le cimetière des Innocents sur le côté.

— Et puis qu'est-ce qu'il pourrait faire d'autre ? reprit Marguerite. Quand on est enfant de bourreau, ça se sait. Et personne ne voudrait de vous, même pour labourer un bout de terre aride. Moi-même…

— Vous-même ?

— Non, rien.

— Tout le monde la connaît, Marguerite, l'histoire du fils du comte de Joigny devenu bourreau pour se marier avec la fille de l'exécuteur de la ville.

— Oui, soupira-t-elle. C'était la condition, et il l'avait acceptée. Il avait tout abandonné pour moi. J'avais essayé de l'en dissuader. Mais en vain. Et puis…

Ils s'arrêtèrent un instant pour profiter de la chaleur d'un four à plâtre. Tout autour de l'édifice qui se dressait au coin de la rue des Prêcheurs, les ombres des misérables qui n'avaient trouvé le sou pour dormir en garni, et qui avaient échappé aux archers de l'hôpital, somnolaient contre les pierres encore chaudes de la cuisson du gypse par les chaufourniers la journée. Le printemps était paresseux, cette année-là, et les nuits étaient encore fraîches et surtout humides. Au loin, le clocher du pilori filait droit dans les ténèbres.

— Il est parfois dans des états étranges, continua Marguerite alors qu'ils s'engageaient dans la rue vers la place des Halles.

— On m'a rapporté qu'il traîne souvent du côté de la vallée de la Misère, confirma le commissaire.

— Vous le faites suivre ? s'étonna Marguerite.

— Non. Bien sûr que non, répondit aussitôt Espinasse, cachant difficilement son inconfort. Pas exactement. Mais avec cette histoire d'enfants qui disparaissent depuis quelque temps, mes exempts sont aux aguets. Une affaire inquiétante qui prend de l'ampleur. La rumeur prétend qu'on les enlève pour abreuver de leur sang certains princes, feignit-il de plaisanter.

— Des fables, n'est-ce pas ?

— Les gens aiment ce genre d'histoires, vous le savez bien. Plus c'est sordide, plus on aime jaser, tâcha de la rassurer le commissaire. Quoi qu'il en soit, cette affaire me porte là-bas, vers les quais. Et on l'y aurait vu à plusieurs reprises.

— C'était peut-être quelqu'un d'autre ? Comment en êtes-vous sûr ?

— Son accoutrement et ses manières le distinguent facilement et ne laissent guère la place au doute, Marguerite.

— Mon Dieu !... L'endroit est mauvais et le crime y est une habitude, murmura celle-ci, encore plus tourmentée. Sans parler des noyades. Le courant de la rivière y est plus fort qu'ailleurs.

— Et je l'ai moi-même aperçu du côté de la place des Innocents, avoua Espinasse. Les tabagies et le trafic ont bâti la réputation de cet endroit malfaisant. Une nouvelle drogue y fait fureur. La zizanie. Une sorte de gomme qu'on avale et qui vous mettrait dans un état d'hilarité. Beaucoup en sont déjà dépendants et tueraient père et mère pour s'en fournir.

Marguerite se tut. Les soupçons qui l'habitaient depuis longtemps se muaient en peur et lui pressaient la poitrine. « Un état d'hilarité », comme celui dans lequel se trouvait parfois Henri. Les vols dans son échoppe lui revinrent alors à l'esprit, justifiant son angoisse. Elle ne pouvait plus nier la réalité alors qu'ils pénétraient sur la place des Halles.

Un gros ventre vide à cette heure de la nuit.

* * *

L'odeur putride de tripes et de viandes gâtées qui lui parvenait par l'étroit soupirail ne laissait pas la place au doute. Son cachot devait se situer en dessous de la rue du Pied-de-Bœuf, juste derrière la Grande Boucherie. Adossé aux murs de granit visqueux et froids du « Paradis », l'antre humide bien connu dans lequel on l'avait jeté, Henri essayait de reprendre ses esprits après s'être évanoui. Combien de temps était-il parti ? Il avait encore mal au crâne. Tout était allé si vite. Il tâchait de se remémorer les événements. La course chaotique après l'intervention de la garde, son corps maintenu fermement au-dessus du sol, ses pieds traînant dans la poussière, avant qu'il ne puisse enfin marcher, le mieux qu'il pouvait, pour finir assis à l'arrière d'un tombereau. Le trajet jusqu'à la rue Saint-Denis puis le Grand Châtelet, avec sa façade morne à deux étages et sa voûte profonde, gardé de part et d'autre par les deux tours rondes menaçantes aux toits iconiques comme des pals. Le guichet pour l'enregistrement, son nom et son âge qu'il avait dû marmonner, avant d'être poussé dans des escaliers poisseux qui s'ouvraient sous ses pas flageolants, s'enfonçant vers des abysses sombres d'où lui parvenaient des plaintes éraillées et des cris lancinants.

— Y a le droit de gîte et de geôlage, lui avait craché le gardien à l'uniforme rayé qui le tenait par le bras après l'avoir morgué avec insistance. J'espère que t'as les sous, sinon il faudra les faire chercher. C'est quatre deniers la nuit au Paradis.

— Où est l'autre ?... avait balbutié Henri, traîné le long d'un boyau sans fin, éclairé par des torches en appliques plantées dans la pierre.

— Quel autre ? T'es arrivé seul, mon gars, avait ricané le gardien alors qu'il ouvrait une porte épaisse percée d'une ouverture garnie de barreaux, qu'il referma aussitôt avec fracas après avoir jeté le jeune homme dans le néant.

Et ce sentiment d'avoir étouffé à peine arrivé ici. Au point de perdre connaissance. Il allait être jugé et condamné. Au pire ce serait le fouet, la bagarre n'était pas un gros délit. Et une mise au pilori, probablement. Il allait se retrouver là-haut dans le clocher, mais la tête dans le carcan cette fois-ci. Lui, le neveu du bourreau de Paris. On allait bien rire dans le quartier. Et peut-être même plus loin. Et sa mère ? Elle était certainement morte d'inquiétude. Avait-elle déjà eu la nouvelle de son arrestation ?

Puis son sang se figea.

Madeleine.

Qu'était-il advenu d'elle ? Martin n'avait pas été amené ici. Avait-il échappé à la police ? Il devait être avec elle, à la malmener. Henri ne put alors s'empêcher d'imaginer la brute la tirant par les cheveux. Et ses cris à elle, ses larmes. Les coups reçus dans le ventre. Il voulut se lever pour appeler à la porte mais il en était empêché. Quelque chose de mou et de lourd pesait sur ses jambes, sur ses reins sur les côtés. Il n'avait même pas la force de crier. Et à quoi bon ? Qui se soucierait de lui, ici ? Il tâta ses poches. Il aurait voulu en prendre, là, tout de suite, pour alléger ses pensées, oublier quelques instants. Mais elles étaient vides, certainement la fouille, là-haut.

Malgré le peu de lumière qui provenait du soupirail, ses yeux commencèrent à s'accommoder à l'obscurité. Il devinait le fameux Paradis, une pièce haute et voûtée en gros blocs de pierre de granit noircis, et assez grande pour qu'il ne perçoive pas le mur opposé. D'autres prisonniers qu'il ne pouvait pas dénombrer y étaient entassés, affalés dans une boue fétide qui jonchait le sol, infestée de vermines et de rats. L'empuantissement donnait envie de vomir, ce dont la plupart ne semblaient pas s'être privés, se recouvrant les uns les autres d'une résine grumeleuse méphitique.

— Bienvenue au Paradis, fit un vieillard hirsute qui jaillit soudainement de l'obscurité, comme une apparition.

Son visage était émacié, strié de rides qui recouvraient ses yeux et s'affalaient vers son menton prognathe.

— Le paradis, ici ? Vraiment ? bredouilla Henri, s'écartant comme il pouvait de la créature fripée qui s'approchait encore de lui.

— C'est parce que c'est la meilleure place. T'aurais pu tomber dans la Gourdaine où y a aucun air. On y meurt d'étouffement à ce qu'il paraît. T'as pas le sou, dis ? lui demanda le vieux sans ambages.

— Non !...

— Et de la viande ? Tu peux m'en avoir ? Pas gros ! Regarde comme je suis maigre, il m'en faut peu pour me remplir la panse, plaisanta le prisonnier en tirant sur la peau qui sculptait ses os sur son abdomen calleux.

— Je suis désolé…

— Ou la Barbane, reprit le vieillard, ignorant la réponse d'Henri. Ou le Berceau. Ou la Boucherie. Ou la Chausse d'Hypocras ! Là-dedans y a pas d'escalier, on t'y descend au moyen d'une corde dans une poulie. Tu peux pas t'asseoir ou t'allonger, y a de l'eau ! Le plus résistant, c'était un gars qui avait empoisonné sa femme et ses enfants. Je l'ai bien connu ! Il a tenu quinze jours ! rigola-t-il. Mais le plus coquet, c'est la Fosse d'aisances. C'est relié aux commodités du prévôt. T'es cané, mais béni par la merde de la justice ! cria-t-il soudainement en direction de la porte d'une voix qui ne semblait plus lui appartenir.

— Et vous ?… lui demanda Henri, pas rassuré, grelottant de froid, et certainement de peur.

— Moi ? fit le bonhomme d'un ton doux, avant de se gausser de nouveau, son petit corps hoquetant par à-coups. Mais moi, je n'ai rien fait. C'est une erreur. Alors ils vont me relâcher. Sûrement aujourd'hui. Ou demain, qui sait ? C'est pas comme elle, lui fit-il sur le ton de la confidence en indiquant de son menton proéminent une femme qui croupissait dans la fange. C'est une magicienne. Elle jette des sorts !… Foutue drôlesse ! Putain de mon cul ! l'injuria-t-il alors après avoir craché sur la sorcière. Et lui, le jean-foutre, là, indiquant un autre qui semblait figé de terreur dans sa crasse, un faiseur de libellés séditieux ! Et lui encore, un faux-monnayeur, et là, et là, et là aussi, que des foutre-bougres, des égorgeurs, des détrousseurs, des rouleurs de campagne, des sacristains de bordel, des vagabonds ! De la vermine ! s'emporta-t-il encore, pour se calmer illico. Pas comme moi… Et toi ?

La clenche retentit et la porte s'ouvrit, laissant la lueur de la flamme du couloir se répandre dans la prison. Et Henri aperçut le mur en face, de l'autre côté de la geôle, qui était bien plus grande qu'il ne se l'était imaginée. Partout, du sol au mur, c'était une masse de corps fongueuse et grouillante qui se frottait à lui, comme des reptiles entrelacés qui tourneraient autour de ses chevilles pour remonter le long de ses jambes.

— Toi ! fit autoritairement le geôlier.

XI

Jeanne avait pu faire quelques pas dans le petit parc derrière la maison. À travers le tissu de la robe d'intérieur qu'elle avait gardée pour sortir, Marguerite pouvait sentir l'os du bras que la convalescente acceptait dorénavant de lui donner. Autrefois son adversaire, celle dont dépendait Jeanne venait maintenant presque chaque jour passer l'onguent sur ses membres toujours endoloris, et lui apporter les décoctions qui l'aidaient, les bonnes nuits, à trouver le sommeil. Les longues périodes de douleur qu'elle passait alitée étaient ponctuées comme par magie de moments de paix, quelques jours de respiration pour gonfler d'air ses poumons avant de replonger inéluctablement en apnée dans les affres de la souffrance dans son corps et son esprit. Car si sa chair la brûlait de l'intérieur, ses pensées se perdaient aussi en délires fiévreux, que le médecin qui la visitait de temps à autre qualifiait avec aplomb de « tourments ». Un diagnostic en guise de soin qui se suffisait à lui-même, opposant ainsi son avis officiel aux pratiques douteuses de la cousine du bourreau. Mais Jeanne préférait l'avis de celle qu'elle aurait expulsée de la maison du pilori si on l'avait laissée faire jadis, et avec laquelle elle conversait désormais sur le ton de l'amitié quand ses forces le lui permettaient, se laissant aller même aux confidences, jusqu'à partager son amertume puisqu'elle avait failli à son rôle de femme. Non seulement Clément n'aurait pas de descendance, et ce par sa faute à elle, mais surtout elle se sentait impuissante à aider son mari dont la santé elle aussi se dégradait chaque jour un peu plus.

— Le médecin a été clair, annonça Clément avec son calme habituel. Bientôt je n'y verrai plus du tout. Et je suis déjà trop diminué pour exercer proprement ma charge.

Marguerite venait juste de raccompagner Jeanne dans sa chambre et rangeait ses affaires dans son sac pour partir. Elle écoutait sans rien dire, tâchant de rester calme malgré la boule qui grossissait soudainement dans son ventre.

— Le lieutenant criminel Brocard m'a donné jusqu'à la Saint-Jean pour déclarer mon successeur, continua le bourreau. Ou à défaut, pour mettre la charge à disposition.

C'était un coup de tonnerre. Si elle avait longtemps espéré le jour où son cousin annoncerait cette décision, elle avait fini par le redouter depuis qu'Henri lui échappait, mettant ainsi en péril les plans qu'elle avait échafaudés depuis des années.

— Je sais que tu voudrais qu'elle revienne à Henri, reprit Clément après un temps, observant sa cousine continuer de s'affairer sans réagir. Mais je ne suis pas certain que ce soit une bonne idée. Au vu de…

— Il va se reprendre, le coupa Marguerite, d'une voix placide. C'est juste une mauvaise passe qu'il traverse.

— Une mauvaise passe qui dure depuis un moment, osa son cousin, cachant à peine sa gêne. Ça fait des années…

— Je sais, le coupa encore Marguerite. Mais ça n'a pas été facile pour lui. Accepter l'idée de devenir bourreau.

— Et s'il n'en avait tout simplement pas envie ?

— Il n'a pas le choix, tu le sais bien ! fit Marguerite, soudainement autoritaire. Pardonne-moi, se reprit-elle aussitôt. La fatigue. C'est juste une mauvaise passe, fais-moi confiance. Il peut être un bon bourreau, je le sais. Et faire honneur à la famille. C'est important, la famille, n'est-ce pas ?

— Oui, bien sûr… souffla Clément, l'air soucieux.

— J'ai juste encore besoin d'un peu de temps pour le ramener à la raison.

— La Saint-Jean est dans quelques semaines, Marguerite.

— C'est plus qu'il ne m'en faut, affirma celle-ci alors qu'elle finissait de lier son sac.

Monsieur de Paris regardait sa cousine avec tendresse, mais son inquiétude prenait aussi le pas sur ses sentiments. Il se souvenait du jour où elle avait toqué à la porte du pilori. C'était clair dans son souvenir, comme si ça avait été la veille. Elle se tenait sur le seuil emmitouflée dans un gros manteau rouge à large capuche sous lequel elle portait tout contre elle Henri âgé de quelques semaines à peine. À ses pieds, deux gros baluchons en toile épaisse, dont un plus gros, visiblement lourd de livres. Il avait été surpris. Il connaissait bien évidemment l'existence de sa cousine, mais il ne l'avait jamais rencontrée. Elle n'était pas encore née quand il avait appris le métier à Clermont auprès de son père à elle. Il l'accueillit comme une sœur, Rose et Jacques la reçurent comme leur propre fille, et Henri leur petit-fils. Elle avait apporté à la maison du pilori son humeur joyeuse alors qu'elle se remettait de ses épreuves. Son sens du devoir et son abnégation au travail l'impressionnèrent, et l'enfant s'avérait un petit toujours heureux, auquel il s'attacha comme à un fils. Il était même fier de ce qu'on disait d'elle. Sa réputation de guérisseuse s'était faite rapidement, et son commerce d'onguents complétait les revenus. Jusqu'à la rupture. Ce jour où la vie d'Henri changea du tout au tout, où plus rien ne fut comme avant. Le petit garçon devenait taciturne et Clément peinait à lui apprendre le métier qu'il devrait exercer un jour, alors que lui-même perdait son fils unique. Sa vue se détériorait et la santé de sa femme le préoccupait chaque jour un peu plus, mais il devait tenir sa charge malgré tout. Il connaissait le projet de Marguerite. Elle l'évoquait parfois. Au détour d'une conversation. L'idée lui plaisait, et il ne s'en cachait pas. C'était dorénavant le seul moyen pour que la charge reste dans la famille. Il n'avait jamais cessé d'observer Henri et il avait remarqué ses capacités. Quand il était à sa place, le jeune homme exécutait promptement les sentences, même s'il ne lui avait donné jusqu'à présent que des peines mineures à infliger. Mais depuis quelque temps il était incontrôlable, et Clément ne pouvait plus compter sur lui. Quand Henri ne disparaissait pas sans raison, il tenait à peine son rôle sur l'échafaud ou au pilori. Il en devenait parfois presque dangereux, au point de blesser plus que nécessaire par maladresse le supplicié condamné à un simple marquage. Il avait aussi entendu dire qu'il traînait avec de la mauvaise graine, et les petites boules blanches anisées qu'il trouva un jour dans ses affaires confirmèrent ses craintes. Henri se gâchait, jour après jour. Le cœur du bourreau était pris dans un étau, entre le devoir – il s'agissait tout de même de la charge de Paris, la plus emblématique du royaume, et il ne pouvait pas mettre sa réputation en danger – et l'affection qu'il portait à sa cousine, elle qui continuait jour après jour de s'occuper de Jeanne, lui permettant par ses soins de se sentir mieux par moments.

Et surtout il lui était redevable.

Grâce à elle, son fils mort-né avait eu le baptême.

Et ça, ça n'avait pas de prix à ses yeux.

— Et comment feras-tu pour la charge ? continua-t-il, toujours avec affection. Celle de Paris coûte cher. Et je ne peux pas te la donner, tu le sais bien, Henri n'est pas mon fils.

— Oui, je le sais.

— Ma retraite est précoce, avoua encore le bourreau sur le ton de l'excuse. Et j'ai besoin d'argent pour vivre en conséquence. Sans compter l'achat de cette maison que je dois encore payer.

— Je sais tout ça. Je te demande juste de me faire confiance. Tu sais qu'Henri est capable, et qu'il ferait un Monsieur de Paris digne de ce nom. N'est-ce pas ?

— Marguerite… murmura Clément, l'air désolé.

— Il le faut, s'obstina celle-ci. Il doit devenir Monsieur de Paris. Sinon la charge partira ailleurs et c'en sera fini de la lignée des Corbeau. C'est ce que tu veux ?

Clément la regardait et il ne comprenait plus vraiment ce qu'il lisait dans ses yeux. Il n'avait plus en face de lui la Marguerite avenante, toujours souriante, qui accueillait au comptoir ou qui faisait rire à table. Non. Celle qui était en face de lui et qui ne le quittait pas des yeux s'était muée en guerrière.

— Très bien, concéda-t-il après un instant suspendu. Je veux bien lui donner sa chance une dernière fois. Mais nous sommes bien d'accord, Marguerite : jusqu'à la Saint-Jean.

— Oui. Jusqu'à la Saint-Jean, confirma Marguerite avec conviction.

* * *

Henri nettoyait chaque outil, rémoulait chaque lame, graissait les tenailles, frottait les bois de justice, il avait même changé certaines chevilles fragiles de la croix de saint André. On ne lui avait pas donné le choix à peine était-il sorti du Grand Châtelet, et Jacques, jamais très loin, s'assurait qu'il faisait bien le travail que Clément lui avait commandé. Une punition, pensait-il alors qu'il s'était muré dans le silence depuis son retour. Il était occupé, mais ça ne l'empêchait nullement de tergiverser. Il avait été rassuré par P'tit Rouquin, qu'il avait envoyé aux nouvelles sur les quais et qui lui avait rapporté que Madeleine était bien retournée travailler sur le bateau-lavoir, mais son imagination n'avait eu de cesse de le narguer, et ainsi de nourrir ses craintes. Et surtout il ressentait le manque. Il n'avait plus de zizanie. Un seul verre de laudanum de Sydenham aurait suffi à le soulager, même un instant, de ses angoisses. Mais il se souvenait aussi de la promesse qu'il avait faite à Madeleine juste avant qu'ils ne tombent sur Martin et que leur promenade ne tourne au chaos. Et il avait envie de s'y tenir.

— Henri ? fit Marguerite, qui entrait dans l'appentis.

Il ne répondit pas, frottant ostensiblement la lame d'un couperet sur la pierre. Sur un signe de Marguerite, Jacques sortit pour les laisser seuls.

— Jacques m'a dit que tu avais fait du bon travail depuis ton retour, continua-t-elle avec précaution.

Le bruit crissant de la lame, plus fort, comme s'il appuyait dessus de tout son corps.

— Nous allons partir.
— Partir ? fit Henri, étonné, en se retournant vers sa mère.
— Oui, demain. Nous allons faire un voyage.

— Un voyage ? Mais où ça ?…

— Dans le temps, répondit Marguerite, un peu pensive. En quelque sorte. Prépare quelques affaires, conclut-elle alors d'une voix qui ne supportait pas la discussion avant de quitter la pièce.

XII

La sensation du métal froid sur sa poitrine la rassurait. Alors qu'elle s'apprêtait un peu plus tôt à rejoindre Jacques et Henri qui l'attendaient sur la charrette, Marguerite était retournée prestement dans sa chambre. Là, bien rangé au fond d'une armoire, elle trouva le coffret qu'elle avait caché dès son arrivée à la maison du pilori, il y a des années. Elle l'avait ouvert cérémonieusement et avait déplié le petit linge qui se trouvait à l'intérieur. La plaque en argent épaisse et ronde lui était apparue. Gravée en son milieu, la grosse tête de mort avec ses petites ailes d'oiseau de part et d'autre la fixait de ses yeux rubis flamboyants. Sur les côtés, deux autres crânes plus petits se tenaient toujours à l'affût. Marguerite avait laissé la longue chaîne aux mailles épaisses glisser entre ses doigts pour mieux ressentir sa présence à lui. Son père, qui avait pour coutume d'arborer ce médaillon à chaque exécution. Toujours là, vivant. Comme s'il l'avait porté la veille encore. Elle avait besoin de l'emporter pour faire ce voyage, besoin de sentir son poids, comme une main que l'on tiendrait et qui rassure. Elle avait passé la chaîne autour de son cou, et le bijou s'était coulé sous le tissu de sa robe pour y disparaître complètement. Elle seule saurait.

Elle respirait mieux.

Marguerite retournait à Joigny pour la première fois depuis presque quinze ans. Un lieu associé à des souvenirs douloureux où elle avait toujours craint de revenir un jour. Mais c'était là-bas que se trouvait l'argent qu'avait généré la vente de la charge de son père, fonds qui pourraient lui permettre de résoudre en partie l'aspect financier de son projet. Elle n'avait pas le choix. Il lui fallait faire face à ses fantômes, quitte à rouvrir des blessures qu'elle s'était efforcée de fermer en changeant de vie.

Le trajet se fit dans le silence. Marguerite avait pris place à côté de Jacques, tandis qu'Henri, le visage renfrogné, faisait mine de dormir à l'arrière du tombereau, coincé entre leurs sacs de voyage. L'équipage tournait devant le Grand Châtelet, et Marguerite se laissait aller à ses pensées pour mieux se convaincre du bien-fondé de ce périple. Le jour naissait derrière l'Hôtel de Ville, d'où la rue de la Mortellerie amorçait sa descente vers le port au blé. L'agitation y était à son comble à cette heure. Sur la grève sur le côté, le foin livré et porté à dos nus par les gagne-deniers parfumait les quais d'un air de campagne qui adoucissait l'atmosphère laborieuse. Les charretiers attendaient leur marchandise l'air détaché en se réchauffant d'un peu d'eau-de-vie, et partout les carrioles à porteurs à peine chargées des denrées filaient par les rues pour nourrir la grosse ville tout juste réveillée. Là, on négociait, plus loin on s'interpellait, à côté on s'invectivait, des officiers mesureurs jaugeaient, provoquant la moue des marchands de grains, de charbon, de chaux, de plâtre ou encore d'oignons, et les mouleurs mesuraient à l'aide de leur anneau la taille des bûches à peine débardées des trains du Morvan. Des voix éclataient sur l'eau, l'encombrement des bachots, galiotes, batelets et autres embarcations était inévitable à ce niveau de la rivière, et les chocs fréquents, le capharnaüm était indescriptible et le bourdonnement des corps assourdissant. La cohue s'amplifiait des individus louches qui flânaient l'air de rien et l'œil traînant, des mendiants vagabonds et des oisifs nocturnes tout juste sortis d'une maison ou d'un tripot. Jacques menait le cheval d'un pas tranquille, se frayant un chemin dans la foule. Une fois dépassé le pont Sainte-Marie, seule voie vers l'île Saint-Louis de ce côté de la rive, le port Saint-Paul s'annonçait enfin, avec ses coches d'eau amarrés, et leurs hauts mâts qui piquaient le ciel encore rosé ce matin-là.

Henri était descendu de la charrette et avait sorti les sacs sans se presser. Il assistait à tout ce qui se passait autour de lui, sans vouloir y participer. Depuis l'annonce de ce voyage la veille, sa mère ne lui en avait rien dit de plus, mais il pressentait sa destination. La longue planche épaisse, tout juste assez large pour que deux personnes s'y croisent sans tomber à l'eau, le séparait encore du coche. De l'autre côté, le gros bateau couvert semblait s'enfoncer toujours un peu sous le poids de la centaine de personnes qui avaient déjà embarqué.

— Allez, on y va, lui fit d'une voix douce mais ferme sa mère, qui attendait dans son dos. Monte.

Les amarres tout juste lâchées, les cordes à la proue se tendirent sous l'effet de la traction des bœufs qui avaient attendu calmement jusqu'alors à quelques toises en amont. Presque imperceptiblement, le navire ainsi halé se détacha de la rive pour la suivre en douceur, remontant le courant comme on remonte le temps. Marguerite et Henri avaient trouvé deux places sur les longs bancs qui couraient de part et d'autre du bateau. Assis entre une nourrice morvandelle amaigrie par un hiver passé à Paris à vendre son lait et un grainetier qui rentrait chez lui, sa marchandise dûment livrée, la mère et le fils étaient restés ainsi côte à côte toute la journée. Elle n'avait pas osé parler, de peur de briser ce silence qui la protégeait aussi encore un peu. Lui avait laissé ses yeux rebondir sur les reliefs qui défilaient au rythme des paysages qu'il n'avait jamais vus, puisqu'il sortait de Paris pour la première fois depuis qu'ils étaient arrivés, alors qu'il n'était qu'un nourrisson. Une première journée tout en douceur, le port de Melun, le premier arrêt à l'occasion duquel ils purent prendre un léger repas, était déjà loin derrière, et le soir s'annonçait. Les quelques petites lampes qu'on allumait avertissaient de la nuit les voyageurs emmitouflés qui s'assoupissaient. Marguerite ne voulait surtout pas dormir. Elle voulait plus que tout profiter de ce moment inattendu. Le poids de la tête d'Henri appuyait sur son épaule. D'abord léger, puis plus pesant alors qu'il se laissait surprendre par le sommeil. Le plus doucement possible – elle ne voulait surtout pas qu'il se réveille et qu'il aille trouver un autre appui ailleurs –, Marguerite remonta la couverture sur ses épaules pour le protéger de la nuit fraîche. Surtout ne pas dormir. Elle essayait de se souvenir de la dernière fois. Lui tout contre elle. La dernière fois qu'elle l'avait tout simplement touché. Sa main dans ses cheveux. Ou le contact de sa peau lors d'un baiser. Son odeur. C'était déjà loin. Des années. Il n'était encore qu'un enfant, très certainement. Non, elle ne voulait pas s'endormir, pas maintenant. Juste encore quelques instants dans ce rêve avant le réveil. Et la réalité. La destination de ce voyage et ce qui l'attendait là-bas. Cette ville, et tous ceux qu'elle avait laissés derrière elle quand elle avait décidé de fuir un jour. C'était il y a quinze ans. Au-delà de l'argent qui lui revenait et qu'elle venait chercher, elle espérait aussi que ce voyage vers son passé permettrait à Henri de comprendre ses origines, de faire enfin face à son histoire, et ainsi de revenir sur le droit chemin. Un souhait qui se muait en pensées vagabondes alors que le sommeil la prenait à force d'assauts répétés. Elle mettait ses dernières forces pour retenir sa tête qui tombait à son tour, venant s'appuyer en douceur sur celle de son fils.

L'odeur de ses cheveux.

Sa respiration, régulière, apaisée.

Comme un souvenir lointain.

Puis elle s'endormit tout à fait.

— Pont-sur-Yonne, Pont-sur-Yonne ! annonça le batelier d'une voix sourde et rocailleuse.

Était-ce l'évocation du nom que la rivière avait repris à ce niveau du voyage, laissant la Seine quelque part loin en aval, ou le parfum du café qu'un gros bonhomme court sur pattes avec son cylindre en fer-blanc sur le dos proposait aux passagers encore embourbés dans leurs rêves, Marguerite se réveilla en sursaut. Son cœur se serra quand elle comprit que la place à côté d'elle était vide. L'idée folle qu'Henri ait pu profiter d'une étape pour quitter le navire lui traversa l'esprit. À son grand soulagement, elle l'aperçut à la proue, observant les bouviers sur le chemin de halage dans la faible clarté du jour naissant.

— Tu as faim ? lui demanda-t-elle après avoir sorti des oublies de son sac.

— Non, fit Henri sans quitter la rive des yeux.

— Mange, je te dis, insista Marguerite.

Henri prit le gâteau qu'elle lui proposait et le mangea placidement, le regard toujours porté au loin sur la rivière.

— Nous allons bientôt arriver, reprit-elle après un temps.

— Joigny, c'est ça ?

— Oui.

— Pour y faire quoi ?

— J'ai des affaires à y régler, hésita sa mère en guise de réponse.

— En quoi ça me concerne ? demanda encore Henri d'une voix morne et sans la regarder.

— Tu vas rencontrer des gens. Des gens qui ont connu ton père.

— Pour quoi faire ? la coupa Henri en se tournant enfin vers elle pour la fixer dans les yeux pour la première fois depuis qu'ils étaient partis. Pourquoi je dois rencontrer ces gens maintenant, alors que j'ai très bien vécu sans eux depuis toujours ?

Il ne lui laissa pas l'occasion de lui répondre et retourna à sa place pour se renfermer sur lui-même. Il savait. Il pressentait ce qui l'attendait là-bas. Cette ville dont il avait entendu parler au détour de conversations, ou lorsque sa mère évoquait son père devant lui, quand il était beaucoup plus jeune. Si l'enfant avait aimé entendre l'histoire de cet homme, comment il avait combattu pour le roi en Nouvelle-France – il ressortait toujours à cette occasion le coffret dans lequel étaient cachés les trésors dont il avait hérité – et surtout comment il était devenu un grand guérisseur, s'il aimait lire et relire le poème que son père avait écrit pour Marguerite un jour, lui donnant ainsi le goût à la chose, l'adolescent taciturne qu'il devint plus tard ne voulut plus entendre parler de celui qui l'avait condamné à une vie qu'il n'avait pas choisie. Celui à cause duquel il avait dû laisser derrière lui l'insouciance de sa jeunesse du jour au lendemain, ses amis, son quotidien, jusqu'à cette identité d'enfant comme les autres qu'il s'était construite par nécessité, et aussi par habitude. Pour revêtir le costume et cacher son visage derrière une cagoule, comme pour mieux se couper d'un monde auquel il ne voulait plus appartenir.

Non, il ne voulait pas être là, sur ce bateau. Il avait hésité à s'enfuir la nuit avant leur départ. Mais Jacques avait décidé de dormir devant sa porte et Henri n'aurait jamais pris le risque de lui faire du mal. Alors il avait dû se résoudre à ce voyage, qui de surcroît l'éloignait de la capitale, et de Madeleine.

Il n'avait pas pu la revoir depuis la rixe du port aux Pierres.

La jeune femme l'obnubilait, et il se demandait ce qu'il advenait d'elle.

* * *

Cerclée de remparts et bardée de ses nombreuses tours à l'assise large, Joigny s'élevait, toujours puissante, dans la perspective de la rivière sur laquelle le coche d'eau repartait vers Auxerre, sa destination finale. À peine venaient-ils de débarquer sur le quai de Cezy, la petite bourgade qui jouxtait la ville au nord et qui lui servait de port, que Marguerite pouvait déjà ressentir l'étreinte qui la poignait à la vue de la cité qui s'étalait au loin vers les hauteurs sur la côte Saint-Jacques, dominée par son château en profil sombre dans la clarté laiteuse ce matin-là. Mais au-delà de l'enjeu qui l'avait poussée à revenir ici, c'était bien un autre sentiment qui l'habitait, étrange et dérangeant, pernicieux. Si tout était à sa place comme dans son souvenir, il y avait quelque chose de différent qui la mettait mal à l'aise. Certainement la tension liée à la situation, pensa-t-elle alors qu'Henri, le visage fermé, la rejoignait avec les sacs sans piper mot. Ou les années qui avaient passé depuis son départ. Peut-être aussi le fait qu'elle ne reconnaissait personne parmi les quelques badauds venus réceptionner des marchandises ou un proche en visite, pour les accueillir, eux. Elle avait pris soin avant son départ de faire prévenir par coursier le comte de Joigny. Il arrivait fréquemment que les courriers subissent des délais, se rassura-t-elle encore, essayant de justifier cette appréhension mêlée de déception qu'elle ressentait alors, quand deux gardes à cheval attirèrent son attention. Ils les avaient observés,

Henri et elle, elle en était persuadée, avant de détourner leurs montures et de partir au galop vers la ville.

— Allons-y, fit-elle à Henri, résolue.

Comme quelques-uns, ils prirent à pied le chemin vers la porte Saint-Jacques, qui gardait la ville au nord. Et plus ils s'en approchaient, plus le sentiment de Marguerite se confirmait. Il y avait comme une discordance dans la musique des éléments, le bruit de l'eau, le vent dans les arbres, le chuintement de leurs pas sur la terre sèche. Dans l'atmosphère. Les griffons qui se dessinaient sur les fanions accrochés aux flèches des tours qui flanquaient la porte, symboles autrefois si flamboyants de la ville, semblaient avoir eux-mêmes perdu de leur superbe, flottant mollement dans la brise triste. Même l'attitude des quelques personnes qui entraient et sortaient juste un peu plus loin de la ville lui paraissait singulière. Une allure de somnambules, ils ne regardaient pas plus loin que le bout de leurs pieds, le corps voûté, comme résignés. Marguerite remarquait aussi la nervosité de la garde, leur posture, leur manière de porter autoritairement vers l'avant leur hallebarde ou leur main à l'épée pour empêcher le passage, de fouiller la charrette d'un maraîcher ou d'arrêter le mendiant qui tentait sa chance. Une tension était palpable, et ce n'était pas juste le fruit de son imagination agitée. Elle était dans les gens, dans les pierres, dans le sol. Dans la vitesse des corps épars – où était donc passée la foule d'antan ? – et dans les bruits des vies, presque inaudibles, muettes. Joigny autrefois si vivante semblait à l'agonie. Même le pont Saint-Nicolas qui enjambait la rivière plus loin sur le côté, autrefois le passage obligé des marchands et des visiteurs, semblait vide, avec ses deux moulins et leurs ailes immobiles. Ils allaient passer la porte Saint-Jacques, et Marguerite ne se sentit pas bien. Mais elle devait coûte que coûte garder une contenance. Ce n'était pas le moment de faillir. Surtout pas aux yeux d'Henri. Elle se concentra sur la sensation du médaillon de son père tout contre elle.

— Marguerite ? l'appela d'une voix faible quelqu'un de l'autre côté de la porte.

— Mon père ? fit celle-ci, ne pouvant retenir un sentiment de soulagement et de joie à la vue du vieillard qu'elle reconnaissait à peine.

XIII

Son corps incliné comme en perpétuelle prière flottait dans sa soutane noire élimée. Au-dessus de la croix en bois qui reposait sur sa poitrine creusée, son cou d'oiseau jaillissait du rabat du col, soutenant en équilibre sa tête chenue, dont les traits ravinés rappelaient un fruit gâté. Son visage pâle avait tourné au marécage, mais ses yeux étaient restés les mêmes. Le père de Saintonge regardait toujours le monde avec bonté et cette bienveillance teintée d'ironie typique de ceux qui pensaient en avance sur leur temps. Les retrouvailles furent poignantes, et Marguerite ne put retenir les sanglots qui la submergèrent quand elle se laissa aller à une étreinte douce avec le vieux prieur.

— Mon père… murmura-t-elle alors qu'elle prolongeait l'instant.

— Marguerite, je t'ai reconnue entre tous, lui répondit-il de sa voix toujours mesurée.

— Vous avez eu de la chance, rien de plus. Je ne suis plus la même. Mais comment saviez-vous que j'arriverais aujourd'hui et à cette heure ?

— Le comte a reçu ta lettre. C'est lui qui m'a demandé de vous recevoir. J'avais la date de ton départ, il n'était pas très compliqué d'en déduire le jour et l'heure de ton arrivée, lui confia-t-il avec malice.

— Toujours friand de jeux de hasard, n'est-ce pas ? plaisanta Marguerite. Ce n'est pas raisonnable pour un homme d'Église.

— Tout est question de mathématique, et l'analyse aide parfois le croyant, qu'on le veuille ou non. Mais qui voilà ?... demanda alors le curé, regardant Henri, qui se tenait à l'écart, l'air revêche.

— Mon père, je vous présente Henri, fit-elle en invitant le jeune homme à les rejoindre. Enfin, même si vous l'avez connu à sa naissance.

— Mon Dieu !... murmura le prêtre en s'avançant vers Henri, qui n'avait pas bougé, son regard rivé sur les pieds des gens qui passaient devant lui dans la rue.

Le père de Saintonge vint se placer devant le jeune homme et Marguerite s'aperçut que le vieillard s'aidait d'une canne pour marcher. Henri résista quelques instants, fuyant les yeux de l'étrange personnage qu'il dépassait d'une tête au moins, et qui cherchait les siens par en dessous. Après un silence qui lui sembla une éternité – le curé ne l'avait pas lâché –, il dut se résoudre à le regarder en retour. Et le prêtre lui souriait. Un sourire léger, presque imperceptible dans le marasme des rides qui ondulaient sur son visage. Ses yeux semblaient lui sourire aussi, alors que le jeune homme, toujours mal à l'aise, avait la sensation qu'ils les plongeaient dans les siens comme pour y voir son âme.

— On dirait son père… murmura le prêtre, songeur.

Henri restait silencieux. Il ne respirait plus. L'évocation soudaine de cet homme l'avait tenaillé d'un seul coup. Sans prévenir. Son père avait jailli d'un passé qui lui était jusqu'alors étranger et qui était devenu soudainement sien. Vivant comme jamais, il aurait pu apparaître là, débouchant dans la rue par la petite ruelle juste devant, ou sortant de chez le savetier en face. Pour la première fois, Henri ressentait son existence dans tout son corps.

— Venez, ne restons pas là, coupa alors le prieur, détachant son regard d'Henri, qui pouvait respirer à nouveau.

Marguerite peinait à contenir son émotion. Ils avaient pris la rue Saint-Jacques, l'artère principale qui menait de l'entrée de la ville à la porte aux Poissons en son centre. Elle marchait lentement, au rythme du pas à trois temps du père de Saintonge, silencieux. Elle reconnaissait les rues, les maisons, les pavés salis de boue, de crottin et de paille, mais elle ressentait toujours ce décalage entre cette réalité-là et ses souvenirs. Était-ce le ciel qui lui paraissait plus bas ? Ou les couleurs des pans de bois, autrefois rouge vif sang de bœuf, vert amande profond ou bleu roi puissant, qui semblaient passées ? Ou les habitants de la ville, particulièrement rares aujourd'hui, alors qu'ils étaient toujours en nombre dans cette rue ? Ou cette sensation de leur mouvement étrangement lent, des errants qui lui faisaient l'impression d'être perdus, regardant sur les côtés comme quand on craint un danger qui pourrait survenir n'importe quand. Un chien accroché à un anneau se mit à aboyer à leur passage, sortant Marguerite de sa stupeur. Elle se retourna pour s'assurer qu'Henri était toujours derrière. Lui aussi marchait l'air hagard, observant ce monde étrange tout autour.

— Ça ira ? lui demanda le père avec tendresse alors qu'ils arrivaient sur la place du pilori. J'imagine que tu dois être assaillie par les souvenirs.

— Ça ira, mon père, murmura Marguerite en retour, cachant mal son anxiété.

La tour de bois cerclée de métal, qui servait déjà de pilori à l'époque où son père était l'exécuteur de la ville, était toujours là, plantée sur son axe au beau milieu de la petite place triangulaire. Des bouts de corps, mains, jambes et pieds, dépassaient de la structure. Les suppliciés qu'on y avait enfermés faisaient l'effet d'un amas de chairs et de tissus solidifiés. Mais personne pour les injurier comme dans son souvenir il y a des années quand il fallait que les soldats ouvrent la voie dans la foule venue en nombre pour le spectacle. Personne pour brailler la chanson qui raconterait leurs crimes. Aucun enfant pour leur jeter des détritus ou des pierres ni pour se moquer. Les quelques badauds qui passaient par là ne les regardaient même pas. Aucun guet pour les garder. Comme si les créatures immondes que les condamnés étaient devenus avaient été bouclées là depuis la nuit des temps et pour toujours.

Et le silence.

Mais pas le silence de la paix. Pas celui qui apaise.

Un bruit sourd. Une règle tacite dans la manière de se mouvoir, de se croiser, et de se parler. Sans émettre de sons. Pour ne pas être vu, ne pas être entendu. Pour ne pas se faire remarquer et rentrer le plus vite possible chez soi, la tête recouverte et les épaules voûtées. Un calme blanc. Inquiétant, dangereux. Marguerite voulait accélérer le pas. Depuis qu'elle avait posé le pied sur la berge un peu plus tôt, la sensation si étrange s'était installée en elle et ne l'avait plus quittée. Un sentiment d'inconfort qui la submergeait tout à fait alors qu'elle comprenait qu'elle ne sentait rien. Ici, à la porte aux Poissons, où la vie grouillait comme nulle part ailleurs dans la ville. Non, aucune odeur. Pas même les poissons exposés dans les quelques caisses apportées par les pêcheurs au petit matin. Ni les denrées aux devantures des commerces dont elle remarqua que la plupart étaient fermés. Ni le sang. Ici. À cet endroit précis. Là où les bouchers entassaient les viandes sur leurs étals après avoir égorgé les bêtes dans la rue de la Tuerie, celle en pente juste en dessous qui plongeait vers la rivière. Ici, où avant on passait le mouchoir plaqué sur le nez tellement ça empestait la mort, se protégeant d'un mouvement de l'autre main des mouches qui agressaient.

Non, elle ne sentait pas le sang.

La rue montant au château se présentait enfin. Sur le côté, la cour des miracles et ses multiples yeux en ouvertures, fenêtres sans carreaux ou façades de torchis éventrées, méandre de venelles bordées de bâtisses crasseuses et branlantes où même la maréchaussée n'osait pas pénétrer. Elle se rappela alors le Grand Coësre, ce personnage grandiloquent au couvre-chef à cornes et toujours attifé de nippes disparates décorées de rubans en tout genre, et qui avait été l'ami de Charles. Il était le chef de ce peuple mystérieux qui vivait ici, dans cette petite cité au sein de la ville, à l'écart du reste des habitants, sauf quand il s'agissait de leur couper les bourses les jours de marché, jusqu'à parfois leur prendre la vie, prétendait-on, quand la faim faisait loi. Était-il encore vivant ? se demanda Marguerite alors que de l'autre côté, en contrebas vers la rivière, la rue du Pont, la plus commerçante et pourtant déserte, filait vers la porte principale de la ville avec son pont-levis relevé. Marguerite s'en étonnait encore. Cette porte était la voie d'accès principale à la cité pour quiconque voulait y pénétrer.

— Bien des choses ont changé ici, murmura le prêtre sans pour autant quitter le sol des yeux, répondant ainsi à l'étonnement silencieux de Marguerite. Comme tu as pu t'en apercevoir.

— Où est le comte ? lui demanda-t-elle alors qu'ils progressaient dans la rue. Il va bien ?

Devant eux, le clocher de l'église Saint-Jean s'imposait de toute sa hauteur au-delà des murs du château. Henri regardait, ébahi, la forteresse que la petite troupe contournait par la rue en contrebas, élégante avec sa robe en pierres piquées de style Renaissance et ses fenêtres aux chapeaux sculptés.

— Il n'est plus *persona grata* dans la ville, continua le prêtre.

— Le comte ? Mais comment est-ce possible ?

— Ce serait un peu long à t'expliquer maintenant, et puis nous arrivons. J'ai pensé que tu voudrais d'abord t'arrêter au prieuré un instant.

— Oui, bien entendu, fit Marguerite après un temps, perplexe. Je suis impatiente de me recueillir, évidemment.

— Après, nous irons le voir et il t'expliquera.

— Très bien, mon père, acquiesça Marguerite, essayant de comprendre comment le vieux comte avait pu se faire bannir de sa propre ville.

Les belles demeures désormais plus cossues bordaient la rue de la Grosse-Tombe qui les menait enfin vers la place Saint-André, où l'église Notre-Dame les attendait avec ses rosaces en façade qui souriaient aux visiteurs.

Une destination espérée mais aussi crainte pour Marguerite.

La dernière fois, c'était il y a quinze ans. Joyeuse était attachée à l'anneau, là, le dos chargé de sacs pour le départ. La vieille jument de son père se rassasiait tranquillement du parterre d'adonides aujourd'hui en friche.

Marguerite était à l'intérieur.

Elle était venue le voir une dernière fois.

* * *

Les vitraux dansaient dans son souvenir en taches colorées peintes sur les dalles claires. Mais aujourd'hui la lumière était terne, presque blafarde. Même le soleil n'existait plus ici, pensa alors Marguerite, plongeant les recoins de la grande nef dans l'obscurité et les voûtes en arc brisé loin au-dessus dans la nuit. Un silence glacial rebondissait sur les murs froids qu'un Christ décharné peinait à arpenter, pas à pas, le long d'un chemin de croix qui n'en finissait pas. Mais peu importait, Marguerite était ici, dans le grand ventre réconfortant de Notre-Dame. Et partout autour, sur leurs promontoires, les statuettes au regard blanc de craie lui souriaient la bienvenue, l'invitant à rejoindre l'autel tout au fond.

Sous l'emprise de l'émotion, Marguerite en avait presque oublié la présence d'Henri, qui se tenait toujours en arrière, silencieux.

— Viens avec moi, lui proposa-t-elle avec douceur en lui tendant la main.

Mais Henri ne bougea pas. Il était comme pétrifié dans le rai de lumière qui provenait de la grande porte mal fermée derrière lui.

— Mon fils, insista gentiment le vieux prêtre qui se tenait sur le côté pour leur laisser la voie libre vers l'autel.

Le jeune homme laissa tomber lentement les sacs au sol, puis se porta à la hauteur de sa mère sans pour autant saisir la main qu'elle lui offrait. Ses mâchoires crispées et ses yeux qui ne clignaient qu'à peine malgré le lit de larmes qui s'y était formé trahissaient la tension qu'il peinait à contenir. Il aurait voulu fuir, maintenant, pressentant une rencontre imminente à laquelle il n'était pas préparé et ne le serait jamais. Il ne voulait pas être là. Il voulait rejoindre celle à laquelle il pensait à nouveau alors qu'il comprenait qu'il l'avait oubliée depuis qu'ils étaient entrés dans la ville. Et il s'en voulait. Son image assaillait son cœur alors qu'ils se présentaient devant l'autel. Quand il remarqua juste au-dessus une châsse tapie dans la niche creusée dans le mur.

— Une épine de la couronne du Christ, mon garçon, lui confia le curé qui avait remarqué son regard. Un trésor bien trop grand pour une petite ville comme la nôtre et qui attire bien des convoitises. Mais qui fait aussi sa renommée.

Au centre de l'autel, une Vierge aux épaules recouvertes d'un léger châle bleu ciel les attendait. Les bras ouverts et les paumes offertes, elle indiquait, de son doux visage légèrement incliné, les dalles au sol juste devant, sur lesquelles des inscriptions étaient gravées. Des titres, des dates, et toujours ce nom, « Sainte-Croix », qui revenait chaque fois. Puis un prénom qui se distinguait des autres par sa dorure plus brillante. Certainement parce que la plus récente.

Charles de Sainte-Croix
Comte de Joigny

1670-1696

— Ton père, Henri, fit Marguerite, qui cachait difficilement son émotion.

* * *

Le dragon avait toujours fière allure, tout comme le vieux comte de Sainte-Croix, qui le portait brodé sur son poitrail. Les années avaient certes creusé sur lui le sillon de l'âge, mais elles n'avaient pas eu d'emprise sur sa stature. La barbe de neige qu'il avait laissée pousser lui donnait l'air du patriarche sur son Olympe, la posture franche et le port haut.

— Bonjour, Marguerite, ma fille, l'accueilla-t-il de sa voix forte qui finissait en sourire.

— Monsieur le comte, lui répondit celle-ci avant de se laisser aller dans ses bras.

Le père de Charles vivait dans le petit monastère hospitalier de Saint-Cydroine, un hameau fortifié à quelques lieues de Joigny. Pendant tout le trajet qui les avait conduits jusque-là, Marguerite avait essayé de comprendre ce qui avait bien pu se passer. Elle se remémorait certaines des lettres qu'ils avaient échangées. Il lui parlait de la ville, et lui racontait comment il avait confié progressivement le pouvoir à son autre fils, Paul, alors prévôt, son bâtard et donc le demi-frère de Charles. Marguerite avait bien ressenti le changement de ton à la lecture des dernières lettres. L'impression étrange que quelque chose d'anormal se passait ne lui avait pas échappé. Le comte s'enquérait toujours plus de sa santé à elle et de celle d'Henri, mais il évoquait de moins en moins la vie ici. Jusqu'à ne plus en parler du tout, dans des missives de plus en plus laconiques.

— Et voilà donc Henri, continua le comte, observant le jeune homme qui ne sortait toujours pas de son mutisme. Viens me voir, mon enfant.

Le garçon s'avança timidement et ils restèrent un moment face à face, sans bouger. L'un scrutant le visage de l'autre, y cherchant le fils qu'il avait perdu, l'autre les yeux rivés sur le dragon brocardé sur la poitrine qui lui paraissait vivant par l'effet de la respiration.

— Heureux de te revoir, Henri, fit enfin le comte en lui prenant la main et en la serrant chaleureusement. Tu es devenu un homme. La dernière fois que je t'ai vu, tu portais une layette et tu suçais tes doigts. Tu ressembles à ton père. C'en est troublant.

Marguerite les regardait, et cette vision la réconfortait. Elle ressentait aussi un manque. Charles, qui aurait dû se trouver avec eux. Mais elle se rappela aussi soudainement qu'elle n'avait jamais dit à Henri que son père était le fils du vieux comte. Qu'il aurait dû le devenir lui-même s'il n'avait pas choisi d'être bourreau. Qu'Henri aurait pu devenir comte si son père n'avait pas décidé un jour d'embrasser cette carrière pour être avec elle. Par lâcheté certainement, Marguerite avait préféré reporter toujours plus loin le jour où son fils l'apprendrait. De peur qu'il ne le comprenne pas. Et maintenant qu'elle était revenue ici, avec Henri, qu'elle faisait face à son passé, elle comprenait que ce jour était peut-être venu. Ou pas loin. Elle pressentait le choc de son fils quand la vérité lui serait connue et elle ne l'y avait pas préparé.

— Et si nous allions manger quelque chose, hein ? lança le comte en adressant une tape ferme sur l'épaule d'Henri. Vous devez être affamés après un si long voyage. Et puis vous irez vous reposer.

— Vous vivez donc dans un monastère ? demanda alors Marguerite, qui se dirigeait déjà vers le bâtiment austère en pierre grise, tâchant de faire fi de cette tension subite. Vous avez fait vos vœux ? essaya-t-elle de plaisanter.

— Non, admit le comte. Beaucoup de choses ont changé ici depuis que vous êtes partis, comme tu as dû certainement t'en apercevoir depuis ton arrivée. Mais je vais tout t'expliquer.

* * *

— Paul s'est vite avéré un piètre gestionnaire, continuait le comte, qui n'avait eu de cesse de regarder Henri, resté muet pendant tout le repas, touchant à peine à son assiette.

L'hôte n'avait pas insisté. Il n'aurait jamais imaginé revoir son petit-fils, et sa présence ici lui suffisait amplement. Et il n'avait pas non plus envie de trop en apprendre sur sa vie à Paris et sur le métier qu'il apprenait là-bas. Il voulait juste jouir du plaisir de passer une soirée en sa compagnie et en celle de sa mère et du père de Saintonge, qui s'était joint à eux.

— Son caractère rapidement s'est embrumé, continua-t-il, alors qu'Henri allait s'asseoir devant l'âtre, comme s'il ne voulait pas entendre parler d'une histoire qui ne le concernait pas. Avec le temps, beaucoup de paysans sont partis ailleurs, fatigués d'être taxés toujours plus. Surtout après l'hiver de 1709 qui n'a pas permis de reconstituer les réserves en blé et nous a apporté une nouvelle épidémie.

— Mais pourquoi n'a-t-il pas fait appel à vous ? demanda Marguerite, perplexe. Vous aviez très bien géré la famine quelques années plus tôt, je m'en souviens parfaitement. Et les gens ici vous aimaient pour cela !

— Vous ne lui dites pas tout, comte, si je peux me permettre, intervint le vieux prieur, qui avait jusque-là assisté à la conversation en silence.

— Oui, concéda le comte après un moment d'hésitation. Son caractère devenait chaque jour un peu plus ombrageux. Je ne pouvais plus l'approcher sans qu'il entre dans des colères furieuses. Et puis un jour il m'a demandé de quitter la ville, admit-il d'un souffle.

— Je ne comprends pas… réagit Marguerite, interdite.

— Paul prenait cet opium qui se répand un peu partout dans les villes, continua le prêtre devant le mutisme gêné du comte.

— De l'opium ?… Ici ? fit Marguerite, ne pouvant s'empêcher de regarder Henri, qui ne réagissait pas, face à l'âtre et leur tournait le dos.

— Oui, ici, confirma le comte. Certainement apporté par ces gens à la réputation douteuse qui constituaient sa nouvelle cour. J'en soupçonne même certains d'être des sorciers qui lui disaient ce qu'il voulait bien entendre en échange d'argent, et s'évertuaient par intérêt à lui faire croire qu'il était un bon gouverneur et que la ville allait retrouver une gloire prochaine grâce à lui. Au lieu de ça, il l'a ruinée en en gaspillant les dernières richesses dans des rituels et des offrandes à des divinités absurdes. Puis il a commencé à se débarrasser de tous ceux qui le gênaient. Il en a même fait exécuter certains.

— Mais vous n'avez pas pu intervenir ?

— Avec le peu d'argent qu'il restait, Paul s'est constitué une sorte de garde prétorienne. Des mercenaires qui lui étaient tout dévoués et qui m'interdisaient de l'approcher. Le château a été vidé de ses meubles, ses tapisseries, sans oublier l'argenterie. Et… hésita-t-il encore.

— Monsieur le comte, il faut le lui dire, intervint encore le curé.

— Quoi ?… murmura Marguerite, qui ne cachait plus son anxiété.

— L'argent de la charge de ton père a disparu avec le reste, lâcha le vieillard. Je suis désolé, Marguerite. Vraiment désolé.

* * *

Marguerite n'avait pas trouvé le sommeil. La terrible vérité que le comte lui avait annoncée réduisait son projet à néant. Elle n'avait plus aucun moyen de le financer. Elle avait retourné le problème dans tous les sens, hypnotisée par la fleur sculptée en relief où se rejoignaient au-dessus d'elle les quatre arcs soutenant la voûte de la cellule où elle était couchée. De l'autre côté de la petite pièce, Henri lui tournait le dos, face au mur. Il dormait. Ou peut-être faisait-il semblant. Marguerite regardait le profil de son corps sous la mince couverture éclairée faiblement par la lumière bleutée qui s'invitait par la petite lucarne. Elle était décidée. Aux premières heures du matin, elle irait voir Paul et lui demanderait des explications. Et celui-ci lui rendrait l'argent qui lui appartenait, quoi qu'il en coûte.

— C'est mon grand-père, c'est ça ? fit Henri sans se retourner d'une voix morne, détournant aussitôt Marguerite de son interrogation.

— Oui, avoua-t-elle dans un souffle.

— Et mon père était comte, alors ?

— Oui, fit-elle après un court silence. La question lui avait fait l'effet d'un coup dans le ventre. Enfin, il aurait dû le devenir. J'aurais dû t'en parler, je suis désolée, continua-t-elle après un nouveau silence. Tu m'en veux ?

Henri n'avait pas bougé, toujours allongé, le visage contre le mur.

Il ne lui répondit pas.

Il ne semblait même pas respirer, faisant l'effet d'un gisant.

* * *

Ça sentait l'humidité et la pisse. Les grandes taches claires qui maculaient les murs témoignaient de l'absence des tapisseries somptueuses qui les avaient revêtus fut un temps, tout comme les rectangles au sol, dans la poussière qui recouvrait les tommettes sales, attestaient la présence autrefois des meubles magnifiques qui faisaient l'admiration des invités des soirées fastueuses données ici jadis. Au fond de la salle, les deux griffons ciselés sur le manteau de la grande cheminée ornaient le blason sculpté monumental, verdi de moisissure, déployant tristement leurs ailes de chaque côté des remparts, emblèmes de la cité, avec son fameux maillet en son centre. L'air froid ce matin-là s'immisçait à travers les quelques carreaux cassés. Même les grands volets qui encadraient les immenses fenêtres avaient été retirés, certainement pour servir de bois de chauffe, pensa Marguerite alors qu'un soldat à la mine patibulaire les introduisait dans ce qui était avant le grand salon d'apparat, devenu un théâtre de désolation.

— Qu'est-ce que tu fais là ? lui demanda Paul sans aucune formule de politesse, avachi dans un gros fauteuil Louis XIII de l'autre côté de la longue table, seuls mobiliers qui avaient survécu au désastre.

Son corps qu'il avait cintré dans un pourpoint noir lui donnait une allure inquiétante, presque maléfique. Paul n'était plus qu'une ombre. Un spectre dont le visage émacié au teint verdâtre contrastait avec ses vêtements sombres. Des ravins mauves lui cernaient les yeux et il avait le regard d'un rapace guettant une proie ou un ennemi. Ses cheveux cendrés sur les côtés étaient plaqués sur son front et ses tempes par la sueur. L'animal semblait sur le qui-vive, affichant une nonchalance maladroite à la vue de ses visiteurs.

— Paul, osa Marguerite, tâchant de prendre le contrôle d'une situation inconfortable. Je suis venue…

— Eh bien, tu n'aurais pas dû ! la coupa-t-il sans plus d'égard. Tiens, tiens, mais qu'est-ce que nous avons là ?... demanda-t-il aussitôt après avoir aperçu Henri, qui se tenait stoïque derrière sa mère.

Le comte de Joigny en titre se leva en s'aidant de ses bras comme un crabe, se redressant avec difficulté pour finalement trouver un équilibre fragile. Son corps, autrefois athlétique et robuste, s'était flétri avec le temps, la colère et certainement aussi l'usage abusif de dérivatifs. Il se noyait aujourd'hui dans un costume devenu trop large pour lui.

— Mais ne serait-ce pas ?... continua-t-il ironiquement après s'être approché du jeune homme.

— Paul, je te présente Henri, balbutia-t-elle. Ton neveu.

— Mais oui !... grinça Paul en arborant un large sourire effrayant.

Henri n'osait pas le regarder, comme il n'avait pas osé regarder qui que ce soit depuis qu'ils avaient pénétré dans cet immense château où les visiteurs étaient annoncés malgré eux par l'écho de leurs pas résonnant entre les murs des pièces vides. Où chaque personne croisée était un fantôme.

— Le fruit de l'amour ! s'exclama soudain Paul, théâtral, avant de se laisser aller à un rire sarcastique grotesque. Diable, on dirait Charles, reprit-il, s'arrêtant de s'esclaffer tout net. Mais dis-moi, Marguerite, continua-t-il en jaugeant de plus près Henri, toujours immobile, il n'a pas l'air heureux, ce garçon. L'air de Paris, peut-être ? Il est méphitique à ce qu'on dit. Mais non ! Je suis bête ! Bien sûr ! Il est apprenti bourreau ! Où avais-je la tête ? Enfin quand je dis ça !... Hein ? Façon de parler, non ? Qu'est-ce que tu en penses ? plaisanta-t-il encore. Et toi, mon garçon ? Qu'est-ce que tu en dis, de tout ça ? Tu es content au moins ? Comment ça se passe là-bas, sur l'échafaud ? Dis-moi, lui fit-il sur le ton de la confidence et en le prenant par le bras comme un pantin, as-tu déjà décollé au moins ?

— Paul... intervint Marguerite, essayant vainement de couper court à son discours.

— Tranché ? reprit le comte aussitôt, sans lâcher le jeune homme qui restait sans voix. Non ? Marqué au moins ? Parce que c'est pas rien, bourreau ! Le logis assuré, un bon salaire, sans compter les petits avantages, hein ? On se sert sur la dépouille ! Tiens ! Étrange d'ailleurs, cet accoutrement, non ? feignit-il alors d'ironiser tout en examinant de ses doigts le tissu de la veste qu'Henri ne quittait jamais. Un peu miteux, tu ne trouves pas ? Dis-moi, tu l'as dégotée où ? demanda-t-il alors à Marguerite qui, inquiète, ne quittait pas son fils du regard. Chez un fripier du Palais-Royal ? Ou l'as-tu prise à un mort encore accroché à sa potence ? fit-il alors à l'intention d'Henri. Je suis bête ! C'est le costume officiel de l'exécuteur ? C'est ça ?

— S'il te plaît, Paul, tâcha encore d'intervenir Marguerite, qui sentait la situation lui échapper.

— Parce que c'est ce que tu veux pour lui, n'est-ce pas ? reprit le comte. J'en suis certain, je te connais ! Faire de ton fils un bourreau ? Comme tu as fait de mon frère Charles le bourreau de Joigny en l'épousant ! Ça a du sens !

— Paul... souffla encore désespérément Marguerite.

— Pas très robuste en revanche, remarqua le comte en tâtant les bras du garçon de plus en plus pâle, et dont les gouttes de sueur qui commençaient à perler sur son front malgré le froid trahissaient la tension. Rassure-moi, Marguerite, il arrive à soulever la hache, quand même ? ironisa-t-il avant de partir à nouveau dans un grand éclat de rire. Tu veux que je te donne un conseil, mon garçon ?

— Paul, arrête ! intervint encore Marguerite, désespérée, toujours plus préoccupée pour son fils.

— Quoi ? Je peux lui donner un conseil, non ? Après tout, je suis son oncle ! Fais bien attention, lui confia-t-il en le prenant par l'épaule. Il y a des choses que l'on décide parfois dans la vie et qui bouleversent celle des autres. Ton père, par exemple. Eh bien, tu vois, il a pris une décision un jour, et regarde le résultat ! clama-t-il, soudainement solennel, ouvrant grand les bras pour montrer l'état de la pièce dans laquelle ils se trouvaient. Regarde ici, regarde dehors, continua-t-il en incitant Henri à venir près de la fenêtre. Regarde-nous !

— Paul, ça suffit maintenant ! coupa sèchement Marguerite, qui tira Henri par le bras pour le soustraire à l'emprise de son oncle.

Mais le jeune homme qui ne contenait plus sa colère se détacha de sa mère d'un mouvement violent du bras et courut vers la porte pour s'y engouffrer et s'enfuir.

— Henri ! lui cria Marguerite, prise de panique.

— Oh ! Oh ! Je crois que je suis allé trop loin, fit le comte en prenant l'air désolé. Ou peut-être est-il trop sensible, ce garçon ?… Pas une bonne chose quand on doit devenir bourreau !

Marguerite était pétrifiée et fixait la porte restée grande ouverte sur l'obscurité comme une bouche béante qui venait d'avaler son fils.

— Je ne suis pas content de te voir, Marguerite, reprit le comte avec ce ton froid qui était le sien à leur arrivée. Je suis bien aise d'avoir revu mon neveu, mais vous devez quitter ma ville à présent, ordonna-t-il alors qu'il revenait à sa table pour se rasseoir.

Son cœur la poussait à s'enfuir à son tour. Partir et quitter cette ruine, retrouver son fils au plus vite. Mais quelque chose la retenait. Elle ne pouvait pas se résoudre à abandonner. Pas maintenant. Le combat ne faisait que commencer et Marguerite n'acceptait pas de s'avouer vaincue au premier coup porté. Elle devait rester pour riposter. Et surtout elle ne pouvait pas repartir sans avoir récupéré ce qui lui appartenait. Elle retrouverait Henri plus tard, et ils se parleraient. Elle lui raconterait toute l'histoire et il l'écouterait. Peut-être même qu'il lui pardonnerait ? se répéta-t-elle pour mieux s'en convaincre alors qu'elle retournait vers son adversaire. Cet homme qui l'avait aidée un jour à sauver Charles des souffrances ignobles de l'écartèlement, faisant alors preuve d'amour fraternel, et ce malgré une enfance passée à souffrir de son statut de bâtard.

— Je suis venue chercher l'argent qui me revient et nous repartons, lui annonça-t-elle enfin après une longue respiration.

— Ton argent ?… fit le comte, contenant une colère sourde. Mais comment oses-tu le réclamer ? Comment oses-tu venir te repaître sur les cendres de la ville que tu as ruinée ?

— Que j'ai ruinée ?… balbutia Marguerite.

— Si tu ne l'avais pas corrompu, Charles serait encore vivant ! Il serait le comte de cette ville et rien n'aurait changé, déclara Paul, le doigt pointé sur Marguerite comme un carreau sur sa cible.

— Je ne peux pas te laisser dire ça ! Si tu n'as jamais été à la hauteur de ton titre, ne le mets pas sur le dos des autres !

— Mais oui ! Je suis un piètre comte ! la coupa Paul sur un ton encore plus dramatique et en se redressant pour lui faire face. C'est bien ce que je dis ! Je n'ai jamais été à la hauteur de mon frère ! Mais on n'en serait pas là si tu n'avais pas minaudé pour attirer le fils du comte dans ta couche ! hurla-t-il.

— Tu me donnes mon argent ou il t'en cuira, Paul ! lui lança-t-elle, soudain menaçante.

— Oh là !… fit alors le comte, feignant la peur. « Il t'en cuira », l'imita-t-il, le ton ironique. Te voilà donc enfin, vipère… Tu te découvres ! Mais quand cesseras-tu d'empoisonner notre famille ? De cracher sur notre nom ?

— C'est mon argent, Paul ! répliqua encore Marguerite, contenant avec difficulté les sanglots qui lui étreignaient la gorge. C'est l'argent de mon père !

Vous deviez le garder en attendant que je vienne le récupérer !

— Je ne l'ai plus ! lui postillonna le comte au visage. Voilà !

— Tu n'as pas le droit ! rétorqua Marguerite, les larmes au bord des yeux. C'est du vol !

— Il n'y a plus d'argent ! Nulle part ici ! Ni ailleurs. Plus d'argent, ni le tien ni celui d'un autre ! Plus un meuble, plus un tableau, plus un bijou ! Plus rien !

Il avait hurlé, rompant le vide tout autour et statufiant les corps. Puis ce fut le silence, le rien. Ce néant sitôt après la sentence, implacable.

— Pour ton opium ? murmura enfin Marguerite. C'est ça ?

— Pars maintenant, lui demanda le comte tout à coup calme, comme s'il était acculé et qu'il ne pouvait plus faire semblant. Cela suffit. Tu n'as plus rien à faire ici. Vous n'avez plus rien à faire ici. Et ne revenez plus. Jamais. Pars, répéta-t-il, ou je te fais jeter dehors par mes gardes.

XIV

Encadré par le long muret qui s'effondrait par endroits, le vieux moulin trônait tristement au milieu du jardin abandonné, les ailes rompues et décharnées, comme un ange déchu. Marguerite avait poussé avec appréhension la petite porte coincée par l'herbe haute comme elle rouvrait celle qui donnait sur ses souvenirs, quand elle vivait à Joigny et que, presque chaque jour à la belle saison, elle venait jusqu'ici pour cultiver le potager et récolter les fruits. C'est aussi ici, dans ce clos attaché à la charge du bourreau de la ville, que son père avait enseigné à Charles comment décoller en l'entraînant sur des bêtes vivantes, à l'abri des regards. Et c'est dans ce même moulin qu'ils avaient caché Monier, le chef de la fameuse bande des Tranche-Montagnes, des soldats déserteurs qui volaient les riches pour redistribuer aux pauvres dont la réputation était allée à l'époque jusqu'à Versailles. Paul était alors le prévôt, et il les chassait inlassablement avec la détermination d'un fils bâtard en quête d'un nom, mais surtout de la reconnaissance de son père.

Marguerite n'avait pas cessé de penser à l'altercation de la veille, qui lui nouait toujours le ventre. Et à la fuite d'Henri, qu'elle avait retrouvé, sitôt revenue au monastère, dans la cellule qu'ils occupaient tous deux. Allongé sur sa couche, il avait fait mine de dormir et ne lui avait pas adressé la parole depuis.

Sa quête semblait perdue, elle n'aurait pas ce qu'elle était venue chercher et ne serait jamais en mesure de racheter la charge à son cousin, pensait-elle alors qu'elle se dirigeait vers le fond du pré, là où une clairière se devinait derrière les cerisiers morts. Au milieu d'un petit carré en friche d'ivraie et de cheveux d'ange, une pierre tombale se dessinait au sol, bien cachée. Aucun nom n'était gravé dessus.

Henri dormait toujours et Marguerite en avait profité pour venir se recueillir sur la tombe de son père.

— Bonjour, Marguerite, fit une voix derrière elle alors qu'elle était en prière.

— Pierre ?… s'étonna-t-elle en découvrant Defosse, le médecin et autrefois le plus proche ami de Charles.

— J'avais entendu parler de votre venue. Je pensais bien vous trouver ici.

— Ça me fait tellement plaisir, soupira Marguerite, se laissant aller à une courte étreinte.

— Comment allez-vous depuis tout ce temps ?

— Je vais bien.

— Il est avec vous ?

— Henri ? Oui, sourit Marguerite. Mais je ne suis pas certaine que ce voyage ait été une bonne idée. Toute cette histoire qui remonte d'un seul coup. C'est beaucoup pour lui. Et puis je n'ai pas été très adroite.

— Je suis certain que vous avez fait au mieux, tâcha de la rassurer le médecin.

— Vous êtes gentil.

— Vous êtes allée voir le comte ? s'inquiéta alors son ami. Je veux dire Paul, précisa-t-il aussitôt.

— Oui. Et ça ne s'est pas bien passé. Comment vont les autres ? demanda alors Marguerite pour changer de conversation.

— Bellin est toujours ébéniste. Il travaille souvent à Paris d'ailleurs.

— Vraiment ?

— Vallier s'est exilé à Vézelay pour s'occuper des cloches de la basilique. En revanche Michel…

— Quoi ?…

— Il a été exécuté.

— Non !…

— Honteusement accusé d'usure par le comte, qui cherchait à lui prendre son argent. Alors qu'il n'était pas juif.

— Seigneur !… se désola Marguerite. Et vous ?

— Ça va, affirma le médecin. Je soigne toujours les riches, mais je m'occupe aussi des pauvres. Et Dieu sait qu'il y en a de plus en plus. Un peu comme vous, d'ailleurs, non ? J'ai cru comprendre que vous continuiez à soigner à Paris, comme le faisaient votre père et Charles. Vous auriez même un comptoir d'onguents ?

— Oui, et j'ai du travail, dit Marguerite en souriant, se souvenant de son atelier où elle trouvait la paix et qui lui manquait aujourd'hui comme jamais. D'ailleurs, je me demandais… est-ce qu'il soigne, lui aussi ?

— Lui ?
— Il y a bien un bourreau à Joigny, non ?
— Oui. Mais il ne soigne pas.

* * *

Ses yeux étaient toujours ocre et vert pâle, en petits losanges enchâssés dans le plomb. Son corps en biais, coiffé d'un couvre-chef en lucarnes style gothique, suivait la pente de la Guimbarde. Le chemin qui passait juste devant et menait à la rivière. Bardée de sa petite tour qui desservait les étages, la maison des Fossés, le logement alloué au bourreau et à sa famille, n'avait pas bougé depuis le départ de Marguerite, quinze ans plus tôt. Sur sa gauche en descendant le degré, la petite maison avec l'inscription « Savetier » sur son fronton qui avait aujourd'hui presque disparu. Là où logeait Damien, se rappela Marguerite avec tristesse alors qu'elle s'approchait. Damien, que son père avait formé à l'époque où il officiait à Clermont, avant de venir ici, et qui était devenu son aide. Et son assassin. Jaloux de l'amour qu'elle portait à Charles, le valet n'avait pas supporté l'idée que le nouveau gendre, après lui avoir ravi la femme dont il était amoureux, prenne la place qu'il considérait comme lui étant destinée. Le drame s'était passé dans cette maison, et elle pouvait encore entendre aujourd'hui les cris au-delà des murs. Un peu plus bas encore, la grange pour les chevaux. Plus haut en remontant le degré sur la droite, un appentis et trois autres granges. Derrière l'une d'elles, l'atelier de son père où Charles avait appris l'art des onguents et où il recevait les pauvres pour les soigner gracieusement.

Un moyen de vivre le mieux possible la douleur devenue bourreau pour être avec Marguerite, il dispensait sur l'échafaud la journée. « Le bon bourreau. » Ce surnom scandé dans la foule revenait à la mémoire de Marguerite alors qu'elle arrivait devant les marches de l'escalier qui menait à la maison. Elle revoyait encore Charles s'asseyant là, toujours à la même place, pour respirer l'air du petit matin après avoir travaillé toute la nuit. Puis elle grimpa jusqu'à la porte d'entrée.

* * *

L'exécuteur en titre de Joigny était sombre mais poli. Sa femme, frêle et discrète, se tenait derrière lui, un air gentil dans les yeux malgré sa timidité affichée, conséquence fréquente d'une condition qui amène à vivre à l'écart. Dans la petite salle que Marguerite reconnut sans peine malgré le mobilier différent et des tissus tendus aux murs pour conserver la chaleur, ce qui était rare pour un ménage de cette condition – l'homme était un ancien tisserand qui avait décidé de racheter la charge par souci de sécurité –, des enfants de tous âges couraient en tous sens, certains se cachant sous la table pour mieux observer la curieuse visiteuse.

Une famille harmonieuse.

L'image de ce que Charles et elle auraient dû devenir.

Ce qu'avait entrevu Marguerite sur le pas de la porte de la maison des Fossés la renvoyait sans cesse à son propre échec. Le coche d'eau quittait la rive, se laissant porter en douceur par le courant de la rivière qui les emmenait dans la brume matinale vers Paris, et la scène n'avait cessé de l'obséder depuis qu'elle avait refusé poliment l'invitation à entrer, s'excusant de les avoir dérangés. Une émotion amère l'avait dès lors submergée, finissant de ternir ce voyage dont elle revenait bredouille, et ce malgré le plaisir des retrouvailles. La séparation d'avec le vieux comte de Sainte-Croix avait été empreinte d'une douceur profonde alors qu'ils échangeaient la promesse un peu naïve de se revoir un jour prochain. Le père de Saintonge avait tenu à les accompagner, ainsi que Defosse, et elle les saluait toujours, là, à l'arrière de l'embarcation, tenant encore quelques instants le filin du temps qui la reliait à eux. Des petites silhouettes parmi d'autres sur la berge, et qui disparurent au détour d'un virage arboré.

— Je sais que ça n'a pas dû être facile pour toi, tout ça, fit enfin Marguerite à Henri, rompant le silence, alors que la vallée de l'Yonne s'évanouissait derrière eux.

Henri s'était muré dans le silence depuis qu'il avait fui le château la veille. Prostré sur sa couche, il avait refusé de se nourrir le soir venu et avait à peine touché à l'eau que sa mère l'avait prié de boire. Un mal-être le tenaillait face à ce qu'il venait de découvrir. L'histoire de sa famille qu'il ne connaissait jusqu'alors que par bribes, et dont les pièces s'étaient soudainement ajustées les unes aux autres, lui dévoilant ainsi ses origines. Et il n'acceptait pas. Il ne s'y reconnaissait pas. Il n'arrivait pas à tisser de lien entre cette cité morte qu'il avait traversée comme dans un mauvais rêve et un passé supposé être le sien, puisqu'il y était né. Cet oncle fou qui l'avait terrifié. La vérité sur ses parents. Il avait compris qu'il ne s'était jamais demandé comment son père, un temps soldat, était devenu exécuteur, ici, à Joigny. Peut-être à cause de la fameuse rupture dans sa vie quand il était enfant. À cet âge où on commence à s'interroger sur ses propres racines, alors que lui avait décidé de les rejeter. Ainsi son père était le fils d'un comte, et il avait pris la décision de tout abandonner et de devenir bourreau pour épouser sa mère.

« Il y a des choses que l'on décide parfois dans la vie, et qui bouleversent celle des autres. »

Dont la sienne encore aujourd'hui. La voix de celui qui était aujourd'hui comte par dépit était revenue en écho toute la nuit dans sa tête ensommeillée. Il se surprit à ressentir de la compassion pour cet homme inquiétant, voire menaçant, à l'esprit très certainement embarrassé. Après tout, Paul n'était qu'une victime de la décision d'un autre, tout comme lui. Tout en ne pouvant contenir un sentiment d'admiration pour son père – aurait-il fait la même chose pour Madeleine ? –, il s'évertuait à le maudire. Et pourtant, quelle plus belle preuve d'amour ? avait-il admis en silence. La nuit durant, son combat intérieur avait été rude et lui apparaissait encore sans issue alors qu'ils revenaient vers Paris. Il n'avait plus qu'une idée en tête maintenant qu'il avait fait ce qu'on lui avait demandé.

Retrouver Madeleine.

— Tout ce que je fais, c'est pour toi, Henri, lui déclara sa mère, qui s'était tenue silencieusement assise à ses côtés jusqu'alors.

Les corps des passagers somnolents tanguaient légèrement d'un côté à l'autre comme un seul. Le voyage du retour serait plus rapide. Dans ce sens, nul besoin de bœufs pour tirer le navire. Il descendrait tranquillement la rivière, se laissant porter par le courant jusqu'à Paris.

— Tu comprends ? reprit-elle après un nouveau silence. Tout ça, tout ce que j'ai fait, c'est pour que tu deviennes le prochain bourreau de Paris.

La sentence avait claqué dans la tête d'Henri comme un coup de fouet.

Il prit sa décision dans l'instant.

XV

Un petit galetas sous les combles. Aussi lugubre que des milliers d'autres loués au mois, à la semaine, parfois même à la journée ou à la nuit, pour quelques sols, ou même à l'heure pour le plus démuni, exsangue ou contrit de froid l'hiver, dernier espoir quand la mort guette si par malheur on se laisse aller au sommeil sur le pavé verglacé. Dans ces bâtiments, où ascension ne rimait pas avec prospérité, « plus haut l'étage, plus bas la classe », disait-on, les escaliers menaient à l'enfer. Une petite chambre dans le meilleur des cas, une mansarde ou une remise, le moindre recoin était loué par celui qui se faisait appeler pompeusement « locataire principal », lui-même rétribué par un logeur souvent aubergiste, hargneux et inflexible quand il s'agissait de ne pas faire de sentiment face aux miséreux qui pourraient lui filer entre les doigts à la cloche de bois, et surtout soumis à l'œil de la police avec son registre qu'il devait tenir à jour. De l'autre côté de la ville, dans les beaux quartiers vers les faubourgs Saint-Honoré et Saint-Germain ou vers le Marais, les propriétaires de ces bouges, personnages bedonnants de fierté, bien au chaud dans leurs salons dorés, s'enorgueillissaient de leurs affaires qui fleurissaient chaque jour un peu plus sur le dos de la misère de passage, louant toujours plus cher et à plus nombreux une carrée toujours plus pouilleuse, dans des immeubles qu'ils entretenaient le moins possible.

— Henri ? fit Madeleine, ahurie, quand elle le découvrit sur le pas de sa porte. Mais où étais-tu ? Ça fait des jours que tu as disparu ! Quand j'ai appris que tu avais été libéré du Châtelet, je t'ai cherché partout, continua-t-elle alors qu'elle s'était laissée aller à une étreinte douce. Même Juan ne savait pas où tu étais.

— J'ai dû m'absenter quelque temps, s'excusa vaguement Henri, ne voulant pas évoquer le voyage à Joigny avec sa mère.

Il voulait la garder tout contre lui, encore un peu. Il avait tellement pensé à ce corps pendant toutes ces journées. Il avait tellement eu peur qu'il n'ait été brisé. Ou, pire, qu'il ne puisse plus jamais le toucher.

— J'avais besoin de prendre l'air, reprit-il après un silence partagé en douceur, la laissant finalement se détacher.

— Mais où ?

— À la campagne.

— Mais tu n'as pas été jugé ? Ils t'ont laissé sortir comme ça ? Tu ne t'es pas échappé, au moins ? Tu n'es pas en cavale, dis ?

— Mais non ! rétorqua Henri en feignant de rire. Ils ont dû considérer que j'étais innocent, éluda-t-il pour ne pas expliquer comment le commissaire de quartier lui-même avait usé de son influence pour le faire libérer, et ce grâce à sa mère.

— Mon Dieu, j'étais tellement inquiète ! poursuivit-elle. La dernière fois que je t'ai vu, tu étais bien amoché.

— Il ne s'en est pas sorti indemne non plus, se vanta aussitôt Henri alors qu'il observait la chambre de Madeleine par-dessus son épaule. C'est ici que tu vis, alors ?

La piaule avait beau être entretenue – un baquet et un balai étaient rangés dans un coin –, elle restait sale. Cette saleté contre laquelle on ne pouvait rien, faute de moyens, faute de temps, et aussi faute de courage, après une journée entière à battre et à laver. Dans la soupente et au plafond, là où des pans entiers de plâtre s'étaient détachés il y a longtemps, les lattis ajourés laissaient passer de fins rais de ciel qui venaient strier le parquet poisseux et taché. Sur une partie d'un mur, une paroi si mince qu'on pouvait entendre le galeux de la chambre d'à côté se gratter frénétiquement en grognant, pendaient les restes d'une tapisserie pourrie de moisissure aux motifs fleuris passés. En guise de meubles, une petite table sur laquelle étaient soigneusement alignés deux cuillères en étain noirci, un couteau au bout arrondi et deux écuelles en fer-blanc écornées. Un grabat aux pieds de guingois était placé juste en dessous d'un soupirail qui donnait sur l'arrière-cour de l'immeuble. Les jours de vent, le son de la Seine frappant les piliers du pont Notre-Dame, pas très loin, parvenait aux plus chanceux qui avaient trouvé une place dans un des garnis de cet immeuble. Posé sur un tabouret, seul le joli bonnet en dentelle – celui-là même que Martin avait arraché lors de leur altercation sur les quais, se rappela soudain Henri avec colère – apportait une touche de douceur dans ce décor brutal, comme le parfum du savon à la lavande que la blanchisseuse ramenait par petits bouts cachés sous sa jupe pour se laver, si par chance un porteur d'eau prenait la peine de monter jusqu'ici.

— Ce n'est pas un palais, n'est-ce pas ? fit-elle, un peu gênée. Tu ne devrais pas rester là, Henri. Il pourrait revenir n'importe quand.

— Mais je l'attends, rétorqua fermement le jeune homme alors qu'il forçait l'entrée, remarquant immédiatement par terre la forme d'un type emmitouflé qui semblait dormir, coincé entre la porte et le coin, la face tournée vers le mur. C'est qui, lui ?

— Un type arrivé ce matin. Un journalier qui travaille aux vergers de Chaillot, je crois. Tu sais, ici, on n'a pas trop le choix. Sinon c'est toi qu'on met dehors. Il ne sera plus là ce soir. Henri, s'il te plaît, j'ai peur qu'il revienne. Pars.

— T'inquiète, il doit être occupé à cette heure. Viens là, lui murmura Henri alors à l'oreille tandis qu'il l'étreignait à nouveau, plus fort et plus longtemps cette fois-ci.

Jusqu'alors il n'avait osé qu'un baiser sur la joue, ou lui prendre la main quand ils se promenaient sur les quais ou dans les allées des Tuileries. Ou les quelques fois où il l'avait emmenée aux guinguettes vers la Courtine ou le quartier du Porcheron, loin des yeux de celles et ceux qui auraient pu les donner et briser leur idylle. Là, dans cette mansarde vétuste qui devenait son paradis sur terre, il la tenait fermement contre lui, et il sentait son corps à elle se fondre au sien, se laisser aller à ses formes et à sa chaleur, respirant son parfum de lavande et ressentant son petit souffle dans sa nuque. Il écoutait sa légère respiration, comme celle d'un petit animal qui se laisserait appréhender gentiment, rassuré par la douceur de la main qui se portait sur lui pour le caresser. Puis doucement, leurs joues se frôlèrent, la bouche de l'un à la rencontre de celle de l'autre, les commissures des lèvres qui se touchent et qui s'accolent.

Pour la première fois.

— Tu ne vas pas encore repartir, dis ? lui murmura Madeleine, sa bouche ouverte à la sienne.

— Non, je ne repars plus, la rassura doucement Henri. Je ne te quitte plus. Je serai toujours là, pas loin. Et puis… hésita-t-il.

— Quoi ?

— Je me disais qu'on pourrait avoir notre endroit à nous.

— À nous ? s'étonna la blanchisseuse, les battements de son cœur en chamade.

— Bah oui, quoi ! Une piaule pour se retrouver. Tous les deux, tu vois ?

— Tous les deux ? balbutia Madeleine, aux prises avec la panique mêlée à l'envie qui la rongeait. On n'a pas les moyens d'avoir une piaule ! Mais peut-être… fit-elle alors, pensive.

— Peut-être ?…

— Il y aurait bien un endroit.

— Où ça ?

— La pompe de la Samaritaine, sur le Pont-Neuf. Elle est vide depuis qu'elle est en panne. Et j'en connais qui occupent clandestinement les fondations.

— Oui, j'en ai entendu parler par Juan, se souvint-il. C'est un peu la cour des miracles là-dedans, non ?

— Ce ne sont pas des gens fréquentables. Il faudra faire attention. Mais la flicaille n'y vient jamais. Je pourrais arranger ça, qu'est-ce que tu en dis ? lui demanda la jeune femme, un peu espiègle.

— J'en dis que tu ne cesseras jamais de me surprendre.

Un baiser. Encore un. Et son rêve à lui prenait forme.

Plus rien ne leur importait désormais. Ni l'arrivée inopinée de Martin ni le crève-la-faim qui pionçait bruyamment dans la poussière contre le mur.

Juste leur histoire qui ne commençait qu'à peine.

Sans un mot. Juste un soupir.

Elle s'ouvrit finalement à lui, et l'accueillit en elle.

* * *

Sa chambre était vide. Son lit n'était même pas défait. Henri avait disparu depuis leur retour. En proie à la panique, Marguerite s'efforça de ne rien laisser paraître. Il lui fallait le retrouver au plus vite, et le plus discrètement possible. Par chance, aucune exécution n'avait été décidée pour les jours à venir. Henri ne serait donc pas appelé sur l'échafaud. Après avoir préparé une nouvelle décoction, elle se rendit rue d'Enfer pour s'occuper de Jeanne, qui réclamait ses soins après plusieurs jours d'absence. Si son état était stable, des douleurs la reprenaient parfois et la contraignaient à garder le lit. Clément n'avait pas quitté son chevet.

— J'ai préféré rester, comme tu n'étais pas là, lui confia-t-il.

Il était heureux de revoir sa cousine, mais ses traits tirés trahissaient la fatigue qui s'accumulait.

— J'ai préparé une nouvelle recette, le rassura aussitôt Marguerite. Tu la lui donnes dans de l'eau bien chaude. J'ose croire que ça devrait l'aider.

— Tu repars ? s'inquiéta son cousin, la voyant sur le point de le quitter alors qu'elle venait à peine d'arriver.

— Oui, je dois m'occuper du comptoir, se justifia Marguerite. Et j'ai des patients qui m'attendent. Mais je reviens ce soir.

— C'est-à-dire que je ne suis pas allé au pilori depuis des jours…

— Reste auprès d'elle. Elle a besoin de toi. Tout va bien là-bas, ne t'inquiète pas. Et puis il n'y a aucune exécution de prévue, si ?

— Non, répondit Clément, pensif. Et Henri ? Le voyage ?

— Ça lui a fait le plus grand bien ! affirma Marguerite avec un large sourire. Il va mieux. Il a compris beaucoup de choses…

— Ah !… Tant mieux alors… soupira le bourreau, qui retournait déjà au chevet de sa femme.

* * *

Elle n'était pas dupe, et Marguerite le savait. Quand elle la pria de tenir le comptoir le temps pour elle de régler une affaire qui ne supportait aucun délai, Rose opina légèrement de la tête en guise d'accord, silencieuse.

— Et si on a besoin de soins ? finit-elle par demander alors que Marguerite s'apprêtait déjà à sortir.

— Qu'ils reviennent un autre jour, lui répondit celle-ci en fermant prestement la porte derrière elle, coupant ainsi toute possibilité de discussion.

Rose avait compris que quelque chose n'allait pas, et le prétexte d'une « affaire à régler » n'avait certainement fait qu'accroître ses suspicions. Marguerite le savait mais peu lui importait, alors qu'elle débouchait déjà sur le quai de la Mégisserie. Une seule chose comptait ici et maintenant : trouver Henri et le ramener au pilori.

Sur les quais, entre le Pont-Neuf, avec sa pompe en panne au fronton baroque, et le pont au Change, avec sa rangée d'immeubles qui coupaient de leur hauteur la perspective de la rivière, l'activité était comme nulle part ailleurs dans toute la ville, et le capharnaüm assourdissant. Accrochés par des câbles aux piliers du pont, des bateaux à roues à aube battaient l'eau pour moudre le grain, tandis qu'un peu plus bas le bateau-moulin de la Gourdine laminait le métal pour frapper la monnaie. Juste à côté, des blanchisseuses, le corps hors des bateaux-lavoirs, voûtées sur le courant de la Seine, criaient pour mieux s'entendre ou se haranguaient en tapant leur linge. En tous sens, les embarcations de transport de marchandises, chargées de bûches, de fumier, de blé, de bêtes, croisaient les trains de bois, ce qui occasionnait des engorgements quand il s'agissait de passer sous les arches. L'un d'entre eux avait heurté un coche d'eau en partance pour la province, effrayant les passagers, alors qu'un batelet pour Saint-Cloud se frayait un passage entre les galiotes des plus riches et les bacs rudimentaires et sans protections des passeurs pour l'autre rive. Cris, hurlements, invectives, injures, meuglements et bêlements, le charivari se mêlait au chahut sourd de la pompe du pont Notre-Dame, un peu plus haut en amont, qui parvenait jusque-là porté par le vent.

Marguerite remontait le quai, son mouchoir sur le nez. La Seine empestait les jours de chaleur comme aujourd'hui. Abats déversés par les bouchers juste derrière le Grand Châtelet, cadavres évidés par les étudiants de la rive gauche, eaux sales des tanneries de la Bièvre, jus des monceaux de fumier qui stagnaient sur les barges amarrées aux ports, excréments déversés par les nettoyeurs d'aisances, noyés, l'eau que les Parisiens buvaient était surtout la voie par laquelle la ville se nettoyait de ses immondices. Marguerite manquait d'étouffer et retenait la nausée, mais elle avançait, se frayant un chemin dans la foule vers la fameuse vallée de la Misère, là où Henri avait été aperçu par les exempts du commissaire, ce qui nourrissait un peu plus ses craintes. À cet endroit, le courant de la Seine était plus fort qu'ailleurs à cause des arches des deux ponts non alignées, et les noyades y étaient fréquentes. Elle savait aussi que les quais étaient le terrain d'observation privilégié des mouches de la police. Elle s'engonçait quand elle sentait des regards s'attarder sur elle, ou quand elle se croyait suivie, et fendait la masse, regardant partout, dévisageant chacun, s'arrêtant sur une personne de dos qui aurait pu ressembler à Henri. Les corps se croisaient, on la frôlait, on la heurtait même, sans une excuse, à peine un regard, parfois une apostrophe murmurée. Badauds louches, vagabonds, mendiants se faufilant comme des rats entre les tables, les tréteaux et les caisses qui obstruaient la voie. Le vacarme était indescriptible, agressif, crissements des roues de charrette sur la chaussée sale, engueulades, aboiements, camelots s'égosillant et prostituées aguicheuses qui baratinaient. La respiration de Marguerite s'accélérait, sa gorge sèche se serrait, et tous les muscles de son corps étaient tendus comme une protection. Elle essayait de garder son calme, alors qu'il lui semblait que la foule tournait toujours plus nombreuse autour d'elle, et lui donnait l'impression d'être une toupie. Elle tanguait sur ses jambes mal assurées sur les pavés saillants et glissants quand on la poussa sur le côté, soudainement, violemment, manquant de la faire tomber à l'eau. Une voiture à chevaux avait déboulé à toute vitesse sans crier gare, et celui ou celle qui venait très certainement de lui sauver la vie avait déjà disparu dans la masse. Marguerite resta un moment assise, tout au bord, en aplomb de l'eau. Elle décida malgré tout de reprendre son chemin et d'aller jusqu'au bout. Elle progressa encore un peu, là où des boutiques riches qui vendaient des tissus et des épices côtoyaient les échoppes improvisées de curiosités et de colifichets. Des enfants riaient devant un spectacle de marionnettes alors qu'on criait au vol. Un immeuble qui faisait le coin entre le quai et le pont au Change se dressait déjà devant elle, avec le Grand Châtelet sur sa gauche. Marguerite comprenait qu'elle avait atteint le bout du quai.

Et Henri restait introuvable.

* * *

— Tu étais où, toute la journée ? demanda Rose.

À peine rentrée à la maison du pilori, Marguerite était retournée dans la chambre d'Henri avec l'infime espoir de l'y retrouver. Un espoir aussitôt déçu. Alors elle s'était assise sur le lit et regardait la petite pièce en ordre, cherchant du regard un indice qui l'aurait mise sur la voie. Perdue dans ses pensées, elle n'avait pas vu Rose, qui se tenait sur le pas de la porte.

— Des soins, se justifia Marguerite, le sourire un peu forcé. Une jeune fille est arrivée chez Agnès. Ça ne se passe pas très bien.

— Et Henri ? continua la vieille femme. Où est-il ? Je ne l'ai pas revu depuis votre retour de Joigny.

— Henri ? répondit-elle, l'air volontairement détaché. Tu le connais... En balade quelque part, certainement, continua Marguerite en forçant une assurance désinvolte.

— M'sieur Clément te demande à l'Enfer ! annonça, essoufflé, P'tit Rouquin, qui venait de débouler sans prévenir. Jeanne, ça va pas du tout !

— Je dois y aller, Rose, s'excusa Marguerite, coupant court à la discussion.

* * *

Les cris résonnaient dans toute la maison. Des cris de bête. Des hurlements, rauques d'abord, qui finissaient en expirations stridentes, avec un filet d'air comme le soufflet du forgeron qui finirait de retomber. Puis Jeanne se cambra à nouveau. Son dos s'incurvait sous l'effet de la déflagration de la douleur qui la traversait par houles. Son corps devenait alors aussi raide qu'un morceau de bois, à tel point qu'une seule personne ne suffisait pas à la rallonger. Marguerite la tenait alors par les épaules, tandis que Clément la prenait par la taille, et les jumeaux par les jambes et les chevilles. Son corps suintait comme celui d'un gros poisson, avec le tissu qui lui collait à la peau, pâle et translucide, marquée par son ossature qui faisait saillie par endroits. À peine Jeanne avait-elle avalé la soupe que Marguerite lui avait préparée tout exprès, y ayant ajouté la poudre qui la soulageait pourtant si bien depuis quelques semaines, que le feu la reprenait. Jusqu'à ce qu'elle s'endorme enfin.

* * *

— Pouvez-vous m'accompagner cette nuit ? demanda Marguerite au commissaire.

Elle s'était arrêtée à la maison de l'officier de quartier. L'idée lui était venue alors qu'elle avait quitté la rue d'Enfer par la rue du Paradis et passait les grilles Saint-Denis dans la rue du même nom qui filait tout droit vers le centre de Paris, laissant derrière la Nouvelle-France, en partie encore maraîchère. Rassurée par les Vairon et Louché, qui resteraient sur place et prêteraient main-forte en cas de nouvelle crise, elle avait quitté son cousin qui s'était endormi dans le fauteuil juste à côté du lit de Jeanne. La rue était calme en cette heure de fin de journée, ce qui lui fit du bien. Bientôt la foule des manœuvriers, charpentiers et tailleurs de pierre qui travaillaient sur les nombreux chantiers en ville, regagneraient leurs logis dans les faubourgs, s'arrêtant pour une chopine dans une guinguette à la Courtine, juste derrière, tandis que dans les maisons cossues le beau monde se préparerait à sortir pour le souper un peu plus tard. Un moment étonnamment calme mais aussi dangereux, car le guet n'était pas encore à son poste. Marguerite marchait et repensait aux cris de la malade ; elle revoyait son corps abîmé et le désarroi sur le visage exsangue de Clément, mais Henri n'avait pas non plus quitté son esprit une seule seconde. Et elle était décidée à retourner sur les quais cette nuit même, malgré tous les dangers que cela comportait.

— Marguerite, ce n'est pas une bonne idée, lui fit le commissaire Espinasse, qui était descendu pour la retrouver dans l'entrée.

— Je veux en avoir le cœur net, répondit Marguerite. Vous m'accompagnez ou pas ?

— J'imagine que si je ne vous accompagne pas, vous irez quand même ?

Ils s'étaient donné rendez-vous à neuf heures. À ce moment de la soirée, la foule affluait à nouveau dans les rues. Les uns sortaient au spectacle, quand les autres allaient souper ou boire dans les cafés, et le désordre de la nuit qui s'installerait immanquablement sous les lumières ponctuelles des rares réverbères ou des quelques boutiques encore éclairées était une couverture parfaite pour celui qui voulait déambuler sans être vu.

La faune sur les quais était différente à cette heure. La nuit conférait au lieu un autre aspect, une autre atmosphère. Derrière, le bruit sourd de la pompe Notre-Dame masquait à peine le chuintement sur le pavé de la mort, autour des tas de bois ou de charbon laissés sous bâche pour la nuit, sous la surveillance de commis, gardes d'un soir déjà assommés par l'eau-de-vie. Dans cette masse des spectres sans noms, les épaules voûtées, zyeutant sur les côtés en quête d'une proie ou d'un client, Marguerite et le commissaire jouaient le couple qui badaude de retour de souper ou d'un spectacle. Elle scrutait chaque visage qui se devinait à peine dans l'ombre d'un chef. Le commissaire, lui, arrêtait les créatures qu'il reconnaissait comme ses mouchards. On aurait bien entendu parlé d'un « élégant » dans le coin, et la description de sa veste bleue ne laissait plus la place au doute. Le cœur de Marguerite ne s'emballa qu'un peu plus quand des cris percèrent le faux calme cotonneux et somnolent de la nuit avancée.

— On se bat là-bas, près de l'eau, marmonna un drôle de bonhomme avec une tête de rat qui se tenait dans l'ombre juste à côté d'eux, et que le commissaire reconnut non seulement comme un portefaix, mais surtout comme étant une des mouches de Noyeux.

Le sang de Marguerite se glaça dans ses veines. À peine le temps de distinguer les deux corps qui s'affrontaient violemment que les deux hommes tombèrent à l'eau. L'un d'entre eux portait une veste bleue.

— C'est Henri ! cria Marguerite en se précipitant sur les bords des quais, là où une petite troupe de curieux s'agglutinait déjà.

Seule l'écume occasionnée par la bagarre dans l'eau sombre permettait de situer encore les corps. L'un des deux prenait le pas sur l'autre, il y aurait forcément un mort.

— Mais il faut les arrêter ! protesta Marguerite alors que les quelques badauds commentaient la rixe comme un vulgaire spectacle de rue. Personne ne va plonger ?
— T'es folle, ma belle ? lui répondit une prostituée. Sauver de la noyade, ça ne rapporte rien. Alors que ramener un mort, y a la prime du sauveteur.
— Non mais, vous n'allez pas attendre qu'ils meurent pour les chercher ? s'offusqua Marguerite alors que l'eau reprenait son cours habituel, augurant la fin du combat.
— Mais attention ! reprit un malingre qui tournait autour du charbon plus tôt, faudrait pas que la police nous accuse de l'avoir occis ! Vaut mieux les laisser dans l'eau, le pied attaché à une corde, moi, je dis !
— Ici ! fit un autre, le doigt tendu. En v'là un qui bouge encore.

Sans que Marguerite s'en rende compte, le commissaire avait retiré sa veste et ses bottes, et plongea dans la direction indiquée, provoquant la déception chez ceux qui escomptaient encore soutirer une pièce de l'événement. Le corps ramené près de la rive, il fut hissé aussitôt sur la berge. S'il s'agissait bien de sa veste, l'homme inanimé qui la portait n'était pas Henri.

— Il est mort ? demanda prestement Marguerite.

— La boîte ! ordonna le commissaire, trempé, qui avait déjà collé son oreille sur la poitrine du noyé. Vite, il y en a une au corps de garde, là-bas, dit-il en indiquant du menton le petit bâtiment d'où des gardes ensommeillés sortaient enfin pour venir à leur rencontre.

— Il a certainement volé la veste d'Henri, et c'est pour ça qu'ils se battaient, paniqua Marguerite. C'est bien Henri, l'autre !

Mais les efforts du commissaire furent vains. Malgré l'utilisation de la machine fumigatoire, « le souffle au cul », de la fumée de tabac soufflée dans le fondement, puis l'administration d'eau-de-vie camphrée avec du sel d'ammoniac, l'homme était décédé, attisant la convoitise des uns et des autres, chacun se déclarant le premier à avoir donné l'alerte. Marguerite, elle, se tenait sur le bord de la berge, scrutant l'obscurité, à l'affût du moindre mouvement dans l'eau, un semblant d'écume qui serait la preuve d'un reste de vie.

Mais rien. La rivière sombre restait désespérément calme.

* * *

La masse inerte et anonyme glissait entre les premiers batelets de la matinée, passait sous l'arche du Pont-Neuf, puis longeait tranquillement le Louvre sur le côté, heurtant un des piliers du Pont-Royal, avant de contourner l'édifice poussé par le courant, pour finalement s'échouer sur la grève de l'île des Cygnes, comme tant d'autres noyés avant lui. Là, retourné, la face vers le ciel, Henri regardait les cieux de ses yeux écarquillés, comme effaré, surpris par la fin impromptue de sa vie. De sa bouche mollement ouverte un ver gras et luisant s'extirpait tranquillement pour glisser sur sa joue creusée, tandis que des gros rats s'immisçaient déjà sous sa chemise pour déchirer sa peau mince et verdâtre et se repaître de ses entrailles. Un peu plus loin, un débardeur ameutait la garde, espérant toucher la prime du noyé.

La scène de son cauchemar n'avait cessé d'obséder Marguerite depuis son retour tard dans la nuit, puis durant la journée qui suivit. Le commissaire Espinasse lui avait promis d'enquêter du côté de la faculté de médecine, gourmande de corps pour leurs cours d'anatomie. S'il était coutume que la faculté achète les dépouilles des suppliciés non réclamées au bourreau, les étudiants ne se gênaient pas pour donner la pièce au gagne-denier qui leur apporterait un noyé sans identité. Marguerite fit aussi envoyer P'tit Rouquin du côté des ports et des grèves en aval, au cas où son mauvais rêve se serait avéré une prémonition.

Une scène qui ne l'avait pas lâchée, encore plus poignante maintenant qu'elle se trouvait devant l'entrée de la basse-geôle. Un peu plus tôt, le commissaire était venu la retrouver à son comptoir pour lui annoncer que le corps d'un noyé avait bien été trouvé dans la nuit et porté à la morgue. Elle s'y était rendue toutes affaires cessantes. Là, dans un réduit à demi sombre tout juste éclairé par une méchante petite fenêtre, des cadavres de noyés, suicidés ou simplement retrouvés sur la voie publique, étaient déposés, certains depuis assez longtemps pour que la puanteur de la décomposition agresse le nez du visiteur venu vérifier une identité par la lucarne grillagée. Comme celle du fameux noyé de la nuit, qui finirait comme le veut la coutume entre les mains des filles hospitalières de Sainte-Catherine pour être lavé puis enseveli dans la fosse des Innocents par leurs soins.

Mais le corps, dont la poitrine avait déjà été sciée en son milieu pour l'autopsie, créant une ouverture béante, n'était pas celui d'Henri.

Au grand soulagement de Marguerite, son fils était toujours vivant, quelque part.

XVI

— J'ai eu la peur de ma vie, murmura Marguerite. Heureusement que le commissaire était avec moi.

— Il t'aime bien, la taquina Agnès. Non ?

— Qu'est-ce que tu racontes ? Et puis tu crois vraiment que j'ai la tête à ça ?

— Mais je sais bien. Il ne faut pas t'inquiéter. Henri est quelque part, pas loin, et il va bien. Il doit être perturbé par votre voyage. Il a besoin d'air.

— Besoin d'air ? Vers le cimetière des Innocents ? se gaussa Babet, qui les rejoignait à son tour. Y a plus sain comme air, vous pouvez me croire !

Le Cep de Vigne était un petit estaminet au beau milieu dc la rue de la Vieille-Monnaie. Au pied de la devanture ocre décrépie, quelques tonneaux hauts faisaient office de tables autour desquelles on pouvait consommer debout.

— Babet ! C'est pas la peine d'en rajouter, la reprit la sage-femme.

— Ton mari ? demanda encore Marguerite à Agnès. Il n'aurait rien vu vers les quais ?

— Tu penses bien qu'il me l'aurait dit. Et puis il va rarement du côté de la Mégisserie.

— Pas des bons coins, tout ça, commenta encore la grosse tapissière absorbée par la foule qui s'amassait tout autour. Ça y est, ça commence, on n'aura pas attendu longtemps !

L'ambiance s'agitait devant les ateliers qui se succédaient dans la rue. Des femmes d'abord, rapidement rejointes par des compagnons cordonniers, tapissiers, imprimeurs ou même perruquiers, eux d'habitude si indolents quand il s'agissait de réclamer plus de justice au travail. Un peu partout, on se réunissait par petits groupes sur le pavé, certains partageant leur colère, d'autres évoquant une cabale plus tôt dans la matinée rue du Faubourg-Saint-Antoine. On y aurait même cassé des outils. Un peu plus loin, un maître serrurier haranguait son compagnon qui menaçait de jeter son tablier. Quand l'un accusait l'autre de transformer en tabagie l'arrière-cour de son atelier en son absence, l'autre reprochait à l'un de l'abuser, entraînant avec lui un apprenti l'air un peu benêt qui ne comprenait pas très bien la situation. La femme du maître verrier serait une despote considérant son ouvrier comme un domestique, le maître drapier un avare dont Molière s'était forcément inspiré ; en retour, les compagnons ne seraient que des cupides versatiles qui ne respectaient pas leurs contrats, quittant un maître pour un autre, là où ils seraient mieux payés, où se ruant place de Grève quand on embauchait à bon prix. À l'intérieur de la taverne, l'insubordination sourdait aussi. La rumeur se répandait par les ruelles, des réputations étaient en jeu, et la révolte était dans l'air.

— Mais qu'est-ce qui se passe encore ? demanda Agnès.

— Une ouvrière en miroir a été retrouvée morte tout à l'heure, répondit gravement Babet. Elle saignait du nez depuis des jours et écumait de la bouche. Le mercure. Comme si un mouchoir sur la bouche suffisait. Faut pas chercher plus loin. Alors du coup, ça délie les langues et libère les passions. Ça fait combien de temps que je vous dis que les conditions de travail des femmes ne sont plus acceptables. Regardez mes doigts, continua-t-elle, étalant sur le bois ses mains gonflées et mutilées, avec les phalanges piquées de petits trous.

— Mais c'est si important pour toi, qu'il récupère cette charge ? demanda encore Agnès à Marguerite, parlant plus fort pour se faire entendre malgré le brouhaha qui provenait de l'estaminet.

— C'est une promesse que Charles et moi avions faite à mon père avant qu'il ne meure, répondit Marguerite avec fermeté malgré l'émotion. Et je dois l'honorer.

— Comment feras-tu pour l'acheter ? continua Agnès. Tu n'as pas récupéré l'argent que tu comptais trouver à Joigny.

— J'ai des bijoux. Et puis… J'ai un autre bien à vendre, éluda son amie.

— Mais parfois les promesses ne sont pas tenables, Marguerite…

— La charge est dans la famille Corbeau depuis des générations ! Il est hors de question qu'elle en sorte. En tout cas pas à cause de moi.

— Elle a raison ! renchérit la grosse tapissière, qui surveillait d'un œil la garde du guet qui arrivait. Qui sait comment je nourrirai mes gosses, moi, demain, quand mes mains seront gâtées ? Bourreau, c'est une bonne situation. Et puis Clément est un bon patron. Jamais on n'a vu un de ses aides jeter son tablier.

— Parce que tu le ferais, toi, ce boulot ? se moqua Agnès.

— Moi ? Je sais pas. Et pourquoi pas ?

— Mais tu dis n'importe quoi, ricana la sage-femme.

— Bah quoi ? renchérit Babet, haussant les épaules. Une femme bourreau, ça s'est déjà vu, non ?

— Je ne sais pas, répondit Marguerite, qui se rappela alors ce jour où, travestie en bourreau, elle avait évité à Charles les souffrances affreuses de l'écartèlement en opérant sur lui un *retentum* à l'insu de la foule. Peut-être, oui.

— Comment ça s'appelle, d'ailleurs ? s'interrogea encore la tapissière. Une bourreaute ?

— Non, une bourrelle, murmura Marguerite, toujours pensive.

— Tu pourrais faire ça ? Vraiment ? insista encore Agnès.

— Ouais. Bon, j'aime pas trop le sang et tout ça. Mais pourquoi ce serait un métier d'homme après tout ? On en fait bien, nous, des métiers soi-disant d'homme ! Alors qu'eux, on les voit pas souvent coudre !

— Et toi ? demanda la sage-femme, perplexe, à Marguerite.

— Moi ?... répondit celle-ci, la tête définitivement ailleurs, sur un échafaud quinze ans plus tôt, à Joigny.

Déjà des gardes s'emparaient d'un compagnon qui en était venu aux coups de bâton. On s'attroupait autour, prenant parti pour l'ouvrier, alors que le maître arborait en pleurant son mouchoir taché de sang à la suite d'un coup reçu sur le nez.

— Non mais, regardez-le ! Cousson, t'es qu'un pleutre ! cria Babet au maître, qui feignit de l'ignorer par orgueil. Meurtrier ! Jean-foutre ! C'est dans l'esclavage que t'aurais dû faire fortune !

Babet se leva pour rejoindre un groupe de femmes qui s'était formé autour du maître miroitier, l'injuriant et le traitant d'assassin, les poings levés. L'homme ainsi poursuivi tâchait tant bien que mal de rejoindre son atelier pour s'y enfermer.

— Je dois te laisser, lui fit Marguerite, toujours à ses pensées.

— Quoi ? Tu t'en vas ? demanda Agnès.

— Oui, j'ai quelque chose à faire. D'urgent ! lui lança Marguerite en se dirigeant déjà vers la rue des Lombards, alors que les ouvrières des ateliers de la rue se réunissaient désormais autour de Babet, qui réclamait haut et fort à son tour le droit au respect pour les femmes, au même titre que les hommes.

L'idée folle lui avait traversé l'esprit et ne la lâchait plus. Une idée inconcevable ici, à Paris, dans ces temps où la femme devait rester à sa place. Mais Marguerite n'avait pas le choix. Dans quelques jours l'annonce du nouveau bourreau serait faite au prévôt de justice, et Henri restait introuvable.

* * *

La taverne des Lombards faisait le coin entre la rue du même nom et la rue Saint-Denis. Ses grandes fenêtres donnaient sur l'église Sainte-Opportune et offraient une vue idéale pour qui voulait être le témoin privilégié de la vie du quartier des Halles. De l'aube à la fermeture, les gens de métier respectables, artisans serruriers, tailleurs, rémouleurs, officiers mesureurs de grains, boutiquiers, marchands qui avaient laissé leurs étals sur la place des Halles un peu plus loin, mais aussi compagnons menuisiers ou tapissiers et leurs apprentis le temps d'une pause, jusqu'aux petits commis, porteurs d'eau ou gagne-deniers, se mélangeaient aux pires ribauds, triacleurs et charlatans de tout crin, chanteurs de fables, vendeurs de charmes et de poisons, mendiants et batteurs de pavés, méchants échappés de la justice et forçats marqués de la fleur de lys sur l'épaule parfois essorillés, et même aux écoliers de la rive gauche réputés pour leur esprit bagarreur. Sans oublier les archers et les gens d'armes de toute espèce, si ardents à la maraude en service et prompts à la sauvagerie parmi la truandaille. Tous, à un moment donné dans la journée, venaient boire pintes et chopines, pinçons d'eau-de-vie ou pots-de-vin souvent frelatés, parfois à plusieurs reprises jusqu'à la beuverie à l'heure avancée, tandis que les femmes partageaient un bouillon ou un verre d'alcool, certaines avec un nourrisson sur les genoux.

L'inspecteur Noyeux se fondait dans le flux humain. Sa petite taille et son aspect anodin l'y aidaient pour beaucoup. Il avait l'habitude qu'on ne le remarque pas – aucune femme ni même sa mère ne s'était jamais intéressée à lui –, qu'on ne lui adresse pas la parole, même pour se renseigner sur une direction à prendre, et cela lui seyait parfaitement. Il vivait ainsi, invisible, au milieu de ce monde hétéroclite, bruyant et puant, fangeux, lui qui ne disait mot et ne sentait rien. Il observait. Assis près de la fenêtre, comme à celles d'autres tavernes ailleurs dans le quartier dont il avait la charge, il regardait sans regarder, et écoutait sans en avoir l'air. Quand il avait fini une filature ou sa journée, il se posait tranquillement à une table avec vue, commandait un verre de vin d'Argenteuil et demandait un encrier et une plume, puis ouvrait son fameux registre. Parfois un individu louche venait s'asseoir un instant en face de lui, l'une de ses nombreuses mouches, le temps de quelques mots que seul le policier pouvait entendre, avant de repartir aussitôt, après un salut contrit, le chef mou tordu entre les mains, ou le châle de laine remonté sur les épaules, comme pour s'assurer qu'il n'aurait pas été aperçu en sa compagnie. Une information qui viendrait compléter le pedigree de celles et ceux qu'il avait déjà fait arrêter ou qui pouvaient potentiellement l'être, alors qu'il inscrivait soigneusement dans des colonnes bien tracées et par ordre alphabétique nom, prénoms, lieu de naissance, demeure quand ils en avaient une, prison, dates et motifs d'arrestation, antécédents, agissements et habitudes s'ils en étaient sortis. Des milliers de vies s'échouaient jour après jour dans les pages du cahier de l'inspecteur, jeunes pour beaucoup, souvent issues des campagnes, migrant à la capitale en quête d'un travail, poussées par la misère et ses accointances malicieuses sur la pente raide qui faisait d'un simple journalier un filou, d'une jeune fille encore naïve une marcheuse, d'une honnête personne un assassin.

Le mouchard, un portefaix râblé et malodorant affublé d'un museau de rat jaillissant d'une fourrure de crin qui tapissait ses grosses joues, n'avait pas pris la peine de s'asseoir. Ses deux grosses paluches sur la table, penché vers l'inspecteur qui ne daignait même pas le regarder, il susurrait son information du jour en quelques mots, avant de repartir se fondre dans la masse crasseuse.

Quelques mots qui firent sourire Noyeux alors qu'il inscrivait soigneusement de son écriture impeccable : « Carl – Pont-Neuf ».

* * *

— Tu es folle, ma fille, se renfrogna Rose alors qu'elle desservait la table.

Marguerite n'avait pas attendu la fin du repas pour exposer son idée à ceux qu'elle considérait comme des parents et en qui elle avait une confiance absolue. Rose et Jacques l'avaient écoutée, elle s'offusquant à l'écoute d'une telle idée, lui muré dans un silence attentif.

— Je l'ai déjà fait une fois, insista encore Marguerite.

— Une journée ! la reprit la cuisinière. Une seule journée ! Et tu n'étais pas seule. Et à Joigny ! Je te rappelle qu'ici nous sommes à Paris ! Ce n'est pas le même rôle !

— Je n'ai pas le choix. La Saint-Jean arrive et Clément doit annoncer sa décision au prévôt. Il me faut encore du temps pour retrouver Henri et le ramener à la raison. De toute façon, je suis décidée, fit-elle d'un ton qui ne supportait pas la contestation. Je suis consciente du danger que cela implique, mais je suis prête à tout pour arriver à mes fins.

— Et que va dire Clément ? s'entêta encore celle qui avait élevé Henri comme son propre enfant. Il n'acceptera jamais une telle proposition !

— J'en fais mon affaire.

— Il ne sera pas dupe, ajouta la femme du valet qui, lui, assistait toujours silencieusement au débat.

— On verra bien.

— Le bourreau de Paris officie sans cagoule, je te rappelle.

— Il te faudra un masque, intervint enfin le vieux valet d'une voix placide.

— Quoi ? s'offusqua Rose après un instant d'effarement. Non, mais vous êtes fous, tous les deux !

— Je connais quelqu'un qui pourra te faire ça, et vite, continua Jacques.

— C'est vrai ? fit Marguerite, soulagée de ce soutien qu'elle n'espérait plus.

— Mais, Jacques, regarde comment elle est faite, enfin ! tenta encore Rose. Qui croirait qu'il y a un homme sous l'habit ?

— Eh bien, justement, reprit Marguerite. En parlant de costume…

XVII

— Revenez demain, avait marmonné le cousin de Jacques après avoir apposé ses grosses paluches calleuses sur le visage de Marguerite pour en prendre la mesure.

L'odeur était terrible. De chaque côté de la Bièvre qui serpentait toujours plus rouge entre les immeubles du quartier Saint-Marcel pour finir dans la Seine, des peaux trempaient dans des bassins de tanin, alors que d'autres étaient suspendues pour l'égouttage avant d'être polies au suif. De tous côtés, des établis et des bancs obstruaient le passage, laissant à peine la place pour passer au visiteur effrayé par les trognes des créatures à la peau rognée par les acides qui extirpaient à mains nues les peaux des bains de chaux, écharnaient ou ébourraient. C'est dans l'arrière-boutique crasseuse et sombre d'une des nombreuses tanneries qui débordaient sur la rivière que le Gros Didier avait reçu Marguerite.

— Tu devrais peut-être en parler à Clément, lui dit Jacques après un long silence, dirigeant l'auxois d'une rêne lâche.

La charrette s'engageait déjà dans la rue des Fossés-Saint-Bernard. Tout au bout, le port aux vins de la Tournelle se devinait avec ses pyramides de tonneaux qui attendaient d'être livrés.

— S'il apprenait ce que tu manigances… continua le vieux valet face au silence de Marguerite.

Celle-ci regardait partout autour d'elle, avec toujours l'espoir d'apercevoir enfin Henri. Peut-être son fils se cachait-il ici, dans ces quartiers où il n'avait justement pas l'habitude d'aller ?

— Rose est en colère contre moi ? demanda Marguerite à Jacques sans quitter la rue des yeux.
— Non. Elle s'inquiète.
— Je suis désolée, souffla Marguerite. Il faut me comprendre. Je vais le retrouver, d'accord ? Et tout va rentrer dans l'ordre.

Jacques réalisa pour la première fois que des éclats jaunes striaient ses yeux émeraude, juste avant qu'elle ne détourne son regard pour revenir aux passants, sur le pavé, et lui offrir à nouveau son profil si parfait, avec son nez droit et décidé, encadré par sa chevelure noire épaisse qu'elle avait laissée lâchée sur ses épaules. Le vieux valet pensa alors, avec la tendresse d'un père, que Marguerite était encore belle malgré les années et le combat qui avait été le sien. Il imaginait combien plus belle encore elle devait être dans sa jeunesse. Le genre de femme pour laquelle on se damnerait. Jusqu'à devenir bourreau.

— Et si on ordonne une condamnation à mort ? demanda alors Jacques, le ton grave.

— Je l'ai bien fait une fois, éluda Marguerite, prise au dépourvu.

— Le *retentum* est une chose, continua-t-il platement. Étrangler avec un lacet n'a rien à voir avec une décollation.

— Alors prions pour que tout rentre dans l'ordre avant qu'on en prononce une, mon Jacques, finit par répondre gravement Marguerite. Parce que sinon ce serait une catastrophe. Je serais incapable de décoller proprement. Je n'en aurais jamais la force.

— Tout cela est une folie, lâcha-t-il alors. Mais quoi qu'il arrive, tu peux compter sur nous, tu le sais, n'est-ce pas ? lui fit Jacques avec tendresse mais cachant mal son inquiétude.

— Merci… lui sourit Marguerite en retour.

* * *

Clément ne pensait plus. Rongé par l'inquiétude, il manquait de sommeil et ne s'était pas nourri depuis des jours. Il n'avait pas cessé de veiller, malgré sa cécité flagrante et la fatigue, épongeant comme il pouvait le front brûlant de Jeanne, changeant sa chemise de peur qu'elle ne prenne froid, et, ne pouvant plus le faire lui-même, laissant aux jumeaux le soin de charger le feu dans l'âtre durant les nuits qu'il trouvait toujours trop fraîches. Parfois, dans les moments rares où les déchirements dans sa chair semblaient se calmer, il approchait son visage de celui de sa femme et la réconfortait de mots doux à son oreille. Petit temps de pause dans leur calvaire à tous deux avant que, inéluctablement, le supplice ne reprenne de plus belle.

Clément était à bout de forces.

La lumière timide du nouveau jour s'immisçait entre les rideaux épais qui obstruaient les grandes fenêtres sur le jardin. Il s'était affalé dans le gros fauteuil juste à côté de la cheminée. La nuit avait encore été rude, mais Jeanne avait fini par s'endormir, aidée par une nouvelle décoction que Marguerite avait réussi à lui faire boire. Un moment de calme, le chant des oiseaux ramenait à la vie dehors.

— Comment te sens-tu ? s'enquit doucement Marguerite en lui tendant un bol de café qu'elle avait fait chercher par l'un des valets auprès d'un marchand dans la rue.

Clément ne réagit pas. Encore sonné par le bref assoupissement auquel il s'était laissé aller, il revenait péniblement à la réalité. Les braises mouraient dans l'âtre. Il se leva péniblement et se dirigea à tâtons vers le lit. Il aida ses yeux de ses mains pour sentir la forme du corps de Jeanne sous l'édredon. Le léger mouvement de sa respiration le rassura.

— J'ai dormi longtemps ? murmura-t-il, un peu hagard, alors qu'il rejoignait sa cousine.

— Quelques heures.

— Quelques heures ?... Et tu l'as veillée ? fit son cousin, gêné de ne pas avoir eu la force de rester au chevet de sa femme.

— Oui, le rassura Marguerite. Elle s'est à nouveau débattue en fin de nuit et ne s'est calmée qu'aux aurores. Tu t'es réveillé, tu ne t'en souviens pas ?

— Ah ?… s'étonna Clément, prenant une gorgée de café chaud. Non. Tout est un peu confus dans mon esprit.

— Tu es éreinté.

Marguerite attendait le bon moment. Encore quelques instants. Le laisser sortir des limbes et qu'il soit à son écoute. Tout allait se jouer maintenant.

— Comment ça se passe au pilori ?… reprit le bourreau. Je n'y suis pas allé depuis des jours, ce n'est pas acceptable.

— Tout va bien, le coupa Marguerite avec douceur. Tu ne peux pas te blâmer. Jacques et les jumeaux gèrent parfaitement. Ne t'inquiète pas, mon cousin.

— Je devrais être là-bas, s'entêta Clément, cherchant ses mots. Au moins pour officialiser par ma présence. Que vont dire les autorités ? Mais je ne peux pas la laisser, tu comprends ? ajouta-t-il alors dans l'instant, attristé.

— Mais bien sûr, je comprends.

— Je ne peux pas la laisser seule, si jamais ça lui reprend comme ces derniers jours et que je ne suis pas là !

— Mais je suis là, moi, continua Marguerite pour le rassurer. Regarde, la dernière décoction que je lui ai donnée semble avoir fait de l'effet.

— Oui… soupira Clément, exsangue. Quel jour sommes-nous ?

— Le 23 juin.

— Le 23 ? Mais alors… la Saint-Jean, c'est demain ?! Mon Dieu !… soupira le bourreau, désemparé. Où est Henri ? Il sera prêt pour demain ?

— Pas encore, concéda Marguerite avec un sourire, comme si la chose n'était pas grave.

— Mais qu'est-ce que je vais dire au prévôt, Marguerite ?… s'alarma alors Clément. Je vais devoir lui annoncer que je cède la charge !

— La charge ne peut pas sortir de la famille, Clément.

— Que faire alors si Henri n'est pas prêt ?

— Une régence. Mais pas n'importe laquelle.

— Je ne suis pas certain de te suivre.

— Écoute-moi, lui fit Marguerite, le ton assuré. Il ne faut pas que l'on croie que la charge pourrait être disponible. Ceux qui veulent s'en emparer sont nombreux. Et ils attendent, là, juste devant notre porte. Je suis même sûre que certains font déjà pression sur le prévôt. Et tu le connais, il est homme à être soudoyé. Non, il faudrait faire une régence familiale.

— Mais de qui parles-tu ? Tous nos cousins bourreaux ont des charges importantes, qu'ils ne peuvent pas quitter du jour au lendemain, objecta Clément tout en essayant de réfléchir malgré la fatigue.

— J'ai quelqu'un à te proposer.

— Qui ?

— Un ami. Un militaire.

— Marguerite… hésita Clément, troublé par l'idée de sa cousine qu'il comprit aussitôt.

— Il te suffirait de dire que c'est un cousin.

— Tu me demandes de mentir au prévôt ? murmura le bourreau, atterré.

— Tu m'as bien laissée emporter ton fils mort-né au sanctuaire à répit, le coupa Marguerite sans réfléchir. Je suis désolée, Clément, se reprit-elle immédiatement avec une réelle affliction et en lui prenant la main. Vraiment. Ce n'est pas ce que j'ai voulu dire. Tu voudras bien me pardonner ?

— Non, tu as raison, avoua Clément, abattu, après un silence. Je suis un mécréant. Je t'ai laissée agir par peur. J'ai menti effrontément à notre Sainte Mère l'Église, et je t'ai entraînée dans le péché.

— Tu as juste fait ce qu'il fallait pour sauver l'âme de ton fils, le rassura Marguerite en douceur mais le ton ferme.

— Et j'ai fait mentir un prêtre de surcroît, continua le bourreau, encore plus affligé.

— Un cousin éloigné, reprit calmement Marguerite, ne lâchant rien. Que papa aurait formé à Clermont. Il te suffirait de rédiger une lettre de recommandation.

— Mais si on venait à le découvrir ?…

— Juste quelques jours. Le temps de finir de préparer Henri.

— Et tu es sûre de ce garçon ? Tu peux te porter garante de lui ? s'inquiéta encore Clément.

— Oh oui, je le connais bien.

* * *

Marguerite s'en souvenait comme si c'était hier. Une bougie à la main, elle se tenait sur le pas de la porte de la grange attenante à la maison des Fossés à Joigny. Pour la toute première fois, elle découvrait l'homme qu'elle aimait vêtu du sinistre habit. Elle revoyait son visage pâle et son regard perdu tandis qu'il se jaugeait tel un enfant dans un déguisement trop grand pour lui. Comme un pantin. Elle se rappelait aussi leurs regards qui s'étaient alors croisés. Lui tâchant de garder une certaine assurance malgré la panique qui le parcourait, elle essayant vaille que vaille de lui sourire. Lui dire que tout allait bien, et qu'il portait à merveille l'uniforme.

— Il faudrait que tu l'essaies, lui dit simplement Rose, résolue, ramenant Marguerite à la réalité. Au cas où il y aurait encore des retouches à faire.

Marguerite découvrait le costume que Rose avait spécialement confectionné pour elle et qui allait faire d'elle un bourreau, le moins longtemps possible, espérait-elle. Comme le voulait la tradition à Paris, le pourpoint était rouge, avec les échelles patibulaires brodées sur la poitrine. Le tissu épais et les doublures rembourrées donnaient l'illusion d'un corps plus robuste en dessous, moins féminin, sans pour autant empêcher les mouvements.

— Laisse-moi faire, murmura avec douceur Marguerite à Rose, qui ne cachait plus son inquiétude alors que la jeune femme se transformait devant elle. Après tout, je serai bien obligée de m'habiller toute seule.

Le poids du vêtement qu'elle sentait déjà sur ses épaules la ramena à celui de sa décision. Des hauts-de-chausses et un tablier en cuir vinrent compléter l'ensemble.

— Mon Dieu ! murmura Jacques, qui entra à ce moment-là.

— Qu'en penses-tu, mon Jacques ? lui demanda Marguerite, qui se regardait dans un miroir, le ton faussement léger. Il ne manque qu'un détail et on n'y verra que du feu, non ?

— Je l'ai, répondit simplement le vieux valet en lui tendant un objet emballé dans un linge.

Le visage de Marguerite se distinguait encore sur son corps carmin dans le reflet du miroir tacheté. Une petite touche claire, une fenêtre toujours ouverte sur ce qu'elle était encore à cet instant. Puis la respiration avant le grand plongeon. Jacques ouvrit le tissu et déballa le masque, et il le porta sur le visage de Marguerite, qui avait fermé les yeux pour devenir un autre. La lumière puis l'obscurité. La sensation de la peau qui se rigidifie, du cuir dur et épais. La respiration plus difficile, saccadée, sous l'emprise d'une panique soudaine qu'il fallait contenir malgré la sensation d'être emmurée. Et la vision. D'abord floue, en partie obstruée, empêchée par des larmes baignées de sueur qui la brûlaient.

Respirer.

Puis ouvrir à nouveau les yeux, et l'apercevoir.

L'arête du nez, droite, plongeait du front largement ouvert vers la bouche scellée par des lèvres pincées, et l'ouverture du regard, relevée sur chaque côté, lui faisait l'expression sévère, sans concession. L'air impassible face à la douleur qu'il était censé infliger dans les jours prochains, le bourreau régent était enfin arrivé à Paris pour prendre son poste.

XVIII

— Voilà une requête bien inhabituelle, marmonna platement Le Saunier.

Affable et fat, le lieutenant civil du Châtelet et représentant du magistrat de justice ressemblait à une barrique, plus large de l'abdomen qu'il n'était haut de taille. Le moindre effort, comme le simple fait de respirer ou de lire de son œil las la patente que le bourreau de Paris venait de lui soumettre, le faisait suer à grosses gouttes. Son visage bouffi et rougeaud s'effondrait comme de la glace au soleil vers son cou qu'il avait presque inexistant, engoncé comme un boulet dans le canon entre ses épaules. L'odeur aigre qui émanait de l'ensemble prenait le nez, et finissait de mettre mal à l'aise toute personne qui avait affaire à lui.

Monsieur de Paris s'était présenté au petit matin au Grand Châtelet accompagné par Jacques pour y être reçu par le magistrat et lui présenter « un nom pour le remplacer sur l'échafaud de la capitale, ou à défaut remettre sa charge à disposition », comme le stipulait l'ordre de justice qu'il avait reçu la veille. La grande salle du tribunal était encore vide à cette heure, et la voix de l'officier résonnait sous les hautes voûtes, accentuant ainsi l'aspect solennel de la rencontre.

— Étienne Corbeau. Un cousin à vous, donc ? reprit Le Saunier, après un nouveau silence interminable, de sa voix empreinte d'ennui, ponctuant ses propos de bâillements sonores.

Clément ne tenait pas en place et se surprit sur l'instant à remercier le ciel de lui avoir enlevé presque entièrement la vue. Au moins la scène à laquelle il participait lui était-elle totalement trouble, ce qui la lui rendait plus vivable.

— Bon. Avancez, ordonna mollement l'officier à la personne qui se tenait en retrait vers le fond de la salle.

Clément suivit du regard cet ami militaire de Marguerite qui venait se placer devant l'officier. Quand l'homme s'était présenté à la maison du pilori un peu plus tôt dans la matinée, l'exécuteur n'avait pas été rassuré par la silhouette qu'il avait devinée sur le pas de la porte dans la clarté matinale et qu'il avait d'emblée trouvée fragile. Mais quand il s'était rapproché un peu plus de lui pour mieux le deviner, et qu'il comprit qu'un masque en cuir couvrait son visage, il avait cru défaillir. Marguerite l'avait pourtant prévenu. Elle lui avait raconté l'histoire de l'étrange personnage qui se tenait là, en silence, après l'avoir salué juste en opinant légèrement de la tête, puisqu'il ne parlait pas non plus. Mais il n'avait réalisé l'ampleur du défi qui l'attendait que maintenant qu'il l'avait vu. Et il en avait voulu à sa cousine de ne pas être là, à cet instant, pour le rassurer encore, sous prétexte, selon les dires maladroits de Rose, qu'elle avait dû se rendre chez son amie la sage-femme pour l'aider à libérer une jeune fille dont la vie était en danger.

— Il manque d'appui et ses épaules sont étroites, avait alors marmonné Clément à Jacques après avoir rapidement évalué la robustesse de l'inconnu de sa main experte.

Et maintenant qu'il percevait sa silhouette de dos, son appréhension se confirmait et il craignait le pire. L'homme se tenait placide devant Le Saunier, qui, les yeux écarquillés, n'avait toujours pas pipé mot, certainement sous le choc à la vue du mystérieux personnage. Mais il savait aussi que c'était trop tard, puisqu'il avait déjà écrit de sa main la fausse identité de son remplaçant sur le document que l'officier avait sous les yeux.

— Monsieur de Paris, fit Le Saunier à l'exécuteur encore officiel qui se tenait toujours en retrait, approchez.

— Monsieur ? fit le plus platement Clément, conduit au bras par Jacques dont le calme apparent le rassurait un peu.

— Ce n'est pas tant le gabarit inhabituel de votre… « suppléant » qui me questionne, murmura le lieutenant civil, un peu hésitant. Ni sa tournure plutôt étrange. Mais la tradition veut que l'exécuteur de Paris travaille à visage découvert, vous le savez parfaitement, n'est-ce pas ?

— Mon cousin a été défiguré lors de la victorieuse prise de Lille il y a cinq ans, lieutenant, rétorqua le bourreau, s'étonnant lui-même sur l'instant de l'aplomb de sa réponse.

— Vraiment ? s'interrogea l'officier, toujours perplexe. Et dans quel régiment serviez-vous, mon ami ? demanda-t-il alors au supposé bourreau régent toujours silencieux.

— Et il a aussi perdu la parole, s'excusa encore Clément.

— Ah ? Mais rassurez-moi, il sait exécuter promptement ?

— Il a exécuté les condamnations sur le champ de bataille, monsieur.

— Vraiment ?... répéta Le Saunier, un peu plus abasourdi.

Marguerite cachait son émotion derrière son masque, se défendant du moindre mouvement qui aurait pu la trahir. Elle écoutait son cousin improviser sur l'histoire qu'elle avait elle-même inventée. Elle repensait à ce moment un peu plus tôt, juste avant de venir ici, quand elle s'était présentée pour la première fois déguisée à la maison du pilori. Inconfortable dans son habit lourd et suant sous son masque trop serré qui lui faisait mal au visage, elle avait dû faire face sans bouger à son oncle, qui l'avait jaugée de ses yeux vides, avant de s'approcher d'elle pour porter sa main sur son épaule et estimer de ses doigts experts sa robustesse physique. Elle avait cru défaillir mais avait tenu bon. Clément n'avait alors pas caché son désarroi, avant de souffler longuement et de marmonner dans un souffle : « Allons-y. » Ils firent alors le voyage en charrette jusqu'au Châtelet en silence, l'équipage ne manquant pas d'attirer les regards des passants par sa singularité.

— Et ce n'est que le temps de terminer la formation de mon neveu, ajouta Monsieur de Paris. Auquel j'ai l'intention de passer la charge.

— Évidemment, fit le lieutenant civil, pensif. Et comme ça se comprend ! On ne se sépare pas d'une telle charge, continua-t-il, tout à l'observation de l'étrange cousin muet. Mais je me suis laissé dire que ce fameux neveu dont vous me parlez serait un peu « turbulent ». Non ?

— Il a son caractère, je vous le confirme, monsieur. Mais c'est un excellent technicien, et son bras ne flanche pas sous l'émotion.

— C'est très bien, confirma encore Le Saunier alors qu'il s'était péniblement levé, embarrassé qu'il semblait être par sa masse, et tournait autour de l'exécuteur régent tout en bâillant par intermittence. Pourquoi pas ? Après tout, un bourreau n'a pas besoin de parler. Et j'aime bien ce masque. Il a quelque chose d'effrayant qui pourrait nous aider à tenir la population. Les grenouilles sont agitées ces derniers temps. Quelques jours, pas plus, conclut-il en revenant à son bureau, son gros corps tanguant de côté à chaque pas.

— Merci, lieutenant, fit humblement Clément.

— Et ça tombe bien, bourreau, je viens de signer ce matin même une exécution à l'essorillement. Un viol, précisa-t-il sur un ton qui rendait le crime anodin.

La voici, fit-il en tendant l'acte au nouveau bourreau, qui s'avança pour le prendre. Vous procéderez au Pont-Neuf, ordonna-t-il. Histoire qu'on vous voie un peu à l'œuvre. Vous pouvez disposer.

* * *

La chaleur était pesante et elle étouffait. Protégée par son masque des regards de la foule qui s'était formée pour suivre le tombereau depuis le pilori des Halles – le bruit qu'un bourreau régent allait opérer ce jour s'étant déjà répandu –, Marguerite tâchait de garder son calme et repensait aux conseils de Jacques un peu plus tôt.

— Tu utilises ce tranchet, lui avait-il dit alors qu'ils étaient dans l'appentis pour préparer les outils nécessaires à l'exécution.

— Je m'en souviens, lui avait répondu Marguerite, cachant son émoi. J'ai vu mon père le faire.

— On te tiendra le bonhomme, ne t'inquiète pas.

La sensation du faciès de cuir qui se resserrait sous le soleil l'étreignait, et l'angoisse montait. Et si elle venait à le perdre par un faux mouvement ? Un moment d'inattention, ou une envie subite de le retirer de peur qu'il ne lui broie le visage ?... Elle tâchait de respirer. Elle devait faire attention au moindre geste, et surtout ne pas prononcer un seul mot. Une parole pourrait lui échapper sous le coup d'une émotion trop vive, et elle se trahirait.

Quand Clément s'était excusé un peu plus tôt pour rejoindre Jeanne, Marguerite avait été soulagée.

Sa première confrontation en tant que bourreau régent avec son oncle lui avait laissé un goût étrange. Comme s'il n'avait pas été dupe, comme s'il l'avait reconnue de ses mains lorsqu'il l'avait touchée. Une idée qu'elle balaya aussitôt de son esprit puisqu'il ne l'avait pas empêchée, laissant « l'ami soldat » qu'elle était désormais opérer sa première exécution en public. Seul Jacques savait. Il était assis à ses côtés à l'avant du tombereau, et sa présence la rassurait. Derrière, le supplicié gémissait, alors que l'équipage arrivait au carrefour des Trois-Maries, qui donnait sur le Pont-Neuf, la destination de leur périple. Respirer, et faire fi du murmure sourd tout autour, ponctué d'éclats de voix et de rires.

— Il est effrayant ! fit une commère en apercevant le bourreau masqué.

— Il paraît que ce serait un nègre, rétorqua un autre. C'est pour ça !

— M'a pas l'air très épais pour un bourreau, reprit-on encore.

— Faudrait pas qu'il se trompe d'oreille, se moqua-t-on plus loin.

Le Pont-Neuf était à la ville ce que le cœur était au corps. La circulation en masse de ses habitants et visiteurs bigarrés y était permanente, et à toute heure du jour. « Qui ne passe pas sur le Pont-Neuf dans la journée n'est pas à Paris », disaient les mouches de la police qui guettaient toujours dans le coin. Surtout en ce jour de fête de la Saint-Jean où les bourgeoises, en robes élégantes et couleurs chatoyantes pour l'occasion, étaient venues se promener, côtoyant la populace la plus vile et crasse. Là on s'amusait d'un montreur d'animaux ou d'un chansonnier grivois, quand un peu plus loin l'arracheur de dents, juché sur son promontoire, effrayait le gueux qui n'en avait plus guère. Plus près, un tondeur de chiens opérait juste à côté d'un vendeur d'orviétan sous l'œil sévère de l'officier de pont. Des mendiants profitaient de ce jour particulier pour faire appel à la pitié en quémandant auprès des passants au nom d'Henri IV quand ils étaient agenouillés sous la statue dudit roi, ou de la Vierge Marie, voire de Dieu lui-même, quand ils étaient postés ailleurs, tandis que les racoleurs de chair humaine pour l'armée appâtaient les jeunes hommes en promenade pour extorquer leur signature. Les charmes des filles libertines de corps de garde et le repas qu'elles promettaient, arrosé de mauvais vin et d'eau-de-vie dans une taverne pas loin, finissaient de convaincre les pauvres garçons au ventre souvent creux. Chansonnier, pamphlétiste, on tirait la pièce en échange d'un rire ou d'une mélodie reprise par quelques-uns qui faisaient la ronde, on musardait et parfois on abusait, à l'abri d'une échoppe, vers les balustrades, on volait bourses, bijoux, mais aussi mouchoirs. Les parfums capiteux se mélangeaient aux senteurs de pâtisseries, des fleurs des bouquetières ou des citrons et des oranges exposés sur le pavé, mais aussi à la puanteur du peuple, et surtout de la Seine qui empestait plus que jamais ce jour-là.

« Il n'y a pas pire endroit pour ma première exécution », pensa Marguerite alors que la charrette s'arrêtait déjà à l'entrée du pont. Il lui sembla alors que tous les yeux étaient rivés sur elle. Sur le côté, en aval, les valets attendaient sagement sur le petit échafaud qu'ils avaient dressé plus tôt dans la matinée, juste devant la fameuse pompe, un petit bâtiment carré vilain aux allures baroques qui rendait la scène irréelle.

— Il faut y aller, murmura Jacques à l'oreille du bourreau.

Le silence. Soudain. Et l'immobilité des corps tout autour. La mer avait cessé de s'agiter. Marguerite venait de poser un pied au sol, et la foule s'écartait sur son passage. Elle les voyait, eux, toutes et tous, qui cherchaient à percer le masque, essayant de deviner le visage qui se dissimulait derrière. Il s'agissait forcément d'une créature pour être cachée de la sorte. Ou même d'une bête, puisqu'on disait qu'il ne parlait pas. Marguerite se dirigeait vers l'arrière du tombereau et elle le cherchait, une fois encore. Henri. Et s'il était là, parmi tous ces gens, pour assister à l'exécution ? Il avait certainement dû entendre parler du bourreau régent. Les pensées se succédaient dans sa tête alors qu'elle essayait de détacher le supplicié de la barre qui le tenait prisonnier au véhicule. Ses gestes étaient hésitants, maladroits, et les mouvements brusques des épaules de son client qui se rebellait lui rendaient la tâche plus pénible encore. Ne pas lui parler, se dit-elle alors qu'elle allait se trahir en lui ordonnant de se tenir tranquille. Oui, Henri était forcément là, poussé par la curiosité de voir celui qui remplaçait son oncle sur l'échafaud. Celui qui était à sa place. Celle pour laquelle il avait été formé et qu'il avait fuie quelques jours plus tôt. Il la regardait certainement en ce moment même, quelque part, n'importe où, sans s'imaginer que celui qui tirait d'un grand coup sec sur la chaîne qui entravait les poignets du condamné pour le sortir de la charrette n'était autre que sa propre mère. L'homme se laissa tomber au sol comme un gros sac de son. Marguerite sentait la colère monter en elle. Non pas contre le criminel qui faisait ce qu'il pouvait pour reculer l'échéance, mais contre le temps qui passait trop lentement. Elle voulait en finir, là, tout de suite. Et rentrer au pilori, retirer le fardeau qui la vêtait et ce masque qui l'empêchait de respirer. Elle pensa alors à son atelier et à ses odeurs, et ça la rassura un bref instant. Les degrés de l'estrade étaient loin et l'homme se traînait toujours de tout son poids, occasionnant les rires et les moqueries de l'assistance. Elle avait mal, au bras, au dos, elle gémissait sous l'effort, elle aurait voulu lui crier dessus sa colère qu'elle ne contenait presque plus, quand elle fut soudainement soulagée. Vairon et Louché s'étaient portés vers elle et prenaient le condamné par les épaules pour le porter autoritairement sur l'échafaud. Une rumeur se fit entendre dans la foule.

— Drôle de bourreau, s'étonna un courtaud perruqué, juste là. S'il n'est pas capable de contraindre un prisonnier, ça promet !

— Moi, je veux bien être condamnée maintenant, si c'est pour avoir affaire à lui ! s'exclama une prostituée camphrée qui tenait à peine sur ses cannes de bécasse, occasionnant les rires de l'assemblée.

— M'a pas l'air bien méchant ! continua un vieux, l'air ganache. Moi, je voudrais pas qu'il me décollasse ! Il m'a pas l'air très adroit, il pourrait me faire mal !

On riait de plus belle, chacun y allant de sa moquerie envers le nouvel exécuteur. Il ne fallait plus perdre de temps. Ne plus laisser la place au doute que ses premières hésitations et faiblesses auraient pu faire naître dans l'esprit de certains. Ceux qui parlaient, qui faisaient courir les bruits et créaient les rumeurs. Celles qui faisaient une réputation et pourraient mettre à mal son projet.

Marguerite gravit d'un pas plus assuré les quelques marches pour atteindre le parquet sombre et taché sur lequel Gabriel Esnaut, condamné pour viol, était maintenu à genoux à côté du brasero.

— On a failli vous attendre, bourreau, fit le lieutenant criminel Le Saunier, que Marguerite reconnut à sa voix lancinante et ennuyée, et qui se tenait sur le côté. On ne peut pas dire que vous avez réussi votre arrivée. Exécutez maintenant.

Maintenu recourbé par les épaules, le condamné était agrippé par les cheveux pour lui pencher la tête sur la droite, exposant ainsi son oreille gauche, celle qui allait lui être retirée puisque supposée être reliée aux organes génitaux. Supplice infligé à tout violeur avant qu'il soit mis au pilori, où il serait exposé à la vindicte populaire, puis envoyé aux galères pour le reste de ses jours.

Était-ce parce que Marguerite n'avait plus le choix, mais elle sentit alors sa peur s'évanouir sur l'instant.

Le tranchet d'une main. Le pavillon de l'oreille du pauvre homme qui hurlait déjà tenu de l'autre.

Un coup sec et sûr, et la chair se découpa comme de la toile sous la lame effilée.

Le cri. Déchirant et bref.

Puis le feu et l'odeur âcre, le corps contrit de douleur, relâché sur le plancher maculé de sang.

Sous le masque du bourreau régent, Marguerite se tenait sur l'échafaud, le tranchet rougi dans une main, et brandissait de l'autre l'appendice.

Pas à la foule, mais à Henri.

Qu'il voie ce qu'elle était prête à faire pour lui.

XIX

Sitôt revenue de l'exécution du Pont-Neuf, Marguerite avait promptement mis l'essorillé au pilori du clocher sous les applaudissements et les huées des quelques-uns qui avaient suivi le tombereau jusqu'aux Halles. L'excitation liée au bourreau masqué s'était progressivement dissipée sur le chemin du retour, chacun reprenant à son tour le cours de la fête de la Saint-Jean. Une fois assurée que les valets jumeaux étaient bien repartis vers la rue d'Enfer où Clément les réclamait pour l'aider, Marguerite s'était précipitée dans son atelier. Elle avait retiré son costume et son masque, que Rose s'était empressée de cacher dans une malle apportée à cet effet. Elle prit un temps pour elle, afin de laisser se dissoudre les images de la journée et les émotions contenues, soutenue par Jacques qui était venu poser sa main chaleureuse sur son épaule l'espace d'un court instant. Comme une consolation. Mais aussi un encouragement à se battre, faire en sorte que ces quelques jours qui lui avaient été alloués pour retrouver Henri lui soient profitables.

Redevenue celle que tous connaissaient dans le quartier, Marguerite tâcha, le reste de la journée, de reprendre le cours de sa vie au comptoir, rassurant les clients qui s'étonnaient de moins la voir ces derniers temps. Dès le lendemain matin, elle irait rendre visite à son cousin et porter les soins à Jeanne.

* * *

— On m'a rapporté que la sentence avait été proprement exécutée par ton ami hier, fit Clément alors que Marguerite finissait de préparer une potion pour Jeanne.

— Il paraît, oui, répondit-elle, tout à son affaire.

— Est-il satisfait de son logement ? poursuivit Clément après un temps.

— Son logement ? Mais oui, bien sûr !... se reprit soudainement Marguerite. Oui, je l'ai mis dans le logis de l'immeuble rue de la Truanderie, comme tu me l'as dit. Rose avait tout préparé.

— Et ses émoluments ? Nous n'en avons pas parlé. D'ailleurs il faudrait que je le revoie pour le contrat.

— Oui ! le coupa Marguerite. On va arranger ça. Tu veux bien m'aider à redresser Jeanne pour qu'elle puisse boire ? enchaîna-t-elle pour changer de sujet.

— Il y a un nouveau bourreau ?... s'enquit alors faiblement la malade, qui se réveillait avec peine.

— C'est temporaire, oui, ma tendre aimée, lui souffla avec douceur Clément.

— C'est ma faute... gémit Jeanne. Si je n'étais pas dans cet état tu serais sur l'échafaud...

— Ça n'a rien à voir avec toi, essaya de la rassurer son époux. Tu le sais bien. Avec ma vue qui m'échappe, ça n'aurait rien changé.

— Oui, mais j'aurais été là, à tes côtés, souffla encore Jeanne, à bout de forces. Heureusement que tu es là, toi, confia-t-elle à Marguerite, qui l'aidait à prendre quelques gorgées du remède mielleux. Qu'est-ce que nous aurions fait sans toi depuis ce jour où… Je regrette tellement, tu sais…

— Jeanne… tu n'as pas besoin de regretter… fit Marguerite, cachant difficilement sa gêne.

— Si, continua Jeanne, cherchant à articuler malgré la fatigue et la douleur. J'ai été dure avec toi. Et avec ton fils. J'étais jalouse, tu sais ? Et toi, tu t'es occupée de moi malgré tout. Et grâce à toi, je vais mieux, de temps en temps.

— C'est vrai, reprit Clément. Nous ne te remercierons jamais assez.

* * *

Comme la veille et le jour d'avant, Marguerite faisait fi de la fatigue et de l'inquiétude qui la minaient toujours un peu plus. La journée, elle tenait l'échoppe, aidée par Rose toujours là, trouvant la force de sourire aux clients qu'elle recevait de temps en temps pour les soins, avant de retourner rendre visite à Jeanne. Et le soir venu, elle repartait sur les quais. Elle fouinait sur les berges de la Ferraille et de la Mégisserie, mais aussi de l'autre côté du Pont-Neuf en aval, sur le quai de l'École, parfois accompagnée du commissaire, qui ne cachait plus son inquiétude pour elle, ou de P'tit

Rouquin, qui s'échappait de son dortoir de Savoyards tous les soirs.

Comme beaucoup d'autres orphelins débarqués un jour dans la capitale sans rien dans les poches, il était sous la tutelle d'un « vieux Savoyard », garant des lois de la petite confédération, tuteur et économe des jeunes enfants qu'il logeait dans un dortoir. P'tit Rouquin faisait partie des Bourguignons, pour la plupart décrotteurs, nettoyeurs de fosses ou scieurs de bois, comme les Auvergnats étaient porteurs d'eau, les Limousins maçons, et les Lyonnais crocheteurs ou porteurs de chaise. Chaque matin, les enfants se postaient par petits groupes aux coins des carrefours, se poussant les uns les autres, se querellant pour une place, quitte à effrayer le passant, qui s'éloignait alors. Là, à qui peut le mieux se faire voir, ils attendaient d'être employés à la tâche, ou pour la journée. D'autres parcouraient les rues, reconnaissables à leur air toujours naïf et gai, petites bouilles barbouillées de suie ou cheveux durcis d'immondices, et dents encore blanches dans leur bouche grande ouverte quand ils beuglaient pour être reconnus. Leur présence partout dans les rues, et parfois chez les gens quand il s'agissait de ramoner une cheminée ou de porter de l'eau, faisait de ces enfants des témoins privilégiés de la vie des Parisiens, et parfois des mouches idéales pour la police. P'tit Rouquin était la mouche de Marguerite, et elle lui vouait une tendresse toute maternelle en échange. À tel point qu'il était à la maison du pilori comme chez lui, partageant même la table du dîner, ce qui lui permettait un régime bien meilleur que celui de ses compères.

Marguerite avait donc demandé à l'enfant d'essayer de retrouver son fils disparu de son côté. Mais ses recherches avaient aussi été vaines, et ce malgré son caractère opiniâtre. Aucune trace d'Henri. Rien qui ne puisse donner un indice à Marguerite. Excepté cet individu qu'elle avait croisé à plusieurs reprises sur les quais, avec sa petite trogne poilue et son nez en museau qui ne permettait pas le doute. Certainement pas un mendiant, pensa-t-elle alors que l'étrange bonhomme s'éloignait. Un commis, peut-être, ou plutôt un portefaix, vu sa carrure.

* * *

Deux corps suspendus par leurs mains liées, de dos, chacun à un poteau, au beau milieu de la place du cimetière Saint-Jean. Une assemblée bigarrée en un cercle tout autour, une arène. La sensation du cuir poisseux sous l'effet de la sueur dans la main, le poids léger de la lanière longue derrière, par terre dans la poussière. Le premier mouvement, à la fois ample et sec, et la flotte qui dessine un S dans le ciel avant de se tendre en ligne droite et dure pour déchirer la pcau en foudre carmin. Le dos braqué sous l'effet de la douleur fulgurante et les cris s'envolant, soutenus par la huée des spectateurs excités. Ne pas écouter, ne pas entendre. Et continuer. Le geste sûr, technique. Comme son père le lui avait appris quand elle était encore enfant. Pour s'amuser à l'époque, étêter les fleurs était son jeu préféré. Les coups enchaînés, les uns après les autres, dénombrés par l'officier de justice méticuleux sur le côté. Puis les liens défaits et les râbles ouverts avachis au sol, tordus par le feu qui consume. La foule éparpillée, satisfaite.

Les images lui revenaient en boucle alors que, à peine rentrée de l'exécution, Marguerite s'était cachée dans son atelier pour retirer son costume et le ranger dans la malle. Elle avait dû revêtir le costume du bourreau régent pour un fouettage, suivi de la mise au pilori d'un banqueroutier et d'un rouleur de campagne qui avaient saccagé une taverne sous l'emprise de l'opium. Accompagnée par Jacques, elle était allée chercher les condamnés au Petit Châtelet, sur l'autre rive, de l'autre côté de l'île de la Cité. Durant le voyage, elle avait bien senti les regards et avait entendu quelques allusions au « bourreau masqué » murmurées sur son passage, mais sans plus de commentaires. Les gens passaient eux aussi leur chemin. La réputation du Parisien d'être volage n'était pas fortuite. Un homme qui s'attardait la tête en l'air à la vue d'un oiseau suffisait à créer autour de lui un attroupement où chacun donnait son avis, pour finalement se dissiper après un moment, les uns et les autres repartant vaquer à leurs activités, ou s'adonnant à la flânerie ailleurs, attirés par d'autres nouveautés. Et il en était de même pour le nouveau bourreau, ce qui arrangeait bien Marguerite. La curiosité à son égard s'était tarie en quelques jours ; quand on le croisait, le personnage, aussi étrange fût-il alors, faisait déjà partie du paysage urbain. Mais il ne fallait pas que ça dure. Un jour ou l'autre une peine majeure à infliger lui serait ordonnée, et son rôle serait plus difficile à tenir. Sans compter son état physique. Son corps lui semblait chaque jour plus lourd, las, et ses gestes plus lents. La peur lui pesait. Elle le savait. La peur de la perte, celle qui fige le cœur et précède le vide. Et puis ses douleurs qui la reprenaient aussi, plus fortes ces derniers temps, et imprévisibles. À peine avait-elle attaché un peu plus tôt les deux condamnés dans les carcans qu'elle avait été à nouveau prise de crampes incoercibles. Le feu lui avait rongé le ventre au point qu'elle avait dû s'étendre sur le plancher en haut du clocher. Là, contenant sa peine qui lui lacérait l'abdomen, elle avait compris que cette crise aurait pu survenir plus tôt, alors qu'elle procédait à l'exécution de la sentence. Et elle se serait probablement écroulée sous les yeux de la foule.

Il fallait à tout prix retrouver Henri au plus vite.

* * *

— On dit partout dans le quartier que vous faites des miracles.

Il souriait. Le sourire malicieux de celui qui sait, pensa immédiatement Marguerite, qui tâchait de rester digne malgré la boule qui lui obstrua instantanément la gorge quand elle reconnut l'inspecteur Noyeux. Il se tenait là, devant le comptoir, il avait attendu son tour au milieu d'autres personnes qui ne lui prêtaient pas plus attention qu'à un autre. Un homme anodin, sans saveur. Un homme qui créait le vide partout où il passait.

— J'ai des raideurs aux cervicales, continua-t-il après que Marguerite l'eut salué sans chaleur. À tel point parfois que je ne peux plus tourner la tête. Ennuyeux pour quelqu'un dont le travail consiste à observer, ironisa-t-il. D'aucuns disent que je serais déjà d'humeur raide par ailleurs !...

Marguerite l'invita à la rejoindre dans son atelier. Le loup entrait dans la bergerie, elle en avait bien conscience. Elle savait l'homme dangereux, sa réputation n'était plus à faire, et lui-même ne cherchait pas à s'en cacher. Mais elle n'avait pas le choix.

— Voilà donc l'endroit, fit Noyeux d'un air satisfait.

Il observait l'atelier dans tous ses recoins avec une application toute professionnelle qui refroidit Marguerite. Des yeux, il passait des étagères et leurs pots proprement alignés à l'alambic, des liquides aux couleurs bigarrées dans les flasques au manuscrit qui était resté ouvert sur la table.

— Si vous voulez bien retirer votre manteau et votre chemise, lui demanda Marguerite, rompant le silence et cachant son angoisse en faisant mine de se concentrer sur la recherche du pot d'onguent adéquat.

Noyeux n'enleva que le foulard qui lui couvrait la nuque. Elle aurait insisté avec n'importe qui d'autre. Mais pas avec lui. Elle n'avait qu'une idée en tête : expédier l'affaire et qu'il s'en aille au plus vite. Elle le fit asseoir et se plaça derrière lui. Elle remarqua sa pilosité qui finissait à la base du cou en pointe parfaitement dessinée. Elle s'approcha un peu encore, plongeant deux doigts dans le pot d'un onguent à la menthe qu'elle avait ouvert, quand elle comprit que l'homme n'avait aucune odeur. Elle avait pourtant l'habitude de celle des corps. Celle de la sueur due au travail acharné mélangée à la crasse par manque d'hygiène, l'eau étant un luxe pour la grande majorité. La plupart du temps émanait cette puanteur qui ne dérangeait pas puisque celle de tous, une identité qui rassurait presque. Si parfois la fragrance capiteuse changeait la donne au détour d'un patient riche, Marguerite n'était pas dupe. Elle savait que sous le maquillage et les linges de dentelle à jabot elle trouverait un corps tout aussi sale que ceux des gueux qu'elle traitait d'habitude. Mais lui, non. Aucune senteur n'en émanait. Intriguée, elle s'approcha un peu plus, son nez frôlant presque la chair pâle. Le rien. Le vide. Comme un objet. Ou une pierre. Ou l'absence. Comme s'il n'était pas là. Comme s'il n'existait pas. Partout et nulle part. Dangereux. Sur sa demande, il avait penché la tête vers l'avant pour qu'elle puisse travailler. La position idéale pour trancher, pensa-t-elle, alors que les petits reliefs osseux faisaient saillie sous sa peau. Une nuque. À la fois dense, faite de muscles et d'os, mais qu'on pouvait aussi rompre, trancher, transpercer. C'était si facile. Après tout, elle l'avait déjà fait. Une autre nuque, claire dans sa mémoire. C'était avant, dans son autre vie. Plus épaisse celle-là, et plus sale, aussi. Tout lui revint dans l'instant, limpide. La sensation de la pointe du couteau qui transperçait la chair. La résistance au début, puis l'os qui se brisait sous la pression, pour se relâcher tout à fait, et la lame qui finissait sa course de l'autre côté. Là où le sang giclait par jets successifs. Elle, s'appuyant encore, de tout son corps, le visage collé sur ses mains poissées, l'odeur âcre métallique, jusqu'à ce que le corps de l'autre cède. Jusqu'à ce que la masse devenue inerte s'écroule enfin sur le côté, comme un gros sac de grains. Elle avait tué Damien, le valet de son père qu'elle connaissait depuis toujours, alors qu'il s'apprêtait à assassiner Charles et son enfant, Henri.

— C'est une drôle de chose tout de même. Ce bourreau qu'on ne voit que sur l'échafaud, reprit l'inspecteur après un long silence alors que Marguerite appliquait l'onguent, la sortant de ses pensées. Un cousin à vous, c'est ça ?

— Ne bougez pas, s'il vous plaît, le coupa-t-elle froidement.

— Oui, bien entendu, veuillez m'excuser.

Sa peau sans saveur la rebutait. Elle s'était attendue à toucher un reptile mais c'est de la chaleur qu'elle ressentait sous ses doigts. Le feu. C'était de la colère qu'elle devinait tapie sous la peau. Une tempête qui couvait.

— Où peut-on le voir ? demanda Noyeux après un temps, une éternité.

— Le voir ?

— Que fait-il quand il n'exécute pas ? insista-t-il encore. On a l'habitude de voir le bourreau autour du pilori, ou dans le quartier, ici et là. Il faut dire que votre cousin est quelqu'un d'apprécié. De populaire même. Mais cet Étienne Corbeau, c'est ça ? Quel nom ! Depuis qu'il est arrivé on ne le voit guère ! Déjà ce masque…

L'effroi soudain. Une sensation de froid qui lui traversa violemment les tripes et lui glaça le corps. Marguerite finissait d'appliquer l'onguent quand elle remarqua la malle encore ouverte dans un coin de l'atelier à peine caché par la pénombre à cet endroit. Elle distinguait un bout du masque qui jaillissait du linge. Noyeux avait toujours le visage baissé vers le sol, mais il lui suffirait de se redresser pour l'apercevoir aussi.

— Ne bougez surtout pas, lui dit-elle fermement sans plus d'explications, retournant à son étagère pour y ranger le pot de pommade. Le temps que l'onguent pénètre.

— Où se cache-t-il ? souffla le policier, la tête toujours penchée et le regard vers le sol.

— Mais il ne se cache pas !… répondit Marguerite, faussement assurée en refermant prestement la malle à l'insu du visiteur. Enfin, je ne sais pas où il se trouve exactement. Il n'est là que pour faire son travail, le temps que…

— Le temps que ?… la reprit Noyeux alors qu'il levait son visage, comme une bête sur le point de charger.

— Le temps que mon cousin soit en mesure de se décider…

— Et où est votre fils ? continua le policier alors qu'il se levait.

— Mon fils ?… balbutia Marguerite, tâchant de ne pas perdre ses moyens.

Elle sentait la panique monter en elle. Noyeux avait certainement entendu le claquement du couvercle. Peut-être avait-il même remarqué que la malle était maintenant fermée. Il allait se diriger vers elle et lui demander de la rouvrir. Et il la confondrait. Si le travestissement était déjà puni, une femme qui se faisait passer pour un bourreau, qui plus est celui de la capitale, serait sévèrement châtiée. La réputation de Clément serait anéantie et elle ne pourrait plus rien pour Henri. Ici et maintenant, dans son atelier et face à ce petit homme, toute sa vie et ce pour quoi elle avait travaillé était en danger.

— Ah !... Ça ne doit pas être simple, fit alors l'inspecteur, changeant soudainement de ton, presque empathique. Savoir que, quoi qu'il advienne, on finira bourreau. Pauvre garçon... Bien ! Je vais vous laisser, j'ai déjà assez abusé de votre temps, et je me sens beaucoup mieux. Je vous dois combien ?

Il ne s'était pas précipité vers la malle qu'elle cachait de son corps et ne lui avait pas demandé de la rouvrir. Poliment, il avait posé ses pièces sur la table, l'avait saluée, puis s'était retiré. Elle n'avait pas bougé.

XX

Grimés, revêtus de pardessus sombres et la tête couverte, les trois hommes à cheval avaient quitté Paris par la rue Sainte-Anne et se dirigeaient vers le faubourg Montmartre. Ils longèrent au galop l'ancienne léproserie du Clos de Saint-Lazare. Par-dessus le mur qui l'encadrait, la frondaison des arbres jaillissait comme des têtes, surprises par ces voyageurs qui prenaient une direction inhabituelle à l'heure où les ouvriers se réveillaient à peine pour aller dans le sens inverse, sur leur chantier en ville. Puis à nouveau des champs en damiers de part et d'autre de la route, veinés par des chemins sinueux qui menaient aux moulins encore endormis dans la pénombre. Derrière les carrières de la butte, les cavaliers ralentirent l'allure et abordèrent au pas un petit hameau. Sur un signe de tête de l'un d'entre eux, ils descendirent silencieusement de leurs montures et les attachèrent aux arbres, derrière lesquels ils se cachèrent pour observer sans être vus. À l'est, la lumière du jour émergeait à peine au-delà des champs vers le faubourg Saint-Martin. Devant, certaines fenêtres du petit ensemble de maisons étaient déjà éclairées, et les cheminées fumaient gentiment. D'ici peu, les hommes en sortiraient pour partir travailler à Paris, les femmes dans les fermes alentour qui les employaient comme journalières, laissant ainsi des enfants sous la surveillance d'une grand-mère trop vieille pour se défendre, ou d'un vieillard trop vieux pour courir après eux.

— Un chacun, pas plus, murmura aux deux autres celui qui semblait être le chef.

— Pourquoi venir jusqu'ici ? fit un autre. Il y avait de quoi nous fournir en ville.

— Parce que la rumeur se répand déjà, le reprit le premier. Les gens sont alarmés et sur le qui-vive. Sans compter les tours de garde supplémentaires ordonnés par les commissaires. Et notre client est assez bien placé pour savoir de quoi il parle. Ses ordres sont clairs. Ici on est plus tranquilles.

Les portes des maisons s'ouvrirent, laissant paraître les silhouettes des hommes prêts pour le départ. Certains à pied, d'autres en charrette ou à dos de mulet ; les cours se vidèrent aussitôt, laissant la place au silence.

— Qu'est-ce qu'on fait ? s'impatienta l'un des larrons.

— Chut ! Attendez mon signal, ordonna celui qui ne quittait pas le hameau des yeux. Les voilà !...

Des enfants sortaient des maisons en braillant. Derrière eux, sur le pas des portes, se dessinaient des silhouettes d'adultes.

— Certainement les aïeuls, se rassura le chef de la bande. Là, sur le côté, fit-il en indiquant du doigt trois enfants partis jouer vers une mare un peu à l'écart du hameau. On y va !

Aussitôt remontés sur leurs chevaux, ils sortirent des fourrés au pas, faisant le moins de bruit possible, pour finalement accélérer et se ruer sur les petits. Les plus jeunes, ceux qui marchaient à peine, n'échappèrent pas à leur prise et furent aussitôt bâillonnés afin de couvrir leurs cris. Mais les pleurs de ceux qui assistaient à la scène ne tardèrent pas à donner l'alerte. Des paysans accoururent des champs. Trop tard. Les cavaliers avaient déjà disparu.

Pas très loin vers la Courtine, là où Paris commençait à étendre ses ramifications, un autre enfant était enlevé. Et un autre encore dans la rue du Temple, en pleine ville, mais le voleur fut pris par les habitants qui l'avaient acculé dans une impasse. La garde arriva juste à temps avant qu'il ne soit dépecé vivant par la populace en colère, dont certains bouchers venus en renfort de la rue du Roi-de-Sicile juste à côté.

* * *

En un rien de temps la foule se rua par les rues pour se masser devant le Grand Châtelet où le malandrin voleur d'enfants venait d'être emmené par la garde. Certains le poing levé, d'autres armés de maillets, hachoirs ou toutes sortes d'outils de travail qu'ils avaient emportés. La colère scandée était teintée de haine. Celle des femmes s'exprimait plus bruyamment encore, haranguant les quelques soldats nerveux postés là, juste devant la grande porte de l'édifice. L'une hurlait, les larmes aux yeux, qu'on lui rende son enfant disparu depuis des semaines, l'autre réclamait la tête du voleur sur un piquet. Autant de visages rougis par une hargne contenue avec peine, alors qu'on se cognait toujours plus dans la houle des corps qui se déversaient plus nombreux sur la place devant la Grande Boucherie. Alerté un peu plus tôt, le commissaire Espinasse, qui connaissait bien son peuple, s'était inquiété de la tournure que prenait l'affaire et s'était rendu immédiatement à la prison. Posté à la fenêtre qui se situait juste au-dessus de la voûte d'entrée de la sinistre forteresse, il observait la meute faire bélier contre les murs.

— Que se passe-t-il encore ici, Espinasse ? lui demanda sans politesse le lieutenant général de police Dusquesnes, à peine entré dans la pièce. Votre quartier pose des problèmes. Et comme par hasard un lundi, alors que je dois aller faire mon rapport au roi demain. Il va encore être de méchante humeur, et ce à cause de vous.

Comme tous ceux qui étaient nommés par la seule volonté royale, l'officier supérieur de la sûreté pouvait tout aussi bien être révoqué discrétionnairement du jour au lendemain. Et les visites qu'il faisait au souverain une fois par semaine pour lui rapporter notamment les bruits des grenouilles, comme le roi lui aussi s'amusait à appeler les Parisiens, étaient toujours attendues avec appréhension. En cas de renvoi, l'ancien intendant de province, issu d'une grande famille bourgeoise de robe, devrait quitter son hôtel particulier de fonction dans le quartier Saint-Honoré et se débarrasser d'une grande partie de son personnel, ainsi que des chevaux de race et des voitures confortables dont il raffolait. Condamné dès lors à déambuler dans les rues sur une simple monture ou, pire, à pied et surtout sans garde, il serait certainement exposé au danger s'il était reconnu. La rancune avait la vie dure chez certains. Toute sa vie passée à travailler ses relations n'aurait servi à rien. Tous ses efforts pour courber juste ce qu'il faut l'échine devant ceux qui lui ouvriraient les bonnes portes, jusqu'à celles de Versailles, auraient été vains, y compris son mariage avec une cousine de monsieur, certes très éloignée, n'étant pas assez noble pour prétendre à une germaine. Poseur aux manières flatteuses, il faisait refaire son portrait dès qu'un nouveau peintre était à la mode à la cour. Nez aquilin et pommettes hautes encadrés d'une perruque démesurée avec allonges en boucles brunes à la façon du roi, il se vêtait comme à l'Opéra. Ce jour-là, la croix militaire de Saint-Louis brillait sur son justaucorps bleu roi qui lui serrait la poitrine. Un col de chemise en batiste, empesé et droit, avec rabat sur l'extérieur, lui tenait le menton haut, accentuant ainsi le mépris qu'il semblait avoir pour quiconque lui adressait la parole.

— Monsieur le lieutenant criminel, fit cérémonieusement le commissaire. Je vous remercie d'être venu aussi vite. Mais la situation l'imposait.

— J'ai failli ne pas arriver, bougonna en retour l'officier royal en se portant vers la fenêtre pour observer la foule qui s'agglutinait toujours plus nombreuse dehors. Dites-moi de quoi il s'agit, qu'on en finisse.

— Des vols d'enfants, monsieur. Ça a commencé il y a quelques mois. Au début, je pensais qu'il ne s'agissait que de faits ponctuels. Mais la chose est devenue fréquente et bien organisée. Nous en avons attrapé un, mais je pense que nous avons affaire à une bande.

— Mais pourquoi enlever des enfants ? s'étonna Dusquesnes. Ce ne sont certainement pas les genres de parents à qui on peut demander une rançon ! ne put-il s'empêcher d'ironiser.

— On dit qu'ils seraient enlevés pour leur sang, monsieur, fit le commissaire, un peu gêné.

— Leur sang ? Qu'est-ce que c'est que cette ineptie ?

— Oui, leur sang, pour abreuver certains princes…

— Mais quelles sont ces balivernes, commissaire ? Vous me voyez arriver à Versailles demain et annoncer au roi que des cousins à lui font enlever des enfants pour s'abreuver de leur sang ?

— Non, bien sûr que non, monsieur.

— Écoutez-moi bien, lança le lieutenant général au commissaire après s'être approché de son visage : vous allez me faire interroger illico le malandrin et me trouver une explication valable que je pourrai exposer au souverain sans passer pour un ridicule. Et vous avec ! Est-ce que je me suis bien fait comprendre, Espinasse ?

— Oui, monsieur.

— Je vais prévenir le lieutenant civil pour qu'on juge et exécute prestement ce larron d'enfants. Il faut calmer ces gens au plus vite. Je compte sur vous, commissaire.

— À vos ordres.

— Très bien, conclut le lieutenant général alors qu'il s'apprêtait à sortir. Et la prochaine fois, envoyez-moi un courrier.

— C'est-à-dire que… hésita Espinasse.

— Quoi encore ?

— Si je vous ai fait venir, c'est que je pensais que ce serait plus efficace si vous faisiez vous-même une annonce à la foule. Moi, ils me connaissent. Alors que vous, ils ne vous voient que rarement. Et donc vous craignent.

— Vraiment ? hésita Dusquesnes. On me craint ?

— La chose est certaine, continua le commissaire, qui connaissait le point sensible de son supérieur.

— Bien, fit celui-ci tout en réfléchissant. Mais qu'est-ce que je vais leur dire ?

— Ce que vous m'avez dit. Que le coupable allait être interrogé, jugé et puni.

— Oui, c'est très bien, murmura le lieutenant général, visiblement convaincu par l'argument de son subalterne. Faites faire de la place par la garde et qu'on en finisse.

* * *

Quand elle reçut l'ordre officiel pour le bourreau de se présenter au Grand Châtelet pour procéder à la question, Marguerite se sentit défaillir. Si elle craignait chaque jour qu'on ne lui ordonne une décollation qu'elle n'aurait certainement pas la force physique d'exécuter proprement, elle n'avait jamais véritablement envisagé cette possibilité pour autant. Même Jacques n'avait pas su trouver les mots pour la rassurer, stupéfié lui aussi par cette requête plutôt rare, et de surcroît à exécuter sans délai, comme le spécifiait l'acte. Le bourreau régent devait se rendre à la prison toutes affaires cessantes pour procéder à la torture, le supplicié serait pendu dans la foulée à la potence de la porte de Paris.

Elle ne savait pas. Elle se sentait incapable, désemparée. Si elle avait accompagné son père à de nombreuses exécutions depuis qu'elle était petite, observant comment il procédait et apprenant ainsi sans le vouloir la plupart des techniques d'exécution, elle n'avait jamais assisté à la question. Ce genre d'affaires se faisaient presque toujours dans le secret d'une geôle à l'abri des regards. La prison du Châtelet se dressait devant l'équipage qui s'arrêta à côté de la Grande Boucherie. Le costume de Marguerite lui faisait l'effet d'une armure pesante comme jamais depuis la première fois, il y a quelques jours à peine. Elle avait la sensation étouffante que le cuir de son masque lui collait à la peau. Certainement la sueur, se rassura-t-elle alors qu'elle tâchait de faire fi de son angoisse en se rappelant un livre qu'elle avait parcouru quand elle n'était encore qu'une enfant. Un ouvrage sur l'Inquisition que son père, alors encore exécuteur à Clermont, gardait sur l'étagère la plus haute de son atelier, pensant très certainement qu'il serait ainsi inaccessible. Un livre qui ne devait pas tomber entre de mauvaises mains, ou celles d'une petite fille trop curieuse.

— Bourreau, il faut y aller, dit Jacques sur un ton qui se voulait officiel, jouant le jeu pour ne pas prendre le risque de dévoiler la vérité aux jumeaux, et sortant ainsi Marguerite de ses pensées.

Dans la prison, un geôlier conduisit le bourreau masqué et ses trois aides par un escalier étroit et sinueux. Les quelques falots fixés au mur qui éclairaient le passage par intermittence donnaient au visiteur une idée de ce à quoi pouvait ressembler le purgatoire. Un peu partout les parois suintaient – le lit de la rivière n'était qu'à quelques toises – et une mousse verdâtre se répandait jusque sur le sol, le rendant glissant pour quiconque ne prenait pas garde. Ça puait la mort. Marguerite se forçait à respirer profondément, calmement, alors qu'ils pénétraient dans une grande salle aveugle creusée à même la roche, et qu'elle apercevait sur le côté une scène qui lui glaça le sang. Le supplicié avait déjà été positionné, suspendu sur un plan incliné. Ses poignets avaient été noués par une corde épaisse prise dans des anneaux fixés au mur en hauteur, tandis que ses pieds joints étaient liés à un autre anneau scellé dans le sol.

Le soulagement de Marguerite à la vue de son ami le commissaire Espinasse ne fut que de courte durée. À ses côtés, tanguant d'un côté à l'autre d'impatience, se tenait Le Saunier. Un greffier, frêle comme un moineau avec sa petite tête émaciée et son nez en bec, attendait tranquillement devant un petit pupitre avec papier et plume, calme et immobile, prêt à noter le moindre aveu qui suffirait à justifier la condamnation et à classer l'affaire.

Mais le plus terrifiant était le large sourire qui ornait le visage du supplicié qui ne la quittait pas des yeux depuis qu'elle était entrée, comme s'il n'était pas contraint dans cette position inconfortable, sur le point de subir les pires souffrances. Quand elle s'approcha de lui, il se mit même à rire, hystérique.

— Bourreau, procédez aux brodequins, ordonna Le Saunier. Qu'on en finisse avec ce fou, c'est horripilant !

Marguerite était désemparée par l'attitude de l'homme en face d'elle. Son rire. Ses yeux. Elle reconnaissait cette expression et cette manière de s'esclaffer sans raison.

— Ne me dites pas que vous n'avez jamais infligé les brodequins ! s'impatienta le lieutenant civil.

Sans attendre plus longtemps, Jacques indiqua aux deux valets de positionner les petites planches qui avaient été préalablement préparées à cet effet autour des jambes du condamné. Un sursis pour Marguerite, qui observait derrière son masque. Elle essayait désespérément de se remémorer les dessins dans l'ouvrage auquel elle pensait juste avant qu'ils n'arrivent. Mais ses souvenirs demeuraient trop flous pour en tirer un quelconque enseignement qui aurait pu la rassurer. Elle croisa le regard du commissaire qui l'observait avec curiosité. Elle aurait tellement voulu qu'il sache. Il avait toujours été une épaule pour elle. Mais lui, à cet instant, ne voyait qu'un bourreau qui semblait absent dans la situation qui les occupait.

— Les coins, lui susurra Jacques qui passait derrière elle. Avec le maillet. Le plus fort possible.

Les petits triangles de bois avaient été chassés entre des planches qui comprimaient les jambes à la hauteur des genoux et des chevilles. Deux endroits précis, dénués de chair. Dans un silence lourd, ponctué des rires gueulards du prisonnier qui gesticulait comme une limace malgré les lanières de cuir épaisses qui le maintenaient fermement, Marguerite s'empara de la masse et vint se placer sur le côté, au niveau de ses membres inférieurs. Elle ne pouvait pas s'empêcher de le fixer. Son sourire effrayant lui faisait la bouche énorme, dans laquelle jaillissaient en désordre quelques dents de travers, et ses yeux ronds semblaient presque sortir de leurs orbites.

— Bourreau ! s'impatienta encore plus Le Saunier. Vous attendez quoi ? Sa permission ? Procédez !

Marguerite frappa. Mais pas assez fort pour que le coin ne fasse sa place aux dépens des os. Le supplicié n'en rit que de plus belle.

— C'est une plaisanterie ? s'énerva le lieutenant civil, agacé par le rire hystérique qui résonnait dans la salle.

D'un côté le commissaire la fixait comme s'il la reconnaissait. De l'autre le lieutenant civil persiflait, lui ordonnant de procéder avec efficacité. Et en dessous, le condamné et son rire frénétique qui semblait se moquer d'elle. Comme s'il savait la vérité. Et ce costume qui lui pesait, comme une carcasse de pierre, ce masque qui l'empêchait de respirer.

— Bourreau ! cracha encore Le Saunier. Procédez !

Le maillet ne pesa soudainement plus dans sa main. Elle fixait le petit bout de bois en coin. Juste un petit bout de bois. Et le rire.

En finir avec ce rire.

Son bras s'éleva et le maillet retomba lourdement cette fois-ci. Le visage du condamné se frisa de douleur, rouge du sang qui lui monta à la tête. Sa bouche était béante, un grand rictus d'où aucun cri ne sortait, souffle inaudible, alors que ses poignets se tordaient sous la souffrance et que ses ongles pénétraient sa propre chair.

Puis il se remit à rire.

— Pour qui enleviez-vous ces enfants ? l'interrogea le lieutenant civil de sa voix molle, comme s'il assistait à un vulgaire interrogatoire dans son bureau.

— J'en veux encore ! brailla le condamné, hurlant d'abord, pour rire de nouveau derrière.

Des mots discordants jaillissaient de sa gorge ouverte, vidant son corps distordu de toute la souffrance qu'il venait d'accumuler. Et toujours ce rire mêlé de larmes.

— Une boule, s'il vous plaît, continua-t-il alors de geindre. Une boule !…

Marguerite frappa aussi fort sur un autre coin, qui tenait l'autre jambe, la brisant aussi sec. Elle ressentait la peur de faillir. Il fallait qu'elle frappe, pour qu'il parle au plus vite.

— Une boule ! Une boule, braillait-il toujours.
— Mais de quoi parle-t-il, bon Dieu, s'énerva le lieutenant.
— Une boule des Innocents !...
— Cet homme est fou ! s'offusqua l'officier. Bourreau, frappez encore.

Marguerite l'avait bien entendu, alors que le bruit sourd des os qui se brisaient aux chevilles après un nouveau coup déclenchait un autre cri, plus effroyable encore, comme celui d'un animal tout juste blessé. « Une boule des Innocents. » Il n'y avait plus de doute. Le voleur d'enfants, très certainement un simple intermédiaire à qui on aurait passé commande contre une pièce, un pauvre hère prêt à tout pour se nourrir, prenait les mêmes boules qu'Henri, celles qui le mettaient dans ses « états ». Peut-être se fournissait-il au même endroit ? Peut-être même l'avait-il croisé ? Il devait s'agir du cimetière des Innocents. Le commissaire lui avait confié avoir aperçu Henri par là-bas, et la réputation de l'endroit n'était plus à faire. Il fallait qu'elle tienne encore. Il fallait qu'il parle. Quand elle enfonça le septième coin, le silence se fit soudainement. Tous regardèrent le visage du condamné. Jusqu'alors contrit de douleur, il rayonnait. Une splendeur extraordinaire brillait dans ses yeux, malgré ses deux chevilles qui ne tenaient plus à ses jambes et qui pendaient de chaque côté, et ses genoux broyés. On aurait presque cru deviner un sourire sur ses joues désormais flasques.

Avant que sa tête ne tombe sur le côté, et que son corps ne se relâche. L'écume qui s'écoula alors de sa bouche était aussi blanchâtre que ses yeux soudainement révulsés.

— Un médecin, vite ! s'inquiéta le lieutenant civil.

— Ce n'est pas la peine, fit le commissaire. C'est le cœur qui a dû lâcher. Il est mort.

— C'est ennuyeux, regretta alors Le Saunier, qui retrouva son attitude morne habituelle. Bien, vous exposerez la dépouille pour satisfaire la vindicte.

L'inspecteur était reparti, tanguant de chaque côté, suivi comme son ombre par le greffier. Le bourreau, lui, ne bougeait pas, alors que Jacques et les jumeaux libéraient le corps inerte de ses attaches.

— Vous avez fait votre travail, bourreau, lui fit le commissaire sans que Marguerite l'ait vu s'approcher. De toute façon, il n'y avait rien à en tirer.

Elle aurait voulu lui répondre. Le remercier pour son soutien. Mais elle ne pouvait pas parler. Sa tête était déjà ailleurs.

Au cimetière des Innocents.

XXI

Ici on vivait avec la mort. Des cérémonies d'enterrement de temps à autre, quelques exécutions capitales, et parfois des bouchers qui venaient égorger leurs bêtes pour des raisons éminemment pratiques. Du côté de la rue de la Ferronnerie, des boutiques se tenaient sous les arcades, attirant une clientèle qui déambulait l'air détaché, croisant des individus interlopes à la mine souvent déconfite et parfois mauvaise, qui fréquentaient les tabagies juste à côté, des établissements lugubres à la réputation glauque qui n'ouvraient que le soir. Du côté du cimetière, des couples galants se promenaient, en quête de sensations, dans la galerie sous claveaux. Le spectacle de la mort était connu pour stimuler certaines pratiques licencieuses. La nuit tombée, la fosse devenait une bouche immense et les arcs de pierre, qui se devinaient dans l'obscurité par leur blancheur crasse, lui faisaient un étrange sourire qui dérangeait. Les lumières éparses et vacillantes de quelques flambeaux allumés donnaient au visiteur qui se serait perdu ici une idée terrestre de ce que pouvait être l'enfer. Les ombres portées des croix funéraires ondulaient sur une terre suspecte, bourbeuse de lits de cadavres, éclairant comme un décor de théâtre la façade funeste de l'église qui se dressait en cerbère. À chaque pas, on manquait de se cogner contre des ossements ou des morceaux de cercueil brisé qui faisaient saillie, occasionnant parfois une chute, ou pire une blessure qui s'infectait sans délai, tant les gaz qui s'exhalaient du sol rendaient l'air méphitique. Une atmosphère corrompue à tel point que dans les logis des immeubles tout autour, les bouillons et le lait que l'on préparait se gâtaient aussitôt, et le vin s'aigrissait. Le bruit courait que toucher simplement de la main les murs humides du cimetière des Innocents suffisait à s'empoisonner.

L'idée ne l'avait pas quittée un seul instant. L'image du visage hilare du supplicié un peu plus tôt dans la journée lui revenait sans cesse, et son rire hystérique résonnait dans sa mémoire.

À peine avait-elle pénétré dans l'enceinte, par l'un des passages de la rue de la Ferronnerie, que Marguerite dut porter à son nez le mouchoir qu'elle avait préalablement imbibé de parfum. La puanteur était insupportable. Et la chaleur qui assommait Paris depuis quelques jours n'y arrangeait rien. Après un temps à observer les lieux et les quelques êtres qui erraient de plus en plus nombreux autour des tabagies qui s'éclairaient déjà, elle se décida à aborder l'un d'entre eux, le visage bien recouvert par l'ample capuche de son manteau pour ne pas être reconnue.

— Y aurait bien un type qui ressemble au bonhomme que vous décrivez, balbutia un dégingandé nerveux, comme aux abois, qui avait déjà un air de cadavre. Il se fait appeler l'élégant, si je me souviens bien.

— C'est lui ! fit Marguerite, cachant mal son agitation. Où l'avez-vous vu ?

— Je l'ai pas vu, corrigea le misérable. J'en ai entendu parler, pas plus ! Vous auriez pas la pièce, dites ? Pour la chopine…

— Si, bien sûr, s'empressa de lui répondre Marguerite en sortant une pièce d'une livre de sa bourse. Mais où est-ce que vous en avez entendu parler ?

— À la taverne des Innocents, madame, là-bas, fit le bonhomme en indiquant du doigt des fenêtres éclairées sous les arches, de l'autre côté du cimetière.

— Merci, mon brave, lui dit Marguerite avec douceur.

— Attention, madame… S'il est aisé d'y pénétrer, rien n'assure d'en sortir entier, lui lança l'homme alors qu'elle se dirigeait déjà vers l'établissement.

La taverne des Innocents avait sinistre réputation. On pouvait s'y adonner à toutes les formes de vices sans être ni vu ni dérangé, et y trouver ces fameuses drogues nouvelles, comme la zizanie ou le laudanum. Un état de non-droit, où la garde ne pénétrait jamais, et où on pouvait se perdre en toute anonymité. Plus elle approchait de la lueur projetée sur les dalles, juste devant l'entrée du beuglant, plus elle avait la sensation que ses pas collaient au sol fangeux, recouvert de pisse et de vomissures. Bientôt la porte d'entrée se profila, et des têtes se tournèrent vers elle pour la suivre à son passage. Des corps déjà morts, même si toujours debout, les uns adossés au mur poisseux, les autres affalés dans la souillure, regards vides en cratères marronnasses, et bouillasse à la bouche. Des spectres qui aspiraient l'air vicié, pinçon à la main, mâchonnant la chique d'opiacé qui leur apportait un oubli éphémère de leur condition sans espoir. L'un d'entre eux riait silencieusement en fixant le vide, ses épaules hoquetant par à-coups secs, lui donnant l'allure d'un pantin à fils. Peut-être voyait-il déjà la Faucheuse qui se tenait certainement devant lui, pensa Marguerite. Quand il fut pris de toussotements, d'abord contenus, puis expectorés bruyamment, le traîne-misère continua de rire malgré les crachements qui le prenaient. La visiteuse hésita à intervenir, elle était habituée à ces symptômes chez certains de ses patients, mais elle n'était pas là pour ça et elle aurait pris le risque de se dévoiler. Et soudain il cracha une dernière fois pour se calmer tout à fait, avant de retourner dans la taverne comme si rien ne s'était passé. Dans le graillon poissant que l'individu venait d'expulser sur le pavé, Marguerite distingua une petite boule. Elle pénétra à son tour sans plus attendre dans l'établissement.

L'air était chaud et le bruit assommant. Le nez était pris, à peine entré, par le tabac, les gaz, la nourriture et les corps sales. Partout on buvait, on riait, on criait, on s'invectivait dans un tohu-bohu incessant, idiomes grossiers d'argots de toutes origines. C'était à qui parlait le plus fort ou taquinait le plus effrontément en concerts de râles gras, debout par petits groupes ou assis coude à coude, promiscuité propice à tous les jeux des corps, contacts, attouchements, et parfois aux coups. Les grandes tablées étaient tachées par le gras et le vin, chargées de victuailles jetées à même le bois, débris de viande, poisson, légumes ou morceaux de pain. Les vases de grès pleins et les bouteilles d'eau-de-vie passaient de l'un à l'autre, remplissant toujours plus que le godet tendu d'une main mal assurée par l'heure avancée ne pouvait contenir. Dans la fumée opaque du tabac qui faisait une brume à hauteur d'homme, des femmes allaitaient ou torchaient. Une servante, jupe souillée et chemisier déchiré laissant deviner sa poitrine suintante, se faisait peloter au passage par des mains de fantômes. Elle manqua de tomber, bousculée par l'un des nombreux chiens qui vaquaient entre les jambes, en quête de restes tombés au sol. Marguerite se fraya un chemin dans ce marasme humain, pour finalement se laisser choir sur un bout de banc. À côté, un mastroquet écoulait son butin, un petit ouvrage pornographique, dont il vantait les gravures, et une tabatière en argent, à un bourgeois ivrogne. Le naïf était entiché d'une pouliche fardée à la farine, à défaut de céruse. Assis à côté, un gadouard puant les fosses d'aisances qu'il avait vidées la journée avisait le manège de son œil torve. Mais aucune trace d'Henri. Marguerite passait de l'un à l'autre, dévisageant chaque créature, espérant encore déceler l'état si particulier de celles et ceux qui consomment la fameuse petite boule blanche, et qui auraient pu constituer une piste. Derrière elle, le ton montait entre deux hommes, l'un s'estimant insulté, l'autre brandissant déjà un tabouret pour le lui jeter à la tête, brisant la vitre derrière lui. Marguerite s'empara sans réfléchir du broc rempli de vin auquel personne ne semblait avoir touché. Elle ressentit ce besoin impératif, il lui fallait se relâcher, d'une manière ou d'une autre, si elle voulait tenir plus longtemps ici. Elle, déjà si fatiguée, usée par les jours passés et le rôle qu'elle devait jouer, le rôle de tous les dangers. Et cette inquiétude qui la taraudait sans répit, chaque jour depuis que son fils avait disparu. Le liquide se répandit en elle et lui brûla aussitôt le ventre. Le camphre. Certainement. Le vin frelaté était de rigueur dans ce genre d'établissements. Puis cette envie soudaine de pleurer. Le bourgeois achetait la tabatière, poussé par sa marcheuse, sûrement de mèche avec le receleur, et Marguerite sentait les larmes lui monter aux yeux. La foule tanguait tout autour et la chanson braillée pas très loin lui faisait l'effet d'une complainte lancinante tirée d'un mauvais rêve. Quand elle le vit, revenant subitement à la réalité à laquelle elle tâchait de s'accrocher. Celui qu'elle avait observé juste avant d'entrer ici, et qui avait recraché une boule. L'épave humaine avait jailli de l'ombre derrière, tout au fond, de l'autre côté de la salle. L'allure hésitante, se cognant à tout, comme aux gens, il arborait toujours ce sourire si caractéristique que Marguerite cherchait depuis qu'elle avait pénétré dans ce bouge.

Elle se releva alors, les gestes hésitants à cause de la fatigue accentuée par l'effet de l'alcool bu un peu trop vite, et se dirigea vers l'obscurité, là-bas, plus loin encore, vers l'inconnu, une descente aux enfers. Dans une arrière-salle, la lumière cédait le pas à l'étrange qui côtoyait le dangereux, nappée de fumée opaque. On y jouait au trictrac sur une table, sur une autre les dés roulaient pour une tremerel ou une partie de quinquenove, tandis qu'une troisième recouverte d'un tapis verdâtre numéroté se prêtait au biribi. Cartes tirées pour un lansquenet ou pharaon, autant de jeux que de prétextes à boire, mais surtout à perdre de l'argent, même si la chose était interdite, occasionnant des rixes qui finissaient souvent dans le sang. Juste à côté, dans les coins sombres, des libertins tardifs se dévoilaient, raffinés enrubannés friands d'intrigues, faisant les réputations pour les défaire aussitôt, prêts à sortir leur rapière pour un oui ou pour un non. Plus loin encore, le néant, ponctué de points de braises, et cette senteur si particulière, comme un mélange de vanille et de myrrhe. Marguerite avançait toujours, pas à pas, à tâtons, heurtant du pied un corps allongé qu'elle distinguait à peine à la lueur d'une bougie. Un homme, pas tout à fait mort d'après sa légère réaction, tiré d'un sommeil profond. Une clarté ambrée dévoila le visage d'un autre. Il buvait dans une petite coupelle que des mains sortant de la pénombre lui tendaient, pour se rallonger et disparaître aussitôt, retournant ainsi vers les méandres desquels il était sorti un bref instant. Marguerite avançait toujours, et son corps appelait. Son esprit aussi. Elle se sentait attirée, toujours plus loin. L'odeur l'enivrait. L'atmosphère lascive aussi. Tout semblait si paisible, ici, quand la tension régnait dans l'autre salle, juste à côté. La paix. L'air mou. Exsangue, elle se laissa aller, s'immergeant dans l'atmosphère soûlante et nébuleuse. Une voix sans corps ni visage lui proposa de s'allonger à son tour. Elle obtempéra sans résistance. Le besoin de lâcher prise l'emportait. La fatigue. La lassitude, aussi. Et peut-être un moyen de le rejoindre, lui. Comprendre celui qu'elle cherchait éperdument, se dit-elle dans un dernier effort de pensée, alors qu'elle devinait dans la pénombre la coupelle large qu'on lui tendait. Elle la porta aussitôt à sa bouche. Un liquide tiède, aux arômes forts, très sucré, qu'elle but d'une traite, avant de se laisser échouer sur de la paille malodorante et humide. Dernières sensations qui la liaient encore un instant à la réalité.

Puis plus de corps.

Une grande fleur à pétales larges et colorés venait d'éclore dans sa tête, projetant des étincelles miroitantes, constellant l'obscurité qui l'entourait.

Le laudanum d'opium faisait son chemin en elle.

La cannelle, le safran et les girofles l'amenaient à des terres inconnues, loin d'ici, loin de Paris. Loin de sa vie.

Charles était allongé sur une planche de bois, le visage vers le ciel, ses bras et ses jambes en croix tenus par les chevaux nerveux qui s'agitaient. Tout autour, les applaudissements de la foule venaient de laisser place au silence. Marguerite respirait difficilement sous sa cagoule collée à son visage par la bruine qui n'avait cessé de tomber. Il avait été condamné à l'écartèlement. Elle était le bourreau et elle devait procéder. Alors qu'elle savait la vérité. Elle savait que ce n'était pas Charles qui avait assassiné Corbeau, son propre père, mais le valet Damien, par démence et par jalousie. Mais la justice en avait décidé autrement. Si elle ne pouvait plus rien faire pour sauver l'homme qu'elle aimait, elle pouvait au moins lui éviter les pires souffrances. Et la cordelette dans sa poche, qu'elle touchait du bout de ses doigts, la rassurait.

Dans un silence total, où même les gouttes de pluie restaient suspendues dans l'air, elle approcha son visage du sien.

— « Souviens-toi de la rosée sur les champs bleus », fit-elle de sa voix douce, reprenant le poème qu'il avait un jour écrit pour elle. « Comme une mer irisée par le reflet des cieux... »

— « Le vent chassé par les ailes frêles des moulins sourds... continua faiblement Charles à son tour. Pousse au lointain les nuages et chante mon amour. »

— Je t'aime, lui susurra alors Marguerite de ses yeux émeraude.

— Je t'aime, lui répondit Charles comme si c'était la première fois.

Puis les douleurs, au ventre et aux tempes, et les jambes qui se braquèrent, heurtant le sol dur. Le corps qui se cambre et qui crache les jets de vomissure.

Des mains qui la prennent.

Puis l'obscurité. Le néant.

* * *

Des gémissements. Des cris épars, un peu lointains, un râle plaintif plus près. Plus proche encore un sifflement, sec, prolongé, un fil d'air qui aurait du mal à passer. Et l'odeur. Toujours. Celle qui réveille en nausée, avec la gorge qui se serre pour ne pas rendre. Elle n'avait pas encore ouvert les yeux, mais elle sentait la lumièrc traverser ses paupières collées. Elle était toujours allongée. Mais sur quelque chose de mou. Pas la couche dure de la taverne dont elle se souvenait. Devant, elle sentait le vide, avec sa main qui semblait pendre au bout de son bras raide. Derrière, elle était tenue, appuyée contre quelque chose qui l'empêchait de bouger. Tout à coup, des miasmes putrides frappèrent ses sens et finirent de la réveiller tout à fait. D'abord aveuglée, elle vit les formes lui apparaître doucement, floues, puis de plus en plus nettes. Elle n'était plus dans la tabagie des Innocents. Dans la clarté violente qui lui matraquait le crâne, il lui semblait qu'elle ne percevait ni le plafond ni les murs, tellement l'endroit paraissait immense. Elle respirait encore avec difficulté. Ça puait fort. Pas l'odeur de la pisse et de la saleté qui était restée gravée dans sa mémoire cotonneuse. Non. Une odeur plus infecte, plus terrifiante. Le remugle de la putréfaction. Elle ouvrit complètement les yeux et elle la vit. Une femme. Elle aussi allongée, juste en face, tournée dans sa direction, sur un autre lit. Sa peau qui collait à l'ossature de son visage était verte, et elle la fixait de ses deux globes sortis de leurs orbites, sa langue pendant lourdement sur le côté comme une grosse limace. Marguerite hurla. Un cri sec et bref. Elle voulut se redresser, mais elle était toujours empêchée dans son dos. S'accrochant à l'armature du lit, elle put se contorsionner assez pour découvrir une autre femme, elle aussi allongée, collée derrière elle, et une troisième juste un peu plus loin, avec elle sur le même lit, toutes deux inconscientes et froides, peut-être mortes. Partout, en rangées bien droites, des trains de couches, chacune occupée par trois corps, parfois plus, parcouraient la grande salle qu'elle découvrait. Des centaines de lits avec des milliers de corps. Était-ce son esprit encore embourbé ? Il lui semblait que l'atmosphère méphitique exhalée par ces corps ondulait l'air tout autour, tordant les poutres qui couraient sur les murs pour finir en voûtes magistrales au-dessus. Paniquée, elle se redressa et se retourna vers la grande fenêtre juste derrière, espérant l'ouvrir pour prendre un peu d'air frais. À travers les carreaux, elle reconnut le Petit Pont qui menait au Petit Châtelet, de l'autre côté. Elle réalisa alors l'horreur. Elle était à l'Hôtel-Dieu. Pourquoi était-elle ici ? Elle n'en avait aucune idée. Mais il fallait qu'elle se sorte de là. L'adage était connu : « Dans chaque lit, il y avait le malade, le mourant, et le mort. » La maison de Dieu ! Où le survivant, couché à côté du moribond et du décédé, ne survivait pas à l'air putride. Où la simple indisposition finissait en mal cruel et mortel par le transport des maladies d'un lit à l'autre. Elle réussit à sortir ses jambes et à poser ses pieds sur le sol. Elle hoquetait, elle avait peur, mais des sœurs se précipitaient déjà vers elle.

— Restez couchée, mademoiselle, lui ordonna l'une d'entre elles alors qu'elles l'attrapaient par le bras pour l'inciter à se rallonger.

Marguerite résistait, elle se débattait le mieux qu'elle pouvait avec le peu de force qu'elle avait. On ne l'appelait pas par son nom et ça la rassurait. On ignorait qui elle était. Il ne fallait pas qu'on le sache.

— Laissez-moi partir, gémit-elle. Je n'ai rien à faire ici.

— Le médecin va passer vous voir et c'est lui qui décidera, répondit une autre soignante. Vous n'êtes pas médecin, si ? Comment vous appelez-vous, d'abord ?

En effet, ils ne savaient pas qui elle était.

— Un médecin ? Mais pour quoi faire ? continua Marguerite alors qu'elle s'écartait de l'autre corps contre lequel on la forçait encore à se tenir.

— On vous a amenée au petit matin, vous suffoquiez, vous avez rendu, vous ne respiriez presque plus. Qu'avez-vous fait ?

— Laissez-la ! fit un homme à la voix autoritaire, qui venait d'entrer avec précipitation dans la salle.

— Monsieur le commissaire ? s'étonna l'une des sœurs, lui laissant le passage.

— Comment allez-vous ? demanda Espinasse à Marguerite après avoir ordonné qu'on les laisse seuls.

— Je crois que ça va, mon ami, murmura Marguerite, reprenant espoir.

— Alors sortons d'ici.

Il l'aida à se remettre sur ses jambes. Elle tenait finalement assez bien debout par elle-même. Avant de se retourner pour ne pas la voir s'habiller, le commissaire reconnut, parmi les salissures sur sa robe, une trace rouge orangé. Il connaissait bien cette couleur laissée sur les vêtements de ceux qui prenaient le terrible breuvage. Un rapprochement d'autant plus facile à faire qu'il savait pertinemment où elle avait passé la nuit. La mouche qui l'avait averti ce matin que Marguerite se trouvait ici le lui avait dit.

XXII

Dès son retour de l'Hôtel-Dieu, Marguerite se lava avec précipitation, avec urgence, pour se débarrasser des odeurs de la nuit, et du souvenir des miasmes qui la poursuivaient dans sa tête. Rassurée par son retour, Rose, terrifiée par son état, avait tenu à s'occuper d'elle. Mais Marguerite la convainquit, avec difficulté, que tout allait bien et qu'elle pouvait retourner au comptoir. Puis elle s'enferma dans son atelier pour se remettre d'aplomb. Dans le calme retrouvé, elle observa les quelques gouttes de suc de foie de chien qui tombaient dans une mixture qui la rassérénerait complètement, un sirop doré par le curcuma et qui sentait le gingembre. Un temps bref, qu'elle essayait par le jeu de son esprit de prolonger en éternité. Il lui faudrait repartir plus tard dans la journée pour rendre visite à son cousin et donner les soins à Jeanne, pensa-t-elle. Par chance, aucune exécution n'était prévue aujourd'hui. Le soir venu, elle reprendrait ses recherches. Et puis P'tit Rouquin traînait toujours du côté des quais, se rassura-t-elle. Il était ses yeux là-bas, et il viendrait bientôt lui faire son rapport avant de repartir travailler dans ses fosses d'aisances. Elle but la potion encore tiède, espérant en ressentir les effets dans l'instant. Quand elle réalisa soudainement jusqu'où elle était allée cette nuit-là. Les souvenirs lui revinrent par éclats. Elle, allongée sur une couche de paille, et l'écuelle aux reflets ambrés que l'on portait à sa bouche. Puis la chute. Comment avait-elle pu aller aussi loin ? se demanda-t-elle, effrayée. Elle prit conscience des risques qu'elle avait encourus, au point de se perdre elle-même. Elle aurait pu ne jamais en revenir. Au mieux, on aurait reconnu son cadavre parmi d'autres dans les lits puants de l'Hôtel-Dieu. Au pire, on l'aurait jetée dans une fosse commune, puisque personne n'aurait pensé la chercher là-bas. Il fallait qu'elle se reprenne, se décida-t-elle aussitôt, arpentant l'atelier de long en large. Elle ne pouvait pas faillir, elle ne le devait pas. Cette idée de comprendre Henri en usant des mêmes déviants avait été ridicule. Oui, il fallait qu'elle se ressaisisse.

Des éclats de voix attirèrent soudainement son attention, la sortant de sa torpeur. Un attroupement s'était formé devant le comptoir. La voix de Rose, empreinte d'inquiétude, lui parvenait, mêlée à celle d'un homme, grosse et puissante, que Marguerite reconnut immédiatement comme celle du juré Jacquemin.

* * *

— J'exige de voir le bourreau ! répétait le maître apothicaire à la perruque fraîchement repoudrée par son merlan qui le suivait toujours comme son ombre.

— Il n’est pas là, monsieur le juré, répondait encore Rose d’une voix mal assurée.

— Il n’est pas là ! Mais le bourreau n’est jamais là, semblerait-il ! ironisa Jacquemin alors qu’un petit attroupement se formait pour assister au scandale. L’un est aveugle, et l’autre masqué ! Voilà la justice bien servie !

Ses propos provoquèrent le rire dans l’assemblée toujours plus nombreuse.

— Ni l’un ni l’autre ne sont là, c’est vrai, reprit Marguerite, sortant de l’atelier pour se tenir au comptoir à côté de Rose, qui tâchait de rester solide face à l’adversaire.

— Tiens ! Mais qui voilà ? feignit de s’étonner le juré. Notre « soigneuse » !

— Pour vous servir, maître apothicaire, lui répondit-elle, aussi calme que possible.

Ses jambes étaient encore fragiles et la tête lui tournait toujours un peu, mais son breuvage faisait son effet.

— Auriez-vous un mal que je pourrais vous aider à traiter par mes soins ? continua-t-elle sans laisser à son adversaire le temps de répliquer. Auquel cas je vous invite à venir dans mon atelier, et à laisser ces gens vaquer à leurs occupations.

— Vous ? Vous occuper de moi ? reprit alors Jacquemin, prenant à témoin la foule. Laissez-moi rire ! Mais jamais je ne vous laisserai utiliser vos onguents de sorcière sur moi comme vous le faites sur ces pauvres gens crédules !

— Qu'êtes-vous venu faire alors ? demanda Marguerite, essayant de garder son calme malgré ses craintes, qui montèrent lorsqu'elle aperçut l'inspecteur Noyeux qui se tenait un peu à l'écart, observant d'un œil attentif l'affrontement.

— Je suis venu remettre les choses en ordre, madame, fit son interlocuteur en sortant un document de sa poche et en l'arborant solennellement, le bras levé. Voici le document, dûment signé par des adhérents de la communauté du métier que je représente, accusant votre comptoir de concurrence déloyale. Et vous-même de n'être rien d'autre qu'un chambrelan, madame !

— Moi, un chambrelan ? Rien que ça !

— Exactement. Ce n'est pas parce que vous tenez boutique que vous valez mieux que ces rats qui fabriquent des produits de basse qualité en cachette dans des garnis pour approvisionner le marché au rabais !

— Et combien ce document qui m'accuse vous a-t-il coûté, maître ? siffla Marguerite, qui n'y tenait plus.

— Comment ? murmura Jacquemin, offusqué. Vous oseriez m'accuser de manipulation ? Inspecteur, je vous voulais comme témoin, voici donc la preuve. Je vous demande officiellement de fermer cet établissement dont le commerce illicite n'a que trop duré.

— J'ai bien peur que ce ne soit pas de mon ressort, maître, répondit mielleusement l'inspecteur. Ce commerce est toujours celui du bourreau.

— Mais qu'il se présente alors à nous, rétorqua Jacquemin.

— Il est empêché par sa vue, et il est pris par la santé de sa femme, vous le savez très bien, s'empressa de répondre Marguerite.

— Mais que le régent se montre, alors, lui opposa dans la foulée le maître apothicaire. Il est officiellement le bourreau, que je sache. Et donc responsable de tout ce qui dépend de sa fonction. Dont cette échoppe !

— Vous savez pertinemment que c'est faux !

— Vous êtes une honte à notre profession, continua Jacquemin, le doigt pointé sur elle. Et mes gens vont réduire votre outil en miettes !

— Quoi ? s'écria Marguerite, apercevant avec effroi quelques individus à la trogne mauvaise sortant de la foule et se portant déjà sur les côtés, le bâton à la main. Inspecteur, vous ne pouvez pas laisser faire ça ! supplia-t-elle. Il ne peut se faire justice ! Ils ont des bâtons, ils n'ont pas le droit ! Appelez la garde ! cria-t-elle encore alors qu'elle repoussait le mieux qu'elle pouvait un assaillant.

Mais déjà des altercations dans la foule créaient un vent de panique. Jacquemin avait prévu son coup, déjouant ainsi l'attention des autorités sur plusieurs points d'échauffourée, tandis que d'autres franchissaient le comptoir et commençaient à tout saccager. Jacques arriva, armé lui aussi, et bastonna l'un des rustres qui avait renversé un meuble, brisant tous les pots qui s'y trouvaient rangés, mais un coup de couteau lui lacéra le bras.

— Jacques ! hurla Rose en se précipitant sur lui.

Marguerite faisait ce qu'elle pouvait pour protéger son bien, mais elle était débordée de toutes parts. Autour d'elle, ce n'était que vacarme, bruits de verre brisé et de bois qui craque, sous les rires sardoniques de Jacquemin, qui se tenait toujours dans la cohue grossissant devant l'échoppe. Quand des voix de femmes parvinrent, d'abord lointaines, pour finalement prendre le dessus sur le marasme général.

— En avant, les filles ! hurlait Babet. Sus aux hommes qui exploitent ceux qui travaillent !

La cabale inopinée s'était formée en un rien de temps. L'arrivée de Jacquemin et de sa troupe armée avait très vite fait le tour des ateliers, et Babet avait compris de quoi il retournait. Jetant son tablier, elle avait emmené celles et ceux qui attendaient l'occasion de manifester. Décontenancés par la horde de femmes qui fondaient sur eux, épaulées par quelques apprentis, les malandrins à la solde de Jacquemin perdirent rapidement de leur assurance, et leur groupe commença à s'éparpiller après avoir reçu les premiers coups que les femmes donnèrent sans concession, braillant poitrine ouverte et leur crachant dessus.

— Inspecteur ! hurlait Jacquemin, qui perdait de son assurance, faites quelque chose ! Où est la garde que vous m'aviez promise ?

Mais l'inspecteur avait fait un pas en arrière. Les femmes ouvrières avaient rapidement pris le dessus sur les agresseurs, qui avaient déjà fui pour la plupart,

Jacquemin se retrouvant seul avec son pauvre bout de papier dans sa main gantée, reculant alors que la grosse Babet, sa horde derrière elle, avançait sur lui.

— Garde !... cria-t-il encore mollement, la gorge serrée.

— Alors, maître ? lui fit Babet, les mains sur les hanches et les cheveux en bataille. On s'en prend aux dames, maintenant ? On vous savait lâche, mais à ce point !...

— Vous... Vous ne devriez pas me toucher, tapissière, balbutia-t-il, reculant encore, jetant des coups d'œil sur les côtés comme pour chercher une issue. Votre maître est de mes amis, et il pourrait vous en cuire...

— Vraiment ? le coupa Babet sans se démonter. Mais à qui croyez-vous qu'il pourrait en cuire, là, tout de suite ?...

Jacquemin ne la regardait plus. Comme tout le monde sur la place, son visage s'était figé vers la maison du pilori. Les vociférations s'étaient tues progressivement, laissant place au silence.

Le bourreau régent se tenait devant l'échoppe saccagée. Immobile. On devinait à peine sa respiration sous son costume rouge et son masque. Son apparition avait suffi à arrêter la bagarre, et certains spectateurs firent mine de retourner à leurs occupations. Toujours en silence, le bourreau s'avança vers Jacquemin, pour se poster juste devant lui. Quand il lui prit le papier, le maître n'offrit aucune résistance, se protégeant le visage de sa main libre, de peur d'être frappé. C'est alors que sous les yeux ébahis de l'assemblée encore présente, l'homme au masque déchira méthodiquement la lettre, la jetant par petits morceaux au vent.

— Ça ne se passera pas comme ça, baragouina finalement le juré avant de quitter les lieux d'un pas rapide, suivi de son merlan comme d'un chien.

L'inspecteur n'avait pas bougé. Sur le côté, il avait assisté à toute la scène, et plus particulièrement à l'arrivée impromptue du mystérieux bourreau. La disparition de Marguerite ne lui avait pas échappé non plus.

* * *

Épaulée par Rose, Marguerite apportait les premiers soins à Jacques. Son état n'était pas inquiétant, mais l'homme était âgé, et il lui faudrait du temps pour retrouver des forces. Dans la boutique, Babet et Agnès, ainsi que quelques-unes des filles qui n'avaient pas hésité à se battre, essayaient de remettre de l'ordre. Une bonne partie des meubles et des produits avaient été détruits, et il faudrait du temps avant que l'activité puisse reprendre.

— Merci, les filles, fit Marguerite.
— On leur a donné une bonne leçon, hein ? plaisanta Babet de sa grosse voix de mégère.
— Tu as pris des risques, se désola celle qui était le bourreau il y a encore peu et qui s'était changée à la va-vite aussitôt la crise terminée. Tu vas te faire renvoyer.

— T'inquiète, la rassura Babet, goguenarde. Ils ont trop besoin de bras comme les nôtres. On les tient !

— Tu vas comment ? demanda Agnès à Marguerite. Tu n'as pas l'air bien.

— Si, si, essaya de la rassurer son amie alors qu'elle observait l'inspecteur Noyeux, qui se tenait toujours devant le comptoir, pour finalement tourner les talons, et s'en aller avec l'air tranquille de celui qui avait trouvé ce qu'il était venu chercher.

— Bon, c'est pas tout ça, mais je vais retourner à l'atelier, soupira la tapissière, qui se cambra pour faire craquer ses gros os. Tiens ! V'là P'tit Rouquin !

L'enfant faisait son chemin comme à son habitude, l'air heureux et son petit sourire au coin des lèvres sur son visage poupon toujours curieux. Les mains dans les poches, il se faufilait entre les quelques personnes encore là qui discutaient de ce qui venait de se produire, avant d'être à leur tour dispersées par la garde enfin arrivée.

— Toujours après la bataille, ceux-là, ironisa Agnès.

— Qu'est-ce qui s'est passé ici ? s'étonna P'tit Rouquin devant la désolation à l'intérieur de la boutique.

— Ne t'inquiète pas, tout va bien, le rassura Marguerite. D'où viens-tu, comme ça ? Tu n'es pas au travail ?

— Nan ! J'étais sur les quais, rétorqua le gamin en ramassant du bout des doigts de l'onguent étalé sur le sol et le portant à son nez pour le sentir.

— Et ? le pressa gentiment Marguerite.

— Y aurait un nouveau, à ce qu'on dirait, continua P'tit Rouquin en passant la crème sur sa main noircie de saleté.

— Un nouveau ? répéta Marguerite, laissant aussitôt l'espoir reprendre place.

— Ouais. Même qu'il se ferait appeler Carl, et qu'il vivrait dans la pompe. Celle qui marche plus.

— La Samaritaine ? le reprit Marguerite, cachant mal son excitation nouvelle.

— Ouais ! Il paraît qu'y en a qui vivent dedans ! Dis, je peux manger avec toi ?

— Oh, oui, tout ce que tu voudras, lui répondit Marguerite, soudainement pensive.

Elle ne pouvait pas s'empêcher d'espérer à nouveau.

Et s'il s'agissait d'Henri ?

Carl. Un pseudonyme logique pour un garçon dont le père s'appelait Charles.

XXIII

La Samaritaine donnait à boire au Christ autour du puits de Jacob, juste en dessous de l'horloge d'inspiration flamande, figée dans le temps. Dans le campanile baroque, avec sa charpente revêtue de plomb doré, les clochetons ne frappaient plus les heures de leurs marteaux comme il y a quelques mois encore, et le carillon toujours désaccordé ne sonnait plus les cérémonies publiques ni ne saluait le passage du roi. Que ce soit la foule en journée ou le maraud qui traînait la nuit à la recherche du mauvais coup, personne ne semblait prêter attention à la pompe Samaritaine, l'autre pompe, avec celle de Notre-Dame, qui approvisionnait en eau les fontaines de Paris fut un temps, aujourd'hui en panne. L'énorme bâtiment style Renaissance, laid à souhait, était planté sur pilotis au-dessus de la rivière, et semblait s'accrocher au Pont-Neuf pour ne pas être emporté par le courant. C'est devant cet édifice que Marguerite avait procédé à sa première exécution en public il y a quelques jours, se souvint-elle, alors qu'elle se tenait devant. Sur le trottoir, les échoppes qui couraient d'un bout à l'autre du pont étaient recouvertes de toiles, devenant pour certaines l'occasion d'une couche sous laquelle le mendiant qui n'aurait pas trouvé de quoi se payer un garni irait se glisser. Marguerite, elle aussi, se tenait sur ses gardes. Le sauf-conduit délivré par le commissaire Espinasse ne la protégerait pas forcément contre le guet zélé qui aurait abusé d'eau-de-vie camphrée, pour se réchauffer de la nuit fraîche ou combler l'ennui d'une maraude sans gibiers.

Postée sur l'un des balcons du pont qui faisaient saillie sur la rivière, Marguerite observait les allées et venues des noctambules et des argotiers, espérant que l'un d'entre eux lui permettrait de découvrir la fameuse entrée qui mènerait dans l'édifice, puisqu'on vivait à l'intérieur selon les dires de P'tit Rouquin. Elle se sentait à bout, et ce malgré la deuxième dose de son remède qu'elle avait absorbée juste avant de partir. Elle n'avait pas le choix. Elle ne pourrait plus tenir ce rôle très longtemps, et elle le savait. Avec l'inspecteur jamais très loin, qui suspectait quelque chose, elle en était certaine, et Jacquemin qui reviendrait certainement à la charge sous peu, la situation allait vite devenir intenable. Alors elle avait prié, adossée à la balustrade du pont au-dessus du vide. Elle avait prié comme son père le lui avait appris. Comme elle ne l'avait pas fait depuis longtemps. Elle en avait perdu l'habitude. Ou l'envie. Mais devant cette évocation d'un Christ, là sur la façade, à qui on donne de l'eau, l'envie lui prit et elle s'y adonna avec foi. Un peu plus loin, deux filous se cherchaient querelle, jusqu'à ce que l'un égorge l'autre pour sa bourse et le passe par-dessus le muret. Le bruit du corps qui frappe l'eau plus bas, et les pas de l'assassin qui s'éloignent. La violence, toujours. Chaque nuit devenait le théâtre du malheur de beaucoup, au profit de quelques-uns qui ne tarderaient pas à le payer, retrouvés morts de faim dans une impasse, ou au fond d'une geôle. La fin tragique du pauvre hère n'était pas de son ressort, pensa Marguerite, alors que son regard était attiré par une barboteuse qui battait le pavé juste de l'autre côté de la route.

— Margaux ? lui fit-elle après s'être approchée.

— Vous ?… Mais qu'est-ce que vous faites là à cette heure ? demanda la pauvre fille du Limousin qui venait parfois se faire soigner au pilori.

— Je croyais que tu travaillais du côté du Palais-Royal ?

— *Persona non grata*, comme ils disent, les curés ! Le gars qui me frappait est devenu trop dangereux.

— Et tes douleurs ?

— Ça vient, ça va…

Margaux était méconnaissable. Depuis sa dernière visite, elle avait encore maigri et marchait avec difficulté, comme à bout de forces, et sa peau grenelée n'augurait rien de bon. Elle était épicée, ses jours étaient comptés.

— Bien sûr que je sais où est l'entrée ! lui répondit-elle avec un grand sourire, heureuse de pouvoir aider à son tour celle qui avait toujours été là pour elle. Sur le côté, là, continua Margaux, indiquant le flanc de la pompe. Y a une petite porte qui servait autrefois pour l'entretien. On y passe courbé en deux !

Marguerite quitta Margaux avec regret et crainte, lui faisant promettre de repasser la voir à l'atelier au plus vite. La marcheuse avait acquiescé d'un autre sourire, plus gris celui-là, alors qu'elle se dirigeait déjà vers une ombre qu'elle héla aussitôt d'une voix qui se voulait langoureuse, mais qui était celle d'une presque morte. Marguerite savait qu'elle ne la reverrait probablement jamais.

La petite porte de métal s'ouvrit en crissant sur la pierre, prévenant ainsi très certainement les occupants de l'arrivée imminente d'un visiteur. Mais personne derrière. L'endroit, qui apparaissait par taches de lumière, grâce à quelques falots accrochés, était vide. Devant l'intrus, une passerelle se présentait, se faufilant dans des méandres de solives fixées à des poutres, qui elles-mêmes se croisaient en une structure fantastique. Le squelette d'une créature gigantesque qu'on aurait dit respirer par les ombres portées qui dansaient entre elles au rythme des flammèches. Marguerite s'avança et le vertige la prit lorsqu'elle aperçut juste en dessous de ses pieds les bras articulés monstrueux, désormais immobiles, qui plongeaient tout en bas vers les eaux vrombissantes. Le temps de se persuader que la bête était bien endormie, elle reprit son chemin à tâtons, en suivant les torches, cherchant des yeux une autre issue. Elle commença à paniquer. Elle s'était retournée à plusieurs reprises, mais ne reconnaissait déjà plus le chemin par lequel elle était venue. Elle aperçut enfin une tache noire sur le mur dans lequel la passerelle allait se planter, juste en face, sans qu'aucune autre voie soit possible. Un passage était creusé à même la maçonnerie de ce qui devait être l'un des piliers du pont. Elle s'approcha de la porte laissée entrouverte et entendit des voix, tandis que des traits de lumière mouvants se dessinaient sur le sol. Son cœur battait la chamade. Il y avait bien des gens qui vivaient là, dans la structure même du Pont-Neuf. Motivée par l'espoir qui la réchauffait, elle entra et déboucha sur une grande pièce dans laquelle une population bigarrée était réunie. Certains jouaient aux cartes, d'autres mangeaient et buvaient, assis par terre ou dans des fauteuils de style, la plupart éventrés et leurs armatures brisées. Des barriques faisaient aussi office de tables et des caisses servaient de chaises. Des chandeliers, posés un peu partout, éclairaient les murs auxquels quelques tableaux s'accrochaient en biais, paysages champêtres ou scènes bourgeoises dans un parc et cascade féerique, traces incongrues d'une vie d'avant, quand ce lieu était le logement de l'officier responsable de la pompe. Et partout, dans tous les coins, des femmes, des hommes, vaquant à des occupations aussi diverses que le jeu, la boisson, la fouterie sans gêne, quand d'autres dormaient tout simplement. Même des enfants composaient cette peinture à la mode flamande par sa teinte orangée.

Marguerite se décida à avancer, se frayant un chemin entre les corps et les épaves de meubles éparpillés, regardant avec attention chacun des visages qui la reluquaient en retour, quand elle sentit soudain l'odeur. La même que l'autre soir, dans la tabagie des Innocents. La myrrhe et la vanille brûlées. Sur la dalle au sol, une bouteille éclatée laissait exhaler des senteurs de girofle et de cannelle, les épices utilisées pour maquiller le laudanum de Sydenham qui avait failli lui coûter la vie. Elle sentait le danger. L'équilibre était précaire, mais elle continuait de progresser. Tout au fond, une autre ouverture dans le mur se présentait, plus grande celle-là, débouchant sur une immense salle voûtée où d'autres encore s'étaient agglutinés. L'endroit lui rappela la caverne où elle se rendait en cachette dans la forêt d'Othe, au-dessus de Joigny, il y a des années, pour rejoindre la bande des Tranche-Montagnes. Mais point de voleurs qui prenaient aux riches pour donner aux pauvres. Ici, un sentiment violent prédominait. Ici, c'était chacun pour soi. La trahison et le meurtre pour un simple croûton étaient courants. Les regards qu'on lui jetait à son passage l'attestaient. Certains portaient déjà la main à la lame fixée à leur ceinture pour protéger le butin de la journée, alors que des filles lascives qui se trémoussaient mollement sous l'effet de l'alcool, à peine repues d'un coït malodorant, chuchotaient à la vue de l'intruse.

Quand elle le vit.

Se distinguant dans la fange grotesque.

Pâle et amaigri, Henri était affalé sur les restes d'une banquette bancale par les deux pieds qui lui manquaient, occupé à parlementer avec un petit bossu échevelé. L'étrange créature lui tendait quelques pièces dans le creux de sa main aussi maigre et osseuse que des serres. Henri prit son argent et lui donna en échange une petite boule blanche.

— Henri ? fit Marguerite avec douceur alors qu'il n'avait toujours pas fait attention à elle.

— Ma… ! commença Henri, qui s'arrêta aussitôt. Mais qu'est-ce que tu fais là ?… continua-t-il tout bas en se redressant.

— Je te cherchais.

— Eh bien, tu m'as trouvé. Tu peux repartir maintenant.

— Tu as l'air fatigué. Tu es tout pâle. Tu n'es pas malade ?

— Mais non !… lui rétorqua son fils, feignant de se moquer, tout en vérifiant qu'ils n'étaient pas entendus. Viens, allons ailleurs.

* * *

Un escalier étroit en colimaçon menait en haut de la structure, jusqu'à un petit appontement au niveau du fronton sur lequel était posé le mécanisme volumineux de la pendule. Marguerite regardait Henri qui se tenait debout face au cadran, son visage émacié peint par la lumière des lampadaires du pont juste en face. Il ne bougeait pas, ses yeux fixant le pont au Change, qui apparaissait un peu plus loin en transparence, entre les grands chiffres à l'envers. Un moment de calme enfin retrouvé. Un instant privilégié d'une mère trop heureuse d'avoir retrouvé son fils, instant qu'elle ne voulait surtout pas gâcher.

— Qu'est-ce que tu fais ici ? lui demanda-t-elle enfin.

— Je me débrouille.

— C'est là que tu dors ? poursuivit Marguerite alors qu'elle apercevait une couche sur le côté dans un coin.

— Oui, parfois, fit Henri, embêté.

— Tu trafiques donc… Je t'ai vu échanger ces boules contre de l'argent. Les mêmes boules que tu prends de temps en temps.

— Je n'en prends plus, se défendit aussitôt son fils.

— C'est pour ça que tu me volais ?

— Entre autres, oui, répondit Henri, essayant de garder une contenance. Il faut bien vivre…

— Il y a d'autres moyens…

— Couper des têtes, par exemple ? Tu sais, je me suis fait une petite réputation ici.

— Il faut que tu comprennes tout ce que ça implique, Henri. Tous ces sacrifices pendant toutes ces années. Ton père…

— Devenu bourreau pour être avec toi, cingla Henri, plus véhément. Je sais ! Je ne le sais que trop !

— C'est pour ça que tu te fais appeler Carl ? le coupa Marguerite à son tour, l'arrêtant aussi net.

— Rien à voir… nia Henri, visiblement gêné. Écoute, maman, je ne veux pas rentrer, reprit-il après un nouveau silence. Je ne deviendrai pas bourreau. Je suis désolé. Je sais ce que la charge a d'important pour toi. Mais ça n'est pas mon histoire. Je n'ai pas à supporter des décisions qui ne me concernent pas. Voilà tout. Et puis…

— Quoi ? souffla Marguerite, tâchant le mieux possible de contenir les sanglots qui montaient.

— Je suis amoureux, avoua Henri.

— Amoureux ?…

— Elle s'appelle Madeleine. Elle est tout ce qui compte à mes yeux, continua le jeune homme, à nouveau calme et un peu timide.

— Et elle ? s'enquit Marguerite, à la fois touchée et comprenant qu'une femme serait une autre raison pour qu'il lui échappe. Et elle, elle t'aime ?

— Elle me le rend bien, oui.

— Et elle sait qui tu es ?

— Qui je suis ? ironisa Henri. Ou qui j'aurais dû être ? Tu parles du comte ou du bourreau ? Bref, éluda-t-il, ne voulant pas s'engager plus loin sur cette pente. Je ne voudrais pas lui faire supporter ce que toi tu as fait vivre à mon père. Voilà.

Le coup avait été porté, et Marguerite avait été touchée en pleine poitrine. Elle aurait voulu l'atteindre, là, de sa main, le prendre par le bras et l'attirer vers elle pour le serrer, comme quand il était un enfant. Mais elle s'en sentait incapable. C'était un homme qui se tenait devant elle, figé par sa décision, mais aussi par ses peurs. Elle le savait. Elle les sentait transpirer à travers son attitude, ses mots, le ton de sa voix qu'il modulait par la force. Elle ne pouvait l'abandonner. Quelque chose au fond d'elle refusait cette fatalité. Il y avait donc une femme, et cette possibilité qu'elle n'avait pas envisagée la rassurait un peu. Elle le préférait amoureux que sous l'emprise de l'opium ou de ces boules qui le rendaient fou. Mais l'amour pouvait aussi s'avérer être une drogue, parfois bien plus dangereuse que les autres. Une drogue qui poussait parfois à des décisions extrêmes. Elle était bien placée pour le savoir.

— Ah ! Tu es là ! s'exclama avec un accent espagnol très prononcé un homme qui surgissait de l'escalier. Je te cherchais partout !

— Tiens, Juan ! se réjouit Henri, ravi de trouver ainsi le moyen de couper à la conversation.

— Oh là ! Mais tu n'es pas seul, coquin ! le nargua son compère en apercevant Marguerite.

— Ah ! Non !… Je te présente… ma mère.

— Vraiment ? fit l'Espagnol, étonné. Madame, tous mes hommages, continua-t-il, révérencieux et théâtral, dessinant des arabesques dans les airs en guise de salut avec son feutre racorni orné d'une grande plume blanche sale et dépouillée.

— Monsieur, lui répondit simplement Marguerite, remarquant que l'énergumène avait les yeux soulignés de traits qui lui faisaient le regard d'un renard, et que trois mouches maculaient la joue de ce personnage décidément précieux, à l'endroit d'une petite balafre.

— Je te présente Juan, un compagnon.

— Ancien canonnier reconverti dans les feux d'artifice qui font la joie du peuple les jours de fête, reprit l'ami d'Henri. Pour vous servir.

Henri n'avait pas voulu venir avec elle, rentrer à la maison du pilori. Il lui avait demandé de partir, laissant l'étrange Espagnol excentrique la raccompagner pour lui éviter de mauvaises rencontres. Marguerite n'avait pas insisté, à court d'arguments.

Sur le Pont-Neuf, des libertins tout juste sortis des filles publiques rentraient chez eux, la tenue défaite et le pas hésitant, croisant des jardiniers qui regagnaient leurs marais juchés sur leurs charrettes vides que tiraient des haridelles. Des affamés nettoyaient déjà les pavés des restes laissés par les paysans passés par ici un peu plus tôt dans la nuit en revenant des Halles qu'ils avaient approvisionnées. Marguerite s'était emmitouflée dans son manteau, la capuche bien remontée sur sa tête pour se couvrir de la fraîcheur matinale que la Seine véhiculait juste en dessous. Derrière le pont Notre-Dame, le soleil se levait à peine, et la lumière rosée annonçait la chaleur qui rendrait bientôt l'air irrespirable. Elle marchait d'un pas décidé, laissant derrière elle la pompe Samaritaine, toujours silencieuse, théâtre d'un drame qui se tramerait si elle ne faisait rien pour aider Henri. Pour cela, elle devait en savoir plus sur cette Madeleine, pensa-t-elle alors qu'elle s'engageait dans la rue de la Monnaie vers le quartier du pilori.

Suivie par Noyeux, qui ne l'avait pas lâchée.

XXIV

Le jour se levait à peine, et les « poules d'eau », qui avaient battu toute la nuit, empruntaient l'étroite passerelle pour rejoindre le quai, tandis que sur le bateau-lavoir la fumée blanche s'échappait des cuviers que la nouvelle brigade des laveuses du matin venait d'ouvrir.

— C'est elle, là-bas, lui souffla Agnès, indiquant du menton à Marguerite une jeune femme qui s'agenouillait devant le baquet sur lequel elle avait étalé un drap qu'elle se mettait à brosser avec un gros savon pour le blanchir.

Les deux femmes s'étaient postées un peu à l'écart sur le quai de la Ferraille, au niveau du pont au Change, où elles pouvaient observer les bateaux des blanchisseuses. Les longues embarcations arrimées aux piliers, là où le courant était le plus rapide, avaient l'allure de grandes maisons posées sur l'eau. Les ouvrières apparurent coude à coude par les larges ouvertures qui, de chaque côté, couraient le long des bâtiments. Dans l'instant, les mouvements de leurs bras se calèrent, entre celles qui brossaient et celles qui battaient. Les chocs, amortis par le tissu mouillé sur le bois, d'abord en désordre, finirent par n'en faire plus qu'un, et le ballet s'ajusta. Dos courbés et mèches de cheveux lestes sur les visages penchés, rougis par le sang qui montait à la tête sous l'effort du drap alourdi par l'eau et le savon ou la chaux. Bras épais ou fins, aux muscles saillants, poitrines rondes et lourdes ou plus discrètes et en pointe, déjà suintantes, se balançant sous les chemisiers aux décolletés délacés, à la cadence des gestes répétés. L'une plus forte en gueule que les autres maniait le verbe à la volée à la façon d'une poissonnière, narrant d'une voix nasillarde des cancans améliorés pour mieux choquer, ou provoquer la franche rigolade. Quand une autre gourmanda sa voisine, l'accusant de lui avoir chipé son julot, cette dernière, ripostant aussitôt en termes imagés, se retourna et lui montra son cul « qu'elle s'était bien fait trousser », déchaînant ainsi une nouvelle marrade générale à laquelle la maîtresse du navire, une grosse matrone qui arpentait de long en large la passerelle centrale dominant son escadre, mit un terme de sa voix gueularde.

— Tu es sûre de toi ? lui demanda Marguerite, qui ne lâchait pas des yeux celle dont Henri était épris.

— Y en a pas d'autres qui s'appellent comme ça. C'est René qui me l'a dit. Il a porté son gosse en coche un jour, jusqu'à Montargis, c'est comme ça que je le sais.

— Elle a un enfant ? fit Marguerite, abasourdie.

— Oui. Et si c'est bien de cette fille que ton fils s'est entiché, y a pas que ça comme souci à se faire.

— Quoi d'autre ?
— Elle a un homme.
— Quoi ? s'inquiéta encore Marguerite.
— Un certain Martin. Et pas un tendre à ce qui paraît, renchérit Agnès alors que les filles sur le bateau entonnaient le chant des blanchisseuses.

« Pan, Pan, Margot au lavoir
Pan, Pan à coups de battoir
Va laver ton cœur
Tout noir de douleur… »

— Il aurait même mauvaise réputation, reprit Agnès. La main lourde, si tu vois ce que je veux dire. Du genre bagarreur pour la pacotille.

Marguerite ne lâchait pas la jeune femme des yeux. Elle guettait les petits moments où, quand Madeleine relevait le linge pour le retourner à l'eau ou quand elle se tournait vers l'une de ses voisines qui lui parlait, elle pouvait mieux deviner son visage malgré la distance. Elle semblait jolie. Ses traits n'étaient pas grossiers comme ceux de la plupart des lavandières qui travaillaient avec elle. Son caractère apparaissait plus discret aussi. Elle se tenait à l'écart des envolées provocantes, souvent blessantes, qui fusaient des unes aux autres comme un jeu de pouvoir. Elle se contentait de sourire, et reprenait la chanson qu'elles entonnaient en chœur pour se donner du courage.

* * *

— Je suis désolée de vous ennuyer si tard, commissaire, s'excusa Marguerite, qui entrait pour la première fois dans la maison de quartier.

— Mais je vous en prie, Marguerite, la rassura aussitôt Espinasse, l'invitant à pénétrer dans son bureau. Vous savez que je suis toujours là pour vous. Asseyez-vous et expliquez-moi. Vous voulez boire quelque chose ? Vous êtes pâle.

— Oui, je suis un peu fatiguée depuis quelque temps, avoua Marguerite.

— Ne bougez pas, j'ai un kirsch de chez moi qui vous redonnera des couleurs en douceur, fit le commissaire en ouvrant un petit meuble dans lequel étaient rangés des bouteilles et des verres fins.

— Chez vous ? lui demanda Marguerite, tout à l'observation de la pièce.

Haut de plafond, le bureau était encadré de grandes bibliothèques en acajou verni, chargées de livres. Alors que le commissaire s'affairait à les servir, Marguerite se leva pour se rapprocher de l'une d'elles. Toute l'œuvre de Molière y était parfaitement alignée, une édition particulièrement soignée à en voir l'aspect du cuir de la reliure de chacun des ouvrages, avec les titres inscrits à l'or, suivie des pièces de Corneille et de Racine. Sur l'étagère du dessus, Charles Boileau se trouvait à côté de La Bruyère et de Jean de La Fontaine. Si elle connaissait de nom les premiers, les ouvrages d'un certain Alain-René Lesage ou d'un Jean-François Regnard lui étaient inconnus.

— Et vous venez d'où ? lui demanda-t-elle alors qu'elle sortait délicatement du rayonnage un livre intitulé *Crispin rival de son maître*.

— De Fougerolles, en Franche-Comté, lui répondit non sans une pointe d'orgueil le commissaire, qui la rejoignait avec deux jolis verres en cristal à mascarons dont les reflets piquaient de carmin sa veste pourpre toujours parfaitement mise sur son justaucorps cintré.

Espinasse ne portait pas ce soir-là sa fameuse cravate aux pans souples qui lui faisait habituellement le port élégant, découvrant ainsi son cou large et puissant, et l'incurvé de son menton parfaitement rasé.

— Vous aimez le théâtre ? demanda-t-il à Marguerite, la sortant de ses pensées passagères.

— Je ne connais pas très bien, lui répondit celle-ci, un peu troublée.

— Une comédie de mœurs comme on en écrit beaucoup en ce moment, lui dit-il sur le ton de la confidence en lui indiquant l'ouvrage qu'elle tenait. Un homme qui veut une femme qui appartient à un autre, qui lui-même est déjà marié. Il arrivera à ses fins grâce à son valet. Pas très original, si vous voulez mon avis. Il y est question de peu d'amour, et de beaucoup d'argent. Les riches dilapident leur fortune dans la débauche et s'endettent toujours plus. Et les serviteurs, souvent plus intelligents que leurs maîtres, et fripons, cherchent à s'enrichir par tous les moyens.

— Une vision assez juste de la vie, non ?

— Vous trouvez ?

— Au bout du compte, est-ce qu'on ne fait pas tout par calcul ? murmura Marguerite avant de vider d'une traite son verre.

— J'aurais voulu être comédien.

— Vous ? réagit Marguerite, ne cachant pas sa surprise.

— Oui ! Moi ! Et pourquoi pas ? J'ai même essayé, plus jeune, vers chez moi. Mais je n'avais aucun talent dans ce domaine.

— Comment êtes-vous arrivé ici ? osa Marguerite, un peu curieuse.

— J'aimais aider les gens chez moi, régler les problèmes des uns et des autres. La fameuse famine de 1694, vous vous en souvenez ?

Bien sûr que Marguerite se souvenait de cet hiver terrible qui avait propagé l'ergot dans toutes les cultures, et provoqué une épidémie sans précédent. Elle était déjà à Joigny à l'époque, et elle aussi avait décidé d'aider les plus démunis en prêtant main-forte en cachette aux Tranche-Montagnes, à ses risques et périls.

— Et puis mon père voulait me marier.

— Vous aussi ? Je croyais qu'il n'y avait que les femmes qu'on forçait au mariage.

— Tout dépend des intérêts en jeu, ironisa Espinasse tout en la resservant. C'était un riche propriétaire agricole, et il louchait depuis longtemps sur les champs du voisin que la fille, fort laide par ailleurs, avait en dot. Je vous laisse imaginer le reste.

— J'imagine très bien, se gaussa Marguerite à son tour, se laissant gagner par la douceur chaude du kirsch qui coulait dans sa gorge. Moi, c'était le fils du bourreau de Dieppe ! Un autre genre d'alliance.

— Ah, fit Espinasse, un peu gêné… Alors je suis venu à Paris, continua-t-il, d'abord comme inspecteur et puis comme commissaire. Et je continue à aider comme je peux les gens de mon quartier.

— Et vous n'êtes toujours pas marié.

— Non.

— Pardon, je suis maladroite. Le kirsch, certainement.

— Pas de soucis, la rassura le commissaire. C'est pour ça que j'observe avec tolérance tous les spectacles de la rue, contrairement à certains autres commissaires qui y voient de la malice, voire de la perversité.

— Moi, j'aime la poésie, murmura alors Marguerite, un peu pour elle-même, soudainement pensive.

— La poésie ? Vraiment ? Et quel poète préférez-vous ?

— Quel poète ? se reprit-elle, sortant de son songe d'un instant. Je ne sais pas… Je n'en connais pas en particulier. Juste quelques vers qu'on a écrit un jour pour moi.

— Votre mari défunt, c'est ça ?

— Vous êtes aimé ici, éluda aussitôt Marguerite, on vous appelle « le bon père ». Vous avez les coudées franches, non ?

— Pas vraiment, non, dit le commissaire d'une voix plus sombre. Le lieutenant général de police Dusquesnes, dont je dépends, est un homme de petite noblesse pour qui peu importe le bien-fondé des bruits qu'on lui rapporte à partir du moment où ceux-ci servent à légitimer sa position auprès du roi. Certains de ses sbires le savent très bien et en usent, surtout ceux qui lorgnent ma place.

— Comme l'inspecteur Noyeux ?

— Le pire de tous. Je sais qu'il n'hésite pas à en référer parfois au lieutenant sans passer par moi. S'il le pouvait, il irait faire son rapport directement à Versailles ! feignit de plaisanter Espinasse. Je ne le contrôle pas. Faites attention à lui, Marguerite.

Tout était parfaitement rangé. La grande table qui servait de bureau et occupait une bonne partie de l'espace était entièrement recouverte de dossiers et de papiers en piles bien distinctes. Le commissaire était un homme ordonné autant qu'il était soigné. Il aimait le confort, comme l'attestaient les deux pantoufles sous le meuble, et qu'il devait chausser lorsqu'il travaillait, ce qui fit sourire Marguerite. L'immense tapis persan recouvrant la quasi-totalité du plancher finissait de réchauffer l'endroit.

— Des nouvelles de Monsieur de Paris ? demanda le commissaire, rompant à nouveau le silence qui s'était installé.

— Il est de plus en plus empêché. Il s'occupe de sa femme.

— Je suis au courant, oui, fit Espinasse sur un ton désolé. Et le bourreau régent ?

— Il fait son travail. Je ne le croise que très peu.

— Ah.

— Commissaire… fit Marguerite alors qu'elle sentait l'alcool lui tourner l'esprit, qu'elle avait déjà fatigué.

— François, la reprit-il gentiment. S'il vous plaît.

— François, alors, répondit-elle en souriant. Avez-vous déjà eu affaire à un certain Martin ? Un garçon qui travaillerait sur les quais.

— Martin, dites-vous ? fit Espinasse, l'air soucieux. Il y en a bien un dont la réputation n'est plus à faire. Un briseur de nefs, si je m'en souviens bien, continua-t-il en cherchant immédiatement dans des papiers sur son bureau. Attendez voir, il me semble avoir lu quelque chose le concernant il y a peu.

Marguerite dut se rasseoir. La tête lui tournait de plus en plus. Elle luttait contre la fatigue, mais aussi ses douleurs au ventre qui la reprenaient à l'instant. Elle tâcha de se calmer, se raccrochant à l'espoir que le commissaire pourrait l'aider.

— Ça y est ! s'exclama ce dernier, extirpant d'une pile deux lettres. Je les ai ! Je m'en souviens parfaitement, maintenant. Deux courriers arrivés en même temps pour la même affaire. Une plainte pour coups et blessures déposée par une dénommée Madeleine Le Quevec, lavandière, contre un certain Martin Pinon, briseur de nefs et raccrocheur. Et l'autre une demande d'enfermement par lettre de cachet de la part de ce même Martin envers cette Madeleine. C'est assez courant. L'homme demande l'enfermement de sa femme, qui va déposer plainte. Plainte qu'elle retirera la plupart du temps, ne pouvant se passer des sous que rapporte son rustre de mari.

— Mon Dieu !... souffla Marguerite alors qu'elle se sentait défaillir.

— Qu’y a-t-il, Marguerite ? s’inquiéta vivement le commissaire en se précipitant vers elle. Vous ne vous sentez pas bien ?

Il l’avait prise dans ses bras et elle s’était laissé faire. Elle ressentit le confort de sa poitrine et sa chaleur protectrice. Depuis combien de temps n’avait-elle pas eu cette sensation de sécurité ? Quand le cœur cesse de battre à tout rompre pour se laisser aller comme à la dérive. Des années. Des siècles. Une autre vie, ailleurs. Lui ne faisait rien de plus. Il ne tentait rien. Il ne profitait pas de la situation pour en tirer un peu plus. Il la tenait dans ses bras, tout simplement. Elle pouvait sentir son odeur. Un parfum musqué, mélange de cuir et de bois, l’humus au printemps après la pluie. Elle ferma les yeux et releva un peu la tête. Leurs joues se frôlèrent. Son souffle à lui.

Elle aurait voulu. Ouvrir les yeux et croiser les siens. Tout proches.

Mais elle n’avait pas pu. Arrêtée soudainement dans ce qui n’était encore que l’ébauche d’un élan. Puisqu’elle n’était plus là. Avec lui. Dans cette pièce rassurante.

Elle avait gardé les yeux fermés et s’était retrouvée à l’orée de la forêt. Juste au bord dc la lisière au-delà de laquelle elle pouvait voir les frondaisons se balancer lourdement au gré du vent.

Il lui suffisait pourtant d’ouvrir les yeux. Un seul pas. Ce pas qui, une fois franchi, ouvrait les portes d’un ailleurs qui serait enfin possible.

Mais ses yeux restaient clos et elle entendait des voix l’appeler, derrière, en bas dans la vallée, là où une petite ville était assoupie. Là où un drame se tramait. Là où le passé la retenait. Un temps où elle avait revêtu le plus terrifiant des costumes, pour devenir celui qui tuerait l'homme qu'elle aimait plus que tout, afin de lui éviter de souffrir.

Les images lui frappaient la mémoire par myriades dans sa tête chancelante, alors que son corps s'alanguissait dangereusement contre celui du commissaire. Un autre corps qui lui était inconnu et qui l'attirait.

Elle en avait eu envie. Mais pas la force.

Quelque chose en elle était mort et elle n'y pouvait rien.

La femme était partie avec son amour, laissant la place entière à la mère.

— Vous savez où ils habitent ? demanda-t-elle au commissaire alors qu'elle se détachait de lui.

* * *

Les grandes aiguilles avaient arrêté le passage du temps sur la ville endormie en transparence derrière le verre de l'horloge. Henri observait les ombres des chiffres épousant langoureusement les formes rondes de Madeleine qui s'était assoupie juste après l'amour. Ses fesses en cœur, marbrées par l'effet de la pluie qui coulait ce soir-là sur la vitre salie, et les gouttes couraient sur sa peau comme par jeu. Ou une fuite pour se cacher du danger, pensa-t-il aussitôt. Passer de l'autre côté de sa cuisse et aller s'immiscer sous son corps pour se protéger. Comme eux se cachaient. Il aurait voulu qu'elle ne parte plus. Qu'ils restent ici, tous les deux, pour toujours, sur cette simple estrade suspendue, comme une nacelle au-dessus de la ville. Il l'aimait. Il le savait. Il ressentait ce besoin de la protéger. Elle le changeait. Il réalisait qu'il n'avait plus consommé de zizanie ni de laudanum depuis quelque temps. Le calumet d'Atedjaka y était certainement pour quelque chose. Contrairement aux boules qui lui faisaient perdre le contrôle, ce rituel partagé avec son ami avait pour effet de l'apaiser. Mais surtout, Madeleine lui avait demandé d'arrêter. Tu me fais peur, lui avait-elle confié un jour où il était dans ces états. Ça l'avait ému, et alerté aussi. Alors qu'il en faisait toujours un peu le trafic, il fallait bien qu'il vive, il avait décidé de ne plus en prendre. Pour elle. Comme pour lui.

— À quoi tu penses ? murmura son aimée, le visage encore appuyé sur sa poitrine.

— Tu ne dors pas ? fit Henri, un peu mal à l'aise, comme si elle l'avait surpris dans ses pensées.

— Non. Il faut que j'y aille, avoua Madeleine, un peu triste, alors qu'elle se relevait.

— Vraiment ?

— Tu sais bien. Il a beau avoir du travail cette nuit, il va finir par rentrer. Et s'il ne me trouve pas…

— Je sais, la coupa-t-il, refusant d'en savoir plus sur une situation qu'il n'avait aucune peine à imaginer.

— On fait comme d'habitude, d'accord ?… lui dit Madeleine alors qu'elle finissait de s'habiller.

— On pourrait partir tous les deux.

— Oui, lui répondit la jeune femme d'un large sourire et l'embrassant une dernière fois. Il le faudra bien.

— Fais attention en partant, la prévint son amant avec douceur.

— Oui, t'inquiète, j'ai l'habitude.

Seuls Juan et Atedjaka savaient où Henri dormait quand il n'était pas en bas dans la grande salle des voleurs. Mais ce soir-là, une ombre qui se confondait avec l'obscurité derrière les poutres observa Madeleine qui descendait agilement la longue échelle menant à la porte cachée juste en dessous. Elle ne quitta pas la jeune femme des yeux alors que celle-ci disparaissait par la passerelle étroite qui se faufilait entre les rouages géants de la pompe endormie.

XXV

— Comment va Jacques ? demanda Clément.

— Ça va, répondit Marguerite. Juste une entaille au bras. Il va s'en remettre très vite. J'ai fait ce qu'il fallait.

Monsieur de Paris était resté assis dans son fauteuil, qu'il avait placé au chevet de sa femme, pour pouvoir réagir au moindre soupir, intervenir à la moindre crise. Dans la lumière forte qui jaillissait cet après-midi-là par les grandes fenêtres laissées ouvertes pour aérer, il devinait la silhouette de sa cousine penchée sur Jeanne, lui faisant boire la décoction qui l'avait apaisée depuis quelques jours. Les dernières nuits avaient été plus calmes, et les douleurs au ventre semblaient s'amenuiser enfin.

— Que s'est-il passé exactement ? reprit Clément après un temps. J'ai reçu un courrier du prévôt des marchands m'avertissant de la situation.

— C'est Jacquemin.

— Encore lui ! se désespéra Clément. Il ne lâche décidément jamais.

— Il m'a accusée de concurrence déloyale, ironisa Marguerite, tout à ses soins pour Jeanne, qui se laissait faire sans dire un mot. À l'en croire, je ne vaudrais pas mieux que les chambrelans.

— Il n'a pas tout à fait tort.

— Quoi ? fit Marguerite, ne cachant pas sa surprise. Tu as le droit de vendre des onguents. Tout bourreau en a le droit. Cela fait partie de tes prérogatives. De la tradition !

— Sauf que grâce à toi, c'est devenu un vrai commerce, la corrigea Clément avec affection. Le comptoir attire chaque jour un peu plus de clientèle et vide les autres boutiques. Peut-être serait-il judicieux de fermer l'échoppe ? Juste le temps que les esprits s'apaisent un peu.

— Jamais ! réagit aussitôt Marguerite, se retournant vers son cousin. Et leur laisser la place ? Est-ce que c'est ma faute si mes produits sont meilleurs que ceux de ces prétendus apothicaires prétentieux ? Excuse-moi, se reprit-elle aussitôt, tâchant de retrouver son calme. Je suis désolée. Ne fais pas attention à ce que je dis. Je suis un peu fatiguée.

— Tu aurais du mal à le cacher, ma cousine. Tu es l'ombre de toi-même.

Marguerite revint à Jeanne et croisa son regard. Celle-ci lui souriait. Sa main amaigrie vint se poser sur la sienne.

— Merci, Marguerite, lui susurra-t-elle de sa voix encore faible. Je n'ai plus de crise. Je me repose enfin.

— Tant mieux, j'en suis heureuse. Il faut que tu continues à prendre les breuvages, même quand je ne suis pas là. C'est important. Le traitement ne marchera que sur la durée.

— Clément s'occupe de moi. Et les valets ne sont jamais très loin.

— C'est bien. Relève ta chemise, maintenant, je vais te masser le ventre, d'accord ?

Doucement, Jeanne souleva le drap de son corps squelettique. Une gisante qui respirait à peine sous le tissu encore humide d'une fièvre passagère. Son ventre nacré en creux était bordé de chaque côté des hanches osseuses en pointe sous sa peau translucide. De ses deux doigts, Marguerite prit une dose de la pommade qu'elle avait préparée tout exprès, et l'appliqua en douceur.

— Et Henri ? reprit Clément, toujours assis derrière, comme un témoin impuissant.

— Henri ? hésita Marguerite, tout à ses soins.

— Où en est-il ?

— Tout est rentré dans l'ordre.

— Il est donc prêt, alors ? continua-t-il d'une voix tranquille.

— Oui… Enfin, presque.

— Presque ?

— Il a été chamboulé par ce voyage à Joigny, se justifia Marguerite. Tu comprends ? Il réalise son histoire. D'où il vient. C'est un garçon émotif, tu le connais ! Voilà, fit-elle en se relevant, coupant court à la discussion. J'ai terminé. Tu devrais passer une journée tranquille avec ça, Jeanne. Je peux te promettre que d'ici peu, tu seras debout.

Elle rangea ses affaires, s'apprêtant à partir.

— Heureusement que ce bourreau si mystérieux fait bien son travail en attendant, fit soudainement Jeanne, qui avait trouvé la force de se redresser.

— Oui… confirma avec hésitation Marguerite, surprise de l'intervention de la malade. Fais attention. Tu es encore faible, lui conseilla-t-elle tandis qu'elle l'aidait à se relever.

— Ne t'inquiète pas, je me sens vraiment mieux. Clément, murmura alors Jeanne à l'intention de son mari, je crois qu'il est temps. Tout ceci n'a que trop duré…

Elle avait parlé avec peine, comme si chaque mot lui martelait le crâne.

— De quoi parlez-vous ? demanda Marguerite, qui ne cachait plus son inquiétude. Qu'est-ce qui a trop duré ?

Le temps en suspens. Ce moment où chaque chose semble inerte, chaque corps immobile, dans l'attente d'un événement, d'une parole ou d'un geste qui enclencherait une nouvelle ère, un autre temps où tout serait dorénavant différent. Puisque tout aurait été dit, et des décisions auraient été prises. Marguerite ne bougeait plus non plus. Seul le sourire de Jeanne qui les regardait, elle et son mari, juste derrière, la rassurait un peu. Elle entendit le corps lourd de Clément se redresser, aidé de sa canne qui tapa la dalle.

Puis une grande respiration.

— Je sais tout, Marguerite, dit-il enfin sur le ton de l'aveu.

Nul besoin de rebondir ni de faire semblant. La main de Jeanne était venue chercher celle de Marguerite, et la serrait avec affection.

— Si je suis presque aveugle, je ne suis pas sot, continua son cousin sans animosité. Et je paie assez cher mes deux aides pour qu'ils me rapportent les bruits. Qu'ils prêtent main-forte au bourreau régent à la moindre difficulté. Et surtout pour qu'ils se taisent.

Marguerite sentit les mains de Clément se poser sur ses épaules. Des mains larges, chaudes, rassurantes, consolantes. Debout derrière elle, il la tenait comme un tuteur, comme pour prévenir d'une éventuelle chute après avoir dit la vérité.

— Je sais qui se cache derrière le masque, Marguerite, continua-t-il après un temps. Je l'ai toujours su. Rose m'a tout raconté. Non, ne lui en veux pas. Il ne faut pas. Elle ne le mérite pas. Quand tu lui as parlé de ton idéc, clle s'est ruée ici pour me le dire. Elle cherchait du soutien. C'était trop pour elle.

— C'est moi qui l'ai convaincue de ne rien faire, reprit alors Jeanne. Clément voulait t'empêcher de mettre en place ce plan fou. Mais moi, je pensais que tu avais raison. C'est ce que j'aurais fait si Henri avait été mon fils. C'est ce que toute mère aurait fait à ta place.

Marguerite regardait Jeanne et aperçut la larme qui glissait sur sa joue creusée. Elle écoutait, incrédule, les mots qui la ramenaient à une vérité qui se jouait à son insu, elle qui croyait tout contrôler.

— Alors j'ai fini par accepter, reprit Clément. C'est vrai que se séparer de la charge aurait été une souffrance. Et un échec. Henri était la seule chance de la garder dans notre famille. Et puis surtout j'ai une dette éternelle envers toi. Je n'oublierai jamais ce que tu as fait pour le petit.

* * *

Elle avait les pleins pouvoirs. L'homme résigné pour lequel le monde s'assombrissait chaque jour un peu plus ne lui avait pas demandé de tout cesser, de rendre son masque et de le laisser annoncer au prévôt qu'il mettait la charge en vente. Il l'avait laissée partir, retourner à ses affaires, à cette mission qu'elle s'était donnée, et qu'ils avaient eux-mêmes acceptée, Jeanne et lui. Mais elle était aussi chamboulée alors qu'elle revenait un peu somnambule vers la place des Halles. Elle était profondément troublée par la révélation de cette femme qui, malgré son état, avait rendu la chose possible, convainquant son mari de la laisser faire. Jeanne, sa pire ennemie un jour, qui leur avait fait vivre un enfer à elle et à son fils au quotidien depuis son arrivée à la maison du pilori, était devenue sa partenaire dans l'ombre.

Le pilori, qui apparaissait déjà au loin avec son profil d'église, rendait encore plus solennel le sentiment qui montait en elle.

Un trouble aux relents de culpabilité.

Puisqu'il y avait autre chose, de plus profond, de plus grave, que Marguerite ne pouvait pas nier. Cette culpabilité qui la poignait à l'égard de Jeanne depuis qu'elle avait quitté la rue d'Enfer.

Car si la convalescente était toujours dans cet état, c'était à cause d'elle. Elle en avait fait son pantin qu'elle manipulait à l'aide de ses potions et de ses onguents dont elle variait la composition en fonction de ses besoins, imposant à son cousin le chevet, et lui laissant ainsi à elle la voie libre au pilori.

Une manipulation qui avait commencé quand Jeanne était tombée enceinte.

Et si elle avait sauvé leur enfant mort-né des limbes au sanctuaire à répit, ce n'était pas tant pour son cousin que pour sa propre conscience.

Puisque c'est elle qui l'avait tué.

Mais le mal était fait et désormais elle n'avait plus le choix. Elle devait aller jusqu'au bout.

* * *

Elle l'avait attendue au coin de la rue de la Coutellerie, mais en vain. Le locataire principal lui avait pourtant bien confirmé, entre deux crachats, l'information que le commissaire lui avait donnée. Une Le Quevec vivait bien ici en concubinage avec un certain Pinon. Leurs deux noms griffonnés sur le registre l'attestaient.

— Je peux vous laisser un mot pour elle ? avait tenté Marguerite.

— Ça dépend, grommela le responsable de l'immeuble, l'air inquisiteur, plissant les paupières sur ses petits yeux de rat.

Marguerite espérait encore, naïvement, que la pièce suffirait à payer un soupçon d'honnêteté chez le gérant de logis à l'allure vile visité la veille. Elle finissait de ranger les derniers pots sur les étagères qui avaient été réparées et redressées contre le mur à l'arrière du comptoir. Rose avait travaillé dur pour tout remettre en place, aidée par Jacques, qui faisait ce qu'il pouvait avec son bras immobilisé. Marguerite s'en était voulu de ne pas les avoir aidés plus, mais ses deux alliés l'avaient rassurée. Elle savait désormais où trouver Henri, et cette nouvelle avait apporté de l'espoir à tous.

— Comment va-t-il ? avait demandé Rose, soulagée que Marguerite ait enfin retrouvé son fils.

— Il va bien, mentit celle-ci. Il vit chez un ami à lui, du côté du Pont-Neuf. Il m'a dit qu'il avait besoin de réfléchir à tout ça… Bien ! s'exclama-t-elle pour changer de sujet. Je crois qu'on va pouvoir rouvrir !

— Oui, on va pouvoir, murmura Rose, l'air dubitatif.

— Mademoiselle Marguerite ? fit une jeune femme qui se présentait alors.

— Tiens ! Une première cliente, se réjouit Marguerite, avant de se figer quand elle reconnut Madeleine.

— Tu veux que je m'en occupe ? lui demanda Rose. Tu as l'air fatiguée. Va te reposer.

— Non, laisse, c'est pour moi, rétorqua immédiatement Marguerite. C'est pour un soin, n'est-ce pas ?

— Un soin ?… hésita la visiteuse. Je ne sais pas.

— Si ! la coupa-t-elle aussitôt. Vous êtes venue l'autre jour. Un mal de dos si je me rappelle bien.

— Ah. Oui, se reprit Madeleine. Un mal de dos. Certainement.

— Vous venez avec moi ? lui fit Marguerite, indiquant l'atelier juste derrière.

— Je ne comprends pas ce que je fais là, fit Madeleine, alors qu'elle découvrait un peu hébétée l'endroit mystérieux dans lequel on l'avait invitée à pénétrer. On m'a donné votre mot ce matin. C'est vous, Marguerite ?

— Oui, c'est moi, répondit celle-ci avec douceur, découvrant de plus près cette femme qui était tout ce qui comptait pour son fils désormais.

Le rai de lumière qui passait par l'ouverture et les quelques bougies suffisaient à éclairer son visage. Elle était d'une beauté simple, malgré la fatigue évidente qui signait ses traits, qu'elle avait élégants. Au coin de ses yeux se devinaient de jolies virgules vers le haut qui lui faisaient le regard gentiment espiègle, mais doux. Marguerite ne pouvait pas encore voir leur couleur, mais ils étaient vifs, rebondissant d'un endroit à l'autre pour revenir sur elle par instants, comme si Madeleine craignait d'être soupçonnée d'une curiosité déplacée.

— Ça me fait drôle de venir ici, continua la lavandière, un peu mal à l'aise.

— Parce que c'est la maison du pilori ?

— Oui, tout de même ! confirma Madeleine.

Un oiseau. Pas le petit oiseau fragile, proie du danger qui guette partout et qui ne finira certainement pas la journée sain et sauf. Non, plutôt le genre assez agile pour voler en dépit des tempêtes et des vents contraires qui le font un temps dévier de sa route. Malgré les coups aussi, comme en témoignaient les traces bleutées qui apparaissaient sous sa robe, à la naissance du cou, et sur ses avant-bras. Une mésange assez maligne pour trouver une branche discrète mais assez solide, où se poser et se reposer, à l'écart des prédateurs.

— C'est vous la cousine du bourreau, c'est ça ? continua Madeleine, plus hésitante.

— Oui, c'est moi, lui confirma Marguerite avec le sourire, comme si la chose était sans importance.

— Quand même !... C'est pas rien. Non ? Je veux dire, pardon, ça ne me regarde pas, s'excusa la lavandière. Mais qu'est-ce que je fais là ? Je n'ai pas beaucoup de temps, il faut que j'aille travailler.

— Je suis la mère d'Henri.

— Henri ?...

— Ou « Carl », si vous préférez...

— Mon Dieu !... soupira Madeleine, ahurie.

— Je suis désolée, mais j'ai bien peur que Dieu ne puisse rien pour vous, tenta de plaisanter Marguerite. Ou pour nous.

Sa peau était duveteuse et ambrée comme le miel. En bas de son dos musclé par le travail acharné au lavoir, des marques lui striaient les reins. Quand Marguerite commença à appliquer l'onguent, Madeleine se braqua, pour finalement se laisser aller à cette proposition inattendue qu'elle venait de lui faire, et qu'elle avait acceptée, encore éberluée qu'elle était par ce qu'elle venait d'apprendre. Un moment privilégié dans un endroit qui semblait coupé du reste du monde, et de sa violence.

— Tu l'aimes donc ? lui demanda Marguerite en s'appliquant à faire du bien à cette jeune femme qui lui rappelait un peu celle qu'elle était quand elle avait rencontré Charles.

— Oui, je l'aime, madame, avoua Madeleine après un temps.

— Appelle-moi Marguerite.

— Bien, Marguerite.

— Et ce Martin, qui est-il ?

— Vous savez ? s'inquiéta soudainement la lavandière, se retournant d'un bloc vers Marguerite.

— Oui. Reste tranquille, s'il te plaît.

Madeleine reprit la position. Elle était puissante. Son corps s'était tendu comme un seul muscle. Un corps habitué au labeur et pourtant encore désirable. Elle lui rappelait absolument celle qu'elle était avant, celle que l'on convoitait des yeux, mais sans jamais l'aborder puisqu'elle était la fille du bourreau.

— Il me tient, continua enfin Madeleine après un autre silence.

— Comment ça ?

— Quand je suis arrivée à Paris, je venais tout juste d'accoucher, se confia la jeune femme, confirmant ainsi les dires d'Agnès quelques jours auparavant. C'est pour ça que mes parents m'avaient mise dehors. Une erreur. J'étais jeune. On m'avait forcée, fit-elle après un temps d'hésitation sur le ton de l'aveu.

Elle aussi était venue à Paris un jour avec un nouveau-né dans les bras, et l'empathie que Marguerite ressentit pour cette jeune femme n'en était que plus forte encore.

— Mais je n'avais pas les moyens de m'en occuper, continua Madeleine. Comme ça se fait beaucoup dans ce genre de situations, on trouve quelqu'un, souvent un garçon, avec qui on se met en concubinage pour pouvoir se payer un loyer. Mais ça ne veut pas forcément dire que… se reprit-elle, l'air de s'excuser. Bon, même si avec le temps… Un garni, c'est pas bien grand, et l'hiver il faut bien se réchauffer.

— Je comprends.

— Quand j'ai rencontré Martin, il était pas mauvais, au début. Il était même gentil avec le petit. Mais très vite il m'a fait comprendre qu'on n'y arriverait pas. Alors j'ai envoyé l'enfant en nourrice. Lui aurait voulu que je le pose devant la porte d'une maison de couches. Mais moi, je ne voulais pas l'abandonner ! J'ai bien l'intention de le reprendre, vous savez ? se défendit Madeleine en se retournant, comme pour la convaincre des yeux.

— Je te crois, la rassura Marguerite, qui finissait de la masser.

— Je l'ai laissé partir un jour par coche, pour être mis en nourrice du côté de Montargis. Plutôt drôle pour un gosse qui s'appelle Noé, trouvez pas ?

— Tu l'as appelé Noé ?

— Oui, à cause du médaillon avec la tête de Noé gravée dessus. Juste avant qu'il ne parte, je lui ai attaché au cou une chaînette que je tenais de ma grand-mère, à laquelle j'ai accroché une moitié du médaillon, et j'ai gardé l'autre. Comme ça quand je le ferai revenir je pourrai le reconnaître ! se réjouit soudain Madeleine, pour reprendre aussitôt son visage fermé.

— Quoi ?...

— Sauf que Martin m'a volé l'autre partie de la médaille, fit, amère, la lavandière. C'est pour ça que... Oh ! Mais je parle, je parle, et je devrais déjà être au bateau ! Je vais me faire gourmander par ma patronne et ce n'est pas le moment de perdre mon travail, paniqua-t-elle, se rhabillant prestement. Merci pour mon dos, madame, c'était vraiment agréable.

— Mais je voudrais te revoir, insista Marguerite. Je voudrais que nous parlions d'Henri.

— « Henri » ? s'étonna-t-elle encore.

— J'imagine qu'il a changé de nom pour vous protéger, se hasarda Marguerite.

— Je ne lui en veux pas, rétorqua Madeleine. Ça lui va même bien ! Oui, d'accord, lui fit-elle, toujours pressée. Mais là je dois y aller.

— Madeleine, juste une chose.

— Oui, quoi ? fit la jeune femme tout à son rhabillage.

— Tu l'aimes quand même ? hésita Marguerite. Je veux dire, maintenant que tu sais qui il est vraiment.

— Je suis désolée, mais je dois absolument y aller, éluda alors Madeleine. Merci encore pour ce que vous m'avez fait. Ça m'a fait du bien.

Madeleine s'était volatilisée, laissant Marguerite pantoise. Elle aimait la jeune blanchisseuse. Pas seulement parce qu'elle était vraiment amoureuse d'Henri, elle n'avait aucun doute sur ce point, mais aussi pour ce qui émanait d'elle. Un aplomb, malgré une vie à se battre au risque de tout perdre, même son propre enfant, des sentiments sûrs au point de regarder la vérité – elle ne sembla pas s'émouvoir qu'Henri puisse devenir bourreau un jour avec ce que cela impliquait – avec une distance certainement protectrice. Comme elle, avant. Si elle voulait faire revenir Henri à la raison, il lui faudrait la convaincre de l'y aider, elle n'avait pas le choix. Elle connaissait assez bien les liens de l'amour pour savoir combien ils pouvaient être indéfectibles, et ceux qui liaient Madeleine à Henri étaient puissants. Mais ce Martin s'affirmait comme un nouvel obstacle au projet de Marguerite.

Pour l'heure il fallait qu'elle se repose. Elle était à bout de forces. On ne ferait certainement pas appel au bourreau aujourd'hui, et Rose pouvait assurer la permanence au comptoir pendant quelques heures.

Quand elle sortit de l'atelier, elle ne réalisa pas tout de suite de qui il s'agissait. Dans la lumière blanche de la grande place, la silhouette d'un cavalier se dessinait en noir, immobile et inquiétante, juste devant l'échoppe.

— Bonjour, Marguerite, fit le cavalier.

Elle n'eut pas besoin de distinguer son visage pour reconnaître Paul de Sainte-Croix, le comte de Joigny.

XXVI

L'un des cavaliers de l'Apocalypse venait de débarquer des enfers et la vie tout autour s'était statufiée, les femmes et les hommes sur la place, et toute chose par ailleurs, jusqu'au vent qui s'était tu. Sorti des ténèbres, il portait une cape noire, qui lui couvrait les épaules et s'évasait sur les flancs de sa monture ébène haletante, ainsi qu'un grand tricorne noir où se couchaient des plumes de faisan tenues par un large ruban rouge. Un éclat de feu jaillissait de sa poitrine, accentuant la chaleur du jour qui faisait l'effet d'une fournaise.

Marguerite n'avait pas bougé. Seule devant cet abysse qui venait de s'ouvrir devant elle, elle se tenait à la frange en équilibre précaire. Quelque chose allait se jouer maintenant. Quelque chose qu'elle ne comprenait pas et qui allait certainement changer le cours des événements qu'elle peinait à appréhender. Face au seigneur de Joigny qui la fixait toujours sans broncher, elle se sentait se vider de sa peur soudaine pour se remplir de calme. Celui qui prépare à la bataille, car bataille il allait y avoir.

Un duel.

Un hennissement strident et prolongé rompit le silence. Le destrier frappa le sol de son sabot, soulevant la poussière comme de la cendre et, sans quitter des yeux Marguerite, Paul mit doucement pied à terre.

Marguerite se tenait bien droite. Elle ne devait rien laisser paraître, sur son visage ou par son attitude, qui aurait pu trahir une émotion, une faiblesse. Rien. Juste se laisser guider par l'urgence, impérative. La survie, en question. Le néant avant, et l'inconnu devant. La seule chose qui comptait désormais, c'était ici et maintenant. Un nouveau départ à travers l'épreuve ultime. Le tout ou rien. Et elle était prête à en découdre, elle ne lâcherait rien.

Une guerre.

Paul avançait sur elle et il se découvrait un peu plus. Ce n'était pas du feu qui jaillissait de sa poitrine, mais le soleil qui frappait un plastron de cuir orné de motifs en métal qu'il portait sur son justaucorps. Corps d'aigle, arrière-train de lion, les ailes déployées et les serres ouvertes, les deux griffons, fiers et arrogants, emblèmes de la ville dont il était le triste maître, lui prenaient tout le torse. Il était habillé comme pour partir en croisade. Il s'approcha encore, toujours en silence, et Marguerite vit son visage qui se dévoilait dans l'ombre de son chef rabattu. Ce même visage qu'elle n'avait retrouvé qu'à peine quelques semaines plus tôt lorsqu'elle était allée à Joigny. Ses traits durs lui gravaient une expression de haine. Il n'était décidément plus celui qu'elle avait connu il y a longtemps. Les cartes venaient d'être rebattues par le destin trompeur. La donne n'était plus la même.

— Tu m'as volé ! hurla soudainement le comte, rompant le silence qui avait suspendu la vie tout autour.

Les mots avaient claqué dans le silence pesant. Aussitôt on vint s'attrouper et un cercle de plus en plus épais de badauds se forma en une arène humaine.

— Paul !… hésita à répondre Marguerite, décontenancée par son ton brutal. Mais de quoi parles-tu ?

— Tu sais pertinemment ce qui m'amène ici ! la coupa le comte, toujours plus virulent, ne la lâchant pas de ses yeux qu'il avait presque exorbités et chargés de fiel.

— Mais non, je te jure !…

— Tu m'as volé l'épine ! l'accusa Sainte-Croix, le doigt pointé sur elle.

— Quoi ? marmonna Marguerite dans un souffle, ahurie.

— L'épine de la couronne du Christ ! scanda alors le comte, se tournant vers l'assemblée pour mieux la prendre à témoin.

— Paul, tu déraisonnes… balbutia Marguerite, tâchant de garder une contenance face aux regards de la foule qui s'amassait toujours plus nombreuse.

— C'est elle ! martela le comte. C'est cette foutue drôlesse qui a volé le trésor de ma ville. Un morceau de la couronne de Notre-Seigneur, offert par Saint Louis à mon aïeul !

La rumeur courait sur la place. On s'offusquait, on s'étonnait aussi, la plupart connaissant très bien celle qui soignait les pauvres depuis des années et à qui on avait l'habitude de confier ses misères.

— Ou alors c'est ton vaurien de fils ? insinua-t-il encore.

— Henri ? Jamais…

— Si tu crois que je ne l'ai pas vu, ta racaille, à observer partout, se demandant ce qu'il pourrait bien voler !

— Tu parles de ton neveu ! Le fils de ton frère !

— Non ! Je parle de l'enfant que tu t'es fait faire par mon frère ! Nuance ! Où est-il, d'ailleurs ? Il me suffirait de le regarder droit dans les yeux pour le confondre !

— Ni Henri ni moi ne t'avons volé quoi que ce soit, Paul ! répliqua Marguerite, contenant sa panique. Tu divagues ! Tu devrais aller te reposer, le voyage t'a certainement fatigué. Et nous en reparlerons plus tard.

— Non, mais écoutez-la, la vipère, fulmina Sainte-Croix. Vous l'entendez, vous tous ? Elle vous entoure pour mieux vous endormir et vous étouffer, c'est bien connu ! Je sais que c'est toi ou ta maudite engeance. Si ça se trouve, vous étiez même de mèche ! Bourrelle ! lui cracha-t-il au visage, provoquant l'effroi dans l'assemblée. Car c'est ce que tu es, n'est-ce pas ?…

Marguerite resta bouche bée. Ce n'était pas possible. Il ne pouvait pas savoir. Elle sentait que la situation lui échappait, il avait pris le dessus. La frayeur l'envahit.

— Ah mais c'est vrai, elle vous soigne aussi ? fit le comte au public interloqué. Mais ne vous y fiez pas !

Des charlatans ! Voilà ce qu'ils sont, les Corbeau et consorts ! Des sorciers qui empoisonnent la vie des autres, insista-t-il, déclenchant une stupeur encore plus grande dans la masse. Gardez-vous d'elle ! Ça finit toujours dans le sang !

Il s'approcha encore un peu de Marguerite, l'incitant à reculer, mais celle-ci se retrouva aussitôt acculée au comptoir. Il lui faisait désormais face, la surplombant de son mépris. Sous sa cape qui volait sur le côté, le pommeau en tête de griffon brillait à la poignée de son épée.

— Rends-la-moi, et je repars, lui siffla-t-il au visage. Ou il t'en cuira.

— Va prendre ton opium, Paul, lui fit Marguerite, stoïque. Tu es en manque et tu ne sais plus ce que tu dis.

— Quoi ? répondit le comte, soudainement désemparé.

— Je peux te donner une adresse si tu veux, continua-t-elle sans se démonter. Un endroit réputé où ils en servent. Entre autres choses, selon tes besoins. Et reviens me voir après, conclut-elle, parlant plus fort pour être entendue de tous. Nous discuterons de tout cela plus tranquillement. Je suis certaine qu'il y a une explication à la disparition de ta relique.

Des rires épars éclatèrent par endroits dans la foule. Elle l'avait déstabilisé, et les gens qui s'étaient un temps laissé impressionner par les calomnies du comte de Joigny n'étaient pas pour autant acquis à sa cause. Ses accusations étaient sans fondement, se rassura Marguerite, et le fait qu'il l'avait appelée bourrelle n'était qu'une provocation gratuite lancée au hasard.

— Je te préviens, je vais déclarer l'hérésie à la justice ! lança-t-il encore, tâchant de reprendre de l'assurance.

— Fais donc ! feignit d'ironiser Marguerite. Mais crois-moi, j'ai peur qu'on ne te prenne pas au sérieux. Si on réunissait le nombre d'épines qui circulent dans le royaume et ailleurs, ce n'est pas une couronne que le Christ aurait portée sur sa tête, mais un buisson ! Ou alors c'est qu'il l'avait bien grosse ! conclut-elle, provoquant un rire général, même si quelques-uns faisaient les outrés.

— Tu veux la guerre, tu l'auras, vitupéra Sainte-Croix, vexé, alors qu'il remontait sur sa monture. Je sais que c'est toi ! Et tu vas me la rendre ! Même si pour cela je dois te pousser sur l'échafaud !

D'un coup d'éperon, qui fit hennir son cheval de douleur, il lui fit faire un demi-tour et partit au galop, manquant de renverser les hommes et les femmes qui se trouvaient sur son chemin alors qu'il fendait la foule.

* * *

Le mal était fait. À peine l'altercation avait-elle eu lieu devant la maison du pilori qu'un marchand de chansons juché sur son escabelle, vers la Grande Boucherie, juste en face du Grand Châtelet, là où la foule passait à chaque heure de la journée pour rejoindre la cité par le pont au Change, vendait aux chalands pour deux sols ses feuillets à l'encre encore humide. Il braillait sa chanson, qui racontait l'histoire du Christ qui ne pouvait pas porter sa couronne d'épines parce qu'il avait la tête trop grosse.

« … Et quand sur la tête du Seigneur,
La couronne d'épines on voulut mettre,
On vit qu'elle était d'une telle grosseur,
Qu'on déclara le diadème trop piètre,
Au grand dam de Ponce Pilate,
Qui de colère s'arracha les cheveux,
Sur sa tête qu'il avait bien plate,
Ce qui fit rire jusqu'au Bon Dieu !… »

Le bruit courait, et du jour au lendemain on ne parla plus que de « l'affaire de l'épine du Christ ». L'histoire, racontée par celles et ceux qui avaient été les témoins de la confrontation, prenait une tournure toujours plus dramatique et romanesque, alors qu'elle passait de bouche à oreille dans les rues, dans les guinguettes à la Courtille ou dans les estaminets et les tavernes des quartiers populaires. Les uns prenaient parti pour celle dont la réputation était bien connue, quand d'autres ne s'étonnaient guère qu'un tel crime ait été commis par une femme aussi mystérieuse, elle-même fille d'un bourreau de province que l'on disait assassiné. Même dans les cafés élégants, de la rue de la Montagne-Sainte-Geneviève, où l'on servait la limonade et le café, jusqu'au Procope, les fracas du comte de Joigny étaient devenus le centre des discussions polies. Les libelles calomnieux se vendaient sous le manteau, relayant la parole qui se détachait toujours plus d'une vérité que chacun se faisait. Les pamphlétistes anticléricaux profitaient de l'aubaine pour attaquer l'autre couronne, celle portée à Versailles, dénonçant encore une fois le « royal détachement » du roi et de sa cour face à la rude réalité d'un peuple qui souffrait. En quelques heures, les murs des maisons des commissaires de quartier étaient constellés de nouveaux placards que les soldats du guet s'échinaient à retirer aussitôt. Les gazetins de police écoutaient les bruits au coin des rues ou dans les auberges, et notaient les rumeurs sur leurs bouts de papier afin de les rapporter. L'affaire avait passé les murs du Grand Châtelet, on ne parlait plus que de cela jusque dans les bureaux de la prévôté.

* * *

— Je demande justice, proclamait haut et fort le comte de Joigny, qui avait obtenu audience auprès du lieutenant criminel Brocard, alors que le lieutenant général de police lui-même assistait à l'entretien, ainsi que le commissaire de quartier Espinasse. J'en appelle à la Hanse de Paris !

— Tout doux, mon ami, tout doux, réagit avec affabilité Dusquesnes. Vous avez déjà créé l'agitation dans tout le quartier et au-delà, vous n'allez pas mettre à sac toute la ville pour une épine !

— « Une » épine ! s'offusqua Sainte-Croix. C'est de la couronne du Christ qu'il s'agit, monsieur le lieutenant général ! Un trésor pour ma ville ! Les pèlerins qui vont à Vézelay pour Compostelle passent par Joigny pour la prier. C'est un manque à gagner pour mes caisses. Sans parler du prestige.

— Pourquoi la Hanse ? demanda le commissaire. Je ne vois pas en quoi cette affaire concerne les marchands de l'eau.

— Un de vos inspecteurs m'a dit que le fils de Marguerite traînerait sur les quais, lui rétorqua Paul de Sainte-Croix. Et je suis certain qu'ils sont tous les deux de mèche.

Noyeux, bien évidemment, pensa Espinasse dans l'instant. L'affaire prenait mauvaise tournure, et le commissaire s'inquiétait pour Marguerite. L'homme était d'humeur agressive, et dans des dispositions particulières dont certains signes laissaient augurer une habitude peu avouable pour quelqu'un de son rang. Mais il ne pouvait pas agir sur ce levier.

— Mais nous parlons bien de votre belle-sœur, monsieur le comte, n'est-ce pas ? demanda alors Dusquesnes avec une curiosité feinte. Elle était la femme de votre défunt frère. Pourquoi une telle hargne envers elle ?

— Cette maudite femme n'a fait que détruire ma famille, grogna le comte en retour. Depuis ce jour maudit où elle a ensorcelé mon pauvre frère, tout n'est allé que de mal en pis.

— Messieurs, messieurs, intervint le commissaire, qui avait repéré la main du comte portée sur la poignée de son épée. Ce n'est pas la question, et nous ne sommes pas là pour refaire le passé. Il y a eu un vol et nous allons tout faire pour vous aider à retrouver votre relique.

Le comte de Joigny ne tenait plus en place. La sueur perlait sur son front, et il semblait subitement dérangé par des démangeaisons au bras et sur le haut des cuisses, se grattant frénétiquement pour s'arrêter aussitôt. Les muscles de sa mâchoire faisaient saillie sous les contractions qui figeaient son visage par à-coups.

— Mais bien entendu, confirma Brocard avec un large sourire de circonstance.

— Et je veux voir l'évêque, continua le comte. Après tout, cette affaire concerne aussi l'Église.

— Faites comme bon vous semble, monsieur le comte, répondit Dusquesnes. De mon côté, je vais diligenter une enquête comme il se doit. Avec l'accord de monsieur le lieutenant criminel bien entendu, se reprit-il sur un ton qui se voulait diplomate.

— Mais tout à fait, monsieur le lieutenant de police, se résolut le prévôt, qui semblait ennuyé par cette affaire.

— Il faut faire fouiller la maison du pilori ! enchérit Paul, faisant les cent pas, agité comme une bête en cage. Elle se trouve certainement là-bas !

— Vous parlez de la maison de Monsieur de Paris, comte, le coupa poliment Brocard. On n'entre pas chez lui comme ça, avec de simples suspicions qui n'ont, pour le moment, aucun fondement.

— Je m'en occuperai, fit le commissaire, se voulant rassurant.

— Très bien, répondit Paul, un peu hésitant, comme s'il était sur le point d'ajouter quelque chose mais ne trouvait plus ses mots. Eh bien, dans ce cas, je vous laisse à vos affaires. Et je compte sur vous pour faire justice ! Messieurs, salua-t-il enfin d'un mouvement sec de la tête.

Le comte semblait perdu, cherchant du regard la sortie, revenant prendre son tricorne qu'il avait laissé sur un siège, et remettant maladroitement sa cape d'un geste nerveux, le tout dans un silence qui témoignait d'une gêne polie. Il quitta enfin la pièce d'un pas vif, tout en marmonnant et en bousculant les gardes qui avaient à peine eu le temps de s'écarter sur son passage.

— L'homme est déterminé et hors de lui, reprit Brocard après un temps. Il faut en finir vite avec cette histoire, commissaire.

— Oui, monsieur, confirma humblement Espinasse.

— Et j'ose croire, continua Dusquesnes, que vous trouverez le ou les coupables de cet horrible crime avant mon déplacement à Versailles mardi. Je suis certain que les bruits ont déjà atteint les oreilles de notre souverain, et je ne voudrais pas que son humeur n'en soit un peu plus gâtée qu'elle ne doit déjà l'être. Est-ce que je me suis bien fait comprendre ?

* * *

Il avait un sixième sens pour cela. Déjà enfant, il fouinait par jeu, il cherchait à savoir qui faisait quoi, et avec qui. Quand il eut appris à lire et à écrire à la petite école, la seule bonne décision qu'avait prise sa mère, même si c'était surtout pour elle le moyen de se débarrasser de lui le temps de se faire culbuter pour quelques pièces entre deux peaux de lapin, il avait pris cette manie de tout noter sur des feuillets. D'abord, les habitudes de celle qui n'hésitait pas à le rosser pour un oui ou pour un non, heure par heure ; qui elle voyait, quand et où. Ensuite, celles des autres enfants qu'il croisait à l'école ou dans son quartier, mais qu'il ne fréquentait pas, notant chacun de leurs faits et gestes pour mieux les confondre un jour ou l'autre, et se venger ainsi de l'amour qu'eux semblaient recevoir de leurs parents. Cette affection que lui n'avait jamais reçue, et dont le manque avait ourdi cette haine qui l'animait toujours, même adulte. Puis celles des voisins dans les garnis sur le même palier, puis de l'immeuble tout entier, puis de la rue, enfin tout le quartier. Plus personne n'avait de secret pour lui, et il sut très vite en tirer parti. D'abord financièrement, soutirant de l'argent en échange de son silence, le meilleur moyen pour l'adolescent qu'il était devenu de s'extirper de sa condition pour tendre vers le statut social qu'il visait. Avec le temps, certains petits-bourgeois, apeurés à l'idée que l'étrange jeune homme à l'allure austère dans son costume sobre et toujours propre ne dévoile les excès qu'ils savaient répertoriés dans ses satanés cahiers, l'introduisirent dans une société où l'opportunisme prévalait. Là, dans des salons, ou à l'occasion de promenades dans le jardin des Tuileries, il côtoya les riches artisans, les marchands qui avaient fait fortune, et même certains de la robe. Et il écoutait. La musique des mots qui faisaient les belles phrases, aux idées souvent creuses, mais qui tissaient les liens d'intérêt. L'art de parler n'eut bientôt plus de secret pour lui, sans pour autant qu'il en fasse usage. Il apprenait le langage de la haute comme il connaissait déjà celui de son extraction, mais sans jamais trop se montrer ou se distinguer lui-même. Être là sans qu'on fît attention à lui plus que nécessaire, et continuer de peindre, dans ce qui était devenu un manuscrit épais avec le temps, les visages, les us et les coutumes de chacune et chacun, si possible les moins avouables.

C'est ainsi que, quand sa réputation et son talent furent connus du lieutenant général de police, il accepta ce rôle qu'il lui proposa. L'enfant battu et rejeté était mort, tout comme sa mère qui avait succombé à la petite vérole. Le jour où la nouvelle lui en parvint, il prit sa plume pour raturer proprement son nom dans son cahier, comme il le faisait chaque fois qu'un de ses clients disparaissait. Tout comme il avait griffonné le nom de son père quelques années plus tôt.

Pour Noyeux, le hasard n'existait pas. Chaque chose était due à la logique, fruit parfois d'un mécanisme complexe, mais qui menait toujours à un résultat simple et tangible. Et l'esclandre du comte de Joigny venait confirmer les doutes qu'il entretenait depuis des années concernant cette curieuse femme à la notoriété si grande qui s'était installée chez le bourreau. Le fameux vol dont tout le monde parlait désormais avait été commis dans une ville où elle avait vécu et où elle était retournée quelques semaines plus tôt avec son fils. Une de ses mouches les avait vus embarquer sur un coche d'eau en partance pour Auxerre, quai de Saint-Paul, et ne les avait pas quittés des yeux de tout le voyage jusqu'à Joigny. Le fils, un excentrique aux habitudes louches, était d'ailleurs de ceux que l'inspecteur faisait aussi suivre, avec difficulté, ce qui attisait encore sa curiosité. La somme d'argent importante que le jeune homme pourrait tirer de la vente d'une telle relique lui permettrait de se payer toute la zizanie et le laudanum qu'il trafiquait, Noyeux en était persuadé, mais surtout qu'il consommait.

La chronologie des faits dont il avait connaissance, complétée par ceux qu'il imaginait par pure logique, auxquels s'ajoutaient les personnages en jeu et leurs intérêts respectifs, lui permettait d'échafauder gentiment l'histoire. Ses pensées se mettaient en ordre dans son esprit alors qu'il observait Marguerite qui contournait la pompe de la Samaritaine par la gauche, et disparaissait par une petite porte qu'il devinait sur le côté.

* * *

— Mais ce n'est pas moi ! s'énervait Henri, qui ne tenait pas en place.

— Je ne t'accuse de rien, tenta de le rassurer sa mère. Je suis juste venue te prévenir. Paul est furieux et il a déjà demandé justice auprès du prévôt.

— Mais qu'est-ce que j'y peux, moi, à vos histoires, là ! poursuivit Henri. Ça ne me concerne pas !

Marguerite avait attendu le bon moment. La faune grouillait toujours ce soir-là dans le ventre du Pont-Neuf. Partout autour d'elle, des ombres se faufilaient, la frôlant parfois, quand d'autres s'interposaient sur son passage. L'un, un niais hilare à l'allure excentrique, attifé de pièces d'habits disparates dont les propriétaires n'étaient certainement plus de ce monde, l'avait menacée de son œil orphelin. Elle se surprit à le repousser avec force et détermination, le faisant trébucher et occasionnant le rire des comparses épris d'alcool qui s'étalaient tout autour. Puis un peu plus loin un autre, une sorte de créature veule avec sa grosse langue bavante qui pendait de côté de sa bouche molle. À peine avait-il porté sa main grenelée de verrues purulentes sur la poitrine de la visiteuse qu'il était projeté sur le côté. Marguerite fit alors face à un individu comme elle n'en avait jamais vu auparavant. Sa peau rouge et ses pommettes hautes lui donnaient l'apparence de ces hommes ramenés de l'autre monde, qu'on exposait parfois dans des cages au public et qui provoquaient la peur, parfois les jets de pierres. Des traces de peinture ocre lui bariolaient les joues et le front. Sous sa chemise qu'il portait ouverte, une sorte d'écharpe de perles bleues et blanches lui couvrait la poitrine. Mais ce qui l'avait le plus impressionnée, c'était la crinière haute qui jaillissait du dessus de son crâne et se prolongeait vers l'arrière.

— Vous allez bien ? lui avait demandé l'étrange personnage.

— Oui… avait marmonné Marguerite, incertaine.

— Je m'appelle Atedjaka. Je suis ami avec Henri. Il est là-haut.

Plus personne n'était venu importuner Marguerite alors qu'elle marchait dans le sillage de l'Indien. Ils avaient traversé la grande salle voûtée sans encombre et atteint la passerelle où se situait l'échelle qui menait à la plate-forme. Là, Atedjaka lui indiqua d'un geste de la main la direction qu'elle connaissait déjà, avant de disparaître aussi silencieusement qu'il était apparu quelques instants plus tôt.

— J'ai rencontré Madeleine, avoua enfin Marguerite.

— Tu as fait quoi ? fit Henri, atterré.

— Je l'ai vue, nous avons discuté, continua sa mère d'un ton égal. C'est une fille bien.

— Tu n'aurais pas dû, balbutia Henri, contrarié. Tu n'avais pas le droit.

— Tu ne devrais pas être ici, à faire ce que tu fais, poursuivit Marguerite, sentant qu'elle prenait le dessus. Tu devrais te ressaisir si tu l'aimes vraiment !

— Il faut que tu partes, lui lança-t-il alors, essayant de garder son calme. Tu ne dois pas rester ici. Et ce ne sont pas tes affaires. Ce n'est pas moi qui ai volé la relique. C'est tout ce que j'ai à te dire. Et l'autre, là, le comte de Joigny, il peut bien se pointer ici, il sera reçu.

— Pour sûr ! s'exclama Juan, l'ami espagnol d'Henri, qui se tenait dans l'ombre et qui avait assisté à leur discussion. Il peut venir et moi « Boum ! » fit-il en mimant une explosion de ses bras, avant d'éclater de rire.

Henri lui avait demandé de partir, la discussion était close. Atedjaka l'avait raccompagnée. Pour être sûr qu'elle partirait bien, pensa-t-elle alors qu'elle s'apprêtait à sortir du bâtiment.

— Monsieur, fit-elle alors en se retournant vers l'Indien. Est-ce que je peux vous demander de veiller sur mon fils ?

— Henri est mon ami, lui répondit celui-ci d'une voix posée, sans émotion. Il m'a sauvé.

— Il vous a sauvé ?

— J'étais prisonnier, et il m'a aidé à fuir. Je serai toujours là pour lui.

— Alors ça va, conclut Marguerite après un instant, presque soulagée. Je vous en remercie.

Sur le chemin qui la ramenait à la place des Halles, elle ne savait plus trop quel était le sentiment qui l'habitait, bousculée comme elle l'était par tous les événements qui s'étaient succédé ces derniers jours. Mais l'image d'Henri en colère quand elle l'avait quitté un peu plus tôt la peinait. Cependant il y avait quelque chose d'autre qui la rassurait. Elle avait ressenti du regret dans la voix et dans l'attitude de son fils. Elle en était persuadée. Tout comme elle-même en avait éprouvé.

XXVII

P'tit Rouquin aimait bien traîner du côté des Halles. D'abord parce qu'il pouvait facilement s'y faire des sous. Dans ce coin, les rues mal pavées étaient toujours recouvertes d'immondices qui maculaient aisément le bas des robes des belles dames s'aventurant jusqu'ici. P'tit Rouquin repérait une partie de la chaussée particulièrement crottée, quand il ne l'arrangeait pas lui-même de manière à la rendre impraticable sans se bauger, comme ils se le disaient entre petits Savoyards pour se gausser des riches, et il attendait sagement le chaland. Arrivait enfin la dame, souvent accompagnée. Il proposait alors à l'élégante, pour quelques liards, de lui tenir le bas de son habit un peu au-dessus du sol en se postant derrière elle, le temps de passer le gué. Sa bonne bouille et sa suggestion somme toute pragmatique à la vue de l'état de la chaussée poussaient la dupée à accepter de bon cœur. Le petit bonhomme suivait ainsi la belle, tenant la robe en hauteur, un peu à la façon d'un garçon de mariée, ce qui faisait beaucoup rire le monsieur qui accompagnait parfois sa dame, et auquel le petit Savoyard s'empressait de proposer le cirage de ses bottes, qu'il venait lui-même de tacher de boue, pour quelques pièces en plus. Le polissoir, la petite brosse en poils de sanglier, la sellette et l'huile mêlée à du noir de fumée que le garçon gardait précieusement dans la petite boîte en bois qu'il portait dans son dos, sans oublier le crachat de circonstance pour finir, suffisaient à redonner en quelques secondes un aspect brillant aux chausses du galant, toujours pressé de retrouver sa dulcinée. Jusqu'à la rue d'après, où un autre Savoyard les attendrait certainement, guettant la proie qui tomberait sous peu dans le piège qu'il aurait lui aussi préparé.

Traîner dans les rues que P'tit Rouquin appelait « son » quartier, un secteur qui s'étendait de l'église Saint-Eustache aux quais de la Ferraille, entre le Pont-Neuf et le pont au Change, était aussi pour lui le moyen de guetter. Depuis le jour où, alors qu'il allait se faire rosser par un gros marchand de fruits qui l'accusait – à raison – de lui avoir chipé des pommes, cette femme si belle était sortie de la maison du pilori juste à côté pour prendre sa défense, menaçant le maraîcher de lui passer la tête au pilori, là-haut dans le clocher, s'il touchait à un seul de ses cheveux, il avait considéré Marguerite comme une seconde mère. Voire la première, puisqu'elle était la seule qu'il ait jamais connue. Depuis il rapportait les bruits du quartier lors des dîners qu'il venait prendre chez le bourreau qui n'habitait plus là, ce qui l'arrangeait bien parce qu'il lui foutait quand même la trouille. Ce dont il se cachait auprès de ses compagnons savoyards, allant jusqu'à se vanter de ses relations quand il rentrait le soir au dortoir, ce qui lui avait valu une petite réputation. Mais depuis quelque temps, P'tit Rouquin était aussi devenu les yeux de

Marguerite. Son fils disparaissait parfois et elle s'en inquiétait. Si le type avait des manières un peu bizarres, le Savoyard l'aimait bien et flânait parfois avec lui. Un jour, il lui avait montré une grande plume rouge, celle d'un oiseau tropical, et lui avait même promis de la lui donner quand il serait en âge de porter le chef. P'tit Rouquin n'avait pas bien compris le sens du mot « tropical », mais la gravure que lui présenta aussi Henri, une scène qui montrait des soldats saluant des hommes qui ressemblaient un peu à ce « Huron » qui accompagnait depuis peu l'apprenti bourreau, ouvrit les portes de son imagination, et l'oiseau de feu prit son envol dans son esprit.

Depuis quelque temps, grâce à sa petite taille, P'tit Rouquin avait trouvé un travail de nettoyeur des fosses d'aisances sur le pont au Change. Dans ces immeubles, il arrivait fréquemment que les tuyauteries des cabinets, en saillie sur l'eau, se bouchent, empêchant les rejets des habitants de tomber plus bas dans la rivière, et occasionnant ainsi une pollution pestilentielle qui faisait fuir la clientèle des très nombreux artisans sur le pont. Au risque de perdre la santé par les maladies qu'il pouvait y attraper, la tête recouverte d'un sac de toile censé le protéger de l'air empoisonné, le petit garçon se laissait glisser au bout d'une simple corde, tenue par un autre de ses acolytes, plus âgé que lui. Là, à l'étroit dans le boyau suintant, il raclait ou écopait la bauge à l'aveugle, à l'aide d'une grosse brosse de ramoneur et d'un seau, au risque de finir noyé dans la Seine plus bas si jamais le lien venait à rompre ou, pire, de mourir coincé dans les excréments qui encombraient le tuyau. Et le tout pour cinq sous. Par chance, son caractère heureux l'emportait toujours sur ses craintes. Et surtout les quais n'étaient pas loin. Là-haut, assis sur les toits, il reprenait l'air après avoir été remonté, ou attendait un chantier qui ne tarderait pas. Il pouvait aussi observer Henri, qu'il avisait de plus en plus souvent au loin vers le Pont-Neuf, et en rapporter la nouvelle à Marguerite le soir venu.

Et il les vit ce jour-là, les gardes sur deux lignes bien propres, qui débouchèrent au loin du carrefour des Trois-Maries sur le Pont-Neuf, et se dirigèrent tout droit sur la pompe de la Samaritaine.

* * *

Il n'était pas là. Il avait fait retourner l'endroit dans tous les sens, cassant les meubles, déchirant les bouts de tentures au mur, suspectant un passage caché derrière. Il avait même fait fouiller la cheminée, mais en vain. Rien. Ni personne. En tout cas pas celui qu'il était venu chercher.

Un peu plus tôt, Noyeux s'était précipité chez le lieutenant général Dusquesnes pour lui demander une escouade assez importante pour une opération qui s'avérerait certainement d'envergure. Celle de sa vie peut-être. Celle qui serait l'avènement de tout ce travail de fourmi depuis si longtemps. Avec la promotion au bout, et la place bien confortable dans la maison d'officier de quartier qu'il lorgnait chaque jour, quand il passait devant. Sauf que le commissaire de ce quartier se trouvait justement avec le lieutenant quand il entra dans la pièce. Ce foutre de commissaire Espinasse, comme il l'appelait, dont il dépendait en théorie, mais qu'il n'avait pas hésité à contourner à plusieurs reprises, préférant s'adresser à Dieu qu'à ses saints, d'autant que c'était sa place à lui qu'il convoitait. Encore une fois, il fit preuve de son intelligence de tacticien et calma ses ardeurs instantanément, jouant le rôle qu'il connaissait si bien. Celui qui apportait l'information à partir de laquelle d'autres prendraient des décisions et en tireraient la gloire à sa place. Espinasse n'avait pas été dupe, il le savait aussi. Et le fait qu'il avait pris la direction des opérations en était la preuve. Noyeux obtempéra comme s'il n'avait pas été blessé dans son orgueil une fois de plus, trop heureux qu'on lui attribue le guet qu'il avait réclamé, et même s'il restait officiellement sous les ordres du commissaire. Ce qui importait pour l'heure, c'était le succès de l'opération. Après, il n'aurait aucune difficulté à se faire valoir. Quant à Espinasse, il arrivait fréquemment qu'un accident survienne sur le terrain.

* * *

Sur le chemin du Pont-Neuf, le commissaire n'avait pas lâché Noyeux des yeux, alors que les curieux s'écartaient pour laisser passer l'imposante troupe de soldats. Il ne le supportait pas. Depuis qu'il avait pris ses fonctions et qu'on le lui avait attribué parmi les autres inspecteurs et exempts, il s'était toujours méfié de cette fouine. Il connaissait son passé, ses méthodes et ses manies. Il avait fait sa petite enquête, et quelques mouchards dévoués le surveillaient. Quand ils pénétrèrent dans la pompe Samaritaine, il ne fut pas déçu. Noyeux se révéla enfin dans toute sa splendeur par l'absence totale d'humanité dont il fit preuve durant les interrogatoires qu'il mena. Froid, sans émotions, il regarda les gardes opérer les tortures qu'il ordonnait afin d'obtenir des renseignements.

— Il s'est enfui ! hurla dans un râle d'agonie le pauvre hère, certainement un ancien soldat vu la veste en lambeaux et le froc qui le vêtaient, alors qu'on continuait de lui tordre la phalange à l'aide d'une grosse pince.

— Quand ? interrogea calmement l'inspecteur, confortablement assis et prenant des notes dans son cahier.

— Juste avant votre arrivée ! cria l'homme quand son doigt craqua comme une branche de bois mort.

— Seul ?

— Non ! Avec l'Espagnol ! baragouina le supplicié, la bouche déformée par la douleur. Et un sauvage !

— Bien ! fit Noyeux, tout en fermant son cahier. C'est parfait. Emmenez-le avec les autres.

— Je n'approuve pas vos méthodes, intervint le commissaire.

— Elles ne m'amusent guère, croyez-moi, monsieur le commissaire, répondit l'inspecteur sur un ton faussement désolé. Mais seuls comptent les résultats, n'est-ce pas ? Et je suis sûr que vous serez heureux d'apporter de bonnes nouvelles à monsieur le lieutenant criminel, conclut-il avant de saluer pour aller retrouver ses hommes.

Espinasse n'avait pas pu le reprendre, et le réprimander plus avant sur ses méthodes aurait été inutile.

Seuls comptaient les résultats, et sur ce point l'inspecteur Noyeux avait un coup d'avance, le commissaire le savait. En référer à Dusquesnes aurait pu le mettre en porte-à-faux. Mieux valait garder Noyeux à l'œil et attendre le moment opportun pour l'arrêter. Pour l'heure, Henri s'était échappé, accompagné de deux comparses, et cette fuite faisait de lui un suspect.

* * *

Le temps pour P'tit Rouquin de descendre quatre à quatre de son toit pour atteindre la rue et remonter le quai jusqu'au pont, et déjà la troupe ressortait de la pompe, encadrant un groupe d'hommes et de femmes enchaînés, dont certains avaient dû être sévèrement secoués, vu leur état. Mais il n'aperçut ni Henri, ni son compère extravagant à l'accent espagnol, ni le sauvage muet qui l'accompagnait souvent. Caché derrière un remblai, P'tit Rouquin continuait d'observer l'inspecteur Noyeux – tout le monde savait qui il était dans le quartier –, qui fulminait, alors qu'un peu plus loin, le commissaire Espinasse, un homme qu'il trouvait gentil et qu'il avait croisé souvent chez le bourreau, semblait se tenir à l'écart, témoin discret de l'opération policière.

— Non, juré, y avait pas Henri, avait répété le petit Savoyard sitôt revenu à la maison du pilori à Marguerite, qui ne tenait plus en place.

Une fois le ventre plein du gâteau que lui avait donné Rose, il décida de repartir du côté de la vallée de la Misère. Il s'était passé beaucoup de choses ce soir-là, et il avait envie de faire un petit détour jusqu'au quai de Conti, de l'autre côté du Pont-Neuf, là où les baignades étaient autorisées en journée. Et puis il avait beau être un Savoyard habitué à la saleté, la puanteur dans le dortoir la nuit était insoutenable en été à cause de la chaleur étouffante sous les combles. P'tit Rouquin avait donc pris l'habitude de piquer une tête dans la rivière de temps en temps pour se laver, surtout depuis qu'il avait son couvert à la maison du pilori. Il savait les gens là-bas particulièrement attachés à la propreté et à l'usage de l'eau, et il se souvenait encore du jour où, alors qu'il venait pour la première fois, Rose l'avait frictionné dans tous les recoins tellement il empestait. La scène lui revenait comme si c'était hier, et il en souriait encore, alors qu'il se désapait. La soirée était chaude, et ses vêtements qu'il aurait lavés après n'auraient aucun mal à sécher quand il les aurait étendus sur la pierre.

Nu sur la margelle, il s'apprêtait à plonger. Sur sa gauche, on venait tout juste d'allumer les lampadaires du Pont-Neuf, alors qu'à droite, les fenêtres des immeubles qui se serraient sur le pont au Change se reflétaient en lueurs miroitantes sur l'eau juste en dessous.

Il prit un long souffle et écarta les bras pour faire le grand saut.

Quand des mains le saisirent violemment.

* * *

Les trois casiers matelassés dans la boîte qu'il portait sur son dos étaient pleins. Comme d'habitude, le Grand René savait qu'il en aurait pour deux jours à atteindre

Montargis. Arrivé par coche dans la soirée à Montereau, il repartirait aux premières heures le lendemain, mais en empruntant le Loing, une rivière plus petite que la Seine et plus calme, qui traversait le Gâtinais, après avoir passé Nemours. Il arriverait en fin de journée à bon port, et la Bonne Marie l'attendrait comme toujours sur le quai. Il travaillait avec elle depuis des années. Elle et les femmes à qui il confiait une partie des bébés étaient de bonnes nourrices, de confiance. Pas comme certaines qui, une fois l'argent empoché, alimentaient l'enfant à l'économie avec du pain noir, souvent coupé à la fougère, ou de la bouillie de millet, remplaçant le lait par du vin frelaté, quand elles ne laissaient pas le petit des journées entières seul pour retourner travailler aux champs, au mieux sur du foin dans une grange, au pire dans une cour de ferme. Les bébés étaient ainsi jetés en pâture aux chiens errants ou aux sangliers, ou tout simplement mouraient de soif et de faim sous le soleil ou en plein froid, ce qui améliorait la rentabilité de l'opération puisqu'il n'y aurait plus de dépenses. Il leur suffirait ainsi d'imputer la perte à la maladie – une cause très fréquente – pour se justifier auprès du porteur qui repasserait quelques mois plus tard pour la nouvelle livraison.

Il était tôt ce matin-là quand le mari d'Agnès déboucha sur le quai du port Saint-Paul, là où le coche en partance pour le Loiret était amarré. La lumière était basse, mais la silhouette d'un homme qui semblait négocier avec le bateleur lui rappelait quelqu'un. Il n'avait pas de boîte, il n'était donc pas un porteur. Peut-être un de ceux qu'on suspectait de faire du trafic depuis que ces histoires d'enlèvements d'enfants se multipliaient. Et le haussement d'épaules que lui adressa le cocher en guise de réponse quand il s'enquit l'air de rien de l'identité de l'inconnu le conforta dans ce sentiment.

Il le connaissait, il en était certain. Il l'avait déjà vu quelque part, mais où ?

L'appel pour l'embarquement le coupa dans sa réflexion.

Le bateau s'éloignait gentiment du quai, et le Grand René apercevait toujours l'ombre du mystérieux personnage se fondre au loin dans le flux des gens qui s'amplifiait déjà.

XXVIII

— Quand j'ai su que Paul partait pour Paris, je n'ai pas hésité une seule seconde. J'ai décidé de le suivre.

À peine était-il entré dans la maison du pilori qu'il dut s'asseoir. Le vieux père de Saintonge était exsangue après le long voyage qu'il venait d'entreprendre, et il toucha à peine au repas improvisé que Rose lui avait apporté.

— Voilà donc la maison du bourreau de Paris, fit-il pensivement après avoir vidé son verre. Moins austère que chez nous, tu ne trouves pas ?

— Pourquoi être venu jusqu'ici, mon père ? demanda gentiment Marguerite à celui qu'elle avait pris affectueusement dans ses bras quand elle l'avait découvert sur le pas de la porte un peu plus tôt. C'est un voyage éreintant pour quelqu'un de votre âge.

— Je tiens encore debout, je te remercie, plaisanta le prieur en retour. Et je n'avais pas le choix. J'imagine que tu sais que Paul est ici ?

— Difficile de ne pas le savoir, oui. Il est venu faire un esclandre, et le commissaire m'a rapporté qu'il avait déjà demandé justice auprès du prévôt.

— Diantre, fit gravement le prêtre. Il n'a pas traîné. Il est parti furieux. Je ne sais pas de quoi il est capable.

— Et on parle déjà de l'épine du Christ dans tout Paris, renchérit Marguerite.

— Paul ne dénonce pas le vol de l'épine pour des raisons religieuses, tu l'imagines bien.

— Que s'est-il passé ?

— C'était il y a quelques jours, reprit le prêtre alors qu'il se décidait à manger la cuisse de poulet que Rose lui avait servie. Il a fait irruption dans mon église pour me la réclamer.

— Mais dans quel but ? Elle ne lui appartient pas !

— Ça fait longtemps qu'il ne se pose plus ce genre de questions, Marguerite, ironisa le père de Saintonge, amer. Tout lui appartient à partir du moment où ça sert à payer ses vices.

— Vous voulez dire qu'il voulait s'en emparer pour la vendre ?

— Évidemment ! Il n'y a plus rien à brader à Joigny ! Il fallait bien qu'il trouve quelque chose pour renflouer ses finances et assouvir ses délires fanatiques sous l'emprise des opiacés ! Depuis un certain temps, il se serait gravement endetté pour se fournir. Il doit beaucoup d'argent. Il se sait en danger.

— Mon Dieu !...

— J'ai eu beau l'en défendre, mais rien n'y fit, continua le vieil homme. Ses gardes m'ont écarté et tenu. Il s'est emparé de la châsse, et quand il l'a ouverte, ça a été la stupeur.

— L'épine n'y était plus.

— Tout juste, confirma le curé.

— Et le comte de Sainte-Croix père, demanda-t-elle après un silence. Que dit-il ?

— C'est lui qui m'envoie, avoua le curé. Il est très préoccupé, comme tu peux l'imaginer. Paul est capable de tout, surtout du pire, il en a fait assez la preuve ces dernières années. Et il a peur pour toi. Et pour son petit-fils.

Elle se souvint alors du jour de son départ de Joigny, quinze ans plus tôt. Ils étaient venus tous les deux, le père et le fils. Paul, jusqu'alors le bâtard, et désormais l'héritier légitime. Deux hommes qui avaient participé à l'événement où Charles avait perdu la vie. Un père et son fils, main dans la main, enfin réunis. Le comte avait alors proposé une dernière fois à Marguerite de garder l'enfant, lui offrant ainsi la possibilité d'un autre destin, celui de devenir un jour comte plutôt que bourreau. Mais elle avait refusé, respectant ainsi la promesse qu'elle avait faite à son propre père avant qu'il ne meure. Henri deviendrait un jour bourreau à son tour, et ainsi la charge serait maintenue dans la famille Corbeau. Cette charge si chèrement payée par des années de sacrifices. Fataliste, le comte avait accepté sa décision, tout en lui rappelant que les portes du château de Joigny lui resteraient toujours ouvertes. Il lui donna aussi un petit sachet de satin qui contenait les bijoux que la mère de Charles lui avait remis, alors qu'il n'était encore qu'un petit garçon, afin qu'il les offre à celle qu'il aimerait un jour. Quant au fruit de la vente de la charge d'exécuteur de la ville, il lui avait promis qu'il l'attendrait ici en sûreté, jusqu'au jour où elle en aurait besoin pour en racheter une pour Henri quand il en aurait l'âge.

Un engagement que Paul avait également pris en tant que prochain comte.

Elle avait alors quitté Joigny, un peu rassurée, emmenant les douleurs profondes de son amour assassiné, son enfant emmitouflé contre sa poitrine et quelques affaires. Et surtout le manuscrit et les livres de son père. Elle s'était retournée une dernière fois. Et aujourd'hui encore, elle revoyait les deux silhouettes la saluant d'un même geste.

Marguerite gardait cette image en tête alors que le père de Saintonge reposait dans son assiette l'os de la cuisse qu'il venait finalement de décharner avec appétit. La fatigue était passée, et ses vieilles joues fripées avaient repris quelques couleurs.

— Marguerite, dit posément le prêtre après avoir bu une autre gorgée de vin, est-ce que c'est toi ?

Des coups à la porte retentirent alors, rompant le silence qui prolongeait la question que venait de poser le prêtre.

— J'espère que ce n'est pas encore ce satané comte, ou je vais le recevoir, lança Rose, qui se dirigeait déjà vers la porte, prenant un tisonnier au passage.

— Rose !… s'exclama Marguerite, cherchant à la retenir, mais trop tard.

La vieille intendante avait déjà ouvert la porte.

Ce n'était pas le comte de Joigny qui se trouvait là, mais Madeleine. Son expression était empreinte de panique, et son visage livide.

— Madeleine ? fit Marguerite, qui se précipitait vers la jeune femme pour la faire entrer. Qu'est-ce qui se passe ?

— C'est Martin !... balbutia-t-elle, en proie aux sanglots. Il m'a dit qu'il allait se débarrasser de Carl une bonne fois pour toutes.

— Mon Dieu, il va vouloir le tuer ! s'écria Marguerite.

— Qui est ce Carl ? s'enquit le prêtre.

— Je veux dire Henri, s'excusa Madeleine.

— Et Martin ? continua-t-il.

— Ce serait un peu long à vous expliquer, mon père.

— J'ai revu Henri, poursuivit Madeleine. Sur les quais, il m'a fait signe pour que je le rejoigne. Il était avec son ami le sauvage. Il m'a dit qu'il avait dû quitter le Pont-Neuf à cause de la police.

— Oui, j'ai été prévenue, Noyeux a fait une descente là-bas. Mais Henri n'y était pas.

— Ce n'est pas tout... continua Madeleine. Martin est arrivé à ce moment-là et il nous a surpris.

— Qu'est-ce qui s'est passé ? s'inquiéta Marguerite.

— Il s'est jeté sur lui, mais le sauvage est intervenu. Ils ont pu s'échapper. Martin est comme un fou. Il s'est mis à sa recherche, il m'a dit qu'il le tuerait. Et qu'il me tuerait après !

* * *

— Il faut partir, murmura Atedjaka.

L'endroit était tout juste assez grand pour les contenir tous les deux, prostrés l'un près de l'autre dans la semi-pénombre. Un peu d'air passait par les interstices carrés qui trouaient la pierre par endroits et la porte de métal qui ne fermait pas complètement. Mais les foulards imbibés d'eau de girofle avec lesquels ils s'étaient entouré le visage suffisaient à peine à recouvrir l'atmosphère pestilentielle de l'ossuaire des Innocents. Tous ceux qui visitaient le cimetière connaissaient de vue cette petite construction pyramidale qui surgissait au beau milieu du charnier. Autrefois un tombeau, elle était devenue une sorte de calvaire à côté duquel on passait sans vraiment y faire attention, devant lequel on se signait parfois, mais à l'intérieur duquel personne n'aurait pensé pénétrer. Un endroit idéal pour qu'Henri y cache les produits illicites qu'il revendrait plus tard.

— Trop dangereux rester ici, continua le Huron.

À peine Henri avait-il échappé à la police à la Samaritaine que Martin lui était tombé dessus avec la ferme intention de le tuer. Peut-être serait-il mort, son corps flottant quelque part sur la Seine, si Atedjaka n'était pas intervenu. Henri le regardait, assis en tailleur comme à son habitude, malgré l'inconfort de l'endroit, et il réalisait combien cet homme singulier était devenu important pour lui. Son écoute, ses paroles choisies sans jamais juger, et sa tempérance aussi, qui le distinguait des hommes d'ici. Il admirait cette sagesse qui était la sienne quels que soient les événements, même quand il s'agissait de fuir, de se battre ou de défendre sa propre vie. Certainement était-ce dû à ce qu'il avait vécu là-bas, chez lui, pensa alors Henri, qui observait le visage de l'Indien dessiné par le rai de lumière passant par la faille dans le mur d'où il guettait l'extérieur. Mais Henri pouvait aussi sentir le feu qui couvait. Il l'avait bien vu la première fois qu'ils s'étaient réfugiés dans sa chambre et qu'il lui avait ouvert son coffret à secrets. Il avait vu sa réaction devant la gravure. Si l'homme était paisible, c'était pour mieux attendre le jour où il pourrait enfin se venger.

— Attends encore un peu, murmura Henri, qui avait repris son guet. Je veux être sûr que les soldats ne sont pas venus jusqu'ici.

— Je veux dire partir ailleurs. Loin.

— Loin ? Et tu veux partir où, Atedjaka ?

— Chez moi.

— Chez toi ? C'est loin chez toi, mon ami.

— Il y a les bateaux. Je sais où.

— J'aimerais y aller, chez toi, tu sais.

— Alors partons.

— Ça paraît si simple dit comme ça, se désola Henri après un instant, l'esprit ailleurs.

Quelques voix leur parvenaient de l'extérieur. C'était l'heure où les premiers habitués des tavernes autour du cimetière des Innocents arrivaient et rejoignaient les joueurs de trictrac qui y avaient passé l'après-midi, un pinçon à la main. Derrière, dans les arrière-salles, dans les alcôves plongées dans la pénombre, la lueur rougeâtre des braises trahissait la présence de consommateurs se perdant dans les méandres des opiacés.

— C'est bon, fit Henri, qui tentait de se redresser dans l'endroit exigu, regardant une dernière fois dehors pour s'assurer qu'ils pouvaient sortir en toute sécurité. Il ne faut pas rester plus longtemps. Noyeux va venir fouiller ici à un moment ou à un autre, c'est certain. Allons nous cacher à la pompe. Ils n'y retourneront pas de sitôt.

D'abord il n'en fut pas sûr. Jusqu'à ce que l'homme qui s'avançait sous les arcades de l'autre côté du charnier s'arrête. Henri était interloqué par sa silhouette de dos, qui lui semblait familière. Mais quand le visiteur se tourna complètement, cherchant apparemment une direction à prendre, il n'y eut plus de doute. Henri l'avait parfaitement reconnu.

Paul, le sinistre comte de Joigny, venait d'entrer dans la taverne des Innocents.

* * *

Le feu crépitait faiblement dans l'âtre, éclairant par touches orangées le visage de Monsieur de Paris, le rendant solennel comme un patriarche dont on attendrait qu'il prononce la première parole qui romprait le silence. Sitôt les jumeaux lui avaient-ils parlé de l'histoire de l'épine du Christ qu'il avait décidé de venir à la maison du pilori. L'affaire était grave.

— C'est toi, le bourreau régent ?... fit le père de Saintonge, incrédule.

— Oui. C'est moi, avoua sans ambages Marguerite.

— Mais ?… Ici ? continua le prêtre, éberlué. À Paris ? À l'époque, à Joigny, c'était déjà une chose impensable. Mais ici…

— Ah parce que ce n'est pas la première fois ? demanda le bourreau sans pour autant paraître plus étonné que ça. Décidément, tu n'as jamais cessé de me surprendre depuis ce jour où tu as débarqué ici.

— Je me suis fait bourreau pour atténuer, par le *retentum*, les souffrances de mon mari, qui était condamné à l'écartèlement, déclara Marguerite. Et aujourd'hui, je suis prête à tout pour qu'Henri reprenne sa place.

— Mais vous, monsieur, vous étiez au courant et vous avez accepté ? demanda le père de Saintonge.

— Oui, j'ai accepté, concéda Clément, avec une pointe d'affection, après un temps à fixer Marguerite, comme s'il la découvrait. Son projet est fou. Je sais. Venant de n'importe qui d'autre, j'aurais évidemment refusé. Et puis sachant ce que je sais maintenant, je suis conscient que rien n'aurait pu l'arrêter. N'est-ce pas ? fit-il à Marguerite, un sourire tendre sur son visage fatigué. Et puis les circonstances ont fait que… j'avais d'autres priorités, reprit-il. Et Marguerite avait tant fait pour Jeanne et moi. Nous lui sommes redevables à vie.

— Clément… intercéda Marguerite, de peur qu'il ne dévoile l'épisode du sanctuaire à répit.

— Mais ça ne peut plus continuer, Marguerite, reprit-il alors, plus grave. Les événements prennent désormais une tournure dont les conséquences peuvent aller bien au-delà de ma simple réputation. Le vol de relique est puni de mort, et certains vous accusent déjà ouvertement, toi et ton fils.

— Oui ! confirma le prêtre. Il faut absolument retrouver cette épine, ou Henri n'échappera pas à la justice !

— Tu es certaine qu'Henri t'a dit la vérité ? insista encore Clément.

— Oui, j'en suis certaine, affirma posément Marguerite, qui semblait tout à coup ailleurs, pensive.

— Comment en es-tu si sûre ? fit Rose, jusqu'alors silencieuse. Tu as entendu P'tit Rouquin ? Ils ne l'ont pas trouvé à la Samaritaine. Il s'est volatilisé. Comme un voleur. Il aurait été encore vu avec son drôle d'ami, là.

— Quel drôle d'ami ? s'étonna le bourreau.

— Le sauvage, s'empressa de répondre la vieille femme en se signant.

— Il n'est pas plus sauvage que toi, ou moi, rétorqua Marguerite. Et il n'y est certainement pour rien non plus dans cette affaire.

— Comment peux-tu en être certaine ? lui demanda Clément après un moment de stupeur générale.

— Je le sais, affirma Marguerite. Je le sais parce que c'est moi. C'est moi qui vous ai volé l'épine du Christ, mon père, avoua-t-elle froidement.

— Toi ? fit le vieux de Saintonge, ahuri.

— Oui, à quoi bon vous le cacher plus longtemps ? Je suis revenue dans l'église Notre-Dame, la nuit juste avant notre départ, continua Marguerite sans émotion. Quand j'ai compris que Paul m'avait volée, et que je ne retrouverais pas l'argent qui me revenait, j'étais désespérée. Alors j'ai repensé à l'épine que nous avions vue la veille dans sa châsse. J'ai pensé que la somme que j'en tirerais comblerait ma perte.

— Mon Dieu, Marguerite !... Mais qu'as-tu fait ? déplora le curé de Joigny.

— J'étais désespérée !

— Et tu l'as toujours ? Rends-la-moi ! la supplia le prêtre. Je la rapporte à Joigny et je dirai que je l'ai retrouvée quelque part. Je trouverai bien une raison.

— Un mensonge, mon père ? feignit de s'amuser Marguerite.

— Ce ne sera pas le premier, ironisa le curé en retour.

— Il faut faire vite, confirma Clément. Henri ne pourra pas échapper à Noyeux très longtemps.

Marguerite regardait le père de Saintonge et Clément débattre de la meilleure chose à faire. Elle était soulagée de constater que ces deux hommes si chers pour elle restaient ses alliés malgré la tournure des événements. Partager le fardeau de son secret avec eux, notamment le père de Saintonge, qui avait vécu avec elle les terribles péripéties à Joigny quinze ans plus tôt, lui donnait soudainement le sentiment de ne plus porter toute seule ce costume de bourreau si pesant. Et surtout le masque. Elle était éreintée, physiquement à bout, mais elle pouvait déjà sentir qu'elle respirait un peu mieux. Même si le cours de l'histoire semblait lui échapper chaque jour un peu plus, quelque chose la confortait malgré tout dans sa position et ses certitudes. Elle les observait arguer chacun de son point de vue, et elle avait déjà pris une décision. Non, elle ne leur rendrait pas l'épine, du moins pas maintenant. Elle en avait encore besoin.

— Je suis désolée, lâcha-t-elle comme un aveu. Je l'ai perdue.

— Tu l'as perdue ?... souffla le prêtre.

— Oui. Pardonnez-moi, mon père. Je sais quelle perte cela représente pour vous, j'ignorais comment vous le dire.

— Eh bien, c'est une triste nouvelle, fit le vieux prêtre après un temps, comme s'il avait eu besoin de reprendre sa respiration.

— Certainement durant le voyage ou en arrivant ici. Mais peut-être vais-je la retrouver. Elle ne peut pas être bien loin. À moins qu'on ne me l'ait volée.

— C'est une affaire grave, intervint le bourreau.

— Non, coupa le père de Saintonge, calme et résolu. J'en trouverai une autre.

— Une autre, mon père ? s'étonna Clément.

— Après tout, rien ne prouvait que cette épine-là plus qu'une autre avait fait partie de la couronne que notre Christ avait portée, continua le vieil homme, le ton soudainement plus léger. Une autre fera parfaitement l'affaire. N'est-ce pas, Marguerite ? fit-il, l'air entendu.

— Certainement, mon père, sourit-elle en retour. Et je vous remercie pour votre mansuétude.

XXIX

Le pot en verre épais ne se différenciait pas des autres alignés sur l'étagère, et l'étiquette collée dessus avait eu l'effet escompté. Personne n'y avait touché. La petite marque de craie laissée à dessein sur le couvercle en liège, qui aurait été effacée si un éventuel curieux avait tenté de l'ouvrir, finissait de l'attester. Marguerite prit un moment avant de s'en emparer.

Son atelier était ce jour-là son refuge comme jamais. La confrontation qui venait d'avoir lieu lui avait coûté. Si elle en ressentait un certain soulagement, puisque la vérité était désormais connue de tous, ou du moins une partie, pensa-t-elle un peu coupable, l'irruption de Paul et le scandale qu'il avait déclenché n'auguraient rien de bon. Henri restait introuvable, et il était recherché par la police, aiguillonnée par les accusations du comte de Joigny, peut-être aussi les allégations de ce Martin.

Un coin du coffre dans lequel le costume de bourreau était caché apparaissait dans la faible lumière. Un bourreau prêt à prendre le relais dès que les circonstances l'imposeraient. Un partenaire, détesté mais aussi réconfortant, voué à disparaître d'ici peu, puisque le jeu ne pourrait plus continuer très longtemps. Marguerite savait pertinemment que, d'une manière ou d'une autre, un autre exécuteur prendrait bientôt la place. Et les chances que ce soit Henri s'amenuisaient d'heure en heure.

Lentement, Marguerite retira le pot du rayonnage et le posa sur la table. Elle l'ouvrit. L'odeur qui s'échappa alors la fit sourire un instant. Le voleur l'aurait refermé aussitôt si sa curiosité l'avait poussé jusque-là, s'amusa-t-elle. La puanteur de l'essence de glande de putois réduite en poudre était remarquablement tenace. Elle y plongea ses doigts et fouilla, jusqu'à en retirer un sachet en tissu, qu'elle épousseta et déplia cérémonieusement.

La petite ampoule de verre fin était intacte.

Elle la prit entre deux doigts avec précaution.

À l'intérieur, elle pouvait deviner par transparence une forme noire.

Toute petite. Presque rien.

Un petit rien qui, additionné à d'autres petits riens, aurait constitué selon la légende la couronne que portait le Christ.

Mais ce n'était pas tant cette incroyable histoire qui importait ici et maintenant aux yeux de Marguerite.

Légende ou vérité, c'était à ce presque rien que tenait désormais la vie de son fils.

* * *

Madeleine ne tenait pas en place. Partout dans le quartier, jusque sur le bateau-lavoir, tout le monde parlait de la descente qui avait eu lieu à la pompe de la Samaritaine, et elle n'avait pas revu Martin depuis son altercation avec Henri. Il devait certainement chercher son amant pour lui régler son compte, s'inquiétait-elle alors qu'elle regardait, par la lucarne du galetas, les toits de la ville dans la pénombre du soir sans lune. Une fois encore, le principal locataire leur avait imposé un compagnon de chambrée pour la nuit, un portefaix à la tête de rat pour le peu qu'elle le vit, avec un nez comme un museau qui pointait pour renifler tout autour. À peine arrivé, le bougre s'était écroulé sur la gerbe de paille qu'il avait étalée dans un coin contre le mur opposé au lit d'un mouvement de pied alourdi par l'alcool. Avachi, il avait fini d'une lampée la bouteille qu'il avait sortie de sa poche, pour s'écrouler la tête contre la cloison, et s'assoupir dans la foulée, un ronflement sonore et profond succédant sans délai à un rot guttural aux relents aillés. Depuis, Madeleine tâchait de combler son impatience et surtout ses craintes, ne tenant plus en place, passant de la chaise au lit, pour se relever aussitôt et arpenter sans faire de bruit la pièce sordide. Après s'être assurée que l'intrus dormait bien, elle sortit encore une fois de sa poche un petit mouchoir bleu bien plié. Elle l'ouvrit à nouveau, comme pour se rassurer, et le referma aussitôt qu'elle entendit des pas résonner dehors sur le palier.

— Tiens ! Tu es là, toi ? la railla Martin alors qu'il entrait, l'attitude incertaine. J'aurais parié que tu aurais fui avec ton amant !...

— Martin... Je voulais m'excuser, balbutia aussitôt Madeleine, tâchant de garder son calme. Ce n'est pas ce que tu crois...

L'équilibre du briseur de nefs était précaire, et son haleine puait l'eau-de-vie camphrée, certainement prise au hasard des tavernes sur le chemin du retour. Mais si ce n'était que l'alcool, Madeleine en avait l'habitude. Il y avait quelque chose d'autre dans ses yeux qui l'inquiétait. Et ce rire. Pas le sien, qu'il avait habituellement gras et bruyant. Non, plutôt une gaieté amère et froide, sardonique. Inquiétante.

— Tu sais que la police cherche ton petit copain ? reprit Martin en fouillant un peu partout.

— La police ? s'inquiéta Madeleine.

— Il paraît que c'est lui, le coup de l'épine du Christ, se gaussa-t-il. Moi, je crois pas. Il faut en avoir dans le pantalon pour voler un truc pareil ! Y a donc pas de bouteille, ici ? continua-t-il en fouinant même sous le lit.

— Oui, tu as certainement raison, argua la jeune femme en allant dans son sens pour qu'il se calme.

— Et puis moi, je m'en fous de cette putain d'épine. Moi, ce qui m'importe, c'est de lui mettre la main dessus en premier pour lui faire la peau, à ton soupirant !

— Il est parti, sûrement, tenta alors Madeleine. Tu lui as fait peur, il a dû quitter la ville. Je ne le reverrai plus.

— Parti ? Mon cul ! Tu savais que c'était le fils de la cousine du bourreau ?

— Non… bredouilla Madeleine, sentant l'étau se resserrer sur elle.

— Le fils d'un bourreau ! T'as de belles relations, dis-moi, se moqua le briseur de nefs, toujours plus froid. Qui c'est celui-là, encore ? grogna-t-il, alors qu'il remarquait la présence du colocataire tapi dans la pénombre, derrière la porte restée ouverte.

— Il est arrivé tout à l'heure…

— C'est toutes les nuits pareil, pesta Martin, sa mauvaise humeur prenant le dessus.

Il se porta vers l'inconnu pour le pousser de son pied dans le dos. Quand il vit sa bouteille, il s'en saisit, mais réalisa aussitôt qu'elle était vide. Il la brisa par terre d'une colère à peine contenue, ce qui ne sembla pas émouvoir le dormeur.

— En tout cas, il a le sommeil lourd, le gueux. Il ronfle comme un meunier. Alors ? Tu l'as revu depuis les quais ? Avant que son sauvage me tombe dessus ? demanda-t-il froidement, sans transition, se dirigeant vers Madeleine, qui reculait d'instinct.

— Mais non… se défendit la jeune femme. Je suis passée à l'atelier de couture après le lavoir. Il y avait du travail.

Le coup s'abattit sans sommation. Le poing fermé. Madeleine sentit sa mâchoire craquer et se décrocher sur le côté, alors que sa tête frappait le mur derrière, entraînée par le mouvement. Une douleur violente, un éclair de feu déchirant. Et le goût du sang, immédiatement, dans sa bouche endolorie. Elle sentait son nez qui pissait. Elle avait porté les mains devant son visage brisé pour se protéger d'une deuxième salve, alors que son corps, qui lui pesait soudainement comme s'il était sans vie, glissait lentement le long de la paroi en pente. Elle n'avait pas crié. Malgré la souffrance subie et la peur qu'il ne recommence, son cri était resté coincé dans sa gorge, bloqué par la stupeur.

— Tu me mens, salope, fulmina Martin, penché au-dessus d'elle, son bras déjà armé pour une nouvelle frappe. Je suis passé à l'atelier tout à l'heure, ils ne t'ont pas vue depuis quelques jours. En revanche, on t'a repérée du côté du pilori. Qu'est-ce que tu foutais là-bas ? Chienne ! Putain de coureuse ! T'étais avec l'autre sorcière, là ? C'est ça ?

— Qui ?... souffla Madeleine, se protégeant comme elle pouvait de la menace qui pesait, de plus en plus proche.

— Et pareil pour ton bourreau ! lui cracha Martin. Tu crois que je ne sais pas que tu le vois ? Il est même venu ici !

— Mais je te jure que non !... protesta encore sa compagne, ramenant ses genoux contre sa poitrine comme un bouclier inutile.

— Ne me mens pas ! hurla-t-il encore, toujours plus fort. Je sais même où tu le retrouves ! Moi aussi, j'ai mes mouchards, si tu veux savoir !

Le déluge. Les châtaignes tombèrent comme une pluie de cailloux sur ses bras, qui les parèrent au début, remparts fragiles qui s'affaissèrent bientôt, exposant ses épaules au feu, sa tête et son dos qui se courbaient sous la douleur, avant que les coups de pied dans son bas-ventre ne prennent le relais. Mais elle ne criait pas. Elle ne devait pas crier. Pas tout de suite. Il fallait qu'elle tienne encore un peu en dépit de son corps qui se déchirait. Juste le temps qu'il se rapproche d'elle, usé de fatigue à force de la frapper, et par l'effet de l'alcool. Qu'il se colle à elle. Tenir encore malgré sa chair meurtrie.

Il s'affala enfin, lourd, haletant, râlant, sur Madeleine qui n'était plus qu'une poupée de chiffon, disloquée et sanguinolente.

Enfin.

Elle y était arrivée.

Alors elle se mit à hurler. Soudainement. Violemment. Un cri strident sortit de sa bouche obstruée de sang, déformée par ses lèvres tuméfiées. Il résonnait en sirène dans la pièce, dans tout l'étage, puis tout l'immeuble.

— Mais qu'est-ce qui te prend de crier comme ça ? paniqua alors Martin, qui peinait à se relever. Arrête donc de hurler, foutue garce !

Elle ne le lâchait pas du regard. Elle criait droit dans ses yeux. Des portes s'ouvraient un peu partout sur le palier, à l'étage et ailleurs. On se parlait, on se demandait d'où les hurlements venaient.

— Ferme-la, catin ! lui cracha Martin au visage alors qu'il s'apprêtait à la frapper encore de son poing sur la figure.

Des pas pressés résonnaient dans l'escalier pas loin. On accourait, nombreux, certains appelaient déjà la garde dehors. Trouvant le peu de forces qui lui restait au fond de ses entrailles enflammées, Madeleine continua de hurler sa peine, sa voix lancinante se transformant en sanglots hoquetants. Au-dessus d'elle, le poing fermé de Martin allait encore s'abattre comme une pierre sur son visage, elle le savait, mais elle était prête à aller jusqu'au bout. Quitte à se faire briser encore plus. Quitte à mourir. Mais aucun coup ne lui écrasa un peu plus le nez, ou ne lui enfonça la mâchoire. Sa bouche se scella par ses lèvres cloquées, sa tête lui pesant vers l'arrière comme si sa nuque allait rompre. Elle ne percevait que le sifflement qui perçait ses oreilles. Puis le fracas d'une porte que l'on forçait, et des pas nombreux qui frappaient le plancher. Des voix qui interpellaient avec vigueur. La sensation de mouvement autour d'elle. Elle tâcha alors d'ouvrir les yeux malgré la douleur. À travers ses paupières gonflées de sang, elle aperçut Martin qui se débattait, maintenu contre le mur par d'autres hommes. La garde venait de débarquer.

Ce fut la dernière chose qu'elle vit avant de s'évanouir.

Le portefaix était resté couché dans son coin et n'avait pas bronché. Il avait assisté sans intervenir à la bastonnade que Madeleine avait endurée. Et il avait bien vu la femme glisser un mouchoir bleu dans la poche de l'homme, juste avant qu'elle n'encaisse les coups.

* * *

« Je suis morte », pensa Madeleine.

Elle avait très certainement succombée à ses blessures et elle se trouvait en enfer. Tout autour, elle ne percevait que de la souffrance. On gémissait, on se plaignait, on criait parfois. La lumière blanche qui l'aveuglait devait être celle du purgatoire pas très loin, même si la puanteur qui agressait alors son nez, certainement celle des corps en putréfaction, couvrait celle du feu. Et son corps à elle ? se demanda-t-elle dans un effort pour s'éveiller un peu plus. Elle ne le sentait pas. Ou plutôt si. Un poids, lourd. Comme une dalle. Une pierre tombale. Un de ces gisants qu'elle avait vus une fois dans une église, avec les bras le long du corps, fixés dans le marbre pour l'éternité. Oui, ça devait être ça, être mort. Elle n'avait certainement pas survécu.

Une dernière image lui revint : Martin que la garde emportait.

Puis plus rien.

— Madeleine ?…

La voix était sourde. Murmurée. Un ange ? Non, un démon. Elle devinait une silhouette qui se penchait au-dessus d'elle. Une créature avec deux gros yeux qui se dessinaient tout ronds sur un visage recouvert d'une peau qui n'était pas humaine. Comme du cuir. Le gardien de l'enfer était là. Il était venu la chercher pour l'emmener au bûcher.

— C'est moi, Madeleine, continua de lui murmurer la voix, comme pour ne pas être entendue.

— Qui ?… marmonna la jeune femme, à bout de forces, avant de s'évanouir de nouveau.

Quelques minutes auparavant, Marguerite était devant le pilori. Elle n'entendait pas les cris ni ne sentait l'odeur de la chair qui grésillait sous le fer rouge qu'elle avait porté sur l'épaule du condamné aux galères. Une dizaine d'hommes se tenaient les uns à côté des autres, bien en ligne, attendant de recevoir leur marque avant le carcan et le tombereau qui les emmènerait bientôt vers La Rochelle en quelques jours. Avant de quitter la terre pour ne probablement plus jamais la revoir. Mais peu importait au bourreau qu'elle était redevenue alors. Elle était ailleurs. Elle savait que tout se jouait certainement à cette minute même, et elle ne pouvait qu'attendre, priant le ciel pour que tout se passe comme elle l'avait prévu. Une autre épaule, et elle était allée au brasero y plonger sa tige refroidie, en retirer une autre déjà prête, avant de passer au suivant. Peut-être était-ce déjà fait ? se dit-elle. De temps en temps, elle ne pouvait pas s'empêcher de regarder furtivement au-delà de la foule éparse, tout autour, qui assistait à l'exécution banale, guettant un mouvement, un bruit qui aurait annoncé un événement, une rupture dans le cours normal des choses. Mais rien. Elle avait continué d'opérer devant une assemblée qui bavardait de tout et de rien, certains se moquant d'une grimace de douleur d'un supplicié, pour revenir sur le sujet du prix du pain, d'autres discutant du dernier spectacle donné par la Comédie-Française.

— Le fouet, lui avait glissé Vairon à l'oreille alors qu'elle avait fait signe aux valets jumeaux d'emmener les condamnés au pilori une fois le dernier supplicié marqué.

Elle avait oublié le fouettage, et le regard soudainement soucieux du lieutenant civil qui supervisait l'opération la ramena à la réalité.

Quand il arriva enfin. Le tumulte libérateur. Des personnes qui venaient de la rue des Fers, juste en face, se parlaient avec vigueur, puis s'adressaient à d'autres qu'elles croisaient. On s'arrêtait pour écouter, on s'étonnait, main sur la bouche ou sur les hanches, regards incrédules, de petits groupes se formaient pour se déplacer à nouveau. La rumeur avançait et se rapprochait, et déjà le public autour du pilori s'était détourné pour l'accueillir et la répandre à son tour.

On venait d'arrêter le voleur de l'épine du Christ. Rue de la Coutellerie, juste à côté.

« Rue de la Coutellerie, avait alors pensé Marguerite sous son masque, là où habite Madeleine. Ça y est, ça s'est passé. »

D'un signe, elle avait ordonné aux valets de finir de s'occuper des galériens, avant de suivre la foule, qui se désintéressa immédiatement de l'exécution, se dirigeant alors dans la direction du lieu de l'arrestation. Le bourreau masqué avait marché prestement au milieu des autres, sans remarquer les regards que lui lançaient les passants en apercevant pour la première fois le mystérieux exécuteur qui déambulait dans les rues, lui qu'on n'avait encore jamais vu autre part que sur l'échafaud.

— Tiens, v'là le bourreau ! avait rigolé l'un des badauds parmi la masse de gens qui s'étaient agglutinés devant l'immeuble du délit. Il sort donc de chez lui !

— Il est venu voir son prochain client ! avait renchéri un autre.

— Il l'a sévèrement cognée, il devrait prendre cher ! avait continué un troisième. Vous allez vous amuser, bourreau !

— Sûr qu'il ne l'a pas loupée, avait confié une mégère, juste derrière, dont s'était approchée Marguerite pour mieux écouter. Je l'ai vue quand ils l'ont sortie de là ! Un cadavre !

— Elle était morte ? lui avait demandé une petite vieille vendeuse de paniers.

— Sais pas. En tout cas, tout ce que je sais, c'est qu'ils l'ont emmenée à l'Hôtel-Dieu, la pauvre fille. Et quand on va là-bas, pas dit qu'on en sorte !

Alors Marguerite s'était précipitée vers le pont Notre-Dame. Seule, toujours vêtue de son costume d'exécuteur, et le visage caché derrière son masque. On s'était écarté sur son passage, on s'était arrêté de parler, de travailler, la vie de toutes et tous s'était comme figée à la vue de l'étrange personnage qui marchait d'un pas rapide, traversant l'île de la Cité par la rue de la Juiverie pour atteindre le sinistre hôpital. Quand elle se présenta à la sœur à l'entrée, elle n'eut aucun mal à se faire comprendre par écrit. On ne refusait rien au bourreau. Surtout quand on le voyait pour la première fois.

* * *

Madeleine n'était plus en enfer. Elle pouvait sentir l'air qui lui caressait le visage et son corps qui se balançait au rythme de la charrette sur laquelle on l'avait allongée. Au-dessus, les toitures des immeubles défilaient. Il lui semblait qu'elles la regardaient passer, silencieuses. Et une silhouette, la même qu'elle avait aperçue un peu plus tôt en enfer.

— Où je suis ?… peina à articuler la blanchisseuse, qui recouvrait lentement ses esprits.

Elle tenta de se redresser, mais fut immédiatement foudroyée par la douleur physique.

— Chut… ne bouge pas, la rassura le bourreau, qui se tenait à ses côtés. Je t'emmène chez une amie sage-femme qui prendra soin de toi le temps que tu te remettes. Tu auras une chambre au calme, pour toi toute seule.
— Marguerite ?… marmonna la blessée, qui pensait reconnaître la voix. C'est vous ?
— Oui, c'est moi. Mais chut !…
— Alors ça !… fit la blessée, subjuguée.
— Je t'expliquerai toute l'histoire, mais pas maintenant. Tu n'es pas en état.
— Alors ça !… répéta Madeleine, éberluée.
— Comment te sens-tu ?
— Je ne sens plus mon corps. Enfin, si. Une immense douleur. Quand j'y pense, reprit la blanchisseuse, vous, le bourreau !
— Oui, moi, lui fit Marguerite, se voulant rassurante malgré son visage, qu'elle gardait caché.
— Ça a marché ? demanda subitement Madeleine. J'ai tout fait comme on avait dit, vous savez ?
— Oui, ça a marché, l'apaisa Marguerite, lui prenant la main. Martin a été arrêté, il est aux fers. Mais je

pense que tu n'aurais pas dû aller si loin. Tu as risqué ta vie.

— Je n'avais pas le choix. Lui glisser le paquet dans la poche n'aurait pas suffi. Il fallait qu'on l'arrête. Et c'était le seul moyen.

— Je suis désolée pour tout ça, avoua Marguerite.

— Ne le soyez pas. C'était aussi pour moi l'occasion de me venger enfin de toute la violence qu'il m'a fait subir.

— Il en sera puni, tu peux me croire.

— Et aussi le moyen de sauver la vie de celui que j'aime, souffla la jeune femme.

Madeleine s'endormit. Dans sa main légèrement ouverte, Marguerite aperçut un bout de ficelle qui dépassait. Doucement, elle lui écarta un peu les doigts et remarqua un bout de métal qui y était accroché. Elle reconnut le demi-liard dont la jeune mère lui avait parlé.

XXX

Le parquet se réunit séance tenante. La rumeur vrombissait déjà dans les rues, et l'épine du Christ retrouvée la nuit même dans la poche de Martin, un homme déjà bien connu pour son caractère belliqueux, mais aussi pour son implication dans des affaires peu louables, faisait l'objet de toutes les conversations. Pressé par le lieutenant général de police, Brocard avait décidé de faire vite, alors que le peuple s'amassait déjà devant les murs du Grand Châtelet, réclamant justice. Voler était une chose, mais voler une relique allait à l'encontre du peu de principes moraux que la plupart défendaient. Celui que l'on dénonçait comme le coupable devait passer au plus vite en justice ordinaire. La grande salle qui abritait la Chambre criminelle – voler l'Église était considéré comme un crime, même s'il n'y avait pas de morts à déplorer – était servie par d'immenses voûtes qui se croisaient en rosaces, décorées de fleurs de lys peintes en or sur fond bleu roi. Le ton était donné, la justice du roi, et donc celle de Dieu, serait rendue sous le dôme céleste par la cour qui attendait, silencieuse, chacun assis à sa place sur la scène en hauteur qui prenait toute la largeur de la pièce. Le lieutenant criminel Brocard en occupait le centre, trônant dans un grand fauteuil en bois sombre ouvragé dont le dossier était si haut qu'on aurait cru l'officier plus petit qu'il ne l'était. D'un côté se tenait le prévôt de la Hanse, le prisonnier était un travailleur de la rivière, et de l'autre le lieutenant civil Le Saunier. Suivaient à droite et à gauche les auditeurs qui siégeaient toujours aux audiences, simples témoins d'une décision à laquelle on ne leur demandait de participer que par leur présence. Tout à fait sur le côté, juché sur un promontoire abrité d'un petit toit, comme un perchoir, le volumineux procureur du roi Chanvier attendait. Transpirant sous son hermine épaisse, avec sa bouille de gros dindon plombée de joues pendantes rougies par l'effort que lui avait coûté ce voyage inopiné, puisqu'il avait dû accourir de Versailles sans délai pour représenter le souverain. Enfin, de l'autre côté de la grande salle baignée de conversations sourdes et retenues, un pauvre avocat convoqué en catastrophe révisait, le nez dans des feuillets rédigés à la va-vite. Perdu dans une robe trop grande pour lui sur laquelle semblait avoir été posée sa petite tête de piaf mal rasé, il s'apprêtait à improviser une plaidoirie qu'il savait pertinemment inutile, puisque la cause était perdue d'avance. Le bruit s'était en effet déjà répandu. Le roi n'avait cure de cette histoire d'épine. Ce qui lui importait, c'était de calmer les esprits et de pousser à une décision rapide, afin d'arrêter au plus vite la rumeur populaire.

Au centre de la salle, deux rangées de chaises étaient disposées en plusieurs lignes bien parallèles, sur lesquelles avait pris place un public choisi, au premier rang duquel se trouvait Paul de Sainte-Croix, le comte de Joigny, qui cachait mal son impatience.

— Monsieur Martin Pinon, niez-vous avoir volé une épine de la couronne du Christ ? déclama le procureur général, doigt accusateur à l'appui, coupant ainsi net les débats qui se prolongeaient déjà un peu trop à son goût.

— Mais je vous dis que c'est pas moi ! répondit aussitôt l'accusé, qui se tenait debout, pieds et poings entravés, et dûment encadré de gardes.

— Monsieur le procureur, messieurs de la Chambre, reprit l'avocat, qui essayait d'intervenir chaque fois qu'il le pouvait, le ton obséquieux, comment voulez-vous que mon client ait volé cette précieuse relique alors qu'il n'est jamais allé lui-même à…

Il hésita un instant en relisant ses notes.

— Joigny ! intervint en se levant d'un bond le comte de la ville, qui ne cachait plus sa colère.

— J'y suis pour rien, moi ! protesta alors avec vigueur Martin. C'est elle qui me l'a mis dans la poche, c'est sûr !

— Qui ça, elle, monsieur Pinon ? lui demanda alors le prévôt de justice, visiblement las et pressé d'en finir.

— Cette bougresse de Madeleine, pardi ! cria l'accusé.

— En attendant, c'est en l'occurrence dans votre poche que l'épine a été retrouvée, monsieur Pinon, ironisa le procureur.

— Mais elle l'aura mise là, je vous dis ! se défendit encore Martin, tirant sur ses chaînes et à bout de nerfs.

— Veuillez produire la pièce à conviction, huissier, ordonna alors Brocard.

Le silence se fit instantanément alors qu'un homme en livrée faisait son entrée. Il traversa la pièce d'un pas cérémonieux, tenant de ses mains un petit couffin sur lequel reposait la minuscule ampoule. Toutes les têtes se dressaient d'un seul mouvement sur son passage pour mieux l'apercevoir.

— Toute cette affaire pour une si petite chose, se désola le procureur, qui après s'être emparé de l'ampoule sans plus de précautions la faisait tourner entre ses gros doigts boudinés.

— Une si petite chose ? s'offusqua Paul. C'est le trésor de ma ville, monsieur le procureur ! Cette épine était sur la tête de notre Christ ! renchérit-il, provoquant le signe de croix chez certains dans l'assemblée.

— Oui, oui, bien entendu, comme des milliers d'autres partout dans le pays et ailleurs, ironisa Chanvier, provoquant un rire général.

— Mais non ! s'insurgea encore le comte, de plus en plus nerveux et cherchant ses mots. C'est… un cadeau de Saint Louis lui-même, qui la détenait ! Des mains de l'empereur de Constantinople !… En remerciement de…

— Oui, nous savons, nous savons, le coupa le procureur, ne cachant plus sa lassitude. Nous connaissons tous l'histoire. Tout Paris la connaît, d'ailleurs, et ce grâce à vous. Jusqu'à Versailles ! appuya-t-il, faisant rire à nouveau, ce qui ne manqua pas d'irriter un peu plus Paul, qui ne tenait plus en place. Et pour qu'elle vous soit rendue au plus tôt, monsieur le comte, continua-t-il sur le ton de la déférence feinte, je demande à messieurs de la cour que Martin Pinon ci-présent soit condamné à la roue sans délai, avant de subir la décollation.

— Mais quand vais-je pouvoir la récupérer ? s'inquiéta le comte de Joigny sans prêter attention à la condamnation demandée.

— Après avoir été battu à la barre, bien évidemment, précisa le procureur, ignorant le propriétaire de l'épine. Son corps sera ensuite exposé huit jours durant.

— C'est pas moi, vociféra le condamné, hors de lui, maintenu par des soldats en peine. J'avoue le vol de la Patache ! continua-t-il avec plus d'arrogance encore. Mais l'épine, c'est pas moi !

— S'il vous plaît, intervint autoritairement le prévôt par-dessus le brouhaha. Silence ! Le conseil va se retirer pour délibérer et donner sa décision.

Le commissaire Espinasse s'était tenu à l'écart à l'arrière de la salle pendant toute l'audience. Il avait observé ce comte de Joigny, un personnage singulier dont les motivations étaient plus que douteuses selon lui. Mais la situation était claire. Le roi ne voulait pas s'embarrasser d'une affaire qui n'avait pas lieu d'être. Le comte repartirait avec son épine, et un homme serait condamné. Tout rentrerait dans l'ordre.

— Vous voilà rassuré, monsieur le commissaire, fit Noyeux, tout sourire en observant tout le monde aux alentours.

— Pardon ? réagit Espinasse, surpris de constater la présence de l'inspecteur juste à ses côtés – comme d'habitude, ce rat bouge sans faire de bruit, ne put-il s'empêcher de penser.

— Malgré les accusations du comte, le fils de votre protégée ne sera pas inquiété, continua Noyeux de sa voix affable.

— Votre intervention à la pompe n'a rien donné, inspecteur, rétorqua aussi sec le commissaire. D'ailleurs à l'avenir, vous aurez l'obligeance de m'en référer avant de prendre une décision d'une telle ampleur. Des hommes de la garde auraient pu y perdre la vie, et pour rien !

— Il avait fui, se défendit alors Noyeux, vexé.

— Vous n'en savez rien. Vous avez échoué, Noyeux. Encore un faux pas, et c'est la lettre de cachet, l'avertit le commissaire alors que les officiels de la cour revenaient prendre leurs places.

— Monsieur le commissaire, le salua Noyeux avec cérémonie avant de se retirer.

Le silence s'était fait à nouveau alors que tout le monde se levait pour entendre la sentence.

— Après délibération, commença Brocard sur un ton solennel un peu forcé pour l'occasion, le nommé Martin Pinon est convaincu du vol de la Patache, selon son propre aveu, et de vol de relique. Il sera en conséquence condamné à la roue suivie de la décollation, et ce dès demain…

— Je suis innocent ! hurla le prisonnier avant de prendre un coup dans le ventre par un des gardes, ce qui lui coupa ainsi tout net le souffle.

— … En attendant la confirmation de la décision par le Parlement, conclut le lieutenant criminel.

Mais personne n'en avait plus cure, constata alors le commissaire Espinasse, qui regardait Noyeux quitter la salle, avec toujours ce sourire équivoque sur sa vilaine tête. La décision était rendue, et elle serait très certainement confirmée par le Parlement d'ici au lendemain. Martin serait exécuté. L'affaire de l'épine du Christ était classée, et il en était soulagé pour Marguerite, même si la disparition d'Henri à la suite de l'opération policière n'augurait rien de bon. Noyeux n'allait pas lâcher l'affaire, il le connaissait assez bien pour savoir qu'il allait continuer d'œuvrer pour prendre sa place. Que ce soit par le biais d'Henri ou d'un autre. Et puis il y avait ce comte qui ne décolérait pas. Il lui faudrait aussi garder un œil sur cet homme. Il avait reconnu chez lui les signes des habitudes néfastes de ceux qui fréquentaient certains endroits vers la place des Innocents, et qui les rendaient imprévisibles. Et dangereux, parfois.

* * *

La flammèche léchait mollement le gros ventre arrondi de l'alambic. La cuisson devait être douce. Une petite erreur de température et la mixture tournerait, prenant une teinte brunâtre et occasionnant une fumée ocre aux relents d'œuf pourri. Marguerite connaissait par cœur la recette de ce breuvage. Elle la maîtrisait parfaitement et n'avait même plus besoin de vérifier les doses référencées dans son manuscrit. Le genre de cuisine exigeante qui lui plaisait parce qu'elle imposait une rigueur sans faille. Et surtout parce que dans ces moments-là, elle ne pensait plus à quoi que ce soit d'autre, les yeux rivés sur les petites bulles qui se formaient dans le liquide sirupeux, prête à couper le feu dès que la fine pellicule nacrée se serait formée à la surface. Sur la table juste à côté, une flasque, recouverte d'un tamis fin en entonnoir, attendait sagement de recevoir la précieuse préparation. La partie liquide serait administrée à Madeleine pour lui calmer les nerfs, et la partie plus crémeuse qui se constituait déjà serait à nouveau filtrée puis mélangée à de la graisse humaine pour une meilleure pénétration. L'onguent ainsi obtenu, après refroidissement, permettrait une cicatrisation plus rapide des plaies occasionnées par les coups que la jeune femme avait reçus, et la menthe en poudre ajoutée atténuerait les sensations de douleur. Marguerite essayait aussi de profiter de cette pause dans la course du temps et des événements pour se couper un peu du monde extérieur, celui juste dehors, là, de l'autre côté de la petite porte qui fermait son atelier, dans lequel elle s'était réfugiée sitôt revenue de chez Agnès, à qui elle avait confié la jeune femme blessée. Un temps pour elle qui lui faisait du bien et qui la rassurait, tout comme la rassérénaient ces pratiques ancestrales dont elle avait hérité. Sa respiration se calma d'elle-même, condition nécessaire pour le bon déroulement des opérations. Elle retrouvait l'odeur de la terre battue au sol, de la chaux aux murs, du bois de la table et des étagères, et surtout toutes les senteurs des nombreuses poudres et autres ingrédients animaux ou végétaux qu'elle utilisait pour fabriquer ses pommades et ses potions qui avaient fait son succès et dont la liste était désormais longue. La lumière aussi l'apaisait.

Elle réalisait qu'elle avait, sans le vouloir, reproduit la même ambiance lumineuse que dans son souvenir dans l'atelier à Joigny. Quelques bougies, à la différence ici de la clarté par la petite ouverture sur l'extérieur qui apportait une touche bleutée. Son atelier, sa bulle, où Henri venait la rejoindre souvent quand il était enfant, et puis un peu moins avec le temps. Il avait appris les rudiments de la préparation des onguents, elle avait même remarqué chez lui un certain talent pour cela. Elle se souvint encore de ses yeux grands ouverts lorsqu'un jour la grosse goutte épaisse rougeâtre émergea enfin du bec de l'alambic et se laissa lourdement tomber dans le récipient en verre qu'il avait placé juste en dessous. Il avait réussi du premier coup à fabriquer le précieux remède qui l'avait sauvée elle, quelques années plus tôt, et que son père et Charles avaient mis tant de temps à mettre au point. Son père, qu'elle pouvait presque sentir là, à ses côtés, surveillant silencieusement son travail. Comme elle pouvait sentir la pression légère de la main de Charles sur son épaule, ou lui prenant gentiment la nuque, comme il avait l'habitude de le faire. Sa main large et chaude, et cette sensation d'apaisement dans l'instant. Une sérénité qui lui faisait du bien, ici et maintenant, malgré le cours de sa vie qui s'était emballé depuis quelque temps. Car elle savait aussi que tout se jouait en ce moment même, au Grand Châtelet. Martin était jugé et serait probablement condamné au fouet et au pilori, avant d'être envoyé aux galères, l'écartant ainsi d'Henri. Elle se sentait faible, mais elle savait qu'elle trouverait encore la force de jouer son rôle de bourreau et d'infliger la peine. Mais le désespoir l'envahissait aussi. Si elle ne ramenait pas Henri à la raison dans les heures prochaines, il lui faudrait tout abandonner. Et quand bien même, comment ferait-elle maintenant qu'elle n'avait plus les moyens de racheter la charge ? pensa-t-elle alors. Elle écarta cette pensée aussitôt, incapable de répondre à cette question. Elle éteignit le feu, saisit la flasque chaude à l'aide d'un chiffon et sépara le liquide de la crème par le tamis. Il n'y avait plus qu'à laisser refroidir et dans une heure elle irait porter des soins à Madeleine.

— Marguerite ? fit le commissaire qui avait ouvert la porte.

— Commissaire ? réagit celle-ci avec surprise.

— J'ai frappé mais vous ne répondiez pas.

— Je ne vous ai pas entendu, j'étais perdue dans mes pensées… Alors ? lui demanda aussitôt Marguerite.

— Il a été condamné, annonça platement le commissaire.

— Bien, fit Marguerite, soudainement grave, puisque c'était elle qui exécuterait la peine.

— Dès demain. À la roue.

— La roue ? fit Madeleine, étonnée.

— Avant d'être décollé.

— Décollé ?…

— Oui, confirma Espinasse à Marguerite, qui semblait soudainement sur le point de faillir. Quelque chose ne va pas ? Vous êtes toute pâle…

— Mais je n'y arriverai jamais ! lâcha-t-elle, effarée.

— Pardon ? s'étonna Espinasse. Vous n'arriverez jamais à quoi ?

— Non, rien, se reprit Marguerite sur l'instant, réalisant sa bévue. Pardonnez-moi, la fatigue…

— Mais ce n'est pas tout, reprit le commissaire. Il a réclamé une nuit blanche.

— Une nuit blanche ?...

— Oui. Quelques heures de vie supplémentaires, avec en prime un repas copieux servi par la justice à l'Hôtel de Ville, en échange du nom de ses complices du vol de la Patache d'octroi il y a quelques semaines.

— C'était lui ?

— Il s'en est même vanté.

— Mais pourquoi s'accuser ainsi ? fit Marguerite, ne comprenant pas très bien où il voulait en venir.

— Par bravade, j'imagine. Pour la satisfaction de tenir à sa botte ceux qui viennent de le condamner le temps d'un festin qu'ils vont devoir lui offrir. Essaimer des informations pour faire durer le plaisir. Quitte à mentir. Se venger aussi, en impliquant d'autres personnes qui n'auraient rien à voir avec l'affaire. Ces gens-là n'ont plus rien à perdre, alors quitte à partir, pourquoi ne pas emmener ses ennemis ?

— Mon Dieu !... Henri !... soupira Marguerite, qui réalisait alors le danger d'une telle situation.

— Quoi, Henri ?

— Il voudra se venger d'Henri, c'est certain. À cause de Madeleine... Rose ! appela alors Marguerite par la porte, se tenant elle-même au chambranle pour ne pas s'écrouler.

— Qu'y a-t-il ? fit la vieille intendante, qui arriva aussitôt.

— Il faut faire prévenir Henri, articula Marguerite avec plus de difficultés. Il faut qu'il parte. Demande à P'tit Rouquin d'y aller ! C'est derrière l'horloge de la pompe...

— Je ne sais pas où est P'tit Rouquin, Marguerite, lui répondit Rose, inquiète à la vue de la jeune femme qui peinait à tenir debout. Je ne l'ai pas revu depuis hier.

— Elle s'évanouit ! s'écria Espinasse, qui se précipita pour la rattraper dans sa chute.

— Des sels ! fit Rose alors qu'elle ouvrait déjà un pot.

À peine Rose avait-elle passé la fiole sous les narines de Marguerite que celle-ci ouvrait les yeux, mais avec difficulté, peinant à reprendre pied dans la réalité.

— Marguerite ? lui murmura encore en douceur Espinasse, qui la tenait dans ses bras.

— P'tit Rouquin, balbutia celle-ci, alors dans une semi-conscience, à peine audible. Henri…

— Je vais m'en occuper, la rassura le commissaire. Ne vous inquiétez pas.

— Je n'y arriverai pas, marmonna encore Marguerite.

— Vous n'arriverez pas à quoi ?

— À décoller… Je n'ai jamais coupé de tête, fit Marguerite dans un souffle, juste avant de s'endormir tout à fait.

— Mais qu'est-ce qu'elle raconte ? demanda alors le commissaire à Rose.

— C'est elle, avoua Rose. C'est elle, le bourreau.

XXXI

La foule avait suivi en masse le convoi qui emmenait Martin de la prison du Grand Châtelet, où il avait été gardé et jugé, jusqu'à la maison des piliers place de Grève, où il serait entendu durant la fameuse nuit blanche. Encadré par une escorte nombreuse, le condamné avait marché, l'allure fière et d'un pas droit, survolant la cohue d'un regard arrogant et arborant son sourire goguenard, ce qui ne manquait pas d'en outrer certains dans le public, qui le conspuaient en retour. Quelques-uns le soutenaient malgré tout, insultant la garnison et la justice. Les coups des soldats tombaient sur celui ou celle qui s'approchait un peu trop, pour arracher un morceau de tissu de la chemise élimée du condamné ou lui cracher au visage. Une femme voulut l'embrasser, allant jusqu'à lui promettre la chaleur de ses cuisses s'il le demandait à ses juges en échange d'un dernier aveu. Alors que la troupe passait à côté de l'échafaud sur lequel les assistants du bourreau préparaient déjà la roue qui allait bientôt le recevoir, la marée se faisait toujours plus pressante. La grande porte de l'Hôtel de Ville se présenta enfin, là où les juges et les échevins habillés pour l'occasion l'attendaient, souriants, presque accueillants. On allait prendre soin de lui. L'affaire de la Patache d'octroi avait froissé les autorités, et les coupables avaient été pourchassés jusqu'alors en vain. Mais on tenait désormais le chef, et l'occasion était trop belle d'attraper le reste de la bande. La justice allait s'y employer, quitte à satisfaire le moindre de ses désirs.

Le grand salon ne devait rien avoir à envier à ceux de Versailles. Un parquet immense « à la française », en chêne massif, composé de petits panneaux vernis en tonalités différentes, eux-mêmes enchâssés dans des traverses claires, donnait un sentiment de profondeur en trompe-l'œil, ce qui pouvait faire perdre l'équilibre à un homme simple plus habitué au sol en terre battue ou en tommettes, comme l'était Martin.

D'un geste cérémonieux, un des juges lui indiqua une table dressée au beau milieu de la pièce. Les poignets enfin élargis, le condamné se laissa emmener docilement, ébahi par le spectacle qui s'offrait à lui, ébloui par la lumière que réfractaient les miroirs hauts qui bordaient tout un côté de la salle en face des larges fenêtres. Tout n'était que richesse et beauté, mais à un point que le voleur n'aurait jamais pu imaginer. Des dorures encadraient toutes les menuiseries, et l'éden peint au plafond en nuages rosés sur fond de crépuscule d'où survenaient des angelots grassouillets musiciens donnait le sentiment que l'édifice avait été construit à ciel ouvert. En son centre, au-dessus du condamné qui s'avançait, la tête fixant l'azur décoré, un astre luminescent, couleur de feu, l'aveugla. Un lustre gigantesque aux cristaux innombrables miroitait en myriades d'éclats sur la rose des vents en marqueterie au milieu de laquelle on proposa alors à Martin de s'attabler. Juste devant lui, dans une vaisselle des plus fines, un repas comme il n'aurait jamais pu en rêver lui avait été servi pour satisfaire l'appétit de sa dernière nuit. Une fois dans sa vie, les rôles allaient enfin être inversés. Et Martin était bien décidé à en profiter jusqu'à la dernière miette. Quitte à en tomber malade.

— Monsieur Pinon, prenez place, s'il vous plaît, lui proposa Brocard, qui lui présentait un siège en ébène dont l'assise en cuir rouge sembla particulièrement confortable au convive. Un peu de vin ?

Sans plus attendre et rassuré par les regards policés que tous lui adressaient, Martin s'empara maladroitement d'une grande fourchette, ustensile dont il n'avait jamais fait l'usage et la piqua avec brutalité dans le jambonneau couché sur un magnifique plat en argenterie ciselé. Pour finalement s'en débarrasser car peu pratique à son goût, prendre la pièce de viande à pleines mains et s'empiffrer comme jamais il n'en avait eu l'occasion auparavant. Il bâfrait, se goinfrait, ne respirant qu'à peine entre deux bouchées, que des goulées de vin faisaient descendre dans son gosier. Il passait d'un plat à l'autre, d'une viande à un poisson, tout en louchant avec avidité sur le dessert à la crème juste là, à portée de main. Tout autour, les hommes de justice et les officiels de la cour murmuraient entre eux pour soudainement suspendre leurs discussions quand le condamné s'arrêtait de manger. Comme un seul homme, tous se penchaient alors vers lui, à l'affût de la moindre confession qu'il pourrait faire, le lieu où le butin serait caché, ou le nom d'un complice qui serait immédiatement retranscrit par le greffier, installé à une petite table juste sur le côté, tandis que le sergent donnerait l'ordre d'aller chercher la nouvelle prise sur-le-champ. Mais comme quelques minutes auparavant, ils n'entendirent rien d'autre qu'un rot prolongé d'un curieux grognement de plaisir, mêlé de jouissance colérique. Et Martin bouffait plus encore, et l'assistance retournait à son murmure un peu plus outré, la mine dégoûtée. Le condamné prenait toujours plus ses aises, profitant de ce rapport de force inversé, et ce pour le temps qu'il jugerait nécessaire. Le pouvoir attendait son bon vouloir à lui, se pliant à ses moindres désirs. Et il le savait. Il avait envie d'en jouir. De jouer. Jusqu'au bout. Certes, il irait sur l'échafaud, mais il serait rempli à tel point qu'il en éclabousserait ses juges et le public quand on le trancherait.

— Une omelette avec ces champignons noirs qui sentent fort, là, vous voyez de quoi je parle ? éructa Martin au prévôt qui se tenait sur le côté alors qu'il terminait à peine d'engloutir un poulet entier.

— Des truffes ? demanda Brocard, un sourire forcé gravé sur son visage fatigué par le repas qui se prolongeait.

— Ouais, peut-être des truffes, comme vous dites, éluda Martin. Et des escargots aillés, tiens ! Et des cuisses de grenouille aussi, ordonna-t-il, comme le roi qu'il était devenu.

— Mais bien entendu, le rassura Brocard en faisant un signe de la tête à un valet qui se précipita aux cuisines. Mais peut-être serait-il plus raisonnable de faire une petite pause, monsieur Pinon. En attendant la suite. Vous allez exploser à ce rythme ! feignit-il de plaisanter. Et puis nous pourrions discuter un peu. À propos de la Patache, par exemple.

— De la Patache ? gargouilla Martin après avoir vidé au goulot la carafe de vin en cristal fin.

Le jour avait fait place aux flambeaux qu'on avait allumés partout sur le parvis au-dehors, et la lumière des lustres, qui vacillait sous la brise par les fenêtres ouvertes, donnait au palais de ce roi d'un soir des allures d'enfer. Il faisait chaud. Les officiels se relayaient, les uns ne tenant plus la fatigue, les autres lassés par le spectacle dégoûtant que Martin leur offrait depuis qu'il avait commencé à ripailler. Et sans rien donner. Passant du rire hystérique à la pâmoison, réveillé illico par le chirurgien qui se tenait là aux aguets, car un condamné doit toujours être présenté à la roue en bonne santé, et Martin le savait. Il s'amusait, mais il sentait aussi que les forces commençaient à lui manquer, que son corps ne serait bientôt plus en mesure d'avaler la moindre miette de pain, et ce malgré les expulsions par le vomi qu'il opérait de temps à autre dans une écuelle que lui présentait, sur un simple signe de sa part, un valet, pauvre laquais qu'il recouvrait allègrement de son dégorgement. Il riait alors grassement, prenant à témoin ses juges, qui se forçaient à sourire en retour, cachant mal leur écœurement. Il avait mangé comme jamais dans toute sa vie, et sur le dos de la justice de surcroît, ce qui ne manquait pas de le satisfaire un peu plus. Dehors, le murmure de la foule impatiente le rappelait à cette fin qui l'attendait et que l'alcool qu'il avait ingurgité lui avait fait par instants oublier.

Oui, il était temps d'en finir.

Il s'affala alors dans sa chaise, son bide sortant de son pantalon ouvert en une excroissance de chair blanchâtre. D'un signe du doigt, il demanda au prévôt de s'approcher.

— Vous voulez des noms, c'est ça ? articula-t-il difficilement.

D'un signe, Brocard ordonna le silence absolu dans la pièce. La lumière ambrée des chandelles, réfractée par les milliers de cristaux du lustre suspendu à l'astre, pointait les murs tout autour. La plume du greffier noircie d'encre était déjà posée sur le papier.

— Je vais vous en donner un, continua Martin après un temps qui parut sans fin au prévôt, qui devait supporter l'haleine fétide du condamné dont il lui avait fallu s'approcher pour mieux l'écouter. Et je sais où il se trouve.

* * *

Espinasse avait attendu auprès de Marguerite qu'elle se sente mieux. Mais surtout il avait eu besoin de faire le tri dans ses pensées, après la terrible révélation. Sitôt rassuré par l'état de la jeune femme, et rassuré par la présence de Rose à ses côtés, il se décida à se rendre à la pompe. La nuit avait eu le temps de tomber sur la ville. Il avait couru le plus vite qu'il pouvait.

Tout droit, par la rue de la Tonnellerie vers le Pont-Neuf, le chemin le plus court. Il se rappelait les dernières paroles de Marguerite avant qu'elle ne s'évanouisse à nouveau : « Derrière l'horloge. » Un endroit caché que les soldats n'avaient pas perquisitionné lors de l'intervention.

— C'est elle, le bourreau, lui avait avoué Rose.

Il débarqua au carrefour des Trois-Maries, et déjà le pont se distinguait dans la clarté des falots juste devant lui, avec sa pompe juchée sur son côté. Il s'arrêta tout net. Un attroupement se tenait devant l'édifice. Des soldats en sortaient, au premier rang desquels il reconnut immédiatement l'inspecteur Noyeux.

— Commissaire ! l'interpella l'inspecteur, qui ne boudait visiblement pas son plaisir. On vous a cherché !
— Que faites-vous ici ? demanda Espinasse, alors qu'il avisait Henri sortant à son tour, menotté.
— Mais comment, vous n'êtes pas au courant ? s'étonna avec fausseté le policier. Le prisonnier Martin a donné Henri Corbeau comme complice du vol de la Patache. Je vous ai fait chercher, mais comme on ne vous trouvait pas, je me suis permis d'autoriser la prise sans délai, sinon il nous aurait échappé. J'ai bien fait, n'est-ce pas ? conclut l'inspecteur avec une fausse déférence.
— Bien entendu, marmonna le commissaire, qui tâchait de cacher son désarroi alors qu'on faisait déjà monter le prisonnier dans une charrette pour la prison.

— On avait mal cherché, la dernière fois, reprit l'inspecteur. Il était installé là-haut, derrière l'horloge. On n'aurait jamais cru, n'est-ce pas ?

— Où l'emmenez-vous ? demanda alors le commissaire, qui regardait le tombereau filer de l'autre côté vers la rive gauche.

— À Bicêtre, lui répondit Noyeux, l'air satisfait.

* * *

Rose avait apporté du café. Clément était arrivé un peu plus tôt, sitôt prévenu des événements de la nuit par Jacques. Le père de Saintonge, lui, avait été appelé pour porter des soins à Marguerite, qu'on avait couchée dans sa chambre et qui se reposait toujours.

— Je suis arrivé trop tard, annonça le commissaire. Henri a été arrêté et emmené à Bicêtre.

Monsieur de Paris n'avait plus rien de l'homme à la prestance autrefois appréciée par toutes et tous dans le quartier. L'élégance à laquelle il avait toujours prêté de l'importance n'était plus de mise, il était vêtu comme on s'habille à la hâte, et ses traits creusaient des sillons sur la peau laiteuse de son visage amaigri. Un fantôme, presque un mort, pensa amèrement le commissaire à sa vue, avec ses grands yeux qui cherchaient dans le vide. Clément se dirigea le long de la table à tâtons, jusqu'à trouver une chaise sur laquelle il put se laisser tomber, assommé qu'il était par la nouvelle. Rose et Jacques se tenaient derrière, le visage fermé. Et puis le silence. Ici, dans le salon de la maison du pilori, comme en deuil, ponctué en sourdine par la vie qui s'activait, comme chaque matin sur la place des Halles, et les conversations qui devaient aller bon train. Car la nouvelle de l'arrestation du neveu de Monsieur de Paris devait déjà avoir fait son chemin dans les cafés et les auberges de tout le quartier. Peut-être même dans toute la ville.

— Je pense que nous vous devons des explications, dit alors le bourreau au commissaire, rompant enfin le silence. Je vais vous raconter ma partie de l'histoire. Celle à laquelle j'ai participé. Et le père vous racontera la sienne.

— Oui, ça me semble une bonne idée, acquiesça le père de Saintonge, qui venait de quitter le chevet de Marguerite et s'asseyait à son tour.

— Comment va-t-elle ? demanda Espinasse.

— Elle dort, le rassura le prêtre sans plus de détails.

— Prenez place, commissaire, lui proposa Clément. Rose va vous servir un peu de café. Vous en aurez besoin.

Le commissaire Espinasse écouta alors silencieusement les deux hommes lui parler de l'histoire de cette femme qu'il pensait connaître et dont il était secrètement amoureux. Il écouta chaque mot prononcé, les laissant déconstruire pièce par pièce l'idée qu'il s'était faite de Marguerite, comme un portrait en peinture à peine sec qu'on effacerait à petits coups de chiffon, pour laisser apparaître, juste derrière, un autre visage. Du moins était-ce de cette manière qu'il voulait envisager les choses alors que la vérité se révélait, pour mieux se protéger de l'injure liée à la tromperie. Il les entendait lui raconter comment chacun avait participé aux décisions que Marguerite avait prises à deux périodes essentielles de sa vie, dans deux lieux différents. Comment elle était devenue un bourreau une première fois, il y a des années, afin d'écourter les souffrances de son mari condamné à l'écartèlement. Et comment elle s'était travestie aujourd'hui pour devenir à nouveau exécuteur public, pour qu'Henri puisse devenir le prochain Monsieur de Paris, et ainsi honorer la promesse faite un jour à son propre père que la charge resterait dans la famille Corbeau. Deux histoires de fou, que le commissaire aurait eu peine à croire si elles n'avaient pas été racontées par deux hommes qu'il savait sages. Espinasse réalisait alors que Marguerite ne l'avait pas trompé. La femme que les deux hommes décrivaient était bien celle qu'il avait toujours connue et qu'il aurait pu reconnaître sous le masque du bourreau s'il n'avait pas lui-même fermé les yeux. Par peur d'y voir quelqu'un de trop indépendant. Quelqu'un qui lui aurait toujours échappé, et qu'il n'aurait jamais pu faire sienne un jour.

Il l'avait toujours su. Marguerite était une guerrière, et ce qu'elle avait fait, par amour et pour honorer une promesse, n'avait rien d'étonnant.

— Je suis désolée pour tout, mon ami, fit Marguerite, qui venait de descendre en silence l'escalier, et qui les avait écoutés.

— Marguerite, comment vas-tu ? demanda son cousin, qui la cherchait de ses yeux morts.

* * *

À peine lui avait-il appris qu'Henri avait été arrêté, envoyé à Bicêtre, et qu'il n'avait rien pu y faire, qu'elle lui avait proposé de la suivre dans l'atelier. Le commissaire fut frappé par son calme apparent. Malgré la pâleur de sa peau et ses traits creusés par la fatigue, Marguerite rayonnait toujours de beauté. Son visage aux grands yeux verts était souligné d'un sourire léger, affectueux, et ses cheveux de jais lui retombaient en ondulations douces sur les côtés. Un ange avec sa grande robe de nuit en coton blanc, pensa-t-il alors qu'il la suivait. Mais un ange de la mort, se dit-il un peu plus tard, quand il aperçut l'échelle patibulaire brodée sur le pourpoint de tissu épais qu'elle venait d'enfiler, et sous laquelle il devinait sa poitrine par sa respiration.

— Voilà, dit-elle tout simplement, en s'exposant, les bras écartés, comme on voudrait montrer un nouvel habit porté pour la première fois.

— Comment ?… balbutia le commissaire, alors face à la réalité qui s'affichait sous ses yeux.

— J'ai toujours vécu avec la mort. Elle était comme une sœur pour moi. Une camarade avec laquelle je jouais déjà petite, quand parfois j'allais voir mon père travailler. Elle était là, à table avec nous, ou le soir avec moi, dans mon lit, quand il venait m'embrasser, à son retour d'une exécution. Elle faisait partie de la famille, jusque dans les yeux de ma mère.

— Oui, mais de là à tuer…

— Peut-être suis-je moins sensible à la mort que la plupart à cause de l'habitude de la côtoyer, murmura alors Marguerite, pensive. Ou peut-être aussi tout simplement parce que je suis une femme.

— Comment cela ?

— Ne dit-on pas de nous que nous sommes plus cruelles et plus tenaces face à la violence ? fit Marguerite avec une pointe d'ironie. Regardez toutes ces belles de la cour qui se ruent aux fenêtres pour mieux assister aux exécutions, pour y chercher du plaisir, alors que les hommes se sont déjà retirés, la mine dégoûtée.

— Ce ne sont pas quelques folles…

— Je plaisante. Non, je crois surtout que nous sommes liées à vie à la mort par l'accouchement. Combien d'entre nous voient leurs enfants tout juste nés déjà morts ? Et combien meurent en couches ? Vous, les hommes, n'avez pas cette expérience du trépas dans la chair. Vous ne savez pas ce que c'est que d'avoir le pouvoir de la création en soi, mais aussi celui de la destruction. La mort nous habite sans que nous le décidions. Vous, vous la pourvoyez par la guerre. Vous la décidez, en un acte sublime, courageux et légitime, s'emporta Marguerite avec ironie.

Elle s'était mise à arpenter la pièce de long en large, nerveuse, impatiente. Sous les yeux éberlués du commissaire, sa beauté d'il y a un instant s'était évanouie sous des traits figés par sa colère soudaine. La femme ainsi vêtue n'était plus celle qu'il chérissait en silence depuis des années. C'était bien le bourreau qu'il regardait s'emporter, il ne lui manquait plus que le masque. Espinasse ballottait entre l'incompréhension et la peine, contrit par son impuissance à agir pour lui venir en aide. Il sentait son cœur se serrer quand la jeune femme s'arrêta tout net, comme pour reprendre son souffle. Comme si elle s'était décidée à revenir à lui, ici et maintenant. Ses jolis traits se murent à nouveau pour dessiner un large sourire, rehaussant son regard d'émeraude.

— Je ne sais pas au fond, mon ami, reprit-elle après un court instant, le ton calme d'après une tempête. Ne m'en voulez pas si je me suis emportée ainsi. Ce n'était pas contre vous, bien au contraire. Je sais combien vous avez toujours été pour moi un soutien. Mais je veux croire qu'il y a un peu de vrai dans tout cela. J'ai dit cela pour que vous compreniez ce que moi j'ai pu faire dans ces circonstances si particulières. Comme beaucoup d'autres femmes l'auraient certainement fait si la même situation s'était imposée à elles.

— Je ne sais pas, répondit simplement Espinasse, perdu dans ses réflexions.

— Et puis pour l'instant je n'ai infligé que des peines mineures, précisa Marguerite en souriant, tâchant d'égayer le ton de leur conversation.

— Tout le monde n'est pas capable de fouetter, de marquer ou même d'essoriller, rétorqua le commissaire, tâchant de sourire à son tour malgré son inconfort. Moi-même, je ne suis pas certain que j'y arriverais.

— J'avais mes raisons, et je m'y tenais, lui répondit fermement Marguerite.

— Je sais. Et vous avez tué, aussi.

— Oui, c'est vrai. Une fois. Mais c'était par amour. Vous ne le feriez pas, vous, par amour ?

— Si, admit Espinasse après un silence. Probablement.

— Je connais vos sentiments à mon égard, François, et je ne vous remercierai jamais assez de l'attention que vous avez toujours eue pour moi, continua Marguerite alors qu'il la contemplait encore. Mais vous le savez, je ne pourrai jamais y répondre. Je suis veuve. Et surtout veuve de bourreau.

— J'en aurais fait mon affaire, lui avoua Espinasse, résolu, baissant le regard pour cacher sa déception.

— Non, coupa Marguerite affectueusement. Vous n'auriez pas pu. Vous ne savez pas. Et puis, je suis surtout la veuve d'un homme que je ne pourrai jamais oublier.

— Je comprends.

— M'aiderez-vous quand même ?

— Je m'y efforcerai, oui, répondit le commissaire en levant les yeux.

La vision qu'il eut à cet instant lui glaça le sang malgré la vérité qu'il connaissait désormais. Marguerite portait son masque et le bourreau avait repris sa place.

Il n'y avait plus rien à faire. Elle avait pris sa décision, et il devait s'y résoudre.

— Vous allez procéder à l'exécution malgré tout ? s'inquiéta-t-il, impressionné.

— À cause de lui, mon fils est en prison, répondit Marguerite sans émotion. Même si je dois m'y prendre à plusieurs reprises, je lui trancherai la tête.

XXXII

La cause était perdue, la chose entendue. Et la vérité connue désormais de presque tous, en tout cas de ceux qui étaient de son côté, n'avait pas suffi à soulager Marguerite. Comment aurait-elle pu l'être ? En quelques jours elle avait misé une grande partie de sa vie sur le rouge, et c'est le noir qui était sorti. Tout était allé si vite depuis leur retour de Joigny et la fuite d'Henri. Sa décision à elle, comme un rappel du passé, de redevenir un autre, et pas n'importe qui. Un bourreau. Une seconde fois. Un pari fou, pour une cause qui lui semblait juste encore aujourd'hui, même si elle ne pouvait plus refréner les doutes qui la tourmentaient désormais. L'auxois avançait d'un pas tranquille dans la foule qui comblait la rue Saint-Jacques, et Marguerite se laissait surprendre par le regret, taraudée par l'image de Madeleine et l'amour qu'elle portait à Henri, la ramenant à ses propres doutes. Ceux d'une autre époque, un temps où elle-même avait essayé de convaincre un homme prêt à sacrifier toute sa vie pour être avec elle de ne pas le faire. Pour finalement accepter cet amour inconditionnel, et ne jamais le regretter.

Même s'il avait fini dans le sang. Minée aussi par le crime commis pour arriver à ses fins. La santé de Jeanne et son enfant perdu. Il faudrait bien qu'elle en paie le prix un jour prochain, elle le savait. L'édifice monotone qui se dressait déjà lourdement devant elle lui rappelait alors sa condamnation probable. La prison de Bicêtre, une petite ville dans la ville, occupait tout l'horizon, château massif et lugubre, édifice bedonnant et ronflant, hideux réceptacle des misères physiques et morales, qui s'étalait et contaminait les immeubles tout autour, tout aussi tristes. Lieu d'épouvante qui effrayait quiconque y faisait allusion. Jacques lui avait raconté un jour que le diable lui-même aurait amené une nuit ici, sur le plateau de Bicêtre, un pauvre, un fou et un prisonnier, tous trois rivés à la même chaîne, pour inaugurer l'hôpital-prison à sa propre gloire. Satan aurait créé les fondations du bâtiment. Même la foule, morne et voûtée dans ce quartier, semblait accélérer son pas muet quand elle passait à proximité. Ne pas s'attarder dans les parages, comme une urgence, de peur d'être happé peut-être, par erreur ou délit, éviter même de frôler les murs de l'enceinte qui suintaient le vice qui grouillait à l'intérieur.

Marguerite savait ce à quoi elle serait confrontée une fois les portes passées. La confusion la plus épouvantable. Une fosse où le regrat humain était entassé pêle-mêle, bélîtres, vagabonds, voleurs, criminels de toute nature, mais les autres aussi, ceux coupables de rien si ce n'était d'avoir été choisis par la fatalité, les estropiés, les fantômes atteints de maladies honteuses ou d'idiotisme, parfois d'une folie opportune pour celui ou celle qui aurait été dénoncé par simple lettre de cachet. Une folie imaginaire qui ne le resterait pas très longtemps.

Dans des loges étroites, des fous furieux hurlaient continuellement comme des damnés aux enfers, condamnés à la guérison par la solitude et le châtiment corporel. Comment ne pas devenir fou si on ne l'était pas déjà, dans cette Bastille de la canaille, comme on l'appelait ? Et de la bourgeoisie. Car on y trouvait aussi celles et ceux qui déplaisaient au pouvoir, et leurs perruques enfarinées qui les distinguaient de la fange les premiers jours ne suffisaient très vite plus à les différencier des bêtes crasseuses et puantes qui les regardaient alors avec appétit. Toutes et tous devenaient un seul avec le temps. La même créature. Avec la même couleur et la même puanteur, la même forme incurvée et les mêmes gestes las.

Et c'est ici, dans ce purgatoire, quelque part derrière ces murs, qu'on avait enfermé Henri, l'exposant au mal qui ne manquerait pas de l'infecter à peine aurait-il touché le sol du cul-de-basse-fosse dans lequel on l'avait probablement jeté, inoculé par le frottement des corps des ombres encellulées avec lui. La colère montait en Marguerite à cette pensée, reprenant le dessus sur ses tergiversations liées aux décisions prises par le passé, et qui l'avaient tourmentée pendant son voyage jusqu'ici. Dans la porte épaisse de la prison, une autre se dessinait, une petite ouverture juste assez large pour laisser entrer sans jamais laisser ressortir, se dit-elle alors qu'elle pénétrait dans le bâtiment, après avoir présenté au garde le laissez-passer que lui avait rédigé le commissaire Espinasse.

— Henri Corbeau, avait-elle insisté alors que le garde, tout juste refroqué après avoir été visiblement dérangé en pleine affaire, s'évertuait à faire semblant de lire le document.

— La cage ! fit un autre un peu plus loin, affairé à jouer aux dés avec un troisième. Il vient d'arriver, celui-là.

— La cage ? s'inquiéta Marguerite.

— Plus de place ici, reprit le premier.

— Je veux le voir, fit-elle sur un ton autoritaire.

— Ça dépend, répondit alors le geôlier, un sourire narquois sur sa trogne de soûlard.

— Ça dépendra surtout de ta tête, ivrogne, le menaça alors Marguerite.

— Quoi ? grogna le garde tout en perdant de son assurance.

— Fais ce que je te demande où je t'emmène chez moi.

— Mais quand tu veux, ribaude, feignit alors de plaisanter le geôlier, vexé par les rires moqueurs de sa troupe.

— À la maison du pilori !

Marguerite n'aurait pu les dénombrer. Disposés de part et d'autre de la grande salle Saint-François, cinq cents corps, peut-être plus, étaient entassés, parfois à huit sur la même couche. L'Hôtel-Dieu, qu'elle avait visité quelques jours plus tôt, n'avait rien à envier à la misère dans cet hospice-ci, où des hommes et des femmes mêlaient leurs infections par leur haleine fétide, leurs exhalations et leurs excréments. Par chance, le garde, qui la conduisait avec déférence depuis qu'il la savait cousine du bourreau de la ville, ouvrit une porte qui donnait sur une grande cour. De l'air, enfin.

Mais le spectacle qui s'offrit à elle la détourna de l'envie de rendre qui lui tourmentait le ventre jusqu'alors. En face et sur les côtés, des cellules étaient disposées en cages entassées les unes sur les autres, sur plusieurs étages vers le ciel, mais aussi vers le bas en profondeur, sous le sol, dans une fosse qui prenait la cour intérieure de l'édifice dans toute sa largeur.

— Doit pas être en bas, marmonna le soldat. Et puis les bas-fonds, c'est pour ceux qu'on verra plus. Y a pas l'échelle, donc on l'a pas monté non plus. Doit pas être loin.

Les cages ainsi empilées faisaient l'effet d'un damier géant strié de barreaux, derrière lesquels des formes se laissaient deviner par des mouvements reptiliens, quand ce n'était pas une main ou une jambe qui pendait de-ci de-là, ou qui se tendait à la vue d'un visiteur, une voix sortant de l'ombre, baragouinant un appel à l'aide, demandant un morceau de pain, de l'eau. Et pourquoi pas la liberté. Mais il y avait aussi quelque chose de magique dans ce spectacle de l'horreur orchestrée dans cette prison bondée par une justice dépassée par son intransigeance. Partout, des éclats de lumière se mirent à scintiller, donnant subitement à ce décor lugubre l'aspect d'une pierre précieuse, ou d'une étendue d'eau à la verticale sous le soleil.

Agités par les prisonniers, de petits morceaux de miroirs se répondaient les uns aux autres.

— Femme ! hurla quelqu'un quelque part, traduisant ainsi le message codé par les reflets.

— Ici ! répondit-on ailleurs.

Déjà des rires retentirent et se firent écho dans la cour crasseuse, quand d'autres injuriaient la visiteuse, gestes grossiers à l'appui. La vermine s'agitait de plus en plus et réclamait sa pitance charnelle par des paroles violentes et imagées. Les miroirs s'agitaient toujours plus, les messages passaient des uns aux autres, et Marguerite se sentit démunie. Mise à nu.

— Maman ? fit quelqu'un quelque part vers le sol, là-bas du côté du mur.

Marguerite se précipita dans la direction de la voix qui continuait de l'appeler, trompée par d'autres qui reprenaient le même ton, tâchant de l'imiter pour mieux la troubler et l'attirer. Certaines serres crochues aux ongles affûtés comme des lames tentèrent de l'agripper à son passage, pour un bout de tissu ou, mieux, un morceau de chair. Des visages blafards, grandes gueules béantes édentées, se découvraient à la lumière alors que Marguerite se risquait plus près des cages pour mieux deviner les formes tapies, croyant apercevoir son fils avant de reculer d'un pas quand certaines se jetaient contre les barreaux à son approche, brutales, râlant et aboyant comme des chiens prêts à mordre. Rires dangereux, attitudes provocantes et positions évocatrices, les monstres se déclinaient les uns après les autres comme des curiosités à la foire. Marguerite continua de parcourir chacune des cages du regard jusqu'à ce qu'elle découvre enfin Henri, affalé dans l'une d'entre elles.

— Henri !

— Il ne faut pas croire ce que dit la police, maman ! se défendit aussitôt celui-ci.

— Je me fiche de ce que dit la police, Henri ! Comment vas-tu ?

— C'est terrible ici. Que va-t-il se passer ? Et pourquoi je suis là ?

— C'est Martin, il t'a donné.

— Martin ? Il aurait fait n'importe quoi pour se débarrasser de moi. Et Madeleine ?

— Madeleine ?

— Oui, tu as de ses nouvelles ? Je ne l'ai pas vue depuis deux jours. Tu sais si elle va bien ? Elle est au courant que je suis ici ? continua le jeune homme, haletant, les mains accrochées aux barreaux.

— Oui… Elle sait, improvisa Marguerite. Bien entendu, je le lui ai dit.

— Donc tu l'as vue ! se réjouit Henri. Comment va-t-elle ?

— Elle va bien, affirma sa mère. Martin est en prison et sera exécuté demain. Elle n'a plus rien à craindre de lui.

— Il est exécuté demain ? s'étonna Henri. Et moi alors ?

— Tu vas être jugé dans la journée m'a-t-on dit, mais ne t'inquiète pas. Le commissaire va plaider en ta faveur. Tu ne risques rien.

— Tu parles !… se désespéra Henri. Ça fait trop longtemps qu'ils m'ont à l'œil. Et Atedjaka ? Et Juan ? Ils ont été arrêtés, eux aussi ?

— Je ne sais pas… hésita Marguerite. On ne m'en a pas parlé. J'imagine que non.

— C'est quand même bizarre, cette histoire.

— Quelle histoire ? Tiens, je t'ai apporté un peu de viande sèche et du pain, lui murmura Marguerite de manière à ne pas être entendue par les individus terrés au fond qui partageaient la geôle d'Henri.

— L'épine retrouvée dans la poche de Martin, continua le jeune homme tout en mangeant le plus discrètement possible. Comment elle a pu finir là ?

— Il a dû savoir qui l'avait et l'aura subtilisée, se justifia Marguerite, pas très à l'aise.

— Il n'y a que toi et moi qui connaissions son existence à Paris, fit Henri, subitement songeur. Et je sais que ce n'est pas moi… Mon Dieu, mais qu'as-tu fait ? murmura-t-il, fixant alors sa mère avec effroi. C'est toi qui as organisé cette affaire ? N'est-ce pas ? continua-t-il en réalisant la vérité.

— Je n'avais pas le choix, Henri, répondit sa mère, se contenant le mieux qu'elle pouvait, tâchant de ne pas perdre la face. Madeleine est arrivée en me suppliant de l'aider parce que Martin avait promis de te tuer.

— C'est donc toi qui l'avais volée ? souffla Henri, ahuri.

— Ton oncle Paul nous avait tout volé. Et puis j'ai bien fait, puisqu'il avait l'intention de la vendre pour acheter son opium.

— Mais ?… continua Henri, tout à sa réflexion. Comment tu as fait pour… Oh non !… Pas Madeleine ?…

— Elle s'est proposée sans que je le lui demande, se défendit Marguerite. Il n'y avait pas d'autre solution !

— Tu vois comment tu es ? hurla alors Henri, créant de l'animation dans la cage qu'il occupait et celles tout autour. Il faut toujours que tu manipules les gens pour arriver à tes fins ! Parce que c'est ça qui compte au fond ! Que tu arrives à tes fins, et peu importent les conséquences pour les autres !

— Henri !

— Non ! Tais-toi ! Tenez, vous autres ! fit-il alors en lançant sa nourriture à ses colocataires. Bouffez, c'est de la viande avariée !

Peu importait aux prisonniers, qui se jetèrent sur les quelques morceaux comme des bêtes affamées, jusqu'à se battre. Le brouhaha devint général et la garde accourut déjà.

— Henri, écoute-moi, tenta en vain Marguerite alors qu'il s'éloignait le plus possible des barreaux pour disparaître dans la pénombre. S'il te plaît ! Tout ce que je fais, je le fais pour toi ! Pour te sortir de là !

Mais Henri se confondait déjà dans la crasse qui se mouvait tout au fond, et Marguerite avait beau appeler, les cris occasionnés par l'altercation couvraient sa voix.

— Madame, il faut repartir maintenant, lui ordonna un garde qui la prenait déjà par le bras.

— Henri ! cria une dernière fois Marguerite.

* * *

Les camelots et les fripiers opportunistes avaient improvisé leurs étals sur le pavé de la place de Grève comme à l'accoutumée, provoquant la discorde avec les marchands qui tenaient boutique tout autour de la place carrée. Ici, comme à d'autres occasions dans cette ville où se mêlaient des gens de toutes les souches, les fripes les plus miséreuses, certaines tellement élimées et informes qu'on n'en percevait plus l'usage, côtoyaient les habits de livrée, les chausses de qualité et les vêtements ornés de jabots et de dentelles. En un rien de temps, la foule se rassembla, petites-bourgeoises à l'affût d'une trouvaille coquette, ou femmes économes à la recherche de la bonne affaire. Elle-même venait ici, avant, se rappela tristement Marguerite alors qu'elle continuait d'avancer dans la cohue. Ici, ou au marché sous les piliers des Halles, quand il fallait trouver de nouveaux vêtements pour Henri qui n'avait de cesse de grandir. D'un pas de somnambule, elle progressait en tirant gentiment derrière elle son cheval par les rênes, sans vraiment voir les tissus de toutes les couleurs étalés, expertisés et rejetés sur les amoncellements dans lesquels chacune venait fouiner à son tour. Ici et là, on négociait une jupe, un bonnet ou un mouchoir. La ruche bruissait en voix policées, parfois aigres et même discordantes, quand il y avait désaccord sur le prix. Là, une grisette se regardait dans le reflet d'une fenêtre, tenant contre son corps une frivolité pour mieux s'imaginer dedans. Un peu plus loin, une dispute éclatait entre des fripiers de métier et les femmes de soldats qui venaient nombreuses sur ce marché, reconnaissables aux étoffes et aux habits militaires qu'elles revendaient. Un petit pécule pour aider leur mari au service du roi, et aussi compléter une pension souvent insuffisante, quand elle était payée dans les temps. Une poignée d'immondices atteignit l'une d'entre elles, une mère humiliée devant son enfant effaré, avant que d'autres mains salies ne viennent maculer sa marchandise pour la rendre invendable.

Marguerite observait la scène, un peu absente, et elle réalisait qu'elle avait fait un détour en passant par cette mer sur laquelle elle se sentait tanguer. Elle continua, malgré les corps qui s'amassaient toujours plus sur son passage, remontant avec difficulté la pente vers le calvaire qui ornait la place de Grève en son centre. La tension était palpable. On se gourmandait pour un rien. L'impatience et l'envie prennent souvent leur racine dans la faim et la misère. L'appel du ventre qui souffre et du cœur qui saigne. Des cris, des hurlements, poignants, stridents, et parfois des querelles. On en vient aux mains, on empoigne des cheveux pour arracher les coiffes, et ainsi infliger l'ultime humiliation devant l'assemblée rigolarde. La chaleur de ces derniers jours n'aidait pas. Elle était étouffante à hauteur d'homme. Marguerite se hissa alors sur son cheval pour surmonter la houle qui lui donnait la nausée. Être au-dessus, sortir de cet air vicié par les corps gâtés, et respirer. Trouver une voie de sortie, se dit-elle, quand elle aperçut l'échafaud trônant au beau milieu de la marée humaine. Voilà pourquoi, sans l'avoir vraiment décidé, elle était passée par ici sur le chemin du retour de Bicêtre. Elle était venue voir la scène où elle allait probablement jouer son dernier acte d'ici peu. Elle comprenait aussi cette tension palpable. Les exécutions étaient une source de joie curieuse pour beaucoup, une manière de s'afficher dans son quartier en se montrant sous ses plus beaux linges, mais aussi le déversoir d'un fiel latent. Tous ces gens, tous ces badauds en quête d'une bonne affaire, allaient très bientôt se transformer en spectateurs. Tout le monde savait que Martin allait être exécuté à la suite de sa nuit blanche. Il était connu dans le quartier. Et l'affaire de la Patache avait nourri les discussions dans les maisons et les auberges. D'ailleurs certains se tenaient déjà près de l'édifice, se réservant ainsi la meilleure place. Une exécution par décollation, ça ne se ratait pas. D'autant plus qu'ils allaient revoir ce bourreau si mystérieux.

Marguerite passa sur le côté de l'échafaud et salua de la tête les jumeaux qui venaient de placer la croix de saint André à l'horizontale sur sa base. Puis elle donna un coup de reins plus franc à sa monture pour accélérer le pas, quitte à bousculer les gens. Mais elle n'en avait cure. Son fils était enfermé en enfer, sur le point d'être jugé pour un crime qu'il n'avait pas commis. Et elle allait le venger, se fit-elle alors la promesse. La foule en aurait pour son argent.

XXXIII

Il avait ses exigences. Après tout, les occasions où il s'autorisait ce genre de plaisir étaient rares. Son anniversaire, qu'il avait fixé le jour de Noël, ou une affaire résolue à fêter, comme c'était le cas aujourd'hui. Sa poitrine était à peine gonflée, et son ventre bien plat. Sous le nombril, sa toison était assez large mais peu épaisse, ce qui le rassura. Ce qui le gênait, en revanche, c'était sa mine. Miséreuse, malgré la lumière dansante des bougies qui rebondissait ses joues creuses et lui flattait les traits. Il ne distinguait pas bien non plus la couleur de ses yeux, plutôt claire se dit-il, alors qu'il lui demandait, d'un geste vague de la main, de se tourner une nouvelle fois. La chute des reins pointait vers le bas sur une raie qui naissait bien haut et qui se dessinait vers l'entrecuisse en une courbe arrondie. La chair était ferme, peut-être un peu maigre par endroits, mais l'ensemble satisfaisait son goût.

— Inspecteur ? fit une voix qui provenait de l'extérieur de l'alcôve.

Noyeux grogna. Tout était parfaitement organisé. Comme il aimait que les choses le soient. Il avait réservé une cellule pour lui tout seul à la taverne du Manoir. Le lieu était cher, mais réputé pour ses filles propres, et lui-même s'était lavé pour l'occasion. Il avait enfin trouvé la fillette, une petite brunette qui correspondait, à quelques détails près, à ce qu'il recherchait, après en avoir examiné dans les moindres détails une dizaine d'autres, écartant les crasseuses et celles aux cheveux trop clairs. Il ne lui restait plus qu'à négocier le prix avec le père, ou celui qui prétendait l'être ce soir-là, peu lui importait, qui attendait, l'air renfrogné. Une fois son bas-ventre repu, on lui apporterait des huîtres et des oranges, le tout arrosé d'un bon bourgogne, du saint-bris ou un vincelles peut-être, il hésitait encore.

Mais il reconnaissait la voix nasillarde qui l'appelait. Il pouvait presque sentir son odeur de purin. L'énergumène qui se tenait derrière le rideau, qui isolait la chambre privatisée, avait l'habitude de dormir dans des écuries. Seuls ses mouchards les plus efficaces savaient où le trouver en toutes circonstances en cas d'urgence. Et celui qu'il appelait « le rat », à cause de sa trogne sévèrement velue qui finissait en museau agrémenté de longs poils par le dessous, était son meilleur agent. Peut-être y aurait-il autre chose à fêter ce soir, se réjouit l'inspecteur Noyeux, qui tira alors la toile sur le côté pour sortir, non sans avoir ordonné d'un geste à sa proie du soir et à son propriétaire de ne pas bouger.

Sans dire un mot, l'inspecteur invita son mouchard à s'asseoir à une table en face de lui. Le portefaix s'exécuta sans broncher, connaissant parfaitement les manières de faire de son patron. Une fois le grand cahier ouvert, sa main gauche apposée sur la page pour bien le maintenir à plat, et la plume encrée, tenue entre trois doigts de sa main droite, l'inspecteur lèverait son visage vers son interlocuteur, lui indiquant d'un sourire vague qu'il pouvait parler.

— Je l'ai vue glisser le paquet dans la poche de l'autre, baragouina-t-il enfin, vidant d'une traite le pinçon qu'on venait de lui apporter.

— Qui as-tu vu ? le reprit patiemment l'inspecteur.

— La blanchisseuse.

— Ah !… fit Noyeux, tournant alors les pages de son cahier jusqu'à s'arrêter à une ligne précise sur l'une d'entre elles.

— J'étais en planque.

— Oui, je sais, c'est moi qui t'y ai mis, confirma-t-il, contenant difficilement son impatience.

— L'autre, il est rentré.

— L'autre ?

— Le Martin. Le condamné.

— Ah, confirma encore l'inspecteur, qui n'eut pas à tourner de pages, les deux personnes en question étant inscrites dans les mêmes colonnes. Et ?

— Ils se sont battus. Moi, j'ai pas bougé. Je regardais.

— Et ?

— Et elle lui a glissé un mouchoir dans sa poche. Bleu.

— Comme celui-là ? demanda alors Noyeux, qui sortait de sa sacoche le mouchoir trouvé dans la poche de Martin.

— Oui ! Pareil ! s'excita alors le rat, halluciné par la coïncidence.

— Chut ! lui souffla alors son patron, qui se mit aussitôt à griffonner quelques lignes.

Il jouissait. L'encre séchait au bout de la ligne qu'il venait d'écrire et il peinait à contenir son plaisir. Tout ce qu'il avait échafaudé, tout ce qu'il avait suspecté, se concrétisait enfin. Cet imbécile de Martin n'était bien évidemment pour rien dans l'histoire de l'épine. Et comme par hasard, c'était la petite blanchisseuse qui avait servi d'intermédiaire dans cette affaire. Elle-même la pute du fameux Henri qu'il venait de faire écrouer. Le fils de la Marguerite. Ce serait trop beau, pensa-t-il alors qu'il congédiait son exempt et retournait dans l'alcôve où on l'avait attendu sans bouger. Et si ce n'était pas Henri le coupable du vol de la relique, malgré ce voyage à Joigny juste avant le larcin qui semblait l'accuser ? continuait-il de réfléchir tandis qu'il détachait une bourse de sa ceinture et en sortait les dix sols réclamés pour l'hymen de la jeune fille. Et si le voleur était la mère ? Après tout, elle l'accompagnait. Selon ses sources, elle serait allée là-bas pour récupérer une somme d'argent que l'étrange comte aurait dilapidée. Sans nul doute aurait-elle voulu récupérer ce qui lui était dû, d'une manière ou d'une autre ? pensa-t-il alors qu'il expédiait le père marchand qui tardait à compter ses pièces. Cette femme hautaine et condescendante qui faisait soi-disant du bien aux pauvres en exerçant une activité qui à son goût avait plus à voir avec la sorcellerie qu'avec la médecine. L'affaire prenait une allure exceptionnelle et inattendue, et la promotion qu'il en retirerait serait certainement enfin à la hauteur de ses attentes. D'autant plus qu'en se débarrassant ainsi de la cousine du bourreau, il entraînerait aussitôt la fermeture de son comptoir d'onguents, et le juré Jacquemin lui en serait redevable à vie. Et le maître apothicaire avait de la fortune. Oui, l'affaire prenait une tournure qui lui plaisait de plus en plus. Cette journée s'annonçait décidément festive.

— Bientôt, je serai commissaire, murmura-t-il à l'enfant tremblante qui ne savait pas encore très bien ce qu'elle faisait ici.

* * *

Marguerite avait décidé de passer par la maison de son amie la sage-femme, où Madeleine se reposait. Une halte avant l'étape finale, comme une respiration avant le grand saut tout à l'heure sur l'échafaud. L'exécution de Martin était prévue pour la fin de journée.

— Vous ?... fit Marguerite, surprise.

À peine Agnès, l'expression circonspecte, lui avait-elle ouvert la porte qu'elle découvrait Madeleine qui faisait quelques pas dans la pièce, soutenue par le Huron.

— Ne t'inquiète pas, fit aussitôt la convalescente d'une voix qui se voulait rassurante. C'est un ami d'Henri. Il s'appelle Atedjaka.
— On se connaît, rétorqua Marguerite, le soulagement prenant le pas sur la surprise.

Il y avait réellement quelque chose de bienveillant chez cet homme, pensa-t-elle alors qu'elle l'observait accompagnant la jeune femme en douceur en lui offrant son bras solide. Son allure, son physique protecteur, mais aussi le silence qui l'entourait en permanence. Parcimonieux dans ses paroles, Atedjaka semblait à l'écoute de tout, avec cette distance qui distingue souvent les sages des querelleurs.

— Il est très gentil, marmonna timidement Agnès, cachant mal son inconfort. Mais si une de mes patientes le voyait…

— Comment allez-vous, monsieur Atedjaka ? demanda alors Marguerite en entraînant à son tour Madeleine vers un fauteuil.

— Atedjaka, madame, la corrigea-t-il. Atedjaka tout seul. Pas monsieur.

— Atedjaka, alors, reprit Marguerite avec un sourire. Assieds-toi, Madeleine, il ne faut pas que tu en fasses trop, trop vite. Je vais te passer un peu d'onguent.

— Comment va mon ami ? demanda l'Indien.

— Le mieux possible, éluda Marguerite, pensant encore à leur dispute et aux cris de colère de son fils alors qu'elle le laissait dans sa cage. Il est dans une cellule, seul. Il est bien traité. Il sera libéré sous peu, les accusations sont sans fondements. Soulève ta chemise, demanda-t-elle à Madeleine tout en ouvrant un gros pot d'onguent.

Silencieusement, Atedjaka s'était assis à son tour, mais sur le sol, en tailleur. Sa poitrine robuste se soulevait doucement sous l'effet de sa respiration calme et profonde.

— C'est lui qui nous a sauvés, Henri et moi, quand Martin nous est tombé dessus, murmura Madeleine en indiquant le Huron.

— Oui, je sais, tu me l'as dit. Merci, Atedjaka, pour tout ce que vous avez fait pour Henri.

— Henri est mon ami, et je vous ai promis de le protéger.

— Merci, Atedjaka, répéta Marguerite, sous le coup d'une émotion exacerbée par la fatigue accumulée. Mais dites-moi, d'où venez-vous ? demanda-t-elle pour changer de conversation et surtout contenir cette vague qui la submergeait.

— Je viens du Pays-d'en-Haut, déclara l'Indien posément.

— Le Pays-d'en-Haut ? s'étonna Marguerite.

— La Nouvelle-France, lui confirma Madeleine, qui se détendait sous ses soins. Au Canada.

— Et je vais y retourner, continua le Huron. Pour venger ma mère.

— Venger votre mère ? fit alors Marguerite, s'arrêtant net.

— Oui. Et retrouver mon frère et ma sœur.

— Vous avez certainement raison, répondit Marguerite après un temps. Vous devez protéger les vôtres. Et vous ne trouverez rien de bon ici. On ne vous acceptera jamais. On n'accepte pas les gens… différents, murmura-t-elle comme pour elle-même.

— Henri aussi doit partir, reprit l'Indien de sa voix posée.

— Quoi ? s'étonna Marguerite alors qu'elle saisissait en douceur le bras bleui et gonflé que la jeune femme venait de lui tendre. Partir ? Mais qu'est-ce que vous racontez ? Et puis partir où ?
— Et toi aussi, Madeleine, continua-t-il. Là-bas. Chez moi. Une nouvelle vie. Loin. Ici plus possible. Ici, la mort.

Une plainte provint alors d'une des chambres. Une patiente allait donner la vie sous peu.

— C'est quoi, cette histoire de partir ailleurs ? feignit de plaisanter Marguerite comme si l'idée était sans importance. Encore une lubie d'Henri, c'est ça ?
— Il faut qu'il s'en aille, intervint alors Agnès, qui revenait d'une des chambres. Les filles sont agitées soudainement. S'il vous plaît, monsieur, pria-t-elle maladroitement Atedjaka.
— Va, Atedjaka, lui fit Madeleine avec douceur. Tout va bien ici. Tu n'as pas à t'inquiéter.

L'Indien se leva. Il était immense. Beaucoup plus grand que ne l'avait imaginé Marguerite quand elle l'avait aperçu dans la pénombre des fondations du Pont-Neuf.

— Henri doit partir, répéta le sauvage. Ou il va mourir.

Le grand manteau qu'il enfila et la capuche qui lui couvrait la tête suffirent tout juste à cacher son allure singulière. Il quitta la pièce, non sans avoir posé sa main sur le front de Madeleine quelques instants. Elle s'était laissé faire en fermant les yeux.

— Quel étrange garçon, murmura Marguerite après le départ de l'Indien en repensant aux paroles qu'il venait de prononcer. Et cette histoire de voyage, qu'est-ce que ça veut dire ?

— Je ne sais pas, lui répondit Madeleine. Je ne suis pas au courant.

L'évocation de cette fuite inquiétait Marguerite. Certainement le genre de projet délirant sans conséquence que l'on fait sous l'effet de l'alcool, se rassura-t-elle aussitôt. Ou de cette substance dont Henri avait tendance à abuser et qui le mettait dans de drôles d'états. Elle ne le savait dorénavant que trop bien. Non, rien d'étonnant à tout cela. Pour l'heure il s'agissait de soulager Madeleine, et puis elle repartirait pour la maison du pilori, où elle se préparerait. Les valets avaient monté la roue, il ne lui resterait plus qu'à affûter la lame, et devenir le bourreau masqué pour la dernière fois. Henri serait libéré sous peu par manque de preuves, le commissaire l'avait rassurée avant de partir au Châtelet pour plaider la cause de son fils. Ils ne pouvaient pas le condamner uniquement sur des allégations. Tout rentrerait dans l'ordre.

Et il serait alors temps de trouver une solution pour la charge. Certes Marguerite n'avait plus l'épine à sa disposition, mais Clément consentirait peut-être à faire un effort financier, ou à échelonner la dette ? Après tout, il avait admis avoir lui aussi joué le jeu, ayant toujours su qui était caché derrière le masque du bourreau régent. Il l'avait laissée faire. Une preuve assez flagrante, s'il en fallait encore une, que son cousin tenait autant qu'elle à ce que la charge reste dans la famille. Marguerite étudiait toutes les possibilités, aussi minces fussent-elles, qui lui permettraient d'atteindre son objectif, et qui la rassuraient. Elle pensa aussi aux bijoux de la mère de Charles, qui lui fourniraient un bon apport si elle les vendait. Un trésor que le vieux comte de Sainte-Croix lui avait confié le jour de son départ pour Paris il y a quinze ans et auquel elle n'avait pas touché, car elle s'était engagée alors à les conserver jusqu'à ce qu'Henri rencontre celle qu'il aimerait.

Afin qu'il les lui offre à son tour.

Madeleine.

Marguerite la regardait, qui semblait se détendre sous l'effet de ses soins. Elle ne put alors réprimer un sentiment de regret.

Elle avait de l'affection pour cette fille. Ce qu'elle était, ce qu'elle représentait. Une femme qui avait su faire preuve de courage, prête à tout pour l'homme qu'elle aimait, quitte à se sacrifier pour lui, et endurer le pire dans sa propre chair. Une femme en laquelle elle se reconnaissait, aussi. D'ailleurs, n'avait-elle pas elle-même essayé de convaincre Charles, à l'époque, de renoncer à elle pour ne pas épouser cette vie de paria qu'était celle du bourreau ? N'avait-elle pas espéré autre chose pour lui ? N'avait-elle pas rêvé elle-même d'une autre vie ? Fuir avec lui et échapper à son cruel destin ?

Ses pensées contradictoires se bousculaient dans sa tête, mais elle essayait de ne pas se laisser aller à la panique. C'était certainement cette histoire de voyage racontée par Atedjaka qui la perturbait quand même, essaya-t-elle de se convaincre, alors qu'elle remontait le tissu de la robe de Madeleine, découvrant un peu plus son abdomen recouvert d'œdèmes. Non, elle devait faire ce qu'elle avait à faire. Elle n'avait plus le choix. Elle était allée trop loin, emmenant son cousin dont la réputation était aussi en jeu, pour pouvoir revenir en arrière.

La pommade qu'elle s'appliquait quand parfois les douleurs la reprenaient semblait avoir les mêmes effets miraculeux sur Madeleine. Un onguent sur lequel son propre père avait commencé à travailler pour sauver sa mère il y a longtemps à Clermont, mais sans succès alors, et qu'ils avaient finalement mis au point quelques années plus tard avec l'aide de Charles à Joigny. Un lien avec des personnes qui vécurent ailleurs, à d'autres époques, mais portées par le même élan. L'amour.

— Quand est-ce qu'on saura ? demanda calmement Madeleine, rompant le silence et sortant Marguerite de ses tergiversations.

— Bientôt, tâcha de la rassurer celle-ci. Le commissaire doit encore être avec le prévôt, j'imagine.

— Comment vous sentez-vous ?

— Moi ? fit Marguerite, un peu surprise, comme si la question était incongrue.

— C'est tout à l'heure, non ?

— Oui, c'est tout à l'heure, et tout va bien se passer.

— Et après ?

— Après ?

— Henri va donc bien devenir bourreau, c'est ça ? lui demanda calmement Madeleine.

— C'est… Il doit reprendre la charge, hésita Marguerite, qui se saisit d'un linge pour s'y essuyer les mains, les gestes nerveux, cachant mal son inconfort. Madeleine, reprit-elle après un court silence, tu n'es pas obligée de te lier à lui. À cette vie. Tu as encore le temps de décider.

La convalescente regardait Marguerite se rhabiller pour le départ. Elle admirait cette femme. Depuis qu'elle l'avait rencontrée, elle avait aimé son énergie, son abnégation, surtout depuis qu'elle lui avait fait part de son incroyable secret, et de tout ce qu'elle avait accompli pour son fils. Mais elle réalisait aussi qu'elle ne s'était pas posé la question. Ou plutôt qu'elle avait évité de le faire, depuis sa visite dans l'atelier, quelques jours plus tôt, quand Marguerite lui avait révélé la véritable identité de son fils. L'homme qu'elle aimait. Elle ne lui en avait d'ailleurs pas parlé quand ils s'étaient revus. Elle avait préféré continuer de se projeter avec lui, imaginant des possibilités, autrement, peut-être ailleurs. Seulement Martin n'était jamais très loin, se posant en rempart à ses rêves et la ramenant par la force à la réalité d'une vie qu'elle pensait avoir choisie un jour, mais qu'elle ne faisait que subir. Bientôt il ne serait plus là, et la voie serait libre.

Mais pour l'heure il s'agissait de se remettre de ses blessures, elle avait aussi une autre priorité. Elle espérait en effet des nouvelles du Grand René sous peu. Elle lui avait demandé de faire chercher son petit en nourrice à Montargis. Il était temps que le demi-liard qu'elle avait repris à Martin, et qu'elle portait désormais à son cou, retrouve son autre moitié.

* * *

Quand Noyeux avait quitté la taverne, il se sentait ragaillardi. Non seulement la petite avait été le fruit mûr qu'il avait espéré – il ne regrettait pas son argent –, mais les dernières nouvelles que son « rat » lui avait apportées le contentaient encore plus. Le lien était évident, il n'y avait plus aucun doute. Alors qu'il se laissait porter par ses pensées, il se sentit obligé de presser le pas. Certainement l'impatience d'apporter cette nouvelle information au lieutenant général de police, se rassura-t-il aussitôt, et d'en retirer tout le bénéfice sur lequel il avait patiemment compté depuis des années. Il aborda la rue de la Ferronnerie et ne put s'empêcher de regarder une première fois derrière lui, éprouvant une sensation étrange, avant de reprendre sa route d'une allure un peu plus rapide encore. Et puis il y avait l'exécution de Martin bientôt, s'efforça-t-il de se dire, tâchant ainsi de se détourner de l'appréhension qui lui tenaillait désormais les tripes. Il ne voulait surtout pas la rater. Cette condamnation donnait du crédit à son travail, il fallait donc qu'il s'y montre, mais il n'arrivait pas à s'en réjouir entièrement. L'affaire n'était pas tout à fait résolue, il en restait persuadé. Il se retourna à nouveau. On le suivait. Il avait le nez pour ça. Suivre les autres donne des habitudes pour soi-même. Il ne pouvait plus nier que son humeur au départ satisfaite s'était progressivement muée en angoisse alors qu'il arrivait à proximité de la rue des Déchargeurs, où se trouvait son logis. Plus il avançait, toujours plus vite, plus ce sentiment se transformait en certitude. Il les avait vus. Juste derrière lui. D'abord quelques personnes, des femmes, le peu qu'il put en juger quand il regardait rapidement derrière lui par-dessus son épaule, puis de plus en plus de monde par petits groupes. On se parlait, on murmurait dans son dos, même ceux qui se trouvaient sur le pas de leur porte ou à l'entrée de leur boutique devant lesquels il passait le regardaient comme s'ils savaient quelque chose. Comme s'ils étaient au courant. Noyeux approchait de son immeuble et il se retourna encore. Il remarqua que ceux qu'il avait croisés juste un peu plus tôt s'étaient aussitôt fait happer par l'essaim. Il transpirait, soudainement fébrile. Il se sentait chassé. Il déglutissait de plus en plus, l'angoisse lui serrait la gorge. Certainement l'alcool, se dit-il pour se rassurer encore, il aurait bien besoin de la petite toilette qu'il comptait faire avant de visiter son supérieur. Non, il ne pouvait pas s'agir de lui. Tout le monde le connaissait et personne n'oserait jamais s'en prendre à lui. Il était l'inspecteur Noyeux. Qui ne craignait pas de finir inscrit dans les colonnes de son cahier ? Encore quelques pas et il s'engouffrerait dans son immeuble, grimperait quatre à quatre les marches, et s'enfermerait chez lui.

Un choc. Pas fort, mais soudain. Là, derrière la nuque, lui fit perdre son couvre-chef. Il ne comprit pas sur l'instant. Un peu hagard, il se baissa pour le ramasser et l'aperçut, là, sur le pavé, à ses pieds. La pierre. Celle qu'on venait de lui lancer. Et c'étaient bien des cris qu'il percevait. Nettement. De plus en plus forts. Il releva les yeux et aperçut la horde de femmes qui se précipitaient sur lui, les poings levés et la mine haineuse, certaines armées de bâtons, de piques ou de leurs outils.

XXXIV

— Allez ! s'énervait-on. Tu te rappelles ce que je t'ai dit ? L'os est large. Et dur.

Il faisait chaud. Marguerite les avait suivis à un peu de distance pour ne pas être vue, puis s'était cachée à l'abri du muret qui courait tout autour du jardin. Elle était restée là à écouter, guettant dans le silence le moindre mot, le moindre soupir de Charles qui aurait pu la rassurer. C'était la première fois qu'il se pliait à l'exercice. Jusqu'alors, il n'avait été entraîné qu'à l'entretien du matériel et aux peines mineures. Tous les matins, depuis qu'il était devenu apprenti, elle l'avait observé par la petite fenêtre qui donnait sur la courette derrière la maison, où il s'appliquait encore et encore à rompre à la barre des mannequins en fétus de paille. Mais ce jour-là, il s'était agi d'autre chose. La peine infligée ultime. Celle de tous les dangers, puisque la plus difficile à opérer.

— Tu frappes ici, avait poursuivi Corbeau, entre les deux vertèbres. Sinon il faudra t'y reprendre à plusieurs fois. Et ça, ça ne serait pas du bon travail.

Les bêlements hystériques lui revinrent aussitôt en mémoire. Elle s'était alors mise sur la pointe des pieds, le faîte du muret tout juste à hauteur de ses yeux, et elle l'avait regardé. Lui, ses pieds écartés de la largeur de ses épaules, sa main droite en bout de manche et l'autre aux trois quarts, comme il l'avait appris, positionné au-dessus d'un mouton maintenu tant bien que mal immobile sur le billot par le vieux Corbeau et son valet Damien. Charles avait finalement levé la hache vers le ciel pour l'abattre d'un souffle.

Un carnage.

Depuis son retour de Bicêtre et sa visite à Madeleine, Marguerite n'était pas arrivée à se concentrer sur quoi que ce soit d'autre. L'image de son fils, enfermé comme une bête parmi d'autres dans une cage, l'obsédait. Elle était passée par le comptoir. Rose gérait toute seule les affaires depuis quelques jours. Une grosse poissonnière se trouvait là, braillant à qui voulait l'entendre sa visite chez le roi, comme le voulait la tradition, à l'occasion du déjeuner annuel offert aux vendeuses de poisson. Marguerite lui avait souri, mais sans vraiment l'écouter. Quand la mégère hommasse, dont l'opulente poitrine reposait de toute sa largeur sur sa bedaine qu'elle avait exagérément pansue, l'arrêta pour se plaindre de ses douleurs dorsales, elle s'excusa de ne pouvoir l'aider en ce moment. Cela faisait des jours qu'elle n'avait pas soigné. Par manque de temps. Mais surtout d'énergie, d'envie, trop prisonnière qu'elle était désormais de ses peurs.

— Je dois aller à l'appentis, avait-elle glissé à l'oreille de Rose pour ne pas être entendue de la cliente qui continuait de se vanter à l'envi.

— Va, lui avait répondu sa vieille intendante, toujours là pour la seconder. Je sais ce que tu as à faire.

S'enfermer, une urgence. Se couper du monde, de la cohue, des bruits et des lumières. Marguerite montait un cheval qui s'était emballé, et dont elle n'arrivait pas à reprendre les rênes. Une course effrénée comme cette nuit-là, à Joigny. Les saccades dues au galop et la pluie qui lui frappait le visage l'avaient réveillée. Charles était venu la chercher pour fuir. Une fille de bourreau ne pouvait pas épouser le fils du comte, alors ils n'avaient pas eu le choix. Il leur avait fallu partir, ailleurs, et se construire autrement. Une dernière chance, une dernière possibilité, aussi absurde fût-elle. La route à peine visible dans l'obscurité défilait et les silhouettes sombres des arbres sur les côtés apparaissaient à chaque éclair. Jusqu'à la foudre et le cheval qui se dresse, effrayé. La bascule, puis plus rien. Retrouvés par le valet qui les avait suivis, ils étaient revenus à la maison du bourreau de Joigny, où Charles était resté en convalescence quelques jours, le temps que sa jambe blessée se remette. Mais le temps surtout de sceller leur amour, au point de prendre la décision la plus folle qui soit. Le fils du comte allait devenir bourreau afin de pouvoir l'épouser. Un acte d'amour absolu.

Aujourd'hui encore les événements semblaient s'emballer, mais Charles n'était plus là. Marguerite se retrouvait seule face aux décisions qu'elle avait prises, coûte que coûte, pour conserver intact le lien aussi ténu fût-il avec le passé, cette vie d'avant où tout allait bien, quand les Corbeau étaient une famille de bourreaux à la réputation sûre, dont la charge passait de père en fils depuis des générations, ou par alliance s'il s'agissait d'une fille. Toutes ces années passées à se réparer et à préparer le mieux possible Henri, afin de reprendre le cours de l'histoire.

Obnubilée par ses pensées et ses souvenirs qui lui revenaient alors par flots, Marguerite se dirigea vers le grand meuble qui prenait tout le mur du fond de l'appentis, et en ouvrit le grand tiroir. À l'intérieur étaient soigneusement rangés différentes lames, couteaux de toutes les tailles, droits et courbés, tranchets et racloirs. Chacun destiné à une utilisation bien particulière qu'elle connaissait parfaitement pour les avoir vus manipulés par son père depuis qu'elle était enfant.

— Celui-là ? lui demandait parfois le bourreau de Clermont à l'époque.

— Les oreilles, répondait Marguerite, haute comme trois pommes, se dressant sur ses petits pieds pour mieux voir la lame.

— Et celui-là ?

— La langue ?…

Son enfance avait été heureuse et son père, un homme affectueux, malgré un caractère austère, certainement lié à son statut. Et sa mère aussi, qui était restée la plus douce des femmes, même malade, jusqu'au dernier jour. Une perte dont son mari ne se remettrait jamais, arrêtant même de soigner les autres, alors que sa réputation de guérisseur n'était plus à faire, avant de fuir Clermont pour Joigny, croyant ainsi laisser la douleur derrière lui. En vain. Un père qui ne cessa jamais de l'être, malgré la douleur et le temps, un peu plus dur peut-être pour la jeune fille qui devenait une femme, mais toujours protecteur.

Elle était toujours là. Derrière les lames, tout au fond du tiroir. Elle dormait, bien emballée dans son pan de linge maculé. Les lacets qui serraient l'objet à ses deux extrémités laissaient deviner son profil à travers le linge. Comme la première fois qu'elle l'avait vue. C'était le jour de leur mariage, et le repas était à peine terminé. Son père l'avait offerte à Charles. Le jeune homme s'était tenu un instant un peu penaud, interdit, face à l'objet mystérieux, n'osant pas le toucher, et encore moins tirer sur la cordelette qui l'aurait dévoilé. Marguerite, elle, toujours habillée de sa robe d'un jour, blanche, parsemée de pâquerettes, avait fui dans le cellier, sachant pertinemment de quoi il s'agissait. Elle ne s'était pas attendue à ce que la réalité de leur situation reprenne aussi vite le dessus, rompant d'emblée ce bref instant de rêve qui leur avait été offert et qui aurait dû rester le leur encore quelques heures, au moins le temps de leur première nuit.

Marguerite saisit l'objet, encore surprise par son poids. Cela faisait des années qu'elle ne l'avait pas touché. Depuis son arrivée, pensa-t-elle, quand elle l'avait rangé là. Elle s'était dit alors qu'elle le donnerait à Henri quand il serait prêt. Quand il reprendrait la charge.

La bête dormait, il ne fallait pas la réveiller. Tout doucement, elle la retira tout à fait de son rangement et la porta sur le meuble pour l'y poser en douceur.

— Ouvre, avait ordonné le bourreau à Charles.

La voix de son père lui revenait, claire, comme s'il était avec elle à cet instant même dans la pièce.

— Prends-la, continuait la voix, sans émotion. Ce sera la tienne.

— Oui, ce sera la mienne, fit alors Marguerite à voix haute, comme pour lui répondre, en tirant le lacet pour écarter l'emballage de tissu.

Belle et élégante, avec son manche en bois légèrement courbé, large à sa base et se rétrécissant en son milieu, pour s'élargir à nouveau jusqu'au cou épais de la lame au tranchant évasé en arc effilé. Marguerite se rapprocha un peu encore et devina son reflet dans le métal patiné. Son visage un peu flou, pointé de petites aspérités dans la matière causées par le temps, mais aussi par les coups portés.

— Un vrai bourreau, fit son père, qui apparut soudainement dans le reflet. Tu verras, son équilibre est parfait.

Alors elle s'en saisit des deux mains, puis prit la position. Les pieds écartés de la largeur de ses épaules, sa main droite au bout du manche et l'autre aux trois quarts.

— Entre les deux vertèbres, lui soufflait encore la voix de son père.

Elle prit alors une respiration profonde. Comme ce jardin était joli, se dit-elle, levant la lame vers le ciel azur du passé, avant de l'abattre de tout son poids sur la bête.

La lame s'était plantée dans le billot. Sans aucune bête qui se trémoussait, pissant le sang de toute part. Sans même son père, mort depuis des siècles. Marguerite était bien seule dans cet appentis, à répéter le rôle qu'elle allait bientôt jouer. Pour la dernière fois, espérait-elle alors qu'on frappait à la porte.

— On te cherchait partout, lui fit, affolée, la grosse Babet, la porte à peine ouverte, rouge d'avoir trop couru, et les cheveux en épis lui faisant un soleil par la lumière qui provenait du couloir.

— Tu vas pas le croire ! renchérit Agnès, qui apparaissait derrière le corps massif de la tapissière.

— Mais qu'est-ce qui se passe ? demanda Marguerite à ses amies tout en cachant précipitamment la hache sous le linge.

— On sait qui c'est ! reprit l'échevelée.

— Qui c'est quoi ?

— Qui c'est qui vole les mômes ! Tu vas pas le croire ! C'est Noyeux !

— Quoi ? fit Marguerite, ahurie.

— C'est le Grand René, expliqua alors Agnès. Ça fait plusieurs fois qu'il l'a repéré sur le port Saint-Paul, là où les coches d'eau à nourrissons partent pour Montargis. Il était pas sûr au début. Mais il l'a bien reconnu. Il négociait des voyages pour le Sud vers Rouen !

— Comment ça ? fit Marguerite, toujours plus ahurie.

— On a fait parler l'un des coches, reprit à son tour Babet. Il faisait sa fortune en envoyant des enfants à La Rochelle pour fournir des bateaux en partance pour le Mississippi.

— Mon Dieu !... souffla Marguerite en pensant à P'tit Rouquin, qui avait disparu depuis quelques jours.

— Des filles sont déjà à la recherche de ce monstre, enchaîna la grosse ouvrière, qui reprenait son ton de meneuse de révolte. On a fait prévenir le commissaire, mais y avait personne à la maison de quartier. Tu viens avec nous ?

— Je... je ne peux pas, là, s'excusa Marguerite, un peu hagarde. Vous êtes sûres qu'il ne faut pas attendre la police ?

— Il est la police, je te rappelle.

— Et si nous, on est au courant, le bruit va se répandre aussi vite, renchérit Agnès. Il pourrait s'enfuir.

— Je suis occupée, là... s'excusa encore leur amie.

— C'est Henri, c'est ça ? Tu l'as vu ?

— Oui.

— Je comprends, fit alors Babet. Bon, et ben nous, on y va ! Et on te racontera !

— Et Madeleine ? demanda alors Marguerite à Agnès.

— Elle va mieux, ne t'inquiète pas, lui répondit la sage-femme, qui s'éloignait déjà.

La porte à peine fermée, Marguerite tâcha de reprendre sa respiration, qui s'était emballée. Elle repensait à P'tit Rouquin, et espérait que sa disparition n'était pas liée à l'odieux trafic auquel s'adonnait cet immonde

Noyeux. Quand un bruit sourd détourna son attention vers le billot derrière elle. Il était nu. La hache venait de tomber au sol. Son cœur se serra d'un seul coup, comme si une main s'en était emparée pour le presser avec poigne. Elle n'avait pas eu la force de planter la lame assez profondément pour qu'elle reste en place.

Comment espérer alors qu'elle puisse trancher l'os d'un homme ?

XXXV

— Vous n'avez aucune preuve contre lui, insistait le commissaire.

L'image de Marguerite portant le masque à son visage, le maintenant ainsi d'une main à hauteur de ses yeux, ne l'avait plus lâché. Espinasse avait alors découvert devant lui le bourreau, dans sa vérité froide. Elle avait retiré son masque l'instant d'après. Comme par jeu. Une enfant qui se serait amusée à se déguiser, à se cacher, laissant de petits indices pour qu'on la trouve. Son visage lui était alors réapparu dans sa plus belle simplicité, et elle lui avait souri. Cette femme autour de qui tout semblait s'écrouler. Les remparts qu'elle avait bâtis pour protéger les siens, et ce projet qui l'avait maintenue en vie depuis toutes ces années. Les sols se creusaient et les fondations de ce qu'elle espérait un avenir possible s'effondraient. Une déflagration la ravageait certainement aussi de l'intérieur, et pourtant elle avait continué de sourire, là, toujours debout.

Désormais le commissaire connaissait son histoire. Un plan échafaudé jour après jour dans le secret pendant des années, et cette décision folle et soudaine, parce que se trouvant acculée. Devenir elle-même un bourreau, et pas n'importe lequel. Le bourreau régent de Paris. Une pure folie. Un canevas qui serait apparu inconcevable à quiconque sur le papier. Et pourtant lui l'avait comprise, il avait accepté la situation. Comme ce prêtre de Joigny et tous ceux là-bas qui avaient été les acteurs du drame à l'époque, l'avaient acceptée. Ou comme Monsieur de Paris aujourd'hui, un homme qu'il connaissait pourtant bien et qu'il considérait comme le plus raisonnable des êtres sur terre. Même lui avait signé ce pacte fou, contraint désormais de l'assumer jusqu'au bout, puisque son nom était également sur la sellette. Et lui aussi. Le commissaire de quartier Espinasse. Officier de sûreté chargé du quartier des Halles, subalterne direct du lieutenant criminel de la ville. Elle lui avait demandé s'il l'aiderait, et il avait accepté. Sans plus réfléchir. Oui, il ferait tout ce qui serait en son pouvoir. Pour elle. Par amour pour cette femme qui occupait son cœur, mais aussi pour la mère puissante qu'elle resterait jusqu'au sacrifice. Puisqu'il savait qu'il n'y avait plus moyen de l'arrêter.

Sitôt Henri arrêté, le commissaire s'était précipité au Grand Châtelet pour demander audience au prévôt. La salle du tribunal était vide, mais une audience, non officielle celle-là, était déjà en cours. Le lieutenant criminel Brocard était en pleine discussion avec Dusquesnes, le lieutenant général de police. Mais il y avait surtout cet obscur Paul de Sainte-Croix, dont le père de Saintonge lui avait dépeint le portrait quelques heures plus tôt, l'éclairant plus avant sur le singulier personnage, et surtout sur ses véritables intentions.

— Peu m'importe ! protestait le comte, qui ne tenait pas en place. Je ne veux plus entendre parler d'elle. Elle a fait assez de mal, à l'époque déjà ! Quand elle a envoûté mon frère et l'a transformé en monstre. Ruinant ainsi le nom des Sainte-Croix et la réputation de la ville ! Et faisant de mon père un vieillard…

— Et de vous un comte, le coupa froidement Espinasse, à peine les avait-il rejoints.

— Commissaire ! le reprit Dusquesnes. Que chacun reste à sa place. S'il vous plaît, monsieur le comte, continua-t-il, prenant ce ton obséquieux qui était le sien quand il s'adressait à des gens plus nobles que lui. Je comprends parfaitement votre colère.

— À la bonne heure ! souffla Paul, qui semblait à nouveau pris de démangeaisons.

— Et il va de soi que l'épine de la couronne de notre très cher Christ va vous être rendue au plus tôt.

— Très bien, me voilà rassuré. Mais quand ? Je dois rentrer, des affaires urgentes m'appellent…

— Quand l'exécution aura eu lieu, et que l'affaire sera ainsi close.

— L'exécution ?… fit le comte, l'air un peu perdu.

— Le fils est à Bicêtre, répondit le lieutenant criminel Brocard, qui avait observé les débats silencieusement jusqu'alors, avec toujours son attitude lasse. Quant à la mère, je n'ai rien qui me donne matière à m'interroger sur son implication dans cette affaire.

— Il est vrai que la ficelle est grosse, concéda Dusquesnes, qui ne cachait plus son inquiétude face au comportement du comte, dont le tremblement des mains, qu'il essayait de contenir, trahissait son état de manque.

— Des accusations sans fondements de la part de ce Martin. Un homme qui voulait juste se venger d'Henri Corbeau pour une histoire de cœur ! intervint encore le commissaire, tâchant de rester calme malgré la colère qu'il sentait monter en lui devant une situation qui lui échappait.

— Je vous trouve bien investi dans cette histoire, commissaire, feignit alors de s'étonner le lieutenant général de police. Elle n'est désormais plus de votre ressort, permettez-moi de vous le rappeler. Le garçon a été appréhendé par l'inspecteur Noyeux exactement là où l'accusé Martin a dit qu'il se trouverait. Toute la police de Paris le cherchait depuis des jours et n'avait pas réussi à le débusquer. Ce qui prouve à mes yeux leur complicité, pour ce qui est du vol de la Patache. Dommage pour le butin. Il prétend qu'on le lui aurait volé. Si même les voleurs se font voler maintenant, où va-t-on ? ironisa-t-il. En tout cas il est perdu, j'en ai bien peur.

— Enfin, c'est ce qu'il a prétendu, temporisa Brocard.

— Il a avoué et se savait condamné, renchérit Dusquesnes. Aucune raison qu'il continue à mentir dans ces circonstances.

Le commissaire sentait que la situation tournait à son désavantage, et le regard ironique que lui adressa le prévôt ne le rassura pas.

— Mais que va-t-il advenir d'Henri, lieutenant ? demanda le comte, le ton soudainement embarrassé.

— Comme vous le savez, je dois faire mon rapport au roi, répondit le chef de la police après un temps, condamnant dans l'instant les espoirs du commissaire, qui devinait la décision qui allait être prise. Et je le sais fort concerné par cette histoire, et surtout profondément affecté. Le vol d'une relique, ce n'est pas rien. Surtout l'épine de la couronne de notre Christ !... Et c'est la raison pour laquelle je pense qu'il serait de bon ton d'en terminer au plus vite. Je propose donc, avec votre accord bien évidemment, monsieur le prévôt...

— Vous l'avez déjà, monsieur le lieutenant, le rassura sans encombre Brocard, qui bayait aux corneilles.

— Je vous propose donc que le dénommé Henri Corbeau soit lui aussi rompu, et ce en même temps que Martin, puisqu'il est établi qu'ils sont déjà complices dans l'affaire de la Patache.

* * *

Il s'était précipité dans l'escalier, son tricorne froissé dans une main, l'autre portée à son visage, là où son arcade pissait le sang et lui brouillait la vue. Une autre pierre avait fait mouche quand il s'était relevé pour reprendre sa course. Il arrivait sur son palier et le brouhaha emplissait déjà la cage d'escalier. Le grondement des pas frappant les marches et les cris lui parvenaient aussi clairs que menaçants.

— À mort, le tueur d'enfants ! hurlait une femme à l'étage juste en dessous.

— Tu vas payer pour mon fils, salaud ! criait une autre.

La clé, dans sa poche. Il fouillait, mal assuré par la peur qui s'était complètement saisie de lui. Depuis combien de temps n'avait-il pas eu peur ? Il ne savait plus. Sa vie était si bien réglée depuis qu'il était entré dans la police. Depuis qu'il était devenu celui qui faisait peur aux autres. Il n'allait pas tomber maintenant. Il ne le pouvait pas. Il était presque arrivé à ses fins. Accéder à ce rang qu'il convoitait depuis toujours, par les relations et sa réputation, mais aussi l'argent acquis par le trafic, qu'il mettait patiemment de côté depuis des années. Comme une revanche sur la vie. Non, il ne pouvait pas tomber. Pas à cause de ces satanés enfants, de surcroît. Encore eux. Ceux qu'il souillait par plaisir, pour mieux salir celui qu'il fut, et s'en détacher toujours un peu plus. Avec sa souffrance. Putain de mômes, hurla-t-il intérieurement. La clé dans la serrure, et la clenche joua enfin, après avoir résisté. À peine avait-il refermé la porte derrière lui que les coups tombèrent sur le bois comme une pluie de cailloux.

— Jean-Foutre de bordel ! cria-t-on sur le palier.

— Dépouilleur d'enfants !

— Foutez-moi la paix, hurla alors Noyeux, reculant le plus loin possible de la porte. Vous savez qui je suis ! Je peux tous vous faire pendre sur une seule lettre !

Soudain l'orage se calma. Derrière la porte on ne criait plus, on murmurait. L'inspecteur, ou plutôt l'ombre de celui qu'il était il y a encore quelques minutes, était acculé contre le mur du fond près de la fenêtre, de l'autre côté de la piaule, se protégeant naïvement derrière une chaise.

— Allez, c'est bien, continua-t-il pour cacher son appréhension face à ce silence inopiné. Rentrez chez vous, ce sera mieux pour tout le monde.

Soudain, le bruit de la clenche rompit le silence. Il vit alors la poignée tourner, puis la porte s'ouvrir en douceur sur le principal locataire.

— Bernier ? marmonna, effaré, l'homme encore il y a peu le plus craint du quartier, en reconnaissant le responsable de l'immeuble, qui possédait toutes les clés. Mais qu'est-ce que vous faites ?...

— Désolé, inspecteur, lui répondit ironiquement le chasseur de loyer, avant de se retirer sur le côté pour laisser le passage à la vague de haine.

Les coups plurent et l'homme s'écroula sur le plancher comme un pantin. Très vite, il ne vit plus rien. Le sang mélangé aux larmes salées qui lui noyaient les yeux, mais aussi les douleurs infligées partout sur son corps qu'il recroquevillait le mieux qu'il pouvait dans un réflexe naïf de protection. Soudain il se sentit tiré sur le sol, par les cheveux, les vêtements, des doigts l'avaient même saisi à l'intérieur de la joue, comme un crochet pour la viande. Les marches de l'escalier, des coups de butoir dans son dos en feu, tandis que chacun le frappait encore à son passage. Puis la lumière du jour. Il essaya bien d'ouvrir les yeux, mais en vain.

Le goût du pavé sale sur sa langue tuméfiée qui dégueulait de sa bouche déformée. Il lui semblait que son bras était curieusement orienté dans son dos, comme si plus aucun os ne le constituait.

Des sons, des voix discordantes, lancinantes.

La petite fille et son ventre plat qui le regardait en souriant.

Puis l'obscurité. Dans un dernier effort, il aperçut des silhouettes qui le dominaient en frondaison en contre-jour du ciel laiteux qui disparaissait.

Des coups de pied par milliers, de bâtons, sa chair se déchirait, ses membres se détachaient.

Quand la garde arriva quelques instants plus tard, la foule s'était dispersée et les restes de l'inspecteur Noyeux s'étalaient entre les pavés.

Seul son fameux cahier à la couverture rouge, que l'on retrouva dans les tissus déchirés, mêlés aux restes de son corps en bouillie, put attester son identité.

XXXVI

— J'irai seule.

Jacques avait frappé doucement à la porte de l'appentis. Quand il l'ouvrit, il découvrit Marguerite à genoux en prière, vêtue de son costume rouge, éclairée par un rayon de lumière chaude de fin d'après-midi. Une sainte, une Jeanne d'Arc avant la bataille. Ou un ange de l'enfer, pensa-t-il alors qu'il apercevait la hache posée par terre, juste à côté d'elle. Il était venu lui annoncer ce qu'elle savait déjà. L'échafaud était prêt, et les valets étaient partis chercher le condamné à la prison.

— Tu es sûre ? avait-il demandé, perplexe devant son attitude.
— J'irai à pied.
— Comme ça ? s'étonna Jacques.
— Des nouvelles du commissaire ?
— Aucune, non, se désola le vieil homme.

Il avait refermé la porte doucement derrière lui à sa demande. Marguerite avait encore besoin d'un peu de temps pour se sentir prête. La fatigue la rongeait. Elle n'avait pas dormi, ou si peu, depuis des jours. Et les événements récents avaient eu raison de ce qui lui restait de volonté et de certitude. Mais elle voulait encore y croire. Elle devait y croire. Un dernier effort. Une dernière poussée, et la grosse pierre de Sisyphe passerait le col pour rouler de l'autre côté.

Les deux yeux de sang la fixaient, et les trois têtes lui souriaient.

Marguerite passa la chaîne autour de son cou, et plaça le médaillon sur sa poitrine, bien en vue. Sur la plaque en argent épaisse et ronde, la grosse tête de mort au regard de rubis se tenait toujours en son centre, avec ses petites ailes d'oiseau de part et d'autre, et les deux autres crânes plus petits de chaque côté. Elle eut dès lors le sentiment de n'être plus tout à fait seule. Depuis combien de temps cette médaille était-elle dans la famille ? Elle réalisait qu'elle ne savait pas combien d'aïeux bourreaux avaient porté le bijou jusqu'alors. « Depuis des générations », avait l'habitude de dire son père. S'il avait su. S'ils avaient tous su, tous les Corbeau qui avaient eu la charge, qu'un jour la médaille serait portée par une femme. L'image de sa mère lui vint alors à l'esprit, floue, un canevas fabriqué avec des morceaux de souvenirs d'enfance, de sons et de voix. Elle aurait été fière, se convainquit Marguerite alors qu'elle se relevait enfin, un peu revigorée par ces réminiscences.

Elle s'empara de la hache. Elle avait refusé que Jacques l'emporte. Elle voulait sentir son poids tout au long du parcours. Le poids de la charge, le poids de l'épreuve, la dernière, celle après laquelle tout serait différent. Elle voulait traîner son fardeau. Une manière de se punir aussi de tout le mal qu'elle avait fait pour en arriver là. Mais surtout le poids de la mort, puisqu'elle comptait dessus pour suppléer à ses forces qui lui manqueraient au moment opportun, elle le savait.

Du moins était-ce ce qu'elle espérait alors qu'elle quittait l'appentis, l'arme dans une main et le masque dans l'autre.

— J'ai assisté à de nombreuses reprises à ce genre d'exécutions depuis toute petite, avait-elle rassuré le père de Saintonge une fois qu'elle les eut rejoints dans la salle.

— C'est une chose de savoir, reprit alors calmement Clément, qui était venu expressément la voir. C'en est une autre que de faire. Et si tu n'y arrives pas ?

— C'est un peu tard pour se poser la question, tu ne crois pas ? lui répondit platement Marguerite.

— C'est trop dangereux, insista le bourreau encore en titre. Tu pourrais te faire porter pâle.

— Non ! C'est à cause de lui qu'Henri est en prison.

— Et s'il était condamné, lui aussi ? lui demanda le prêtre. Tu ferais quoi ?

— Il ne le sera pas ! rétorqua aussitôt Marguerite. Puisqu'il n'est pas coupable.

Elle avait placé le masque sur son visage. La femme avait disparu pour laisser la place au bourreau régent. Quand il ouvrit la porte, sa silhouette, en contre-jour dans la lumière, était celle d'un moine. Puis le claquement de la porte qui se referme, et le silence soudain. Les deux hommes n'avaient pas bougé, statufiés au milieu de la poussière qui scintillait dans la lumière par les fenêtres.

* * *

Il n'avait pas pu la prévenir. À peine sorti du tribunal, le commissaire s'apprêtait à retrouver Marguerite pour lui annoncer la condamnation d'Henri quand on lui apprit la mort de Noyeux. Le lieutenant général lui ordonna de se rendre sur les lieux séance tenante. Le crime était grave, un policier avait été assassiné. Il ne lui avait pas laissé le choix. Une pâle excuse, pensa-t-il, alors qu'il se dirigeait avec une troupe du guet vers la rue des Déchargeurs, juste à côté. Il hésita un instant à envoyer un commis annoncer la terrible nouvelle, pour finalement y renoncer. Et si Marguerite succombait à l'émotion ? Il aurait voulu être là pour la soutenir. Et puis il était peut-être déjà trop tard, continua-t-il de ruminer alors que les gens, de plus en plus nombreux sur son passage, formaient de petits groupes, annonçant la scène de crime, toute proche. Ses pensées se bousculaient dans son esprit, entre appréhension et culpabilité, quand l'effroyable spectacle s'offrit à lui. Là, au beau milieu d'un cercle de badauds curieux comme au spectacle et tenus à l'écart par la garde, un tas difforme s'étalait sur les pavés. Seuls les restes des vêtements déchirés et sanguinolents attestaient qu'il s'agissait bien d'un homme.

— Donnez-moi ça, ordonna le commissaire quand il aperçut un des gardes avec le fameux cahier de l'inspecteur à la main.

L'objet avait durci sous l'effet du sang séché, et la plupart des pages collaient entre elles. À l'abri des regards, il l'ouvrit et le feuilleta, tournant les paquets de feuillets résineux. À la fin, là où les dernières lignes écrites par Noyeux pleuraient en encre mélangée au sang, il pouvait encore lire clairement chaque mot écrit soigneusement dans une colonne distincte :

« Henri, Corbeau, apprenti bourreau, délinquant, la Patache, Pont-Neuf, épine du Christ ? »

« Marguerite, Corbeau, cousine Monsieur de Paris, maison du pilori, sorcière ? Épine du Christ ? »

Le commissaire referma le cahier et le glissa à l'intérieur de son manteau, le scellant ainsi dans le silence pour toujours.

— Faites retirer les restes, ordonna-t-il au guet. Et dispersez-moi tout ce monde.

Quelques minutes plus tard, il arrivait sur les quais, là où l'attendait le Grand René, le porteur d'enfants qu'il connaissait bien.

— C'est lui qui a donné l'alerte, expliqua le garde. Le bateau est là.

Sur le quai en contrebas, des soldats gardaient une barque longue, amarrée, recouverte d'une grande bâche en partie repliée sous laquelle des petites têtes se devinaient. Le commissaire descendit les marches et découvrit des dizaines d'enfants de tous âges, serrés les uns contre les autres, certains inconscients, d'autres le regardant s'approcher, pétrifiés de peur. Ils avaient froid et n'avaient certainement eu ni nourriture ni eau depuis plusieurs jours.

— Sortez-les de là, voyons ! exigea-t-il. Qu'on leur donne de l'eau, et à manger.

— C'était sa nouvelle livraison, lui fit le Grand René, qui l'avait suivi sur le quai. Il en faisait une tous les mois et se faisait payer en retour. Ce bateau-là aurait dû partir cette nuit.

— Mon Dieu, souffla le commissaire alors qu'il reconnaissait P'tit Rouquin parmi les enfants.

* * *

Le vieux prêtre et le bourreau de Paris étaient restés ainsi un moment sans se parler. Comme si une sentence venait de tomber.

— Pourquoi ne l'avez-vous tout simplement pas empêchée ? murmura enfin le prêtre.

— Parce que s'il reste une seule chance, aussi infime soit-elle, qu'Henri récupère la charge, je dois la saisir, confessa-t-il. Dans le cas contraire, mon nom et ma réputation seraient salis, et je perdrai tous les avantages. Je peux vous le dire à vous, monsieur le curé. J'y ai participé par intérêt, vous le savez. Et de toute façon, on ne peut malheureusement plus revenir en arrière. Je suis allé trop loin pour ça.

— Toujours cette maudite charge, se désola le vieux père.

— Eh oui, mon père. La charge ! Vous ne trouverez aucun bourreau dans le royaume qui n'aurait pas tout donné pour la conserver.

— M'accompagnerez-vous ? demanda alors le curé, qui se levait. Je crois qu'elle aura besoin de tous les soutiens possibles.

— Si vous me tenez le bras, lui fit Clément sur le ton d'un ami.

On frappa alors à la porte. Des coups violents, une urgence. Quand le père ouvrit, il découvrit le commissaire à bout de souffle.

— Où est-elle ? leur demanda-t-il, tâchant de reprendre sa respiration.

— Elle est déjà partie, lui répondit le curé, un peu perplexe.

— Alors c'est terrible, se désola le policier.

— Mais que se passe-t-il enfin ? demanda Clément, qui s'était porté vers lui.

— Henri a aussi été condamné, s'écria Espinasse après un court silence. À la roue. Et Marguerite va le retrouver sur l'échafaud.

* * *

Henri haletait. L'air chaud qu'il respirait par à-coups lui brûlait la gorge. Tout était allé si vite depuis qu'on l'avait sorti de sa cage. L'idée qu'on le libérait enfin s'était aussitôt muée en panique quand il avait aperçu la charrette gardée qui l'attendait dans la cour de l'hôpital. Ses poignets et ses chevilles maintenus entravés dans les fers et le sourire hideux du geôlier qui se raillait de lui avaient eu définitivement raison de son espoir d'un instant. Il avait été jugé, la sentence était tombée. Et ce n'était pas la liberté. À peine l'équipage fut-il sorti de la prison que l'on proférait déjà des injures à son endroit sur le passage du tombereau, et des projectiles ne tardèrent pas à l'atteindre. Des crachats. Il reconnaissait cette effusion de passions des rues quand une exécution allait avoir lieu, avec les cris et les odeurs exhalées par les corps du peuple en émoi. Il en avait vu, il y avait même participé quand il apprenait le métier. Il s'allongea alors complètement sur le dos, le plus à plat possible, pour se protéger, pour ne pas voir et ne pas être vu. Il se demandait à quoi il avait bien pu être condamné. Une complicité de vol, ça ne pouvait pas aller très loin. La flagellation, au pire une main coupée. Les galères, peut-être. Des mains jaillirent sur les côtés pour s'agripper aux côtés de la charrette, on essayait même de se hisser pour apercevoir le condamné qui se cachait dedans. Mais la garde faisait le ménage tandis que la foule s'ouvrait pour laisser passer le véhicule. Henri décida alors de fermer les yeux. Il ne voulait plus penser à la souffrance à venir. Il ne voulait pas les voir, eux, ces immondes qui le détestaient sans pour autant le connaître. Il savait très bien que peu importait la raison pour laquelle le condamné était supplicié. Seule comptait la sentence, puisqu'elle était l'occasion de déverser sa haine contenue. Comme dans les cirques au temps des Romains dans les histoires que lui racontait Jacques quand il était enfant. Fermer les yeux et ne plus les voir, et ne penser qu'à elle. Madeleine et son visage de porcelaine, émergeant de ses peurs. Il se concentrait sur ces moments de bonheur vécus avec elle, quand ils allaient se cacher des regards des gens du quai dans les guinguettes de la Courtine ou du Porcheron, pour vivre leur amour. Son corps enfin offert un soir, il n'y a pas si longtemps, là-haut, derrière l'horloge de la pompe de la Samaritaine. Il lui était alors apparu comme dans un rêve, dans la lumière basse de la ville endormie, de l'autre côté du verre sali. Fragile, sa chair douce et chaude, ses formes faites pour s'y fondre, s'y perdre, avec ce désir de ne jamais en revenir. Une évanescence, pour s'évanouir tout à fait, songe cassé par les cris qu'on continuait de proférer sur sa route, le rappelant à sa terrible réalité. Madeleine venait de disparaître et d'autres visages prenaient sa place. Comment s'appelaient-ils déjà ? pensa-t-il soudainement, alors qu'il essayait de ne pas perdre le sourire rassurant de celle qui occupait son cœur. Dussol « l'édenté », Perrin « le hoqueteux », Carrier « la renifle », et Blandine, et ses petites cuisses à la chair ivoire. Eux aussi lui avaient lancé des pierres. Peut-être étaient-ils là, quelque part dans la masse hurlante, le montrant du doigt tout en se souvenant comment eux-mêmes l'avaient déjà condamné à l'époque. Blandine devait être une grosse fille, se rassura-t-il alors. Son joli petit corps avait dû être déformé par l'enfant qu'elle avait certainement eu. Adieu, les petites cuisses tendres et bonjour les jambonneaux violacés et veinés par le travail acharné dans un atelier. Peut-être même était-elle morte en couches ? Il ouvrit alors les yeux pour se débarrasser de son passé encombrant, et les silhouettes des maisons hautes du pont Notre-Dame se dessinaient déjà de chaque côté dans le ciel bleu sombre, annonçant son arrivée imminente. Il n'y avait certainement plus de doute sur la destination du voyage. Il ne pouvait pas se tromper. On l'emmenait bien sur l'échafaud.

Mais pas n'importe lequel.

Celui de la place de Grève.

Seulement cette fois-ci, il n'y serait pas comme apprenti bourreau.

XXXVII

La dernière fois qu'elle porterait ce costume, qu'elle supporterait son tissu épais, rembourré, si lourd que son propre corps peinait sous la charge, rendant chaque pas laborieux, faisant de chaque geste une épreuve. La dernière fois qu'elle se dissimulerait sous le masque qui scellait sa parole, faisant d'elle un autre, un homme sans passé, si ce n'était sa petite histoire imaginée de soldat devenu muet. Juste de quoi le rendre vivant aux yeux du monde. La première et dernière fois qu'elle manipulerait la hache. Pas n'importe laquelle. La sienne, à lui. Son seul et unique amour. Un peu de lui, avec elle. Une idée terrifiante mais aussi rassurante, alors qu'elle progressait dans les rues, suivie des regards curieux. Elle approchait de sa destination, et les badauds lui emboîtaient le pas comme en procession, d'autres la précédaient, lui ouvrant la voie dans la foule qui grossissait, alors que l'échafaud se dressait déjà au-dessus du mouvement humain. Elle respirait profondément pour ne pas se laisser happer par le vide, forçant ses poumons à assimiler le peu d'air qui se frayait un chemin sous le cuir. Les bois de justice s'élevaient à quelques toises, et Marguerite avait le sentiment de marcher au bord d'un précipice. Un pas de côté et ce serait la chute. Sans fond. Respirer, encore. Rester droite, la hache tenue d'une main ferme. Regarder droit devant. Elle pouvait distinguer les silhouettes des acteurs du drame à venir se découper sur le ciel ténébreux qui tournait à l'orage. Vairon et Louché se tenaient de chaque côté de la roue sur laquelle le condamné, qu'elle ne pouvait voir encore, était certainement déjà attaché. Elle approchait et le silence se faisait tout autour d'elle. Elle les voyait, chacun et chacune, se distinguant les uns des autres de la masse uniforme. Des hommes, des femmes et des enfants. Celui-là, au menton pointu orné d'un poireau. Et cet autre, aux cheveux et aux sourcils blonds, soulignant une cicatrice au front. Un autre encore, avec ses lèvres épaisses et gercées qui lui faisaient la bouche grande et gâtée. Et lui, le dos large et râblé, peut-être un plumet charbonnier ou un tailleur de pierre. Elle, le ventre gros, pleine d'une misère à venir, ses joues vérolées et l'œil déjà vitreux. Et cette chétive, là, avec sa petite tête ébouriffée de moineau tombé du nid, engoncée entre ses épaules étroites, mais droite sur ses cannes courtes. Et un moine. Ce n'était pas tant son accoutrement qui attira l'attention de Marguerite, la laine brune et sombre de sa bure se confondait avec les tissus mornes et salis des autres corps qui se pressaient tout autour pour mieux voir, que son capuchon qui lui recouvrait largement la tête et cachait son visage dans l'ombre. Comme un oiseau de mauvais augure, pensa-t-elle, arrêtant là ses pensées quand son pied se posa sur les premiers degrés de l'échafaud. Les planches grossières et solides, incurvées par le poids de celles et ceux qui les avaient gravies, pour beaucoup sans jamais les redescendre, grincèrent alors qu'elle accédait à la plate-forme.

Elle le vit enfin. Ce Martin. Celui dont elle espérait que la mort fût une issue. L'épilogue heureux à cette histoire qui tournait au cauchemar. Elle fut immédiatement frappée par son rire. Sardonique. Râleur. Provocateur. Chacun de ses membres était noué à une des branches de la croix. Un prêtre était agenouillé à côté de lui, son visage près du sien qu'il avait tendu vers le ciel. L'homme d'Église le conviait à la prière, l'aidant le mieux qu'il pouvait en l'incitant à la contrition pour une absolution improbable. Le curé murmurait, et Martin riait, toujours plus fort, son corps se braquant sous les secousses de sa joie hystérique, se gondolant en tous sens, comme possédé, et ce malgré les liens qui le tenaient serré. Il était nu, excepté un linge qui recouvrait son intimité. Marguerite s'était approchée, poussée par l'envie de le voir de plus près. Ce corps qu'elle allait devoir trancher. Les muscles de ses bras étaient épais et saillants, ses cuisses puissantes, et son cou large et musculeux. Elle se sentit défaillir. Elle n'aurait certainement pas la force de le raccourcir.

— Rompez prestement, lui ordonna le lieutenant civil Le Saunier, qui venait de la rejoindre sur l'échafaud. On vous a assez attendu, bourreau. Et puis il semblerait que vous ayez encore du travail après, fit-il, le ton dédaigneux à l'intention de Brocard, qui se tenait sur le côté, bien entouré par sa garde.

— Nous n'avons pas pu vous attendre, lui répondit l'air faussement détaché le lieutenant criminel.

— Et sans passer par le Parlement ! ironisa encore l'officier adipeux de sa voix mollasse. Vous vous autorisez bien des façons, Brocard. Mais bon, conclut-il et revenant au bourreau, qui les regardait, stoïque, après tout, les deux affaires étaient liées. La chose était entendue. Mais que ça ne se reproduise pas, lieutenant.

— Les mécanismes de justice sont parfois trop complexes quand les cas à juger sont simples, se justifia le lieutenant criminel, l'air détaché. Allons, mon ami, exécutons ! Les grenouilles coassent !

De quoi s'agit-il ? s'étonna Marguerite. Une exécution avait été décidée dans la précipitation sans que l'un des deux prévôts ait donné son aval. « Les deux affaires étaient liées. » La sueur sous le masque sur son visage. Le feu dans son corps. Respirer. Elle voulait leur demander de quel travail il s'agissait. De qui ils parlaient. Mais elle ne pouvait rien dire. Elle ne le devait pas. Le bourreau régent était muet. Certainement un autre complice du vol de la Patache, se rassura-t-elle aussitôt. Les pensées se succédaient toujours plus vite dans sa tête, et elle espérait qu'elle aurait les outils nécessaires pour procéder à l'exécution qu'on lui ordonnerait. Une rumeur de réprobation se fit entendre au premier rang quand le condamné cracha au visage du prêtre qui se levait alors, promettant à Martin les limbes d'un signe de croix.

— Tiens, v'là le fameux bourreau, se moqua alors Martin, hilare, en apercevant son exécuteur. T'as intérêt à taper fort, je suis gavé comme une volaille pour la Noël.

Du vomi salissait les armatures de la croix et jonchait le sol sous lui, en petites flaques mousseuses, trahissant le trop-plein de nourriture avalé pendant la nuit en échange de ses aveux.

— La meilleure soirée de toute ma vie, continua-t-il. Fallait les voir ! Les rats ! Tous ces perruqués ! Tout autour de ma table à attendre que je parle. Et je les ai fait attendre, ces pantins ! Si t'avais vu ça, bourreau ! s'esclaffa-t-il. Jusqu'au dernier morceau de gibier, qu'ils ont attendu ! Jusqu'à la dernière goutte de vin ! Pour finalement leur donner un nom, à ces crevards !

Marguerite ne respirait plus. Ses yeux étaient rivés sur la bouche qui beuglait, un trou béant dans son visage immonde.

« Un nom. »

— Carl ! hurla le condamné, pris d'un nouvel éclat de rire rauque qui finit en râle écumant de vomissures. Ou plutôt Henri, à ce qu'il paraît !

Marguerite tremblait sous son costume. Ses jambes étaient soudainement fragiles comme des branches de bois sec. Il lui sembla qu'elles ne pourraient plus supporter le poids de son corps. Elle avait la sensation qu'elle allait s'effondrer d'un moment à l'autre. Elle réalisait qu'elle n'entendait plus rien. Comme si la foule qui obstruait la place de Grève s'était tue à l'évocation du nom de son fils. Et tous la regardaient, elle, désormais. Elle en était sûre. Puisque la vérité venait de sortir de la gueule de l'être abject qui continuait d'éructer.

Son fils était lui aussi coupable, et son masque à elle ne lui était plus d'aucune utilité. La vérité allait être découverte, et elle aussi serait jetée en pâture à la justice.

— Henri ! cria encore Martin vers le ciel. Tu m'entends ? Tu l'auras jamais, tu m'entends ?

— Rompez donc, insistait le lieutenant civil, qui s'était encore une fois approché du bourreau. Qu'est-ce que vous attendez ?

Marguerite entendait à nouveau la foule. Ses jambes tenaient toujours, droites et solides, et sa respiration s'était calmée d'elle-même.

— Jamais ! continuait de hurler le condamné. Tu vas aussi payer ! Et cette catin finira sous un autre !

— Rompez ! intervint Brocard à son tour, s'inquiétant de la cohue qui grouillait, toujours plus nerveuse, autour de l'échafaud.

Marguerite aperçut Clément et le père de Saintonge qui se frayaient un chemin parmi ceux qui se tenaient au premier rang. Son cousin avait l'air perdu dans l'immensité du monde, mais il semblait tout de même la voir de ses yeux grands ouverts. Il parlait, il articulait des mots, en mouvements lents et grotesques de la bouche. Le bon père lui tenait le bras, toujours et encore là, comme la première fois.

La sensation du métal dans sa main. Le tube plein, lourd et froid.

Vairon venait de lui apporter la barre, et Marguerite s'en était saisie sans réfléchir, emportée par un élan en elle qu'elle ne retenait plus. Le navire tanguait légèrement sur une mer encore calme, malgré l'air de plus en plus lourd et le ciel tempétueux. Partout, de toutes les rues et des ruelles, les courants humains continuaient de se déverser sur la place, la gonflant comme un gros ventre prêt à éclater. En contrebas sur la rivière, des embarcations de toutes sortes s'étaient placées à vue, les unes s'arrimant aux autres pour lutter contre le courant et tenir leur place.

— Tu vas crever, l'élégant ! cracha une nouvelle fois Martin.

Le regard de Paul. Marguerite s'était avancée vers le condamné et s'était postée au niveau de sa jambe droite quand elle l'aperçut. Il se frayait lui aussi un chemin des épaules vers l'échafaud, furetant aux alentours de son regard sombre. Mais elle ne trembla pas. Bien au contraire, la présence du comte ne fit qu'affermir sa volonté soudaine, alors qu'elle pensait faillir quelques instants plus tôt.

Il lui fallait agir. Maintenant.

Elle n'avait pas le choix.

Et le faire taire, lui, une bonne fois pour toutes.

Elle ferma les yeux, pour se couper du monde.

La courette derrière la maison du pilori de Joigny.

Un grand rectangle pavé, bardé par le mur de l'enceinte de la ville.

Il était tôt et le soleil frappait déjà les pierres blanches.

Les hortensias qu'elle avait disposés là allaient encore souffrir de la chaleur.

Les sons, les gens tout autour n'existaient plus. La barre se souleva vers les nuages noueux.

L'odeur du linge dans la panière.
Les hommes de paille avaient été disposés comme chaque matin.

Son genou juste là, bien maintenu par les lanières de cuir qui lui entaillaient la chair.

Marguerite observait Charles qui frappait, tranchait.
Bras, jambes, ventre.

Et le premier coup. Un cri. L'os s'était brisé, comme la branche d'un arbre qui aurait cédé sous un poids trop pesant. Le corps de Martin se contorsionna violemment dans tous les sens, et la foule applaudit. Marguerite avait déjà fait un pas de côté et elle abattait la barre sur l'autre jambe, la brisant en éclats. Les hurlements se succédaient en râles rauques et écumants. Il lui semblait que des mains se tendaient vers elle, qu'on l'acclamait. Elle s'avança de l'autre côté de la croix, elle ne put s'empêcher de toiser la foule sous son masque. Elle remarqua alors un mouvement sur la place au loin. On s'écartait du côté du quai Pelletier, comme si on laissait passer une charrette, mais les beuglements du condamné la ramenèrent à lui. À sa tâche. Elle devait en finir. Il le fallait au plus vite. Elle sentait ses forces lui manquer. Mais sa volonté était intacte. Un nouveau craquement.

Charles s'échinait à frapper.
Jamais bon. Toujours à côté.

Elle avait encore fait mouche. Le bras s'était détaché de l'épaule, se retournant complètement et libérant en partie le supplicié de son attache. Sa bouche toujours plus élargie comme s'il bâillait, Martin semblait muet d'effarement sous le coup de la douleur, ses yeux immenses exorbités fixaient son bourreau d'un air étonné. Il essaya de se redresser tant bien que mal de côté, en s'appuyant sur le seul bras valide qu'il lui restait. Un acte désespéré pour une fuite impossible, entravé qu'il était non plus seulement par les liens, mais aussi par ses membres, qui ne lui appartenaient désormais plus. Ses deux jambes opéraient un angle étrange qui les faisait se rejoindre par le milieu, comme un crustacé dont on aurait brisé les pinces pour le manger. Le bras rompu ne tenait plus que par le tendon, pendant sous l'épaule. Jusqu'à ce que le condamné retombe sur la croix, épuisé.

Quatre coups et le bourreau masqué avait promptement rompu, sans faillir.

Marguerite lâcha la barre, qui roula sur le plancher, et il en fallut de peu qu'elle ne s'écroule, mais elle fut retenue au dernier instant par Louché, qui n'était jamais très loin.

— Que se passe-t-il ? s'était étonné Brocard. Il faut trancher maintenant. Votre nouveau client arrive.

Un nouveau client ? Mais quel client ? se demanda encore Marguerite, alors que la tête lui tournait un peu plus, s'efforçant toujours de refuser la terrible réalité que Martin avait beuglée quelques instants plus tôt.

Quelques instants volés à la fatalité.

Un temps bref suspendu.

Un acte désespéré et naïf, retenir le mouvement comme on retient sa respiration.

— Voilà qu'il va nous tomber en pâmoison, notre nouveau bourreau ! ricana un marchand d'oranges qui profitait de l'événement pour écouler sa marchandise déposée dans un panier harnaché à son gros ventre, provoquant l'hilarité générale.

— Il m'a pas l'air en état de trancher une tête, reprit une grisette qui minaudait avec un jeune perruquier. Sûr qu'il va devoir se remettre à l'ouvrage jusqu'à ce qu'elle tombe.

— Peut-être qu'il va falloir l'aider, se moqua encore un chansonnier qui improvisait une chanson.

« C'est Charlot le bourreau,
Que décoller préfère plutôt... »

La chanson revint immédiatement à Marguerite, du plus profond de sa mémoire. Aussi clairement que ce soir où elle leur était parvenue de la fenêtre. C'était à Joigny, dans son autre vie. Ils étaient à table, et le repas s'était passé dans le silence le plus total. Charles venait de rater sa première décollation, et il avait perdu connaissance sur l'échafaud.

« ... C'est Charlot le bourreau,
Que décoller préfère plutôt,
Avoir sa tête sur le billot,
Et la laisser au Corbeau. »

— Bourreau ! l'interpella une nouvelle fois Le Saunier, sortant Marguerite de sa torpeur.

Les valets venaient de placer le corps désarticulé de Martin, alors inconscient, la tête sur le billot. Tout près, la foule s'ouvrait, laissant le passage au tombereau qui progressait vers l'échafaud.

— La hache, lui souffla Vairon.

Marguerite se saisit de l'arme à deux mains. Son poids lui sembla insoutenable. Juste en bas de l'escalier, le vacarme lourd de l'équipage qui venait juste de s'arrêter lui parvint. Mais elle ne voulut pas regarder. Encore un temps. Repousser un instant de plus l'effroyable vérité en lui tournant le dos.

Elle vint se positionner au-dessus de Martin.

La bête ne bêlait plus, et la foule retenait son souffle.

La lame fendit le ciel obscur et s'abattit sur sa proie, mais se planta sur le côté du cou, fendant de biais l'épaule du condamné, qui revint soudainement des abymes sous le coup de la douleur violente. La clameur de la foule fit immédiatement le tour de l'échafaud, et les valets se précipitèrent vers le bourreau, qui s'évertuait à retirer la lame coincée dans le bois du billot.

— Qu'est-ce que c'est que ce travail, bourreau ? s'énerva Le Saunier. Votre autre client est là, vous feriez mieux d'en finir immédiatement !

Il y avait bien un homme assis de dos à l'arrière de la charrette, mais Marguerite ne pouvait voir de qui il s'agissait, encombrée qu'elle était par son masque et les efforts qu'elle produisait pour libérer la hache du socle sous les railleries. La chanson du bourreau qui tombait en pâmoison lui revenait en boucle, se mélangeant aux râles noyés dans le sang qui sortaient de la bouche molle du poisson presque mort qu'était désormais Martin. Sa tête était désaxée de côté par rapport à son corps, maintenu au mieux par les deux valets inquiets. Sur le côté, Marguerite aperçut le lieutenant général de police Dusquesnes qui s'entretenait avec Brocard. Les deux hommes regardaient avec inquiétude dans sa direction. Il y avait du mouvement en bas, là où on déchargeait le prisonnier, mais elle ne pouvait toujours pas le voir. La lame s'extirpa enfin du bois. Un autre effort, et elle l'abattit une nouvelle fois, manquant de lâcher un cri et ainsi de se trahir. La tension montait. Partout, devant et sur les côtés, on se passait le mot et on s'indignait. La tête du supplicié était toujours attachée au buste, pendue par un lambeau de chair et d'os, dont la lame n'avait pas eu tout à fait raison. Marguerite faillit chuter sous l'effet du recul quand elle arracha encore une fois la lame du bois. On l'invectivait mais elle n'entendait plus rien. Elle croisa le regard de Paul. Des yeux fous, fixes, sur elle, mais aussi absents, comme s'il était somnambule. Tout lui échappait, définitivement. Elle aperçut le commissaire, qui s'était porté vers l'échafaud, juste en dessous. Il lui parlait, l'air désolé, mais elle ne l'entendait pas. Certainement cette décollation qui ne se passait pas bien, pensa-t-elle alors. Avant de se porter une nouvelle fois au-dessus du corps dont seuls des soubresauts secs et de petits jets de sang derrière la nuque témoignaient d'un reste de vie qui rechignait à s'éteindre.

Un dernier coup, un dernier cri. Celui du ventre, des tripes, du plus profond de soi. La tête roula enfin sur le plancher, signant le plancher crasseux d'une traînée de sang.

Marguerite tenait sa vengeance. Par les cheveux, à bout de bras, elle le présentait au public comme un trophée. Quand elle l'entendit.

— Je suis désolé ! lui criait Espinasse.

Les sons lui revinrent tout à coup. L'ambiance était à la tempête. Partout on se chamaillait, on se conspuait, certains l'applaudissaient quand d'autres l'injuriaient.

— Je suis désolé ! lui cria encore le commissaire alors que Brocard se portait vers elle, la mine mauvaise.

— Il y en a un autre à traiter dans la minute, lui murmura-t-il sur un ton ferme. Vous pouvez le faire ou pas ? Ou je vous fais remplacer !

Elle allait répondre qu'elle ne pouvait pas. Qu'elle était à bout de forces. Mais elle ne pouvait pas parler. Parler aurait été se trahir.

Quand elle l'aperçut.

Henri se tenait là, devant elle, sur l'échafaud, mains et chevilles menottées.

Elle ne pouvait plus nier la vérité.

XXXVIII

La roue pour complicité de vol, voilà ce à quoi il avait été condamné. Henri ne comprenait pas. Il cherchait une explication dans les regards de la foule. Certains le pressaient, poings tendus, d'autres s'esclaffaient à sa vue, une petite fille pleurait, effrayée par les cris de haine tout autour d'elle.

— Mon oncle ! appela Henri dans un élan désespéré alors qu'il apercevait Clément juste devant l'échafaud, tenu par le bras par ce prêtre qu'il avait rencontré à Joigny.

Clément ne l'entendait pas. La voix d'Henri se fondait dans le bruit. On répétait son appel à l'envi, on se moquait de lui. Un garde le poussait vers l'escalier. Il regardait tout autour, encore, il essayait de scruter chaque visage malgré les coups de crosse dans son dos, pour le faire avancer plus vite, et les cris envers lui. Il la cherchait. Il avait besoin de la voir, maintenant. Son visage et son sourire auraient suffi à le réconforter, à le rassurer. Elle lui aurait certainement dit que tout ceci n'était pas bien grave, que tout allait s'arranger. Il ne la trouvait pas. Comment aurait-elle pu être là ? pensa-t-il furtivement alors qu'il montait les dernières marches. Elle n'était probablement pas remise des coups reçus par Martin. Et sa mère devait certainement s'occuper d'elle, rongée qu'elle était par la culpabilité d'avoir mis sa vie en péril. Il distingua alors un autre visage dans la masse. Celui de ce comte fou. Le frère de son propre père. Il le fixait, étrangement, sans émotions, comme absent. Comme s'il ne comprenait pas bien lui non plus ce à quoi il assistait. Les images de cet étrange voyage à Joigny passèrent rapidement dans l'esprit d'Henri, comme celles, fugaces, d'un cauchemar qu'on peinerait à oublier. Là où tout avait commencé. Là où s'était tramée une histoire qui aurait dû s'achever sous la dalle d'une église. Une histoire qui n'était pas la sienne, mais qui pourtant le condamnait.

Charles de Sainte-Croix
Comte de Joigny

1670-1696

Quand il accéda à la plate-forme, Henri aperçut le bourreau qui se tenait là, face à lui, immobile. Dans une main, le personnage masqué à l'allure singulière tenait par les cheveux la tête de Martin. Dans l'autre, une hache dont la pointe piquait dans le sol.

— Bourreau ! hurla Brocard, de plus en plus inquiété par la rumeur qui montait partout sur la place. Procédez !

La tête de Martin heurta le plancher avec un bruit caverneux. Henri ne put s'empêcher de regarder le visage blafard, aux traits déformés par la chair évidée, la joue écrasée sur le sol poisseux. Il lui semblait que celui qui avait été un temps son adversaire le fixait encore de ses yeux effrayés, avec ce rictus qu'il avait souvent, mais encore plus effrayant maintenant qu'il était mort. Presque ironique, comme s'il souriait, à lui et aux spectateurs qui s'étaient approchés de l'échafaud pour mieux le voir.

Avant qu'ils ne détournent leurs yeux vers le centre de la plate-forme.

La hache venait de frapper le sol à son tour.

Suivie d'un bruit sourd. Pesant.

Le bourreau s'était laissé tomber à genoux dans la stupeur générale.

— Que se passe-t-il ? demanda Clément en tournant ses yeux aveugles vers le père de Saintonge, alors qu'il percevait la rumeur qui commençait à bruisser alentour.

— Le pire, lui répondit celui-ci dans un souffle.

Le lieutenant général de police s'était précipité sur l'échafaud pour demander des comptes à Brocard, qui lui-même fulminait contre Le Saunier. La tension était palpable chez les gardes qui se pressaient déjà autour des officiers pour les protéger. Le condamné restait seul et entravé, au milieu de la scène, face à son bourreau qui se tenait toujours comme en prière, le corps contrit par des sanglots qu'il ne contenait plus.

— Bourreau, relevez-vous ! ordonna encore Dusquesnes. Vous, vous me rendrez des comptes, fit-il alors à Clément, qu'il aperçut en contrebas. Valets ! Faites votre travail, intima-t-il ensuite à Louché et à Vairon. Fixez cet homme à la croix et rompez-le !

Mais les aides du bourreau ne bougèrent pas non plus, retirés sur le côté, tous deux dans la même position, stoïques, les mains dans le dos.

— Gardes, attachez le prisonnier sur la roue, qu'on en finisse ! ordonna alors le lieutenant criminel. Monsieur de Paris, demandez à vos valets de prendre la barre ou il vous en cuira, insista-t-il, cachant difficilement son inconfort.

Déjà des voix s'élevaient dans la foule. La décision de l'officier passait de bouche en bouche, commentée, déformée. Quand l'un s'indignait, l'autre prenait parti. On se bousculait, les épaules se cognaient, on se poussait pour mieux voir. Des projectiles lancés du public rebondirent sur le plancher, poignées de terre ou d'immondices trouvées sur le pavé, certains lancèrent même des cailloux. La situation était inédite, et la curiosité malsaine des uns prenait le dessus sur l'indignation des autres. Sur l'échafaud, les soldats maladroits s'affairaient à installer Henri sur la roue, ne sachant pas vraiment comment procéder.

— Meurtriers ! hurla quelqu'un, repris immédiatement par d'autres.

— Frappe-le toi-même ! se moqua une marchande de balais, sa camelote portée sur son dos. Tiens, prends un de mes houssoirs si la barre est trop lourde ! Je te le fais à pas cher ! C'est de la qualité assurée ! clama-t-elle, déclenchant l'hilarité de beaucoup.

— Vous n'avez pas le droit, cria Babet, qui arrivait enfin et se portait juste devant, accompagnée d'Agnès et de quelques femmes des ateliers environnants.

Henri, lui, fixait le ciel. Le bois de la croix lui scindait le dos alors que les soldats lui liaient les bras et les jambes sur chacun des axes.

— « Souviens-toi de la rosée sur… » avait-il hésité, alors qu'il n'était qu'un enfant.

— « Sur les champs nus bleus », l'avait repris sa mère.

— Mon père était poète ? avait-il alors demandé.

— Un peu, s'était amusée Marguerite. Pour moi. C'est le seul poème qu'il ait jamais écrit. Tu veux bien l'apprendre ?

Le souvenir lui revenait et Henri se coupait du bruit du monde.

Quand la nuit revêt son manteau pourpre sombre…
Dans les yeux clos de la muse danse la pénombre…
Souviens-toi de la rosée sur les champs nus bleus
Comme une mer irisée par le reflet des cieux…
Le vent chassé par les ailes frêles des moulins sourds…
Pousse au loin les nuages et chante notre amour…

Puis le silence. Les ailes frêles d'un moulin tournaient faiblement dans le vent indolent, tandis que les nuages amorphes dérivaient vers l'horizon pour s'y écraser. Henri ouvrit alors les yeux pour faire face au vide dans lequel le monde semblait s'être précipité, puisqu'il s'était tu.

La silhouette d'un homme était penchée juste au-dessus de lui, et la barre était tendue vers le ciel.

— Je demande le mariage ! cria quelqu'un dans la foule, arrêtant net le soldat qui allait abattre la barre.

— Quoi ? fit le lieutenant de police en apercevant une jeune femme qui semblait voler au-dessus des gens. Qu'est-ce que c'est encore que cette histoire ? Ne pourrait-on pas en finir ?

— Je demande le mariage avec le condamné, répéta-t-elle, la voix encore plus forte.

Le tumulte se calmait, et le vide se faisait autour d'eux. L'homme avait la peau rouge et le crâne rasé avec une crinière, comme ces sauvages de l'autre monde. Il portait dans ses bras une jeune femme dont la pâleur se confondait avec la robe de lin blanche qui la vêtait. Madeleine était faible et ne pouvait même pas marcher.

— Madeleine ! hurla alors Henri vers le ciel, toujours empêché par ses liens.

Le vent forçа, et la tempête reprit de plus belle. Des femmes surtout, qui se mirent à soutenir de la voix la jeune blanchisseuse.

— Je crains qu'il ne faille surseoir à l'exécution, murmura Le Saunier après une courte hésitation.
— Je n'ai que faire d'une tradition ! fulmina Dusquesnes. Je vous ordonne de procéder !

En bas, la foule s'animait, les uns prenaient parti pour le mariage, les autres réclamant la mort. On s'interpellait, on en venait parfois aux mains, on essayait de grimper sur l'échafaud pour faire justice soi-même, ou libérer le prisonnier. Dans le marasme devenu général, personne ne prêta attention au bourreau qui se relevait et se portait là où se tenaient en contrebas Madeleine et Atedjaka.

De l'autre côté, Paul n'avait plus lâché le bourreau des yeux depuis que celui-ci s'était écroulé. Dans le tohu-bohu et sans qu'on prête attention à lui, il contourna les quelques gardes occupés à contenir le mouvement de foule, gravit les marches, et vint se placer devant l'exécuteur.

— Bourreau… fit-il, la voix incertaine.

L'exécuteur se retourna. Les larmes qui s'étaient immiscées par les interstices avaient mouillé son masque.

— Paul… murmura une voix presque imperceptible.
— Comment ?… fit le comte, interloqué. Ce n'est pas possible… balbutia-t-il sans finir sa phrase.

D'un geste lent, le bourreau porta ses mains à son visage, et retira son faciès de cuir. Le comte se figea sur place, stupéfié par ce qu'il découvrait.

La mer démontée tout autour de l'échafaud s'était calmée d'un seul coup. Le vent était retombé. Toutes les têtes étaient tournées vers le bourreau, la figure découverte.

— Marguerite ? souffla Paul après un moment de sidération. Mais ?…

— Pourquoi ? le coupa alors Marguerite, qui s'approchait de lui pour lui faire face. Mais par amour, Paul. Toujours par amour. Tu ne t'en souviens donc pas ?

— Maman ?… marmonna Henri sur le côté, toujours entravé sur la croix.

— Oui, mon fils, fit celle-ci avec détermination sans lâcher le comte des yeux. Je suis là.

XXXIX

— Madame de Paris ! Madame de Paris !

D'abord abasourdie par la révélation, la foule se laissa convaincre par l'assemblée féminine scandant ces mots, Babet en tête qui, plus virulente que jamais, n'avait pas hésité à rejoindre Marguerite sur l'échafaud pour la défendre.

— Madame de Paris ! Madame de Paris ! martelait-elle, le poing levé, tenant de l'autre main celle de son amie. Je n'arrive pas à croire que c'était toi, lui glissa la tapissière à l'oreille. Mais qu'est-ce que je suis fière de toi ! Madame de Paris ! Madame de Paris ! reprit-elle aussitôt.

Les autorités ne savaient plus où donner de la tête. Les prévôts et le lieutenant général de police s'étaient retirés sur le côté de l'édifice, bien entourés d'une troupe de gardes, alors qu'en contrebas les soldats peinaient à contenir la houle qui se pressait, toujours massive, vers l'échafaud pour mieux voir la bourrelle.

— Madame de Paris ! Madame de Paris ! hurlaient les femmes dans la foule, suivies de quelques hommes, pour finir en clameur générale.

Puis le silence se fit. Atedjaka arrivait à son tour sur la plate-forme avec Madeleine dans ses bras, une jeune mariée dans sa robe blanche. Un calme soudain, seul le craquement du bois sous le corps lourd de l'Indien était perceptible alors qu'il déposait la jeune femme près de Marguerite, qui la prit immédiatement dans ses bras pour la soutenir.

— Écoutez-moi ! clama alors avec effort Madeleine. C'est pour venger son fils injustement accusé que cette femme est devenue bourreau. Le vrai coupable, le voici ! dit-elle en pointant du doigt la tête de Martin qui gisait au sol.

Les cris mêlés aux applaudissements reprirent aussitôt. Porté sur les épaules d'un autre, un homme se hissa sur le plancher et agrippa la tête de Martin par une mèche de cheveux pour la balancer dans la cohue, après avoir craché au visage du supplicié, dont les traits semblaient exprimer la stupéfaction. La boule échevelée passa alors de main en main, frappée au passage, souillée, houspillée, bringuebalée de vague en vague sur une mer déchaînée, avant d'être happée pour disparaître.

— Madame de Paris ! Madame de Paris ! scanda toujours plus fort la masse humaine comme un seul homme, les poings tendus vers le ciel.

Celle qui était devenue un bourreau se transformait en icône, portée par les voix des femmes et des hommes qui avaient pris le dessus sur la colère et l'indignation. Les applaudissements redoublèrent quand Madeleine put enfin embrasser Henri, qu'Atedjaka venait de libérer de sa croix, sitôt couverts par les sifflets à l'endroit des soldats qui se déployaient à nouveau sur l'estrade sur les ordres du lieutenant de police qui essayait en vain de faire preuve d'autorité.

— Mes amis ! clama le commissaire, qui accédait alors à la plate-forme. Calmez-vous ! Mes amis, s'il vous plaît !...

Il suffit que quelques-uns au premier rang reconnaissent le bon père du quartier pour qu'ils passent le mot à leurs voisins, et le silence se fit à nouveau progressivement.

— Continuez, souffla Dusquesnes, à bout de nerfs, réalisant l'effet qu'avait le commissaire sur le peuple. Vous les tenez, c'est bien. Ramenez-les à la raison, et je saurai vous récompenser.

— Je n'ai que faire de votre récompense, lui rétorqua Espinasse en catimini. Mes amis ! reprit-il à l'intention de la foule qui le regardait. Laissez faire la justice.

Des sifflets et des hululements se mêlèrent aussitôt, les uns déclarant les juges corrompus, les autres invoquant le droit du condamné à avoir la vie sauve par le mariage.

— Faites-moi confiance, insista encore Espinasse. Vous me connaissez. J'ai toujours été là pour vous.

— Oui, c'est très bien, ça, acquiesça encore le lieutenant de police, soulagé par la tournure que prenaient les événements. Vous les tenez, ces satanées grenouilles, Espinasse, c'est bien.

— Rentrez chez vous, continua le commissaire de quartier sans prêter attention aux commentaires de son supérieur. S'il vous plaît, retournez à vos tâches et tout ira pour le mieux.

* * *

Ses yeux dans les siens, quelques secondes pour une éternité, avant que les soldats n'emportent Henri. En cet instant, hors de ce lieu et du chaos, Marguerite avait retrouvé son fils le temps d'un regard qui lui avait rempli le cœur. Plus rien n'avait d'importance désormais. Ni le prévôt Le Saunier, qui expliquait en balbutiant à la foule, désormais calmée grâce à l'influence du commissaire de quartier, qu'il suspendait l'exécution le temps de statuer sur la demande en mariage, satisfaisant ainsi l'assemblée, et surtout trouvant le moyen de s'extirper d'une situation qu'il ne contrôlait plus. Ni le lieutenant général de police, qui déclarait à Clément qu'il allait devoir en parler au roi en personne. Seul le souverain pourrait désormais décider de son sort à elle, ainsi que de la charge de bourreau de Paris. Quant à Madeleine, toujours soutenue par l'Indien, fragile et pourtant si forte, si puissante, elle accompagnait d'un sourire son amour qu'on lui arrachait à nouveau des bras.

— Merci, Madeleine, lui murmura Marguerite avant d'être emportée à son tour, docile et calme, vers la charrette qui l'attendait au pied de l'échafaud.

L'équipage s'était mis en branle, lourdement, se frayant une route dans la masse des corps qui étaient restés et qui s'agglutinaient toujours plus près pour mieux la voir. Certains essayaient de l'atteindre du bout des doigts, comme on voudrait toucher une sainte, d'autres lui parlaient. Celles et ceux qui la condamnaient il y a peu se faisaient reconnaître d'elle, l'un évoquant un souvenir, l'autre une rencontre, une autre encore se vantant d'avoir été soignée par elle, chacun se valorisant à l'envi, cherchant, dans l'approbation éventuelle de Marguerite, une marque d'intérêt, presque une bénédiction. Le tombereau, encadré d'une garde fournie, atteignit le pont Marie par les quais avant de traverser l'île Saint-Louis. Marguerite se tenait droite comme à la proue d'un navire. Devant elle, les spectateurs, plus nombreux, la précédaient et se plaçaient de chaque côté de la voie, accompagnant celle dont on parlait déjà dans toute la ville. La rumeur s'était répandue comme du plomb fondu partout dans les rues. Des chansons improvisées qui racontaient l'histoire de celle devenue bourreau pour venger son fils s'entendaient déjà sur son passage. Les soldats refoulaient certains badauds qui s'approchaient trop et empêchaient la progression de « Madame de Paris ». Derrière, la foule se constituait et gonflait, toutes et tous croisés sur la route rejoignaient le cortège, Babet et Agnès vitupérant en tête, juste derrière la charrette, le poing toujours levé, réclamant justice pour une mère courage. Le pont de la Tournelle, et l'équipage passa sous la porte Saint-Bernard, derrière laquelle le port aux vins se prolongeait vers le faubourg Saint-Victor. La prison de la Salpêtrière, pensa alors Marguerite, voilà quelle était la destination de son voyage. L'endroit n'avait rien à envier à Bicêtre, où Henri était très certainement retourné, mais peu lui importait désormais, rien ne dépendait plus d'elle. Elle n'avait plus à faire semblant, à se déguiser en homme pour arriver à ses fins. Seule la justice divine allait prévaloir, puisque le roi lui-même allait statuer sur leur sort, à Henri et à elle.

Une ville dans la ville. L'hôpital-prison de la Salpêtrière se dressait au milieu des champs vallonnés, fort de ses bâtiments immenses, dont les plus grands dépassaient les quarante toises. La charrette s'avançait vers la première porte qui ouvrait sur la cour intérieure, et le cœur de Marguerite se serra malgré le soutien de la troupe toujours plus importante qui l'avait suivie jusque-là.

— On ne te lâche pas, Marguerite ! lui avait crié Babet qui tâchait de forcer le passage qu'une ligne de gardes empêchait désormais. On est là !

Les portes s'ouvrirent sur une grande cour arborée. Sur le côté, quelques badauds l'accompagnaient encore de leur regard, curieux et silencieux. À peine le tombereau avait-il passé l'entrée que les portes se refermèrent lourdement derrière elle.

* * *

La tiretaine qui la vêtait puait. L'étoffe de laine épaisse et sale devait certainement avoir été portée par d'autres. Probablement mortes aujourd'hui. Tout comme les sabots grossiers que lui avait fait chausser son geôlier à son arrivée, et qui lui meurtrissaient les pieds. Un homme effrayant que ce geôlier, avec sa grosse tête en poire qui semblait tannée de cuir adipeux suintant, cabossée sur le haut. Il empestait l'ail et la pisse, et son habit, aujourd'hui des hardes en lambeaux, était taché de gras et de rejets de toutes natures.

— Je sais pas qui t'es, mais t'es chanceuse, lui avait dit le gardien qui l'emmenait à sa cellule alors qu'une odeur repoussante et nauséabonde lui agressait le nez. Gare aux faibles. Attention aux fortes têtes. Ici au moins, continua-t-il en ricanant alors qu'il ouvrait la grille du cachot, tu ne craindras pas les tessons de pots cassés dans les reins !

La geôle était de petite taille, fermée par une grille dont l'ombre, projetée par le falot planté dans le mur du couloir en face, dansait sur la terre battue souillée. Dans un coin, une paillasse suintante et une maigre couverture pour dormir. À côté, un morceau de pain et de l'eau pour se sustenter.

Marguerite ne savait pas s'il faisait encore nuit. Elle était restée prostrée des heures durant contre le mur, les genoux ramenés contre elle en protection, bien à l'écart de la vermine qui grouillait dans sa couche. Elle n'avait pas touché au quignon de pain non plus. Le jugeant rassis au toucher, mais surtout manquant d'appétit. Quant à boire, l'eau lui avait paru trop douteuse pour s'y risquer. Elle s'était efforcée de fermer les yeux pour se concentrer sur l'image qui lui restait d'Henri, un peu plus tôt sur l'échafaud, au moment où les gardes l'avaient emmené. Se souvenir des regards qu'ils avaient échangés et se refermer sur elle-même, ici et maintenant, pour se couper des bruits et des éclats de voix qui n'avaient pas cessé de retentir depuis qu'elle avait été cloîtrée ici. Des plaintes languissantes, des râles et parfois des cris de douleur lui parvenaient en écho de partout, d'autres prisonniers dans d'autres cellules, quelque part dans les entrailles du bâtiment. « Voilà donc l'épilogue de mon histoire », avait-elle pensé. Elle était découverte, et tout ce qu'elle avait planifié depuis des années était désormais réduit en cendres. Elle serait probablement condamnée, et Henri aussi. Et si ce n'était pas le cas, il n'aurait plus qu'à essayer de faire sa vie ailleurs, puisque plus personne ne lui donnerait un travail ici, la vérité étant à présent connue de tous. Tout était sa faute. Et elle se sentait coupable. Le hurlement strident d'une créature qu'on traînait dans le couloir la sortit subitement de sa torpeur. Une femme visiblement estropiée portait une camisole de chaînes qui l'entravait. Elle s'était retenue à un des barreaux de la grille et le mordait comme pour le rompre. De la bave blanche écumante sortait de sa gueule par le côté. Marguerite avait tout juste eu le temps de voir les morsures sur sa main et son bras déchiré. Les rats, se dit-elle. Alors que le garde finissait de faire lâcher prise à la malheureuse d'un coup de nerf, elle se rappela la grosseur de celui qui était venu la visiter un peu plus tôt et qu'elle avait fait fuir à coups de sabot.

— *Marguerite ?*

Son prénom résonnait, surgissant des profondeurs pour y replonger. Elle avait enfilé la robe satin ivoire. Celle de sa mère pour son mariage. Elle l'avait juste améliorée de quelques rubans et de petites fleurs de tissu. Elle se regardait dans le reflet flou du verre étamé accroché dans sa chambre. Au loin, les cloches de la chapelle de Saint-Julien-du-Sault lui rappelaient son rendez-vous.

— *Marguerite ?*

Replonger, le temps de rejoindre Charles à l'autel. Celui qu'elle n'aurait jamais dû aimer et qu'elle était sur le point d'épouser. Avant de fuir.

Un rêve.

— Marguerite, c'est moi, fit une voix d'homme.

— François ? murmura-t-elle alors qu'elle ouvrait péniblement les yeux et découvrait le commissaire accroupi devant elle.

Elle avait certainement fini par s'assoupir. Immédiatement, la puanteur environnante et les cris de douleur et de détresse la sortirent de son rêve, la ramenant à la réalité violente. Son dos lui faisait mal, appuyée qu'elle était contre le mur rocailleux, un peu écroulée sur le côté.

— Quelle heure est-il ? marmonna-t-elle, tout en essayant de reprendre ses esprits.

— Le jour se lève, lui répondit le commissaire avec douceur. Je suis venu vous voir dès que j'ai pu.

— C'est vous ? lui demanda Marguerite en lui indiquant du regard le bol de soupe à la viande qu'elle aperçut posés sur le sol, avec un pichet d'eau et une pomme.

— Non, c'était là.

— Un curé, brailla le geôlier qui se tenait dans le couloir et qui écoutait.

— Le père de Saintonge, très certainement, fit la prisonnière.

— Comment vous sentez-vous ? lui demanda alors le commissaire en lui prenant la main.

— Brisée, j'imagine, plaisanta Marguerite. La journée a été dense.

— On ne parle que de vous, vous savez ? « Madame de Paris » ! Partout dans la ville. On écrit même des chansons sur vous.

— Vraiment ? Et Henri, vous avez des nouvelles ? Où est-il ? Que vont-ils lui faire ?

— Il a été ramené à Bicêtre. Ne vous inquiétez pas. Il est protégé.

— Et Madeleine ? s'enquit encore Marguerite.

— Chez votre amie Agnès, au repos, la rassura Espinasse. Bien gardée par son étrange ami, l'Indien.

— Quelle folie que cette idée de demande en mariage !

— Je ne sais pas ce que vaut cette histoire. C'est bien arrivé quelques fois, mais ça n'a aucune valeur juridique. En tout cas, c'est une belle occasion pour le prévôt de se sortir indemne d'une situation difficile pour lui.

— Puisque c'est le roi qui va décider, c'est ça ? lui demanda Marguerite alors qu'elle acceptait le godet d'eau qu'il lui tendait.

— Je dois accompagner ce matin même le lieutenant général à Versailles, lui confirma Espinasse. Votre sort à tous deux dépendra de cette entrevue, j'en ai peur. Et bien malin celui qui pourrait prévoir quelle en sera l'issue.

— Pauvre cousin, se désola Marguerite. Il va être bien embêté à cause de moi. Comment va-t-il ?

— Ton cousin va bien, ne t'inquiète pas, fit le père de Saintonge, qui entrait à son tour dans la pièce, non sans avoir dûment soudoyé le garde.

— Mon père ! se réjouit Marguerite.

— Il aurait voulu venir te voir, mais tu comprendras que la chose était impossible.

— Je dois vous laisser, fit alors le commissaire, qui se relevait. J'ai rendez-vous.

— Merci, François, lui souffla-t-elle en l'étreignant avec douceur. Pour tout. Et quoi qu'il advienne. Et merci aussi pour ce que vous avez fait sur l'échafaud. Sans vous…

— Tout va aller pour le mieux, j'en suis certain, la rassura Espinasse avant de se retirer.

Marguerite s'était remise debout et effectua quelques pas. Elle retrouvait l'usage de son corps malgré les douleurs qui la tenaillaient un peu partout. La présence du vieux prêtre la réconfortait. Comme celle d'un père. Toujours là. Rassurant.

* * *

Le savant mélange d'opium, de rue, de myrrhe et de miel eut raison de sa peine un instant, juste avant que ses démons ne reviennent. Alors il rappela la vieille sorcière, dont le visage en cratères lui apparaissait déformé par la lumière vacillante. Les murs poisseux du bouge où il était venu se réfugier, une impasse tout au fond d'une taverne, penchaient de tous côtés au-dessus et autour de lui. Personne ne viendrait le chercher, ni ici ni nulle part ailleurs, et sous peu il serait certainement écrasé dans l'étau, réduit en bouilli. Comme il avait mal. Ses douleurs languissantes le surinaient de part en part. Pas un seul endroit qui ne le déchirât dans son corps et dans sa tête.

Une nouvelle prise. Plus forte, celle-là. Pour se détacher un peu plus. Et oublier.

Le petit Paul s'était dressé sur la pointe des pieds. Par la fenêtre haute de la chambre dans laquelle on l'avait enfermé, il apercevait la silhouette frêle de sa mère, perdue dans la cour juste en bas, qui rapetissait alors qu'clle s'éloignait pour disparaître derrière la grande porte de l'enceinte du château. La maîtresse d'un soir du comte de Joigny avait été renvoyée par la comtesse qui ne supportait plus la vue de l'affront, même si elle s'était résignée à garder l'engeance d'une prise rapide dans l'office quelques années plus tôt. Pour ne pas heurter Charles, le fils légitime, très attaché à son frère. Un frère, un fils, mais surtout un bâtard, qui apprendrait la mort de sa mère peu après, victime de la faim et de la maladie.

Paul s'évadait le mieux qu'il pouvait dans les méandres de ses souvenirs nébuleux, et l'amour qu'il vouait à son frère se rappelait à lui. Lui qu'il avait envié, voire jalousé, presque haï, cet homme admiré par tous, tant pour ses faits de guerre quand il se battait pour le roi que pour son avenir glorieux à la tête de la ville. Pour finalement tout abandonner, titre et pouvoir, et endosser le costume le plus lugubre qui soit, celui du bourreau, afin d'être avec la femme qu'il aimait. S'il s'en était alors réjoui, puisque la place qu'il convoitait depuis si longtemps était désormais vacante, Paul avait aussi compris qu'il admirait son frère pour cela. Aurait-il jamais eu lui-même un tel courage ? s'était-il souvent demandé par la suite, lui qui n'avait vécu jusqu'alors que par intérêt, quêtant sans répit la reconnaissance d'un père. Non. Il avait fallu que son frère meure pour qu'il puisse enfin devenir le fils qu'il rêvait d'être. Et porter le nom. Sainte-Croix. Donné avec un peu d'amour, il avait alors bien senti l'émotion de son père à son égard, exprimée ce jour-là comme jamais auparavant, mais aussi et surtout par dépit. Malgré tout. Un fait. Une évidence posée là par l'histoire. Un titre et une fonction, aussi.

Comme il avait mal.

— Encore ! marmonna-t-il dans le vide, peinant à se redresser sur un coude pour une nouvelle prise.

Et son propre fantôme qui lui faisait face, toujours là, dans le reflet d'un miroir ou d'une fenêtre. Ou dans le regard des autres. Tous ceux dont il avait dû se débarrasser avec le temps pour éviter cette confrontation. Son pouvoir mis rapidement en question et qui lui échappait un peu plus. Il était un piètre comte et sa gestion était calamiteuse. Avec l'évocation du fait, maintes fois répété par son père, comme par beaucoup, que l'autre fils, le légitime, aurait bien mieux géré les affaires de la ville. Lui perdait pied. Mais il n'avait pas voulu abdiquer. Il ne l'avait pas pu. Il avait dû tenir sa place, malgré l'envie de fuir qui le tenaillait chaque jour un peu plus. Il avait entendu parler de cette mauvaise habitude à laquelle Richelieu lui-même avait succombé pour ses vertus soporifiques. Une spirale. L'addiction à cet état extatique avait pris rapidement le dessus sur la raison, et son caractère s'assombrit d'autant. Il lui fallait se protéger à tout prix de la déception qu'il engendrait, des regards qui fuyaient désormais à son approche. Et surtout de l'amour de son père à peine éclos qui s'était éteint, au point qu'il l'avait renvoyé de la ville, ne pouvant plus supporter son air d'amertume qui le ramenait à son propre échec chaque fois qu'il le croisait.

Car il avait bien échoué.

Et aujourd'hui encore, l'amour inconditionnel dont Marguerite avait fait preuve pour son fils, le même amour qu'ellc avait eu pour Charles à l'époque, le ramenait à son incapacité.

Il n'était pas Charles et ne le serait jamais.

XL

Le commissaire faisait face aux deux hommes assis épaule contre épaule, bringuebalés en tous sens sur la course chaotique, chacun observant de son côté la campagne qui défilait à vive allure. Tous deux portaient la perruque poudrée des grandes occasions. Le lieutenant général Dusquesnes, pommettes rehaussées de carmin et lèvres légèrement soulignées, ressemblait à un héron avec son port, qu'il avait raide, et son cou maigre qui jaillissait de sa cravate de dentelle aux longs pans. Le prévôt Brocard, lui, faisait l'effet d'un gros moineau ébouriffé après la pluie. La céruse, appliquée en couche épaisse sur sa grosse tête engoncée entre ses épaules qu'il avait rembourrées à dessein, se ridait aux plis de ses joues basses, s'étalant comme deux tranches de lard sur les broderies ornant sa veste farinée. « L'ambitieux lieutenant et le prévôt lâche », pensa le policier tout à son observation. Depuis qu'il avait lui-même pris ses fonctions au quartier des Halles, il y a des années, il n'avait fait que chercher des compromis entre un peuple en souffrance et une justice dédaigneuse, servie par des officiers de carrière. Lui connaissait chaque rue, il était entré au moins une fois dans chaque boutique, et on le saluait comme le « bon père » quand on le croisait. Il enquêtait sur les crimes, bien sûr, mais aussi et surtout sur les petits litiges du quotidien. Un différend commercial, une affaire de mœurs, une histoire de tromperie, il se déplaçait dès que nécessaire, jusqu'aux plus infâmes garnis. À son arrivée, l'homme violent épris d'alcool baissait le poing, la femme démunie et affamée acceptait de laisser son enfant à la maison de couches, le principal locataire accordait un délai pour le paiement du loyer. On lui serrait la main dans la rue, on l'écoutait, on acceptait ses propositions, parfois même on se laissait aller à pleurer sur son épaule. En prêtant son attention toute particulière à chacun et chacune, il les entendait tous, et il pouvait agir à temps le cas échéant. Quand la rumeur grondait. Toujours elle. Le fameux bruit de la rue, le coassement des grenouilles qui inquiétait tant, jusqu'à la cour. Lui prêter une oreille attentive, toujours, et l'anticiper pour mieux la contrôler, avant qu'elle ne se transforme en révolte. L'insurrection. La pire des possibilités. Celle qu'eux, ces officiers de haut rang, ces hommes de la robe, n'hésiteraient pas à écraser par la force et les armes si nécessaire, jugeant plus aisé de nettoyer le sang dans les rues que de négocier avec les gueux. Non, il ne se faisait pas la même idée de la justice que les deux officiers pompeux auxquels il devait rendre des comptes et avec lesquels il lui fallait souvent transiger. Lui marchait sur les pavés sales, eux utilisaient la chaise à porteurs.

Ils s'étaient rejoints comme convenu au Louvre, afin de faire le voyage pour Versailles ensemble, et depuis leur départ personne n'avait pipé mot. L'affaire était grave, chacun savait pertinemment que le sort d'une femme et de son fils n'était pas le seul enjeu de cette affaire.

— Il ne faut pas qu'ils soient condamnés, lâcha enfin le commissaire. Ni elle ni son fils.

— Vous en avez de bonnes ! s'esclaffa Brocard, sortant de son mutisme. Elle s'est travestie ! Et en bourreau, s'il vous plaît ! Non, la chose est grave !

— Vous avez vu la réaction de la foule ? renchérit Espinasse aussitôt. Elle a pris fait et cause pour elle !

— Ce n'est pas parce que vous avez su gérer la crise sur l'échafaud hier que vous pouvez vous permettre d'outrepasser vos fonctions, commissaire, le coupa sur un ton condescendant le lieutenant général de police. Si nous vous avons demandé de venir, c'est parce que vous connaissez personnellement l'accusée. Et aussi parce que vous l'avez expressément demandé. Mais nous n'y étions pas obligés. Alors surtout restez à votre place quand nous serons en présence du roi.

— Je comprends bien, et je vous remercie encore d'avoir bien voulu accéder à ma requête, monsieur, reprit le commissaire avec tact. Mais je ne fais que vous prévenir. Vous devez me croire, je les connais ! Ils n'accepteront pas une condamnation ! Condamner Marguerite créerait une révolte dans les rues de Paris qu'il serait impossible à contenir.

— Marguerite ? se moqua le prévôt. Vous la connaissez donc bien…

— Les femmes sont prêtes à prendre les armes, continua Espinasse, ignorant le sourire entendu entre les deux hommes. La révolution n'est pas loin. Et le roi ne peut se permettre cette guerre-là.

Les coups portés par le cocher sur le bois les avertirent de leur arrivée imminente. Au loin, la silhouette du château majestueux se dessinait dans la perspective de la grande avenue arborée. Il avait beau se pencher un peu plus par la fenêtre de la portière, le commissaire n'arrivait pas à en voir les extrémités, tellement le palais semblait gigantesque. Il allait donc rencontrer le roi. Il n'avait jamais eu l'honneur de le saluer, et encore moins celui de lui adresser la parole.

Mais aujourd'hui ce serait différent. Il n'avait pas fait toute cette route pour se taire.

* * *

— Paul, fit le dragon.

La voix sourde de la bête rebondissait dans son crâne douloureux. Pour s'éteindre dans le vide où lui-même chutait encore.

— Paul, réveille-toi, gronda-t-il encore.

Il avait senti sa patte lui secouer l'épaule. Ses yeux lui brûlaient, mais il parvint tout de même à desceller ses paupières. Dans la lumière basse d'une bougie qui mourait sur une petite table à côté, le dragon le regardait droit dans les yeux. Il fallait qu'il se réveille pour de bon. Ses rêves prenaient mauvaise tournure. Certainement le mélange pris cette nuit, trop chargé; peut-être même frelaté. Il allait lui en cuire, à la vieille, avec sa tête de sorcière, si elle avait cherché à le berner, au risque de l'empoisonner. De l'eau pour s'asperger le visage, voilà ce qu'il lui fallait tout de suite. Et un verre de vin. Ou, mieux, de l'eau-de-vie, rien de tel qu'un coup de fouet pour se requinquer. Et après, il irait manger un bout pour se remettre tout à fait d'aplomb.

L'eau froide lui gifla le visage, le ramenant aussi sec à la réalité. La respiration saccadée par la surprise, Paul faisait face, hagard, au dragon d'or qui le fixait. Ce n'était pas un rêve. La créature était bien là, devant lui. De sa gueule entrouverte, une langue longue et sinueuse s'échappait. Le feu pouvait jaillir à tout instant et le réduire en cendres.

— Je t'ai cherché dans tous les bouges du quartier, reprit le dragon.

— Ne me brûlez pas, se lamenta alors le comte, un bras devant son visage pour se protéger du feu.

— Imbécile ! hurla la bête. Ça suffit, Paul ! Passe-toi de l'eau sur la tête, tu ressembles à un fantôme !

Le vieux comte de Sainte-Croix s'était redressé et dominait son fils de toute sa hauteur. Paul tâcha de reprendre ses esprits après avoir reconnu le fameux dragon que son père portait, brocardé sur sa poitrine.

— Qu'est-ce que tu fais ici ? balbutia Paul tout en plongeant les mains dans une écuelle d'eau fraîche.

— J'ai été prévenu de tes éclats.

— Par qui ? Tu me fais surveiller maintenant ?

— Peu t'importe, lui répondit fermement son père. Lève-toi et rejoins-moi dehors. Je ne sais pas comment tu fais pour respirer l'air d'ici.

Le joli parc était arboré tout autour de tilleuls taillés en boule et orné en son centre de parterres carrés qui fleuraient bon le thym et la lavande, et un peu plus loin le jasmin. Une autre atmosphère. Un autre monde. Tout près de la sortie du cimetière des Innocents empuanti, de l'autre côté de la rue Saint-Denis, l'église du Saint-Sépulcre accueillait le promeneur dans son jardin cloîtré. Un peu comme celui du château à Joigny, pensa Paul, à peine remis de sa nuit tumultueuse, alors qu'il rejoignait son père. Un parc, autrefois aussi beau que celui-ci, bien entretenu avec ses sentiers en graviers blancs en circonvolutions, qui dessinaient les pelouses en formes poétiques, menant tous à la fontaine. Aujourd'hui la source d'eau était tarie et le jardin en friche. Les graviers avaient disparu sous l'herbe folle, et les buis ne faisaient plus penser à de petites têtes qui s'étirent en ombre sous la course du soleil, comme s'amusaient les deux frères à se l'imaginer quand ils étaient enfants.

— Comment es-tu venu ? osa enfin Paul après un temps passé à marcher à côté de son père, qui restait muet.

— Par coche.

— Par coche ? feignit de s'étonner Paul. Le voyage a dû te coûter. C'est long.

— Un temps nécessaire à la réflexion.

— Bien entendu, père, confirma Paul, cachant difficilement sa gêne. Et bien moins éreintant que le cheval. Et moins dangereux.

Les deux hommes continuèrent d'arpenter les chemins qui se croisaient entre les parterres. Un père et son fils qui ne s'étaient pas adressé la parole depuis des années.

— Et comment m'as-tu trouvé ?

— Je suis passé à la maison du pilori à mon arrivée. Une vieille dame m'a reçu. Rose, je crois. Elle m'a raconté les événements d'hier.

— Ah oui ! « Madame de Paris », fit Paul sur un ton sarcastique.

— Je connais tes habitudes, continua le vieil homme sans relever l'ironie de son fils. On m'a indiqué les tripots de la place des Innocents. Et puis, un homme de ton rang, ce n'est pas très difficile à trouver dans ce genre d'endroits.

— Je n'y suis venu qu'une seule fois, se justifia alors Paul, comme un enfant pris la main dans le sac. Je n'ai pas eu le temps de me trouver un logement décent…

— Marguerite est enfermée à la Salpêtrière. Tu es au courant ?

— Qu'est-ce que ça peut me faire ? se défendit Paul, maladroit. Elle n'a eu que ce qu'elle mérite. Je suis sûr que c'est elle qui a volé l'épine du Christ, s'emporta-t-il alors. Elle vient avec son satané fils, et comme par hasard la relique disparaît ! Il fallait que l'on me rende la relique. On a besoin d'argent ! La ville a besoin d'argent, continua-t-il, s'emballant, enchaînant les mots, haletant, hésitant. Moi, je fais ce que je peux. J'ai toujours fait ce que je pouvais !

Paul comprit soudain qu'il marchait seul. Son père s'était arrêté derrière lui et semblait regarder, tête basse, le parterre de fleurs sur le côté. Il ne sut pas quoi faire. Il aurait voulu rejoindre le vieil homme, mais il n'y arrivait pas. La distance physique qui les séparait alors le rassurait. Il se sentait fébrile, fragile. En danger, face à cette autorité qu'il avait remise en question un jour, allant jusqu'à la bannir du château, mais qui se dressait à nouveau face à lui aujourd'hui. Un rempart. Colossal. Inexpugnable. Il se sentait petit. Un enfant. Ses démangeaisons le reprenaient. Transpirant, il contenait le mieux qu'il pouvait les frissons qui lui parcouraient l'échine.

— Oh mais je sais ce que tu penses ! reprit-il enfin après un long silence. Tu penses que je suis un incapable ! C'est ça, n'est-ce pas ? Dis-le, une bonne fois pour toutes ! Je le sais, je l'ai toujours été à tes yeux ! Mais il a bien fallu que tu fasses avec, tu n'avais plus que moi ! Dommage ! Mais est-ce que c'est ma faute si les épidémies ravagent la campagne chaque hiver ? Est-ce que c'est ma faute à moi si les gens ne trouvent pas leur pitance ? Est-ce que c'est ma faute à moi si Charles est mort ?

Il respirait mal. La sueur perlait sur son front. Il agitait les mains dans le vide, tranchant ainsi chacune de ses paroles. Il cherchait du regard les yeux de son père, toujours rivés sur le sol. Il se frottait les lèvres avec ses doigts, les humectait avec sa langue, nerveusement. Sa gorge était sèche, et les tremblements qui s'amplifiaient dans ses bras et derrière sa nuque trahissaient déjà le manque. Il en avait besoin, là maintenant. Son corps le réclamait. Pour calmer l'angoisse qui montait en lui.

— Alors je suis venu réclamer justice ! assénat-il comme s'il essayait de se convaincre lui-même. Qu'est-ce que je pouvais faire d'autre ? Qu'est-ce que tu aurais fait, toi ? Notre réputation était en jeu !

— Tais-toi ! le coupa son père. Je t'interdis de parler de notre réputation. Tu me fais honte. Non, mais regarde-toi. Regarde ce que tu es devenu. Comment ai-je pu laisser faire ? murmura-t-il comme pour lui-même.

— Peut-être parce que tu es lâche ? osa alors Paul.

— Oui, fit le comte après un temps, accusant le coup. Oui, je te rejoins sur ce point, Paul. J'ai été lâche.

— Pardon, père, je ne voulais pas…

— Non, je t'en prie, le coupa son père. Laisse-moi parler. Tu as certainement raison. Je suis devenu lâche avec le temps. Tu vois, Paul ? J'ai vraiment cru en toi ce jour où je t'ai donné mon nom et passé les rênes de la ville. Le courage dont tu avais fait preuve à l'époque, comment tu avais épaulé ton frère malgré sa décision, tout cela avait eu raison de mes doutes. La vie avait été injuste avec toi, et il était légitime de réparer. Et puis tu as changé. Au lieu de reconnaître que tu n'étais pas à la hauteur de la tâche, tu t'es enfoncé dans ton orgueil d'homme blessé, et ta rancœur a pris le dessus, allant même jusqu'à te pousser à m'expulser de mon propre domaine.

— C'est toi qui es parti ! se défendit Paul, acculé.

— Tu m'y as contraint, rétorqua aussitôt son père. J'étais le miroir de ton échec. Tu ne supportais plus mes conseils.

— Il fallait m'y forcer !

— Tu étais le comte en titre et tu t'étais débarrassé de tous ceux qui te gênaient ! Tous ceux qui te servaient étaient à ta solde, jusqu'à ce que tu n'aies plus les moyens de les payer. Et puis oui, je l'admets, j'ai abandonné, je ne me sentais plus le courage de faire face à ta folie. À tes états parfois violents.

— Mais c'est elle qui a tout perverti, père !... se lamenta alors Paul. Si elle n'avait pas entraîné Charles dans cette histoire de fous, nous n'en serions pas là ! C'est sa faute à elle !

— On m'a dit ce qu'elle a encore accompli par amour. Et même si c'était de la pure folie, elle a tenu son rôle. Elle est restée fidèle à ses engagements. À ses sentiments. Rappelle-toi, Paul. La première fois. Ce que nous tous avions accepté de faire pour Charles. Et cesse de l'accabler, fit alors le comte, se dressant face à son fils. Ça suffit. J'ai échoué en tant que père. Voilà tout. J'ai été coupable d'une faiblesse un soir, et malgré la mort d'êtres chers depuis, Dieu continue de me le faire payer.

— Quoi ?...

— C'est comme ça, l'arrêta le comte. Je vais tâcher maintenant de réparer ce qui peut encore l'être. Je suis sincèrement désolé, Paul, et j'espère que tu sauras un jour me pardonner mes fautes, comme moi, j'essaie de te pardonner les tiennes. Car malgré ce que tu es devenu, tu es toujours resté mon fils, et je n'ai jamais cessé de t'aimer.

Le poids de sa main sur son épaule. La foudre dans son corps qui manqua de s'effondrer à cet instant. Paul défaillait face à ce que Marguerite avait une nouvelle fois accompli par amour, et la révélation de cet amour encore que son père n'avait jamais cessé de lui porter malgré sa déception fut pour lui le coup fatal. Un amour gâché dont le vieil homme venait d'endosser l'entière responsabilité.

* * *

Le dragon avait déployé ses grandes ailes et s'était envolé. Comme il avait eu mal. Cette douleur, là, un feu qui lui consumait les boyaux et remontait dans sa gorge. Il lui fallait la calmer au plus vite. Après il serait toujours temps de se retrouver, de se parler, pensait Paul alors qu'il se dirigeait tant bien que mal vers son salut. Il avait entendu les mots de son père. Ils résonnaient encore dans sa tête. Tout lui revenait. Toute l'histoire, depuis le début. Depuis qu'il avait été engendré par l'errance d'un soir. Et il l'acceptait.

— Je te pardonne, père ! cria-t-il alors qu'il se laissait tomber sur la couche puante. Je lui pardonne, fit-il à Charles, qu'il aperçut alors juste là, assis par terre à ses côtés. À toi, aussi, je te pardonne.

Une première prise et la fleur ouvrait son esprit en pétales de toutes les couleurs. Il ne tenait plus son corps lourd comme une dalle de granit. La vieille, au visage en cratères de pierre, avait les traits de Marguerite et se portait au-dessus de lui.

— À toi aussi, Marguerite, je te pardonne, lui marmonna-t-il alors qu'il reprenait une nouvelle dose. Tu me pardonneras aussi, dis ?

La vieille ricana. Son haleine puait la mort.

XLI

Ibis, casoars d'Indonésie, demoiselles de Numidie, grues royales, autruches, ou encore castors du Canada, la faune la plus extraordinaire occupait le salon octogonal du pavillon central de la Ménagerie royale. Après avoir patienté plusieurs heures dans la « salle fraîche », une sorte de grotte artificielle aménagée au rez-de-chaussée où certains privilégiés de la cour venaient se rafraîchir, les trois visiteurs furent invités à monter à l'étage dans l'appartement royal où le roi passait le plus clair de son temps.

— Ce que vous appelez des « gros chats », Dusquesnes, ce sont des lynx, geignit le souverain, qui finissait de se purger sur une chaise prévue à cet effet.

L'odeur contrastait avec le magnifique cabinet à huit faces, avec son sol en marbre et ses murs ornés de lambris bas peints en trompe-l'œil et de corniches en stuc. Des relents de flatulence et de pisse, avait pensé le commissaire, qui saluait à son tour, sitôt présenté au roi. Mais il y avait autre chose, de tout aussi pestilentiel, qu'il n'arrivait pas à définir. Pendant que Fagon, le médecin attitré du roi, finissait de recueillir les selles royales dans une grande écuelle d'argent, chacun faisait mine de s'occuper à l'observation des toiles qui recouvraient les murs du sol au plafond, encadrant même les hautes fenêtres.

— Soixante et un tableaux, continua le souverain, qui grimaçait de douleur. Pour soixante et une espèces. À peine arrivé, l'animal est immortalisé par Bernaerts. Vous connaissez, lieutenant ? Bernaerts ? Non, reprit-il sans laisser le temps à l'officier de lui répondre. Bien sûr que non, vous ne connaissez pas. J'ai fini, Fagon, fit-il à son médecin, qui retirait le récipient et se mettait sans délai à l'étude de la matière. Un peintre animalier flamand, le plus doué, reprit le roi, que des valets aidaient à s'étendre sur une banquette, avant de lui emmailloter les jambes de linges frais et humides. D'ailleurs, il travaille actuellement sur un dromadaire que je viens de réceptionner. Vous pouvez l'apercevoir par cette fenêtre-ci, fit-il en indiquant d'un léger mouvement du menton l'une des ouvertures. Celle qui donnait sur la cour des Pélicans.

Le lieutenant de police et le prévôt s'y précipitèrent, soucieux de satisfaire Sa Majesté, alors que le commissaire se contentait d'une autre ouverture à côté, par manque de place. À l'extérieur, sept enclos rayonnaient autour du pavillon, chaque fenêtre ouvrant sur la perspective de l'un d'entre eux. Au-delà, le parc splendide s'étendait à l'infini, coupé en deux par le canal qui miroitait sous un soleil radieux.

— On l'a mis là en attendant de lui attribuer un enclos spécifique, continua le Roi-Soleil, la voix teintée d'impatience. Le pélican n'est pas hargneux, et le dromadaire est d'un caractère apparemment paisible. Les mariages de caractères. Voilà le secret de toute chose, messieurs. Alors, Fagon ? Que nous dit la purge ?

— Mon Roi, vos selles sont grandes et puantes, déclara le médecin sur un ton solennel. Certainement le gibier que vous avez mangé en abondance ces derniers jours.

— Un cerf que j'ai chassé l'autre jour, précisa le roi au commissaire, qu'il surprit le dévisageant.

— Et votre urine est louche et sablonneuse. De petits graviers et du sable rouge, précisait encore l'homme de science tout en touillant les humeurs glaireuses et écumantes. Que j'ai de la peine à écraser.

— Et sans douleur, rétorqua le souverain. Est-on obligé de m'enturbanner de la sorte ? s'impatienta-t-il alors que ses valets n'en finissaient pas de lui recouvrir les jambes. Je ressemble à une de ces momies d'Afrique !

— Votre goutte, monseigneur, lui rappela Fagon. Certainement votre humeur mélancolique depuis la mort de Monsieur. La lassitude douloureuse vous pèse la tête et vous tend le ventre.

— C'est très bien, Fagon, je vais mieux et je vous en remercie, conclut le roi d'un geste. Vous pouvez nous laisser.

— Je vous ferai la saignée avant le souper, monseigneur, prévint encore le médecin sur le pas de la porte.

— Ai-je le choix ? ironisa le roi en retour. Vous aussi, partez ! ordonna-t-il aux valets, qui se retirèrent immédiatement, le saluant à reculons.

Le commissaire regardait par la fenêtre des promeneurs qui s'étaient arrêtés devant un animal gigantesque dont le nez finissait en tuyau souple qu'il ramenait jusqu'à son dos derrière.

— Vous regardez mon éléphant, monsieur, lui fit le souverain. Un cadeau du roi du Portugal.

— Il est impressionnant, si je peux me permettre, monseigneur, lui répondit cérémonieusement l'officier de quartier tout en saluant une nouvelle fois. Et les gens ne semblent pas le craindre.

— Vous apprendrez, monsieur, que ce ne sont pas les plus gros qu'il faut craindre. La petitesse est souvent source d'envie et de pugnacité. Comme une revanche sur la nature. Méfiez-vous du rat. Pas de l'éléphant.

— Tout à fait juste, mon Roi, renchérit Dusquesnes, le ton affable, alors que le prévôt de justice acquiesçait avec componction.

— Approchez-vous, demanda le roi au commissaire, qu'il scrutait avec curiosité, provoquant une mine outrancière et dédaigneuse des deux autres visiteurs, qui n'avaient pas encore été invités à le faire.

Espinasse s'avança à petits pas, humblement. Il n'en revenait pas. Il se trouvait dans la même pièce que le roi, l'homme le plus puissant d'Europe, le plus craint de tous, et celui-ci lui demandait de s'approcher de lui, sans gardes, sans protection aucune. Juste une chemise à jabots relevée aux coudes par des nœuds de ruban bleu qui finissaient en manchette de dentelle. Une simple liquette largement ouverte sur sa poitrine en sueur, bouffant par le bas sur une rhingrave richement brodée de figures végétales au fil d'or, sur fond de soie ocre relevée sur ses jambes emmaillotées.

— Vous êtes donc le commissaire du quartier des Halles, c'est bien ça ? lui demanda le souverain, toujours à son observation.
— Oui, monseigneur, fit respectueusement Espinasse, pour vous servir.

Et il comprit. Le roi se moucha bruyamment, et le commissaire sentit la même odeur cadavéreuse qui l'avait saisi un peu plus tôt quand il était entré ici, et qu'il n'avait pas identifiée alors. Certains pamphlets lui revinrent aussitôt en mémoire. Ceux qui se moquaient de l'haleine du souverain, qu'il avait tellement fétide que ses maîtresses d'une nuit devaient lui poser un mouchoir imbibé de parfum sur la bouche si elles ne voulaient pas tomber en pâmoison pendant l'acte. Sa mâchoire supérieure, qui s'affalait sur celle du dessous, trahissait toutes les dents absentes qui lui avaient été arrachées, pourrissant d'autant l'os, et entraînant dans sa chute sa bouche devenue amère. De chaque côté, ses commissures retombaient sur des bajoues lourdes et basses, piquées de minuscules points noirs autour du menton et dans son cou gras, pas rasés ce jour-là. L'imposante perruque en crinière brune qui le coiffait accentuait le teint cireux de son visage affaissé et bouffi, au milieu duquel ses yeux vitreux surnageaient et semblaient regarder le monde avec lassitude.

— Votre affaire n'arrange pas mes maux de ventre, messieurs, reprit enfin le roi après un vent sonore qui avait rompu le silence. Allons voir mon éléphant.

* * *

La cour qui entourait le grand pavillon octogonal était bordée d'un mur, lui-même flanqué de sept portes qui ouvraient toutes sur les enclos aperçus un peu plus tôt par les fenêtres. Un monde dans le monde, pensa Espinasse. Ils pénétrèrent dans celui où était gardé l'étrange animal et partout des cris, des râles, des feulements, aussi curieux qu'inquiétants, que le commissaire était bien incapable d'identifier, ne les ayant jusqu'alors jamais entendus. Ce qui l'étonnait aussi, c'était le nombre de visiteurs qui se promenaient là, en couple ou même seuls, vaquant à une étude oisive de la ménagerie, mais aussi des scientifiques, au vu des croquis et dessins auxquels certains travaillaient. Tous saluant le roi à son passage, comme une chose qui allait de soi, comme s'il ne s'était agi que d'un simple comte ou d'un marquis, lascivement assis sur sa chaise à porteurs. Des gens de la cour, très certainement, se dit le commissaire, peu habitué qu'il était à ces us et coutumes.

— C'est une éléphante, précisa le roi, qu'on venait de poser devant le mastodonte. Elle vient du Congo.

Une vieille dame. Pas aussi vieille que moi, mais tout de même. Peut-être me survivra-t-elle.

— Oh !... fit Brocard obséquieux. Monseigneur ! Personne ne peut vous survivre ! Vous êtes le roi !

— Donc Monsieur de Paris est une femme, ai-je bien compris ? demanda le souverain, coupant aussi sec les courbettes de son prévôt.

Le roi paraissait étrangement petit, assis sur sa chaise, face à l'énorme animal qui le dominait docilement. Une situation presque dangereuse qui semblait agiter les gardes qui l'accompagnaient. « Méfiez-vous du rat. Pas de l'éléphant », se souvint alors Espinasse.

— Oui, monseigneur, répondit Dusquesnes. Une bien triste affaire qui salit la charge d'exécuteur la plus illustre du royaume.

— Et vous, prévôt ? continua le roi à l'intention de Brocard. Que me dites-vous ? C'est bien vous qui acceptez les propositions de charge, si je ne me trompe. Non ?

— Monseigneur… balbutia alors le prévôt, qui ne s'attendait pas à être entendu. Pour tout vous dire, c'est le lieutenant civil Le Saunier qui a donné son accord…

— Belle excuse, coupa le roi. Et pourquoi n'est-il pas ici, s'il vous plaît ?

— Il serait dans un état de… faiblesse, supposa le prévôt en retour, mal à l'aise. Les émotions de la journée d'hier l'auraient indisposé.

— Vraiment ? ironisa le souverain alors qu'il caressait tranquillement la trompe de l'animal, qui venait le sentir, affolant un peu plus les gardes. Il est bien fragile.

Peut-être qu'un petit séjour par le comptoir des îles de la Martinique lui ferait le plus grand bien.

— Il faut dire aussi que Monsieur de Paris, que vous connaissez vous-même, notre bourreau depuis des années, a lui-même proposé cet homme… reprit Brocard, cherchant ses mots. Enfin cette femme… Mais qui n'était pas un homme… Parce qu'il portait un masque, voyez-vous, monseigneur ?

— Abrégez, Brocard, le coupa aussitôt le roi. Je n'y comprends rien et vous m'épuisez. Et vous, commissaire ? fit-il en se tournant vers Espinasse. Que me dites-vous ?

— Moi, monseigneur ? hésita Espinasse, faisant fi de ses supérieurs, qui étaient une nouvelle fois mis à l'écart et devaient ravaler leur orgueil. Je crains qu'il ne s'agisse tout simplement que d'une mère qui s'est déguisée de la sorte pour permettre à son fils d'endosser le costume un jour, mon Roi.

— Tiens donc ! s'étonna Louis. Voilà une bien curieuse histoire. Il faudrait que je la fasse retranscrire par un de mes dramaturges. Et qui est cette femme ?

— Il s'agit de ma bru, mon Roi, fit une voix.

Un peu plus haut dans l'allée, un homme de haute stature était empêché par des gardes qui l'encadraient.

— Comte de Sainte-Croix ! se réjouit le roi.

— Mon Roi, se désola un grand échassier en livrée qui se détachait du petit groupe. Je suis humblement désolé. J'ai bien dit au comte qu'il lui faudrait attendre, mais il se défendait qu'il y avait urgence. Et il porte la médaille du Saint-Esprit, précisa-t-il, impressionné, comme pour s'excuser.

— Mais quelle bonne surprise ! reprit Louis, dédaignant son officier responsable de l'annonce des visiteurs. Laissez-nous, lui ordonna-t-il alors que le comte s'agenouillait devant lui. Mais que faites-vous là, mon ami ? Ça fait combien de temps déjà ?

— La dernière fois que vous êtes venu me visiter à Joigny, mon Roi, lui répondit-il humblement tout en se relevant. Il y a plus de quinze ans.

— Ah oui, je m'en souviens, fit alors amèrement le souverain. Une bien triste journée si je me rappelle bien. Qui avait fini dans le chaos le plus total d'ailleurs. J'y avais perdu des hommes et un commissaire royal.

— Hélas oui, monseigneur.

— Et un drame pour votre famille.

— Avec une période bien sombre par la suite pour mes gens et pour mon nom, effectivement, mon Roi.

— Oui, j'en ai eu des échos, se désola Louis. Et j'en suis navré, croyez-le bien, mon ami. Que me disiez-vous en arrivant ? Que cette femme était votre bru ?

— Monseigneur, si vous m'y autorisez, reprit le comte, permettez-moi de vous expliquer la situation.

— Faites, mon ami. J'avoue que l'affaire se présente un peu confuse. D'abord votre fils qui endosse le costume de bourreau, et maintenant votre bru. Dites-moi, c'est une drôle d'habitude que celle-ci dans votre famille, feignit de plaisanter le roi, heureux de retrouver une vieille connaissance. Venez avec moi et discutons.

Le roi s'était levé, provoquant la panique autour de lui, chacun se portant pour le soutenir, mais arrêté aussitôt par un geste de sa main les remerciant d'un sourire fatigué. Il accepta le bras de son visiteur inattendu et, sa canne dans l'autre main, il descendit avec lui l'enclos vers le bassin qui scintillait tout au fond.

Le commissaire souriait, observant, comme la plupart en silence, les deux silhouettes s'éloigner. L'arrivée du comte de Joigny ne pouvait être que de bon augure puisqu'il était l'ami du roi. Un sentiment conforté par les regards rancuneux de Brocard et de Dusquesnes.

XLII

Le fracas sec d'une clenche retentit quelque part. Encore un rêve, pensa-t-elle alors qu'elle ne trouvait même pas la force d'ouvrir les yeux. Elle se cala un peu plus dans l'encoignure de sa cellule pour ne pas s'affaler sur le sol dans la souillure. Un ultime effort, exténuant pour son corps à bout, usé et recru de douleur. Et se laisser partir à nouveau dans un sommeil salvateur, dans l'oubli d'elle-même et de tout. Mais la grille frottait bien sur la dalle sous l'effet de son ouverture, et les clés laissées dans la serrure tintaient entre elles. On entrait. Marguerite aurait voulu s'en assurer mais ne pouvait vraiment pas. Et pour quoi faire ? Si ce n'était pas un mauvais rêve ou un mauvais tour de son esprit exsangue, ce devait être ce satané geôlier moqueur qui lui apportait une soupe insipide ou un morceau de pain aussi dur qu'un caillou.

— Marguerite, fit une voix qu'elle connaissait bien. Marguerite, c'est moi, Henri de Sainte-Croix. Je suis venu vous chercher.

— Monsieur le comte ?… marmonna la prisonnière, ouvrant les yeux avec peine. Vous, ici ?… Mais comment ?…

— Je suis arrivé ce matin. Quand j'ai eu vent de la tournure que prenait l'affaire, je ne pouvais pas rester à ne rien faire.

— Vous me retrouvez dans un bien triste état, se désola Marguerite.

— Et ce costume vous sied mal, essaya de la taquiner le comte. Vous me prenez des habitudes bien étranges.

— Je vais vous expliquer…

— Ne vous donnez pas cette peine, la coupa le vieil homme. On m'a déjà tout expliqué. Et j'ai vu Paul.

— Vous l'avez vu ? Il était furieux. Sa rancœur vis-à-vis de moi est sans égale.

— C'est ma responsabilité de père qui est en cause, tâcha de la rassurer Henri. C'est mon échec. Mais pour l'heure, ce n'est pas ce qui importe. Vous êtes libre, Marguerite.

— Libre ?…

— Tenez, lui murmura le comte avec douceur, lui tendant un linge propre humide. Et du café.

— Du café ? s'étonna Marguerite alors qu'elle se rafraîchissait lentement le visage à l'eau fraîche. Ici ?

— Non, pas ici. Le service de la maison ne va pas jusque-là, ironisa son interlocuteur en adressant un regard réprobateur au garde qui se tenait derrière lui. Un limonadier pas très loin d'ici sur le chemin.

Peu à peu, Marguerite recouvrait ses esprits. Le breuvage lui réchauffait le ventre, et la vision du vieux comte, là, accroupi devant elle, la rassérénait.

— Libre ? reprit-elle enfin après un long silence. Mais comment ?

— Je reviens de Versailles et j'ai vu le roi. Il a déclaré « admirer cette femme qui s'est travestie pour devenir l'homme le plus craint du royaume ». Ce sont ses mots.

— Vraiment ?…

— Vous auriez vu la tête de Brocard et de Dusquesnes, intervint le commissaire, qui entrait dans la cellule.

— François ?… s'étonna Marguerite à la vue du commissaire.

— Je crois que nous ne nous sommes pas fait des amis, continua Espinasse. Le véhicule est dans la cour, monsieur le comte. Il est tard, nous pourrons circuler en toute discrétion.

— Parfait.

— Et Henri ? s'inquiéta Marguerite, qui essayant de se relever en vain fut immédiatement épaulée par les deux hommes.

— Il sera libéré aussi, lui confirma le comte en l'aidant. Mais il y a des conditions.

— Lesquelles ?…

— Vous êtes sûre de vouloir en discuter maintenant ? demanda Sainte-Croix. Vous avez besoin de repos.

— Dites-moi, s'il vous plaît, le pria Marguerite.

— Soit Henri accepte de reprendre la charge sans délai, soit celle-ci est revendue pour pourvoir la ville d'un nouvel exécuteur, lui expliqua le vieil homme. Le roi a de l'amitié pour Monsieur de Paris, votre cousin. Et il veut bien lui laisser une chance de conserver la charge dans votre famille.

— Je ne sais pas s'il acceptera après tout ça, concéda sa bru.

— Il vaudrait mieux pour lui, rétorqua le vieil homme, le ton plus grave.

— Pourquoi dites-vous cela ?

— Il y a une autre condition.

— Laquelle ? Vous m'inquiétez...

— Si Henri ne reprend pas la charge, ce seront les galères.

L'élancement lui déchira alors le ventre, comme jamais depuis des années.

— L'onguent, balbutia-t-elle alors avec difficulté sous l'effet de la douleur soudaine.

Avant de s'évanouir.

* * *

À peine revenu à la maison du pilori, Henri s'était jeté sur le repas que Rose s'était empressée de lui servir. En face de lui, deux vieillards le regardaient. D'abord silencieux, les spectres s'étaient mis à lui parler à leur tour, lui narrant avec détails l'histoire de cet homme, son père, qui était devenu un jour bourreau par amour pour sa mère. Lui faisait fi d'eux. Il n'avait pas envie de les entendre. Tout ce qui lui importait là, maintenant, c'était de dévorer l'épais morceau de viande qui trempait dans la soupe aux fèves, puis de se passer sous l'eau tout entier. Se laver de la saleté. Et aller voir au plus vite Madeleine, qui se reposait encore chez la sage-femme, comme le lui avait confirmé Rose.

Voilà ce dont il avait envie, là, tout de suite. Telle était son urgence.

— Je n'ai pas su comprendre, s'était confié le comte après que le père de Saintonge et lui-même eurent terminé de raconter au jeune homme l'histoire de ses parents. Ou pas voulu. Aveuglé que j'étais par mon orgueil. Et je l'ai renié. Mais ton père a tenu bon. Il est resté fidèle à son amour pour ta mère. Jusqu'au bout. Et quoi qu'il lui en ait coûté, pour lui-même, comme pour les autres. Et je dois dire que j'ai fini par l'admirer pour cela. Pas un jour où je ne me suis pas demandé si j'aurais été capable de faire un tel sacrifice pour la femme que j'ai aimée.

Henri avait levé le nez de son assiette. Petit à petit, ses gestes étaient devenus plus lents sans qu'il y fasse attention. À un moment donné, sa cuillère reposait dans son assiette, et il triturait une petite boule de mie de pain qui traînait là, sur la table. Il avait fini par les écouter, tempérant, sans qu'il le décide, son désir d'être ailleurs, ne pouvant plus nier cette histoire qui était aussi la sienne et qui l'intriguait. Une histoire qu'il ne connaissait jusqu'alors que par bribes, et qu'on venait de lui narrer dans sa continuité.

— Tu comprends ? conclut le prêtre. Il ne faut pas en vouloir à ta mère. Je sais bien que pour toi tout ceci a été dur, même insupportable. Cette histoire de charge qu'il fallait absolument garder dans la famille Corbeau. Elle voulait honorer sa promesse. Mais surtout, c'était pour elle une manière de remercier son père d'avoir accepté de déroger à la règle en acceptant un jour son mariage avec Charles, ton père. Ta mère a toujours fait preuve d'orgueil, c'est vrai. Et c'est sa force. Mais au fond, tout ce qu'elle a fait depuis toutes ces années, elle l'a fait aussi pour toi. Pour te protéger.

— Me protéger ? s'étonna alors Henri, sortant soudainement de son mutisme.

— Tu viens d'une famille de bourreaux, Henri, reprit le vieux comte. En partie, en tout cas. Mais ça suffit pour faire une réputation. Un nom. Moi-même, j'ai eu du mal à l'accepter. Encore aujourd'hui, je me révolte parfois contre cette fatalité. Mais c'est une réalité. Tu ne peux pas y échapper. Et j'en suis désolé. Partout où tu iras, tu ne pourras pas te cacher très longtemps. La vérité finira toujours par sortir, et tu seras rejeté. Comme tu l'as été un jour, enfant. C'est pour cela que ta mère a fait ce qu'elle a fait. Tu comprends ? Pour te préparer à l'inéluctable.

Le silence. Un temps dans le temps, suspendu, où toute chose paraissait figée dans l'attente d'une décision. Deux hommes d'un côté de la grande table, immobiles, et un autre de l'autre côté, seul, face à son destin.

— J'aurais voulu le connaître, avoua alors Henri, rompant le silence. Mon père.

— Tu l'aurais beaucoup aimé, lui confirma aussitôt son grand-père. Et il aurait été fier de toi.

— Vous croyez ? ironisa Henri. Fier d'un délinquant fugueur qui traficote, et souvent sous emprise ? Pour oublier.

— Ou un homme qui a ses convictions et qui ne lâche rien ? le corrigea le comte. Tu as lutté à ta manière. Crois-moi, Henri, je reconnais en toi la même abnégation que celle de ton père. La même obstination. Et puis je crois savoir que tu aimes, n'est-ce pas ? Et que tu es aimé en retour. Un amour au risque de ta propre vie.

— Comment le savez-vous ? marmonna Henri, un peu gêné.

— Une femme n'a pas hésité à se porter à l'échafaud pour te demander en mariage pour sauver ta vie.

— Oui, c'est vrai.

— Comme ta mère a sauvé ton père des souffrances affreuses qui l'attendaient en abrégeant son supplice.

Le destin. Toujours lui. Et la même histoire à travers le temps, inlassablement. Calmement, Henri se leva et quitta la pièce. Le vieux comte et le prêtre restèrent interdits, ne sachant pas comment interpréter le départ soudain du jeune homme.

— J'ai gardé ceci de lui, dit Henri en revenant quelques instants plus tard.

Il posa la boîte en bois sur la table, et l'ouvrit. À l'intérieur, la plume chatoyante soigneusement emballée dans son pan de lin, les boutons de manchette et le mouchoir orné de dentelle. Et le livre de La Boétie.

— Mon Dieu, murmura Sainte-Croix, ému, je reconnais cette plume. Il l'avait mise à son couvre-chef pour m'annoncer sa décision.

— Et puis ceci, continua Henri, sortant le fameux poignard de son père, avec la tête de griffon finement sculptée qui venait mordre la poignée en ivoire.

— Tu l'avais donc ? s'étonna encore le comte.

— Maman me l'avait donné, comme le reste dans cette boîte.

Un sourire de soulagement se dessina sur le visage fatigué du comte de Sainte-Croix. Quant au père de Saintonge, il venait de fermer les yeux un bref instant, peut-être le temps d'une prière.

— Il ne m'a jamais quitté, continua Henri. Quand je pense que c'est avec cette arme que mon autre grand-père a été assassiné.

— Et c'est aussi par cette lame que ta mère s'est vengée, précisa le prêtre.

— Oui, acquiesça le jeune homme, le ton plein d'admiration.

— Et ça, qu'est-ce que c'est ? demanda le comte en pointant un bout de papier qui dépassait du livre.

— Un poème que mon pèrc a écrit pour ma mère.

— Et en plus il était poète, sourit le vieil homme, toujours plus ému. Décidément, je ne finirai jamais de découvrir mon fils.

— Je crois que mon père m'impressionnait, continua Henri d'une voix empreinte de tendresse. Comme le héros d'une légende, vous comprenez ? Je ne l'ai connu que par les fragments de sa vie que me racontait de temps en temps maman. Il semblait tellement inatteignable, fit-il, pensif. Avec le temps j'avais fini par refuser d'en entendre parler. Surtout ces dernières années. Bourreau par amour, articula-t-il après un silence court, soulignant ainsi son admiration dévoilée. Quelle décision ! Comment faire son chemin après un tel destin ? Je ne me sentais pas à la hauteur, tu comprends, grand-père ?

— Oui, mon petit, murmura le vieux Sainte-Croix, au bord des larmes, se rappelant cet autre fils, lui aussi en quête d'une place qu'il n'a jamais trouvée et qui s'est perdu. Par sa propre faute.

— Où est ma mère ? demanda alors Henri.

— Dans sa chambre, elle se repose, répondit Rose, qui avait assisté à l'échange en silence, assise dans un coin. Je vais aller la voir. Il faut que je lui fasse son soin.

— Je viens avec toi.

* * *

Aliénor d'Aquitaine gisante. Henri regardait sa mère dormir et le souvenir de la gravure lui revenait en mémoire. Il se rappelait qu'elle tenait un livre ouvert. Le roi d'Angleterre dormait à ses côtés à Fontevraud. Il s'appelait Henri, tout comme lui.

La chambre sentait le muguet. Le ventre de Marguerite ondulait sous la lumière de la flammèche de la bougie, qui dansait dans le courant d'air par la porte où se tenait silencieusement le comte. Rose avait déjà relevé la longue chemise de la souffrante et s'apprêtait à lui passer l'onguent.

— Laisse-moi faire, la pria Henri.
— Tu es sûre ? s'étonna la vieille femme.
— Elle m'a enseigné bien des choses, tu le sais. Je l'ai vue souvent se soigner, avant. Quand elle avait ses douleurs.
— Je croyais que c'était fini, se désola Rose tout en laissant sa place. Heureusement qu'il en reste encore.
— J'en aurais fabriqué si nécessaire, lui confia Henri alors qu'il se mettait à genoux pour être à la bonne hauteur.

De deux doigts, il préleva du gros pot une dose épaisse de la pommade nacrée. Il observa un court instant le mouvement de l'abdomen de sa mère sous l'effet de sa respiration calme. Les os de ses hanches saillaient comme deux créatures tapies sous sa peau. Puis, en douceur, il appliqua le remède en massant légèrement par de petits mouvements circulaires.

— Henri ? marmonna Marguerite, qui se réveillait.
— Oui, je suis là. Ne bouge pas. Tu sais qu'il faut que tu restes calme.
— Tu es libre ?... sourit sa mère.
— Oui, tout va bien.
— Père, fit Marguerite en apercevant le comte derrière, sur le pas de la porte.
— Reposez-vous, ma fille, lui conseilla à son tour le vieil homme.

Marguerite se tut, rassurée par la présence du comte de Joigny et de Rose, qui s'était retirée sur le côté.

Et surtout par Henri, là, penché sur son ventre, s'occupant d'elle, le geste doux et efficace, comme elle-même savait le faire et l'avait fait tant de fois pour les autres. Comme elle le lui avait appris.

Le grand-père et le petit-fils. Et elle. Ils étaient tous trois réunis dans la même pièce et la paix régnait.

— Grand-père m'a tout dit, confia alors calmement Henri. Je vais reprendre la charge.

— Tu es sûr ?... hésita Marguerite. Tu sais, j'ai pensé à tout ça et...

— Maman, la coupa le jeune homme, laissant Marguerite sans voix. Il n'y a pas d'autre solution. J'ai bien compris que je ne pouvais faire autrement. Je porte un nom et je n'ai pas d'autre choix que de l'assumer. Et puis, c'est ça ou les galères ! essaya-t-il de plaisanter.

— Tu pourrais fuir, suggéra sa mère.

— Fuir ? Et où ça ? Tu avais essayé, toi-même, non ? Et regarde le résultat.

— Je ne voulais pas vraiment fuir, avoua Marguerite. Enfin, si, mais j'avais peur. Si j'avais été plus sûre de moi, nous aurions peut-être réussi, Charles et moi. Nous aurions choisi un moment plus propice. Et j'aurais fait preuve de plus de volonté. Vous pourriez vous échapper loin avec Madeleine, insista-t-elle à nouveau.

— Loin ? Ça ne sera jamais assez loin. Tu le sais bien.

— Tu pourrais partir là-bas, chez ton ami, de l'autre côté de la mer. Il m'a dit qu'il avait le projet d'y retourner, non ? On n'irait pas te chercher là-bas.

— Tu divagues, se désola Henri. Tant que je serai vivant il n'y aura pas d'autre issue.

— Et elle ? s'inquiéta Marguerite. Qu'en dit-elle ?

— Madeleine ? Elle m'a demandé en mariage, je crois, non ?

— Donc tu ne partiras pas.

— Non. Je reprends la charge, je te l'ai dit. Ma décision est prise.

— J'espère que nous en aurons les moyens, fit alors Marguerite sur un ton grave après un court silence.

— Qu'est-ce que tu veux dire ?

— Je suis sûre que mon cousin fera un effort sur le prix de la charge. J'espère juste que les bijoux suffiront à compenser le reste.

— Quels bijoux ? demanda Henri.

— Ceux de ta grand-mère. Ceux que vous m'aviez donnés le jour de mon départ, il y a quinze ans, vous vous en souvenez ? demanda Marguerite au comte, qui écoutait en silence.

— Vous les avez toujours ? demanda Sainte-Croix, cachant mal son émotion.

— Bien sûr. J'étais censée te les donner pour que tu les offres à celle que tu aimerais, murmura Marguerite à son fils.

— Alors, je les lui offrirai, coupa Henri. Il est hors de question que les bijoux de ma grand-mère sortent de la famille.

— Mais nous n'avons pas le choix !

— Tu es bien placée pour savoir ce que c'est que de tenir une promesse, non ? rétorqua le jeune homme. Et tu as promis à mon grand-père de me les donner pour celle que j'aimerais. C'est donc Madeleine qui les portera.

— Père ? fit alors Marguerite au vieux comte qui souriait. Vous ne dites rien ?

— Quoi dire ? J'aurais fait la même chose, se réjouit Sainte-Croix.

— Alors nous sommes dans une impasse, conclut Marguerite.

— Non, fit Henri, pensif. Je sais où trouver les fonds.

— Où ?

— Sur l'île des Cygnes.

— L'île des Cygnes, s'étonna Marguerite. Pourquoi là-bas ?

— Parce que c'est là-bas que se trouve le butin de la Patache, affirma Henri sans émotion.

— Mais comment le sais-tu ?

— Je le sais parce que j'ai participé au vol.

— Mais ce Martin a prétendu sous la torture qu'on le lui aurait subtilisé !... intervint le comte.

— Oui, c'est moi qui l'ai déplacé, avoua Henri, ne cachant plus sa satisfaction.

XLIII

Les champs s'étendaient au-delà de la rue de la Croix-Blanche vers le faubourg Montmartre par la fenêtre grande ouverte. L'air, déjà chaud ce matin-là, ne rafraîchissait qu'à peine leurs deux corps nus, blottis l'un contre l'autre. Ils étaient venus passer leur première nuit dans cette « maison de bouteilles » où ils s'étaient déjà retrouvés à l'abri des regards. Avant, quand leur amour était en danger parce que Madeleine appartenait à un autre. Un de ces établissements, moitié guinguette moitié hôtellerie, qui faisaient « la joie des amants, le tombeau des maris », disait l'adage, et qui poussaient comme des champignons ici, au Porcheron. Une piaule rudimentaire, desservie comme des dizaines d'autres par un grand balcon qui faisait le tour de la salle où le peuple guinchait toute la nuit. Juste un lit de guingois, effondré par endroits, et une coiffeuse fatiguée dans un coin, avec une vasque et un gros broc d'eau. Rien de plus qui eût été nécessaire à leur bonheur.

Quand il s'était précipité la veille chez Agnès et qu'il avait découvert l'état de Madeleine, dont le visage était toujours tuméfié et le corps couvert de marques bleues,

Henri n'avait pu refréner la colère qui était soudainement montée en lui. Il aurait pu déterrer le cadavre de Martin pour le frapper à son tour, encore et encore. Mais Madeleine le rassura du sourire qu'elle lui offrit en le voyant, et de la force de son étreinte quand elle se jeta dans ses bras. L'auxois attendait sagement en bas, elle n'avait qu'à se laisser emmener vers la destination qu'elle connaissait déjà, et ce malgré les remontrances d'Agnès, qui estimait que cette idée était un peu prématurée vu son état.

Ils ne dansèrent pas, mais se laissèrent bercer par les corps qui tournaient autour d'eux, un peu saoulés par l'hypocras sucré au miel, ne touchant qu'à peine aux morceaux de mouton qu'on leur servit dans son jus d'ail. Ils avaient faim l'un de l'autre, s'aiguisant l'appétit de quelques mots et de belles images, et se dévorant des yeux. Puis ils s'étaient frayé un passage parmi les danseurs égayés jusqu'à l'escalier et étaient montés dans leur nid. Son corps. Enfin. Sa beauté, malgré les injures dans sa chair. Leur désir partagé, librement pour la première fois. Leur première nuit au son des pas qui frappaient le plancher juste en bas, de la musique et des chansons.

— Je vais retrouver mon fils, lui murmura Madeleine après un silence. On va le chercher chez sa nourrice à Montargis.

— C'est une bonne nouvelle, répondit aussitôt Henri. Mais tu vas le reconnaître ? Depuis tout ce temps…

— Oui, grâce à cela, fit la jeune femme en tenant entre ses deux doigts le demi-liard attaché à la cordelette qu'elle portait désormais à son cou.

— Tu l'as récupéré ? s'étonna Henri.

— Oui, la dernière fois que j'ai vu Martin. Avant qu'il ne me…

— Chut… lui souffla Henri à l'oreille pour l'apaiser. Je suis vraiment désolé pour tout ce que tu as dû subir.

— C'est derrière moi, maintenant, le rassura Madeleine.

— Au fait… continua Henri après un moment de tendresse.

— Quoi ?

— Cette demande en mariage… C'était juste pour me sauver la vie ?

— Certainement pas ! Tu as intérêt à m'épouser maintenant ! prévint son aimée dans un éclat de rire.

— Il faut que tu saches que j'ai accepté de reprendre la charge, lui avoua Henri.

— D'accord.

— D'accord ? Mais tu comprends ce que ça veut dire pour toi ?

— Que je vais être la femme d'un bourreau. Oui, je le sais. Et après tout pourquoi pas ? Et puis la femme de Monsieur de Paris, ce n'est pas n'importe quelle femme de bourreau !

— Ça ne te dérange pas ?

— Je ferai comme ta mère, j'apprendrai à guérir les autres. Tu exécutes, je guéris. Un bel équilibre.

— Vraiment ? fit Henri, incrédule.

— Je te rappelle que je suis déjà la reine des blanchisseuses ! Pourquoi pas Madame de Paris ?

Henri l'étreignit à nouveau après s'être perdu une éternité dans la mer de ses yeux. Elle l'aimait donc à ce point. Elle acceptait par amour cette vie si singulière.

Comme son père l'avait fait pour sa mère. L'histoire se répétait, et le destin sortait encore vainqueur. Henri en était pleinement heureux et pourtant il ne pouvait se défaire d'une image qui lui avait envahi l'esprit alors qu'il se glissait encore en Madeleine. Celle d'un enfant descendant la rivière sur un coche, qui découvrait le monde. Un enfant qui s'avançait sans le savoir vers une destinée à laquelle on venait, lui aussi, de le condamner.

* * *

La lune absente et les murs de bois longs et nombreux permettaient aux trois ombres, tout juste sorties de l'eau, de progresser à l'abri des regards de la garde qui arpentait le pont des Cygnes. Lentement et sans un bruit, ils se glissèrent jusqu'au centre de l'île, à proximité de la petite casemate des briseurs de nefs.

— Il y a encore de la lumière, murmura Henri, dont le visage charbonné ne le distinguait pas de ses deux compères. Le gardien ne dort peut-être pas.

— Je peux faire diversion, répliqua Juan. J'ai pris de la poudre.

— Non ! J'ai promis qu'il n'y aurait pas de victimes. Et puis tu vas rameuter toute l'armée avec tes feux. Atedjaka ? Tu crois que tu peux t'en occuper ?

— Oui, fit platement l'Indien.

Un cougar. Le Huron s'était aussitôt évanoui dans l'obscurité, à quatre pattes, comme cet animal dont il avait souvent parlé à Henri et qui vivait dans les plaines des Grands Lacs, son pays.

— Je vais repartir chez moi, lui avait annoncé Atedjaka, alors qu'ils se préparaient un peu plus tôt. Par Saint-Malo. Dans quelques semaines.

— Comment vas-tu faire ce voyage ? lui avait alors demandé Henri, qui cachait mal son émotion à l'annonce de la nouvelle. Tu n'as pas d'argent. Et ils ne te prendront jamais dans l'équipage.

— C'est un morutier, lui avait tout simplement répondu Atedjaka, arborant son grand sourire. Et sur un morutier, tous les hommes sont bons pour la pêche. Surtout ceux qui ne demandent pas d'argent.

Partir. Henri s'était souvent posé la question. Pour échapper à son destin. Ou à cette vie de délinquant qu'était devenue la sienne quand il vivait terré dans les fondations d'un pont, comme une bête. Sans but, sans projet, si ce n'était celui de survivre au jour le jour. Et il y avait Madeleine désormais. Il pourrait fuir avec elle, réussir là où ses parents avaient échoué, et se reconstruire ailleurs, loin. Un endroit où on ne le reconnaîtrait pas comme le fils d'un bourreau, où il serait anonyme. Ou alors il pouvait tout simplement devenir Monsieur de Paris, pensa-t-il aussitôt, jaugeant l'autre possibilité. Après tout c'était une bonne place et un train de vie assuré. Il repensait à tout ce que sa mère avait fait pour qu'il en arrive là, à tous ces sacrifices, jusqu'à se déguiser en exécuteur et l'incarner au risque de sa propre vie, espérant qu'il reviendrait à la raison. Il l'admirait pour son courage, mais il continuait aussi de lui en vouloir. Puisqu'il n'était toujours pas libre de ses choix. À moins qu'il ne se le permette pas ? se dit-il, alors que, glissant une main dans une poche, il sentait une petite boule oubliée là. Non, il n'avait pas le courage de rompre la lignée, se reprit-il à penser. Bientôt il aurait de quoi racheter la charge et deviendrait Monsieur de Paris. Pour sa mère, et pour ce père qu'il n'avait pas connu mais dont il s'était toujours senti proche. Pour Madeleine aussi, même si cela devait faire d'elle une femme de bourreau. Elle acceptait cette possibilité, projetant même d'apprendre à guérir pour trouver sa place, se rassura-t-il en se rappelant leur discussion plus tôt ce matin. Et puis il savait qu'il pouvait être bon dans ce domaine. S'il avait toujours rechigné à la tâche par goût de la révolte, il n'avait jamais ressenti de réel dégoût par rapport à l'acte. Marquer, flageller, couper, trancher, pendre et même décoller, peu lui importait. C'était comme si quelque chose se fermait en lui au moment de procéder. Et s'il éprouvait le besoin impérieux de se laver sitôt après une exécution, c'était par souci de se débarrasser du costume et de se nettoyer du rôle qu'on lui faisait jouer. Mais de lien émotionnel entre l'acte et son cœur, il n'y en avait pas.

Il sortit la boule de sa poche et la lança loin devant lui en direction de la rivière.

Oui, il ferait très certainement un bon bourreau. Aussi bon que son oncle Clément, qui l'avait formé et qu'il avait, lui aussi, toujours admiré, en secret.

— Tu sais qu'on va bientôt passer à l'action, continua l'Espagnol, qui n'avait pas cessé de parler depuis qu'ils s'étaient tapis derrière l'immense pile de rondins.

— Moins fort, le coupa Henri. Tu vas nous faire repérer à force de jacasser sans arrêt.

— Écoute bien, reprit Juan, en catimini. J'ai mis au point une ceinture à poudre. Tu la portes et tu allumes la mèche. Et là ? Pan ! Plus personne !

— Et toi ? Plus personne aussi ? le railla Henri, tout à l'écoute du signal attendu.

— C'est ça, le sacrifice pour la cause ! répliqua son ami d'un ton fier. Le roi de France sera espagnol !

— Chut ! Tais-toi ! Écoute !…

Un hululement. Faible. Mais repris trois fois. Le signal.

Les deux hommes se glissèrent à leur tour à plat ventre vers la porte de la casemate laissée entrouverte. À l'intérieur, Atedjaka se tenait tranquillement accroupi devant un corps inerte, mains et jambes liées, et la bouche bâillonnée.

— Cette fois-ci, il dort vraiment, rassura-t-il Henri.

Ils étaient bien là. Les sacs pleins des pièces payées à l'octroi de la Patache par les bateaux qui remontaient la Seine, cachés sous les lattes épaisses du parquet grossier. Là où Henri les avait déplacés à l'insu de Martin, en qui il n'avait aucune confiance.

— Merci, Juan, murmura Henri alors que les trois larrons sortaient les sacs de la cachette.

— Merci de quoi ? s'étonna l'Espagnol.

— De ne pas avoir vendu la mèche à Martin.

— Tu n'as pas à me remercier. Tu m'as promis une part double, et ça, ça ne se refuse pas ! Et puis je ne l'aimais pas, ajouta-t-il après un temps.

— Moi, je crois surtout que ni toi ni moi n'aurions eu notre part du butin, ajouta Henri tout en remettant en place les planches qui maquillaient la cache. Il se serait certainement arrangé pour garder le tout pour lui.

Les trois hommes s'étaient entendus. Atedjaka prendrait sa part pour son voyage, et Juan la sienne, double, pour « la cause », comme il s'enorgueillissait à l'appeler. Henri en garderait la plus grande partie pour le rachat de la charge.

— Bien assez pour que nous n'ayons pas à nous séparer des bijoux des Sainte-Croix, avait-il rassuré sa mère alitée, qui s'était encore inquiétée de l'opération avant son départ.

— Je suis heureuse que ça t'importe, s'était-elle étonnée, attendrie.

— Et pourquoi pas ? lui avait répondu Henri sur le ton de l'amusement. C'est tout ce qui nous reste de la famille, non ?

Marguerite avait tenté une dernière fois de le faire revenir sur sa décision, estimant que le risque était trop grand. Une discussion écourtée par l'arrivée du commissaire, qui venait prendre des nouvelles de « Madame de Paris », comme il s'était amusé à l'appeler à peine entré. Henri et l'officier de quartier se firent face pour la première fois depuis longtemps.

— Je suis heureux que tu sois sorti de prison, Henri, lui dit le commissaire en lui serrant chaleureusement la main.

— Je crois savoir que vous y êtes un peu pour quelque chose, lui répondit le jeune homme avec un sourire franc. Merci pour votre intervention, hier, sur l'échafaud. Sans vous…

— N'y pensons plus, éluda Espinasse alors que son regard vers la convalescente, juste derrière, trahissait son inquiétude. Comment allez-vous, Marguerite ? demanda-t-il d'une voix empreinte de tendresse.

Henri trouvait cet homme bon. Aussi loin que ses souvenirs remontaient, il l'avait toujours vu respecté dans le quartier, quoique toujours discret – ses habits étaient moins tape-à-l'œil que ceux de ses confrères, et ses manières plus simples –, et il lui était arrivé à quelques reprises de le saluer quand il était plus jeune, ou d'avoir affaire à son autorité en tant que gardien de l'ordre du secteur des Halles les quelques fois où, devenu adolescent, Henri avait été inquiété pour ses trafics. Il savait aussi quel soutien Espinasse avait été pour sa mère alors qu'elle le cherchait du côté de la vallée de la Misère. Une aide qui ne se bornait peut-être pas qu'au devoir et à son titre, avait pensé Henri quand il avait remarqué l'attention toute particulière que le commissaire portait visiblement à sa mère. Son regard et le ton de sa voix étaient sans équivoque.

— Vous êtes prêts ? demanda Henri à ses acolytes, sortant de ses pensées, alors que la petite bande arrivait sur la rive.

— Prêts, lui répondirent-ils d'une seule voix.

Henri s'était renseigné sur l'horaire du changement de garde sur le pont. Un temps bref pendant lequel il n'y aurait plus personne aux aguets. Le moment idéal pour se glisser dans l'eau et rejoindre la rive droite vers le port aux pierres. Là, à cet endroit précis de la rivière, de nombreux bateaux étaient amarrés pour la nuit, permettant aux voleurs de faire des haltes à l'abri des regards, et ainsi de reprendre leur souffle avant de repartir.

— Ne prenez pas le risque de couler, les prévint Henri. Si vous êtes trop lourds, vous en lâchez un, c'est compris ?

— Lâcher l'argent ? Jamais ! s'offusqua l'Espagnol.

— Qu'est-ce que c'est que ça ?... murmura Henri alors qu'il glissait vers l'eau.

Son pied venait de heurter une forme allongée qui se devinait dans la pénombre, en partie échouée sur la grève. Un corps. L'homme ou la femme dont la face était retournée dans le sable était visiblement mort.

— Encore un malheureux qui aura échoué ici, dit-il, intrigué par les vêtements trempés du cadavre. Aidez-moi à le retourner.

— Peut-être qu'il a encore les poches pleines ? s'excita Juan.

La dépouille alourdie par un séjour prolongé dans l'eau se retourna mollement, comme un gros poisson mort, et son visage émergea de l'obscurité par sa pâleur.

D'un air béat que lui donnait sa bouche grande ouverte, Paul de Sainte-Croix fixait les astres de ses orbites évidées.

XLIV

Plus bas en aval, le pont Sainte-Marie, massif, avec ses immeubles hauts qui le revêtaient en partie, fendait le courant paisible de la rivière de ses piliers en pointe. En amont du port Saint-Paul, où Henri et Madeleine patientaient depuis quelques heures, le pont de Grammont paraissait bien frêle en comparaison, avec sa structure de poutres incendiée par la lumière crépusculaire orange sanguine qui le peignait ce soir-là. L'unique voie d'accès à l'île Louviers était déserte. Seule la casemate qui se devinait à sa sortie garantissait la sécurité du bois que les marchands y entreposaient. Un peu comme l'île des Cygnes, pensa Henri, qui se souvenait du périple pour récupérer le butin de la Patache. Une opération réussie, mais entachée par la lugubre découverte. Une fois la rapine en sécurité de l'autre côté de la rivière, Atedjaka et lui étaient revenus chercher la dépouille du triste comte de Sainte-Croix, pour la rapporter en toute discrétion à la maison du pilori et cacher le corps dans l'appentis, avant de le déclarer officiellement « trouvé noyé ». Cet homme qui était aussi son oncle bien qu'il les eût voués aux gémonies, lui et sa mère. Henri avait fini par ressentir pour lui de la pitié tellement l'individu semblait recru de souffrances et d'amertume, ne trouvant d'issue que dans l'opium. Un moyen d'oublier son échec d'homme, de fils et de frère. Encore un acteur de son passé, s'était-il dit alors que le vieux comte était venu le lendemain reconnaître le corps de son fils. Même Marguerite avait paru touchée à la vue du cadavre. Elle était restée muette, les mâchoires serrées, avec dans les yeux la couleur du regret.

Les fenêtres des immeubles cossus en face, de l'autre côté de l'eau, s'allumaient les unes après les autres, éclairant par touches le quai d'Alençon sur l'île Saint-Louis. Autant de paires d'yeux que de spectateurs qui allaient être les témoins silencieux de l'heureux événement qui devrait se produire sous peu. Les embarcations qui descendaient la rivière étaient peu nombreuses à cette heure tardive. Le dernier coche en provenance de Melun venait d'accoster, et quelques passagers descendaient en empruntant la longue planche qui se pliait dangereusement sous leur poids. Un peu plus loin, un passeur faisait un nouveau voyage vers l'autre rive, emmenant un homme qui peinait à tenir son mulet tranquille. Et partout des bachots, des galiotes et des batelets amarrés ou ancrés pour la nuit constellaient les bas-côtés de la Seine.

— Tu es sûre que c'est ce soir ? demanda Henri à Madeleine, qui ne tenait plus en place.

— Oui, le Grand René me l'a assuré, fit aussitôt la jeune femme. Il est lui-même allé là-bas, et la date lui a été confirmée. Il est parti hier, il devrait arriver ce soir.

— Là !… fit alors Henri, indiquant du doigt une petite tache qui apparaissait dans le bras plus étroit de la rivière qui contournait l'île le long de la rive droite, là où le courant moins fort permettait d'accoster en toute sécurité.

— C'est forcément lui ! se réjouit Madeleine.

Le coche était recouvert d'une grande toile écrue qui formait une tente pour protéger les voyageurs. Dessous, des casiers étaient rangés les uns contre les autres, certains étaient vides, d'autres occupés. Madeleine, n'y tenant plus, se précipita sur l'embarcation à peine appontée. Partout, des petites têtes surgissaient, certaines immobiles, d'autres remuantes et gémissantes, perturbées par le bruit et les mouvements tout autour. Des petits corps emmitouflés dans un linge de laine comme des vers à soie dans leur cocon.

— Il doit être bien trop grand pour entrer dans ces casiers, s'impatienta Madeleine alors qu'ils continuaient de chercher du regard, scrutant plus loin vers la proue du bateau.

Ils étaient cinq. Prostrés à l'arrière, unis dans leur saleté, leurs grands yeux écarquillés par la peur. L'un d'entre eux portait à son cou un demi-liard accroché à une cordelette.

L'enfant, âgé de trois ans, ne reconnut pas sa mère. Mais il la laissa le prendre dans ses bras.

* * *

La même voix, peut-être un peu éraillée par l'effet du temps. Celle du père de Saintonge. Les mêmes paroles en écho sous les ogives de la nef de l'église Notre-Dame-de-Lorette, aujourd'hui à Paris, comme quinze années plus tôt dans la chapelle de Saint-Julien-du-Sault, le petit bourg à l'écart de Joigny. Les mêmes vœux échangés. Madeleine, dans sa robe blanche immaculée, toute simple, sans ornements, excepté un bandeau de dentelle qui lui enserrait les épaules, et des campanules parsemées dans ses cheveux, qu'elle avait remontés en chignon torsadé. Henri portait une veste bleu nuit cintrée, sur un pourpoint large et court, orné d'un dragon, et une culotte en velours noir serrée aux chevilles. Aux manches étroites, garnies de revers très larges, les boutons de manchette en nacre. Marguerite s'était rappelée son même jour de bonheur, à la vue du jeune couple de dos devant l'autel, main dans la main, répétant de leurs voix douces et harmonieuses les promesses de circonstance. On dirait Charles à s'y méprendre, s'était-elle dit, alors que les amoureux échangeaient enfin le baiser qui signait leur union pour l'éternité devant Dieu et la petite assemblée. Au premier rang, le vieux comte de Sainte-Croix, fier et droit, le regard empreint d'une joie altérée par la tristesse conséquente au décès de son deuxième fils. Clément, encore Monsieur de Paris pour quelques heures, le visage dressé vers les cieux, peint de toutes les couleurs par l'astre qui traversait les vitraux, tenu par le bras par Jeanne, toujours fragile et encore pâle, qui avait tenu à faire le voyage jusqu'à l'église. P'tit Rouquin, revêtu d'un long gilet qui semblait l'embarrasser, tenant par la main Noé, le fils de Madeleine, fraîchement débarqué et le regard perdu dans un monde qu'il découvrait. À ses côtés, la vieille Rose, jamais aussi élégante que dans sa jupe violette évasée, les manches garnies de broderies laissant ses avant-bras nus. Jacques se tenait un peu en retrait comme à son habitude, humble et discret dans son costume en velours brun de la tête aux pieds, qui le faisait ressembler à un mannequin de bois. Le léger balancement d'un pied sur l'autre et son sourire béat trahissaient son émotion. Le commissaire Espinasse, que Marguerite avait convaincu de se joindre à la famille, le remerciant ainsi pour sa fidélité et son amour indéfectible auquel pourtant elle ne pouvait répondre, mais qu'elle espérait devenir une amitié avec le temps. Babet, bien sûr, Agnès et le Grand René, et toutes celles et ceux qui faisaient désormais partie de sa vie et grâce auxquels ce bonheur-là, tant espéré, était enfin advenu. Dans le fond de l'église, Atedjaka occupait seul un banc juste à côté de la porte d'entrée. Le père de Saintonge avait eu du mal à convaincre le curé de la paroisse de laisser entrer « le sauvage », comme il l'avait appelé. Un banc à l'écart des autres, comme celui du bourreau à Joigny. Bourreau ou sauvage, des destinées finalement pas si éloignées l'une de l'autre.

* * *

La charge allait donc rester dans la famille, et Henri serait Monsieur de Paris. Marguerite se rassurait en se rappelant la promesse faite à son père des années plus tôt, souriant et remerciant celles et ceux qui avaient été conviés à la collation dans le parc qui jouxtait la demeure du bourreau rue d'Enfer, après la messe. Finalement. Les choses étaient rentrées « dans l'ordre ». Marguerite était arrivée à ses fins. Mais si le plaisir était de mise, il était troublé par son cœur désormais serré dans un étau. Maintenant que la tempête était passée, les cadavres remonteraient sous peu à la surface, pensa-t-elle alors qu'elle observait Jeanne, qui faisait de son mieux pour donner le change aux invités malgré son état encore faible, parfois soutenue par son mari jamais très loin. Marguerite croisa alors le regard presque vide de son cousin, qui la sortit de sa torpeur.

— Voilà donc la charge assurée pour une nouvelle génération, fit Clément, qui la rejoignait accompagné de Jeanne.

— Oui, répondit Marguerite, le sourire un peu forcé. Ils ont l'air heureux.

— C'est une fille bien, lui confirma Jeanne.

— Comment te sens-tu ? demanda alors Marguerite. Je suis désolée, je ne suis pas venue te voir ces derniers jours.

— Ne t'inquiète pas pour moi. L'onguent que tu as préparé marche parfaitement. Je vais enfin beaucoup mieux. C'est presque un miracle ! Tout semble se résoudre en même temps. Comme si toutes les étoiles s'étaient alignées.

— Oui, peut-être, fit Marguerite, évasive. Certainement les étoiles.

— La passation va se faire dans quelques jours, reprit Clément. Je vais pouvoir enfin me reposer.

— Merci, mon cousin. Pour tout ce que tu as fait.

— Je n'avais plus le choix, cousine. Nous étions allés trop loin, tu le sais bien. Il fallait en finir, quel qu'en soit le prix.

Marguerite ne répondit pas, ses émotions étaient mitigées par la vérité. L'autre vérité. Celle qu'elle seule connaissait et qui l'empoisonnait à son tour désormais. La culpabilité la rongerait définitivement, elle le savait. Vis-à-vis de son propre fils, mais aussi de celles et ceux qu'elle avait manipulés pour arriver à ses fins.

— Je vais vous quitter, Marguerite, lui annonça sobrement le comte de Sainte-Croix.

— Déjà ? s'étonna sa bru, tâchant d'oublier ses tergiversations. Mais vous ne restez pas pour la passation de charge ?

— Non. Je préfère rentrer. Le corps de Paul a été chargé ; je dois le ramener et le faire enterrer.

— Bien sûr, je comprends…

— Ils sont beaux, la coupa le comte en indiquant du menton le jeune couple pas très loin. Il ressemble à Charles à s'y méprendre.

— Oui, confirma Marguerite avec un sourire. Je me suis fait la remarque à l'église. Je me suis revue avec lui, à l'époque.

— Les choses sont ce qu'elles sont, Marguerite. Et nous n'y pouvons plus rien. Puissent-ils être heureux et trouver leur place dans cette vie.

— Oui. Merci, père. Ça ne vous dérange pas que je vous appelle « père » ?

— Vous l'avez déjà fait, s'amusa-t-il.

— Vraiment ? fit Marguerite, un peu gênée. Je suis désolée…

— Ne le soyez pas. Je n'avais rien dit, ça me faisait plaisir de l'entendre. Vous avez toujours été ma fille. Viendrez-vous me voir à Joigny ?

— Sûrement.

— Alors tout est bien, conclut le comte en l'enlaçant une dernière fois.

— Oui, tout est bien, pensa Marguerite avec amertume tandis qu'elle regardait le comte s'éloigner pour enlacer son petit-fils une dernière fois.

XLV

— Par la grâce de Dieu, du roi de France et de Navarre, et par arrêt de notre cour du parlement de Paris, il a été ordonné que, étant donné le bon rapport qui nous a été fait de la personne dudit Henri Corbeau, lui soit donné et octroyé par la présente l'état d'exécuteur des hautes œuvres et sentences criminelles de notre ville, prévôté et vicomté de Paris.

Marguerite écoutait chaque mot déclamé solennellement par le prévôt de justice. Elle laissait les phrases faire leur chemin dans son esprit, ici et maintenant, dans la grande salle du tribunal du Grand Châtelet, où elle se tenait à côté de Madeleine. Elle pouvait sentir le tissu de sa robe se frotter à la sienne sous l'effet de son léger mouvement de va-et-vient lié à la tension et à l'impatience. Derrière, la présence du commissaire ne la rassurait qu'à peine. Et pourtant combien de fois avait-elle rêvé ce moment ? Toutes ces années à travailler pour se faire une place à la maison du pilori, et préparer celle d'Henri. Son abnégation totale, parfois aux dépens d'autres. Le jour du couronnement était enfin arrivé, et pourtant le sentiment qui l'avait envahie lors de la réception la veille persistait. Elle n'arrivait pas à être heureuse. Elle regardait son fils qui se tenait là-bas, face à l'estrade, et ce n'était pas le futur bourreau qu'elle voyait, écoutant le discours de l'officier dans une attitude révérencieuse. Mais un condamné. Il avait accepté ce destin, entraînant avec lui Madeleine, et Marguerite mesurait toute l'étendue du sacrifice. Elle était allée trop loin, mettant en péril la vie de celui pour lequel elle s'était battue pendant toutes ces années. Et aujourd'hui elle s'en voulait.

Jamais, de mémoire d'homme, passation d'une charge n'avait attiré autant de monde. Brocard avait revêtu son manteau rouge vermillon sur pourpoint noir et fraise en collerette pour officier. Ce n'était pas tant pour la nomination du nouveau bourreau de la capitale qu'à cause de la présence du duc de Berry. Le Grand Dauphin en titre, et donc futur roi, avait tenu à assister à la cérémonie, « par curiosité et amusement », avait-il plaisanté à son arrivée. Et tous les dignitaires de la ville s'étaient précipités pour cette occasion exceptionnelle. Dusquesnes, représentant de l'autorité de police, austère et sans concession de circonstance, avec son justaucorps noir et sa perruque large et cendrée, se tenait debout juste derrière l'héritier du trône, comme pour le protéger lui-même. Le prévôt des marchands et les échevins enrubannés étaient au premier rang, bien sûr, mais aussi le procureur du roi-syndic. Un peu derrière, se pressant les uns contre les autres pour saluer et être salués en retour d'un éventuel discret mouvement de la tête du futur souverain, les nobles et habitués de la cour, ceux qui organisaient leur journée en fonction de celle du duc, le suivant comme des chiens leur maître. Tous perruqués et poudrés, le visage cérusé, certains même signés d'une « majestueuse », cette mouche un peu grosse, adroitement placée pour cacher une imperfection ou la marque d'une maladie honteuse. Brillants et rutilants, les médailles et les blasons étaient arborés comme à la parade sur les poitrines gonflées, ainsi que les décorations de guerre obtenues sans jamais avoir eu à croiser le fer pour la plupart, relatant un passé supposé glorieux et justifiant ainsi une place. Vers le fond de la salle, bondée jusqu'à la grande porte à double battant laissée ouverte pour les petites gens qui se contentaient du couloir, les bourgeois et artisans fortunés, ainsi que les jurés des communautés des métiers, l'épée à la ceinture pour ceux qui avaient eu la chance de s'en voir attribuer le droit.

— Même Jacquemin est là, avait murmuré Henri quand il faisait son entrée un peu plus tôt en tenant le bras pour le guider de celui qui était encore Monsieur de Paris pour quelques instants. Je l'ai vu présenter ses hommages à ma mère tout à l'heure.

— Elle est désormais la mère de Monsieur de Paris, ironisa Clément. Il fera le dos rond le temps de trouver une nouvelle incartade à son avantage. Ne vous fiez jamais à lui.

— Ne t'inquiète pas, je l'aurai à l'œil, lui répondit son neveu et successeur tout en répondant aux saluts qu'on leur faisait sur leur passage. Il y a du monde.

— Oui, c'est une belle cérémonie, se réjouit Clément, dont les yeux se perdaient dans le vide.

Henri avait remarqué le sourire forcé sur le visage blême de sa mère, mais les yeux emplis d'un amour véritable de Madeleine, juste à côté, le rassurèrent aussitôt. Atedjaka, présenté comme un riche négociant tout juste arrivé de Nouvelle-France et ami de Monsieur de Paris, avait été autorisé à assister à la réception, non sans provoquer les regards médusés de certains convives, qui affectaient tous une distance hautaine à son endroit.

— Nous arrivons devant le Dauphin, murmura Henri à son oncle, qui se laissait toujours conduire.

— Tu te souviens de ce que je t'ai appris tout à l'heure ? lui souffla en retour Clément.

— Oui, juste un peu, pas trop, le rassura Henri.

Les deux hommes s'inclinèrent de concert devant Charles de France, qui trônait sur l'estrade aux côtés du prévôt gonflé d'orgueil.

— Voilà donc les fameux « Monsieur de Paris », fit le futur roi, le regard empreint d'une curiosité toute particulière à l'égard des deux hommes qui s'étaient présentés à lui.

— Monseigneur, firent les deux sujets de la cérémonie d'une seule voix, le saluant à nouveau.

Une bouille de nourrisson posée sur un corps d'homme, pensa Henri, observant discrètement le Dauphin alors que le prévôt énumérait la longue liste des avantages liés à sa nouvelle charge.

L'écharpe de soie autour de son cou faisait l'effet d'un reposoir sur lequel aurait été placée sa tête en forme d'œuf au teint ivoire. De chaque côté de son visage, des joues rosies et rebondies, et en dessous, un petit menton rond, comme un monticule qui pointait en saillie. Le tout était encadré d'une large perruque cendrée qui jaillissait en deux vagues par le haut et redescendait en boucles longues et lascives de chaque côté, jusqu'aux épaules. Un baudrier bleu ponctué d'un nœud carmin barrait son opulente poitrine vêtue d'un justaucorps richement orné de galons, et ses gants blancs, bordés de broderies tissées de fil d'or, sortaient de ses manches bottes en dentelle, finissant ainsi de parfaire l'élégance due à son titre. Et il souriait. Le troisième petit-fils de Louis XIV, survivant d'une longue lignée d'héritiers du trône tombés les uns après les autres par la maladie ou le complot, avait l'expression bonhomme et attirait la sympathie. Il écoutait avec une attention appliquée la morne liste des tâches qui incomberaient à Henri dans ses prochaines fonctions.

— Et je jure de ne pas boire plus que de raison. De ne pas jurer le nom de Dieu. De ne pas fréquenter de prostituées. De ne pas jouer aux jeux d'argent. De ne pas prendre part aux bagarres. Et de ne pas commettre de crimes de quelque nature que ce soit, proclama haut et fort Henri, terminant de lire l'acte qu'il s'apprêtait à signer.

— Cela est bien triste, plaisanta celui qu'on surnommait « Berry le bon cœur », bien connu pour sa joie de vivre et son affabilité. Ces contraintes ne vous affligent-elles pas trop ? demanda-t-il à Henri, provoquant le silence soudain dans la salle.

— Non, monseigneur, répondit humblement le prochain exécuteur de la ville après un silence d'église. Je suis marié depuis peu.

— Vraiment ? s'amusa le souverain en retour. Je ne vois pas le rapport ! continua-t-il, déclenchant l'hilarité exagérée chez les convives les plus proches. Et où se trouve la belle ?

— Là-bas, fit Henri en indiquant du regard Madeleine, qui se tenait sur le côté.

— Elle est bien belle, complimenta l'illustre invité à l'égard de la jeune femme, qui le saluait à son tour. Une Madame de Paris, en quelque sorte, fit-il alors à l'assemblée. Même si j'ai ouï dire que nous en avions déjà une ! ironisa-t-il encore plus fort, contraignant les obséquieux les plus rampants aux premières loges à quelques applaudissements feutrés, en plus des rires déférents.

— Il sera surtout votre bras séculier, monseigneur, coupa alors poliment Clément. Et c'est un honneur que vous lui faites, et pour lequel il doit se tenir à la rigueur.

— Le bon roi Louis n'est pas encore mort, que je sache, le reprit le Dauphin.

— Bien sûr, monseigneur, s'excusa le bourreau encore en titre. Et je lui souhaite longue vie. Mais mon remplaçant est jeune, et j'ose croire qu'il saura vous servir le temps venu, aussi loin soit-il.

— Très bien, très bien, rétorqua Charles de France. Je me souviendrai que je pourrai compter sur vous quand mon temps viendra, comme vous dites. Même si j'ai bien compris que ce ne sera pas pour m'amuser !

plaisanta-t-il à nouveau, déclenchant une autre vague de rires dans l'assistance.

— Est-ce que la charge est payée ? demanda le prévôt, essayant de reprendre le cours de la cérémonie.

— Oui, monsieur, fit Monsieur de Paris.

— Veuillez signer l'acte.

Les deux hommes s'approchèrent du pupitre sur lequel le document était posé. Henri prit la main de Clément pour la lui placer au bon endroit sur la feuille afin qu'il y mette son paraphe. Puis ce fut son tour. Son cœur battait la chamade. Il ne put s'empêcher de regarder une dernière fois dans la direction de sa mère, qui ne le lâchait pas des yeux, puis de Madeleine, qui continuait de lui sourire. Il remarqua aussi un homme étonnamment vêtu qui se faufilait parmi les convives du premier rang, juste devant le siège dans lequel le Grand Dauphin était assis. Il y avait quelque chose de louche dans son accoutrement. La veste était particulièrement serrée sur son abdomen qu'il avait exagérément gros, et sa perruque de confection grossière était sévèrement poudrée. Les regards méprisants que les perroquets lui lançaient, alors qu'il les poussait pour s'avancer toujours plus près, finirent d'attirer l'attention d'Henri, qui restait là, la pointe de la plume suspendue au-dessus du papier.

— Alors quoi, jeune homme, vous hésitez ? ironisa le Dauphin. Ça peut se comprendre, renchérit-il encore, détournant toujours l'humeur d'une cérémonie qui commençait à le lasser.

Henri le connaissait. Son visage, visiblement grimé, mais aussi son attitude, sa manière de respirer, comme un animal toujours aux aguets. Ou prêt à charger.

— Juan ?… murmura-t-il alors que l'étrange personnage ouvrait large sa veste, découvrant une grosse ceinture de cuir boursouflée qu'il portait à la taille.

Henri se rappela soudainement les discussions à propos de l'usage de la poudre noire et du salpêtre, ainsi que ses accointances avec un certain milieu favorable à la Couronne espagnole.

— Henri, que se passe-t-il ? lui demanda à son tour Clément, qui percevait les murmures du public.

Mais Henri avait déjà lâché la plume qui pleurait sur le papier, alors que Juan portait la pipe, sur laquelle il venait de tirer une dernière fois, vers une mèche qui saillait sur son gros ventre.

— Arrêtez cet homme ! hurla Henri en montrant Juan tout en se ruant d'un bond sur le prince sans que la garde ait le temps de s'interposer, prise de court par sa dextérité. Baissez-vous, monseigneur ! cria-t-il dans la foulée au prince alors qu'il le projetait au sol.

Un dernier souvenir pour Marguerite. Comme un tableau qu'on aurait peint dans l'instant dans sa mémoire, à tout jamais. Des corps à l'arrêt, figés dans une expression de surprise mêlée de frayeur. Henri protégeant le Dauphin de son propre corps. La garde royale affolée devant un danger soudain qu'elle n'arrivait pas à identifier. Le prévôt, se précipitant sur le pupitre pour souffler sur l'encre qui bavait sur l'acte. La foule, bouche bée, face à un événement aussi incongru qu'inexplicable. Et cet individu si singulier, veste grande ouverte, avec une petite fumée blanche qui semblait lui sortir du ventre.

On s'emparait déjà de lui et il cria :

— La Couronne de France au roi d'Espagne !

Puis un éclair aveuglant, comme de la foudre.

Une déflagration.

Violente.

Assourdissante.

Et l'instant d'après plus rien.

Le silence.

La mort.

XLVI

Des serpents se balançaient langoureusement en ombres portées sur le mur en torchis, leurs petites gueules ouvertes prêtes à mordre, quand d'autres se confondaient à la terre, leurs longs corps tapis enrubannés sur eux-mêmes, dans une attente menaçante. Marguerite avançait un peu plus loin dans la grange sombre, un bougeoir dans une main pour s'éclairer la voie, s'écartant le plus possible des dents acérées qui se dressaient sur le côté, comme la mâchoire d'un animal gigantesque encore endormi. Surtout ne pas la réveiller, pensa-t-elle, elle ne ferait certainement qu'une bouchée de moi. Quand elle se figea, glacée. Sur le mur du fond, dans l'encoignure, là où elle espérait trouver l'armoire bringuebalante, elle aperçut des bras et des jambes. Un homme était écartelé sur une roue, les membres étirés aux points cardinaux. Il n'était pas mort. Elle pouvait encore deviner dans l'obscurité vacillante l'imperceptible mouvement provoqué par sa respiration sur le point de s'éteindre. Malgré sa frayeur, elle continua de progresser vers le fond de la pièce obscure, jusqu'à la grande toile de jute, là, accrochée par des pointes au mur, juste à côté de l'armoire massive et rassurante. Sous le morceau de tissu qu'elle souleva, une petite porte ajourée par endroits. Marguerite s'apprêtait à l'ouvrir quand elle se retourna une dernière fois. Dans la lumière dansante de sa bougie, les serpents étaient redevenus des chaînes et des bracelets de force accrochés au bon endroit, et des cordes soigneusement rangées en tas sur le sol. Sur le côté, la mâchoire du monstre avait cédé la place aux lames disposées au-dessus de l'établi par taille, propres et affûtées. À côté de l'armoire, le supplicié écartelé s'en était allé, laissant derrière lui la croix de saint André, qui reposait tranquillement contre le mur. Marguerite ouvrit enfin la porte, non sans effort. Le bois frotta profondément par terre, dessinant dans la poussière épaisse un large cercle, comme si personne n'était entré ici depuis des années.

Rien n'avait bougé dans le petit atelier, ici, à Joigny. La pièce, petite et aveugle, baignait dans la clarté ambrée et mouvante des flammèches du réchaud à charbon qui léchaient le fond de l'alambic. La buée nimbait son ventre arrondi, ridé par les gouttes qui perlaient par le haut, là où un tuyau de cuivre s'échappait vers d'autres petites cuves, elles-mêmes reliées par d'autres tubes de plomb, jusqu'au bec, là-bas, tout au bout du réseau complexe. L'ouverture par laquelle devrait sortir à tout instant la substance désirée. Tout autour, les étagères apparaissaient dans la pénombre, bien parallèles, comme dans son souvenir, toutes encombrées de pots, de bocaux et de récipients de toutes les formes, en verre, en terre ou en étain. En face, sur la grande table qui prenait tout le mur du fond, étaient entassés des livres et des manuscrits, certains grands ouverts. Le même désordre de l'étude, quand son père travaillait main dans la main avec Charles pour trouver la solution qui lui sauverait la vie. Les deux hommes étaient morts depuis longtemps, et maintenant c'était Henri qui se tenait à leur place, assis, le dos courbé, appliqué à écrire les notes de ses dernières expériences. Il ne bougeait pas, il ne l'avait pas entendue pénétrer dans l'atelier, concentré sur son travail. Elle jouissait en silence de cet instant. Chaque chose était à sa place.

Les odeurs. Les sons.

Elle. Lui.

Leur vie, dorénavant.

Le monde tout autour.

Enfin, elle s'avança et porta sa main vers l'épaule d'Henri.

Instantanément, il se réduisit en poussière.

* * *

Le même cauchemar. Chaque nuit, inéluctablement, l'explosion déchire les corps. La fumée opaque se dissipe et les décombres apparaissent, maculés de sang et jonchés de morceaux de chair. Puis les cris. D'abord des plaintes lancinantes, puis des appels à l'aide, des hurlements de peur, et de douleur, alors que plus loin, dehors, résonne la panique de ceux qui ont réussi à fuir l'horreur.

Parmi les morts, des corps déchiquetés à tel point que beaucoup ne purent être identifiés sur le moment. Henri avait eu le visage arraché. On ne put le reconnaître qu'à ses vêtements et aux papiers qu'il avait en poche.

Marguerite s'était laissée convaincre par le comte de Sainte-Croix et son cousin Clément de revenir à Joigny, et de laisser derrière elle le théâtre du dernier drame de sa vie. Elle n'était plus que l'ombre d'elle-même, enfermée dans une sorte d'état de sidération muette. Elle avait assisté, tel un fantôme, à l'inhumation d'Henri, décoré de l'ordre de Saint-Louis à titre posthume par le roi lui-même pour avoir sauvé la vie de Charles de France. Sa dépouille avait été rapatriée dans sa ville natale et reposait désormais sous une dalle dans l'église de Notre-Dame, entre son père et son oncle, juste en dessous de la niche dans laquelle l'épine du Christ avait, elle aussi, retrouvé sa place dans sa châsse. La voix du père de Saintonge avait alors volé sous les voûtes pour officier la triste messe, cette même voix qui avait célébré le mariage d'Henri et de Madeleine quelques semaines plus tôt. La jeune femme n'était pas venue. Veuve précoce, elle avait décidé de retourner dans sa Bretagne pour oublier, et essayer d'élever, malgré sa peine, l'enfant qu'elle venait juste de retrouver. Clément, lui, avait fait le voyage malgré quelques blessures sans gravité, accompagné de Jeanne définitivement remise, semblait-il. Amoindri, chenu et amaigri, il n'avait pas su trouver les mots, alors qu'il étreignait Marguerite avec toute la tendresse d'un père, lui faisant juste part de sa décision de quitter Paris, lui aussi. Après la vente de sa demeure rue d'Enfer, ils iraient s'installer dans une maison qu'il avait trouvée, perdue au milieu de nulle part à la campagne. Un endroit isolé, où il pourrait finir ses jours, loin du tumulte d'un monde qu'il ne percevait plus.

Puis la vie avait repris son cours. Le comte, et ce malgré son âge et son corps souffreteux, et surtout malgré un deuil inconsolable, avait décidé de reprendre sans délai les rênes de la ville. Les caisses seraient à nouveau pleines grâce à la fortune attribuée par le roi et à la suspension de la capitation pour les années à venir, en remerciement du service rendu à la Couronne. D'importants travaux de restauration de certains édifices, trop longtemps délaissés, allaient pouvoir être mis en œuvre, et surtout, il allait rétablir le marché, libre de taxes, afin de faire revenir les marchands et les nombreux camelots qui avaient fait la réputation de la ville, avant de fuir la politique désastreuse de Paul. Le soutien inattendu clairement exprimé de la population, heureuse de le voir de retour aux affaires, avait fini de le rasséréner.

Marguerite, elle, ne savait plus à qui elle ressemblait. Ou à quoi. Depuis son retour, elle passait le plus clair de son temps dans une petite chambre qu'elle occupait dans une aile du château, une pièce sans décoration et à peine meublée, juste un lit et une coiffeuse, dont elle avait fait retirer le miroir. Elle fuyait son reflet comme elle se fuyait elle-même, ce qu'elle était devenue. Elle détournait même les yeux quand elle passait devant une vitre. Elle s'échappait du regard des autres. Quand une servante venait lui apporter de l'eau et qu'elle pouvait lire de l'inquiétude en elle. Voire de la pitié. Quand on lui adressait la parole, un commerçant, les rares fois où elle s'aventurait jusque dans la rue, ou une lingère qui revenait du lavoir et qui la reconnaissait. Elle répondait d'un imperceptible mouvement de la tête, ou d'un mot, d'une voix toujours douce, presque inaudible. P'tit

Rouquin – elle continuait de l'appeler de la sorte bien qu'il ait été baptisé Matthieu sitôt arrivé à Joigny – était le seul dont elle acceptait les visites, dans sa chambre, chaque jour. Le petit bonhomme avait gardé son caractère heureux, plein d'entrain, et il lui faisait du bien. Et surtout elle savait qu'elle ne lirait aucun jugement dans ses yeux. L'enfant qui avait abandonné les fosses d'aisances pour la suivre ici ne semblait nullement indisposé par le silence de celle qu'il considérait maintenant comme une mère. Il restait avec elle et lui racontait ce qu'il avait appris dans la journée, notamment la lecture et l'écriture avec le père de Saintonge, qui veillait à son éducation, mais aussi ses secrets. Il tenait alors sa main lasse, presque sans vie. Mais peu lui importait, il était heureux ainsi. Parfois elle lui souriait et se rappelait Henri petit, à travers lui. Il avait la même énergie au même âge, la même envie. Juste avant de la quitter, le petit Savoyard, qui avait désormais des allures de petit noble, venait se coller à elle et lui enlaçait la taille de ses bras courts. Marguerite se laissait faire, une main finissant dans la chevelure ébouriffée du gamin, l'autre se posant sur son épaule et la pressant gentiment. Puis le garçon repartait content, laissant derrière lui un éclat de bonheur qui s'éteignait sitôt la porte refermée, le silence mortifère reprenant immanquablement le dessus.

Marguerite n'avait plus de prise sur la vie. Elle ne cherchait plus à en avoir.

Tous les matins avant le lever du jour, elle se réveillait de ses cauchemars et se préparait pour sortir. Elle effectuait toujours le même trajet. La porte du Bossu passée, elle traversait les yeux fermés la cour Lamort, là où Charles avait été exécuté, et se dirigeait vers la porte du Bois, pour sortir de l'enceinte. Une fois hors de la ville, elle empruntait le chemin qui monte dans les vignes, sur la côte Saint-Jacques qui domine la cité. Au détour d'un virage, elle retrouvait, cachée par les branchages des peupliers livrés à eux-mêmes, la petite grange, toujours maladroite avec ses portes de biais et sa toiture de guingois. Là, assise sur la fine couche de vieille paille sèche qui jonchait encore le sol terreux, elle regardait les poussières virevolter dans les rais de lumière qui s'infiltraient par les espaces entre les planches de la palissade, les jours de soleil. Puis elle s'allongeait pour s'endormir, espérant ne plus jamais se réveiller. Et ainsi retrouver celui avec lequel elle avait rendez-vous, ici, chaque jour, dans son cœur.

* * *

— J'ai tué, mon père, avoua-t-elle dans un murmure après un long silence.

Elle n'avait pas osé regarder le profil du prêtre qui se découpait en mosaïque derrière l'ouverture grillagée. Comme chaque fois sur le chemin du retour, Marguerite s'était arrêtée à l'église Notre-Dame pour s'agenouiller devant les dalles sous lesquelles reposaient ses amours et prier. Mais ce jour-là, elle avait ressenti le besoin de parler, de rompre le silence. Elle ne pouvait plus contenir le secret du crime dont elle était coupable et qui la rongeait.

Car ce matin-là, il l'avait enfin rejointe dans son sommeil un peu plus tôt, là-haut, dans la grange.

D'abord elle avait eu de la peine à le reconnaître. Allongé à ses côtés dans la lumière basse, il lui avait fait l'effet d'un gisant. Mais le léger mouvement de son abdomen sous le drap trahissait sa respiration. Elle s'était redressée lentement pour s'approcher un peu. Dans la pénombre, elle n'arrivait pas à déceler les traits de son visage. Puis, sans vraiment le décider, elle lui avait saisi la main. Pour la lâcher presque aussitôt. Elle n'avait pas reconnu la sensation d'avant. La main large et puissante était devenue longue et osseuse. Fragile et sans force. Mais elle était chaude. La tête lui tournait. Elle s'efforçait de se rassurer en se convainquant que tout ceci n'était forcément qu'un mauvais rêve. Et si c'était la réalité ? Elle ne savait plus. Elle se sentait partir. Le sol s'ouvrait sous elle, et son corps en chiffon allait chuter dans le néant.

— Marguerite !... avait alors chuchoté Charles.

Un rayon de soleil lui frappa le visage, et elle le vit enfin. Les reliefs s'étaient affaissés et son nez émincé paraissait plus grand sur son visage osseux au teint cireux. Sa bouche semblait s'être étirée sur les côtés, ct ses lèvres plus fines avaient perdu leur couleur. Ses cheveux étaient plus longs et tournaient au sel, et surtout la silhouette de son corps, qui se dessinait sous le tissu, autrefois robuste, semblait étriquée, excepté une rondeur au niveau de l'abdomen.

— Là !... avait-il encore gémit comme s'il souffrait, indiquant de son doigt maigre son ventre. S'il te plaît...

D'une main tremblante, elle souleva doucement le linge fin qui le couvrait. Dessous, calé entre les hanches osseuses et saillantes de Charles, un enfant mort reposait.

Marguerite s'était alors réveillée en hurlant. Tout autour, les poussières dansaient encore dans les rayons du soleil qui s'invitait entre les planches de la vieille bâtisse de bois.
Personne n'était allongé à côté d'elle.
Elle était seule.

D'un pas rapide, Marguerite avait alors descendu le chemin dans les vignes, tâchant de maîtriser sa respiration, qui lui échappait. Arrivée devant l'église, elle s'était dirigée sans hésiter vers la petite porte sur le côté, celle qui donnait sur le jardin d'Éden, comme l'appelait Charles, là où le père de Saintonge passait le plus clair de son temps quand il n'était pas dans l'église. Elle n'avait pas eu besoin de le lui demander. À sa vue, il l'avait invitée, d'un geste silencieux, à le suivre au confessionnal.

— Je l'ai tué, répéta-t-elle, contenant les sanglots qui la gagnaient.
— Je sais, Marguerite, lui répondit le prêtre de sa voix calme et douce. C'était il y a longtemps. Et pour une cause juste.
— Je ne parle pas de Damien ni de Charles, mon père, continua Marguerite, choisissant ses mots.

— Tu parles de ce que tu as dû faire à l'échafaud à Paris ? se hasarda le père, pour rompre le silence qui semblait figer Marguerite.

— Non, fit celle-ci dans un souffle. Il ne s'agit pas de ça non plus.

— Je t'écoute.

— J'ai tué l'enfant de Jeanne, la femme de Clément, lâcha Marguerite après une longue respiration.

— Comment ça, tu l'as tué ?... fit le prêtre après un court silence qui trahissait sa surprise.

— S'il est mort-né, c'est à cause de moi. J'ai empoisonné sa mère.

Un temps. La cabine grinçait comme un navire qui tanguait sur une mer calme. Une légère rupture dans le silence sous l'effet d'un changement de position. Un inconfort, une gêne inattendue.

— Continue, souffla simplement le père.

— Et je l'ai maintenue dans un état de fragilité pendant toutes ces années, de manière qu'elle n'enfante plus. Au risque de la tuer.

— Mais pourquoi, Marguerite ?

— Je ne voulais pas qu'elle fasse un enfant qui aurait été plus légitime qu'Henri pour la charge de Paris.

— Mon Dieu... lâcha le curé. Alors je veux croire que la perte de ton propre fils est le prix que le Seigneur a voulu te faire payer pour ton crime, conclut le père après une longue respiration, sortant aussitôt Marguerite de son cauchemar. Va en paix.

Quand Marguerite releva la tête, il n'y avait plus personne de l'autre côté de la grille.

Tout avait été dit.

Elle pouvait à nouveau respirer.

Et sourire.

XLVII

Une image évanescente, comme un mauvais rêve. Ce jour qui aurait pu être le dernier, puisqu'il en avait l'apparence. Les mains de Dieu s'étaient resserrées sur le monde des hommes. Un étau gigantesque allait les réduire à néant, les broyer. Au-dessus, la chape épaisse de cotons noircis à l'encre descendait irrésistiblement sur les vagues en dessous qui jaillissaient en crocs acérés, vert émeraude, écumants. Toujours plus hautes, les unes derrière les autres, soulevées par le vent qui hurlait sa colère. Ceux qui devaient rester sur le pont pour la manœuvre s'accrochaient coûte que coûte à tout ce qui pouvait encore représenter une attache solide à l'espoir de survie, bastingages, bittes de tournage ou arcs-boutants. D'autres s'étaient encordés au grand mât, ou à celui de misaine, ou même au beaupré, pour s'assurer du passage, malgré la visibilité nulle. Cris et gestes, les corps détrempés, cambrés par l'effort, les visages lacérés par la pluie glacée. Les ordres, hurlés de la dunette à l'arrière, se perdaient dans le vide. Abattre, profiter du vent qui mollissait pour s'écarter de son lit et chercher un meilleur fardage. Les voix se répondaient en écho, les voiles étaient amenées, traînées ondulantes, écrues dans la pénombre des lueurs dansantes des quelques fanaux qui avaient tenu tête à la tempête. Les rares femmes ou les quelques-uns plus chanceux, parce qu'ils n'étaient pas utiles à la manœuvre, s'étaient enfermés dans les cahutes, et les passagers plus fortunés dans leurs cabines. D'autres, plus officieux, voire clandestins, en bas dans la cale qui ne contenait encore que le sel, puisque la pêche ne commencerait que beaucoup plus tard aux abords des terres d'Islande. S'ils arrivaient jusque-là. La foudre déchira les ténèbres et s'ouvrit un passage pour venir frapper la mer. Depuis le pont un peu plus loin, une grande chaloupe apparut alors un bref instant, bringuebalée de tous les côtés, une petite coquille de noix flottant tant bien que mal dans l'immensité des enfers. Dedans, des silhouettes, créatures si frêles avec la distance et les tourments, éphémères, en lutte désespérée avec les éléments, les unes agrippées aux rames, les autres à leur banc. Puis la pénombre à nouveau, soudaine, et une autre strie de lumière qui scinda encore l'obscurité éclairant le cauchemar. L'embarcation avait disparu, certainement dévorée par les lames, avec ses corps avalés et digérés dans les profondeurs mouvementées. Plus tard, ils seraient rejetés, échoués sur les rochers au flanc des remparts de Saint-Malo, qui se dessinait encore là-bas, au lointain, presque imperceptible dans l'horizon qui s'éloignait. Sur ses gardes, la forteresse se tenait au-dessus des flots, sûre de ses assises. Maintes fois assaillie par les tempêtes, elle n'avait jamais cédé.

Puis la risée espérée, enfin, et le roulis rassurant de l'eau après la bataille. Les hommes qui avaient survécu pouvaient enfin respirer à la vue de la grand-voile et de la grand-flèche, gonflées par la brise, désormais légère et rassurante en poupe, gardées par les perroquets fiers aux mâts et les focs à la proue. À l'arrière, la côte avait disparu depuis longtemps, et l'immensité encerclait toute chose. La vie avait repris son cours. Une autre vie. Un sas entre deux temps, deux histoires. Flottement entre un passé révolu et un avenir incertain. Indéfinissable. L'inconnu.

* * *

L'île Percée s'annonçait dans la brume matinale par son Rocher massif, dont les deux portes immenses qui le transperçaient de part en part laissaient augurer un nouveau monde au voyageur qui s'en approchait après un long périple. Sur le terre-neuvier morutier alourdi par des semaines de pêche, certains dormaient encore ou vaquaient à leur tâche, quand d'autres s'étaient massés à la proue pour observer cette terre promise qui incarnait tous leurs espoirs, ce Nouveau Monde de l'autre côté de l'océan et pourtant toujours le royaume de France. Parmi ces hommes et ces femmes, pour la plupart pauvres, venus chercher au mieux la fortune, sinon une nouvelle vie, corps amaigris par le travail ou les maladies et visages hâlés par le soleil et ridés par la froidure, Atedjaka se tenait droit, la tête haute, les yeux rivés au-delà de la terre qui s'approchait. Son visage était peint de taches de couleur et ses pommettes étaient rouge sang. Des bijoux de cuivre natif en forme d'étoiles pendaient aux trous qui constellaient ses oreilles, et un collier en os et en bois couvrait son large cou. Sur son crâne, fraîchement rasé sur les côtés, il avait relevé avec de la graisse ses cheveux par le dessus en une crinière haute qui partait vers l'arrière, à laquelle il avait fixé de longues plumes blanches et noires avec des lacets ornés de turquoises et de griffes d'ours. Le torse nu, une peau d'orignal recouvrait ses épaules et des jambières brodées de perles et de piquants de porc-épic lui servaient de culotte.

— Atedjaka ? fit Henri, qui le rejoignait alors, accompagné de Madeleine. J'ai failli ne pas te reconnaître !

Le jeune homme portait le pardessus en cuir des terre-neuviers, ces hommes qui partaient pêcher la morue sur les fameux terre-neuvas en partance de Saint-Malo, La Rochelle ou Le Havre, en passant par l'Islande et parfois plus haut vers les mers de glace, pour finir à Terre-Neuve ou plus loin au Canada par le Saint-Laurent. Là, ils vendraient le produit de leur expédition, pour repartir la cale chargée de peaux de castor dont les chapeliers raffolaient en France et ailleurs en Europe.

— Bonjour, mon ami, lui répondit Atedjaka avec un sourire serein.

— Ça y est ? fit Madeleine, grelottante, la tête et les épaules recouvertes d'une grande couverture de laine épaisse sous laquelle on devinait son enfant. Nous sommes arrivés ?

— Bientôt, corrigea le Huron. Ici, c'est l'île Percée. Après nous prendrons un autre bateau par le Saint-Laurent vers Québec. Là, j'ai des amis. Ma tribu. Nous

nous reposerons. Ensuite nous partirons vers Trois-Rivières, nous passerons Montréal, et nous atteindrons les grands lacs du Pays-d'en-Haut. Mon pays.

— Ton pays ? s'étonna Henri. Et c'est pour ça que tu t'es vêtu et maquillé de la sorte ? Pour être reconnu des tiens ?

— Mes aïeuls étaient les chefs, lui fit alors Atedjaka de sa voix posée, le regard toujours fixé sur l'horizon. Mon père était un chef. Je suis un chef. Et je dois retrouver mon peuple.

— Tu es un seigneur, alors.

— Un seigneur ?

— Eh oui. Après tout, nous sommes toujours en France, ici, non ?

— Pour vous, peut-être, sourit alors le Huron en se retournant vers ses deux amis, qui lui avaient confié leur vie. Pour nous, c'est différent.

— Tu es sûr de vouloir nous emmener chez toi ? confia Henri, alors que le navire entrait dans la crique. Tu as déjà fait beaucoup pour nous. Tu pourrais nous laisser là et retrouver les tiens.

— J'ai promis à ta mère de te protéger, répondit l'Indien.

— Merci, mon ami, fit Henri en lui serrant la main avec chaleur. Et puis peut-être ont-ils besoin d'un bon bourreau là-bas, chez toi ? plaisanta-t-il, refrénant ainsi l'émotion qui le gagnait.

— Non. Nous n'avons pas ce genre d'hommes chez nous, rétorqua le Huron.

— Vraiment ? intervint Madeleine. Voilà une bonne nouvelle !

— Chez nous, le coupable devient l'ennemi, continua Atedjaka. Et il est tué comme tel. En revanche, tu as appris à guérir, non ?

— Oui, ma mère m'a enseigné ses secrets.

— Là où nous allons, nous pourrions avoir besoin de toi. L'homme médecine est un personnage important chez nous.

— L'homme médecine ?

— Notre shaman guérisseur. Peut-être pourrais-tu nous apporter ton savoir ? Et apprendre le nôtre ?

La perspective soudaine d'une nouvelle possibilité, d'une nouvelle vie. Henri sentit ses poumons se gonfler d'air comme d'espoir. Guérir plutôt que punir. Reprendre le flambeau, comme sa mère l'avait fait après son père, et ce depuis des générations. Mais cette fois-ci sans occasionner de douleurs en retour ni infliger de blessures ou donner la mort. Faire du bien et être considéré pour cela, dans un monde ailleurs, loin du passé.

Même si toujours lié à lui.

Le médaillon qu'Henri portait caché sous sa chemise, et qu'il sentait battre contre sa poitrine alors qu'ils descendaient à terre, était là pour le lui rappeler.

Épilogue

Un éclair aveuglant, comme de la foudre.

Une déflagration.

Violente.

Assourdissante.

Et l'instant d'après plus rien.

Le silence était étouffant. Une fumée opaque empêchait le regard à plus d'une longueur de bras. Et l'odeur. Celle du sang, âcre et métallique. Celle du feu. Et une autre aussi, qui rappelait les carcasses des animaux brûlés en piles par les bouchers vers la place des Innocents. La chair brûlée des hommes et des femmes qui se tenaient là quelques instants plus tôt. La puanteur se répandait dans le vide aveugle, alors que des gémissements bruissaient sourdement par endroits. Des pleurs. Et des appels à l'aide, l'effroi montait de l'escalier un peu plus loin à l'extérieur.

Marguerite s'était redressée, prenant appui sur ses coudes endoloris.

— Henri ! essaya-t-elle de crier, mais sa voix ne passait pas par sa gorge, obstruée de poussière. Madeleine ?…

— Je suis là, lui répondit la jeune femme alors qu'elle apparaissait du néant, se traînant par terre.

— Vous êtes blessées ? demanda alors le commissaire, qui se portait vers elles en boitant sur sa jambe déchirée.

— François !… s'écria Marguerite. Votre jambe !…

— Ce n'est rien, un éclat de bois tout au plus, tâcha de la rassurer sur-le-champ Espinasse.

— Henri ! appela Madeleine à son tour, sous le coup de la panique. Où est Henri ?

Le voile blanchâtre se dissipait à peine, et le rideau se levait sur l'enfer. La grande salle du tribunal était devenue une boucherie. Partout, des créatures démembrées recouvertes de poussière grise se mouvaient comme des limaces sur le sol glacé de flaques du sang d'autres corps qui se vidaient entièrement. Marguerite s'était redressée, flanquée de Madeleine. Ensemble, elles cherchaient, se dirigeant à tâtons vers l'estrade, là où elles avaient vu Henri juste avant l'explosion, retournant de leurs pieds les corps sur lesquels elles trébuchaient, craignant de le reconnaître.

— Henri ! criait encore Marguerite, reprise par Madeleine, qui perdait son sang-froid. Clément !

— Au roi ! criait-on un peu plus loin !

— La garde pour le Dauphin, reprenait un autre, alors qu'on entendait déjà le bruit des pas de ceux, des soldats très certainement, qui arrivaient de l'extérieur pour porter secours à l'héritier du trône.

Marguerite fouillait des yeux, à court de souffle, mais elle ne le trouvait pas. On la bousculait, on la cognait dans l'affolement.

— Henri ! Clément ! appela-t-elle encore, désespérée.

Quand ils apparurent, sortant des ténèbres. Atedjaka soutenait Henri par le bras.

— Mon Dieu, Henri ! fit-elle en se précipitant vers lui.
— Je vais bien, ne t'inquiète pas, la rassura son fils, à bout de forces.
— Et ton oncle ? demanda Marguerite.
— Je l'ai aperçu se diriger vers la sortie avec d'autres, l'informa Henri. Enfin, je crois. On n'y voit guère.

Tout autour, des gens accouraient, certains portant secours à celles et ceux qui réclamaient de l'aide, d'autres fouillant les décombres à la recherche du prince. Un capharnaüm absolu régnait toujours, avec la poussière qui ne se dissipait qu'à peine. Marguerite regardait Madeleine, qui s'était précipitée dans les bras de son fils. Et l'Indien, toujours là, qui avait tenu la promesse qu'il lui avait faite il y a peu de protéger Henri.

Puis le silence, le temps en suspens quand toute chose se fige dans l'attente d'un événement. Marguerite se revit alors dans l'écurie à Joigny, ce soir où Charles était venu la rejoindre pour lui demander de fuir avec lui et espérer une vie meilleure ailleurs. Fuir et se jouer de la fatalité, ne pas subir cette vie de bourreau qui s'imposait à eux s'ils voulaient être ensemble. Devenir quelqu'un d'autre, loin d'ici. Elle avait d'abord refusé, puis s'était laissé emporter sous le coup de la pâmoison. Mais ils n'avaient pas réussi, rattrapés par le destin. Certainement aussi à cause de ses peurs à elle, et de ses hésitations.

Marguerite s'approcha d'Henri et, d'un geste sûr, elle lui retira sa veste.

— Mais que fais-tu ? demanda Henri, hagard.

— Madeleine ! lui ordonna alors Marguerite d'une voix étonnamment calme et autoritaire. Lui, là, fit-elle en indiquant un homme par terre dont le visage avait été arraché par l'explosion. Vite ! Prends sa veste et enfile-lui celle-ci, continua-t-elle en lui donnant le vêtement qu'avait porté Henri.

— Mère ?… marmonna Henri. Tu n'y penses pas ?…

— Tes papiers sont dans tes poches, n'est-ce pas ? le coupa Marguerite.

— Oui…

Dans la cohue qui se prolongeait à l'aveugle, les deux femmes finirent de vêtir l'homme sans visage, faisant de lui la dépouille officielle de Monsieur de Paris, puis Madeleine passa la veste de l'infortuné inconnu à Henri, qui se laissa faire, penaud. La fumée commençait à se dissiper, et Marguerite distinguait nettement les trois jeunes gens qui se tenaient un peu interdits, ne sachant pas quoi faire de cette proposition inattendue. Elle regarda une dernière fois son fils et lut dans ses yeux de l'amour.

— Maintenant, mes enfants, leur fit-elle sans émotion. Fuyez !

FIN

Remerciements

Margaux Russo et les Éditions Michel Lafon, sans qui l'aventure n'aurait pas pu continuer. Denis Bouchain, mon directeur littéraire, avec lequel le plaisir de travailler ne tarit pas. Sandrine Vallette, dont le regard exigeant m'a encore été d'une aide précieuse. Celles et ceux qui m'entourent, ma famille et mes amis qui me soutiennent, ils se reconnaîtront. Ma tante et mon oncle, qui me lisent certainement de là-haut. Toi, qui m'as apporté ta belle énergie et ton soutien inconditionnel durant toute cette écriture. Et enfin tous les historiens, et plus particulièrement Arlette Farge, dont les travaux riches et nombreux m'ont permis, j'ose l'espérer, de dépeindre un tableau de Paris à cette époque le plus exact possible.

Cet ouvrage a été composé et mis en page
par FACOMPO, Lisieux

Imprimé en France par
CPI Brodard & Taupin
en mars 2024
N° d'impression : 3056260

#lisez! engagé
www.lisez.com
Pour plus d'information :
Imprimé sur du papier issu de forêts gérées durablement.

Pocket – 92 avenue de France, 75013 PARIS

S33980/01